CW00447859

Israël Joshua Singer

La famille Karnovski

Traduit du yiddish
par Monique Charbonnel

Denoël

Ouvrage publié avec le soutien
du Centre national du livre

Titre original :
DI MISHPOHE KARNOVSKI

Éditeur original : Farlag Matones
© *1943, by I.J. Singer, New York, NY.*
Et pour la traduction française :
© *Éditions Denoël, 2008.*

Israël Joshua Singer (1893-1944), frère aîné du Prix Nobel de littérature Isaac Bashevis Singer, est longtemps resté ignoré du grand public en France, malgré son succès outre-Atlantique : on redécouvre aujourd'hui son œuvre à la modernité inégalable. Denoël a publié en 2005 ses deux principaux romans, *Yoshe le fou* et *Les frères Ashkenazi*, puis, l'année suivante, son récit autobiographique, *D'un monde qui n'est plus*, suivi de *La famille Karnovski* en 2010, *Au bord de la mer Noire et autres histoires* en 2012 et *De fer et d'acier* en 2015.

PREMIÈRE PARTIE

1

Les Karnovski de Grande Pologne jouissaient d'une réputation de têtes de mule et de provocateurs, mais aussi d'érudits et de savants authentiques, des vraies grosses têtes.

Sous leur grand front d'intellectuels et leurs yeux noirs comme le jais, profonds et inquiets, on devinait le jeune prodige. Leur nez, un nez fort, trop long, qui saillait sur un visage maigre avec gouaille et impertinence dénonçait leur entêtement et leur obstination — regarde-moi bien mais ne t'y frotte point ! C'est en raison de cet entêtement que personne dans la famille n'était devenu rabbin, ce qui leur aurait pourtant été facile, et qu'ils préféraient faire du commerce. Ils étaient pour la plupart négociants en bois ou bien conduisaient des trains de flottage sur la Vistule, souvent jusqu'à Danzig. Dans les petites cabanes ou dans les cahutes que les pousseurs de bois goy leur construisaient sur les troncs flottants, ils emportaient quantité de Guemaras[1] et autres livres pieux dans lesquels ils prenaient grand plaisir

---

1. Guemara : partie du Talmud qui commente les lois rassemblées dans la Mishna. (Toutes les notes sont de la traductrice.)

à étudier. Toujours en raison de leur entêtement, ils refusaient de fréquenter la cour d'un rabbi hassidique quel qu'il soit et, à côté des textes sacrés, ils s'intéressaient également aux choses profanes, travaillaient très sérieusement l'arithmétique, lisaient des ouvrages de philosophie et même des livres allemands imprimés en caractères gothiques pointus. Ce n'était pas des gens particulièrement fortunés, ils gagnaient bien leur vie, sans plus, mais ils mariaient leurs fils dans les meilleures maisons de Grande Pologne. Les fiancées les plus riches s'arrachaient les solides gaillards érudits au teint mat des diverses branches de la famille Karnovski autour desquels flottait une si agréable senteur de bois et d'eau. Leib Milner, le plus gros négociant en bois de Melnitz, avait réussi à décrocher David Karnovski.

Dès le premier shabbat après son mariage, au moment de la présentation à la synagogue, le riche gendre nouveau venu avait eu un accrochage avec le rabbin et les notables de la ville.

Bien qu'originaire lui-même de Grande Pologne, David Karnovski, fin connaisseur de la grammaire et de la langue hébraïques, avait lu le chapitre d'Isaïe de la semaine avec la prononciation lituanienne un peu pédante, propre aux tenants des Lumières, pas particulièrement prisée des hassidim de cette maison de prière. Après l'office, le rabbin avait fait clairement comprendre au jeune étranger que chez lui, à Melnitz, on n'appréciait pas vraiment l'hébreu des *misnagdim*[1] de Lituanie.

« Tu comprends, jeune homme, avait-il dit sur le ton de la plaisanterie, nous ne pensons pas que le pro-

1. *Misnaged*, pluriel *misnagdim* : « opposant » ou « rationaliste », courant de Juifs orthodoxes opposés au hassidisme.

phète Isaïe ait été un Litvak[1] et encore moins un *misnaged*.

— Si, justement, avait répondu David Karnovski, et je vais vous prouver qu'il était bien et Litvak et *misnaged*.

— Quelle est la preuve, jeune homme ? s'enquit le rabbin entouré des dignitaires de la communauté qui écoutaient avec attention et curiosité cette joute oratoire opposant leur rabbin au jeune érudit venu d'ailleurs.

— C'est tout simple, répondit David Karnovski. Si le prophète Isaïe avait été polonais et hassid, il aurait ignoré la grammaire et aurait écrit l'hébreu avec des fautes comme tous les rabbis hassidiques. »

Le rabbin ne s'attendait pas à une repartie aussi cinglante de la part d'un si jeune homme, et de plus, en présence de toute la communauté. Il était si désemparé d'avoir été ainsi ridiculisé aux yeux de tous par l'étranger qu'il se mit à bégayer, il voulait répondre quelque chose mais n'arrivait pas à aligner deux mots, ce qui le désarçonna encore plus. David Karnovski regardait d'un air moqueur le rabbin mortifié. Tout l'entêtement et toute l'effronterie des Karnovski s'étalaient sur son nez fort, trop grand pour son jeune visage brun et décharné.

À partir de ce moment, le rabbin le considéra avec crainte. Les notables qui priaient à côté de lui et de son beau-père près du mur oriental soupesaient chacune des paroles qu'ils lui adressaient. Mais quand, un beau samedi, l'étranger apporta à la maison de prière un livre hérétique, le rabbin et les fidèles oublièrent leur peur et lui déclarèrent ouvertement la guerre.

1. Litvak : Juif de Lituanie mais ce terme désigne aussi l'adepte d'un courant prônant la suprématie de l'érudition et de la raison sur la ferveur mystique du hassidisme.

C'était pendant la lecture de la Torah, alors que les hommes avaient détourné la tête du mur oriental pour regarder vers la tribune et répétaient pour eux-mêmes, à voix basse, en suivant chacun dans son Pentateuque, les paroles prononcées par le préposé à la lecture publique. David Karnovski, son taleth neuf posé non pas sur sa tête mais sur ses épaules à la manière des *misnagdim*, regardait lui aussi dans son Pentateuque. Soudain, il le laissa tomber. Il prit son temps pour le ramasser mais son voisin de banc, un homme dont on ne voyait que le taleth et la barbe, se précipita pour faire une bonne action. Il déposa un rapide baiser sur le volume ouvert comme pour effacer l'affront de la chute et s'apprêtait à le retourner à son riche propriétaire quand il remarqua qu'il venait d'embrasser des mots que ses yeux n'avaient jamais vus dans aucune Torah. Ce n'était ni le texte hébreu ni sa traduction en yiddish. David Karnovski tendait la main pour récupérer son bien mais le Juif tout taleth et barbe n'était pas pressé de le lui rendre. Au lieu de le redonner au gendre du magnat, il préféra le porter au rabbin pour qu'il l'examine. Le rabbin jeta un rapide coup d'œil sur les fameux mots, tourna la page de garde et rougit d'étonnement et d'effroi. Il s'écria :

« C'est la bible de Moïse Mendelssohn », et il cracha. « Les "commentaires" de Moshe de Dessau[1]. Sacrilège ! »

L'oratoire se mit à murmurer, à gronder.

Le lecteur tapa sur la table afin de rappeler que les prières n'étaient pas terminées. Le rabbin en personne

---

1. Moses (Moïse, Moshé en yiddish) Mendelssohn, né à Dessau, mort à Berlin (1729-1786), représentant du courant des Lumières juives (Haskala) et réformateur du judaïsme.

se mit à taper sur son pupitre pour que les gens écoutent la lecture. Mais le public s'agitait, s'excitait. Chaque « chut », chaque « allons » et chaque coup sur les pupitres ne faisait qu'accroître le tumulte. Voyant que de toute façon personne n'écoutait, le lecteur débita à la hâte, pratiquement sans mettre d'accents, la fin de la section hebdomadaire de la Torah. Le chantre expédia la prière Musef sans mélopée, sans vocalises. Aussitôt que l'on eut conspué les idoles dans la dernière prière, alors que l'office n'était pas vraiment terminé, la synagogue bourdonna telle une ruche.

« Le livre hérétique de Moshe de Dessau, tonnait le rabbin en montrant du doigt la bible de David Karnovski, on n'a jamais vu une chose pareille à Melnitz... Je ne permettrai pas à l'apostat de Berlin de pénétrer dans ma ville. »

Les hassidim fulminaient et crachaient.

« Moshe le goinfre, que son nom et sa mémoire soient effacés ! »

Les gens simples tendaient l'oreille aux paroles des érudits, tentant de saisir de quoi il retournait. Le Juif caché sous son taleth et sa barbe parcourait la synagogue tel un ouragan. Il racontait pour la énième fois :

« Dès que j'ai vu ça, j'ai tout de suite senti que quelque chose clochait, sur-le-champ je l'ai subodoré. »

Les bourgeois s'en prenaient au magnat de la ville.

« C'est un beau gendre que vous avez récupéré là, reb Leib, y a pas à dire ! »

Leib Milner était déconcerté. Malgré son taleth orné d'un liséré d'argent, sa barbe blanche et ses lunettes cerclées d'or, cet homme imposant à l'allure digne et pondérée n'avait pas la moindre idée de la raison pour laquelle le rabbin fulminait contre son gendre et les disciples excités s'en prenaient à lui. Mis à part prier, ce riche parvenu, simple fils de métayers, ne connaissait rien à la Torah. Il avait vaguement entendu le mot « commentaires » mais pourquoi « comme menteur » ? Et qu'est-ce que ce menteur avait à voir avec lui et son gendre ? Tout cela le dépassait. Il cherchait à comprendre.

« Monsieur le rabbin, que se passe-t-il donc ? »

Le rabbin en colère pointa un doigt tendu sur le Pentateuque et cria :

« Vous voyez, reb Leib, ce Moshe Mendelssohn de Dessau — que son nom soit maudit —, c'est une honte pour notre peuple ! Il a conduit les Juifs à l'apostasie avec sa Torah hérétique. »

Bien que n'ayant pas encore vraiment compris qui était ce Moshe de Dessau et quelles étaient précisément ses activités, d'après les hurlements du rabbin Leib Milner supposa que c'était une sorte de Juif missionnaire qui avait fourgué à son gendre, comme cela arrive souvent, un livre en hébreu condamné par l'orthodoxie. Il voulut dégonfler l'affaire et rétablir la paix dans l'oratoire. Il prit la défense de son gendre :

« Messieurs, mon gendre — Dieu le garde — ne savait certainement pas qui était ce Moshe là-bas. Il n'est pas convenable pour des Juifs de se disputer dans la maison de prière. Rentrons plutôt chez nous réciter la bénédiction sur le vin. »

Mais son gendre, lui, ne voulait pas rentrer réciter le *kidoush*. Bousculant les notables, il se fraya un chemin jusqu'au rabbin et l'interpella, furieux :

« Rendez-moi ma Bible, je veux ma Bible. »

Le rabbin refusait de la lui restituer, bien que ne sachant pas ce qu'il convenait d'en faire. Si cela avait été tout simplement un texte hérétique, et si ce n'avait pas été le shabbat, il aurait demandé au bedeau d'allumer le poêle sur-le-champ et de faire brûler publiquement le livre impur, comme le prescrit la loi. Mais c'était le shabbat. Et, en plus, les commentaires hérétiques de Moshe de Dessau accompagnaient la Torah. L'impureté et la sainteté côte à côte. Cette sainteté souillée lui brûlait les doigts mais il ne voulait pas pour autant la rendre à son propriétaire.

« Non, jeune homme, ce livre ne verra plus la lumière du jour ! » hurla-t-il, hors de lui.

Leib Milner fit une nouvelle tentative pour ramener la paix en disant d'un ton suppliant :

« David, mon gendre, combien ça coûte une Bible ? Je t'achèterai les Bibles les plus précieuses. Laisse tomber et rentrons à la maison. »

David Karnovski ne voulait rien entendre.

« Non, beau-père, répondit-il furibond, je ne lui laisserai pas ma Bible, pour rien au monde. »

Leib Milner tenta de le prendre autrement.

« David, Laïele t'attend à la maison pour le kidoush, elle va mourir de faim. »

Mais David Karnovski était si excité par la querelle qu'il ne pensait même plus à sa Laïele. Ses yeux jetaient des flammes en plein shabbat. Son nez était tranchant, tel le bec de l'épervier au moment de fondre sur sa proie. Il était prêt à partir en guerre contre tous. Pour commencer, il mit le rabbin au défi de lui montrer ne serait-ce qu'un seul mot hérétique dans les « commentaires » de Moïse Mendelssohn, ensuite il aligna les citations de la Torah et les traits d'esprit pour prouver que ni le rabbin ni les notables ne connaissaient un traître mot des écrits de Mendelssohn et qu'ils étaient même bien incapables de les comprendre. Après quoi, il se mit dans une telle colère qu'il déclara que ce que son maître Moïse Mendelssohn de mémoire bénie avait comme érudition, comme sagesse et comme piété dans la seule plante des pieds, le rabbin et tous les rabbis hassidiques réunis ne l'avaient pas dans tout leur corps et dans tout leur être.

Là, c'en était trop. Il avait outragé le rabbin et tous les rabbis hassidiques et avait parlé d'un mécréant en accompagnant son nom des mots « maître » et « de mémoire bénie », et ça dans un lieu saint ! Tout cela fit sortir les hassidim de leurs gonds : sans plus de façon, ils saisirent le gendre du magnat sous les bras, le mirent à la porte de la maison de prière et l'accompagnèrent de leurs vociférations :

« Va-t'en à tous les diables et ton maître de mémoire maudite avec toi ! Va rejoindre l'apostat de Berlin — qu'il pourrisse en enfer ! »

David Karnovski suivit leur conseil.

Selon le contrat de mariage, il avait encore la possibilité de se faire entretenir de longues années par son riche beau-père, mais il ne voulait plus rester dans la ville où on lui avait infligé publiquement un tel affront. Son beau-père essaya de le convaincre, promit de ne plus remettre les pieds dans cet oratoire et d'aller prier avec lui à la synagogue où les fidèles étaient plus évolués et plus raisonnables. Il pourrait même réunir lui-même un quorum de dix Juifs pour prier chez lui s'il y tenait vraiment. Léa, sa femme, le supplia de ne pas l'arracher à la maison de ses parents. David Karnovski ne voulut rien entendre.

« Pour tout l'or du monde je n'accepterai pas de passer un jour de plus parmi ces sauvages et ces ignorants. »

Sa colère était telle qu'il gratifia les fidèles de Melnitz de tous les qualificatifs injurieux qu'il avait rencontrés dans les ouvrages des *maskilim*[1] : obscurantistes, ignorants rétrogrades, idolâtres, ânes bâtés.

---

1. *Maskilim* : adeptes du mouvement juif des Lumières (Haskala) qui critiquent sévèrement l'obscurantisme du hassidisme.

Il voulait quitter non seulement la ville qui lui avait fait subir un tel affront mais aussi la Pologne, pays tout entier plongé dans les ténèbres. Depuis longtemps déjà, il était attiré par Berlin, la ville où son maître, le sage Moïse Mendelssohn, avait vécu et écrit, et d'où il avait répandu sa lumière sur le monde. Petit garçon déjà, alors qu'il étudiait l'allemand dans la traduction de la Torah faite par Mendelssohn, il se sentait attiré par ce pays de l'autre côté de la frontière d'où venait tout ce qui était bon, éclairé, raisonnable. Par la suite, quand, devenu plus grand, il aidait son père dans le commerce du bois, il avait souvent eu l'occasion de lire des lettres en allemand en provenance de Danzig, Brême, Hambourg, Berlin. Chaque fois, c'était comme un choc douloureux causé par la magie d'un autre pays. Dans l'adresse, la seule expression *Hochwohlgeboren* — « Très honoré » — respirait l'extrême délicatesse et le raffinement. Même les timbres colorés à l'effigie de l'empereur étranger éveillaient en lui la nostalgie de ce pays à la fois lointain et familier dont il avait appris la langue à travers la Torah. Berlin avait toujours représenté pour lui la Haskala, la sagesse, la subtilité, la beauté, la lumière, tout ce dont on ne peut que rêver et qui reste toujours hors de portée. À présent, il voyait la possibilité d'accéder à tout cela. Il fit pression sur son beau-père pour qu'il lui verse la grosse dot de Léa et le laisse partir là-bas, de l'autre côté de la frontière.

Au début, pour Leib Milner, c'était absolument hors de question. Il désirait vivre avec ses enfants et ses gendres. Sa femme, Nehome, se bouchait les oreilles afin de ne pas entendre de tels propos. Il ferait beau voir qu'elle laisse sa petite Léa chérie partir dans un pays lointain ! Même si on lui promettait tous les trésors du monde, ce serait non. Et elle agitait la tête avec une telle énergie que les longues boucles qui pendaient à ses oreilles venaient lui fouetter les joues. David Karnovski n'en démordait pas. Avec moult discours, en faisant appel à la Torah et à l'intelligence, à l'aide d'une infinité d'arguments raisonnables et aussi grâce à la persévérance des Karnovski, il démontra à son beau-père et à sa belle-mère qu'ils devaient accepter et le laisser faire ce qui lui tenait tant à cœur. Jour après jour, il parlait, il insistait, il argumentait jusqu'à ce que son beau-père rende les armes. Leib Milner ne pouvait pas résister à l'intelligence et aux discours de son gendre. Mais sa belle-mère, Nehome, ne se laissait pas convaincre. Non, non et non, répétait-elle, quand bien même cela devrait, à Dieu ne plaise, conduire à un divorce. Mais là, c'est Léa en personne qui intervint.

« Maman, j'irai là où mon David me demandera d'aller. »

Nehome baissa la tête et fondit en larmes. Léa se jeta à son cou et elles pleurèrent toutes deux de concert.

Comme toujours, David Karnovski était arrivé à ses fins. Leib Milner lui versa la totalité de la dot, vingt mille roubles en billets de cent tout neufs. Il réussit également à convaincre son beau-père de s'associer avec lui et de lui envoyer du bois en Allemagne, par flottage ou par train. Sa belle-mère prépara une montagne de gâteaux et de petits-fours, emballa une multitude de bouteilles de sirop de fruits, de bocaux de confitures, comme si sa fille partait pour le désert et qu'il fallait la munir de bonnes choses pour des années. David Karnovski raccourcit sa barbiche noire, s'équipa d'un chapeau melon, d'une veste qui s'arrêtait aux genoux, acheta un haut-de-forme pour le shabbat et les jours de fête et se fit même faire une redingote de drap avec des revers de soie.

Il ne fallut pas plus de quelques années à David Karnovski pour réaliser plusieurs grandes choses dans la capitale étrangère où il s'était installé. Premièrement, il apprit à bien parler l'allemand en respectant toutes les règles de la grammaire, non pas l'allemand de la Bible de Mendelssohn mais celui des négociants en bois, des banquiers et des fonctionnaires. Deuxièmement, il prospéra dans le commerce du bois et devint quelqu'un d'important dans ce secteur. Troisièmement, pendant son temps libre, tout seul, à l'aide de manuels, il étudia intégralement le programme des lycées, ce qu'il avait envie de faire depuis sa jeunesse mais n'avait jamais pu réaliser. Quatrièmement, grâce à son érudition et son attachement à la Haskala, il lia connaissance avec les notables de la Nouvelle Synagogue où il priait, non pas avec des Juifs fraîchement débarqués de l'Est mais avec des gens respectables, enracinés depuis plusieurs générations.

Son appartement cossu, situé en façade d'un immeuble de la Oranienburgerstrasse, à proximité de la Grosse Hamburger-strasse où s'élevait le monument à la mémoire de Mendelssohn, était devenu un lieu de rencontre pour érudits. Les murs de son vaste cabinet étaient recouverts de livres religieux ou profanes depuis le sol jusqu'au plafond mouluré, essentiellement des ouvrages anciens, des livres rares qu'il se procurait chez le bouquiniste Efroïm Walder, dans la Dragoner-strasse, au cœur du quartier juif. Souvent, le soir, ses confortables fauteuils de cuir étaient occupés non seulement par le rabbin de sa synagogue, le docteur Spayer, mais aussi par d'autres savants et talmudistes érudits, des bibliothécaires, des conférenciers et même le vieux professeur Breslauer, doyen de la faculté rabbinique, qui se réunissaient tous chez lui pour parler de la religion et des dernières recherches sur le judaïsme.

Quand, après trois ans de mariage, sa femme Léa lui donna un fils, il lui choisit deux prénoms : Moïse, comme Mendelssohn, prénom juif par lequel on l'appellerait à la Torah quand il serait plus grand, et un prénom allemand, Georg, rappelant le prénom de son propre père, Gershom, prénom qu'il pourrait utiliser en société et dans son activité commerciale.

« *Heve yehudi beveysekho veodem betseysekho, Sei Jude im Hause und Mensch in der Strasse*[1] », c'est ce que David Karnovski dit à son fils aussitôt après la circoncision, en hébreu et en allemand, comme si la traduction pouvait rendre l'injonction plus claire pour le nourrisson.

Les invités, docteur Spayer le rabbin et les notables maskilim, tous en habit noir et haut-de-forme, approuvaient ces paroles d'un hochement de tête satisfait.

« *Ja, ja*, cher Herr Karnovski, dit le docteur Spayer en passant la main dans sa barbiche en pointe aussi fine et aiguisée qu'un crayon bien taillé, toujours le juste milieu, "juif parmi les Juifs et allemand parmi les Allemands".

— Toujours la bonne vieille règle d'or du juste milieu », reprirent les autres en glissant leur serviette d'un blanc immaculé dans leur col haut et rigide et en s'apprêtant à accomplir leur devoir d'invités à ce riche banquet.

---

1. « Sois un Juif dans ta maison et un homme dans la rue » (en hébreu puis en allemand).

2

Il n'est pas de plus grand bonheur pour Léa Karnovski que d'entendre louer son enfant, surtout quand on
lui dit qu'il ressemble à son mari.

Durant ces cinq années, depuis la naissance de son
fils unique, elle a entendu les femmes lui faire des
compliments innombrables : qu'il est beau, qu'il a
toutes les qualités, que c'est son père trait pour trait,
mais elle veut se l'entendre répéter et encore et toujours.

Elle interrompt la bonne en plein travail pour qu'elle
regarde le petit garçon comme si elle ne le connaissait pas :

« Regarde-le, Ema, n'est-il pas adorable ?

— Bien sûr, madame.

— Son père tout craché, n'est-ce pas, Ema ?

— C'est exact, madame. »

Comme toutes les femmes, Ema sait que les mères
aiment s'entendre dire que leurs enfants ressemblent
à leur père, même si ce n'est pas le cas. Mais là, elle
n'a pas à mentir. Le petit Georg est le portrait craché de David Karnovski. Il a des yeux sombres étincelants, précocement soulignés par des sourcils noirs,
trop épais et trop durement dessinés pour son âge.

Ses joues sont d'un brun mat et ses petits bras solides et potelés. Le nez des Karnovski pointe déjà avec détermination et insolence dans son visage enfantin. Ses cheveux longs que sa mère refuse de faire couper, sont si noirs qu'ils en paraissent bleus. Ema voudrait trouver dans le petit garçon un trait de sa mère mais c'est difficile. Léa Karnovski a les cheveux châtains, la peau claire, des yeux gris qui tournent parfois au vert et beaucoup de douceur féminine dans son visage rond et sa silhouette épanouie.

« Sa bouche est tout à fait celle de Madame », finit par dire Ema, essayant de déceler chez l'enfant ne serait-ce qu'un petit quelque chose de sa maîtresse.

Mais même cela, Léa ne veut pas le lui accorder.

« Non, c'est la bouche de son père, tu vois bien, Ema. »

Toutes deux se mettent à examiner l'enfant qui, complètement absorbé par son jeu, chevauche avec fureur son cheval de bois. Prenant conscience de l'attention des femmes et de sa propre valeur, il leur tire la langue. Ema est offusquée. Elle le gronde.

« Espèce d'insolent petit diable. »

L'enfant est si brun qu'il lui fait toujours penser à un diable. Le fait qu'il ait tiré la langue plonge Léa dans une béatitude maternelle si profonde qu'elle l'attrape, l'assoit de force sur ses genoux et le noie sous une pluie de baisers brûlants.

« Ma fierté, mon bonheur, mon trésor, mon roi, je donnerais ma vie pour le moindre de tes petits ongles, mon adorable Moshele », chuchote-t-elle avec fougue en pressant la tête du garçonnet contre sa généreuse poitrine.

Georg tente de s'arracher à son étreinte, ses jambes potelées labourent les cuisses de sa mère.

« *Lasse mich doch, Mutti, ich muss doch zu meinen Pferd gehen*[1] », s'écrie-t-il, emporté par une rage enfantine.

Il n'aime pas que sa mère le couvre de baisers ou lui pince les joues. Mais ce qu'il aime moins encore, c'est qu'elle lui parle avec des mots étrangers, incompréhensibles, en l'appelant d'un nom qui n'est pas le sien. Personne, ni son père, ni Ema, la bonne, ni ses camarades au jardin d'enfants, ne lui parle dans cette langue étrange. De même qu'ils l'appellent tous par son vrai prénom, Georg ou bien son diminutif, Oriè. Sa mère est la seule à lui parler autrement et à l'appeler autrement et ça, il ne le supporte pas. Fâché, il lui fait la leçon.

« Je ne suis pas Moshele, je suis Georg. »

Pour cela Léa dépose un baiser sur ses yeux noirs, les deux, l'un après l'autre. Puis, dans un irrépressible afflux de ravissement, elle chuchote :

« Garnement, méchant garnement, têtu comme un vrai Karnovski, Moshele, Moshele, Moshele. »

Afin de l'amadouer, elle lui donne un gros morceau de chocolat, bien que David lui répète de ne pas le bourrer de sucreries pour ne pas le gâter. L'enfant enfonce ses dents blanches dans le chocolat brun et, tout au plaisir de la gourmandise, il oublie ce prénom qu'il ne reconnaît pas comme sien. Il laisse même sa mère l'embrasser autant que le cœur lui en dit.

Lorsque la grosse pendule murale de la salle à manger sonne solennellement huit coups, Léa se prépare à mettre son fils au lit. Ema le ferait bien mais Léa l'en empêche, elle prend plaisir à le coucher elle-même. Elle lui lave les menottes et le visage barbouillés de choco-

---

1. « Laisse-moi donc, maman, il faut que je retourne voir mon cheval » (allemand).

lat, elle lui retire la veste et le pantalon bleus de son costume marin décoré de boutons dorés, de liserés blancs et d'une ancre. Elle lui enfile une ample chemise qui lui retombe sur les pieds et, après l'avoir installé à califourchon sur son dos, elle le porte d'une *mezouza*[1] à l'autre pour qu'il les embrasse avant de se coucher. Le petit Georg embrasse les mezouzas comme sa mère le lui demande. Il ne sait pas vraiment ce que ça représente mais il sait que, s'il les embrasse, de bons anges s'installeront à son chevet pour veiller sur son sommeil toute la nuit. De plus, ces mezouzas sont enchâssées dans de petits étuis ciselés brillants comme de l'or qui lui plaisent beaucoup. Mais quand sa mère commence à lui faire réciter la prière « Écoute, Israël », il éclate de rire. Les mots hébreux prennent à son oreille une consonance étrangère comique, encore plus comique que ses discours en yiddish, et il les répète en les déformant complètement, et il se tord de rire lorsque sa mère fixe le plafond mouluré en étirant la dernière syllabe : « L'Éternel est un-un... » Elle lui fait penser à une poule en train de boire et il se met à caqueter comme une volaille. Il transforme les paroles sacrées en gloussement de gallinacé « co-co-co... ».

Léa Karnovski devient blême de peur : elle redoute que les bons anges qu'elle appelle à veiller auprès du lit de son fils — Michel à droite, Gabriel à gauche, Uriel devant et Raphaël derrière — ne se fâchent contre le petit garçon qui contrefait les paroles sacrées. Elle le supplie :

« Il ne faut pas faire ça, mon chéri, mon trésor, répète : *Bekhol levavkho uvekhol nafshekho*[2].

---

1. Étui contenant des versets du Pentateuque que l'on fixe aux montants des portes.
2. « De tout ton cœur et de toute ton âme » (hébreu).

« — *Belebebekhe, kheleleshekhe* », dit l'enfant en partant d'un grand rire sonore qui résonne dans toutes les pièces du vaste appartement.

Malgré sa frayeur d'entendre profaner les saintes paroles, Léa ne peut se retenir et éclate elle aussi de rire face au discours cocasse et aux grimaces effrénées du garçonnet. Elle sent bien que c'est un péché mais quand quelqu'un rit, elle ne peut s'empêcher d'en faire autant. Elle rit bruyamment, jusqu'aux larmes. Mais, immédiatement, elle se dit que son David, dans son bureau, peut l'entendre. Elle sait qu'il déteste cela. En outre, il y a avec lui des étrangers, des personnes respectables. Elle étouffe son rire dans l'oreiller de son fils.

« Il faut dormir, c'est l'heure ! » Elle fait semblant de se fâcher contre l'enfant qui ne pense qu'à jouer et elle l'embrasse de la tête aux pieds, d'abord, chacun des petits doigts de ses menottes puis chacun des petits orteils. Finalement, elle le retourne sur le ventre et lui dépose un baiser en plein sur le derrière en murmurant : « Doux comme le miel. »

Après l'avoir bordé et demandé à Dieu de pardonner ces enfantillages, elle pénètre dans la salle à manger, épuisée par ces violentes émotions maternelles et par tous ces rires.

« Ema, du thé pour ces messieurs ! » crie-t-elle à la bonne dans la cuisine.

Elle remet de l'ordre dans sa toilette, arrange ses cheveux ébouriffés par son fils et se rend dans le fumoir de son mari afin de servir une collation pour lui et ses invités. Il n'y a là que des hommes, tous plus âgés que lui, beaucoup plus. Ils portent des vestes sombres qui leur arrivent aux genoux et du linge étincelant de blancheur. La plupart ont des lunettes. L'un d'entre eux est un vieillard avec des cheveux blancs comme neige retombant jusqu'aux épaules ; sa barbe, ses moustaches et ses sourcils sont du même blanc. Au centre de toute cette blancheur éblouissante rayonne un joyeux visage rougeaud au nez court et charnu chaussé de lunettes à monture dorée. Il porte une petite kippa et fume une longue pipe de porcelaine, ce qui lui donne l'aspect d'un rabbin traditionnel ou même d'un rabbi hassidique, mais cependant, il parle allemand, un allemand châtié, et c'est un professeur.

« *Guten Abend*, bonsoir, Herr Professor ! dit Léa en rougissant.

— *Guten Abend*, bonsoir, ma petite fille ! » répond le professeur Breslauer dont le visage rougeaud et enfantin s'illumine au milieu de la masse blanche, immaculée, des cheveux et de la barbe. Puis elle salue les autres messieurs qui, malgré leur costume à l'occidentale, leur barbe rasée et leur parler allemand, portent inscrit sur leur visage leur passé d'étudiants de yeshiva. Ils sont cependant excessivement mondains et cérémonieux dans leurs manières. Ils s'adressent à Mme Karnovski avec une politesse outrancière.

« Bonsoir, très chère madame ! disent-ils en s'inclinant avec maladresse. Comment se porte cette très chère madame ? »

Chacun d'entre eux sort de sa poche une petite kippa, la pose sur sa tête pour dire la bénédiction sur la collation, puis la retire immédiatement. Ils disent la bénédiction très bas en remuant à peine les lèvres. Le professeur Breslauer, lui, récite la bénédiction à voix haute. C'est tout aussi fort qu'il complimente Mme Karnovski pour le strudel maison qu'elle leur sert avec le thé.

« Hm… Vous êtes une cuisinière, une artiste ! Un strudel au goût juif aussi authentique, je n'en ai pas mangé au cours de ces soixante dernières années.

Vous avez vraiment une épouse parfaite, monsieur Karnovski. »

Les messieurs à lunettes acquiescent d'un signe de tête, l'air gêné. Le seul à faire plus de compliments à Mme Karnovski que le professeur Breslauer, est le rabbin, le docteur Spayer. Passant sa main sur sa barbiche en pointe aiguisée comme un crayon, il la complimente non seulement pour son strudel mais aussi sur sa beauté.

La très digne Mme Karnovski, dit le rabbin, surpasse même la femme parfaite des Proverbes. En effet, il est écrit à propos de cette dernière : « Mensonge est sa grâce, fumée sa beauté », seules ses œuvres sont louées. Mais la très chère Mme Karnovski a toutes les vertus.

« L'épouse parfaite, son charme et sa beauté ne sont pas mensonge et vanité mais ils vont main dans la main avec ses qualités morales, mes chers messieurs. »

Le professeur Breslauer rayonne de joie, il le menace du doigt et le met en garde.

« Mon cher maître, vous êtes un véritable séducteur, je vais le dire à votre épouse, la rabbine. »

Tous sourient et prennent plaisir à cette conversation légère, ce moment de détente après les sérieuses discussions sur des sujets profanes ou religieux dans lesquelles ils étaient plongés jusqu'alors. Tous, sauf le maître de maison, David Karnovski. Bien qu'il soit plus jeune que les autres, le plus jeune de tous, et que son visage soit plein d'énergie et de vie, il n'aime pas les discours oiseux ; ce qui le passionne, c'est la Haskala et l'érudition. Il désire justement parler à ses invités d'une rareté qu'il a dénichée parmi les livres pieux chez le bouquiniste reb Efroïm Walder de la Dragonerstrasse, et il ne supporte pas que l'on perde son temps à bavarder avec une femme. Il les interrompt :

« Vous savez, messieurs, j'ai trouvé un Midrash de Tankhem extrêmement vieux, il a été publié en l'an... »

Léa quitte le cabinet de son mari. Sur le Midrash de Tankhem, elle n'a rien à dire. D'ailleurs, elle sait bien que son David n'aime pas particulièrement la voir dans son bureau lorsqu'il reçoit ses honorables hôtes. Jusqu'à présent, elle n'a pas réussi à apprendre correctement l'allemand. Elle fait des fautes en parlant et utilise parfois des mots de Melnitz, ce qui plonge son mari dans le plus grand embarras. Gênée, elle sort de la pièce. Malgré tous les compliments exagérés que lui ont adressés ces messieurs, elle a soudain l'impression d'être une bonne qui peut disposer, une fois son travail terminé. La lampe à huile suspendue dans la salle à manger dessine des ombres épaisses et Léa est saisie d'une profonde tristesse en s'asseyant toute seule dans la vaste pièce pour repriser les chaussettes de son mari.

Elle vit dans cette grande ville étrangère depuis déjà pas mal d'années, pourtant elle y est toujours aussi solitaire que dans les premiers temps après leur installation. Elle soupire sans cesse après ses parents au pays, ses amies, chaque petit coin du shtetl où elle est née et a grandi, de l'autre côté de la frontière. Son mari la traite très bien. Il est fidèle, lui procure tout ce dont elle a envie. Mais il passe peu de temps avec elle. La journée, il est pris par son commerce de bois, le soir, par ses livres religieux ou profanes, ou bien il a ses invités avec lesquels il discute de religion ou de science. Elle ne comprend rien à son négoce, elle ne comprend rien à ses études. Les voisins lui sont étrangers. Ce n'est que lorsqu'elle les croise dans les escaliers qu'ils échangent un salut. Dans sa solitude et son isolement Léa n'a personne vers qui se tourner. Il est rare qu'elle sorte avec son mari. Pour les fêtes seulement, ils vont ensemble à la synagogue. Ils s'y rendent à pied en se tenant par le bras, lui, en haut-de-forme, elle, parée de ses plus beaux vêtements et de ses bijoux. Chemin faisant, ils rencontrent d'autres couples qui se tiennent tout pareillement par le bras et avancent lentement, du pas tranquille et majestueux des jours de fête. Les messieurs se découvrent, les dames font un signe de tête. On s'enquiert parfois de la précieuse santé de... Et on en reste là.

Quoique d'un caractère avenant, enjoué et facile, Léa a beau faire, elle n'arrive pas à se lier avec les dames distinguées de sa synagogue. Elle n'est sûre ni de son allemand ni de ses manières. Elle se sent étrangère, effrayée, parmi elles. De même que lui sont étrangères les prières du chantre qui, bien que dites en hébreu, lui semblent sortir de la bouche d'un curé, le chœur qui psalmodie en bredouillant et les sermons du docteur Spayer. Le rabbin Spayer, un homme rigide au visage froid, parle avec une solennité affectée et de grands gestes qui contredisent son visage froid et sa silhouette raide. Il utilise un langage d'un registre très élevé, orné d'expressions fleuries, truffé de citations de poètes et philosophes allemands, agrémenté de versets bibliques et d'aphorismes. Le public féminin de la synagogue est fasciné par ses sermons.

« Il est divin, n'est-ce pas votre avis, madame Karnovski ?

— Oui, bien sûr, bien sûr », acquiesce Léa.

Mais elle ne comprend pas un traître mot de ce qu'elle entend. De même qu'elle a du mal à se repérer dans son livre de prières avec sa traduction allemande. Elle ne retrouve rien de familier, de juif, dans l'hébreu du chantre. La synagogue, l'arche sainte et la Torah ne lui paraissent pas juives et Dieu en personne lui semble étranger dans ce somptueux temple goy. Comme sa mère à la maison, elle aurait volontiers conversé avec le Seigneur tout-puissant en poussant un soupir bien juif et en l'appelant affectueusement Père. Mais dans ce palais sculpté qui ressemble plutôt à une banque qu'à la demeure de Dieu, elle n'ose pas.

David Karnovski est très fier de sa synagogue et des fidèles qui la fréquentent. Non seulement ils le traitent d'égal à égal mais ils l'ont même admis dans le conseil d'administration. Il a parfois l'honneur d'aider le chantre à sortir les rouleaux de l'arche sainte et à les y replacer après le service. Il peut aussi, à l'aide d'un *iad*[1] d'argent qu'il déplace sur les rouleaux, indiquer au lecteur où il en est de la lecture. Les hommes appelés à la Torah lui serrent la main pour le remercier avant de regagner leur place. On vient également lui souhaiter un bon shabbat à la fin de l'office. David Karnovski se sent grandement valorisé par toutes ces marques d'honneur. Après la maison de prière de Melnitz où les sauvages l'avaient si profondément humilié, c'est pour lui une réussite indéniable que de se voir accorder de telles marques d'honneur par des notables enracinés depuis longtemps à Berlin, des Juifs riches, instruits et éclairés. Il voudrait que Léa sache également apprécier cela et en soit fière. Mais Léa ne sait ni apprécier ces choses ni en être fière. Elle se sent étrangère parmi les amis de son mari. Étrangère et perdue. Plus étrangère et plus perdue encore lorsqu'elle

1. Baguette terminée par une main à l'index tendu, utilisée pour suivre la lecture sur la Torah à la synagogue.

est en visite chez le docteur Spayer qui l'invite parfois. Bien que son mari soit un rabbin réformé, Mme la rabbine est très pieuse. Non seulement elle prie trois fois par jour mais elle passe son temps à se laver les mains et à dire des bénédictions sur chaque verre de café, chaque sucrerie ou chaque fruit. À côté de cela, elle est comme son époux très ferrée en littérature, elle cite les poètes et récite leurs vers qu'elle connaît par cœur. Elle est originaire de Francfort, descendante de plusieurs générations de rabbins, elle est également bardée d'érudition et s'exprime comme un homme, un savant. Étant une femme stérile, elle ne parle jamais d'enfants, mais elle s'attarde sur la vaste culture tant religieuse qu'universelle de ses bienheureux grands-pères et arrière-grands-pères, les rabbins. Elle connaît également la généalogie de toutes les meilleures maisons, non seulement de Francfort et de Berlin, mais du pays tout entier. Elle sait qui descend de qui, qui a épousé qui, et combien vaut chacun. Ses invitées sont toutes aussi dignes et bien nées qu'elle-même. Ce sont pour la plupart des femmes âgées qui ne s'intéressent plus aux toilettes ni aux problèmes de la maternité. Par contre, elles parlent beaucoup de partis, de dots, de cadeaux et de noblesse. Mme la rabbine domine tout le monde. Elle ne parle pas, elle prêche, en citant fréquemment les propos de son père ou de son grand-père. Elle a coutume de dire en se rengorgeant fièrement :

« Mon bienheureux grand-père, le célèbre rabbin de Francfort, a déclaré un jour dans son génial sermon du shabbat précédant Yom Kippour… »

Léa Karnovski n'a rien à raconter au sujet de ses grands-pères qui étaient métayers dans des villages de Pologne. Pour participer à la conversation, elle essaie parfois de rapporter un bon mot de son fils mais

Mme la rabbine n'a strictement rien à dire concernant les mots d'enfants, elle préfère rapporter un trait d'esprit de l'un de ses aïeux. Quand Léa Karnovski quitte la maison du rabbin, elle respire plus librement. Lorsqu'ils rentrent chez eux, elle supplie son mari qui la tient par le bras.

« David mon chéri, ne m'emmène plus avec toi en visite. »

Il la réprimande :

« *Um Gottes Himmels Willen, sprich doch Deutsch*[1] ! »

L'allemand pour lui, c'est la Haskala, le progrès, Moïse Mendelssohn, la recherche moderne sur le judaïsme. La langue de Léa, c'est le rabbin de Melnitz, les hassidim, la sottise et l'ignorance. Par ailleurs, il a peur qu'un passant dans la rue n'entende ce jargon et ne le prenne pour un Juif de la Dragoner-strasse.

David Karnovski attend d'être rentré à la maison pour faire la leçon à Léa. Il lui redit une fois de plus qu'elle doit se rappeler qui elle est. Elle n'est plus une quelconque bonne femme de Melnitz mais Mme Karnovski, l'épouse de David Karnovski qui a comme amis d'honorables bourgeois, berlinois de longue date. David Karnovski ne peut pas aller en visite seul, comme un vieux garçon ou un débauché qui ne s'entendrait plus avec sa femme. Ils doivent y aller ensemble, comme cela se pratique dans les bonnes maisons. Léa doit s'habituer à parler avec les gens, à fréquenter des dames distinguées. Elle doit aussi se cultiver, lire, comme il l'a fait lui-même, afin de ne pas lui faire honte. Le plus important, c'est la langue, il lui faut travailler la grammaire, ne parler qu'alle-

---

1. « Pour l'amour du ciel, parle donc allemand ! »

mand, ne pas s'accrocher au jargon de Melnitz qui corrompt la prononciation. Il faut qu'elle se sente aussi à l'aise que lui dans ce nouveau monde. Personne ne reconnaîtrait plus en lui un immigré. Léa écoute le sermon de son mari, ses réprimandes, et ne sait que répondre. Que pourrait-elle bien répondre ? Mais elle se sent bien seule.

Comme toujours en pareil cas, quand elle se sent particulièrement seule, elle entreprend d'écrire une lettre à ses parents ou à sa sœur restés au pays, à son frère en Amérique, à de la famille ou à des amies du shtetl. Dans ces lettres en yiddish, elle met tout son cœur, toute sa nostalgie.

David ne comprend pas ce que sa femme peut bien avoir à dire pour écrire autant. En vérité, lui aussi écrit beaucoup, mais ce sont des choses importantes, des lettres d'affaires, des factures pour le bois ou bien même des études en hébreu concernant la Haskala ou la grammaire hébraïque. Mais qu'est-ce qu'une jeune femme peut écrire dans d'aussi longues lettres, qui plus est en jargon, et à Melnitz par-dessus le marché ? Voilà qui dépasse son entendement. Cependant, il ne lui fait pas de remarques. Il se contente de jeter, par curiosité, un coup d'œil sur l'un des feuillets, sourit des fautes qu'elle fait dans les mots hébreux, passe sa main brune et chaude sur la chevelure lisse de Léa et il lui semble caresser de la soie. Elle se blottit contre lui, son tendre corps féminin s'abandonne. Elle le supplie :

« David, il faut que tu m'aimes, qui ai-je d'autre que toi et notre fils ? »

Dans le feu de l'amour, Karnovski oublie et sa position de notable et ses recherches sur la religion. Mais il y a une chose qu'il n'oublie jamais, c'est son allemand. Même dans les moments d'extrême extase, c'est en cette langue qu'il dit des mots tendres à Léa. Elle se sent blessée. Ces mots tendres dans une langue étrangère ne lui font pas chaud au cœur. Ils n'ont pas pour elle le vrai goût de l'amour.

3

Sur l'avenue Landsberger, non loin de l'ancien Scheunenviertel où sont établis les Juifs galiciens venus de Pologne, le magasin de Salomon Bourak, Aux bonnes affaires, déborde d'une foule compacte et bruyante. Des femmes de tous âges et de toutes conditions : des Allemandes âgées, bien en chair, portant sur leurs cheveux haut relevés de massifs chapeaux sombres ornés de fleurs et de rubans ; des femmes d'ouvriers, maigres et pâles, traînant des petits enfants ; des jeunes filles blondes, élégantes dans leurs grandes robes aux couleurs vives, une ombrelle à long manche à la main. Elles remplissent le vaste magasin bourré du sol au plafond de toutes les marchandises imaginables : du linge de corps, des tissus, indiennes et soieries, des chaussettes et des tabliers, des voiles et des robes de mariée en satin, différents articles pour les femmes enceintes et les nourrissons et même des suaires sans forme destinés à revêtir les morts pour leur dernier sommeil. Des vendeurs et vendeuses aux yeux et aux cheveux noirs, à la tenue soignée, servent la masse des clients avec une adresse, une dextérité, une rapidité extraordinaires. Ils mesurent à toute vitesse, essayent, sourient, lissent de la main, calculent promptement et emballent fébrilement. Ils pressent les femmes qui font la queue pour acheter :

« *Nächste bitte, meine Damen, nächste*[1]. »

À la caisse, trône Mme Bourak qui reçoit l'argent et rend la monnaie. Ses doigts potelés, ornés de bagues, travaillent avec beaucoup d'agilité lorsqu'elle compte les billets et les pièces à rendre.

« *Dankeschön* — merci », murmurent ses lèvres qui sourient sans discontinuer aux clientes et à l'argent.

Le plus vif de tous, le plus mobile et le plus soigné dans sa mise est Salomon Bourak en personne, le patron du magasin. Blond, mince, d'une élégance recherchée, il porte un costume anglais très clair, à carreaux, une cravate rouge et un mouchoir de soie à la poche de sa veste ajustée, une grosse chevalière à l'index de la main droite, et il ressemble plus à un comédien allemand ou à un aboyeur de cirque qu'à un négociant en confection installé à proximité du quartier juif. En outre, il parle un allemand typiquement berlinois avec la prononciation et la saveur de la langue des rues. En fait, c'est dans sa vivacité et sa nervosité que transparaît le Juif, non pas le Juif allemand mais l'immigré d'Europe de l'Est. Il se déplace comme un tourbillon à l'intérieur du vaste magasin, se fraye habilement un passage à travers la foule compacte des femmes, il est partout à la fois.

« Un mark de plus, un mark de moins, murmure-t-il aux vendeurs et vendeuses, l'essentiel, c'est que ça tourne. J'aime quand ça bouge. »

Tel a été son principe depuis le premier jour quand, tout jeune homme, il a quitté Melnitz pour venir faire le colporteur dans les campagnes allemandes avec un

1. « La personne suivante, mesdames » (allemand).

ballot de marchandises. Il s'en est tenu à ce même principe plus tard, lorsqu'il a ouvert une petite boutique de confection à crédit dans la Linienstrasse, en plein quartier juif. Aujourd'hui encore, alors qu'il a depuis longtemps quitté le quartier des Galiciens de Pologne et a réussi à installer un gigantesque commerce dans l'avenue Landsberger, son principe de base n'a pas varié. Il aime faire du commerce, acheter et vendre pour acheter à nouveau. Il se procure d'énormes lots de marchandise, plus gros ils sont, mieux ça vaut. Il rachète des fins de séries, des articles démodés ou avec des défauts, des stocks restants après une faillite ou un incendie, tout ce qui est bon marché. De même qu'il achète à bas prix, il revend à bas prix. Il vend au comptant, payable en espèces ou en traites, à crédit. Mais bien qu'il ne soit plus dans la Linien Strasse et que toute sa clientèle soit goy, contrairement à la majorité des commerçants juifs du quartier, il ne cache pas qu'il est Juif. Sur son enseigne, il a écrit son nom juif en gros caractères — Salomon Bourak. Il ne cherche pas non plus à donner du lustre à son magasin par la présence de vendeurs goy, de beaux blonds ou de belles blondes, comme le font les autres négociants qui tentent ainsi de camoufler leur judéité aux yeux de leurs clients. Il préfère employer des parents à lui ou à sa femme qu'il fait venir de Melnitz. Non seulement il leur permet ainsi de gagner leur vie mais en plus, il peut compter sur eux comme sur ses propres enfants. Les plus jeunes, dès qu'ils ont acquis les manières et la langue, il les garde au magasin. Les plus âgés, il les envoie collecter les mensualités auprès des clients qui ont acheté à crédit.

Les commerçants juifs du voisinage, assimilés et germanisés, n'apprécient pas le comportement de Salomon Bourak. Ce qui les chagrine le plus, ce n'est pas tant qu'il tue le commerce en vendant à des prix dérisoires, c'est surtout qu'il ait importé le judaïsme de Russie dans l'avenue Landsberger, une rue allemande. Ils ne supportent pas non plus de voir son prénom, Salomon, s'étaler sur son enseigne en grosses lettres horriblement criardes. Ils tiennent cela pour de l'insolence juive, l'envie d'en mettre plein la vue aux goyim.

« À quoi bon ce "Salomon" ? demandent-ils à Salomon Bourak. Le nom de famille suffit, et si vraiment on veut plus, on peut se contenter de l'initiale, S. »

Salomon Bourak se rit sans retenue de ses voisins. Il ne voit vraiment pas ce qu'il y a de mal dans « Salomon ». Il ne comprend pas non plus ce qu'ils ont à reprocher à ses vendeurs venus de l'autre côté de la frontière. Avec son allemand des rues, appris au temps où il faisait le colporteur, truffé de bons mots, de phrases toutes faites, de grossièretés et de fautes, agrémenté de mots hébreux et d'autres empruntés au yiddish de Melnitz, il démontre à ses voisins vexés qu'il réussit mieux avec son « Salomon » qu'eux avec leurs vendeuses et vendeurs allemands dont ils se glorifient auprès des goyim. Malgré son prénom, Salomon, c'est chez lui que se précipitent les femmes et les jeunes filles goy, elles accourent le diable sait d'où, parce que chez lui on peut acheter pour quelques pfennigs de moins.

« Comme on dit : le Juif est sale mais son argent est propre... »

Il ne les ménage pas, ses coreligionnaires, ni ses voisins les commerçants, ni les fabricants auxquels il achète d'énormes lots de marchandises, ni même les directeurs de banque qui lui accordent de gros crédits. Il leur prouve que, bien qu'ils soient assimilés, allemands depuis des générations, les goyim les détestent tout autant que lui, l'étranger, et que tous les Juifs, et qu'ils n'ont donc pas à le prendre de haut avec lui, Salomon Bourak.

« Comme on dit : qu'il s'appelle Fritz ou Salomon, on déteste le Juif, on aime son pognon... » C'est sur cette rime que Salomon Bourak conclut, et il se frotte les mains l'une contre l'autre, ce qui signifie que la cause est entendue et qu'il n'y a plus rien à ajouter.

Les distingués Berlinois aux yeux noirs qui envient à l'immigré sa blondeur chrétienne hochent la tête, l'air anxieux. Ils savent bien qu'il dit la vérité, qu'il s'appuie sur des faits vécus, mais ils ne veulent cependant pas entendre cela de la bouche de cet ancien colporteur qui a fait irruption avec tant d'éclat dans l'avenue Landsberger. Ils sont inquiets face à ces gens qui, avec leurs noms, leurs manières, leur parler et leurs méthodes commerciales, les éclaboussent, eux qui sont depuis longtemps installés et germanisés. Leur cœur se serre d'effroi lorsqu'ils voient ces nouveaux venus faire resurgir de sous terre ce judaïsme qu'eux, les anciens, ont depuis de longues années dissimulé et camouflé.

« *Na, lassen vir es !* Eh bien, laissons cela ! » disent-ils, désireux de ne plus parler de ces choses détestables.

Salomon Bourak veut justement qu'on en parle. Et précisément parce qu'ils n'aiment pas l'entendre tenir de tels propos, il les leur sert à toutes les occasions. De même qu'il a souvent recours à des dictons yiddish lorsqu'il parle avec les fabricants ou les directeurs de banque qui s'en sentent humiliés. Mais ce n'est pas seulement avec les Juifs que Salomon Bourak utilise sa langue bâtarde. Il s'en sert aussi dans son magasin quand une cliente embêtante l'importune un peu trop. Il se moque d'elle avec le plus grand sérieux :

« C'est la toute dernière mode, modèle dernier cri *yayle veyove* numéro treize, à la mode de chez nous... N'est-ce pas, Max ? »

Autant que dans son magasin, il s'agite sans cesse dans son vaste appartement. Celui-ci est toujours plein de parents, d'amis, de connaissances et surtout de compatriotes de Melnitz. Une femme qui vient consulter un célèbre professeur allemand, un jeune couple en partance pour l'Amérique, tous descendent chez Shloïmele Bourak qu'on appelle ici Salomon. On reste chez lui des jours, parfois des semaines, on mange à la grande table et on dort sur des divans moelleux. Salomon Bourak lui-même se moque de son appartement agité, il l'appelle « l'hôtel des Cancrelats ». Mais ce n'est pas parce qu'il est mécontent d'avoir ces gens chez lui, c'est juste pour faire un bon mot.

« Vivre et laisser vivre », répète-t-il à sa femme quand parfois elle se dit fatiguée de ces hôtes.

Parmi les invités qui débarquent de temps en temps dans cet « hôtel », il y a Léa Karnovski, originaire de la même ville que Salomon et Ita Bourak.

Quand son mari est à la maison, Léa ne va pas chez les Bourak. David Karnovski ne veut pas entretenir la moindre relation avec ces gens de Melnitz. Précisément parce qu'il est lui-même étranger, il évite, dans la mesure du possible, de fréquenter des étrangers. Il veut oublier ces années révolues, les effacer de sa mémoire. De plus, même de l'autre côté, ces Bourak n'étaient pas des gens de son monde. Il ne les connaissait pas, ne les fréquentait pas. Il avait entendu dire que c'était des sans-le-sou et des ignorants, et Karnovski l'érudit, fils d'une illustre famille, détestait les gens incultes, les grossiers personnages. Dès le premier jour, quand les Bourak, sans être invités, étaient venus rendre visite à Léa Karnovski et que lui, Salomon, son cigare à la bouche, avait commencé à faire copain-copain avec David et à lui taper dans le dos, Karnovski l'avait envoyé balader avec tant de rudesse que l'autre avait compris qu'il ferait mieux de ne pas revenir.

« Je n'ai rien de commun avec cette populace, avait-il dit à Léa, et toi aussi, tu devrais les éviter. Ce n'est pas une compagnie pour l'épouse de David Karnovski. »

C'est pourquoi Léa évite de fréquenter les gens de sa ville natale. Mais quand David s'en va pour ses affaires, à Brême, à Hambourg, et y passe plusieurs jours, parfois même une semaine, elle se sent si seule dans son grand appartement qu'elle ne sait pas où se mettre et elle se rend en cachette chez les Bourak pour voir une tête connue, échanger quelques mots dans sa langue familière. Tant Ita Bourak que son mari Salomon l'accueillent avec des démonstrations d'amitié. Ita, réjouie, frappe des mains.

« Oh ! La petite Léa, la fille de reb Leib Milner ! Salomon, Shloïmele, viens donc voir qui nous rend visite ! »

Salomon — Shloïmele rit de toutes ses dents.

« C'est la Pâque en décembre cette année, shabbat en pleine semaine, si Mme Karnovski nous fait l'honneur de venir chez Salomon Bourak », dit-il hilare.

Et il tourbillonne autour d'elle avec une prévenance exagérée, comme il a appris à le faire avec les dames, jeune homme, dans les salles de danse à bon marché, et il l'aide à retirer son long manteau et la débarrasse de son grand parapluie.

« Ton mari est en voyage ? » demande Ita en embrassant Léa qui a déjà enlevé son volumineux chapeau à plume garni d'une voilette.

« Oui, Itele », dit Léa gênée, et dans son embarras, elle marmonne quelque chose pour se justifier aux yeux de ces gens qu'elle est obligée de venir voir en cachette.

Salomon trouve là l'occasion de faire une plaisanterie. Il se précipite vers le poêle et vérifie qu'il ne s'apprête pas à tomber. C'est pour lui une façon habituelle de faire comprendre, lorsqu'un hôte de marque arrive à l'improviste, qu'il y a danger de voir le poêle s'écrouler. Ita qui, depuis qu'elle a épousé Salomon, veille sur sa dignité et refrène ses extravagances, stoppe sa plaisanterie de mauvais goût par un reproche :

« Shloïmele, Salomon, laisse donc ce poêle ! »

À cette plaisanterie de Melnitz, Léa éclate de rire. Elle est comme parcourue par un souffle familier, chaleureux. Dès qu'elle arrive dans cette maison, elle se sent bien. Elle a envie de rire, de rire aux éclats. Ita n'attend que l'occasion d'éclater de rire elle aussi. Elle a toujours aimé s'amuser, a toujours été la première rieuse parmi les femmes et les jeunes filles. Satisfait du succès de ses plaisanteries, Salomon continue de plus belle :

« Que fait notre dindon de Pessah ? » demande-t-il à Léa.

Elle ne comprend pas.

« Le dindon de Pessah ?

— Je veux dire M. Karnovski, explique Salomon, il fait la roue, hein ? »

Là, c'en est trop, et Ita le remet à sa place.

« Shloïmele, contrôle-toi un peu, tu ferais mieux d'aller dire à la bonne de nous servir quelque chose. »

Léa mange les petits gâteaux au pavot, les gâteaux secs de toutes formes qui sont faits exactement comme on les faisait chez elle pour le shabbat. Elle goûte aussi les petits sablés au miel et à la confiture, et elle se délecte.

« Exactement comme chez mes parents, à Melnitz, bonté divine, un vrai délice », murmure-t-elle.

L'appartement se remplit de monde. Les Bourak tiennent maison ouverte. Les bonnes chrétiennes ne demandent même pas qui sonne à la porte, elles se contentent de faire entrer. Souvent, on voit là, non seulement des parents et des employés mais également toutes sortes de courtiers et d'agents. Des boutiquiers du vieux quartier juif viennent demander un petit prêt sans intérêts. Il y a aussi les visites de fonctionnaires communautaires religieux venus de Galicie, de vagues descendants de grands rabbins, d'écrivains, de gens souffrant de douleurs qui ont besoin d'aller prendre les eaux, de pères de filles poussées en graine qui collectent de quoi leur constituer une dot, de sans-le-sou distingués, de vulgaires pique-assiette, de victimes d'incendie, de malades qui doivent consulter un professeur étranger. Salomon Bourak ne laisse personne repartir les mains vides.

« Un mark de plus, un mark de moins, vivre et laisser vivre », dit-il en comptant à chacun rapidement son argent.

Les nombreuses pièces meublées du mobilier le plus moderne, décorées de toutes sortes de bibelots, de statuettes, aux murs recouverts de tableaux, des peintures à l'huile de couleurs vives, sont bondées d'invités. Dans la cuisine, ça n'arrête jamais. Les filles auxquelles Ita a appris à préparer tous les plats yiddish font des kugels, des gâteaux aux carottes, farcissent le poisson et coupent les nouilles, mettent au four des petits biscuits au pavot, au miel, servent sans cesse quelque chose à boire ou à manger. L'air est saturé de fumée de cigarettes, de bruits de conversations et de rires. D'élégants jeunes gens, les vendeurs, discutent du magasin, de leurs succès féminins, de leurs accrochages avec les antisémites. Les jeunes filles parlent mode, économies, dot et mariage. Les collecteurs de mensualités évoquent les bons et les mauvais payeurs, les bons et les mauvais goyim. Mais on parle surtout de Melnitz. On est au courant ici de tout ce qui se passe là-bas. On sait qui a fait fortune et qui s'est ruiné. Qui est mort et qui a enfanté. Qui s'est allié à qui et qui s'est fâché avec qui. Qui a vu son bien emporté par le feu, qui a déjà émigré en Amérique et qui s'apprête à le faire. Léa Karnovski boit toutes les paroles, ses joues brûlent de curiosité et de bonheur. Elle est à nouveau chez elle. La ville entière et tous ses habitants défilent sous ses yeux. De temps à autre, elle réalise qu'elle est là depuis trop longtemps et elle essaie de se lever de son siège mais ni Ita, ni Salomon, ni les autres personnes présentes ne la laissent s'en aller.

« Pas question de te laisser déjà partir », dit Ita en la retenant par la main.

Léa ne se fait pas trop prier. Elle veut rattraper le temps perdu, compenser ces horribles visites chez Mme la rabbine, sa vie triste et brimée. Ici, elle n'a pas besoin de réfléchir avant d'ouvrir la bouche. Ici, elle peut bavarder librement, se comporter avec naturel, parler de robes et de cuisine, rapporter les bons mots de son enfant et entendre Ita raconter les bons mots des siens et surtout, elle peut rire, rire de n'importe quoi, comme quand elle était encore jeune fille dans la maison de ses parents. Quand on met le couvert et qu'on apporte ce plat qui lui rappelle la cuisine de son enfance, des nouilles dans du bouillon de poisson, Léa est ravie, elle est au septième ciel.

« Regarde-moi ça, des nouilles dans du bouillon de poisson, exactement comme à Melnitz ! »

Les gens dégustent avec plaisir le dîner familial tout en écoutant les savoureuses histoires du maître de maison, toutes ses aventures, tout ce qu'il a enduré, tant des goyim que de leurs chiens, à l'époque où il a débarqué ici, quand il traînait sa valise de colporteur de maison en maison, jusqu'au jour où, avec l'aide de Dieu, il a réussi, au point de pouvoir se moquer des idiots d'Allemands. Les convives passent des Allemands chrétiens aux Juifs allemands qui, pas plus que les premiers, ne peuvent supporter la vue d'un Juif étranger et qui seraient prêts, lorsqu'ils voient un Juif polonais, à lui enfoncer la tête sous l'eau.

« Qu'est-ce que vous voulez de plus, même les Juifs de Poznan, eux-mêmes autrefois polonais, se croient très supérieurs aux Juifs polonais, dit, indigné, un des dîneurs.

— Et les nôtres, ils sont mieux ? demande Salomon à l'assistance. À peine sont-ils admis dans les hautes sphères qu'ils ne nous connaissent plus. »

Ita, qui voit que son mari dit des choses à ne pas dire en présence de Léa, le retient comme à son habitude.

« Shloïmele, ne parle pas tant, tu vas encore avaler une arête avec le bouillon, Salomon chéri. »

Elle l'appelle toujours par ses deux prénoms, et Shloïmele, et Salomon.

Shloïmele-Salomon prend un peu de sliwowitz, la liqueur de prune faite maison, en principe réservée à Pessah mais qu'il boit toute l'année et, d'un geste des deux mains, il envoie balader tous les Allemands, les goyim, les Juifs, ceux de Poznan et tous les autres.

« Pour moi, ils peuvent bien tous aller se faire pendre, un jour viendra où ils seront obligés de tirer leur chapeau haut de forme devant Salomon Bourak. Aussi vrai que je m'appelle Shloïme. »

Particulièrement réjoui à l'idée qu'ils devront un jour retirer leur haut-de-forme devant lui, il remonte le gramophone vert à large pavillon et passe le nouveau disque qu'il a acheté chez le bouquiniste Efroïm Walder, la prière Mipney Khateynu[1], interprétée par un chantre du pays. Le gramophone minaude pour le Dieu tout-puissant, gémit, jubile de ravissement, lui fait des grâces et l'implore tel un enfant avec son père. Léa sent la piété l'envahir, comme lorsqu'elle était encore petite fille et que sa mère l'emmenait avec elle prier à la synagogue des femmes pendant les Jours redoutables[2]. Bien qu'elle ne comprenne pas la signification des mots hébreux, ils la touchent par leur accent familier, leur façon de soupirer et de supplier. La machine parlante en fer-blanc la rapproche plus de Dieu que le chantre de la synagogue réformée accompagné du chœur au grand complet. Elle s'adresse au Seigneur tout-puissant comme à un proche :

« Dieu chéri ! Père miséricordieux… »

1. « En raison de nos péchés » (hébreu).
2. Les dix jours entre Rosh Hashana et Yom Kippour.

4

Fidèle au précepte de ses maîtres, David Karnovski veillait scrupuleusement à ce que son fils soit un Juif à la maison et un individu comme les autres à l'extérieur. Les chrétiens de la rue quant à eux voyaient dans le petit Georg, non pas un individu comme les autres, mais un Juif.

La cour du grand immeuble de la Oranienburger-strasse n'était pas particulièrement vaste mais très animée. En façade, là où habitaient les Karnovski, s'alignaient de spacieux appartements, peu peuplés, et les larges escaliers du vestibule étaient joliment peints. Au-dessus des hautes portes à deux battants brûlaient des lampes à gaz. Les fenêtres de ces appartements-là donnaient sur la rue. On y trouvait peu d'enfants. Les autres appartements, ceux dont les fenêtres ouvraient sur la cour, étaient petits, surpeuplés et débordaient d'enfants. Dans la cour, il y avait une poubelle grande et haute. Des chats et des chiens y fouinaient en permanence. Par les fenêtres ouvertes on entendait des femmes crier, des filles chanter et, ici et là, le bruit d'une machine à coudre, l'aboiement d'un chien. Très souvent, un joueur d'orgue de Barbarie venait entonner des chants de soldats ou des chansons d'amour en s'accompagnant de son instrument. De tous côtés, on voyait alors des femmes passer la tête à la fenêtre. La cour grouillait d'un tas d'enfants mais c'est surtout autour de la poubelle qu'ils s'agglutinaient.

Parmi tous ces garçons et filles allemands, blonds aux joues pâles, aux yeux bleus, et au nez court qui s'amusaient là, seul Georg avait les cheveux et les yeux noirs et les joues basanées. Il logeait côté rue, mais il était toujours fourré avec les enfants de la cour. Son teint sombre contrastait particulièrement avec leur blondeur. Il se distinguait aussi par un caractère bouillant et fougueux. Que l'on joue aux soldats, aux voleurs ou bien au chat et à la souris, il mettait toujours beaucoup d'ardeur au jeu. C'était lui le meneur et il régentait les autres. Les enfants lui obéissaient comme on obéit toujours à celui qui donne des ordres. Mais Georg ne se contentait pas de donner des ordres, il sévissait contre ceux qui ne se précipitaient pas pour les exécuter. Avec ses yeux noirs si vifs qu'ils jetaient des flammes, ses joues brunes en feu, des dents un peu trop grandes, pas très régulières mais très blanches et très solides que découvraient des lèvres bien rouges et bien charnues, c'était lui qui, avec l'entêtement propre aux Karnovski, faisait la loi parmi les petits garçons à la tête blonde allongée, coiffés en brosse, et les petites filles aux tresses raides et au cou gracile parsemé de taches de rousseur. Ses petits bras bruns et potelés faisaient sortir du groupe sans ménagement ceux qui ne couraient pas assez vite et perturbaient le jeu. Il se fâchait comme un homme :

« *Ach, die Mädeles machen das ganze Spiel kapput.* Ah ! Les filles nous gâchent complètement le jeu. »

Dans un premier temps, les filles vexées se contentaient de l'affubler de surnoms en rapport avec son teint noiraud, première chose qui sautait aux yeux et le distinguait des autres.

« Corbeau noir, singe noir ! »

Quand elles l'appelaient ainsi, Georg ne restait pas les bras croisés, il leur donnait sur-le-champ une bonne leçon.

Les petites filles fondaient en larmes et appelaient leurs mères à la rescousse. Alors, une des mères descendait furieuse et piquait le petit Georg avec l'aiguille à tricoter qu'elle tenait à la main.

« Espèce de petite fripouille juive effrontée, je t'interdis de lever tes mains juives sur ma fille. »

Le petit Georg avait ouvert de grands yeux étonnés quand on l'avait pour la première fois appelé ainsi. Tous les soirs avant de le coucher, sa mère faisait embrasser les mezouzas à Georg, et son père lui avait déjà appris l'alphabet hébreu, mais le garçon ne savait pas encore que cela faisait de lui un Juif. Il était sûr que tous les enfants devaient prononcer ces mêmes paroles comiques avant d'aller au lit et apprendre ces lettres difficiles et barbares. Très troublé, il s'était alors précipité vers sa mère et lui avait raconté, indigné :

« Maman, les enfants dans la cour m'ont traité de Juif. »

Léa Karnovski avait répondu en caressant ses cheveux noirs et soyeux :

« Ce n'est pas grave, ce sont de vilains enfants. Il ne faut plus jouer avec eux. Ce serait mieux si tu venais avec moi au parc, tu jouerais avec des enfants gentils. »

Mais ce conseil n'était pas du goût de Georg. Il demanda :

« Maman, c'est quoi, un Juif ? »

Elle lui expliqua qu'un Juif était celui qui croyait à un Dieu unique dans le ciel.

« Et moi aussi, je suis juif, maman ?

— Bien sûr, mon chéri. »

Georg ne comprenait toujours pas.

« Et les enfants dans la cour, ils sont quoi ?

— Ils sont chrétiens.

— Qu'est-ce que ça veut dire, chrétiens ? »

Léa réfléchit un moment. Finalement, elle lui expliqua la différence entre juifs et chrétiens :

« Les chrétiens sont ceux qui ne prient pas à la synagogue mais à l'église, comme Ema, notre bonne, tu comprends ? »

Il comprenait, mais pourquoi fallait-il qu'à cause de cela, dans la cour, on le traite de Juif, et qui plus est de Juif effronté, ça, il ne le comprenait pas. Il comprit encore moins quand, plus tard, ses camarades d'école lui reprochèrent d'avoir crucifié le Christ. Pendant les cours de religion, on le faisait sortir de la classe en même temps que quelques autres garçonnets aussi bruns que lui. Il était content d'être momentanément libéré de cours mais en même temps, comme tous les enfants que l'on oblige à se distinguer des autres, il en éprouvait de la honte et il ne comprenait pas. Les petits garçons goy se chargèrent de lui faire comprendre.

« Un Juif ne doit pas étudier l'histoire de Notre-Seigneur Jésus-Christ, parce que ce sont les Juifs qui l'ont crucifié. Tu fais partie de ceux qui ont condamné et crucifié le Christ. »

Il se précipita une nouvelle fois vers sa mère.

« Maman, c'est quoi un crucificateur ? »

En mère soucieuse de ménager son enfant, Léa expliqua en termes vagues que les chrétiens adoraient un dieu fait de bois, suspendu à une croix à l'aide de clous plantés dans ses mains et ses pieds. Ils disent que ce sont les Juifs qui ont ainsi crucifié leur Dieu.

« C'est vrai, maman ?

« — Petit sot, Dieu est un, Il est au ciel, personne ne peut Le voir et comment des hommes pourraient-ils pendre un dieu ? »

Georg avait ri des enfants qui croyaient de telles bêtises. Mais que des grandes personnes qui savent tout, et jusqu'à M. Schulze, le professeur de religion, y croient aussi, voilà qui lui semblait incompréhensible. Comme sa mère ne voulait plus en parler, Georg partit dans la cuisine pour interroger la bonne alors occupée à repasser les poignets amidonnés d'une chemise de son maître.

« Ema, tu es bien chrétienne, n'est-ce pas ?

— Bien sûr, catholique.

— C'est quoi, catholique ?

— Eh bien, si on n'est pas protestant on est catholique. »

Georg ne saisissait pas.

Ema lui expliqua les choses de façon concrète. Décrochant un chapelet suspendu à un clou à côté de la photographie d'un soldat au-dessus de son lit, elle lui expliqua que les catholiques avaient des chapelets comme celui-ci et pas les protestants. Entre deux des grains du chapelet était accrochée une petite croix en laiton.

« Qu'est-ce que c'est que ça ? demanda Georg.

— Notre-Seigneur Jésus-Christ, répondit dévotement Ema.

— C'est ça, ton Dieu ?

— Oui, Il est là sur la croix, retenu par des clous. »

Georg essaya de reprendre les arguments de sa mère. Dieu est plus fort que les hommes, il ne se serait pas laissé pendre. Ema ne savait pas quoi répondre à ça, elle se contenta de murmurer :

« Espèce de petit diable, on ne doit pas parler comme ça de Notre-Seigneur Jésus-Christ. »

Georg comprit qu'il ne pourrait pas en tirer grand-chose mais il y avait encore une question qu'il désirait lui poser : est-ce qu'elle croyait elle aussi que lui, Georg, avait crucifié le Christ ?

« Bien sûr, comme tous les Juifs, c'est le curé lui-même qui l'a dit à l'église », répondit Ema sans hésiter.

Elle avait même vu comment les Juifs avaient fait. À Pâques, à l'église, elle avait vu comment les choses s'étaient passées. Le Seigneur Jésus habillé de blanc, une couronne d'épines sur la tête, avançait devant, portant une lourde croix sur les épaules. Des Juifs avec des grandes barbes toutes noires le fouettaient jusqu'au sang. D'autres crachaient sur lui. Si Georg ne la croyait pas, elle pouvait l'emmener à l'église dimanche, elle lui montrerait.

Un dimanche, à l'insu de sa patronne, elle l'emmena avec elle à l'église. Ses grands yeux noirs écarquillés, Georg regardait les hautes fenêtres colorées, les innombrables cierges, le chœur des petits garçons en robes blanches et, surtout, la gigantesque statue de Jésus sculptée dans la pierre et peinte de couleurs criardes. Le sang jaillissait des blessures qu'il portait à la poitrine. Il y avait aussi des femmes agenouillées à ses pieds, de gentils messieurs barbus avec un cercle autour de leur crâne chauve ou chevelu et des méchants avec des têtes de brigands et des nez crochus.

« Ema, c'est qui ? demanda-t-il à voix basse en tirant la bonne par sa robe.

— Ceux qui ont crucifié le Christ, les Juifs. »

Georg ressentit de la haine pour ces gens, surtout pour celui qui portait une longue tunique rouge comme les bourreaux dans les livres d'enfants et une boucle à l'oreille. Mais il n'arrivait toujours pas à comprendre pour quelle raison les enfants, à l'école, le traitaient lui, Georg, de crucificateur. Voyant qu'auprès des femmes, sa mère ou Ema, il n'apprendrait rien de plus sur ce sujet, il recourut à celui qui était censé tout savoir, tout sans exception, son père en personne. En rentrant de l'église, il se précipita tout droit dans son bureau.

« Papa, pourquoi les Juifs ont crucifié le Seigneur Jésus ? »

David Karnovski resta cloué sur son siège, abasourdi. Il voulut d'abord savoir qui lui avait dit cela. Ensuite, il lui déclara qu'un petit garçon ne devait pas parler de ces choses. Mais Georg n'était pas du genre à se satisfaire de tels arguments. Tout petit, déjà, il aimait démonter les jouets et les poupées pour voir comment les jambes étaient reliées au tronc. Il faisait de même avec les sifflets pour voir d'où venait le bruit ; avec les montres pour comprendre comment elles marchaient ; avec ses petites locomotives pour découvrir pourquoi elles avançaient quand on les remontait. Il n'arrêtait pas de demander « pourquoi ? » Quand il ne comprenait pas quelque chose de ce qui se passait autour de lui, il répétait la même question des dizaines de fois.

« Pourquoi, demandait-il avec insistance, mais pourquoi donc est-ce que c'est comme ça ? »

Il ne pouvait pas se contenter des paroles évasives de son père. Il voulait savoir si, oui ou non, les Juifs avaient effectivement crucifié le Seigneur Jésus. Pourquoi avaient-ils fait ça ? Et pourquoi les enfants disaient que lui, Georg, avait participé à ça alors qu'il n'avait rien fait ? Même les grandes personnes, les femmes dans la cour, le lui disaient et le traitaient à cause de ça de sale petit Juif effronté.

David Karnovski comprit qu'il ne se débarrasserait pas de son fils avec des propos évasifs et il lui parla comme à un homme. Il s'étendit longuement sur le judaïsme et les autres religions, les bons et les méchants, les personnes cultivées, intelligentes, qui aiment la paix et l'amitié, et les méchants, stupides, qui sèment la haine et la discorde entre les gens. Pour conclure, il dit que lui, Georg, devait rechercher la compagnie des personnes bonnes et intelligentes et être quelqu'un de bien et un bon Allemand. Georg rétorqua :

« Les enfants disent que je suis un Juif, papa.

— C'est ce que tu es à la maison, mais à l'extérieur, tu es un Allemand. Tu comprends, maintenant ? »

Georg ne comprenait pas. Comme tous les enfants, il savait que le bien était le bien, le mal était le mal. Blanc c'est blanc et noir c'est noir. David Karnovski n'eut pas d'autre solution que de lui dire qu'il était encore trop jeune et trop ignorant pour comprendre ce genre de choses, mais que quand il serait plus grand, il comprendrait. Georg sortit du bureau de son père insatisfait, mettant en doute la sagesse des grandes personnes et le fait qu'elles sachent tout. Il voyait bien que, non seulement sa mère et Ema, mais aussi son père, ignoraient bon nombre de choses. Il essaya de réfléchir tout seul aux différents noms dont les enfants de la cour l'affublaient. Mais, comme il n'arrivait pas à repousser ses attaquants par la seule raison, chaque fois qu'on le traitait de Juif, il en venait aux mains.

Il refusait d'aller avec sa mère au parc où jouaient les enfants bien élevés. C'était la cour qui l'attirait parce que, bien qu'on l'y traitât parfois de Juif, il pouvait y jouer librement, courir, faire le poirier, se cacher derrière la caisse à ordures, écouter l'orgue de Barbarie. Depuis que Kurt, le fils de la gardienne, était devenu son grand copain, son prestige dans la cour s'était tellement accru que personne n'osait plus le traiter non seulement de Juif mais même de corbeau noir.

Kurt était le plus âgé des enfants, le plus respecté. Premièrement sa mère, la veuve, était la gardienne. Elle avait le pouvoir de chasser les enfants avec son balai ou de les laisser s'adonner tranquillement à leurs jeux selon son bon plaisir. Deuxièmement, chez elle, dans sa pièce en sous-sol, vivait un portier d'hôtel qui rentrait à la maison en uniforme avec des boutons et des liserés dorés à son pantalon. L'amitié entre Georg et Kurt était née grâce au chocolat. Dans la poche de la veste de son costume marin, Georg avait toujours une tablette de chocolat que sa mère lui glissait en cachette, à l'insu de son père. Georg permettait à Kurt d'en croquer de gros morceaux, autant qu'il en avait envie. Plus, leur camaraderie s'était développée au point qu'ils s'étaient juré une amitié éternelle et avaient scellé ce pacte de leur sang en se piquant tous deux le petit doigt à l'aide d'une épingle.

À partir de ce moment-là, Georg avait eu la vie belle dans la cour. Kurt le laissait entrer dans la cage où les lapins et les cochons d'Inde sautillaient dans le foin en piaillant et en dressant leurs petites oreilles pointues. Il lui permettait aussi de donner à manger à son perroquet bigarré, à moitié déplumé, doté d'un long bec recourbé. Personne n'osait plus maintenant traiter Georg de quoi que ce soit. Seule la mère d'une petite fille gâtée à laquelle il avait cherché querelle l'avait traité de maudite graine de Juif mais il était maintenant habitué, on s'habitue à tout, et ça ne lui faisait plus rien. Il n'allait plus se plaindre à ses parents des injustices dont il était victime. Il n'alla pas non plus les voir lorsque plus tard, une autre chose, inconnue, incompréhensible et extraordinaire s'abattit sur sa tête d'enfant.

Dans la cage aux lapins et aux cochons d'Inde où il entrait avec Kurt, il avait souvent vu les animaux s'accoupler et cela l'avait fasciné au plus haut point. Cependant, au lieu d'en parler à son père et à sa mère, il avait interrogé Kurt. Celui-ci lui avait expliqué la chose le plus simplement du monde.

Sur le coup, Georg était resté stupéfait. Quand Kurt lui annonça que les humains se comportaient de la même façon et que c'est comme ça qu'on faisait les enfants, il resta abasourdi et se fâcha contre son ami :

« Allons donc, c'est pas vrai. »

Il ne pouvait pas y croire, surtout pour son père et sa mère. C'était trop dégoûtant d'imaginer une chose pareille. Mais Kurt s'était moqué de lui et lui avait juré que ça se passait bien ainsi. Il le voyait lui-même la nuit. Sa mère et le portier d'hôtel qui vivait chez eux faisaient ça quand ils pensaient que lui, Kurt, était endormi, alors qu'en vérité il faisait semblant de dormir et voyait tout. Georg y repensa pendant plusieurs jours, retourna l'affaire dans tous les sens et finit par croire Kurt. Beaucoup de choses qu'il avait vues auparavant sans les comprendre et à propos desquelles il avait interrogé sa mère, devenaient claires maintenant. Sa mère n'avait fait que lui raconter des histoires. Il voyait à présent qu'elle l'avait trompé. Kurt était le seul à lui dire la vérité. À partir de ce moment-là, il eut encore moins confiance en ce que disaient ses parents et les autres adultes. À ses yeux, ils avaient perdu beaucoup de leur prestige. Le petit garçon commença à suivre sa propre voie.

5

Comme tout entêté, David Karnovski avait horreur qu'un autre entêté lui résiste. Georg tenait perpétuellement tête à son père.

David Karnovski faisait donner à son fils une éducation double, laïque et juive. Tous les jours, il l'envoyait au lycée Princesse-Sophie où, jusqu'en fin de matinée, on lui enseignait les matières profanes. L'après-midi, il faisait venir un candidat au rabbinat, M. Tobias, pour étudier avec l'enfant les matières juives : la Bible, l'histoire du peuple hébreu et du peuple juif et la grammaire hébraïque. Georg détestait les deux enseignements, le laïque comme le religieux. Il rapportait à son père des appréciations exécrables.

En regardant les mauvais bulletins scolaires de Georg, David Karnovski piquait chaque fois une nouvelle colère. Étant lui-même un autodidacte qui n'avait eu d'autres possibilités que d'apprendre l'allemand dans la Bible de Mendelssohn, éternel étudiant toujours passionné, il pensait que son fils devait lui être reconnaissant pour la bonne éducation qu'il lui faisait donner, qu'il devait étudier avec plaisir et le récompenser en rapportant chaque mois un bon bulletin. Mais voilà que Georg non seulement ne lui était pas reconnaissant pour cet enseignement mais qu'en plus, il faisait tout son possible pour échapper aux études. David Karnovski était incapable de concevoir que son enfant, un Karnovski, puisse ne pas vouloir étudier. Persuadé qu'il ne pouvait pas avoir hérité cela de lui, il lui semblait clair comme le jour que ce mauvais penchant lui venait du côté maternel.

« Regarde donc les bonnes notes que ton fils nous rapporte », disait-il à sa femme, soulignant chaque fois que c'était son fils à elle.

Léa rougissait comme une petite fille.

« Pourquoi mon fils ? répliquait-elle vexée, c'est aussi bien le tien que le mien.

— Dans notre famille, il n'y a jamais eu que de bons élèves, des élèves appliqués », lui répondait David.

Mais ce qui le chagrinait le plus, c'était de voir que son fils unique avait une bonne tête, la tête des Karnovski, mais qu'il refusait de faire des efforts pour étudier. Au début, il avait essayé de prendre le garçonnet par la douceur car les sages disent qu'il faut éduquer un enfant en tenant compte de son caractère, et également qu'un coléreux ne fait pas un éducateur. Avec des mots gentils, en faisant appel au bon sens, il lui avait démontré combien il était utile pour un petit garçon de bien étudier. Sans parler du fait qu'il est bon et agréable d'apprendre et que c'est l'éducation qui distingue l'homme de l'animal, cela présente également de nombreux avantages. Il n'a qu'à regarder son propre immeuble. Qui habite côté rue, dans les beaux appartements ? Qui est bien habillé et jouit de la considération générale ? Les personnes instruites. Qui sont les domestiques, les ouvriers vivant dans de minuscules logements et s'échinant à la tâche sans être le moins du monde considérés ? Les gens ordinaires qui n'ont pas fait d'études. C'est pourquoi il est clair comme deux et deux font quatre que lui, Georg, doit s'efforcer d'appartenir au monde des personnes respectables, aisées et distinguées. Il doit s'intéresser aux études et ne pas se lier d'amitié avec un fils de gardienne qui plus tard ne sera qu'un ignorant, un pauvre bougre et un jeune homme malheureux.

« Tu comprends ce que je te dis, Georg ?

— Oui, papa », répondait-il, mais en réalité il ne comprenait pas son père.

En fait, il préférait de beaucoup la vie des pauvres de l'immeuble. M. Kasper par exemple, qui habitait dans un angle de la cour et qui transportait de la bière dans un grand chariot. C'était un costaud et toujours de bonne humeur. Chaque fois qu'il passait à proximité avec son énorme carriole attelée de gros chevaux lourdauds, il faisait faire un petit tour à ses enfants. Au-dessus de chez lui habitait M. Reinke, un fonctionnaire de police qui certains jours portait un uniforme et d'autres jours s'habillait en civil. Dans le chapeau vert qu'il arborait alors était toujours plantée une plume. Sa moustache rousse était longue et retroussée et ses bras entièrement tatoués d'ancres marines et de têtes de femmes. De plus, chez lui, il jouait de la clarinette. Son fils racontait qu'il le laissait parfois tenir son revolver. M. Jager qui habitait la soupente, empaillait des animaux et des oiseaux, toutes sortes de chouettes, des cerfs, des renards, des canards sauvages et des paons. Ses enfants descendaient toujours dans la cour avec de belles plumes colorées provenant d'une aile d'oiseau. Et même la gardienne, qui vivait pourtant dans une cave, possédait une cage avec des lapins et des cochons d'Inde et aussi un perroquet. Et en plus, le dimanche, elle recevait des invités, et ils chantaient et dansaient.

C'est tous ces gens-là que Georg enviait, et il aurait aimé être des leurs. Il enviait encore plus leurs enfants. Certes, leurs pères les gratifiaient parfois de coups de ceinturon, mais ils pouvaient jouer librement, galoper, s'éloigner de la maison pendant des heures, se baigner en été, faire des glissades en hiver. Leurs mères ne les couvaient pas comme sa mère à lui le couvait, elles ne tremblaient pas pour eux. Ils pouvaient aussi avoir des chiens chez eux. Ils avaient tous un chien, Georg était le seul à ne pas en avoir.

Les discours insensés de son père lui semblaient risibles. Il aurait volontiers troqué toutes les vastes pièces de leur appartement et tout le mobilier contre la seule cage à lapins de Kurt.

David Karnovski demandait souvent à son fils de venir saluer ses hôtes de marque. Il aurait aimé l'attirer dès sa petite enfance dans un milieu entièrement voué à l'étude car les Livres enseignent qu'il faut se rouler dans la poussière des érudits. Il voulait également lui montrer à quoi ressemblaient des personnes instruites, des hommes de science. Il y avait là des personnalités éminentes, vénérables, des professeurs, des rabbins libéraux. Les invités de la maison se montraient très amicaux vis-à-vis du petit Georg, particulièrement le professeur Breslauer. En lui pinçant la joue comme un bon grand-père, il lui demandait ce qu'il aimerait faire dans la vie.

« Eh bien, mon garçon, qu'est-ce que tu veux être quand tu seras grand, banquier, négociant ou bien peut-être professeur ? Si tu étudies avec application, tout est possible. Comme l'a dit reb Elischa ben Abouya, étudier dans son enfance c'est comme écrire à l'encre sur du papier neuf. Mais si on commence à étudier dans sa vieillesse, c'est comme de l'encre sur un papier poreux, ça ne reste pas. Tu comprends, mon garçon ? »

À observer ces gens, Georg éprouvait une forte aversion pour les études. Avec leurs barbes, leurs lunettes, leurs petites calottes sur le sommet du crâne, avec leur parler d'une grande correction grammaticale, mêlé de mots hébreux, mais tout à fait insipide comparé à la langue savoureuse de la cour, ils paraissaient vraiment comiques aux yeux du petit garçon. Si on devient comme eux en étudiant avec application, merci bien ! Debout dans le bureau de son père, il n'attendait que l'occasion de se sauver, tendant l'oreille pour entendre Kurt siffler, signal convenu entre eux pour se retrouver dans le réduit à lapins attenant à la cave.

Là-bas, dans la cave obscure, au milieu des lapins et des cochons d'Inde, c'est des professions d'un tout autre genre que lui et Kurt envisageaient. D'abord, ils avaient décidé qu'ils seraient policiers dans la garde berlinoise, avec un casque sur la tête, un uniforme et une épée. Ensuite il leur avait semblé qu'il valait mieux devenir matelot, porter de larges pantalons de marin et une vareuse, et sillonner toutes les mers du monde. Après cela, il leur avait paru évident qu'il était bien préférable d'être lieutenant dans l'armée et de porter des épaulettes argentées, des bottes étincelantes, une pèlerine grise et un monocle à l'œil. Ils s'entraînaient à l'avance à marcher au pas en levant très haut les pieds, semant la terreur parmi les lapins et les cochons d'Inde.

Constatant que par la douceur il n'arriverait à rien avec son fils, David Karnovski essaya la force, l'obstination. Il grondait le petit garçon, le chassait de table et l'envoyait manger à la cuisine.

Cette punition affectait peu Georg. Il avait plus de plaisir à manger à la cuisine qu'à rester à table et écouter des leçons de morale. En plus, Ema lui racontait des histoires de son village, les aventures des soldats et des matelots qu'elle fréquentait. C'était moins drôle quand son père le corrigeait pour les mauvaises notes qu'il rapportait de l'école.

Léa était alors si effrayée que son visage devenait livide. Elle mettait son mari en garde :

« David, qu'est-ce que tu fais ? Tu oublies que c'est notre bien le plus précieux.

— Qui ménage son fouet n'aime pas son fils et qui l'aime, le punit alors qu'il en est encore temps », répondait Karnovski, citant un verset des Proverbes en traduction allemande afin de montrer à sa femme qu'il agissait pour le bien de leur fils. David Karnovski voulait, de gré ou de force, obliger son fils à aimer l'enseignement et les enseignants. Georg se refusait absolument à aimer les études et encore plus ses professeurs. La matière qu'il détestait entre toutes était l'histoire allemande, enseignée au lycée par le professeur Kneitel, et aussi la grammaire et la morale qu'il étudiait à la maison avec M. Tobias.

Dès leur première rencontre, Georg et M. Kneitel avaient éprouvé l'un envers l'autre une aversion réciproque. Le professeur de lycée Kneitel aimait appeler l'élève Karnovski non seulement par le prénom allemand que son père lui avait donné pour l'état civil, mais aussi par le prénom juif qu'on ne lui avait donné que pour la synagogue. Il l'appelait solennellement :

« Georg Moïse Karnovski. »

Ce prénom ravissait chaque fois ses condisciples allemands.

« Eh ! Moïse, c'est à toi ! » disaient-ils tout en le poussant en avant, bien qu'il eût lui-même parfaitement entendu l'appel impératif de M. Kneitel.

Petshke, le poète de la classe qui écrivait des vers sur les murs et les portes des toilettes de l'école, se réjouissait particulièrement de ce prénom juif qui lui donnait l'occasion de rimer :

« Moïse l'Égyptien, des manuscrits anciens. »

À cause de M. Kneitel, Georg eut bientôt horreur de l'histoire. Au lieu d'écouter ses cours, il préférait dessiner en cachette des caricatures du professeur.

Il avait une allure qui inspirait particulièrement la caricature, le professeur de lycée Kneitel : chauve à l'exception de quelques rares cheveux longs qu'il rabattait d'un côté sur l'autre en travers du crâne et collait avec un fixateur brillant pour les faire tenir, il était maigre, affublé d'un cou grêle et d'une pomme d'Adam saillante qui pointait entre les deux petits revers cassés de son col haut et rigide ; ses mains sur lesquelles retombaient souvent ses manchettes amidonnées étaient longues et fines ; vêtu d'une redingote noire démodée, extrêmement cintrée à la taille et lustrée par l'usure du temps, cet homme était un appel à la caricature. Georg le représentait sous les formes les plus ridicules. Il exagérait sa calvitie, faisait ressortir sa pomme d'Adam, amenuisait ses yeux perçants qui étaient bien assez petits et pénétrants sans cela. Il s'acharnait particulièrement sur les manchettes flottantes de M. Kneitel, les « tuyaux », dont la blancheur et la raideur évoquaient des tasses à café bon marché en faïence vernissée.

Ces manchettes trop lâches ne parvenaient pas à tenir sur les bras chétifs de M. Kneitel. Il n'était pas rare qu'elles s'envolent brusquement en direction de la classe et les élèves devaient alors les ramasser et les rapporter à leur professeur. Cela arrivait souvent lorsqu'il s'échauffait à propos de l'histoire et faisait avec les bras de grands gestes théâtraux.

M. Kneitel tenait toutes les autres disciplines pour moins que rien, comparées à ses matières à lui, l'alle-

mand et l'histoire. Il était imbattable sur toutes les
batailles livrées par les Germains depuis l'époque
romaine jusqu'à la dernière guerre. Il connaissait les
noms de tous les commandants, les jours de naissance
et de mort de tous les rois, princes et princesses, archiducs et généraux. Son visage d'hémorroïdaire, sec et
parcheminé, sans une goutte de sang, prenait des couleurs lorsqu'il étudiait la *Chanson des Nibelungen*. Il
n'avait aucun don déclamatoire, mais récitait avec
fougue les batailles épiques entre géants, les combats
où pères et fils s'entre-tuaient, les luttes entre princes
et dragons fantastiques. Lorsqu'il en arrivait au combat héroïque entre Siegfried et Brunhild, l'enseignant
ne pouvait s'empêcher de chanter d'une voix un peu
enrouée qui se cassait au moment de prendre un ton
plus haut, avant de s'éteindre en un cri strident.

Si on lui demandait quand et où s'étaient affrontés
Frédéric Barberousse, grand-duc de Souabe et Henri
le Lion, grand-duc de Bavière, Georg Karnovski ne
pouvait jamais répondre correctement. Il emmêlait
les noms et les dates. Il avait encore moins à dire sur
les amours et les meurtres entre tous ces Siegfried,
Gunther, Kriemhild et Brunhild. L'ignorance du garçon mettait le professeur hors de lui. Les quelques
autres élèves juifs de la classe connaissaient très bien
l'histoire allemande, beaucoup mieux que leurs condisciples chrétiens. Sa longue pratique d'enseignant avait
appris à M. Kneitel que les élèves juifs étaient toujours les meilleurs et il pensait que c'était une des
conséquences de l'avidité de leur race. C'est pourquoi
il restait persuadé que l'ignorance de ce Georg Moïse
Karnovski n'était pas due à un manque de moyens
mais à un refus d'étudier sa discipline à lui, professeur
Kneitel, la reine des disciplines. Il prenait la chose
comme un affront personnel. Il lui mettait les pires

appréciations, le renvoyait de la classe, le consignait après les cours, lui donnait des devoirs supplémentaires, des rédactions sur les chefs de guerre, les héros et les raisons de les honorer. Une fois, il convoqua même David Karnovski afin de lui dire de vive voix combien son fils était mal élevé.

C'était après que Georg eut fait circuler dans la classe une caricature du professeur, si drôle qu'un élève du premier rang, ne pouvant se retenir, avait éclaté de rire au beau milieu de la description exaltée des combats héroïques d'Arminius, héros favori de M. Kneitel qui s'était immédiatement livré à une petite enquête et avait découvert le papier sous une table. Tandis qu'il l'examinait à travers ses lunettes, non seulement ses joues parcheminées mais son crâne tout entier s'étaient empourprés de colère. Il voyait un personnage au crâne énorme avec deux cheveux en travers. Deux, pas un de plus. La pomme d'Adam était monstrueusement grosse. Ses manchettes volaient. M. Kneitel n'arrivait pas à croire que cela était censé le représenter. C'était trop laid. Mais sous le dessin il y avait une inscription en vers, des vers très moqueurs à propos de son nom, Kneitel, et des manchettes volantes. Cela dépassait tout ce à quoi M. Kneitel aurait pu s'attendre. Imaginez donc, on se moque de son nom, un nom honorable, celui d'une famille qui compte en son sein des juges, des pasteurs et même un général !

Quel affront ! Il en tremblait de rage et hurla sur un ton hystérique :

« Qui a fait ça ?

— Moi, monsieur le professeur, reconnut Georg.

— Georg Moïse Karnovski », dit le professeur en insistant bien, « ça ne m'étonne pas. »

Tout d'abord, il fit venir le coupable à son bureau pour lui administrer deux coups de règle sur les doigts. Ensuite il le fit enfermer dans le cachot de l'école jusqu'au soir. Enfin, il convoqua son père pour le lendemain.

David Karnovski avait revêtu sa veste du shabbat comme il avait coutume de le faire lorsqu'il devait rendre visite à un personnage important, et avait peigné sa barbiche en pointe. Quand M. Kneitel lui montra la caricature que son fils avait faite de lui, la colère le saisit. En homme posé, sérieux, il avait toujours méprisé le dessin, les croquis, tout cela lui semblait une amusette vaine et stupide. Il comprenait encore moins la caricature. Des personnes honorables et des hommes d'État représentés dans les journaux sous forme comique, il avait toujours considéré cela comme de l'impertinence, de l'insolence. Il voyait là également de l'exagération et du mensonge, toutes choses qui lui faisaient horreur.

« C'est invraisemblable, professeur, c'est une honte, une abomination ! dit-il en gratifiant M. Kneitel du titre de professeur alors qu'il n'était qu'un enseignant de lycée.

— C'est exactement cela, une honte et une abomination, monsieur Karnovski », répondit M. Kneitel satisfait.

L'indignation de David Karnovski s'accrut encore quand M. Kneitel lui lut les vers inscrits au bas de la feuille.

« Non, professeur, je ne peux en entendre davantage, ce sont des choses trop affreuses pour être redites, affreuses et scélérates.

— C'est tout à fait cela, affreuses et scélérates, monsieur Karnovski », dit l'enseignant en reprenant les paroles du père bouillant de colère.

Dans l'allemand le plus châtié, le plus recherché, le plus respectueux des règles de la grammaire, David

Karnovski discuta avec le maître, dit tout ce qu'il avait sur le cœur concernant la jeune génération qui ignorait la reconnaissance et le respect.

Tous les passages des Proverbes, toutes les citations des Maximes des Pères[1] qu'il avait en mémoire touchant l'enseignement, la sagesse et les vertus, il les traduisit dans son meilleur allemand pour M. Kneitel. Ce dernier quant à lui agrémenta ses réponses de tout autant de citations des philosophes et poètes allemands.

« Il m'a été très agréable de faire la connaissance d'un homme aussi distingué et aussi intelligent, dit M. Kneitel en serrant dans sa main moite la main sèche et chaude de David Karnovski, je regrette seulement que le fils ne suive pas l'exemple du père. J'ai bien l'honneur.

— Tout l'honneur est pour moi, professeur, répondit David Karnovski en s'inclinant bien bas, et soyez assuré que mon fils recevra le châtiment mérité, je vous le certifie. »

Il tint parole, David Karnovski. Il administra à son fils autant de gifles qu'il en pouvait recevoir. Il fulminait.

« Je vais t'apprendre, moi, à dessiner pendant les cours ! Et à composer des épigrammes sur ton maître ! Prends ça pour tes caricatures et ça pour tes vers ! »

Et pour chaque caricature, pour chaque vers, il le gratifiait d'une nouvelle taloche.

En contrepartie, Georg gagna en popularité auprès de ses camarades de classe et pour sa caricature et surtout pour le courage dont il avait fait preuve en avouant immédiatement à Kneitel en être l'auteur.

Le poète de la classe, Petshke, essaya pendant un certain temps encore de s'en prendre à Georg. En tant

1. Maximes des Pères : traité de la Mishna concernant l'éthique.

que héros de la classe, il supportait mal d'être supplanté. Chaque fois que, pendant la récréation, les garçonnets sortaient leur casse-croûte et échangeaient le fromage ou le jambon qu'ils avaient dans leur pain, Petshke les mettait en garde.

« Ne faites pas d'échange avec lui, il ne faut surtout pas que Moïse l'Égyptien mange de la viande de porc », disait-il moqueur.

Mais Georg ne se laissait pas faire.

Il composa sur le poète de la classe un couplet extrêmement drôle, si drôle que tous s'en tenaient les côtes. Ayant vu qu'avec la langue il n'aurait pas le dessus sur Georg, Petshke essaya les mains pour donner à ce Moïse une bonne leçon et lui rabattre le caquet. Toute la classe fit cercle pour assister au combat. Georg releva le défi. Petshke était plus grand, avec des bras plus longs, mais Georg, plus large et plus vigoureux ne se laissa pas envoyer à terre par son adversaire. Ils n'arrivèrent pas à se départager. Au cours de l'affrontement, quelques cheveux noirs de la tête de Georg se retrouvèrent dans la main de Petshke et quelques cheveux clairs de la brosse militaire de Petshke, dans la main mate de Georg, et rien de plus. Après cela, leur haine réciproque se dissipa. Ils firent la paix.

Georg n'était plus en guerre que contre le professeur Kneitel dont il ne voulait à aucun prix écouter les cours d'histoire. Pour le faire enrager, il se mit même à suivre attentivement les autres cours, spécialement ceux de mathématiques où il se retrouva parmi les premiers de la classe. M. Kneitel en était malade. Il perdait tout à fait patience quand Georg lui posait des questions qui le ridiculisaient devant les élèves. Il lui faisait la morale et essayait de lui démontrer combien il était important de retenir toutes les dates des rois et des archiducs, de connaître les biographies de tous les chefs de guerre et poètes nationaux.

« Qui veut comprendre un poète doit pénétrer le pays du poète, disait-il pour conclure.

— Pourquoi, monsieur le professeur ? » demandait Georg avec un sérieux feint qui faisait rire la classe.

M. Kneitel en était certain, l'insolence du garçon tenait à sa race. C'est comme ça qu'ils sont, les gens de sa race, ou bien trop soumis comme les autres coreligionnaires de ce garçon le sont en classe ou bien trop effrontés. Lors de l'une de ces joutes contre Georg, il tenta d'y faire une allusion. Il raconta une plaisanterie au sujet d'un commerçant de l'Aleksander-platz qui avait coutume de répondre à chaque question par une autre question. Un jour qu'on lui avait demandé pour quelle raison il répondait toujours par un pourquoi, il répondit : pourquoi pas ?

M. Kneitel, qui ne racontait jamais de blague, rit énormément de sa propre plaisanterie. Les élèves rougirent parce que, bien qu'il n'ait nommé personne, ils avaient compris à qui leur maître faisait allusion avec son commerçant de l'Aleksanderplatz. Georg prit la chose tranquillement. Il montra simplement qu'il connaissait déjà l'histoire.

« Monsieur, cette plaisanterie a été publiée dans l'Almanach. »

Les garçons s'étranglèrent de rire.

Georg n'était pas plus enthousiaste pour étudier les matières juives avec M. Tobias, le candidat au rabbinat qui venait chez lui tous les après-midi lui enseigner la grammaire hébraïque, la Bible et, surtout, les Maximes des Pères auxquelles David Karnovski tenait beaucoup.

Georg n'avait rien contre M. Tobias personnellement. C'était un homme bienveillant, découragé parce que son enseignement était la plupart du temps facultatif et que les enfants refusaient de travailler. Calme, avec des yeux doux d'une grande tristesse qui imploraient qu'on ne lui fasse pas de mal, M. Tobias éveillait plutôt la compassion. Mais sa Torah semblait étrangère, vide de sens, au petit garçon. Il n'arrivait pas à comprendre à quoi pourrait lui servir d'apprendre par cœur la grammaire ardue d'une langue étrangère, de rabâcher des règles de grammaire et des leçons de morale.

Il détestait ces mots étrangers si difficiles, les lettres hébraïques pansues et carrées, la grammaire rébarbative, encore plus indigeste que le *plus quam perfectum* des cours de latin. À cause de tout cela, il en était venu à détester également M. Tobias malgré la pitié qu'il lui inspirait.

M. Tobias lisait d'une voix plaintive, traduisant chaque bout de phrase hébreu en allemand :

> *Entends, mon fils, la discipline de ton père,*
> *Ne méprise pas la Torah de ta mère,*
> *Ce sont des couronnes pour ta tête,*
> *Des colliers pour ton cou*[1]…

Georg lui bâillait à la figure.

Il en avait par-dessus la tête de cet allemand d'un autre temps, des exhortations perpétuelles à choisir la sagesse et les bonnes actions et à fuir le mal et la perversité. Il avait horreur des maîtres des Maximes des Pères, ces rabbis affublés de noms tels que rabbi Halaphta de Caphar-Hanania, rabbi Nithaï d'Arbel et tous leurs semblables. Il n'écoutait pas leurs discours mais il se les représentait en personnages à longue

---

1. Proverbes I, 8, 9.

barbe, irascibles, qui ne désiraient qu'une chose : que l'on étudie et trime sans relâche. Seuls leurs noms le faisaient rire.

« Ils sont comiques, ces gens, disait-il au beau milieu de la leçon.

— Qui donc, Georg ?

— Eh bien, ce rabbi Halaphta et ce rabbi d'Arbel. »

Les doux yeux noirs de M. Tobias se faisaient encore plus désolés que d'habitude. Il réprimandait son élève :

« Pour l'amour du ciel, on ne doit pas s'exprimer ainsi à propos de si grands hommes.

— Pourquoi donc, monsieur Tobias ? » demandait Georg qui ne comprenait pas.

Mais à cela, M. Tobias n'avait rien à répondre. Il se contentait de pousser un soupir de désespoir.

« Eh bien, peut-être pourrions-nous reprendre, disait-il d'un ton suppliant, dans son allemand désuet, en fixant sur son élève des prunelles débordantes de tristesse, revenons aux Proverbes de Salomon. »

Quand Georg réalisait que l'heure était passée, il bondissait dans la cour telle une flèche. Bien qu'il fût à présent élève du lycée Sophie, il n'avait pas rompu ses relations amicales avec Kurt, le fils de la gardienne. Dans le petit réduit sombre qui sentait le rance et le moisi et où par une lucarne grillagée donnant sur la cour pénétrait une faible lumière, les garçons passaient les heures les plus radieuses. Là, ils s'exerçaient à tirer avec des petits revolvers d'enfant qu'ils avaient réussi à se procurer, ils lisaient des romans policiers que Georg ne pouvait pas lire chez lui parce que son père les brûlait. Là, Georg pouvait aussi dessiner à la craie sur les murs les caricatures les plus outrancières de M. Kneitel, représenter des femmes nues bien en chair avec de grosses poitrines. Kurt racontait les drôles de choses que faisaient sa mère et le portier d'hôtel pendant la nuit, dans leur unique pièce, en sa présence.

« Ils sont complètement idiots, les grands, disait Kurt en rigolant, ils croient que nous, les enfants, on voit rien et on comprend rien. »

Quand Georg eut treize ans, son père l'envoya chez le rabbin Spayer afin qu'il le prépare pour sa bar-mitsva. Le docteur Spayer se lança dans des sermons passionnés qui contrastaient bizarrement avec son visage froid et il discourut face à Georg Karnovski de la responsabilité qui allait être la sienne alors qu'il quittait l'enfance pour assumer son rôle d'homme. Aussitôt que samedi, à la synagogue, son père aurait prononcé les paroles « Béni soit Celui qui m'a libéré », il serait déchargé de toute obligation et c'est lui, Georg qui deviendrait personnellement responsable de ses actes. Deux routes s'ouvrent à toi, comme Dieu l'a dit à son peuple juif par la voix de Moïse, vois, je t'ai donné la vie et la mort, le bien et le mal, afin que tu choisisses le chemin de la vie.

Cette même leçon, le docteur Spayer l'avait déjà répétée des centaines de fois auparavant pour les garçons de son école qui préparaient leur bar-mitsva, il aurait pu la faire en dormant et il aurait aimé en être débarrassé au plus vite mais, avec Georg, ça n'allait pas tout seul, il lui fallait s'interrompre. Quand il se mit à l'appeler uniquement par son deuxième prénom, Moïse, comme on allait l'appeler à la Torah, le garçon rectifia :

« Je m'appelle Georg, docteur. »

Le rabbin pointa un doigt à la manière d'un prédicateur et lui expliqua :

« Tu es Georg dans le monde, mon garçon, mais pour la synagogue tu es Moïse, Moshe.

— Je suis toujours Georg », insista le candidat à la bar-mitsva qui refusait d'en démordre.

Le docteur Spayer dut lui accorder quelques minutes de plus que le temps qu'il consacrait d'habitude à ce genre d'obligations. Il lui parla avec beaucoup de solennité des tourments que les Juifs avaient endurés en raison de leur foi et de la Torah et il termina en disant que Georg devait être fier de son nom comme de son appartenance à la religion mosaïque.

Comme toujours, Georg posa une question embarrassante :

« Pourquoi, être fier, docteur ? »

Le visage froid du docteur Spayer s'empourpra et il cita un passage des Proverbes, allusion sans équivoque à l'adresse du jeune insolent.

« La crainte de Dieu est le début de la connaissance, les insensés dédaignent la sagesse et la discipline[1]. Te souviens-tu, mon garçon, où cela est écrit ? »

Georg répondit brutalement qu'il ne se rappelait pas ce genre de choses. Dans sa réponse, il y avait de l'entêtement et de la raillerie. La dérision se lisait sur son nez. Le docteur Spayer se mit à réfléchir à ce cas hors du commun. Pour lui qui était enraciné dans le pays depuis de nombreuses générations, il ne faisait aucun doute que la clé du caractère de ce garçon était son origine orientale car c'est de l'Est que vient tout le mal. Mais il se retint de le dire, de même qu'il se retint de laisser paraître la colère qui bouillonnait en lui, se rappelant que la colère ne seyait pas à un homme instruit. Il se contenta de souhaiter « bonne journée » au garçon, signe qu'il devait quitter la pièce sur-le-champ.

---

1. Proverbes I, 7.

Lorsque David Karnovski apprit la chose, il entra dans une telle rage qu'il en oublia même provisoirement son allemand et se mit à invectiver son fils en yiddish, utilisant les mêmes mots qu'utilisait son père quand il était furieux contre lui. Il prédit à sa femme que ce garçon ne deviendrait rien d'autre qu'un gredin, un apostat, un criminel, et pire encore.

« Je n'en ferai rien d'autre qu'un commis cordonnier ! hurla-t-il à plusieurs reprises. Que Dieu me vienne en aide ! »

6

Léa Karnovski qui, après la naissance de Georg,
était restée quinze ans sans avoir d'autre enfant se
retrouva soudain à nouveau enceinte.

Elle était aussi heureuse qu'une femme stérile dont
Dieu se serait brusquement souvenu. Pendant toutes
ces années, bien qu'ayant un fils, elle s'était sentie
honteuse face à son mari, comme si son incapacité à
enfanter était une infirmité. Sa mère ainsi que ses
sœurs et toutes les femmes de la famille avaient eu de
nombreux enfants. Ce qui la faisait le plus souffrir,
c'est qu'elle n'avait rien à faire pour s'occuper. Elle
n'avait toujours pas réussi à s'habituer à cette ville
étrangère. Plus le temps passait, plus elle s'y sentait
étrangère. Son mari était de jour en jour plus occupé
par ses affaires et sa Haskala. Léa reportait tous ses
sentiments maternels sur son fils unique. Elle aurait
voulu le faire manger elle-même, le laver, le mettre au
lit et même lui donner son bain, à seule fin de sentir le
contact du corps de son enfant. Mais cela blessait
Georg dans sa fierté virile et il la repoussait. Depuis
que Kurt lui avait expliqué le secret des relations
entre hommes et femmes, il avait honte de son corps
d'adolescent devant sa mère. Plus il grandissait, plus il

s'éloignait d'elle. Ça la rendait malade. Elle le suppliait :

« Tête de mule, laisse-moi au moins te donner un petit baiser avant d'aller te coucher.

— Je ne suis pas une fille », répondait Georg, et il refusait de se laisser embrasser.

À son insu, quand il s'était endormi, Léa s'approchait de son lit et le couvrait de baisers. Elle avait besoin de tendresse, pas tant d'en recevoir que d'en donner. Quand elle croisait un enfant dans la rue, elle ne pouvait rester indifférente. Elle souriait aux bébés dans leurs landaus et devait faire de gros efforts pour se retenir de les embrasser afin de ne pas provoquer la colère de leurs mères, des inconnues. En secret, sans rien dire à son mari, elle se mit à consulter des professeurs berlinois. Tous les étés, elle donnait libre cours à ses larmes quand elle retournait à Melnitz, chez sa mère. Cette dernière, mère expérimentée d'une nombreuse famille, lui prodiguait toutes sortes de conseils de bonne femme et en cachette, de crainte que David Karnovski ne l'apprenne, elle s'était rendue avec elle chez le rabbi d'une bourgade voisine, afin qu'il prie pour que Dieu lui vienne en aide.

Après quinze ans de stérilité, alors que, bien qu'âgée en tout et pour tout d'un peu plus de trente ans elle avait perdu tout espoir, elle se retrouva enceinte. Elle était heureuse et abasourdie. Dès qu'elle eut perçu les premiers mouvements à l'intérieur de son corps, elle n'éprouva plus aucune nostalgie, aucun sentiment de vacuité. Elle était occupée par ce à quoi elle allait donner le jour. Elle cousait des petites chemises et des brassières pour le bébé à venir. Elle embrassait les minuscules vêtements, les pressait contre sa poitrine gonflée, comme des créatures vivantes. Lorsqu'elle ressentit les premières poussées dans son corps, elle éprouva, en même temps que de la douleur, une félicité si intense qu'elle en ferma les yeux de plaisir.

« David, que le mauvais œil m'épargne ! Je suis si heureuse que j'ai peur qu'il ne m'arrive — à Dieu ne plaise — quelque chose », dit-elle inquiète.

David Karnovski ne comprenait pas plus le bonheur de sa femme que ses craintes. Il se moqua d'elle :

« Léa, tu resteras une bonne femme jusqu'au jour de ta mort. »

Léa se sentait blessée par la rudesse de son mari. Elle priait Dieu pour que le nouveau-né soit de son sexe, une petite fille qui comprenne son cœur de mère, sa tendresse, et réponde à son amour par de l'amour. Elle se représentait à l'avance toutes les petites robes qu'elle lui ferait, les rubans qu'elle lui mettrait dans les cheveux. Grâce à cet amour débordant pour l'être qu'elle portait en elle, elle n'éprouvait plus comme auparavant cette ferveur pour son fils unique. Elle continuait à en prendre soin, veillait sur lui, se plaignait de ce qu'il ne mange rien alors qu'il avait un appétit d'ogre, mais elle avait cessé de le considérer comme un petit enfant. Elle se sentait même à présent gênée devant lui comme devant un étranger. Elle avait honte de son ventre qui grossissait, à l'instar de quelqu'un qui, sur ses vieux jours, aurait fait une bêtise.

« Pourquoi est-ce que tu me regardes comme ça, Moishele ? demandait-elle en rougissant et en tentant de dissimuler son ventre sous ses bras.

— Ah ! Tu en as des idées ! » répondait Georg l'air maussade, furieux de ce que sa mère eût deviné ses pensées secrètes.

Il était très inquiet, déboussolé et tendu, ce garçon de quinze ans dont la mère s'apprêtait à mettre au monde un petit être vivant. Il avait grandi d'un coup, semblait s'être démesurément allongé en une nuit. Il avait également maigri. Ses bras fragiles s'étaient transformés en solides bras d'homme. Une pomme d'Adam était brusquement apparue sur son cou potelé. On vit aussi un fin duvet noir recouvrir sa lèvre supérieure et ses joues. Sa voix muait, par moments elle était grave comme celle d'un adulte, puis devenait fluette et criarde comme celle d'un petit garçon. Souvent, au milieu d'une phrase, il poussait un cri de jeune coq, ce qui le mortifiait au plus haut point. Son assurance et son égalité d'humeur passées avaient fait place à de la gêne. Le pire, c'étaient les boutons qui lui mangeaient maintenant le visage. Georg les arrachait mais plus il les grattait, plus ils saignaient. La nuit, il faisait des rêves bizarres.

Il travaillait mal en classe, de plus en plus mal. Son père lui menait une guerre perpétuelle, lui faisait sans cesse des reproches. Il n'avait pas non plus d'ami à qui se confier. Kurt, le fils de la gardienne, était en apprentissage chez un sellier. Il ne rentrait chez lui que le dimanche. Georg le saluait amicalement, mais Kurt restait très distant. Il lui tendait une main froide, rendue dure et rugueuse par le travail et imprégnée de fortes odeurs de cuir, de teinture et de colle. Tout aussi froids étaient ses propos, les propos sérieux et pesés de quelqu'un qui connaît des préoccupations d'adulte et n'a pas la tête aux enfantillages. Une sorte d'humilité mêlée de dignité perçait dans toute son attitude, ce qui dressait une barrière entre lui, l'apprenti, et Georg, le lycéen fortuné. L'amitié entre les garçons se dissipa d'elle-même. Les élèves chrétiens au lycée étaient des condisciples, pas des camarades. C'est avec plaisir qu'ils écoutaient ses plaisanteries sur les professeurs, ils allaient également en sa compagnie dans les quartiers où déambulent les filles des rues afin de les voir racoler leurs clients et ils se sauvaient à toutes jambes quand ces mêmes filles s'en prenaient à eux. Mais il était rare qu'un de ces condisciples l'invite chez lui. Avec le temps cependant, l'un d'entre eux, Helmut Kalbach, s'était fortement rapproché de lui et lui avait proposé de devenir son ami intime. Mais cette amitié n'était pas du goût de Georg.

Helmut Kalbach était dans la classe de Georg Karnovski et avait le même âge que lui mais les deux garçons étaient très différents. Orphelin de père et de mère, élevé par une grand-mère veuve qui vivait d'une pension d'État, Helmut était très sentimental et réservé. Ses cheveux blonds et souples, bouclés comme ceux d'une fille, avaient une teinte dorée. Ses mains féminines, blanches et douces, gardaient en permanence la légère odeur d'un savon parfumé. C'est pourquoi les garçons à l'école l'avaient affublé d'un nom féminin : Mlle Gertrud. Dès le début, Georg ne s'était pas senti proche de ce camarade de classe, Helmut, qui lui tombait dessus avec son amitié. Il n'aimait pas particulièrement ses albums recouverts de peluche, bourrés de photographies de ses parents morts, de vers qu'il recopiait, de papillons et de fleurs des champs séchés. Il ne supportait pas non plus de voir Helmut se mettre au piano dans sa chambre joliment décorée et jouer avec ses doigts de fille des mélodies tendres et mélancoliques. Il parlait une langue littéraire, respectueuse de toutes les règles de la grammaire. Chaque fois que Georg utilisait un mot emprunté au vocabulaire de la rue ou disait des grossièretés, Helmut rougissait. On ne pouvait même pas le traiter d'idiot sans qu'il se vexe. Discuter avec lui ne présentait aucun intérêt. Le pire était son dévouement et sa jalousie invraisemblables. Lorsque

Georg se montrait amical envers d'autres élèves de la classe, il était terriblement jaloux. Il faisait la tête, arborait une mine sinistre, l'accablait de reproches, lui écrivait des petits mots sur du papier rose parfumé. Aux yeux de Georg, toutes ces plaintes, ces fâcheries et ces lettres étaient ridicules et surtout, incompréhensibles. Il évitait donc Helmut pendant un certain temps. Mais ce dernier cherchait toujours à se réconcilier, lui faisait des cadeaux et se livrait à de grandes démonstrations de joie lorsque Georg revenait vers lui. Tout cela flattait la vanité du jeune garçon, il se sentait important, supérieur, certain qu'il était de tenir entre ses mains le bonheur ou le malheur de quelqu'un.

Après les humiliations infligées par son père, son découragement à se voir poussé en graine, couvert de boutons, à entendre sa voix muer, c'était bon pour lui d'être loué, voire idolâtré. Pendant un certain temps, l'adoration de Helmut l'amusait mais il s'en fatiguait vite. Passé les premiers jours, cette proximité lui pesait, il se lassait du camarade dont il ne supportait pas l'affectation maniérée, les mains de fille, le corps tout mou, mal adapté aux vêtements de garçon. Et en cette phase de transition, il préférait rester seul, Georg, seul avec son inquiétude, son excitation, son désarroi. Il se sentit plus inquiet, plus perdu, plus excité que jamais quand sa mère s'apprêta à quitter la maison pour se rendre à la maternité du professeur Halévy et que son père l'accompagna afin d'être près d'elle au moment de la délivrance. L'accouchement de sa mère, les chuchotis, les préparatifs, tout cela il est vrai, le libérait d'un poids, de la surveillance de ses parents, mais d'un autre côté, ça l'excitait, le rendait nerveux, ça échauffait son sang d'adolescent. De plus, des femmes s'étaient mises à tournicoter dans la maison. C'est Ita Bourak qui venait le plus souvent malgré l'opposition de David

Karnovski. Elle se livrait à des occupations féminines et taquinait Georg sur le fait qu'il ne serait plus fils unique. Un jour, elle emmena avec elle sa fille Ruth qui avait l'âge de Georg mais était déjà très mûre et bien en chair ; sa poitrine trop précocement développée faisait craquer son corsage ajusté de fillette, orné de nombreux petits boutons dorés depuis la gorge jusqu'à la ceinture qui lui serrait la taille. Ses hanches étaient rondes, rebondies. Quand Ita Bourak présenta sa fille à Georg, sans savoir pourquoi, il rougit violemment ce qui le rendit furieux contre lui-même et par conséquent, également contre la jeune fille qui avait certainement remarqué sa rougeur.

« Georg Karnovski », marmonna-t-il dans sa barbe afin de se faire une voix plus mâle, et il tendit précipitamment la main avant de la retirer plus précipitamment encore et de se diriger directement vers sa chambre pour être débarrassé de toute cette agitation.

Mais sa mère lui fit la leçon.

« C'est comme ça que tu te montres galant, dit-elle en riant. Invite donc Mlle Ruth dans ta chambre, occupe-toi un peu d'elle. Je dois parler à Mme Bourak de choses que vous, les enfants, n'avez pas besoin d'entendre. »

Avec une politesse affectée, Georg marmonna quelque chose à la jeune fille et l'invita à venir dans sa chambre.

Au moment où ils sortaient, Ita Bourak murmura à Léa :

« Un joli petit couple… »

Elle avait dit cela à voix basse mais Georg l'avait entendu et s'était senti encore plus mal à l'aise et partant, plus furieux.

Autant il était nerveux, autant la jeune fille était calme. Elle parlait, riait, comparait sa taille à celle de

Georg pour voir de combien il la dépassait. Ensuite elle voulut danser une valse avec lui. Sentant sa chaleur, sa douceur féminine, son souffle tiède, Georg dansait mal et se rendait compte que sa main transpirait dans celle de sa cavalière. Il rougit et perdit tous ses moyens. Plus il s'énervait, plus Ruth était calme.

Quand, en même temps que Léa, tous eurent quitté la maison, Georg éprouva un soulagement mais également une tension croissante. Il partit chez Helmut qui se réjouit de sa venue et donna libre cours à son imagination à propos du nouveau-né que la mère de Georg allait mettre au monde.

« Qu'est-ce que tu préfères, un petit frère ou une petite sœur ? »

Georg n'avait pas envie d'en parler. En fait, il se serait bien passé de l'un comme de l'autre. Ils sont comiques, les bébés, ils pleurent, ils crient. Helmut n'arrivait pas à le comprendre. Il aurait donné tout au monde pour avoir une petite sœur, toute douce, avec des boucles blondes, un petit ange que l'on peut embrasser. Il n'avait jamais eu ni frère ni sœur.

Soudain, il sentit les larmes lui monter aux yeux, saisit la main de Georg et la retint entre ses doigts chauds. Georg arracha sa main. Le contact du garçon lui répugnait. Helmut se mit à trembler.

« Jure-moi que tu resteras toujours mon ami, Georg, dit-il d'un ton suppliant.

— Mais je suis ton ami.

— Oui, mais je me dis sans arrêt que tu vas t'éloigner de moi, avoir d'autres amis, continua Helmut avec des trémolos dans la voix, et moi je t'aime tant. »

Georg le remit en place :

« Espèce d'idiot ! »

Helmut ne répondit pas à l'insulte de Georg. Au lieu de l'insulter en retour, il se pencha vers lui et l'embrassa sur la joue. Le baiser de son camarade provoqua chez Georg un sentiment de dégoût et il le repoussa de la main. Helmut tomba et se mit à saigner du nez. Georg prit peur. Il attendit un moment. Il aurait aimé que son camarade l'insulte, le frappe. Helmut se contenta de fondre en larmes. Georg se sentit avili et quitta précipitamment la maison, sûr qu'il ne reviendrait jamais plus en ce lieu. Une impression de découragement, de honte et de maladresse l'avait envahi. Il sortit et se mit à errer dans les rues. Pas loin de chez lui, il obliqua dans la Linienstrasse où les bistrots à bon marché et les cabarets étaient brillamment éclairés. Des prostituées faisaient les cent pas sur les trottoirs. Elles le hélèrent :

« Beau gosse, tu viens… »

Il était gêné mais n'en continua pas moins à traîner à travers les rues. Il était déjà tard quand il prit le chemin de la maison. Il n'y avait personne dans l'appartement. Il alla à la cuisine voir Ema, leur domestique de toujours. Elle était assise en train de coudre une bordure en dentelle sur une large culotte de femme. Sur son opulente poitrine étaient plantées une aiguille enfilée et des épingles. Elle sentit sur elle le regard brûlant du garçon.

« *Was ist los*, que se passe-t-il ? demanda-t-elle en riant, découvrant toutes ses dents et même ses gencives.

— *Nichts*, rien », répondit Georg très agité.

Ema secoua la poitrine. Toutes les épingles accompagnèrent son mouvement.

« Tu veux manger ?

— Non.

— Alors, qu'est-ce que tu veux, mon garçon ? »

Georg ne dit rien. Ema, du bout du doigt, lui appliqua une pichenette sur le nez. Elle lui parla comme à un petit enfant :

« Maman est partie chercher un bébé chez la cigogne. »

Georg prit la mouche.

« Tu me prends vraiment pour un idiot, Ema. »

Elle rit en agitant sa haute poitrine.

« Je pensais que tu croyais encore à la cigogne. »

Georg sentait une agitation croissante envahir sa chair. Le rire d'Ema, son abondante poitrine, sa gorge charnue, ses hanches rondes qui semblaient vouloir faire craquer sa robe pelucheuse, tout l'excitait. Ses yeux jetaient des flammes. Ema percevait leur chaleur sur son corps. Elle lui fit un compliment inattendu :

« T'es un sacré gars, Georg, grand et brun comme ton père ; cependant, les petits boutons sur ta figure, ça te rend affreux. »

Georg ne savait pas quoi répondre à ça. Ema éclata de rire.

« T'es un affreux cochon, lui envoya-t-elle, je l'ai remarqué depuis longtemps en refaisant ton lit…

— Si tu me parles comme ça, je vais te bourrer les côtes », dit-il grossièrement, employant le vocabulaire entendu dans la cave de Kurt du temps où il allait chez lui.

Ema n'accorda aucune importance à ses paroles. Elle se moqua de lui.

« Petit polisson, essaie donc ! »

Elle posa sa couture et le provoqua en duel. Georg se mit à lutter avec elle. Il sentait la lourdeur et la chaleur de son corps de femme solide et bien en chair, et une grande force dans chacun de ses membres. Avant qu'elle n'ait le temps de réagir, il l'avait renversée sur le sol.

Elle n'arrêtait pas de rire, de se débattre et de l'injurier.

« Affreux cochon… »

Soudain, comme sa robe s'était relevée au cours de la lutte, Georg aperçut son mollet. Il était gras, blanc et rond. C'était la première fois qu'il voyait une partie cachée d'un corps de femme. Sa tête se brouilla. Il susurra, surexcité :

« Alors, c'est qui, le plus fort ? »

Ema n'essaya pas de se recouvrir. Elle se remit à l'insulter :

« Cochon, porc à sang chaud… »

Soudain, elle le serra contre elle avec tant de vigueur qu'il en eut le souffle coupé. Comme autrefois quand il était petit et qu'elle le déshabillait, elle lui retira ses vêtements.

« Espèce de diable maladroit, fais attention, tu vas te piquer à mes épingles. »

Avec les mots les plus crus, en appelant les choses par leur nom, elle lui apprit comment se comporter lors de l'accomplissement du premier commandement.

« Espèce de cochon, lui dit-elle en l'embrassant et le mordant, espèce de bouc maladroit… »

Quand Ema eut replanté les aiguilles sur son corsage et repris son ouvrage, Georg resta là, mal à l'aise, silencieux. De la gêne, du bonheur, des remords, de l'abattement et de l'excitation, il éprouvait tout cela en même temps. Il ressentait un amour profond pour cette femme et aussi beaucoup de honte face à elle. D'après les livres qu'il avait lus, il savait que les femmes pleuraient après le péché et il voulait la consoler, lui parler comme un conquérant à sa victime.

« Ema, balbutia-t-il, je regrette, pour de vrai. »

Elle haussa les épaules, ses épaules grassouillettes, comme on le fait quand un détraqué dit des sottises. Puis elle demanda, très terre à terre :

« Qu'est-ce que tu vas m'acheter comme présent, mon garçon, pour fêter l'accouchement de ta mère ? »

Georg ne savait pas quoi répondre. Il n'avait jamais fait de cadeau à aucune femme. Ema lui conseilla de lui donner l'argent qu'il était prêt à dépenser, elle s'achèterait elle-même quelque chose avec. Georg vida sa bourse, il versa dans la main d'Ema les quelques marks et pfennigs qu'il possédait. Elle les fit disparaître dans son corsage.

« Merci », dit-elle d'un air détaché, comme on remercie pour un petit service rendu.

Avec la plus parfaite indifférence, comme s'il ne s'était rien passé, elle se remit à son ouvrage. Son visage était tranquille et obtus, tranquille et obtus comme peut l'être une vache qui, son devoir annuel accompli, se remet à brouter son herbe. Georg ne savait pas quoi faire de sa peau. Le comportement du sexe féminin était pour lui une énigme et une offense. Ema lui dit de s'en aller.

« Va dormir, Georg, moi, j'ai encore du travail. »

En lui préparant son lit, elle lui fit quelques recommandations. Tout d'abord, qu'il n'en parle à personne, pas même à ses plus proches camarades ; ensuite, qu'il n'aille pas, comme les autres garçons, voir les filles des rues parce que c'est dommage de gaspiller son argent et de risquer sa santé avec des traînées ; et puis, le mieux serait qu'il lui donne, à elle, son argent de poche, et elle serait très gentille avec lui.

« Ça marche, mon garçon ?

— Oui », murmura-t-il, gêné.

Quand Léa Karnovski revint de la clinique du professeur Halévy avec la petite fille tant désirée, elle ne reconnut pas son fils. Son visage était lisse, sans boutons. Ses yeux avaient perdu leur éclat sauvage, ils étaient paisibles et doux. Ses discours, eux aussi, étaient devenus paisibles et doux. Il embrassa même sa mère et sa petite sœur. Avec son instinct maternel,

Léa sentit que quelque chose était arrivé à son fils, ce qui l'inquiéta, mais elle n'en dit rien. D'ailleurs, elle était entièrement absorbée par le nouveau-né.

David Karnovski remarqua également que Georg avait changé. Il s'était assagi et était devenu un élève très appliqué. Il rapportait d'excellentes notes de l'école. Le père ne comprenait pas plus le zèle soudain de son enfant qu'il n'avait compris son refus d'étudier.

« Un garçon énigmatique, disait-il à Léa à propos de leur fils, il est un peu fou...

— J'aimerais déjà le voir adulte », répondait la mère, en levant vers le plafond mouluré des yeux pleins de piété.

7

Dans l'ancien quartier juif du Scheunenviertel que les chrétiens appellent par dérision la Suisse juive, les bâtisses vétustes et décrépies de la Dragonerstrasse débordent de boutiques, d'échoppes, de boucheries casher, d'auberges et de maisons de prières.

Autour des billots ensanglantés, des bouchers découpent des quartiers de viande marqués d'un cachet en hébreu certifiant que les animaux ont été abattus par des abatteurs rituels, sous le contrôle de grands rabbins. Des femmes dont les perruques blondes ou brunes trop jeunes contrastent bizarrement avec les visages usés, tiennent le boucher à l'œil, qu'il n'aille pas les rouler sur le poids ou leur fourguer des morceaux impurs. Parce que, bien que pauvres, les femmes payent ici plus cher pour la viande que les prix pratiqués dans les boucheries élégantes des beaux quartiers. Elles ne font pas confiance à la confrérie des abatteurs qui se coupent la barbe, parlent allemand et exercent sous le contrôle de rabbins libéraux au mufle rasé. Elles sont prêtes à payer quelques pfennigs de plus par livre, pourvu que la bête ait été abattue par des abatteurs bien de chez nous, de la Dragonerstrasse, des Juifs polonais ou galiciens qui, dans le nouveau pays, n'ont renoncé ni à leur costume ni à leurs coutumes, et qui travaillent sous le contrôle de rabbins connus dans le quartier mais venus de l'autre côté de la frontière.

Dans les auberges et les petits restaurants qui affichent des étoiles de David à leurs fenêtres à côté d'inscriptions en yiddish germanisé indiquant « qu'ici, la nourriture est casher et savoureuse et les honorables clients bien traités », des serveurs rasés s'affairent, leur petite calotte de soie sur le sommet du crâne. Sur les tables autour desquelles les gens se serrent, ils déposent des plats juifs traditionnels : du foie de volaille, de la saucisse, de la laitance au vinaigre, du pudding aux carottes, des pâtes au bouillon et du poulet. Les clients, coiffés pour la plupart de vieux chapeaux ou de casquettes de cyclistes sont soit des chiffonniers célibataires qui arpentent les beaux quartiers pour racheter de vieux vêtements, soit des colporteurs mariés qui ont laissé femme et enfants à l'Est, de l'autre côté de la frontière, et sont bien obligés de manger dans des gargotes. Les vieux habits qu'ils ont achetés sont en vrac par terre, sous des bancs. On voit aussi des commis boulangers qui font cuire les gâteaux des ménagères dans les boulangeries juives du quartier, des compagnons tailleurs qui sont là pour un certain temps, des émigrants à qui il a manqué de l'argent pour payer leur passage pour l'Amérique, des femmes venues consulter un grand professeur pour une maladie chronique et d'honorables mendiants. Les personnes les plus âgées prient, disent les bénédictions et discutent les notes trop élevées avec les serveurs à calottes. Les plus jeunes rient, parlent affaires, poussent la chansonnette, jouent aux osselets ou aux cartes.

Les magasins d'alimentation et les boulangeries présentent toutes sortes de brioches, des gâteaux secs de Lemberg, du pain noir ordinaire, ainsi que les pletzels les plus variés : aux oignons, au pavot, au cumin. Sur la façade à la peinture rouge décrépie de l'hôtel François-Josef est accrochée une enseigne en yiddish, comme quoi le propriétaire de l'hôtel, M. Hertzele Vichnik, de Brod, reçoit ses hôtes dans les meilleures conditions et fait des petits prix par chambre ou par lit. Il traite également les mariages pour lesquels il fournit aussi le rabbin, le bedeau, les musiciens et l'amuseur de noces ; et aussi la meilleure nourriture et les meilleurs vins, authentiquement casher.

D'une multitude de minuscules lieux de culte, des synagogues, oratoires, maisons de prière hassidiques qui se serrent entre les boutiques et les échoppes, émergent des Juifs âgés avec, sous le bras, leur châle de prière et leurs phylactères dans un sac brodé. Certains sont coiffés d'un chapeau de velours à la mode galicienne et arborent de grandes barbes, d'autres ont la barbe taillée et portent un chapeau melon rejeté sur la nuque. Il y a des Juifs avec de longues papillotes, avec des papillotes courtes et sans papillotes du tout. Par une fenêtre ouverte, s'échappent les vociférations modulées d'un *melamed* — un maître d'école — qui laboure la Torah avec ses élèves. À proximité des lampadaires, près des voitures attelées, se tiennent des cochers, des badauds, des voyous qui fument et crachent. Un gendarme au ventre rebondi, un casque sur la tête, une paire de moustaches fièrement retroussées à la Guillaume II, arpente d'un pas majestueux le pavé jonché de papiers, de crottin de cheval et de légumes pourris. Les voyous le saluent en le gratifiant d'un grade supérieur au sien :

« Bonjour, Herr capitaine.

— 'jour », répond le gendarme réticent, sans quitter des yeux les maisons et les passants.

Coincée entre l'échoppe d'un brocanteur et un petit atelier de tailleur, la librairie de reb Efroïm Walder bourdonne, pleine à craquer. Du gramophone vert à large pavillon s'échappent des hurlements enroués : on joue un Kol Nidre[1], un vulgaire jour de semaine. Ce sont des clients qui écoutent un disque avant de se décider. Des Juifs pieux achètent des taleths, des franges rituelles, des recueils de prières, des phylactères et des mezouzas. Des femmes d'un certain âge cherchent des livres en yiddish avec des histoires de brigands, de princesses et de magiciens mais aussi de vieux récits sur Dreyfus à l'île du Diable accompagnés de poèmes et de chansons. Des jeunes garçons en veste courte choisissent des Sherlock Holmes usés qu'ils empruntent pour quelques pfennigs. Entre des calottes, des bougeoirs pour le shabbat, des chandeliers à sept branches, des plats en cuivre pour les mets symboliques de Pessah, des formulaires imprimés d'actes de mariages et de contrats de fiançailles, on trouve également des linceuls et des tentures noires pour corbillard.

Parmi les clients pauvres du quartier, on peut voir un homme élégant, vêtu à la dernière mode, dont les vêtements semblent tout juste sortis des doigts du tailleur. C'est Salomon Bourak, le propriétaire du magasin Aux bonnes affaires sur l'avenue Landsberger qui a fait un saut dans la Dragonerstrasse afin d'acheter des disques en yiddish pour son gramophone. Il les essaie tous les uns après les autres et se régale à écouter les prières comme les mélodies. Il passe d'un Kol Nidre larmoyant à une joyeuse chanson de théâtre qui conte, en yiddish, les aventures d'un vieil homme et

---

1. Kol Nidre : prière très solennelle ouvrant l'office de Yom Kippour.

de sa jeune épouse, puis à une chanson édifiante sur la destruction du Temple. Il lève pieusement les bras au son du Kol Nidre, claque des doigts sur l'air joyeux, secoue tristement la tête en écoutant la complainte sur la destruction du Temple et fond de ravissement et de nostalgie quand il passe l'histoire d'Isrolik qui va retourner chez lui, dans son beau pays. Même s'il n'a pas eu l'idée un seul instant de quitter l'avenue Landsberger, les paroles de cette chanson lui font du bien. Il accompagne le gramophone avec beaucoup d'émotion.

Isrolik, Srulik, rentre, reviens,
Au beau pays qui est le tien.

Lorsque, ensuite, il en arrive à une danse de mariage endiablée, il se sent des fourmis dans les jambes et se met à danser dans le magasin à la grande joie des garçons qui choisissent leurs Sherlock Holmes. Il invite la vendeuse, Mlle Jeannette, à entamer la danse de la mariée avec lui :

« *Fräulein Janet, darf ich wagen sie zu fragen*, puis-je me permettre de vous demander... serait-il possible que nous dansions ensemble ? »

Mlle Jeannette, une vieille demoiselle perpétuellement plongée dans la lecture de romans français qu'elle doit abandonner à tout bout de champ afin de vendre un livre de prières pour femme ou bien un paquet de franges rituelles, extirpe de son bouquin sa chevelure brune toute frisée et lève sur lui ses grands yeux noirs et pensifs au regard de myope. Elle demande, surprise :

« Comment, pardon, monsieur Bourak ? »

Salomon Bourak abandonne son allemand d'opérette pour son yiddish coutumier :

« Je voudrais danser la danse de la mariée avec vous, mademoiselle Jeannette, d'après moi vous devez la connaître, il serait largement temps, n'est-ce pas, chère demoiselle ? »

Mlle Jeannette fait la grimace, comme s'il lui avait dit une grossièreté. Elle n'apprécie pas que l'on plaisante avec elle, surtout quand on fait allusion à son célibat. Elle n'apprécie pas plus les disques que les clients écoutent interminablement. Ils la dérangent dans ses lectures romantiques, ses romans français qui parlent d'une époque où des dames aux perruques bouclées, en crinolines, étaient assises à leur harpe tandis que des chevaliers en vêtements de satin s'inclinaient devant elles, une main sur le cœur, et imploraient leur amour avec des discours délicats et fleuris. Mais elle ne se met pas en colère contre Salomon Bourak pour ses plaisanteries. Premièrement, parce qu'elle est bien élevée et que la colère ne sied pas à une demoiselle bien élevée. Deuxièmement, parce que Salomon Bourak est un bon client. Il achète dès sa parution tout nouveau disque quel qu'il soit. Et puis, il ne marchande pas comme certains. Mlle Jeannette supporte donc ses discours qu'elle considère comme grossiers, déplacés et désagréables, aux antipodes des beaux discours des chevaliers de ses lectures. À peine est-il sorti qu'elle replonge ses yeux de myope dans ses romans écrits en petits caractères serrés. Alors qu'elle vit dans le quartier le plus laid de Berlin, elle baigne de la tête aux pieds dans un monde de châteaux forts, de chevaliers et d'amours sublimes. C'est aussi pour cela qu'elle se fait appeler Jeannette bien que son prénom soit Yentl.

La pièce au-dessus du magasin, à laquelle l'on accède par quelques marches étroites, est le domaine de son vieux père, reb Efroïm, indifférent à la librairie qui porte pourtant son nom. C'est elle, Jeannette, qui s'occupe des ouvrages de grande diffusion, des taleths, des livres pour enfants et des disques qui leur permettent de vivre. Lui, reb Efroïm, ne s'occupe que de ses livres à lui, vieilles pièces de collection, manuscrits précieux, empilés dans la pièce sur des étagères de bois blanc depuis le plancher percé jusqu'au plafond mansardé.

Grand, mince, le visage allongé, une imposante barbe grise et des cheveux longs de la même couleur, une calotte en coton reprisée sur la tête et une longue pipe à la bouche, il est assis, enfoui dans les livres, les grimoires, la poussière, les parchemins, les manuscrits dans lesquels il furète et qu'il scrute à l'aide d'une loupe ronde. Sur la grande table en bois encombrée de papiers, sont posés un pot de terre plein de plumes d'oie taillées et une soucoupe contenant de la colle et des pinceaux racornis. Avec la colle, reb Efroïm répare les pages déchirées, arrange les bords, rassemble les feuillets détachés ; avec les plumes d'oie, il fait des corrections dans les marges ou bien il remplace les parties manquantes, arrachées ou brûlées, en petits caractères hébraïques ornés de fioritures. Il n'utilise jamais comme tout le monde des plumes en acier, uniquement des plumes d'oie qu'il se procure chez le marchand de volailles de la cour voisine et qu'il taille très pointues à l'aide d'un petit couteau spécial. Son écriture ressemble plus à de l'arabe qu'à de l'hébreu. Chacune de ses lettres est décorée, ciselée, ornée de toutes sortes de plumets et d'arabesques, de ceux dont use un scribe qui recopie la Torah.

Le professeur Breslauer de l'école rabbinique libérale est un des visiteurs attitrés de reb Efroïm Walder. Même s'il n'aime pas trop aller dans le ghetto juif, il lui faut bien cependant s'y rendre car dans toute la ville, parmi tous les rabbins et les savants, on ne trouve pas un seul érudit comparable à reb Efroïm Walder. D'autres savants, tout comme le professeur Breslauer, lui rendent également visite ; ce sont tous des rabbins distingués, des historiens du judaïsme, des chercheurs spécialisés. Les habitants de la Dragonerstrasse regardent toujours avec étonnement ces personnages importants du riche quartier Ouest qui condescendent à venir dans leur rue. Mais la Dragonerstrasse ne sait plus où donner de la tête quand elle voit débarquer non seulement des Juifs d'ailleurs mais aussi des professeurs chrétiens et même des prêtres qui ont besoin d'être renseignés sur un point de théologie juive. Même le gendarme casqué avec ses moustaches retroussées à la Guillaume II fait montre pour cela d'un grand respect à l'égard du vieux monsieur et le gratifie d'un salut militaire quand il l'aperçoit dans la rue.

Mais il n'en a pas souvent l'occasion, car reb Efroïm Walder ne sort que rarement. Depuis l'aube jusque tard dans la nuit, il reste assis au milieu de ses livres et de ses manuscrits. Une petite lampe à pétrole éclaire sa table de jour comme de nuit car les fenêtres poussiéreuses et grillagées qui donnent sur une cour sombre ne laissent passer que parcimonieusement la lumière du jour. Près de sa table, il y a un petit poêle à charbon en fonte que Jeannette recharge sans arrêt pour que reb Efroïm y réchauffe ses vieux os. Elle en profite pour faire sur ce même poêle la cuisine pour elle et son père, des petites gamelles métalliques dans lesquelles cuit une maigre pitance comme en préparent généralement les femmes sans enfants. Ce qu'elle prépare le plus souvent, c'est du thé que le vieil homme aime boire à tout moment, de nombreux verres de thé avec un seul petit morceau de sucre dur.

Le professeur Breslauer et les autres personnes distinguées voudraient absolument arracher reb Efroïm

Walder au ghetto. Ils estiment que sa fille pourrait continuer à tenir le magasin de la Dragonerstrasse tandis qu'ils habiteraient en ville, parmi les gens bien, dans un appartement clair où reb Efroïm ne serait pas obligé d'user ses yeux fatigués à la lumière d'une lampe à pétrole. Sans compter que ses livres et ses manuscrits se détériorent, rongés qu'ils sont par la poussière, les mites et les souris. Il faudrait aussi mettre de l'ordre dans les livres, les cataloguer. De tout cela, reb Efroïm ne veut pas entendre parler.

« Non, rabbi Breslauer, dit-il, je préfère vivre les années qui me restent dans la Dragonerstrasse, comme j'ai toujours vécu. »

Ses livres sont toute sa vie. À aucun prix il ne vendrait ses pièces de collection aux bibliothèques ou aux musées qui sont prêts à lui faire un pont d'or pour cela. Au contraire, tout ce que sa fille gagne avec ses recueils de prière et ses disques, il l'engloutit dans de nouveaux ouvrages. Les marchands de livres de Lemberg comme de Varsovie, de Vilna comme de Berditchev et de toutes les autres villes, savent bien que reb Efroïm Walder de Berlin est à la recherche de livres rares et chaque fois qu'ils mettent la main sur une pièce ancienne, ils lui écrivent pour le prévenir. Aussi ne laisse-t-il personne toucher à ses livres. Chez lui, on peut consulter tout ce que l'on veut. Mais il ne lâche rien. Il refuse que quiconque lui fasse un catalogue. À quoi bon ? De toute façon, il a tous ses livres en mémoire. Il maîtrise parfaitement non seulement l'ensemble du Talmud, des milliers d'exégètes et de *responsa*[1], mais aussi tous les ouvrages philosophiques, tout ce qui touche à la recherche spéculative

---

1. *Responsa* : recueil de discussions sur des questions religieuses rédigé par des autorités rabbiniques.

et à la Haskala ainsi que toute la recherche moderne concernant le judaïsme.

L'un des visiteurs attitrés de reb Efroïm Walder dans la Dragonerstrasse est David Karnovski, le négociant en bois de la Oranienburgerstrasse.

Avant tout, il vient acheter de vieux livres, ceux que reb Efroïm Walder possède en plusieurs exemplaires et dont il accepte parfois de se dessaisir en partie. David Karnovski est toujours preneur pour un livre ancien, surtout dans le domaine de la recherche spéculative. D'autre part, il aime parler avec reb Efroïm ou plus exactement, l'écouter parler. On ne peut plus rien apprendre à reb Efroïm à propos de la recherche philosophique ou des études récentes sur le judaïsme. Quoi qu'on lui raconte, il le sait déjà.

« Je sais, rabbi Karnovski », il a l'habitude d'appeler rabbi tous les érudits, « je peux même vous trouver ça dans mes livres. »

Avec la célérité d'un jeune garçon, il grimpe à l'échelle pour atteindre une étagère où, au milieu de milliers d'autres, il trouve le volume dont il a besoin. Il retire la poussière à l'aide d'un plumeau fait de plumes de dinde et hoche tristement la tête en voyant le bord des pages rongé par les insectes.

« Ce sont des méchants, rabbi Karnovski, dit-il, des petits prédateurs qui endommagent ces précieux livres, c'est d'eux que parle le roi Salomon lorsqu'il dit : "Les petits renards ravagent les vignes[1]." »

Il les oublie aussitôt et rayonne d'une candeur enfantine en contemplant ses vieux livres. Il adore parler de ses trésors, raconter l'histoire particulière de chaque volume, chaque manuscrit. Et il fait preuve

1. Cantique des cantiques, 2,15.

alors de tant d'érudition que David Karnovski est ébahi par l'invraisemblable mémoire du vieil homme. Il garde le silence, laisse parler reb Efroïm et écoute. Lorsqu'il a la gorge sèche d'avoir trop parlé et avalé de la poussière et qu'il appelle sa fille afin qu'elle lui serve un verre de thé pour se remettre, Karnovski en profite pour poser une question.

« Reb Efroïm, où en êtes-vous avec vos propres manuscrits ? »

Reb Efroïm Walder s'empresse de vider son verre de thé qu'il accompagne d'un minuscule bout de sucre. Il aime beaucoup qu'on lui parle de ses manuscrits et surtout, qu'on le prie d'en lire des passages. Il s'acharne sur un tiroir qui résiste et se bloque quand on l'ouvre et quand on le referme, et il en sort deux épais cahiers couverts d'une écriture serrée, reliés à la main, à gros points, au fil blanc ordinaire.

C'est là l'œuvre de sa vie qu'il a commencée il y a quelques bonnes dizaines d'années quand, tout jeune étudiant prodige, il est venu de Ternopol à Berlin pour étudier à l'école rabbinique, et puis n'a plus bougé, fixé dans la Dragonerstrasse jusqu'à son âge avancé. C'est à cette époque qu'il a entrepris de rédiger ces deux ouvrages. Mais il ne les a toujours pas terminés. Plus il écrit, plus ils se développent en tous sens. Ils sont rédigés en deux langues différentes : l'un en hébreu avec des lettres ornées de toutes sortes de fioritures et une page de titre décorée où est écrit en caractères carrés : « Ordonnancement de la sagesse ». C'est une œuvre qui tente de mettre en ordre et de classifier pratiquement toute la Torah, depuis le Pentateuque jusqu'au Talmud, de Babylone comme de Jérusalem. Avec une grande intelligence et une incroyable inventivité, reb Efroïm Walder y explique toutes les confusions et toutes les erreurs commises au cours des millénaires par ceux qui ont recopié les textes. Des centaines d'illustres talmudistes l'ont fait avant lui, mais reb Efroïm Walder considère qu'il reste encore suffisamment à innover dans ce domaine et c'est à cette grande tâche qu'il se consacre depuis des années sans encore en voir le bout.

« Il y a de quoi être jaloux des savants d'autrefois, rabbi Karnovski, dit reb Efroïm Walder en désignant un dessin jauni, portrait du Rambam, suspendu sur le mur à un clou rouillé au-dessus de sa table. Rabbi Moshe ben Maïmon, que les chrétiens appellent Maimonide, avait du temps pour tout, pour la médecine, les études, la philosophie, les tâches communautaires et même pour mener des discussions avec des savants arabes et des hommes d'État. Nous, pauvres humains d'aujourd'hui, ne sommes vraiment pas à la hauteur... »

Le deuxième ouvrage de reb Efroïm qui est écrit en allemand, en lettres gothiques pointues, avec le premier mot important de chaque chapitre orné de fioritures, est destiné aux non-juifs. Reb Efroïm Walder est persuadé que toute la haine des autres nations envers les Juifs provient de ce qu'ils ne comprennent ni la loi juive ni les sages juifs. C'est pourquoi il faut leur expliquer, aux peuples du monde, leur dévoiler tous les trésors de la Torah ; leurs yeux se dessilleront alors et ils verront la vraie lumière illuminer leurs esprits et leurs cœurs. C'est donc ce qu'il fait, reb Efroïm, dans le grand œuvre auquel il travaille depuis des années afin de réconcilier Shem et Japhet[1]. Dans les milliers de feuillets couverts d'une écriture serrée, truffés de caractères gothiques, il passe en revue

---

1. Deux des trois fils de Noé ; de Shem descend Abraham.

toutes les doctrines philosophiques depuis celles des philosophes grecs, les savants de l'Antiquité, jusqu'aux plus récentes, et il démontre que tout ce qui a été dit par Japhet dans le domaine de la sagesse ou de la loi morale, Shem l'avait déjà dit avant lui. Le professeur Breslauer n'apprécie pas particulièrement cette œuvre en allemand de reb Efroïm. Autant il estime son érudition et son hébreu, autant il fait peu de cas de sa philosophie et de son allemand.

« C'est une apologétique que des centaines d'autres ont déjà écrite avant vous, rabbi Walder, et bien que cela regorge d'érudition, vous ne bouleverserez jamais le monde avec ça. »

Reb Efroïm refuse d'entendre ce genre de discours sur l'œuvre de sa vie. Il rétorque contrarié :

« Admettons que ce soit de l'apologétique, et alors ? Rabbi Yedidie d'Alexandrie que les goyim nomment Philon le Juif, a lui aussi écrit des apologétiques et ça ne l'a pas empêché d'entrer au panthéon des philosophes. »

Le professeur Breslauer ne veut pas en démordre.

« Rabbi Walder, les temps sont révolus pour ce genre d'ouvrages. Ce n'est plus à la mode, si l'on peut dire.

— À la mode ? reprend reb Efroïm d'un ton ironique. Je ne m'attendais pas à entendre de tels propos dans votre bouche, rabbi Breslauer. L'esprit est éternel de même que la Divinité qui ne connaît ni début pour son commencement ni terme pour sa fin. »

Voyant qu'il n'arrivera à rien avec cet entêté, le professeur Breslauer passe à un aspect pratique.

« Vous ne trouverez jamais d'éditeur pour votre ouvrage, rabbi Walder.

— Comment le savez-vous, rabbi Breslauer ? C'est une vision prophétique ?

— Disons les choses comme ça, une vision prophétique, reb Efroïm.

— Rabbi Levi ben Gershom, le Ralbag, que les Gentils appellent Gersonide, indique que la condition pour être un prophète est d'être un sage », dit reb Efroïm sarcastique.

Rien ne peut rendre reb Efroïm aussi furieux que le mépris affiché pour l'œuvre de sa vie. L'ennui c'est que, plus il écrit, plus il a de nouvelles idées de telle sorte qu'il doit reprendre du début, réécrire, corriger, recopier. Et le temps passe, les jours filent.

« Oh ! rabbi Karnovski, si seulement je pouvais avoir le temps de terminer, dit reb Efroïm avec un pincement au cœur, à Dieu ne plaise que je ne m'en aille avant d'avoir fini. »

Comme à son habitude, David Karnovski répond par une citation :

« Il vous sera donné de goûter au fruit de votre labeur. »

Reb Efroïm prend dans sa tabatière en corne une pincée de tabac qu'il inspire profondément pour s'éclaircir les idées et il se prépare à lire quelques passages de l'œuvre de sa vie, en hébreu pour les Juifs et en allemand pour les autres. David Karnovski se concentre afin de saisir les courtes phrases au milieu du flot de citations dont chaque feuille est bourrée. Il approuve de la tête la profondeur des interprétations inédites de reb Efroïm. Ce dernier remonte la flamme de la lampe à pétrole et on peut alors voir sur la figure du vieil homme un sourire de satisfaction. La lumière rougeâtre sur son long visage pâle et la grisaille de sa barbe fait penser à la pâle sainteté qui nimbe un vieillard en train de réciter la dernière prière de Yom Kippour à la clarté d'une chandelle prête à s'éteindre.

La même clarté surnaturelle illumine le visage jeune et anguleux de David Karnovski. Après le négoce du bois à l'extérieur, après les affaires d'argent, les conflits et les marchandages, les ruses commerciales, après les rires et les discours grossiers des débardeurs entendus à satiété près du train, c'est pour lui un vrai délice d'écouter parler le vieil érudit. Cette clarté surnaturelle englobe également « Matousalem » le chat qui, roulé en boule dans un coin de la pièce, les oreilles dressées, écoute attentivement la moindre parole de reb Efroïm.

Le chat est vieux, si vieux qu'il ne voit plus rien et c'est effectivement pour cela que reb Efroïm l'a nommé Matousalem. Mais bien qu'aveugle, il détecte encore fort bien l'odeur des souris et il les poursuit sans pitié, ce dont reb Efroïm lui est infiniment reconnaissant. Il le garde près de lui, lui donne les morceaux de viande dure que ses gencives ne peuvent plus mastiquer et interdit à sa fille de le chasser de la maison. Jeannette ne supporte pas le vieux matou aveugle qui perd ses poils et ne veut pas le voir dans la maison. Elle essaye de le déloger.

« Belzébuth, dehors ! »

Reb Efroïm prend sa défense et dit en plaisantant :

« Ce n'est pas convenable, Yentl, de chasser un vieillard ! "Tu illumineras le visage du vieillard", est-il écrit dans la Torah. »

Yentl, alias Jeannette, ne comprend pas. Elle répond avec sérieux :

« Cela a été dit à propos d'un homme, pas à propos d'un chat.

— Que sait-on du chat, mon enfant ? L'Ecclésiaste affirme que l'homme n'est pas au-dessus de l'animal. »

Jeannette repose son balai. Elle n'est pas d'accord avec l'Ecclésiaste quand il affirme que l'animal et l'homme, c'est pareil. Dans ses romans français, les hommes sont très beaux, élégants et délicats et ont une attitude chevaleresque face aux dames. Elle considère que son père a tort de comparer un homme à un chat aveugle. Malgré tout, elle fait ce qu'il lui demande et ne chasse pas le répugnant matou. Elle n'a personne au monde. Pas de mère, pas de sœur, pas de frère. Ils sont tous morts les uns après les autres. Elle s'est retrouvée seule avec son père. Il y a des années, dans sa lointaine jeunesse, en plus de son père, elle a aimé quelqu'un d'autre. C'était un jeune homme venu à Berlin pour étudier à l'école rabbinique qui rendait souvent visite à reb Efroïm pour discuter avec lui de ses études. Il était beau avec des yeux bleus et une barbe blonde bien taillée. Elle lui offrait à boire, à manger, lui raccommodait son linge. Elle rêvait qu'il allait demander sa main. Mais un jour, alors qu'elle était restée seule avec lui, il s'était conduit de façon grossière, pas du tout comme les délicats messieurs des romans, il l'avait renversée sur le sol, sur les livres étalés par terre. Elle s'était arrachée à son étreinte. Les yeux pleins de larmes, elle était allée le dénoncer à son père. De honte, le jeune homme avait fui la ville et s'était fait missionnaire. Depuis lors, elle ne veut plus entendre parler des hommes. Le seul homme dans sa vie, c'est son père. Et de même que son père met rarement le nez dehors, elle aussi sort très rarement. Toute la journée, elle tient le magasin. De plus, elle doit faire la cuisine, le ménage et la lessive, repriser les bas, coudre et rapiécer. Dans les romans, elle oublie sa vie de vieille fille.

C'est surtout dur le samedi et les jours de fête, quand le magasin est fermé. Reb Efroïm ne va pas prier à la synagogue. Il ne s'y rend que pendant les Jours redoutables. C'est pourquoi les Juifs pieux de la rue ne le tiennent pas en haute estime. Les rabbins du coin disent de lui que c'est un libre-penseur caché et un adepte de Sabbataï Zevi sinon, tous ces mauvais Juifs des quartiers Ouest ne viendraient pas lui rendre visite. Reb Efroïm sait ce que l'on dit de lui dans la rue mais ça lui est bien égal. En tant que fidèle disciple du Rambam, il considère que la voie qui mène à Dieu ne passe pas par la prière collective avec des portefaix ou des colporteurs mais par une conception rationnelle de la Divinité. Au contraire, la populace qui crie et hurle en priant et appelle Dieu « Papa », « Père miséricordieux », comme si elle s'adressait à une idole, éloigne l'homme sensé de la Divinité pure. Et leurs rabbins eux-mêmes ne valent pas mieux. Ce sont, comme eux, des représentants de la populace avec lesquels une personne raisonnable n'a pas à se commettre. Jeannette qui est pieuse, vit dans la crainte de Dieu et redoute l'enfer, ne travaille pas le samedi ni les jours de fête, et en ces jours de repos, elle ressent tout le poids de sa solitude. Plus de vingt ans se sont écoulés, mais elle éprouve encore de l'amour pour ce garçon aux yeux bleus qui l'a si grossièrement offensée. Elle essaie de se le représenter sous les pires aspects, déchaîné, rouge et vulgaire, tel qu'il lui est apparu la fois où il s'est si mal conduit avec elle. Elle pense aussi qu'il a rejeté le judaïsme et est devenu missionnaire. Mais plus elle tente de l'enlaidir, plus elle le voit beau. Ça la rend furieuse contre elle-même. Et soudain, elle se met à pleurer, et elle pleure sur sa solitude, sa mère, son frère et sa sœur, tous morts, et surtout, elle se désole de sa propre vie, de ces années gâchées dans le célibat. C'est surtout la nuit qu'elle pleure, couchée dans le lit de sa défunte mère, disposé en face du lit de son père.

« Dieu du ciel », implore-t-elle dans son chagrin.

Ça lui fait mal au cœur, à reb Efroïm Walder, d'entendre sa fille pleurer. Certes, il sait bien que tout dans la vie n'est qu'absurdité, que tous les plaisirs des humains, leurs passions, leurs joies, ne sont que vanité et futilité et que seule la sagesse est éternelle comme la Divinité, mais il n'en éprouve pas moins une profonde pitié pour sa fille qui pleure la nuit. Il ne peut la consoler car il sait qu'elle ne le comprendra pas. Elle n'est rien de plus qu'une sotte femme pour laquelle les voies de la sagesse sont impénétrables et qui ne vit que d'instinct, la pauvre, comme un animal. Pendant un moment, il réfléchit aux desseins de Dieu qui souvent crée l'homme avec l'entendement d'un animal et la sensibilité d'un humain. Puis il s'assoit sur son lit et, dans l'obscurité, il s'adresse à sa fille allongée de l'autre côté de la chambre :

« Ne pleure pas, Yentl, ça ne rime à rien, ma fille. »

Jeannette se met à pleurer de plus belle.

Reb Efroïm qui sent une faiblesse envahir son corps, enfile une robe de chambre ouatinée, des chaussons, et sort dans la cour. Une fille goy passe le porche en compagnie d'un soldat qu'elle entraîne vers la cave. Le soldat examine le vieillard à la longue barbe avec son bonnet de coton sur la tête et il éclate de rire dans la nuit.

« Bê-ê, le Juif. »

Il bêle, une main sous le menton pour évoquer la barbiche de la chèvre.

8

David Karnovski n'avait pas placé son fils en apprentissage chez un cordonnier comme il l'en avait si souvent menacé.

À vingt ans, Georg termina le lycée et le termina bien. Pour la fête de fin d'année, son père lui fit faire un habit, des souliers vernis, du linge blanc bien empesé, et il lui acheta un haut-de-forme. Le visage brun et viril de Georg faisait resplendir d'un éclat particulier la blancheur de son col dur. À l'occasion de la cérémonie, David Karnovski avait revêtu l'habit et le haut-de-forme qu'il portait le shabbat à la synagogue. N'étant pas sûre de son allemand ni de ses manières, comme toujours en de telles circonstances, Léa n'était pas venue. Les professeurs du lycée étaient tous sur leur trente et un. Parmi les invités d'honneur, on comptait quelques officiers de haut rang et même une vieille princesse à moitié paralysée, appuyée sur une canne, petite-fille de la princesse Sophie dont l'établissement portait le nom. M. Kneitel se tenait très raide dans sa tenue démodée et son col démesurément haut. Les longs pans de son habit s'envolaient à chacune de ses courbettes et génuflexions devant les illustres invités. Le proviseur du lycée, le docteur Brihe, terreur des élèves et des enseignants, faisait des ronds de jambe autour des invités d'honneur tel un laquais. De sa bouche qui toute l'année laissait échapper un flot d'invectives et de hurlements, s'écoulaient à présent des discours fleuris, du miel se répandait de ses lèvres grasses. Georg prenait grand plaisir à voir la servilité de ces gens. L'idée que bientôt il serait délivré de M. Kneitel, du proviseur et de tous les autres professeurs et inspecteurs, qu'il serait libre d'aller où il voudrait, quand il voudrait, et qu'il pourrait même rire au nez de M. Kneitel s'il venait à le rencontrer dans la rue, cette idée le remplissait de joie et d'impatience.

« Le proviseur von Merdenhof n'a pas le sens de la mesure, murmura-t-il à l'oreille d'un de ses camarades.

— Ce soir, on va s'amuser dans un cabaret tsigane, viens avec nous, il y aura des filles », répondit l'autre.

Quand Georg rentra à la maison en habit et haut-de-forme, son diplôme à la main, Léa cracha trois fois de suite pour conjurer le mauvais œil, puis elle demanda, rayonnante :

« Alors, David, je ne te l'avais pas dit et répété que tout se terminerait pour le mieux ? Désormais, cet enfant te donnera de grandes satisfactions. »

Mais David Karnovski ne connut pas de grandes satisfactions.

Comme tout bon commerçant, il aurait voulu que son fils entre à l'École supérieure de commerce. Son négoce de bois était florissant. En outre, il avait acheté pour un prix très raisonnable une grande maison au nord de la ville, à Neukölln[1], quartier peuplé de très nombreux ouvriers d'usine et petits artisans. Il

---

1. Le faubourg ouvrier de Neukölln se trouve en fait au sud de Berlin.

souhaitait donner à son fils et le savoir et la fortune, préparer un héritier qui au moment de lui succéder, dans cent vingt ans, sache gérer son héritage aussi bien matériel que spirituel. Georg ne voulait pas d'une école de commerce. Il pensait à une école d'ingénieur, à l'architecture, pourquoi pas à la peinture, mais surtout pas au commerce. David Karnovski était hors de lui, furieux de voir son unique fils choisir des professions étrangères, pas de celles traditionnellement exercées par des Juifs. Il fulminait et disait à sa femme :

« Il le fait exprès pour me faire enrager, ce fils rebelle, c'est seulement parce que je suis contre qu'il est pour. Je ne vais pas jeter mon argent par les fenêtres pour des bêtises. Pour mon argent, je veux du concret. »

Après des semaines de conflits et de brouilles, on arriva à un compromis. Georg ne s'inscrivit ni en architecture ni en peinture comme il le souhaitait, ni en commerce comme le souhaitait son père, mais en philosophie. Karnovski n'était pas entièrement satisfait.

S'appuyant sur des propos de rabbi Zadok : « Tu n'utiliseras pas l'Étude comme pioche », il fit remarquer qu'il était souhaitable d'avoir et le savoir et un travail.

Cependant, il ne fit pas trop d'opposition. Malgré tout, la science philosophique était loin de lui déplaire. Il céda à son fils également sur un autre point. Il lui fallait un gérant pour sa maison. Lui-même n'avait pas le temps de s'en occuper. Il confia donc à Georg la tâche de réclamer les loyers et de gérer l'immeuble.

Dans un geste plein de condescendance paternelle, Karnovski sortit de sa poche intérieure une belle liasse de billets de cent marks bien aplatis, bien lissés, tels qu'il avait l'habitude de les ranger, et il les remit à son fils afin qu'il paye l'université pour l'année et qu'il s'habille comme il sied à un étudiant.

« Moi, à ton âge, mon père — Dieu ait son âme — ne me donnait pas d'argent, dit-il comme toujours, quand il se rappelait que ça n'avait pas été aussi facile pour lui que pour son fils, c'est pourquoi tu dois étudier avec assiduité et travailler, le savoir et le travail. »

Georg ne manifestait pas plus de zèle pour l'un que pour l'autre.

Tel un prisonnier brusquement rendu à la liberté après des années de captivité, Georg voulait prendre sa revanche d'un seul coup pour toutes les années d'esclavage familial et scolaire.

Georg fut d'abord en proie à une envie frénétique de beaux vêtements et d'élégance. Il se fit faire plusieurs costumes à la dernière mode, acheta des tas de cravates et de gants, un étui en argent pour les cigarettes qu'il pouvait maintenant fumer sans restriction, et même une canne avec son monogramme en argent. Il dilapida tant et si bien les billets de cent marks bien lissés qu'il ne lui resta rien pour payer son inscription à l'université.

À l'insu de son mari, Léa glissa à son fils les quelques centaines de marks dont il avait besoin. Il paya mais fréquenta peu l'université. Il sécha plus de cours qu'il n'en suivit.

Après sa fringale de vêtements et d'élégance, il fut pris d'une envie folle de s'amuser, de vivre et de se donner du bon temps.

Comme tous les nouveaux étudiants, il était attiré par les anciens qui l'avaient accepté dans leur compagnie et l'emmenaient à leurs réunions dans leur brasserie attitrée où une pièce leur était réservée qui portait un nom latin fabuleux. Ces étudiants étaient tout à fait juifs, raison pour laquelle ils n'appartenaient à aucune corporation allemande, mais ils se comportaient lors de ces réunions comme d'authentiques étudiants allemands. Il est vrai qu'ils ne pratiquaient ni escrime ni duels, mais ils chantaient de joyeuses chansons estudiantines, souvent pas très convenables, toujours des histoires de vin ou de femmes. Ils buvaient la bière dans de grandes chopes, la plupart du temps sans y trouver de goût. Ils suivaient également les rites estudiantins pour admettre un bizut dans leur confrérie. Comme tous les nouveaux, le bizut Karnovski en vit de toutes les couleurs lors de son admission, pendant une soirée de beuverie à la brasserie. Tout d'abord, on lui passa la figure à la farine et on l'obligea à manger une pleine gamelle de petits pois posée par terre sans se servir de ses mains, juste avec la bouche. Après quoi, il lui fallut faire une conférence de philosophie sur Aristote, la bière et les saucisses. Ensuite, il dut vider une botte en laiton remplie de bière. Les étudiants lui attribuèrent aussi un surnom, Hippopotamus, allusion à ses dents irrégulières, ce dont il ne fut pas peu fier. Lors de ces soirées étudiantes, il s'efforçait d'engloutir beaucoup plus que ce dont il était capable. Il s'efforçait par ailleurs de fréquenter un maximum de serveuses et de vendeuses, comme il convient à un véritable étudiant. Il ne lui fallut pas longtemps pour découvrir tous les bistrots et cafés de la ville, tous les salons de thé discrets autour de Unter den Linden où les couples se donnaient rendez-vous. En compagnie d'autres jeunes bambocheurs de la ville, le soir, à l'heure où les vendeuses sortaient en groupes, il se mettait en chasse aux alentours des grands magasins, pour attraper la première venue désireuse de s'amuser.

« Chérie, tu es libre ce soir, n'est-ce pas ? » demandait-il, et il prenait la fille par le bras sans lui laisser le temps de répondre.

Elles ne lui disaient pas non, les filles. Il était grand, bien vêtu, avec des cheveux bruns et des yeux noirs, une exception au milieu des gars blonds au teint pâle. Ses dents irrégulières, d'une blancheur éblouissante, riaient derrière des lèvres très charnues et très rouges. Les filles étaient pliées en deux à l'entendre plaisanter. Elles étaient stupéfaites de le voir dépenser pour elles sans compter. Il commandait de la bière, du vin même, et quand une gourmande lui demandait timidement si elle pouvait avoir une deuxième portion de gâteau aux pommes, il ne refusait pas non plus. Habituées à l'avarice des garçons blonds qui permettaient rarement une telle dépense à une fille, elles raffolaient de ce généreux cavalier. Elles voyaient immédiatement, tant à son physique qu'à son comportement, qu'il n'était pas allemand. Afin de ne pas le vexer, elles prétendaient le prendre pour un Hongrois, un Italien, un Espagnol, tout sauf un Juif. Georg se moquait de lui-même.

« Je suis le prince Karno de Perse marocaine, dans l'océan Indien entre le pôle Nord et le pôle Sud, sur le Tigre et l'Euphrate, tu sais où ça se trouve, chérie ? »

Elles ne savaient pas exactement mais avaient honte de l'avouer. De toute façon, elles étaient aux anges. Ses plaisanteries les faisaient mourir de rire. Ses mains brunes et chaudes répandaient la vie et l'entrain comme si un flux électrique les avait traversées. Elles enflammaient les sens de ces demoiselles de grands magasins si pâles, si anémiques. Ses succès féminins lui conféraient un grand prestige auprès des étudiants plus âgés. Ils voulaient qu'il soit de toutes leurs beuveries. Mais Georg se détourna de ces rencontres étudiantes aussi vite qu'il s'en était entiché. Parce que, même si à ces soirées l'on chantait des tas de chansons, de gaillardes chansons sur « madame la patronne », et même si l'on engloutissait énormément de bière, bien au-delà du raisonnable, il n'y avait pas la moindre joie dans tout cela. Entre les murs de cette brasserie pour étudiants se cachait une sorte de crainte dissimulée, de prudence, une désagréable peur de soi-même. On craignait de laisser échapper un mot sur sa propre appartenance comme si c'était une tare, on se méfiait des garçons et des domestiques. On se méfiait même de soi, face à ce honteux secret. C'était comme un pacte passé avec soi-même : ne pas mentionner ce mot déplaisant. On se méfiait énormément aussi des coreligionnaires à cheveux longs et mal habillés venus de Russie pour étudier dans la capitale. Les étudiants bruns aux yeux noirs de l'Ouest, évitaient les étudiants bruns aux yeux noirs venus de l'Est, encore plus que leurs condisciples blonds ne les évitaient. Ils ne voulaient rien avoir à faire avec ces « mendiants » et ces « nihilistes » dont le judaïsme oriental faisait ressortir le judaïsme occidental qu'eux, les Allemands de religion mosaïque, s'efforçaient tant de camoufler.

Georg Karnovski, toujours attiré par ce qui était interdit, se mit à fréquenter ces « Russes » étrangers. Plus ses camarades le sermonnaient parce que lui, né sur la terre allemande, entretenait des relations avec des étrangers, plus il se sentait attiré par eux.

« Le loup a flairé l'odeur du bois, disaient ses collègues, allusion au fait que lui-même n'était pas vraiment un Juif assimilé mais le fils d'un de ces "mendiants polonais". »

Ces jeunes étrangers mal habillés et chevelus n'étaient pas aussi guindés et craintifs que les étudiants des quar-

114

tiers Ouest de Berlin. Ils ne se cachaient de personne, n'étaient pas toujours sur leurs gardes, prêts à défendre leur honneur. Ils arboraient sans aucune gêne leurs visages et leurs vêtements élimés. Nombre d'entre eux étaient de joyeux lurons et de fameux chahuteurs. Ils tenaient une journée entière avec une bouilloire de thé, un pain et un morceau de hareng et ne s'en faisaient pas pour autant. Georg Karnovski ne les quittait plus d'une semelle. Il adorait l'étudiant Juda Lazarevitch Kugel que ses copains avaient surnommé Yidl Bardach[1].

Ce Juda qui choquait particulièrement les étudiants juifs de Berlin tant par son nom de famille ridicule que par son prénom provocateur et qui évoquait par-dessus le marché le traître à Jésus-Christ, ce Juda était le plus fauché, le plus hirsute et le plus mal vêtu de tous les « Russes ». Ce gueux entre les gueux n'en était pas moins un grand rigolard et un grand chahuteur, la joie incarnée.

Tout en longueur, une tignasse brune rebelle rarement coiffée, un visage toujours couvert de poils qu'il ne rasait qu'une fois par semaine, un nez russe, court et épaté, en forme de pomme de terre, des sourcils ébouriffés surplombant des yeux noirs fripons, roulant les « r » dans un allemand plein de fautes, il était enchanté de tout, de lui-même, de ses vêtements usés jusqu'à la corde et même de son nom.

« Bardach, les enfants », avait-il coutume de dire, ce qui signifiait que rien n'avait d'importance, du vent, qu'il ne fallait rien prendre au sérieux et se laisser vivre, jouir du monde tel qu'il était.

Il n'était plus tout jeune, mais ne pensait cependant pas à se fixer et menait la vie d'un éternel étudiant,

1. Bardach : foutaises.

faisant le tour de toutes les villes universitaires du globe où il était auditeur libre, chaque fois dans une discipline différente, sans jamais rien achever. Il avait déjà suivi des cours de sciences naturelles à Berne, de droit à Bâle, de littérature classique à la Sorbonne à Paris et de sociologie à Liège. À présent, il suivait des cours de philosophie à Berlin.

« Bardach », répondait-il à ses camarades qui se moquaient de ses errances perpétuelles et de ses changements, « c'est plus drôle comme ça, les enfants ! »

Ce mot, il le disait aussi chaque mois, le premier du mois très exactement, quand il venait toucher son allocation mensuelle à la Société d'entraide et que le conseiller au Commerce Kohn lui faisait des remontrances sur son allure, sa tenue et sa conduite.

Tout comme les étudiants de l'ouest de Berlin, le philanthrope conseiller Kohn se sentait humilié à la vue de ses coreligionnaires de l'Est qui venaient solliciter son aide. Avec ses cheveux blancs comme neige, d'épais favoris argentés de part et d'autre de son menton rasé, portant toujours à la boutonnière la médaille remise par Sa Majesté Impériale pour ses activités philanthropiques, fier de sa fortune comme de sa philanthropie et de sa respectabilité, il se sentait terriblement humilié lorsqu'il rencontrait les pauvres étudiants de l'Est. Ils parlaient un allemand incorrect mêlé de mots yiddish. Ils étaient mal vêtus, pas rasés, pas soignés. Ils refusaient de mettre le nez à la synagogue, ignoraient le shabbat et les fêtes, ne se souciaient pas de la casherout[1]. En outre, le conseiller Kohn avait entendu dire qu'ils s'occupaient de mauvaise politique. Ou bien ils entretenaient de stupides

---

1. Casherout : ensemble des prescriptions concernant l'alimentation. Est dit casher un aliment qu'un Juif a le droit de consommer.

rêves concernant le retour en Eretz Israël et l'édification d'un État juif, ou bien ils étaient en guerre contre le régime russe, appelaient à la révolution, au soulèvement et même à la terreur. C'est plus d'une fois que les journaux avaient parlé de ces individus. Il les sermonnait :

« C'est très mal, messieurs, ce qui est permis aux Gentils n'est pas permis aux Juifs. Nous devons être un exemple pour les Nations. Comme cela a déjà été dit par nos vénérés et sages talmudistes, messieurs, tout Juif est responsable de son prochain. »

Plus qu'aucun autre, Juda Kugel avait droit à une copieuse leçon de morale de la part du conseiller Kohn.

« Benedict Spinoza était lui aussi un philosophe, monsieur l'étudiant en philosophie, lui disait-il, cependant cela ne l'empêchait pas de se coiffer ! Habillé comme un pauvre, mais propre. Avec votre allure de vagabond vous risquez de jeter le discrédit sur toute la communauté. Que vont dire les non-juifs ?

— Bardach ! » répondait Juda Kugel.

Entre ses favoris d'un blanc de neige, le menton rasé du conseiller Kohn s'empourprait de dépit et de colère. Il disait furieux :

« Ne me parlez pas dans ce jargon barbare, je n'y entends rien. »

Ce qui le vexait le plus c'est que le jeune homme omette son titre de conseiller au Commerce.

« Veuillez noter que je suis monsieur le conseiller au Commerce, fulminait-il, et ce n'est pas tant de mon titre que je ne me soucie, que de vous enseigner les bonnes manières… »

Sans un merci, avec des mains pas lavées, Juda Kugel prenait les quelques marks du conseiller Kohn désormais furibond.

C'est sur ce joyeux drille échevelé que Georg Karnovski jeta son dévolu avec la fougue qui le carac-
térisait. Était-ce parce que tous les gens bien le
méprisaient qu'il était attiré par lui, simplement pour
les narguer ? Était-ce la joie extraordinaire qui se
dégageait de sa personne, de tous les faux plis et de
tous les trous de son complet râpé ? Georg l'ignorait
lui-même. Tout ce qu'il savait, c'est qu'il aimait ce
garçon, qu'il aimait son allure, son rire et ses yeux
noirs fripons et même le mot « bardach » qui, bien
que lui, Georg, ne le comprît pas, avait à ses oreilles
un charme incomparable.

Il accompagnait même Yidl au café où les « Russes »
poursuivaient leurs éternelles discussions tout en
engloutissant des litres et des litres de thé.

Yidl participait à tous les débats mais personne ne
prenait ses paroles au sérieux.

« Tête de linotte, mais où est la logique ? » lui
criaient des jeunes gens à lunettes, grands logiciens.
« La logique, elle est où ?

— Bardach ! répondait Yidl Kugel, pas besoin de
logique, pourvu que ce soit bien. »

Georg ne comprenait rien à ces discussions mais il
applaudissait Yidl. Là où il était aux anges, c'est quand
Yidl, après avoir discuté, se mettait à chanter des
chansons en ukrainien, en russe et en yiddish. D'une
voix de basse profonde, pleine, sonore, il interprétait
des mélodies tristes et sentimentales puis aussitôt,
d'autres joyeuses et endiablées.

Parfois, Georg rendait visite à Yidl, dans la petite
chambre qu'il occupait dans le quartier le plus misérable de Berlin, près de la gare de Szczecin, chez le
cordonnier Martin Stulpe.

Cette petite pièce à moitié en sous-sol, à laquelle on
accédait par quelques marches en venant de la cour,

paraissait encore plus étroite et plus petite compte tenu de la grande taille de Yidl. De plus, elle n'avait pas d'entrée séparée et, pour y arriver, il fallait traverser une première pièce où le propriétaire de l'appartement réparait les souliers. Devant la porte, une enseigne avec une grande botte de cavalier peinte en jaune, se balançait au moindre souffle de vent. L'air était saturé d'odeurs de lessive, de porc frit, de cuir et de colle à chaussures. Quand Mme Stulpe faisait bouillir son linge, la buée recouvrait les photographies des écrivains et révolutionnaires russes chevelus et barbus que Yidl avait découpées dans des journaux et fixées aux murs de sa chambre. L'humidité se condensait sur sa guitare pendue à un clou au-dessus de son étroit lit en fer. Comme toujours, Yidl s'affairait autour de sa bouilloire, l'unique bien qu'il transportait de pays en pays, et il faisait bouillir l'eau pour le thé sur un réchaud à pétrole.

Malgré l'humidité et le dénuement de la pièce, Georg était content de se retrouver là. Yidl lui avait présenté Martin Stulpe et sa famille qui n'étaient pas restés indifférents aux beaux habits et à la belle apparence de Georg.

« Un Russe ?

— Non, c'est un authentique Berlinois, M. Stulpe, avait répondu Yidl en riant, pas un Cosaque. »

Les habitants de la cour tenaient Yidl Kugel pour un véritable Cosaque en raison de ses cheveux, sa barbe et sa dégaine de sauvage. Tous voulaient qu'il leur apprenne les coutumes des Cosaques concernant les chevaux et les armes blanches. Yidl leur racontait toutes sortes de balivernes qu'ils prenaient pour argent comptant. Quant aux couturières de la maison, elles étaient folles de lui. La nuit, elles le suivaient dans les coins pour goûter à l'amour cosaque. De sa voix grave de basse, Yidl leur chantait des chansons russes en s'accompagnant à la guitare. Quand Georg venait le voir, il mettait comme toujours la bouilloire sur le feu afin d'offrir du thé à son invité. Georg ne voulait pas de son thé tristounet, il préférait l'entraîner à la brasserie de Pup, au coin de la rue.

« Mais je n'ai pas un pfennig en poche, tu vas devoir payer pour moi, Yekè[1].

— Ferme ta gueule de Russe, Bardach ! » lui répondait Georg avec une désinvolture estudiantine, fier d'être assez intime avec un si vieil étudiant pour pouvoir l'insulter.

Des habitants du quartier étaient attablés là, ils buvaient de la bière et fumaient la pipe ou bien des cigarettes bon marché. Ils parlaient un allemand des rues qui n'avait pratiquement rien à voir avec la langue que Georg pouvait entendre chez lui ou à l'université. Certains avaient près d'eux leurs femmes qui tricotaient sans discontinuer. Elles ne buvaient pas, les femmes, parce que leurs maris ne commandaient rien pour elles. Elles restaient assises, leur tricot entre les mains et, avec envie, regardaient les hommes dans les yeux, tels des chats fixant avec avidité le lait qu'on est en train de boire. Ce n'est que lorsque l'une d'entre elles, n'y tenant plus, faisait avec les lèvres un bruit de succion un peu plus fort que son mari se rappelait son existence et demandait d'un ton supérieur :

« T'en voudrais une gorgée, pas vrai, la vieille ?

— Oh ! oui, mon chéri », et la femme s'empressait de vider le fond de bière que son mari avait laissé dans la chope. « Elle est bonne, merci. »

1. Yekè : terme humoristique qui désigne les Juifs allemands ou les Allemands.

Pup, le tenancier, grand et ventripotent, trop grand et trop ventripotent pour un si petit estaminet dans ce pauvre quartier, servait lui-même ses clients.

« À la vôtre, messieurs, une bonne bière », disait-il en vantant sa marchandise.

Après quoi, bien que ce soit lui le patron, les hommes attablés lui offraient une chope de bière. Pup la sifflait d'un seul trait et, à son tour, il offrait la tournée. Les hôtes n'étaient pas en reste et commandaient une nouvelle bière pour eux et pour lui. Et ça continuait comme ça. Yidl riait de toutes ses dents.

« Ils sont drôles, tes Yekè, disait-il ravi, ils ne se trompent jamais dans leurs comptes, même quand ils sont saouls. Chaque goutte est comptée. »

Georg était affecté. Les commentaires de Yidl au sujet des Yekè lui étaient désagréables et même s'il ne se sentait personnellement aucun point commun avec les gens assis près de lui, il tentait de prendre leur défense.

« Ils sont bien obligés de calculer, ils sont pauvres.

— Bardach, répondait Yidl, en Russie les gens sont encore plus pauvres mais ils ne comptent pas autant. Là-bas, mon frère, quand on boit, et c'est ce qui s'appelle boire, on boit sa dernière chemise. » Ses yeux s'enflammaient comme toujours quand il se mettait à parler de ses années d'errance. Son père, un cordonnier de campagne, un savetier, voulait faire de lui aussi un cordonnier et le traînait avec son sac de village en village pour réparer les bottes des paysans. Mais lui, Yidl, ne voulait pas être savetier et, sans un sou en poche, avec seulement la veste de son père et ses bottes trop grandes pour lui, il était parti à pied pour Odessa afin d'y étudier et de devenir quelqu'un.

Depuis, il avait fait tous les métiers possibles : il avait étudié et ciré les chaussures dans la rue, travaillé comme précepteur chez un riche propriétaire juif à la campagne, brûlé du bois dans la forêt pour un fabricant de charbon, aidé un marchand ambulant tatar à porter sa marchandise d'un village à l'autre et des garçons bornés à préparer l'examen d'admission au lycée. Pendant un certain temps, il avait même conduit aux abattoirs les troupeaux d'un éleveur de bétail, chargé des marchandises dans des cargos au bord de la mer Noire, fricoté avec les révolutionnaires en compagnie de tout un tas de vagabonds et de traîne-savates, fait de la prison, puis il était parti pour l'étranger et avait fait le tour de toutes les universités d'Europe.

Georg restait assis, la bouche et les oreilles grandes ouvertes, buvant les paroles du garçon échevelé dont il enviait la vie débridée et même le dénuement. Yidl regardait les gens autour de lui dans la salle, et éclatait de rire sans rime ni raison. Brusquement il déclarait :

« Viens avec moi, partons, l'ami, j'en ai soupé de tout ça.

— Et l'université, qu'est-ce qu'elle devient là-dedans ? s'enquérait Georg.

— Je m'en moque éperdument et tu devrais bien en faire autant. Crois-moi, à deux, ça sera plus gai. »

Georg ne suivit pas le conseil de son camarade, il ne partit pas courir le monde. C'était trop lui demander. Mais pour ce qui est de négliger les études comme Yidl, ça, oui, il les négligeait. Cependant, jour après jour, il se refaisait la même promesse de se reprendre en main, d'étudier, de travailler. Mais chaque fois, à nouveau, il avait mille autres choses à faire. Il n'arrivait toujours pas à organiser sa liberté après tant d'années de discipline et de soumission forcée. Il ne savait pas de quel côté se tourner. Il était instable, il s'entichait de quelque chose et s'en détachait aussitôt. Il changeait de camarades comme de maîtresses, toujours en quête de nouveauté. Quand il n'en pouvait plus de s'agiter inutilement et qu'il se rendait à l'université, il était surpris de trouver les cours passionnants. Il se promettait de travailler, d'être sérieux comme il sied à un étudiant en philosophie. Mais à peine s'était-il mis au travail qu'aussitôt, il en avait assez et à nouveau, il retournait vers les cabarets et les vendeuses, la paresse et la nouba.

De même qu'il fuyait les études, il fuyait aussi la maison et ses parents. David Karnovski ne savait pas exactement comment travaillait Georg car il n'avait pas le temps de suivre ce qu'il faisait et qu'en outre l'université ne lui fournissait aucune information, mais il se doutait quand même bien que son fils ne rapportait pas suffisamment de savoir et de sagesse pour le prix que cela lui coûtait à lui, son père. Lui-même passionné de Haskala et de philosophie, il aurait bien aimé discuter un peu avec son fils, l'étudiant, des sujets élevés que l'on étudie dans les universités, apprendre des choses nouvelles dans le domaine de la spéculation philosophique et de la pensée. Il aurait volontiers jeté un coup d'œil dans ses cahiers, dans les cours qu'il préparait. Georg n'avait rien à dire ni à montrer. David Karnovski le sermonnait en citant un verset en traduction allemande :

« Tu as la vie trop facile, c'est pour cela que tu pèches. Comme le dit la Torah, quand les Juifs sont devenus gras, ils ont péché. Pour moi, mon fils, ça n'a jamais été aussi facile. »

Il veut qu'on lui rende des comptes, David Karnovski. Il veut savoir à quoi ça mène, pour un jeune homme, de courailler, de boire, de traîner avec de jeunes loqueteux et Dieu sait qui d'autre. En même temps que des comptes sur la conduite de Georg, il exige aussi des comptes sur la maison dont il est gérant. Georg a toujours des problèmes avec ces comptes. Ses petites mensualités ne lui suffisent pas, il emprunte souvent sur l'argent des loyers, a toujours du retard. Tous les samedis soir, quand son père fait le bilan de la semaine, il tourne autour du pot et se cherche de nouvelles justifications. David Karnovski le regarde de ses grands yeux noirs perçants et sur son nez tranchant s'étale une expression moqueuse.

« J'ai horreur des mensonges, dit-il, il n'est rien au monde que je déteste autant que le mensonge. J'exige des comptes. »

Georg ne peut pas rendre de comptes, ni sur sa conduite, ni pour l'argent. Il évite donc la maison de ses parents.

Il passe souvent la nuit dans la petite garçonnière dont il dispose dans l'immeuble de son père, dans un quartier populaire de la ville. Dans le bureau où il s'occupe de la gérance de l'immeuble, il a un canapé en cuir, dur et défoncé, sur lequel il reste souvent dormir bien que chez lui l'attende un lit large et douillet. Ici, c'est lui le maître, personne ne vérifie à quelle heure il se couche ou se lève. Il peut même rentrer au petit matin les jours où il fait la noce avec des condisciples ou après une rencontre avec une nouvelle demoiselle des grands magasins. La concierge, Mme Krupa, le menace du doigt chaque fois qu'en faisant le ménage dans son bureau le matin, elle retrouve des épingles à cheveux égarées. Elle-même n'est pas encore une vieille femme. Les hommes la poursuivent de leurs assiduités quand elle passe un coup de balai sur les pavés de la cour. Ça la chagrine de voir que le jeune étudiant ramène chez lui des femmes, sûrement rien que des dévergondées, des traînées toutes autant qu'elles sont.

« Vous avez encore fait bamboche, dit-elle en le menaçant du doigt, je vais raconter ça à votre père. »

Généralement, après une nuit de beuverie où il s'est couché tard, il se réveille avec un bon mal de crâne et la gueule de bois. Assis sur son lit, les coudes appuyés sur les genoux, il éprouve un profond dégoût pour sa vie d'oisiveté, de dépendance, de cafouillage et de tricherie, de duperie envers ses parents, ses maîtresses et surtout envers lui-même. Alors qu'il est déjà bien tard, il voit que son père avait raison. Il ne sera jamais quelqu'un de bien.

9

Dans l'appartement toujours animé de Salomon
Bourak sur l'avenue Landsberger, le gramophone ne
diffuse plus aussi souvent qu'avant ses joyeux airs de
comédies musicales yiddish.

Non pas que les affaires de Salomon Bourak
marchent moins bien. Au contraire, il a agrandi son
magasin en long comme en large. Il a aussi considérablement agrandi son nom sur l'enseigne, engendrant
dépit et inquiétude chez ses voisins juifs allemands
pour qui « Salomon » est une provocation permanente. Dans la Dragonerstrasse, on murmure qu'il
ne sait plus lui-même combien il possède. Mais il
n'est pas heureux, Salomon Bourak. Ni lui ni Ita,
sa femme.

Parce qu'enfin, à quoi leur sert cette fortune si Ruth,
leur fille aînée, tourne en rond comme une ombre et se
consume d'amour pour Georg Karnovski tandis que
lui, Georg, ne veut même pas entendre parler d'elle ?

Du jour où elle a fait la connaissance de Georg en
accompagnant sa mère, avant l'accouchement de Léa,
elle s'est immédiatement éprise de lui. Depuis lors,
chaque fois que l'occasion s'en présente, elle suit sa
mère chez les Karnovski. Elle prétend venir pour la

petite fille de Léa, Rébecca, qu'elle aime beaucoup. Mais Léa voit bien que c'est surtout à Georg qu'elle s'intéresse. Ça se voit à son regard inquiet et à ses yeux qui s'illuminent chaque fois qu'elle l'aperçoit. Ça se voit aussi à l'amour excessif qu'elle manifeste pour le bébé. Dans les baisers brûlants dont elle couvre la petite Rébecca en la serrant contre sa poitrine, elle met tout le trop-plein de cet amour pour Georg, amour qui l'oppresse et dont son cœur déborde. Ita Bourak reconnaît même ouvertement la chose lorsqu'elle dit à Léa, chaque fois que Ruth rencontre Georg :

« Quel joli petit couple. »

Puis elle se jette au cou de Léa et l'embrasse comme si elles étaient déjà alliées.

Léa ne comprend pas pourquoi son fils évite la présence de Ruth quand elle leur rend visite. Elle lui fait des remontrances :

« Mon enfant, je ne comprends pas pourquoi tu traites aussi mal cette jeune fille, c'est une fille gentille, une belle fille, une fille cultivée. Qu'est-ce que tu lui reproches ? »

Georg ne sait pas lui-même ce qu'il pourrait lui reprocher. Tout ce que sa mère dit d'elle est exact. Ses yeux sont d'un noir velouté, doux et pleins de bonté envers tous et particulièrement envers lui, Georg. Elle a lu quantité de livres, joue fort bien du piano et connaît par cœur tous les opéras. Mais il n'est pas attiré par elle comme par d'autres filles. Dans les molles rondeurs de son corps qui transparaissent à travers ses vêtements, il y a beaucoup de qualités maternelles mais aucun attrait féminin. Sa corpulence, sa démarche un peu lourde, son visage avenant, sa passion pour les enfants, laissent deviner la future mère. Elle a une poitrine étonnamment généreuse pour son âge. Cela la fait paraître plus petite et plus trapue.

Elle lui plaît, comme elle plaît à tout un chacun, mais elle le laisse indifférent, telle la poitrine gonflée d'une mère en train d'allaiter son bébé. Il est tout à fait incapable de trouver au fond de lui la moindre attirance physique pour cette jeune fille dodue, douce et maternelle qui le regarde avec des yeux éplorés, le suppliant de l'aimer, de l'épouser et de lui donner des enfants, beaucoup d'enfants. Sa tendresse, sa douceur, sa bonté, évoquent pour lui les strudels bien sucrés que fait sa mère pour le shabbat. Ce grand amour que lui voue la jeune fille flatte sa fierté masculine comme c'est le cas pour tout homme aimé par une femme qu'il n'aime pas en retour, mais il tue en lui tout désir, toute envie de la conquérir. Pour se moquer d'elle, il l'a même affublée d'un surnom qu'il utilise en son absence : madame la rabbine. Ruth fait l'impossible pour attirer celui après lequel son cœur soupire. Elle lit des livres, les derniers parus, afin de ne pas être en reste dans une éventuelle conversation avec Georg. Elle donne gratuitement des leçons de piano à sa petite sœur. Une fois installée au piano, elle joue, donnant libre cours à sa nostalgie virginale, dans l'espoir qu'elle atteigne la chambre de Georg. À travers les *Nocturnes* de Chopin, elle laisse son cœur s'épancher vers lui. Léa sent les larmes lui monter aux yeux lorsqu'elle entend la tristesse de la jeune fille crier à travers les touches d'ivoire. Cela lui rappelle ses années de jeunesse, années à tout jamais envolées.

Elle embrasse Ruth sur la tête et la jeune fille se laisse alors tomber sur sa poitrine avec toute son ardeur et se blottit contre elle. David Karnovski lui-même, assis dans son bureau devant ses livres, entend la merveilleuse musique et ne comprend pas comment un ignorant tel que Salomon Bourak peut avoir une fille aussi accomplie. Le seul à ne pas entendre s'épancher la plainte de la jeune fille, c'est lui, Georg, à qui elle est adressée. À peine apprend-il que Ruth Bourak est dans la maison qu'aussitôt il s'apprête à sortir au plus vite et à prendre ses jambes à son cou.

« Où cours-tu comme ça, mon enfant, lui demande sa mère, tu ne vois pas que nous avons une invitée, mademoiselle Ruth ?

— Oh ! Je vois, je vois, mais j'ai tant à faire, je n'ai pas une seconde à moi. Mademoiselle Bourak voudra bien m'excuser, n'est-ce pas, mademoiselle Ruth. »

Le jeune homme fait le plus beau sourire dont il est capable afin que Mlle Ruth veuille bien excuser son départ précipité.

« Bien sûr, bien sûr, monsieur Georg », dit Ruth qui sent ses larmes prêtes à jaillir.

Consciente de s'être ridiculisée en venant ici, humiliée par la fuite de Georg, par le regard apitoyé de Léa, elle se dépêche de quitter les lieux car elle n'est pas certaine que ses yeux puissent retenir plus longtemps les larmes qui s'y accumulent.

« Bonne journée », dit-elle soudain, et elle descend précipitamment l'escalier en se promettant de ne jamais, plus jamais, revenir. Elle ne remettra même plus les pieds dans la rue où habite celui qui se montre aussi distant, voire dédaigneux envers elle. Mais à peine quelques jours se sont-ils écoulés qu'elle est à nouveau attirée par la maison, elle se languit de chaque meuble, de chaque petit coin de l'appartement des Karnovski. Elle envie les habitants de l'immeuble qui vivent dans leurs parages. Se méprisant elle-même pour son manque de caractère, pour son incapacité à se montrer fière et altière comme il convient à une jeune fille, éprouvant de la honte et de l'humiliation à ne pas pouvoir vaincre son amour, elle retourne cependant là-bas, dans la Oranienburgerstrasse, afin de voir celui pour lequel elle se consume. Il peut bien ne pas lui parler, s'enfuir de la maison, inventer des faux prétextes pour justifier sa hâte, pourvu qu'elle soit près de lui ne fût-ce qu'un instant, qu'elle entende sa voix, qu'elle aperçoive ce léger sourire viril sur son visage brun, l'éclat de ses ardents yeux noirs.

Pendant des heures, avant de se rendre là-bas, elle se pomponne et se regarde dans la glace. Debout devant le grand miroir, elle essaye de discerner où se nichent les défauts qui éloignent Georg d'elle. Elle les cherche dans son visage, dans sa silhouette, dans chacun de ses membres. Parfois, elle se trouve laide, disgracieuse, comique, et elle donne raison à Georg de la fuir. Elle se fait elle-même horreur. Mais aussitôt, elle commence à s'examiner de la tête aux pieds et voilà qu'elle se plaît. Elle se compare à d'autres, à ses amies, et elle se trouve beaucoup plus belle et plus séduisante qu'elles. En se regardant, elle se prend à s'aimer. Elle se caresse. Elle se passe la main dans les cheveux, s'émerveille de ses bras doux et potelés, admire ses jambes. Elle caresse son corps avec beaucoup de tendresse, particulièrement ses seins, ses seins blancs de jeune fille. Elle se donne des petits noms affectueux et elle n'arrive pas à comprendre comment on peut ne pas l'aimer. Si seulement il voulait faire attention à elle, à toute sa beauté, elle est intimement persuadée qu'il lui baiserait les mains et se jetterait à ses pieds. Mais à quoi bon tout cela puisqu'il ne s'intéresse pas à elle, l'évite, et même lorsqu'il lui arrive de passer un peu plus de temps avec elle, elle est si troublée, si désemparée et découragée qu'elle se tait plus qu'elle ne parle, elle bredouille et se conduit de façon stupide.

Avant de se rendre chez lui, elle décide en son for intérieur ce qu'elle va dire et comment elle va le dire.

Elle est prête à faire face à toutes les situations comme il sied à une jeune fille cultivée. Mais dès qu'elle commence à lui parler, elle oublie ce qu'elle voulait dire. Elle bafouille. Georg prend plaisir à voir son embarras, il adopte un ton moqueur, désinvolte et protecteur, celui dont usent les adultes mondains, rusés et qui croient tout savoir, lorsqu'ils s'adressent à un enfant. Ruth se sent honteuse et donc encore plus désemparée. Ce qui la fait le plus souffrir, c'est son émotivité, cette stupide émotivité qui se manifeste pour un oui, pour un non. Afin de se protéger, elle entame une conversation très sérieuse à propos de musique, domaine où elle se sent solide, plus forte que lui. Mais Georg refuse de parler sérieusement et reprend son ton railleur.

Allongée le soir sur son lit, Ruth ne peut se pardonner de s'être conduite aussi bêtement. Elle se rappelle chacune des paroles de Georg, chaque question moqueuse qu'il lui a adressée et chacune de ses maladroites réponses à elle. À présent, il lui vient des tas de reparties mordantes, bien senties, des remarques cinglantes qui, si elles lui étaient venues plus tôt, lui auraient fait voir ce dont elle était capable et lui auraient rabattu le caquet. Mais à quoi ça sert puisque sur le moment elle était troublée au point d'en perdre tous ses moyens, et qu'il l'a certainement prise pour une idiote, une oie blanche. Ruth ne peut se pardonner. Elle se donnerait volontiers des claques pour se punir d'être si stupide et confuse. Elle n'arrive pas à imaginer comment faire pour lui plaire. Elle lit des ouvrages sur la psychologie masculine et féminine. Elle s'habille comme les héroïnes de romans. Elle utilise les parfums dont on dit dans les journaux pour dames qu'ils sont les préférés des hommes. Elle ne mange pas à sa faim pour maigrir un peu, surtout de poitrine. Elle se lave et se baigne et se coiffe chaque jour différemment. Couchée sur son lit, elle prie Dieu de lui accorder du charme et suffisamment d'intelligence afin de trouver le moyen de séduire celui pour lequel son cœur se meurt d'amour.

« Alors, qu'est-ce que je dois faire ? » demande-t-elle à Dieu en disant sa prière du soir.

Les parents de Ruth se posent la même question au cours de leurs nuits d'insomnie.

« Je n'ai pas la moindre idée de ce qu'il faut faire avec notre fille, Shloïmele, dit Ita dont le lit est disposé contre celui de son mari, elle n'est plus que l'ombre d'elle-même, Salomon. »

Shloïme-Salomon s'en prend au fils de David Karnovski qui tourmente sa fille.

« Un moins-que-rien, un chien... »

Plus que Ruth elle-même, Salomon est blessé de ce que quelqu'un ait l'audace de la repousser, elle, son enfant. Parce que des enfants comme les siens, bons, doués pour tout, beaux et gentils, il n'y en a pas d'autres au monde, pas même chez les empereurs. La plus parfaite, c'est Ruth. Tout ce qu'elle peut lire comme livres, c'est pas croyable ! Mais ça, c'est rien à côté du piano. Il lui paye les meilleurs professeurs de musique, des pianistes avec de longs cheveux et des pèlerines, tels qu'on les peint sur les tableaux. Il lui a acheté le meilleur piano qui soit. Il n'arrive pas à concevoir qu'on puisse ne pas vouloir de sa Ruth qui est la meilleure et la plus intelligente et la plus belle fille du monde.

Il a déjà tenté diverses choses.

Au début, la nuit où sa femme, Ita, lui a parlé de l'amour de sa fille pour le fils Karnovski, Salomon Bourak s'est senti et vexé et flatté. D'un côté, il trouvait contraire à sa dignité que sa fille ait jeté son dévolu précisément sur le fils de David Karnovski, cet arrogant imbu de sa supériorité. D'un autre côté, il éprouvait une certaine satisfaction à constater que la vie lui faisait à nouveau croiser le chemin des illustres Karnovski. En tant que commerçant chevronné qui croit en la toute-puissance de l'argent, convaincu que rien ne peut résister au fric, il était sûr que la dot ferait céder le jeune Karnovski, que son père soit d'accord ou non. Il était prêt à donner au fiancé de sa fille une très grosse dot, même au-dessus de ses moyens, à le couvrir de cadeaux, à l'installer, lui acheter ce qui se fait de mieux comme mobilier, tout ce dont lui, Salomon Bourak, était capable. Ne doutant pas de sa victoire, il se glorifiait à l'avance de contraindre le prétentieux David Karnovski à s'allier à sa famille à lui, Salomon Bourak. Pour faire avancer les choses, il décida de célébrer avec un éclat particulier la fin des études de Ruth au lycée. Il invita tous les commerçants avec lesquels il travaillait, tous les amis de Ruth, garçons et filles. Il loua les services du cuisinier du meilleur restaurant juif spécialisé dans la préparation de la cuisine yiddish, fit venir des tas de serveurs. L'appartement croulait sous les fleurs. Le clou de la fête était le professeur de piano de Ruth, un personnage imposant avec une barbe d'artiste et de longs cheveux. Le Bernstein flambant neuf que Salomon Bourak venait d'offrir à sa fille luisait d'un noir profond dans la salle brillamment éclairée. Parmi les premières personnes invitées, il y avait Léa Karnovski et son fils Georg. C'est Ruth elle-même qui les avait conviés. Salomon Bourak était certain que lors de cette soirée où Ruth et son professeur allaient jouer ensemble pour le public sur le piano neuf, il prendrait habilement, amicalement, Georg Karnovski par la taille et aurait avec lui une franche discussion.

« Un ducat de plus, un ducat de moins, dirait-il, l'essentiel c'est de s'amuser et d'être heureux ! »

Mais Georg n'était pas venu à la fête. Les gens les plus importants, les plus distingués, tout le monde était venu. Léa Karnovski aussi était venue. Mais celui pour qui la fête avait été organisée, lui, n'était pas venu. Il avait envoyé un long télégramme avec de multiples vœux et des paroles amicales, mais il n'était pas venu. Après le départ des invités, Ruth avait pleuré. Salomon Bourak avait essayé de la consoler.

« Envoie-le au diable, à dix pieds sous terre, ma fille, je te trouverai un fiancé mille fois mieux, mille fois plus beau. Tu peux me faire confiance. »

À seule fin de narguer les Karnovski, il était prêt à aller décrocher la lune pour trouver à Ruth un fiancé que tout Berlin lui envierait. Si elle voulait un commerçant, il lui trouverait le plus gros commerçant. Si elle tenait absolument à ce qu'il ait fait des études, un avocat ou un médecin, même un professeur d'université, il lui donnerait ce qu'on pouvait trouver de mieux.

« Ne pleure pas, petite sotte, disait-il en séchant par des baisers les larmes de ses yeux, la fille de Salomon Bourak ne doit pas pleurer. »

Mais Ruth voulait pleurer. Elle n'avait que faire d'une riche dot, de beaux cadeaux ni même d'un professeur. Elle ne voulait personne d'autre que lui, Georg Karnovski, qui la fuyait, qui l'avait offensée et n'était pas venu à sa fête.

« Dis-moi, qu'est-ce que je peux faire pour qu'il m'aime, demandait-elle à sa mère, qu'est-ce que je peux faire, maman ? »

Ita n'avait pas de réponse à cette question.

Salomon Bourak avait essayé de laisser les choses aller leur train. Il savait que le temps était le meilleur des remèdes et il était sûr qu'ici aussi le temps dans sa sollicitude maternelle guérirait tout. Afin de distraire sa fille, il organisait chez lui de grandes fêtes auxquelles il invitait des tas de gens et surtout des jeunes, les plus intéressants et les plus drôles qu'il pouvait trouver.

Tout en dansant avec Ita, il suivait d'un œil exercé chacun des mouvements de sa fille dans les bras des jeunes cavaliers.

« Alors, Ita, où en est-on, y a-t-il du nouveau ? murmurait-il à l'oreille de sa femme.

— Non, Shloïme », lui répondait Ita soucieuse, tout en sautillant au rythme de la danse avec son mari.

Quand Ruth commença à perdre l'appétit et toute envie de sortir, Salomon Bourak se résolut à une chose qui l'obligeait à déroger à son honneur et à sa situation. Sans en toucher mot à sa fille, sans même prendre conseil de sa femme, il décida de se rendre chez David Karnovski et de lui parler sans détour. Convaincu des qualités, de la beauté, de la bonté de sa fille, certain qu'il était absolument impossible pour un jeune homme de ne pas aimer une telle perle, il en avait conclu que le vrai responsable de toute l'affaire n'était pas le fils Karnovski mais son père, cet arrogant imbu de lui-même. C'est lui, le dindon gonflé d'orgueil, qui s'est mis en travers parce que nous ne sommes pas assez bien pour lui. En tant que commerçant avisé, Salomon Bourak arriva à la conclusion que le mieux pour faire céder un ennemi était de le séduire, l'obliger à devenir votre ami. Un soir, dans le plus grand secret, sans que personne dans la maison ne se doute de rien, il revêtit un costume sombre et des souliers noirs afin d'avoir l'air plus sérieux, plus respectable, et partit voir David Karnovski dans la Oranienburgerstrasse.

D'un pas hésitant, le front moite, nerveux contrairement à son habitude, Salomon Bourak monta le bel escalier conduisant à l'appartement des Karnovski. Il attendit même quelques secondes devant la porte, comme un pauvre qui vient demander un service à un riche et qui hésite pour savoir s'il va oui ou non sonner. Il sonna. Il était prêt à toutes les humiliations pour le bonheur de sa fille. Pendant les quelques minutes d'attente dans le bureau de Karnovski, il alluma une cigarette qu'il jeta après quelques bouffées pour en allumer une deuxième. Sur tous les murs, des livres le regardaient, les ouvrages les plus variés en quantité infinie. Salomon Bourak n'arrivait pas à croire qu'un individu puisse en lire, au cours de sa vie, ne serait-ce que le dixième, et il était persuadé que Karnovski achetait tous ces livres, non pas pour étudier mais par vanité, pour faire étalage de sa science. Malgré tout, au milieu de ces livres, il se sentait un peu effrayé et découragé.

Quand David Karnovski en redingote entra d'un pas rapide, avec sa barbiche en pointe caractéristique des maskilim, Salomon Bourak salua un peu trop bas et sentant sur-le-champ qu'il s'était trop penché, dans sa confusion il s'inclina une fois de plus. Karnovski était poli mais froid. Son mécontentement et son mépris face à un ignorant s'étalaient sur son nez tranchant. Il connaissait parfaitement le nom de Salomon Bourak, mais fit celui qui ne se souvient plus vraiment.

« Hmm, nous nous connaissons, je crois. Comment vous appelez-vous exactement ?

— Salomon Bourak, Shloïme Bourak pour les intimes », balbutia le propriétaire du magasin Aux bonnes affaires, sur l'avenue Landsberger, « un pays à vous ou plutôt à votre Léa.

— Bien sûr, bien sûr, monsieur Bourak, que puis-je pour vous ? Asseyez-vous, je vous en prie, asseyez-vous. »

Salomon Bourak était trop nerveux pour s'asseoir.

« Je préfère rester debout, monsieur Karnovski, répondit-il en plaisantant, comme on dit entre commerçants, en affaires, mieux vaut être debout prospère plutôt qu'assis de travers. Ha, ha, ha ! »

La plaisanterie de Salomon Bourak n'arracha pas un sourire à David Karnovski. Passant la main sur sa barbiche, il attendait en silence que son hôte en vienne aux faits. Constatant que Karnovski n'avait pas ri de son bon mot, Salomon se sentit encore plus mal à l'aise. Généralement, il s'exprimait mieux avec des plaisanteries et des dictons que dans une conversation sérieuse. Il toussota à plusieurs reprises, il avait la gorge sèche. Il ravala sa salive et se décida finalement à parler.

Dans le plus grand désordre, avec un luxe de détails qui n'avaient pas grand-chose à voir avec le sujet, répétant trop souvent les mêmes mots, « qu'il avait dit à sa femme » et « que sa femme lui avait dit », s'embrouillant et se perdant souvent en chemin, mettant la charrue avant les bœufs, il raconta à David Karnovski ce qui l'amenait chez lui et pourquoi il avait résolu de venir.

Pendant tout le temps où Salomon Bourak avait parlé, David Karnovski n'avait pas prononcé ne fût-ce qu'un seul petit mot. Malgré toute son impatience lorsque Salomon Bourak répétait « j'ai dit à Ita » et « Ita m'a dit », malgré son désir d'interrompre son discours et de lui déclarer : qu'ai-je besoin de savoir ce que Ita a dit et ce que vous avez dit, venons-en plutôt aux faits, il s'était retenu d'ouvrir la bouche car pour un érudit, il convient d'écouter en silence, et parce que c'est une qualité de ne pas interrompre son interlocuteur.

Lorsque Salomon Bourak eut fini de chanter les louanges de sa fille qui n'avait pas sa pareille sur terre, et que, comme s'il s'extirpait d'un marécage, il frappa dans ses mains pour se donner du courage, alors seulement David Karnovski, lissant sa barbiche, l'examina de la tête aux pieds, à croire qu'il le voyait pour la première fois. Bien qu'ayant deviné, aux premiers mots de l'autre, où il voulait en venir, il faisait cependant celui qui ne comprenait pas, parce qu'il était indigne de lui de comprendre de telles choses. Il demanda tranquillement :

« Que désirez-vous au juste, monsieur Bourak ?

— Je désire que vous ne fassiez pas obstacle au bonheur de ma fille chérie, monsieur Karnovski, un ducat de plus, un ducat de moins, il n'y a pas de problème d'argent. Je suis prêt à donner des fortunes pour mon enfant. »

David Karnovski garda le silence un moment car il prenait toujours le temps de la réflexion. Là, il n'avait pas besoin de réfléchir car pas un seul instant il n'avait envisagé la possibilité de s'allier à Salomon Bourak. À Dieu ne plaise ! Cela ne lui était même pas venu à l'idée. Il n'aurait plus manqué que cela, devenir l'allié de l'ignorant de Melnitz, cet ancien colporteur ! Mais il se demandait comment lui faire comprendre qu'une telle chose était impossible. Il avait d'abord pensé que le mieux était de rétorquer que Berlin n'était pas Melnitz, que les étudiants berlinois n'étaient pas des étudiants de yeshiva et qu'un père n'avait rien à dire à son fils pour ce genre de choses. Le meilleur mensonge est encore la vérité, pensait-il. Mais aussitôt, il s'était dit qu'il n'était pas obligé d'avouer à Salomon Bourak qu'il n'avait pas d'autorité sur son fils. Il répondit d'un ton catégorique :

« Non, monsieur Bourak, il n'en est pas question.

— Pourquoi donc, monsieur Karnovski, demanda aussitôt Salomon Bourak, pourquoi cela ?

— Premièrement, mon fils est encore étudiant. Un homme doit d'abord avoir une profession et ensuite il se marie. Ainsi va le monde. »

Repoussant l'argument d'un geste de la main, Salomon Bourak l'interrompit :

« Ne vous inquiétez pas pour ça, monsieur Karnovski, je suis prêt à lui payer ses études, à l'entretenir et à lui donner tout ce qui se fait de mieux. »

David Karnovski répondit d'un ton hautain :

« Dieu merci, j'ai les moyens de lui payer moi-même ses études, monsieur Bourak. »

Salomon Bourak sentit qu'il avait gaffé et il voulut se rattraper.

« Monsieur Karnovski, je sais bien que vous n'avez pas besoin de l'aide de quiconque, Dieu vous en garde. Mais votre enfant sera mon enfant.

— Deuxièmement, reprit calmement Karnovski, deuxièmement, mon fils est encore jeune, rien ne presse. Un garçon de son âge doit étudier, seulement étudier, ne pas avoir la tête à autre chose. »

Salomon Bourak tenta de s'y prendre comme un commerçant, en parlant argent.

« Monsieur Karnovski, avec moi, votre fils aura tout pour être heureux.

— Non.

— Je ferai de lui quelqu'un de très important. J'ai des milliers d'amis dans la ville. Je lui ferai obtenir les postes les plus élevés. Faites-moi confiance. Quand Salomon Bourak désire quelque chose, il surmonte tous les obstacles.

— Non », répondit froidement Karnovski.

Salomon Bourak glissa ses pouces dans les poches de son gilet. Il demanda avec un sourire mauvais :

« Je ne suis pas assez bien pour vous, hein ? C'est bien cela, monsieur Karnovski ?

— À quoi bon vouloir me faire dire ce que je ne dis pas, monsieur Bourak ? »

Salomon Bourak tira énergiquement, à plusieurs reprises, sur sa cigarette avant de la jeter dans le cendrier. Puis s'approchant si près de Karnovski que celui-ci esquissa un mouvement de recul, il se lança dans des discours enflammés.

« Écoutez-moi, monsieur Karnovski, si c'était pour moi, je ne serais pas venu. Chez moi, je suis quelqu'un. J'ai bâti ma fortune du travail de mes mains et, Dieu merci, je n'ai à rougir devant personne. Mais il s'agit de ma fille, du bonheur de ma petite fille chérie. Alors, ma dignité, je n'y pense pas, c'est le cadet de mes soucis.

— Je ne comprends pas ce que vous entendez par là », murmura David Karnovski.

Salomon Bourak poursuivit sur le même ton :

« Je suis un ignorant, un homme ordinaire, je ne m'en cache pas. Mais ma fille, je lui ai fait faire des études. Elle est cultivée, intelligente, délicate. Et si vous avez honte de moi, vous n'aurez pas honte d'elle. Je suis prêt à n'importe quoi pour elle. Même à m'abaisser devant vous, monsieur Karnovski, et vous supplier. Parce que c'est mon enfant. Elle est malheureuse. Elle pleure. »

Karnovski resta poli mais distant et dit d'un ton posé :

« Je suis désolé pour votre fille, monsieur Bourak, mais je n'y suis pour rien. À chacun ses principes. »

Salomon Bourak quitta le bureau de Karnovski sans un bonsoir. Léa l'invita à entrer dans la salle à manger. Bien qu'elle n'ait rien entendu de ce qui s'était passé entre son mari et son ami, elle devinait dans quel but Salomon Bourak était venu et avec quelle réponse il repartait, et elle se sentait profondément humiliée pour cet homme dont elle fréquentait la maison. Elle n'avait rien contre ce mariage entre Georg et Ruth. Au contraire, elle adorait la jeune fille. Cette union était bien assez glorieuse pour elle. Son propre père n'était pas de meilleure famille ni plus savant. Elle le supplia d'un air gêné :

« Shloïmele, prenez au moins un verre de thé. »

Salomon Bourak ne voulait pas s'attarder ne fût-ce qu'un instant dans cette maison.

« Je risquerais de rendre impurs les verres de M. Karnovski, merci bien. »

Quand Ruth apprit incidemment que son père s'était rendu chez Karnovski, elle se mit au lit, se cacha la tête dans l'oreiller et refusa de l'en sortir. Son père l'embrassa, la supplia de lever un instant les yeux sur lui.

« C'est pour toi que j'ai fait ça, mon enfant, je te demande pardon.

— Laisse-moi, ne me regarde pas, répondit-elle en sanglotant dans l'oreiller, je ne veux pas qu'on me voie. Je ne veux pas. »

Elle était blessée, mortifiée.

10

Dans l'immeuble que David Karnovski avait acheté dans le quartier ouvrier de Neukölln, les logements sont petits et bruyants. Par les nombreuses fenêtres très rapprochées les unes des autres, s'échappe un brouhaha permanent : des machines à coudre, des enfants qui pleurent, des scènes de ménage, des chiens qui aboient. Souvent, le dimanche, on peut aussi entendre sonner du clairon, c'est un soldat à la retraite, ancien membre de la fanfare militaire, qui joue un air martial.

L'unique grand appartement de la maison, calme et abrité des regards par des stores toujours baissés, même en plein jour, est celui qu'occupe le docteur Fritz Landau. Cet appartement se trouve sous le porche, au rez-de-chaussée, de telle sorte que les patients n'ont pas d'escalier à monter. Les gamins s'agglutinent près des fenêtres du cabinet médical, curieux de ce qui se passe à l'intérieur. Premièrement, le docteur Landau est le seul Juif de l'immeuble et on aimerait savoir comment se comportent ces gens-là. Deuxièmement, les malades se déshabillent, se mettent complètement nus, et pas seulement des enfants mais aussi des grandes personnes, des parents, et les gosses veulent voir à quoi ressemblent dans leur nudité les papas sévères et les mamans grondeuses. C'est surtout les femmes que les petits garçons s'efforcent d'entrevoir. Mme Krupa la gardienne, les éloigne des fenêtres à coups de balai.

À l'instar de nombreux domestiques, Mme Krupa considère comme une atteinte à sa dignité d'être concierge dans une maison peuplée de gueux. Le fait qu'un médecin habite au milieu de cette plèbe la remplit d'orgueil et elle ne permet pas à ces sales gosses de venir déranger l'appartement doctoral. Dans son courroux, elle en appelle à tous les saints :

« Sapristi ! Jésus, Marie, Joseph ! Ne venez pas chahuter sous les fenêtres du docteur ! Espèces de morveux, sales cochons, bande de voyous ! »

La seule chose qui contrarie l'estime que Mme Krupa porte au docteur, c'est que pour payer son loyer, il n'a pas la ponctualité des gens bien, il se conduit comme le bas peuple. Ça ne cadre pas avec l'idée qu'elle se fait d'un homme comme il faut, un médecin pardessus le marché.

Un jour, alors que vers la fin du mois le docteur Landau n'avait toujours pas réglé son loyer, Mme Krupa remit l'affaire entre les mains du fils du propriétaire afin qu'il aille lui-même lui rafraîchir la mémoire comme il le faisait avec les gens du peuple quand les choses traînaient trop en longueur.

Un soir, pour la première fois depuis qu'il gérait la maison de son père, Georg Karnovski se rendit chez le docteur Landau. Sur la porte pendait un écriteau invitant les gens à entrer sans sonner. Dans le couloir étroit, une porte était ouverte. Près d'une cuisinière en fonte noircie se tenait une vieille femme occupée à tourner quelque chose dans une casserole d'où s'élevait une épaisse vapeur. Dans le couloir, il vit une longue banquette des plus ordinaires, pas rembourrée, telle qu'on en trouve dans les bistrots de campagne. Au-dessus, étaient fixées diverses pancartes : défense de fumer, défense de faire du bruit, passer dans l'ordre d'arrivée. Près d'une affiche indiquant que les crachats et autres mucosités transmettent la tuberculose, on avait accroché une deuxième mise en garde, comme quoi l'alcool et le tabac sont des poisons pour l'organisme.

Sans lever le nez de sa marmite, la femme dans la cuisine marmonna :

« Le cabinet du docteur est à droite, il faut frapper. »

Georg Karnovski frappa. Debout dans un coin, un homme d'âge moyen avec une barbe rouge cuivre sur une blouse blanche se savonnait les mains au-dessus d'une cuvette après le départ du dernier patient. Sans même tourner la tête vers le nouveau venu, il ordonna d'une voix de basse :

« On se déshabille, on se déshabille ! »

Georg sourit.

« Je suis Karnovski, le fils du propriétaire. Je viens au sujet du loyer. Je suis en bonne santé. »

Le docteur s'essuya les mains, remit rapidement sa barbe rousse en ordre et examina Georg de la tête aux pieds à travers ses épais verres de lunettes.

« Ça, jeune homme, si vous êtes en bonne santé oui ou non, c'est à moi de le dire. Vous ne pouvez jamais savoir ça tout seul. »

Georg se sentit ridicule. Le courage dont il s'était armé peu de temps auparavant pour venir réclamer le loyer s'envola d'un coup. Le docteur Landau cachait dans sa barbe un sourire enfantin.

« Hm, vous voulez de l'argent, jeune homme, pas vrai ? Ma foi, oui, ça n'est pas nouveau. C'est ce que tout le monde veut. Le problème c'est : où le trouver ? »

144

Voyant que le docteur plaisantait, Georg reprit de l'assurance.

« Je crois que vous avez une grosse clientèle, docteur. Je vois souvent les malades faire la queue sous le porche. »

Le docteur répliqua aussitôt :

« Les patients de Neukölln sont généreusement pourvus de maladies et chichement de marks. À certains, il faut même parfois donner quelque chose. »

Georg fixa sur lui un regard étonné. Le docteur Landau le prit par le bras comme une vieille connaissance et le conduisit vers une petite table sur laquelle était posée une soucoupe contenant de l'argent, essentiellement des marks en papier mais aussi quelques pièces en argent et même des pfennigs.

« Vous voyez, jeune homme, c'est là-dedans que mes patients déposent mes honoraires. Chacun selon ses moyens. C'est mon principe. Si quelqu'un est dans le besoin, il se sert, ha, ha, ha ! »

Approchant ses grosses lunettes de la soucoupe, le docteur se mit à compter les pièces maladroitement, comme quelqu'un qui s'intéresse peu à l'argent.

« Tout ce qu'il y aura là, jeune homme, c'est tout ce que vous pourrez obtenir de moi. »

Georg se sentit encore plus ridicule dans son rôle de propriétaire.

« Ce n'est pas grave, docteur, je peux attendre, bien sûr. »

Le docteur Landau s'escrimait toujours à compter les petites pièces. Tout en comptant, il demanda à Georg sur un ton paternel, qui il était, quel âge il avait et ce qu'il étudiait.

« Je ne suis pas uniquement le gérant de l'immeuble, répondit-il avec fierté, j'étudie la philosophie, docteur. »

Le docteur Landau sourit dans sa barbe.

« Le pire des métiers qu'un jeune homme puisse choisir. »

Georg était stupéfait.

« Qu'est-ce qui vous fait dire cela, docteur ? »

Le docteur Landau le prit à nouveau par le bras et le conduisit jusqu'aux armoires à livres disposées le long des murs. Il lui désigna certains livres.

« Vous voyez, jeune homme, vous avez ici des œuvres qui vont de Platon et Aristote jusqu'à Kant et Schopenhauer. Pendant les quelques milliers d'années qui les séparent, rien n'a été ajouté. On en est toujours au même point, on tâtonne toujours dans l'obscurité. Là, ce sont des ouvrages de médecine. Chaque nouveau livre apporte quelque chose de neuf dans la profession. »

Georg, tout étudiant amateur qu'il était, essaya de défendre sa vocation.

« Docteur, vous parlez comme un médecin, pas comme un philosophe.

— J'ai gaspillé des années de ma vie sur ces livres absurdes, du temps perdu, jeune homme. »

Georg voulut répliquer mais le docteur ne lui en laissa pas l'opportunité. Sortant un vieux manuel de médecine agrémenté de gravures, il y désigna quelque chose d'un doigt bruni par l'iode.

« Regardez, il y a quelques centaines d'années seulement, les médecins soignaient encore les rois et les princes à l'aide de formules incantatoires et de potions magiques. À présent, nous disposons de la radioscopie et du microscope. Et la philosophie, qu'a-t-elle réalisé entre Athènes et Königsberg ? »

Avant que Georg n'ait le temps de prononcer un mot, le docteur Landau l'avait entraîné dans la pièce voisine.

« Elsa, Elsa ! Montre donc un microscope à ce jeune homme. Qu'il voie un peu à quoi ressemble un microbe. »

Dans une petite pièce remplie de bocaux et de fioles de toutes les couleurs, de toutes les teintes de l'arc-en-ciel, une jeune fille en blouse blanche transvasait un liquide d'un tube dans un autre. Elle leva sur Georg de grands yeux sombres, pleins d'intelligence.

« Papa, tu n'as même pas frappé ! lui reprocha-t-elle avec un sourire.

— Je vous demande mille fois pardon, dit Georg en s'inclinant. Je m'appelle Georg Karnovski.

— Elsa Landau », dit la jeune fille en repoussant les flacons et en arrangeant ses cheveux qui étaient aussi roux que la barbe de son père, de la même couleur cuivre.

Elle approcha le microscope de l'œil de Georg et lui montra les microbes à l'intérieur.

« Vous voyez les petits bâtonnets bleus. C'est ça. Des bacilles de Koch. Fermez un œil, vous verrez mieux. »

Le docteur n'avait pas cessé de parler.

« Eh bien, monsieur le philosophe, ça au moins, ça se voit mais l'impératif catégorique, on ne le voit pas. »

Elsa tenta de faire taire son père.

« Papa, laisse ce monsieur regarder tranquillement. »

Le docteur refusait de se taire.

« Un jeune homme qui peut être utile à l'humanité et qui s'occupe de bêtises, fulminait-il, Neukölln n'a pas besoin de l'impératif catégorique, jeune homme, Neukölln a besoin d'hygiène et de médecine. C'est ça dont on a besoin. Pas vrai, Elsa ? »

Georg regardait dans le microscope avec curiosité. C'est avec plus de curiosité encore qu'il regarda la fille du docteur. La blancheur immaculée de la blouse faisait paraître ses cheveux encore plus roux. Le regard de ses yeux sombres était tranquille, intelligent et perçant. Le cuivre chaud de ses cheveux diffusait sa chaleur sur son visage sculptural et lui donnait un reflet ambré. Dans le sourire qu'elle adressait à son père, on pouvait lire de la moquerie pour son comportement ridicule et aussi beaucoup de respect et d'amour filial.

Georg refusa catégoriquement de prendre la poignée d'argent que le docteur Landau avait rassemblée et recomptée sans succès maintes et maintes fois parce que, comme il parlait, il oubliait chaque fois où il en était.

« Mais pour l'amour de Dieu, docteur, ce n'est pas si urgent, je reviendrai une autre fois, quand vous serez moins gêné. »

Il voulait avoir l'occasion de revenir dans cet appartement, de revoir la fille du docteur dont la chevelure de cuivre brûlait de mille feux dans la semi-obscurité de la nuit tombante.

« J'ai été ravi de faire votre connaissance et ainsi de suite, jeune homme, dit le docteur en lui tendant une main chaleureuse, et comme je vous l'ai dit, laissez tomber votre philosophie inutile, faites plutôt œuvre utile. »

Elsa était outrée par le comportement de son père. Elle déclara, gênée :

« Papa, qu'est-ce que c'est que cette façon de parler à quelqu'un de sa vocation ?

— Ce n'est pas aux œufs de faire la leçon aux poules, espèce d'oie stupide », cria le docteur fâché et, malgré la présence de l'étranger, il fit semblant d'appliquer deux claques sur les joues de sa fille afin qu'elle ne s'avise plus désormais de lui apprendre les bonnes manières.

« C'est une idiote, mais je l'aime quand même, dit-il à Karnovski comme à un intime.

— Moi, à votre place, je ferais de même », plaisanta Georg.

Comme chaque fois qu'elle se sentait embarrassée, Elsa s'arrangea les cheveux puis elle tendit à Georg une main chaude, à la fois douce et énergique.

« J'ai été très contente de faire votre connaissance, monsieur Karnovski », et elle retourna à ses fioles et à ses éprouvettes.

Ces paroles avaient été parfaitement convention-nelles, ce que l'on dit en de telles circonstances, mais Georg les garda en tête comme un bon présage. Il conserva pareillement le souvenir de sa main chaude et énergique. Il avait prévu de sortir. Il avait un rendez-vous avec l'une de ses vendeuses, mais il ne s'y rendit pas. Pour la première fois de sa vie d'étudiant, il ne sortit pas le soir, il resta tout seul dans son bureau exigu.

Tôt le matin, il se leva de sa banquette de cuir dépliée pour la nuit, se lava soigneusement de la tête aux pieds puis, avec sa serviette bourrée de livres, il prit le chemin de l'université.

Mme Krupa en resta plantée au milieu de son tra-vail, son balai à la main, tant elle était éberluée. Elle demanda avec une curiosité bien féminine :

« Qu'est-ce qui se passe, monsieur Karnovski ? Déjà sur pied de si bon matin ? »

Georg entra dans un petit café au coin de la rue et se commanda quelque chose à manger. Tout en mas-tiquant un petit pain juste sorti du four, il ne quittait pas des yeux la fenêtre côté rue.

Dès qu'il vit la fille du docteur franchir le porche sa mallette à la main, il s'empressa de payer la serveuse en laissant un pourboire plus gros que d'habitude et rattrapa celle qu'il attendait. Il la salua avec un calme affecté, comme s'il la rencontrait par hasard :

« Bonjour, mademoiselle Elsa ! Je pense que nous nous rendons au même endroit, à l'université.

— Je vais à la Charité, monsieur Karnovski, faire de la dissection. En tout cas, jusqu'à Unter den Linden, nous suivons la même direction », répondit Elsa en souriant.

À compter de ce jour, Georg Karnovski commença à vivre une vie nouvelle. Au lieu de courir les cafés et les auberges avec ses camarades, il se rendait tous les matins à l'université ; au lieu de rôder le soir aux alentours des grands magasins à guetter sa proie parmi les vendeuses, il regagnait son bureau afin de pouvoir rendre visite au docteur Landau. Un peu plus tard, il se mit à faire les cent pas près de l'amphithéâtre de dissection pour attendre Mlle Elsa et faire le chemin de retour en sa compagnie.

Par une journée maussade où il lui avait fallu patienter très longtemps sous la pluie avant de la voir sortir de la Charité, il se dit qu'il devrait abandonner la philosophie pour la médecine afin d'être avec la jeune fille aux cheveux de cuivre. Quand finalement elle sortit, il lui annonça :

« Vous savez, mademoiselle Elsa, je pense que votre père a raison. La philosophie est effectivement une occupation ridicule pour un jeune homme. N'est-ce pas votre avis ?

— Je ne peux rien vous dire là-dessus car je n'entends rien à la philosophie mais, en ce qui me concerne, je n'abandonnerais la médecine pour aucune autre chose. »

Georg la prit par le bras.

« Vous ne voulez pas qu'on entre quelque part boire un verre de vin ? Ce temps humide est épouvantable. Nous boirons à la nouvelle profession que j'ai décidé d'embrasser.

— Mais pas d'alcool fort, monsieur Karnovski, je n'ai pas l'habitude de boire. Mon père est contre tout alcool, quel qu'il soit. »

Dans un coin isolé du petit salon de thé, sous la lampe rougeâtre recouverte de buée qui était restée allumée en cet après-midi gris et couvert, les yeux sombres d'Elsa avaient un éclat particulier. Dès le premier verre de vin, son visage prit des couleurs.

« C'est la première fois de ma vie que je bois du vin, dit-elle avec un sourire, ravie de son audace.

— Puis-je vous enlever votre chapeau, mademoiselle Elsa ?

— Mon chapeau ? »

Elle ne comprenait pas.

« Je voudrais voir vos cheveux flamboyants, murmura Georg.

— Pour un philosophe, vous avez de drôles d'idées », dit Elsa en riant, et elle retira son chapeau.

« Buvons à ma médecine », proposa Georg, et il vida un deuxième verre.

Lorsqu'ils furent dans la rue, Georg voulut porter la mallette noire d'Elsa. Elle refusa de la lui donner mais il la prit quand même.

Quand ils furent arrivés dans son laboratoire, elle lui reprit la mallette et l'ouvrit. Georg blêmit. Une tête de mort le regardait de ses yeux écarquillés. Bien que la tête eût été bouillie, une odeur de pourriture et de cadavre le saisit aussitôt. Elsa sortit la tête et la déposa dans un plat.

« Vous vous sentez mal, monsieur Karnovski ?

— Ce n'est rien, murmura Georg, seulement la surprise…

— Non, vous êtes livide. »

Elle approcha un flacon de son nez.

« Asseyez-vous et respirez ça, ça vous fera du bien. »

Georg s'assit. Plus il tentait de se donner du courage, plus il avait la nausée. L'odeur de pourriture et de cadavre lui portait au cœur. Mais surtout, il avait honte de sa faiblesse face à la jeune fille.

« Ce n'est pas un bon début pour un médecin », dit-il désemparé.

Elle essaya de le consoler.

« Ce n'est pas grave, beaucoup de débutants sont comme ça. Buvez un verre d'eau. »

De ses mains blanches délicates, elle desserra le col de Georg et lui essuya le front à l'aide d'un mouchoir. Quand elle se pencha, ses cheveux de cuivre incandescent frôlèrent le visage de Georg mais il ne vit rien, ne sentit rien. Il ne voyait qu'une chose : cette tête fraîchement bouillie qui fixait sur lui ses orbites vides, écarquillées.

Pendant plusieurs jours, il n'osa retourner chez la jeune fille devant laquelle il s'était ridiculisé. Il n'avait ni le courage ni l'envie de voir celle qui trimbalait des têtes de mort dans sa mallette avec une telle indifférence.

Après quelques jours, son dégoût comme sa honte disparurent. L'envie de la revoir prit le dessus. En sa compagnie, il alla se faire rayer d'une faculté pour s'inscrire dans une autre.

Quand David Karnovski apprit par sa femme que leur fils avait laissé tomber la philosophie et s'était inscrit en médecine, il entra dans une rage folle.

« Je ne veux plus entendre parler de ce gredin ! » hurla-t-il en tapant sur la table.

Non pas que David Karnovski eût quoi que ce fût contre la médecine. Comme tous les bourgeois juifs, il la tenait en haute estime et considérait que c'était un métier digne d'un fils de bonne famille. Il n'ignorait pas que de nombreux personnages importants, à commencer par Rambam et d'autres gloires du judaïsme, avaient pratiqué l'art de la médecine, ce qui leur avait permis de pénétrer à la cour des rois et ce faisant, de sauver providentiellement des coreligionnaires. Mais il n'avait plus confiance en son fils, n'attendait plus rien de ce garçon qui gaspillait son argent et son temps. Il dit à Léa, sa femme :

« Ça ne va pas durer deux jours. Je ne lui donnerai pas un pfennig de plus. »

Comme toujours, Léa argumenta infatigablement et essaya de justifier cet « enfant » jusqu'à ce qu'elle obtienne de son David qu'il lui accorde une dernière chance. Sans cesser de crier et de fulminer, David Karnovski sortit de son portefeuille plusieurs gros billets bien aplatis et bien lissés, tels qu'il avait coutume de les ranger avec déférence, et il les tendit à sa femme afin qu'elle les remette au garçon parce que lui-même ne voulait plus avoir affaire à lui. Il prédit à Léa :

« Il sera médecin comme moi je serai nourrice, tu verras que j'avais raison. »

Georg se jeta dans ses nouvelles études avec beaucoup de zèle. David Karnovski était mal à l'aise. D'un côté, il se réjouissait de voir son fils devenu enfin raisonnable s'intéresser aux choses sérieuses mais d'un autre côté, il ne lui pardonnait pas de faire mentir ses prophéties à son sujet.

Léa lui demandait, l'air triomphant :

« Alors, David, qu'est-ce que tu dis de cet enfant ? Il étudie et il travaille, que le mauvais œil l'épargne ! Il est méconnaissable. »

David ne laissait pas Léa savourer son plaisir.

« On ne peut être sûr de rien avec lui, qui sait combien de hauts et de bas il y aura encore ?

— Ne parle pas de malheur », répondait Léa effrayée, redoutant que les paroles de son mari n'attirent le mauvais œil.

11

Tout comme les ouvriers du quartier, le docteur Fritz Landau quitte son lit dès l'aube puis il réveille sa fille. Il frappe du poing contre la porte de sa chambre.

« Elsa, paresseuse, on se lève ! »

Avant toute chose, il se lave à l'eau froide de la tête aux pieds. Dans cet appartement à l'ancienne, il n'y a pas de salle de bains, le docteur Landau fait sa toilette au robinet de la cuisine, au grand dam de sa vieille bonne Johana qui, jour après jour, le sermonne et grommelle :

« Le docteur devrait avoir honte. »

Le corps charnu du docteur, rouge d'avoir été lavé et frictionné, se tord de rire.

« Vieille femme stupide, combien de fois vous l'ai-je déjà dit ? Il n'y a rien de honteux dans la nudité, c'est une invention de ces idiots d'hommes. »

La vieille Johana fait un geste d'impuissance.

« Ah ! Vous et vos histoires ! » Et elle se cache les yeux pour ne pas voir ce corps d'homme mouillé.

Sa toilette terminée, il tarabuste sa fille pour qu'elle aussi se lave à l'eau froide. Tout en coiffant sa barbe trempée, il l'appelle :

« Elsa, n'essaye pas de t'esquiver, sinon je t'attrape par les cheveux pour te traîner sous le robinet. »

Quelle que soit la température extérieure, Elsa obtempère. Elle sait que ce ne sont pas des paroles en l'air. Il en est tout à fait capable. Quand elle était petite, après la mort de sa mère et jusqu'à ce qu'elle soit pubère, son père la lavait de la tête aux pieds. Il le ferait bien encore aujourd'hui, il ne voit aucune honte à ça, mais elle n'y tient pas. Elle se précipite donc vers le robinet de la cuisine. La vieille Johana évite de regarder le corps nu de la jeune fille. Toute nudité, même celle d'une femme, lui répugne.

« Cet homme est complètement fou et il rend sa fille idiote, jamais de ma vie je n'ai vu une chose pareille », bougonne-t-elle.

Le docteur Landau passe une chemise de lin comme en portent les paysans, un pantalon de gros velours, enfile de confortables souliers à semelle épaisse, une large veste de velours et, tête nue, un gros bâton à la main, il s'en va faire sa promenade matinale avant de déjeuner, avec seulement un verre d'eau dans le ventre. Elsa doit l'accompagner, elle aussi tête nue, en vêtements amples et chaussures à semelle épaisse. Comme elle n'arrive pas toujours à suivre sa cadence rapide, il la presse :

« On se dépêche. Et on balance les bras. Comme ça. »

Tout le quartier connaît ce couple bizarre. Des ménagères, leur panier à la main, leur souhaitent le bonjour. Les ouvriers qui partent au travail se découvrent sur leur passage.

« Bonjour, docteur. Splendide matinée, docteur.

— Bonjour, monsieur Jerge, bonjour madame Beizholtz, bonjour monsieur Knaule », répond le docteur en appelant chacun par son nom.

Certains ne lui disent pas « monsieur » mais « camarade ».

« Bien le bonjour, camarade docteur. Bien dormi, camarade docteur ? Bien reposé, camarade docteur ?

— Bonjour, camarade Albrecht. Comment va, camarade Wizke ? Bonjour, camarade Muler, bonjour, bonjour. » Le docteur n'arrête pas de saluer. Les hommes sourient avec un plaisir particulier quand le docteur Landau leur donne du « camarade ». Ils sont fiers de ce que ce docteur appartienne au Parti ouvrier, qu'il assiste à leurs réunions à la brasserie Petersile.

« Un chic type, disent-ils en parlant de lui entre eux.

— La camarade Elsa aussi est une fille bien. »

Le docteur Landau arpente les rues à vive allure. Il presse sa fille.

« On ne s'arrête pas, Elsa, et on ne respire pas par la bouche, que diable, mais par le nez, par le nez, par le nez, comme ça... »

Il a l'habitude de répéter plusieurs fois le même mot quand il veut vous faire entrer quelque chose dans la tête. Du même pas rapide, à heure fixe, Elsa et lui repartent vers la maison. À présent ce sont les écoliers du quartier, leurs cartables sur le dos, qui les saluent.

« Bonjour docteur, bonjour mademoiselle Elsa.

— Bonjour, mes gaillards, bonjour, répond le docteur en chatouillant le ventre des petits garçons du bout de son bâton, qui es-tu, toi ?

— Je suis Karl Wendemeyer, le fils du cordonnier.

— Ah ! C'est à toi que j'ai ouvert la gorge quand tu as eu la diphtérie, se rappelle le docteur, tu es un vrai gaillard, petit...

— Moi, docteur, dit une petite fille grassouillette, vous m'avez enfoncé une cuillère en bois dans la gorge, j'avais diablement mal.

« — Fais-moi voir ta langue, lui ordonne le docteur Landau, y a pas de quoi avoir honte, petite dinde que tu es. C'est ça. »

Ça amuse les enfants de la voir obligée de tirer la langue en pleine rue. Le docteur rit aussi. Après quoi, il les met en garde en les menaçant de son bâton.

« Et on ne joue pas près des poubelles, et on ne respire pas par la bouche, espèces d'avaleurs de bacilles, on respire par le nez… comme ça… »

Sur une table ordinaire dont le bois blanc étincelle de propreté, la vieille Johana a déjà préparé le déjeuner : du pain noir, du miel, du lait et toutes sortes de légumes, des carottes, du chou, rien que des aliments crus. Le docteur Landau ne veut voir sur sa table ni jambon ni café, sans parler de la bière qu'il tient pour un poison.

Il croque à belles dents les morceaux de chou cru, encourage Elsa à manger les crudités et se fâche contre Johana qui laisse toujours ouverte la porte de la cuisine par laquelle s'échappent des odeurs de lard frit. La seule dans la maison à ne pas se nourrir de verdure est Johana. Il lui faut son jambon, ses côtes de porc, son café. Le docteur ne peut supporter les relents de viande revenue.

« Combien de fois faut-il vous répéter que la porte doit être fermée quand vous faites frire vos cochonneries dans la cuisine ? Je ne veux pas inhaler ces odeurs écœurantes. C'est du poison, du poison, du poison.

— Ça fait soixante ans que j'en mange et je me porte bien, rétorque Johana.

— Ça, il n'y a que moi qui puisse l'affirmer », et il se débarrasse de sa veste en velours pour enfiler sa blouse de médecin.

Elsa l'aide à attacher dans le dos le tablier blanc et elle en profite pour faire tomber les miettes de pain et fragments de légumes restés prisonniers dans sa barbe. Le docteur se lave les mains au robinet et, debout près de la cuisinière, stérilise ses instruments à l'eau bouillante. La vieille Johana ronchonne, mécontente de le voir traîner dans sa cuisine. Elle considère la stérilisation des instruments comme une des nombreuses marottes du docteur. À huit heures tapantes, heure à laquelle il est rare qu'un médecin reçoive, le docteur Landau commence ses consultations.

Dans sa salle d'attente on peut voir des gens de tout le quartier, des mères avec leurs enfants sur les genoux, des femmes enceintes, des hommes trop âgés pour travailler, chacun avec ses douleurs et ses maladies. Dans la cuisine située en face de la salle d'attente, Johana lave le linge et prépare les repas. Le docteur a beau lui répéter de garder la porte fermée parce que ce n'est pas hygiénique, elle ne veut rien entendre. Elle aime voir les femmes qui viennent se faire soigner et parler avec elles de leurs maladies et des bizarreries du docteur tandis que lui reçoit patient après patient.

« Faut pas avoir honte, dit-il aux femmes qui hésitent à se déshabiller devant lui, il n'y a rien de honteux dans la nudité, rien de honteux, rien de honteux... »

Quand un patient allume sa pipe chez lui, il sort de ses gonds. Il n'arrive pas à comprendre pourquoi les hommes fument tant, pourquoi ils engloutissent tant de bière et dévorent tant de saucisson et de jambon. Il voit là l'origine de tous les maux, de toutes les maladies. Il prend un air désespéré chaque fois qu'un homme âgé vient le consulter pour un mal d'estomac. Il lui dit avec son accent des faubourgs de Berlin :

« Ces hommes ! Comment voulez-vous que votre estomac ne vous fasse pas souffrir alors que vous le faites souffrir ? Vous le bourrez de toutes sortes de viandes, vous le noyez de schnaps et de bière, vous l'asphyxiez avec votre fumée, alors, marmonne-t-il, ça rote, ça fermente et ça pue comme une poubelle. »

Aux femmes qui viennent lui raconter leurs malheurs il tient le même langage. Elles sont elles-mêmes responsables de leurs maladies. Elles passent leur temps à faire rissoler, à ajouter du gras, à s'empiffrer de tas de cochonneries, des fritures, de la graisse, des sucreries, de l'alcool, de la caféine. Les femmes écoutent les remontrances du docteur mais elles lui demandent un médicament. Le docteur Landau secoue sa barbe. Oui, c'est tout ce qu'elles veulent, ces oies stupides. Elles commencent par se cochonner le corps avec du poison et ensuite, elles veulent le nettoyer avec un élixir vert ou rouge. Il ne va pas leur prescrire de ces potions colorées qui permettent à des charlatans de médecins de se faire de l'argent et à ces voleurs de pharmaciens de s'en mettre plein les poches. Les potions magiques, c'est terminé. Il n'y a plus que l'hygiène, une nourriture saine, une respiration régulière, la propreté, le grand air, l'eau. Il crie :

« Il faut utiliser l'eau, l'eau propre, l'eau pure du robinet, pas les saletés d'eaux colorées de la pharmacie. Compris ? »

C'est seulement dans des cas très exceptionnels qu'il donne des potions, des pilules ou des poudres. Mais même là, il ne les prescrit pas sur une ordonnance, il les sort toutes prêtes de l'armoire vitrée de son cabinet ou bien il demande à Elsa de les préparer dans son laboratoire.

« On ne me donne pas l'argent, on le met dans la soucoupe sur la table, et on s'en va, on s'en va ! Il y a des gens qui attendent », bougonne-t-il.

Les médecins du quartier sont furieux contre le docteur Landau qui démoralise les patients tout en leur disant de mettre ce qu'ils peuvent dans sa soucoupe. Le pharmacien du secteur, maître Kurtsius, est son ennemi juré. Il le dénigre auprès de ses voisins, prétend que ce n'est pas un vrai médecin mais un escroc, un séducteur, un charlatan, qu'il se moque de la religion chrétienne, que c'est un agitateur socialiste, un ennemi du Kaiser, de la patrie, de l'Église, toutes choses pour lesquelles il convient de l'éviter. Mais plus il dit de mal de lui, plus les gens se précipitent dans son cabinet.

Elsa aide son père. Bien qu'elle ne soit encore qu'étudiante, elle vaccine les enfants, badigeonne les gorges, prend la température, la tension, fait des piqûres et des tas d'autres choses. Le docteur lui demande aussi d'appliquer son oreille sur les poumons et les cœurs des malades, d'ausculter et de palper des corps d'hommes ou de femmes. Il lui dit, irrité :

« Laisse-moi donc ce fichu stéthoscope ! Sers-toi plutôt de ton oreille. Rien ne vaut ta propre oreille. C'est comme ça. »

Après le dîner, il se rend souvent au café Petersile, lieu de réunion habituel de ses camarades de parti du quartier. M. Petersile dépose devant lui un verre de lait froid, breuvage qui apparaît rarement dans son établissement, et lui apporte tous les journaux et périodiques qu'il reçoit. Le docteur Landau sirote son lait, après quoi, il essuie sa moustache rousse, lit les journaux et laisse souvent sa colère éclater en invectives.

« Ces crapules, ces gredins, ces maudits valets du Kaiser ! »

Aux tables voisines les consommateurs hochent la tête. Ils sont fiers de lui, ce médecin qui habite leur

quartier, parle leur langue de Neukölln, soutient la
cause des travailleurs et fréquente leur brasserie.

« Santé, camarade docteur ! » Ils lèvent leurs chopes.
« À la vôtre !

— À la vôtre, espèces d'écluseurs de bière, englou-
tisseurs de fumée ! » Et le docteur trempe sa moustache dans son verre de lait. Les gens rient de bon
cœur à le voir s'emporter contre le tabac et la bière.
Ils quittent leurs tables pour se rapprocher de lui
afin d'entendre ce qu'il pense de la politique. Il monte
sur ses grands chevaux. Sa barbe s'agite, il gesticule,
s'enflamme, menace et discourt à haute voix. Il ful-
mine contre ses adversaires, contre les rupins, contre
ces messieurs les conseillers privés, les junkers et les
lèche-cul du Kaiser. Les hommes s'étranglent de rire
à entendre ses diatribes et ses plaisanteries savoureuses.

Même si sa fougue, ses expressions grossières et
surtout ses idées extravagantes, retiennent les leaders
du parti de lui confier des responsabilités politiques,
on écoute volontiers ses discours et on rit de ses
facéties.

Plutôt qu'au docteur, c'est à sa fille que les leaders
délèguent des responsabilités. Elle donne des conférences pour les ouvrières sur l'hygiène féminine et les
soins à donner aux bébés. N'étant elle-même qu'une
jeune fille qui n'a jamais vraiment connu l'amour, elle
apprend à des femmes et à des mères expérimentées
leurs devoirs de femmes et de mères. Toutes l'écoutent
avec beaucoup de sérieux. Certaines lui demandent
même des conseils sur leur vie familiale et lui racontent
tous leurs secrets et leurs misères de femmes. Elle est
d'autre part responsable d'un cercle de jeunes où elle
traite de sujets économiques et politiques. Les jeunes
ouvrières sont fières d'elle, cette fille de médecin qui

travaille pour leur cause. Les jeunes ouvriers sont secrètement amoureux d'elle.

Le plus amoureux de tous, c'est Georg Karnovski. Il se consume de passion pour elle. Mais il n'arrive pas à la conquérir.

Telle la roue arrière d'une voiture qui malgré ses efforts pour rouler droit et accélérer ne peut jamais rattraper la roue avant, Georg Karnovski ne parvient pas, quoi qu'il fasse, à rattraper Elsa Landau. Elle est toujours devant et le laisse à l'arrière. Sa fierté masculine s'en trouve très affectée, il se sent diminué, petit.

Depuis cette première rencontre où lui, un homme, s'est ridiculisé aux yeux de la jeune fille en s'évanouissant à la vue d'une tête de mort, il éprouve un sentiment d'infériorité face à elle. Et depuis lors, pas moyen de se défaire de ce sentiment quels que soient ses efforts pour le surmonter. Cette infériorité face à Elsa, il la perçoit en toutes circonstances : dans son laboratoire quand il vient lui rendre visite, dans la salle de dissection où ils travaillent ensemble, en tous temps et en tous lieux.

Comme tous les jeunes étudiants en médecine, il essaie de considérer la mort avec le regard cynique et impudent d'un débauché. Mais impossible de se débarrasser de cette odeur de pourriture, de formol et de cadavre qui lui monte à la tête et le pénètre jusqu'aux os. Il allume cigarette sur cigarette et inspire profondément chaque bouffée dans l'espoir d'asphyxier sa nausée dans la fumée.

Tout en taillant dans un membre mort, en même temps que les autres étudiants il fredonne une chanson de corps de garde : « Madame la patronne avait un commandant... »

Elsa Landau ne fume pas, ne chante pas et, de façon générale, ne parle pas en travaillant. Avec le plus grand calme, comme si elle taillait et découpait du tissu pour un banal ouvrage de dame, elle se tient debout près d'une table recouverte d'une plaque métallique et chargée de jambes et de bras humains sur lesquels elle s'affaire avec un bistouri et des ciseaux. Elle tranche dans la chair, dénude des muscles, des veines, des nerfs. Elle est d'une habileté exceptionnelle dans son travail, à tel point que les professeurs l'ont instituée monitrice afin qu'elle apprenne aux nouveaux à disséquer. Les étudiants qui n'apprécient pas d'avoir une jeune fille comme démonstratrice font des plaisanteries, la complimentent sur sa beauté et risquent même des sous-entendus douteux, surtout lorsqu'ils ont affaire à la partie inférieure d'un corps d'homme ou de femme. Elsa ne se fâche pas, ne prend pas des mines de vierge effarouchée. Elle se contente de les regarder de ses yeux bruns, pleins d'intelligence, comme un adulte raisonnable regarde des petits garçons idiots, et elle leur dit d'un ton calme mais sans appel :

« Laissez donc tomber cela, collègues, je ne vois rien de drôle là-dedans. »

Il y a tant de conviction et de hauteur de vue dans sa tranquillité que les garçons se sentent soudain minables d'avoir évoqué de façon grivoise la différence entre le haut et le bas du corps. Ses mains blanches manient les scalpels et les ciseaux avec une grâce toute féminine et sa blouse dissimule mal tous les charmes de son corps svelte et plein de vie dans cet environnement de mort ; pourtant, personne n'a l'audace de lui parler à la manière étudiante, sur ce ton coquin qu'utilisent les garçons pour s'adresser aux autres filles autour de la table. Elsa leur montre comment procéder.

« Non pas comme ceci, collègues, comme cela. Et s'il vous plaît, ne me soufflez pas votre fumée à la figure. »

Les étudiants rejettent leur fumée sur le côté. Face à cette jeune fille calme et adroite, toute leur bravoure, tout leur héroïsme estudiantin s'envolent en même temps que la fumée. Auprès d'elle, Georg se sent plus minable et plus découragé que les autres.

C'est précisément parce qu'il souhaiterait tant la séduire, se montrer posé et habile, faire preuve d'efficacité comme il sied à un homme, que tout lui tombe des mains et qu'il fait bêtise sur bêtise. Il n'arrive pas à cesser de fumer comme le voudrait Elsa. Il a besoin du tabac pour étouffer le dégoût et le sentiment d'infériorité qui l'habitent. Le calme et l'adresse d'Elsa le dépriment. Georg respire mieux lorsqu'ils quittent ensemble la salle de dissection en sous-sol et se retrouvent dans la rue. À l'air libre, au milieu des gens et de la circulation, il redevient l'homme, c'est lui le plus grand, le plus fort, le plus important. Elsa lui arrive à l'épaule. Dans ses vêtements ajustés elle paraît mince comme une petite fille, comme un enfant, et pour lui parler, elle doit lever les yeux comme toujours quand un petit s'adresse à un grand. Il lui prend sa mallette, l'attrape par le bras pour traverser la rue en courant et se montre tendre et protecteur comme un représentant du sexe fort face au sexe faible. Elle accepte sa protection masculine, lui sourit comme toute jeune fille sourit à son chevalier et protecteur. Sur le chemin du retour, alors qu'il est assis, pressé contre elle sur la banquette, elle rit bruyamment de ses plaisanteries.

Il se sent aussi petit et découragé que dans la salle de dissection quand, après leur retour, il reste avec elle dans l'obscur laboratoire qu'elle ne quitte jamais. Même le soir, elle n'a jamais le temps de passer ne serait-ce qu'un moment avec lui. Quand il lui parle de son amour, lui dit combien il a besoin d'elle, elle transvase de l'urine dans un flacon, fait des analyses de sang, de crachats, d'autres sécrétions. Malgré tout le sérieux qu'il apporte à se préparer à la carrière médicale, il est très affecté de voir Elsa accorder plus d'attention à toutes ces horreurs qu'aux propos qu'il lui tient. Il lui dit, ulcéré :

« Pour l'amour du ciel, laissez donc ces saletés. Je suis en train de vous parler.

— En quoi ça gêne ? »

Elsa ne comprend pas car dans son travail elle ne distingue pas les matières propres ou sales. Elle accorde à tout le même intérêt, elle ne voit que le côté chimique ou bactériologique. Elle lui fait la leçon :

« En tant que médecin vous devriez voir les choses autrement, d'un point de vue médical.

— Un médecin, un médecin, s'énerve Georg, ce n'est pas le médecin qui vous parle à présent, mais l'homme, Elsa, l'homme. Vous ne pouvez pas être une femme, juste un instant ? »

Elsa rit de sa rage de jeune mâle et pose sur lui ses yeux bruns, pleins d'intelligence, les yeux d'un être raisonnable qui regarde un petit garçon sot et capricieux.

« Vous êtes vraiment drôles, vous, les hommes, vous voulez constamment faire étalage de votre bravoure, tel un coq au milieu des poules, mais vous n'êtes pas du tout les héros pour lesquels vous tentez de vous faire passer. Nous, les femmes, nous n'avons pas honte des faiblesses humaines.

— Elsa, vous ne savez pas ce que c'est que la vie, l'amour. S'il y a de l'amour en vous, c'est seulement pour les bacilles... »

Pour la centième fois, il se promet de la laisser tomber, d'aller voir d'autres filles, plus simples, plus aimantes et plus dociles. Il préférerait même sortir avec Ruth Bourak plutôt qu'avec la fille du docteur qui le prend pour un idiot, qui le traite comme un gamin et le met à la torture. Il se jure d'être fort, de faire preuve de caractère comme il convient à un homme. Mais pas moyen. Au contraire, plus elle le repousse, plus il se sent attiré. Chaque soir sans exception, il vient dans son laboratoire exigu et sombre inhaler les odeurs nauséabondes.

Sa compensation, ce sont les dimanches et jours de fête où il accompagne Elsa et son père dans leurs promenades à travers la campagne.

Plus tôt que les autres jours, tandis que tous les habitants de l'immeuble, épuisés de s'être levés à l'aube et d'avoir trimé toute la semaine, dorment encore pour récupérer, le docteur Landau vient secouer Elsa dans son lit afin qu'elle se prépare pour la randonnée. C'est l'unique jour de repos du docteur après une dure semaine de travail et il s'efforce de quitter la maison au plus vite de crainte qu'on vienne l'appeler auprès d'un grand malade ou pour un accouchement.

Munis de gros bâtons, avec sur leurs épaules des sacs à dos bourrés de nourriture pour la journée, de grandes capes de pluie repliées en prévision d'un possible mauvais temps et de gobelets métalliques pour puiser de l'eau, le père et la fille se mettent en route et arpentent champs, prairies et forêts. Georg Karnovski est toujours de la partie. Il porte de larges knickerbockers, des chaussettes montantes en laine, de grosses chaussures de marche et, sa tête brune exposée aux rayons du soleil, il avance à côté d'Elsa et aspire à pleins poumons les parfums de l'herbe, de l'eau, de toutes les plantes. Comme toujours, le docteur leur explique comment ils doivent respirer.

« Pas par la bouche, uniquement par le nez, le nez, le nez. »

D'humeur espiègle et joyeuse, Elsa rit aux éclats. Elle lui dit :

« Si tu nous empêches de respirer comme nous l'entendons, nous allons te laisser tout seul et courir devant, n'est-ce pas, Georg ?

— Vous pouvez courir autant que vous voulez, je suis assez fort pour marcher seul, c'est comme ça ! »

Et pour montrer sa force, il plante énergiquement son bâton dans la terre meuble. Elsa regarde son père avec amour et enthousiasme.

« Que tu es drôle, mon bon petit papa, murmure-t-elle en embrassant avec fougue la bouche de son père, cachée sous des broussailles rousses de barbe et de moustache.

— Allons ! Pas de sentimentalité », dit le docteur en prenant l'air furieux afin de dissimuler son propre attendrissement.

En traversant les prairies, il se penche souvent vers le sol, caresse délicatement les petites fleurs des champs jaunes ou blanches et se met à courir après les papillons, les sauterelles, les grillons, les jeunes grenouilles, les chenilles et autres vermisseaux qui grouillent dans l'herbe. Il n'est pas rare qu'il attrape une taupe ou un mulot. Il lisse avec précaution leur pelage soyeux.

« Quelles créatures merveilleuses, regardez leurs yeux, beaux, intelligents. »

Il reconnaît une multitude de petites bêtes, les désigne par leur nom, sait tout de leur mode de vie. Il peut également parler des vertus curatives de diverses plantes généralement négligées par les médecins. Il presse le jus rougeâtre des feuilles de chêne charnues que les paysans appliquent sur leurs plaies. Il effeuille des fleurs de camomille que les paysannes font infuser dans de l'eau et donnent aux malades en cas de refroidissement. Il s'allonge de tout son long par terre auprès des fourmilières afin d'observer le travail fébrile des fourmis affairées et appliquées. Les narines dilatées, il aspire la forte odeur dégagée par les fourmis et chante les louanges des gens de la campagne qui font macérer ces insectes dans de l'eau pour obtenir une lotion contre les rhumatismes.

L'oreille dressée, il capte le moindre pépiement d'oiseau, le moindre bourdonnement de mouche. Il reconnaît chaque espèce à son chant ou à son cri. Il soulève avec tendresse des grenouilles qu'il examine longuement à travers ses épais verres de lunettes. Elles sont grosses, terreuses et toutes molles. Quand le docteur Landau les lui met dans la main, Georg n'apprécie pas.

« Les grenouilles vertes des marais sont belles mais ces grenouilles de terre sont flasques et affreuses. »

Le docteur est vexé que l'on dise du mal de ses grenouilles.

« Une créature affreuse, ça n'existe pas, n'est-ce pas, Elsa ? »

Elsa prend la bestiole dans sa main, la retourne, son ventre moucheté vers le haut, observe les yeux sérieux, la large bouche mobile, les pattes qui s'agitent maladroitement et elle est d'accord avec son père.

« Je la trouve très élégante, surtout les petits points sur son ventre. »

Tandis qu'elle admire la grenouille, l'envie la prend de la disséquer.

« C'est une grenouille particulièrement intéressante, Karnovski, asseyez-vous par terre, nous allons procéder ensemble à la vivisection. »

Georg lui arrache la grenouille des mains et la rejette dans l'herbe.

« Elsa, pas aujourd'hui, nous disséquons toute la semaine, ça suffit. »

Dans la nature plus que partout ailleurs, il est sensible à la chaleur du corps jeune et plein de forces d'Elsa, à l'éclat de ses intelligents yeux bruns et au feu de ses cheveux qui resplendissent au soleil.

En plein air, elle est tout à fait différente, méconnaissable, taquine et joyeuse. Elle inspire l'air non seulement par le nez comme son père le lui ordonne mais aussi par la bouche et à pleins poumons. Dans la campagne, elle caresse les chiens qui après s'être précipités vers elle en aboyant repèrent immédiatement l'amour qu'elle leur voue et se mettent joyeusement à frétiller de la queue. Elle caresse le mufle humide des jeunes veaux qui beuglent tristement en étirant la tête et elle répète souvent, à haute voix, que le monde est beau et bon.

« N'est-ce pas votre avis, Georg ? » lui demande-t-elle en l'appelant simplement par son prénom.

Georg se met à chanter d'une voix forte, sonore, qui se répercute en multiples échos dans la vaste campagne. Par leurs fenêtres ouvertes, les jeunes paysannes regardent ces trois étranges randonneurs tels qu'on en voit rarement dans la contrée. La barbe rousse du docteur Landau, la tenue très masculine d'Elsa, la chevelure noire comme le jais du jeune chanteur — tout cela sent l'étranger, la nouveauté, excite la curiosité. Le docteur avance d'un pas ferme, il semble suivre le rythme du chant de Georg et balance les bras en avant et en arrière. Il salue les paysans et paysannes debout devant leurs maisons ou sous leurs porches :

« Bonjour, braves gens, bonjour. »

Quand le soleil commence à bien chauffer, le docteur Landau part à la recherche d'un cours d'eau où se baigner. Tout en nageant avec Georg, il crie à Elsa assise à l'abri des buissons de se déshabiller et de venir les rejoindre dans l'eau. Il se fâche :

« Oie stupide, combien de fois devrai-je te répéter qu'il n'y a rien de honteux dans la nudité, viens te baigner.

— Plus tard, quand vous serez ressortis », répond Elsa de derrière les fourrés.

Georg nage sur le dos, sur le ventre, il nage le crawl, fait toutes sortes de fantaisies qui témoignent de sa grande aisance dans l'eau. Il plonge directement de la falaise.

Quand les hommes sont rhabillés, Elsa se baigne à son tour. De loin, Georg tend l'oreille au moindre glouglou autour d'elle. Il l'appelle, juste pour entendre son nom :

« Elsa, Elsa ! »

Un écho démultiplié répète après lui le nom de la jeune fille.

Laissant au chaud soleil le soin de sécher sa tête mouillée, fraîche et fleurant bon l'eau, Elsa étale la nourriture qu'elle a préparée pour le pique-nique. Elle sort des légumes, du fromage, une bouteille de lait, des fruits. Dans sa façon de s'activer, elle est très maternelle, très féminine, comme une maîtresse de maison occupée à nourrir mari et enfants. Georg mange avec un appétit de loup. Elsa retire les miettes accrochées à la barbe de son père et les jette aux oiseaux qui voltigent en pépiant autour de ses jambes. Le repas à peine terminé, le docteur Landau s'allonge sur l'herbe, s'endort sur-le-champ et ronfle si fort que sa barbe rousse et sa moustache s'ébranlent à chaque respiration.

Le vaste ciel ruisselle de soleil, d'argent et d'azur. À l'horizon, la forêt trace un trait d'un bleu profond. Les mouches et les grillons maintiennent un bourdonnement permanent. Derrière une colline se dessine la pointe d'une espèce de château fort en ruine. Le clocher de l'église du village étincelle au soleil. Au faîte d'un vieil arbre dénudé, une cigogne fait claquer son grand bec et perce le silence de ses cris. Georg sent sa poitrine prête à éclater de bonheur. L'oreille aux aguets, il essaie de percevoir les milliers de sons qui constituent ce silence et il voudrait savoir si Elsa les entend comme lui.

« Elsa, dit-il à voix basse en lui prenant la main, n'est-ce pas merveilleux ?

— Oui, Georg », répond Elsa, puis elle installe la tête du jeune homme sur ses genoux et passe ses doigts dans ses cheveux. Elle est si tendre avec lui que même quand son père se réveille un instant, elle garde la tête de Georg sur ses genoux. Lui est inquiet à l'idée que le docteur se réveille et il essaie de retirer sa tête comme s'il craignait d'être surpris à faire quelque chose de mal. Le docteur se tourne sur le côté gauche.

« Imbécile », marmonne-t-il, et il se remet à dormir et à ronfler.

Elsa jette autour d'elle un regard rêveur et chante. Sa voix est celle d'une mère qui berce son enfant. Ses yeux bruns, toujours vifs et vigilants, sont maintenant candides et embrumés.

« Dors, mon enfant », dit-elle à voix basse.

L'espace d'un instant, Georg ferme les yeux et se laisse emporter par la douceur des tendres mains de la jeune fille. Mais très vite, il se sent ridicule dans ce rôle d'un enfant que l'on berce et il arrache brusquement sa tête des mains d'Elsa.

« Que se passe-t-il, mon garçon ? » demande-t-elle surprise.

Georg ne supporte pas ce ton maternel et protecteur. Il n'est pas son petit garçon qu'elle pourrait mener par le bout du nez, à qui elle chanterait des berceuses et passerait la main dans les cheveux. Il est un homme et ne la laissera pas lui marcher sur les pieds, jouer avec lui comme avec un petit chien. Il veut qu'elle lui dise les choses clairement. Sur l'herbe, maintenant, il veut une réponse. Est-elle sérieuse avec lui ou bien le fait-elle marcher ? L'aime-t-elle, sapristi, oui ou non ? Si oui, elle doit se conduire avec lui comme on le fait en de telles circonstances. Qu'elle lui dise un mot, un seul, et il parlera à son père et ils se marieront et vivront ensemble, comme tout le monde. Si elle ne l'aime pas, elle n'a qu'à le dire et il ne l'importunera plus. Elle peut en être sûre. Ce n'est pas grave. Elle n'est pas la seule. Il existe assez de filles, belles, intelligentes et cultivées qui s'estimeront heureuses d'être en sa compagnie et se comporteront avec lui comme une femme doit se comporter envers un homme.

Elsa ne l'interrompt pas. Elle se contente de le regarder de ses yeux intelligents dont elle semble avoir pris soin de faire disparaître toute trace d'attendrissement. Elle plaisante :

« Qu'est-ce que c'est que ça, un ultimatum, jeune homme ?

— Oui, un ultimatum », répond Georg furieux.

Elsa remballe les affaires dans le sac à dos et donne à Georg un certain nombre de conseils maternels avisés. Elle est toujours prête à travailler avec lui au laboratoire et aussi à marcher avec lui le dimanche parce qu'il lui est sympathique, il lui plaît même. Toutefois cela ne doit pas l'empêcher de sortir avec d'autres femmes qui l'idolâtreront, lui seront soumises et le considéreront comme leur seigneur et maître. Elle sait que les hommes veulent être grands et forts. C'est justement parce qu'ils sont faibles qu'ils désirent constamment jouer les héros. Mais s'il attend cela d'elle, Elsa, il se trompe. Elle ne sera jamais l'esclave de quiconque, d'aucun homme au monde. C'est d'ailleurs pour cela qu'elle ne se mariera jamais. Elle a sa médecine, son club ouvrier et son laboratoire. Non seulement elle n'a pas envie de se marier mais en plus, elle n'a pas de temps pour cela.

« Tu comprends, jeune homme ? » Et elle lui donne un baiser en plein sur la bouche.

Georg enrage et s'approche d'elle du pas résolu du mâle dominateur. Il est si troublé qu'il n'entend même plus les ronflements du docteur Landau. Le sang bouillonne dans ses veines. Elsa pose sur lui son regard perçant et éclate d'un rire moqueur comme une grande personne intelligente se moque d'un gamin en colère.

« Quel garçon comique », dit-elle en riant de plus en plus fort.

Il se sent humilié par son rire qui lui glace le sang et il reste auprès d'elle, désemparé, lui, le malin, le dominateur. Pour camoufler son abattement, il sifflote avec une impertinence et une désinvolture exagérées. Le silence lui renvoie un écho qui se répercute encore et encore.

12

Bien que cette journée d'été soit belle et lumineuse, le grand amphithéâtre de l'institut d'anatomie pathologique est brillamment éclairé par de puissantes ampoules électriques rouges. Contre les murs, sur des supports, sont suspendus des squelettes de toutes dimensions. Des foies, des cœurs, des estomacs et des intestins macèrent dans des bocaux de verre. Les préparateurs apportent sur des chariots des corps d'hommes et de femmes qu'ils déposent sur des tables recouvertes d'une tôle. Ils interpellent les étudiants qui fument comme des pompiers et parlent à voix basse, en petits groupes :

« Laissez passer, messieurs les candidats, laissez passer ! »

Ces préparateurs qui travaillent là depuis longtemps ont une grande expérience en anatomie et en dissection et ils considèrent avec un certain mépris les étudiants moins expérimentés qu'eux. Ces derniers cèdent le passage sans un mot. C'est un jour important, le jour où les étudiants de dernière année doivent passer leur ultime examen de chirurgie avant d'obtenir leur diplôme. Et puis surtout, c'est le directeur du service de chirurgie en personne, le conseiller privé

Lenzbach, qui vient faire passer cet examen. Les étudiants en blouse, garçons et filles, tournent en rond, nerveux, inquiets. Les surveillants eux aussi sont nerveux et inquiets.

« On ne fume pas, messieurs les candidats, on ne fume pas ! » Et ils veillent à ce que les étudiants éteignent leurs cigarettes.

Ils savent que le professeur Lenzbach qui lui-même fume pendant les examens, ne veut cependant pas voir les étudiants fumer. Une opération sur un cadavre est pour lui comme une véritable opération et, lors d'une opération, on ne fume jamais. En outre, les étudiants peuvent bien s'imprégner de l'odeur de la salle de dissection. Ça leur fait du bien. Lui aussi, quand il faisait ses études à Heidelberg, il en avait eu plus que sa dose de cette odeur. Les étudiants jettent leurs cigarettes dans un seau rempli de sable. Quand le professeur arrive, les surveillants ainsi que les étudiants se mettent au garde-à-vous. Ils le saluent comme à l'armée.

« Bonjour, monsieur le conseiller privé.

— Bonjour », répond le professeur Lenzbach en passant rapidement devant eux, la tête haute, d'un pas martial.

Malgré ses soixante-dix ans passés, il se tient encore incroyablement droit et son grand corps élancé semble celui d'un jeune officier rompu à la culture physique. Contrairement à tous les autres professeurs qui ont un penchant pour la barbe et les cheveux longs, lui a ses cheveux blancs comme neige coupés court avec une petite brosse militaire bien drue sur le devant. Ses moustaches blanches sont retroussées à la hussarde. Son énergique visage de couleur brique, tanné par le soleil et par le vent, est entièrement rasé. La cicatrice d'un rouge plus soutenu qu'il porte à une joue, est un souvenir de ses années d'étudiant à Heidelberg. Ses yeux d'un bleu froid regardent alentour avec dédain. Il traverse la salle à la manière d'un général qui passe ses troupes en revue. Ses subordonnés le suivent, tels des lieutenants. Les étudiants le saluent, pleins de crainte :

« Bonjour, monsieur le conseiller privé.

— Bonjour », répond sans desserrer les lèvres le professeur Lenzbach, et il jette un coup d'œil sur les étudiants en blouse grise, comme un général jette un coup d'œil sur ses soldats dans les rangs pour vérifier que tout est en ordre.

Un seul regard froid des yeux bleus du professeur et chacun est saisi d'inquiétude. Georg Karnovski est particulièrement inquiet. Parmi la dizaine d'étudiants de dernière année qui se présentent à cet examen, il est le seul à porter un drôle de nom étranger, un nom en « ski ». Et par-dessus le marché, il traîne ce Moïse à côté de Georg. Parmi toutes ces têtes blondes aux yeux clairs, il est le seul à avoir le teint mat et des yeux sombres qui contrastent violemment avec la blondeur de son entourage. Et bien que jusqu'à présent il n'ait jamais eu à souffrir le moindre désagrément de la part des professeurs d'université, sa singularité le met mal à l'aise. Il ne peut supporter le regard perçant des yeux bleus du professeur Lenzbach dont la froideur le paralyse. Ce sentiment indigne lui répugne, mais il n'arrive pas à s'en défaire. Il est si embarrassé qu'il s'embrouille et commet une première erreur en répondant au professeur lorsque celui-ci appelle son nom.

« Oui, monsieur le professeur », dit-il et, réalisant sur-le-champ qu'il a gaffé, il se reprend aussitôt : « Oui, monsieur le conseiller privé. »

Le professeur Lenzbach lui jette un regard qui le glace jusqu'au sang. Il est très pointilleux sur les titres, le professeur Lenzbach. Non seulement les étu-

177

diants mais aussi les professeurs doivent l'appeler monsieur le conseiller privé. Bien que ce Karnovski ait immédiatement corrigé son erreur, la chose est insupportable pour le professeur Lenzbach. Il déteste les erreurs de même que l'étourderie. Il aime la discipline, l'exactitude. C'est pourquoi le premier qu'il envoie au feu est cet étourdi aux yeux noirs.

« Karnovski, appendicectomie », ordonne-t-il en désignant un corps.

Ce n'est pas un corps préparé comme tous ceux sur lesquels Georg s'est exercé à disséquer pendant toutes ses études mais un corps tout fraîchement apporté de la clinique. Le corps d'une jeune femme d'à peine vingt ans, mince, élancé, blanc. Les seins sont menus, des seins de jeune fille, preuve que la défunte n'a encore jamais eu d'enfant et peut-être même jamais connu d'homme. Son visage de cire est beau et régulier, il est empreint de la solennité et la beauté de la mort. Ses yeux sont fermés, on pourrait la croire endormie. Lorsque Georg touche ce corps, il lui semble percevoir une chaleur qui s'en échapperait. Au moment où il incise le ventre, sa main a un léger frisson, comme s'il ouvrait un corps vivant.

« Du calme, la main ne tremble pas », ordonne le conseiller privé Lenzbach qui l'observe attentivement.

Georg sent monter cette nausée provoquée par le formol, la pourriture, la mort, et il tente de toutes ses forces de l'éloigner, cette épouvantable nausée qui s'infiltre dans sa tête, dans son sang, qui lui glace les mains. Son front devient moite. Le professeur Lenzbach observe son travail mais aussi son comportement.

« Calme et rapide, ordonne-t-il, on oublie qu'on a là une morte. On a une patiente à qui on doit retirer l'appendice. On ne peut pas hésiter, s'amuser. Il faut rester calme et faire vite. »

Au lieu de le calmer, les propos du professeur rendent Georg plus nerveux encore. Il fait l'impossible pour surmonter sa nausée.

« Oui, monsieur le conseiller privé », murmure-t-il, et il se ressaisit pour combattre toute faiblesse en lui.

Les minutes durent des heures, des éternités. Avec des efforts surhumains, Georg taille dans le corps, extrait l'appendice et le fait voir au professeur. Tout en travaillant, il jette un coup d'œil inquiet sur le professeur Lenzbach. Il attend un mot d'approbation ou au moins un signe de tête lui confirmant qu'il a bien travaillé. Le conseiller privé Lenzbach est impassible, muet. Même ses yeux froids restent absolument immobiles. Karnovski attend qu'il le laisse partir et appelle le suivant. Il sent qu'il lui faut s'arracher au plus tôt à cette puanteur, à cette tension, et allumer une cigarette. Mais le conseiller privé Lenzbach prend son temps. Le conseiller privé Lenzbach, tout comme les autres professeurs, déteste la facilité. Avant de lâcher de nouvelles fournées de jeunes médecins, il s'arrange pour qu'ils se souviennent de lui toute leur vie. Lors des examens, il aime bien souffler le chaud et le froid sur un candidat. Quand il était lui-même étudiant, on lui a fait subir tout cela et il le fait subir aux autres. Sans émettre la moindre appréciation positive ou négative sur la façon dont l'opération a été exécutée, il soumet à une deuxième épreuve le jeune homme affublé de ce nom comique, Georg Karnovski, il lui demande de pratiquer une opération rarement demandée par les professeurs.

« Énucléation de l'œil ! » Et il ordonne à Karnovski d'extraire un œil à la jeune morte éventrée.

Les jambes raides, Georg s'approche de la tête et, de ses doigts tremblants, tente d'ouvrir les paupières jointes. Elles sont solidement fermées et il doit s'acharner pour réussir à les ouvrir. Un œil bleu, doux, suppliant et triste le regarde. Georg sent son corps se glacer. L'œil lui fait des reproches, se plaint de sa jeune vie amputée, de sa honte à se voir allongée nue devant des hommes inconnus, découpée, mutilée, de sa détresse et de sa solitude en ce monde. Les mains gelées de Karnovski se remettent à trembler. Le conseiller privé Lenzbach lui dit, courroucé :

« On travaille calmement. C'est un œil, un organe délicat. Du calme, nom de nom ! »

Georg sent qu'il va s'effondrer d'une minute à l'autre. Il se maîtrise. À l'aide de ses instruments, il extrait l'œil bleu qu'un autre étudiant maintient tandis qu'il sectionne les muscles qui le rattachent aux tissus internes.

« Ça suffit », dit le professeur Lenzbach, et il indique d'un signe de tête que l'étudiant a correctement exécuté les exercices et qu'il est admis.

Georg sort en chancelant. Il a beau savoir qu'il a réussi, qu'après des années de travail, d'efforts et de doutes, il a finalement atteint son but, il n'éprouve cependant sur le moment aucune joie. Rien n'a d'importance, une seule chose compte, s'éloigner de ce corps dépecé, de ces odeurs de pourriture, de mort et de formol, ne plus voir ce cadavre qui le regarde avec tristesse, d'un air de reproche.

L'air frais du dehors, la lumière du soleil, le vacarme de la foule, le rire des enfants, tout cela le calme. La nausée disparaît. Mais le reproche dans l'œil bleu, lui, ne veut pas disparaître. Il le retrouve dans le regard de chaque passante. Il le retrouve aussi dans le café coquet où il commande plusieurs cognacs pour se remonter. La serveuse qu'il connaît bien lui sourit de ses yeux bleus. Au lieu de lui sourire en retour comme il a l'habitude de le faire en plaisantant avec elle, il lui lance un regard épouvanté. Elle lui rappelle l'autre, sur la table.

« Que se passe-t-il, docteur ? demande la serveuse surprise, en l'appelant déjà par son titre.

— Encore un cognac. »

Et même le soir, au café chantant où il est venu avec ses collègues pour s'enivrer et oublier, il ne peut toujours pas se défaire de ce regard bleu. Les filles du café l'embrassent, boivent en sa compagnie. Il commande verre après verre, chante à tue-tête, se montre exagérément gai avec les filles. Il veut hurler plus fort que sa terreur. Mais au milieu du plus grand tumulte, il la voit toujours, la jeune femme à l'œil bleu. Il la retrouve dans le rire de chaque fille du café.

Au point du jour, il regagne sa petite chambre. Il se jette sur son lit. Il veut dormir, dormir et rien d'autre. Mais au lieu de le laisser dormir, son professeur d'hébreu, Tobias, vient le voir pour étudier Ézéchiel avec lui. Georg le supplie :

« Monsieur Tobias, laissez-moi, j'ai envie de dormir. »

Mais M. Tobias ne veut rien entendre et, d'une voix triste, il étudie le chapitre où Dieu conduit le prophète Ézéchiel dans la vallée pleine d'ossements, des tas d'ossements desséchés. Et Dieu dit : prophétise sur ces ossements. Et Ézéchiel dit : ossements desséchés, écoutez la parole de Dieu. Et une tempête se leva et les os se rapprochèrent les uns des autres et j'ai vu qu'ils s'étaient recouverts de nerfs et de chair et une peau était par-dessus.

« Monsieur Tobias, je suis fatigué, j'ai mal à la tête, supplie Georg.

— Non, Georg, on continue ! Et Tobias traduit les mots hébreux : *"Vesovoy bohem horuakh vayikhiu"* — "Et l'esprit vint en eux et ils reprirent vie" —

"*Vayamdu al-ragleyem khayil godol meoyd*" — "Et ils se sont mis debout sur leurs pieds, grande, très grande armée…" »

Georg n'arrive pas à comprendre ces phrases compliquées et il s'enfuit au beau milieu de la leçon, il se rend à l'université Frédéric-Guillaume. Mais là, il voit les squelettes de la salle de dissection se dresser tous ensemble, se décrocher des supports sur lesquels ils étaient suspendus et se mettre à marcher. En même temps qu'eux, se mettent en branle toutes sortes de membres disséqués, un membre s'unit à un membre, un os s'unit à un os, et ils redeviennent des êtres vivants. En tête marche la jeune opérée qui regarde d'un seul œil, bleu, grand ouvert. Tous les squelettes la suivent. Georg s'enfuit, terrorisé, mais tous courent derrière lui. Ils traversent la salle dallée, passent les marches, quittent l'amphithéâtre, font claquer les os de leurs pieds, agitent les os de leurs bras. Ils sont des milliers, des millions, et ils avancent, toujours plus loin, ils défilent en accompagnant leur marche macabre du claquement de leurs os. Georg continue sa course et exhorte les autres étudiants à le suivre. Tout le monde dévale les escaliers au pas de course, les étudiants, les préparateurs, les professeurs et le conseiller privé Lenzbach. Celui qui court le plus vite, c'est Georg en personne et il tient Elsa par la main. Mais les squelettes les suivent toujours. Des troupes entières, innombrables. Leurs os claquent sur le pavé, sur la chaussée. Georg se met à hurler de frayeur.

Quand il ouvre les yeux, il voit Mme Krupa, la concierge de l'immeuble, penchée au-dessus de lui, qui le secoue par les épaules et lui fait la leçon.

« Une vie de patachon… C'est déjà l'après-midi et vous dormez toujours et même, vous parlez en dormant. »

Avec un épouvantable mal de tête, complètement abattu, il s'en va chez le docteur Landau épancher son cœur.

« J'ai bien peur, docteur, d'avoir fait une bêtise en abandonnant la philosophie pour la médecine, apparemment je n'ai pas la dureté nécessaire. Surtout pour la chirurgie.

— Balivernes ! Un médecin sans cœur, c'est un boucher avec un titre de docteur. Seul un homme sensible peut être un grand médecin. Je vous en donne ma parole, jeune collègue. »

Une nouvelle fois, pour la cérémonie à l'université, David Karnovski revêtit son habit de fête et son haut-de-forme. Comme toujours, Léa trop peu sûre de son allemand, préféra ne pas assister aux festivités. Georg aussi était en habit et souliers vernis. Des professeurs en toge, des invités prestigieux, la poitrine recouverte de décorations, ainsi que des officiers supérieurs se trouvaient là réunis. Le conseiller privé Lenzbach tonna comme un général face à son armée, il parla des devoirs de la médecine envers la patrie. Son diplôme en poche, Georg sortit heureux comme un petit garçon, comme il était sorti du lycée pas mal d'années auparavant. Il quitta la ville et partit pour plusieurs semaines se reposer au bord de la mer Baltique. Au fin fond d'un village de pêcheurs, dans l'eau, le soleil et la brise, il s'aéra pour effacer les traces de ces années de travail, de dissection, ces odeurs écœurantes de pourriture et de cadavre, que le vent les emporte.

Au mois d'août, il regagna la ville afin de ne pas attendre le dernier moment pour se chercher une place dans un bon hôpital où acquérir de la pratique. Dans la première rue où il mit les pieds, il se trouva pris dans un défilé militaire. On criait :

« À bas la France et la Russie ! Vive le Kaiser et la patrie !

— Nous battrons les Français », chantaient des soldats qui défilaient en faisant résonner leurs bottes cloutées sur le pavé.

Des drapeaux flottaient, une fanfare jouait. Des hommes s'étaient découverts et chantaient en chœur *Wacht am Rhein*[1]. Georg se mit à chanter avec eux de sa voix virile et forte.

Le jeune docteur Karnovski fut mobilisé parmi les tout premiers et affecté à une unité sanitaire de campagne, sur le front Est.

---

1. « La garde sur le Rhin », célèbre chant patriotique allemand.

13

L'ancien quartier juif du Scheunenviertel, « la Suisse juive » comme l'appelaient pour se moquer les goyim, était sens dessus dessous.

Devant leurs boutiques, leurs gargotes casher et leurs maisons de prière, les Juifs originaires de Galicie avaient exposé, à côté des drapeaux allemands, des drapeaux autrichiens. Côte à côte avec le portrait de l'empereur Guillaume II, fines moustaches redressées et casque à pointe, ils avaient placé le portrait de leur souverain, l'empereur d'Autriche, avec ses favoris blancs qui semblaient sourire et ses yeux de bon papa. Les drapeaux les plus hauts, les portraits les plus grands, étaient ceux accrochés au balcon décrépi de l'hôtel François-Josef, propriété de reb Hertzele Vichnik, de Brod. Plusieurs Juifs galiciens en vestes d'alpaga se tenaient béats d'admiration devant leur empereur. Ils exprimaient leur amour pour lui.

« Y a pas à dire, le nôtre, c'est quelqu'un d'imposant, que le mauvais œil l'épargne, un vrai monarque.

— Que Dieu veille sur sa chère santé », imploraient les femmes.

De jeunes garçons et de jeunes hommes, rappelés chez eux pour être incorporés, s'en prenaient à leurs voisins, les Russes.

« Attendez donc, on va en faire voir de toutes les couleurs à votre cochon de Russe, leur criaient-ils menaçants, l'Autriche va lui donner une bonne leçon, pouvez faire confiance à notre empereur, Dieu le bénisse... »

Chez les Polonais russes, c'était tristesse et désolation. Le grand gendarme ventripotent qui, depuis des années, arpentait d'un pas solennel les étroites ruelles encombrées de détritus en ayant chacun à l'œil, allait maintenant d'une maison russe à une autre, demandant aux habitants de se préparer. Il devait interner tous les Russes sans exception. Les Juifs qui avaient fui la Russie expliquaient au gendarme dans leur allemand approximatif qu'ils n'avaient rien à voir avec le pays des tsars.

Les Galiciens tentaient d'intercéder en faveur de leurs voisins russes.

« Je n'y peux rien, messieurs, on est en guerre », répondait le gendarme en écartant ses gros bras dans un geste d'impuissance.

La situation n'était pas plus brillante pour les Russes qui avaient quitté l'ancien Scheunenviertel et étaient à présent installés dans les rues plus huppées.

C'est sur Salomon Bourak, le patron du magasin Aux bonnes affaires sur l'avenue Landsberger, que s'abattit la première bourrasque. Non seulement tous ses parents de Melnitz, vendeurs, vendeuses, collecteurs de mensualités, lui avaient été enlevés et conduits à la police, mais même lui, le riche commerçant établi depuis si longtemps, devait se présenter tous les jours au commissariat dans l'attente de nouvelles dispositions. Salomon Bourak était hors de lui. Comme par un fait exprès, il avait préparé dans son magasin un énorme stock de marchandises pour la saison à venir, il avait prévu pour l'automne une vente monstre, à bas prix, afin d'attirer une foule de femmes dans l'avenue Landsberger. Il pestait :

« Qu'il brûle en enfer, ce voleur de Russe ! Tiens, prends-toi une guerre, juste pour la saison ! »

Il courut chercher des appuis auprès de ses amis fabricants ou banquiers mais personne ne voulait bouger.

« C'est la guerre, monsieur Bourak, nous ne pouvons rien faire pour un ennemi russe. »

Constatant qu'il n'irait pas loin s'il lui fallait compter sur un service, Salomon Bourak s'équipa d'une bourse bien garnie. L'argent, il le savait, était le meilleur des amis et des intercesseurs. Il lui était venu en aide, non seulement de l'autre côté, chez les Russes où chacun prenait sans se cacher mais également ici, dans le pays où, à ce qu'on disait, personne ne prenait.

Muni d'un portefeuille plein à craquer, fidèle à son habitude de commencer par la tête plutôt que par la queue, il partit voir le plus puissant afin de tâter la température. Son gros cigare en bouche, aidé par son accent des faubourgs berlinois, des astuces et des plaisanteries allemandes ou yiddish, il trouva rapidement un terrain d'entente avec celui qui avait la haute main sur la réglementation et s'assura qu'on ne viendrait pas lui chercher noise. Pour cela, il versa une belle somme au bénéfice de la Croix-Rouge, une somme si rondelette, si impressionnante, que le gros bonnet en fut ébloui. Il fut encore plus ébloui quand Salomon Bourak, avec beaucoup de délicatesse et de doigté, lui glissa dans la main une enveloppe fermée, bourrée de billets, comme on remet ses honoraires à une sommité médicale.

« C'est très aimable à vous, monsieur Bourak, dit le haut fonctionnaire, rayonnant.

— Je me ferai un plaisir d'envoyer pour votre honorable famille des échantillons des articles que j'ai préparés pour la saison d'automne, du linge et des nappes superbes », répondit Salomon Bourak avant de sortir, le portefeuille plus léger et le cœur plus léger lui aussi.

Il est vrai qu'il ne réussit pas à faire revenir ses parents. Il fut obligé de les remplacer par des vendeuses berlinoises non juives. Mais lui au moins était à l'abri. Il se lança avec beaucoup d'énergie dans sa saison d'automne. Ses voisins, les Juifs allemands, étaient désappointés. Son concurrent direct, Ludwig Kadisch, était particulièrement furieux car il lui fallait partir à la guerre. Il demanda :

« Quand donc vous envoie-t-on dans un camp d'internement, monsieur Bourak ? »

Salomon Bourak répondit par des plaisanteries, fit allusion à des services mutuels, histoire de renvoyer l'ascenseur, disant que quand on est malin, on s'en sort toujours bien.

« Abracadabra ! Je te graisse la patte et tu me la blanchiras ! »

David Karnovski fut amèrement déçu quand on lui ordonna de se présenter à la police où on lui annonça qu'il serait bientôt interné dans un camp avec tous les Russes.

La raison de Karnovski était incapable de concevoir une telle chose. Lui ? Lui qui avait fui l'ignorance et l'obscurantisme de l'Est pour la culture et les Lumières de l'Ouest ? Lui qui parlait allemand selon toutes les règles de la grammaire ? Qui était membre du conseil d'administration de la plus illustre synagogue ? Lui, l'érudit qui savait tout sur Moïse Mendelssohn, sur Lessing et sur Schiller ? Lui, un honorable commerçant, propriétaire d'un immeuble dans la ville, père d'enfants nés dans le pays, qu'on l'arrête, lui, en même temps que la vulgaire populace ?

Il se rendit d'abord chez son ami le rabbin, le docteur Spayer. Il serait bon que lui, le rabbin de cette synagogue distinguée, explique à qui de droit qui est David Karnovski. Mais à présent, le seul fait de parler avec cet ami chez qui, depuis des années, il venait discuter de sciences ou de religion, emplissait le docteur Spayer de frayeur. Il répondit très froidement :

« Nous sommes en guerre, monsieur Karnovski, je n'ai pas le droit d'intervenir.

— Mais vous savez bien quel Russe je suis, docteur ! lui dit David Karnovski consterné. Et que faites-vous du commandement sur le rachat des Juifs captifs ? »

Le docteur Spayer lui répondit par un aphorisme :

« La loi est la loi. Ne me mettez pas dans l'embarras, cher monsieur Karnovski. »

Karnovski quitta la maison du rabbin sans un au revoir.

Le professeur Breslauer ne lui réserva pas un meilleur accueil.

« Quand les canons grondent, les muses se taisent. Je regrette beaucoup mais nous sommes en guerre... »

David Karnovski se rendit chez reb Efroïm Walder, dans l'ancien Scheunenviertel. Non pas pour chercher un appui car il savait que le vieil homme n'avait pas grand crédit auprès des autorités. Il venait simplement épancher son cœur plein de ressentiment envers ses bons amis les maskilim. Il longea la Grosse Hamburgerstrasse et en passant sur la place de l'École, devant le petit mémorial à Moïse Mendelssohn, il leva ses yeux noirs sur la statue en bronze du philosophe qui l'avait fait venir dans la ville de la culture et des Lumières. Ils sont beaux, ses descendants, pensa Karnovski amer. Des hommes sages et vertueux, il n'y a pas à dire !

En approchant du Scheunenviertel, il croisa un groupe de prisonniers sous escorte policière. Des hommes levaient le poing sur leur passage. Des femmes crachaient.

On entendait des hurlements :

« Pas de quartier pour les maudits Russes ! À mort la clique russe ! »

Certains leur jetaient des pierres ou des ordures. Karnovski ne se sentait pas en sécurité au milieu de cette populace avide de sang. Il pressa le pas et enfila la Dragonerstrasse. Dans la boutique d'Efroïm Walder étaient exposés des petits drapeaux autrichiens et des portraits de l'empereur. Jeannette Walder faisait de bonnes affaires avec ces drapeaux et ces portraits que les Juifs de Galicie s'arrachaient. Comme à son habitude, reb Efroïm Walder était plongé dans ses livres, il réfléchissait et écrivait. Il reposa sa plume d'oie pour accueillir son visiteur.

« Soyez le bienvenu, rabbi Karnovski, voilà long-temps que nous ne nous sommes vus. Asseyez-vous, rabbi Karnovski. »

David Karnovski refusa d'abord de s'asseoir et dit d'un ton sec :

« N'oubliez pas qu'en ces temps de guerre nous sommes ennemis. Si vous avez peur, rabbi Efroïm, je m'en vais sur-le-champ. »

Reb Efroïm sourit dans sa barbe grise et répondit :

« La peur, c'est une réaction propre à la plèbe qui ne convient pas à un penseur ou à un érudit. »

David Karnovski s'assit et donna libre cours à son amertume concernant ses amis qui l'avaient éconduit de si vile façon.

Reb Efroïm Walder ne s'indigna pas. Vieux et plein d'expérience, il avait déjà tout vu, tout entendu au cours de sa longue vie et il prenait tout avec philosophie, les faiblesses humaines, l'ingratitude et même la guerre.

« Depuis la toute première guerre, quand Caïn le jaloux tua son frère Abel en pleine campagne, la guerre n'a pas cessé ne serait-ce qu'un seul jour. Le petit philosophe et grand esprit Voltaire l'a très bien montré dans l'une de ses œuvres dont je n'arrive pas à me rappeler le nom, rabbi Karnovski. »

Avec le plus grand calme, comme si rien ne se passait de par le monde, reb Efroïm sortit une pile de manuscrits et se mit à lire à Karnovski les nouveaux commentaires qui lui étaient venus à l'idée pour l'œuvre de sa vie.

Le seul à intercéder en faveur de David Karnovski fut son fils, Georg, auquel il n'avait jamais accordé beaucoup de crédit et dont il n'attendait rien de bien. Revêtu de son uniforme de médecin militaire flambant neuf, il s'était rendu au commissariat, avait réussi à être reçu par le plus haut gradé et lui avait démontré combien il serait injuste d'interner son père alors que lui, son fils unique, partait pour le front. Il avait obtenu satisfaction.

David Karnovski avait dit à sa femme, en yiddish cette fois et non pas en allemand :

« Va savoir, qui aurait eu l'idée de compter sur Georg ? »

Léa avait répondu, radieuse :

« Moi, j'ai toujours eu confiance en cet enfant. Que le Dieu miséricordieux le prenne sous son aile et le protège ! »

Le plus remonté contre la guerre était le docteur Fritz Landau de Neukölln. Il invectivait et vilipendait les soldats qui partaient au front en chantant.

« Idiots, têtes de mule, taureaux de combat, chair à canon ! Et en plus, ils chantent, ces veaux que les béni-oui-oui de la Cour et les lèche-cul de l'empereur envoient à la boucherie.

— Papa, calme-toi, suppliait Elsa, et ne parle pas aussi ouvertement devant tes patients. Ils vont te dénoncer.

— Grand bien leur fasse ! criait le docteur Landau. Au Kaiser en personne, je dirai la vérité ! »

Dans la brasserie de Petersile, il fulminait en discutant avec les dirigeants du parti qui hurlaient avec les loups et soutenaient le budget militaire. Il les traitait d'idiots, rien dans la tête que du papier dans le crâne en guise de cervelle et dans les veines, de l'encre en guise de sang. S'ils savaient combien l'homme est une machine extraordinaire, de quelle matière subtile son corps est constitué, avec quelle immense intelligence et quelle rationalité est fait chaque organe, comment chaque nerf est rattaché et connecté, quelle merveille est un cœur humain, un cerveau, un œil, ils ne pourraient pas tuer autrui et se faire tuer aussi aisément. Mais ils sont grossiers, bêtes, et, mis à part leur stupide politique, ils ne savent et ne comprennent rien de rien. Trembler devant les couronnes et les galons, c'est tout ce qu'ils savent faire. C'est pour cela qu'ils deviennent aussi facilement des assassins, des bouchers.

Il n'eut pas une seule bonne parole pour Georg Karnovski lorsque celui-ci, en uniforme militaire, vint prendre congé avant son départ pour le front.

« Adieu, docteur équarrisseur », grommela-t-il, furieux, en lui tendant juste le bout de ses doigts à serrer.

Georg tenta de le calmer.

« Par chance, docteur, je ne pars pas pour tuer mais pour soigner. Soyez gentil avec moi. Je ne suis pas responsable de cette guerre.

192

— Vous êtes tous responsables, tous ! continua le docteur Landau hors de lui. Vous êtes tous devenus des imbéciles, des bouchers ! »

Elsa réserva à Georg un tout autre accueil. Bien qu'elle eût, elle aussi, terminé sa médecine et qu'elle travaillât déjà avec son père, elle n'avait pas été mobilisée et, le ressentant comme une déception et une humiliation, elle enviait Karnovski qui lui, partait pour le front. L'agitation ambiante, les soldats marchant au pas, les défilés et les chants, les drapeaux qui flottaient au vent, le mouvement, la tension, mettaient son sang en ébullition, l'inquiétaient, l'excitaient et l'attiraient. Elle ressentait l'envie de les accompagner quelque part, de défiler avec eux, de se jeter dans ce tourbillon de mouvement, d'action, de tension, d'aventure et de joie inexplicable.

« Comme j'aimerais partir avec vous, Georg », dit-elle avec tristesse en se blottissant contre son bras.

Georg rayonnait. Sur son visage bronzé s'affichait la joie débridée des jeunes gens aux premiers jours de la guerre, la joie de partir à l'aventure, de se sentir important et intrépide. L'agitation, la fougue, un grain de folie, embrasaient ses yeux noirs. Son excitation se communiquait à Elsa. Pour la première fois de sa vie, elle lui fit un compliment :

« Vous êtes diablement élégant dans cet uniforme, Georg. »

Le docteur Landau agita barbe et moustache dans un mouvement de colère.

« Tu es aussi bête que toutes les femmes, toutes ces idiotes en extase devant les uniformes et le meurtre. C'est à cause de vous, oies stupides qu'éclatent toutes ces guerres.

— Allons, allons, on ne se fâche pas, vieux petit papa comique », lui dit Elsa en l'embrassant sur ses moustaches.

Le docteur Landau refusa de faire la paix et, toujours furieux, alla s'enfermer dans son cabinet.

Elsa prit Georg par le bras et partit avec lui.

Elle l'accompagna d'abord jusqu'à la gare pour lui dire au revoir avant son départ. Comme toutes les jeunes femmes venues avec leur fiancé ou leur amoureux, elle s'accrochait au bras de Georg, se serrait contre lui et le regardait dans le blanc des yeux. À chaque faux départ du train, elle l'embrassait à nouveau.

« Mon bien-aimé », lui murmurait-elle à l'oreille comme une collégienne énamourée.

Au dernier coup de sifflet, quand le chef de train pressa énergiquement les passagers de monter dans le wagon, elle se blottit tout contre son corps et s'agrippa à lui. Le chef de train en colère les prévint que le train partait. Elsa sauta précipitamment dans le wagon en même temps que Georg et partit avec lui. Avant chaque nouvel arrêt, elle recommençait à lui dire au revoir, se préparant à descendre et à rentrer chez elle par un autre train. Mais à chaque arrêt, au dernier instant, elle restait finalement dans le wagon et continuait le voyage, un peu plus loin, toujours plus loin. Ils riaient tous les deux comme des enfants chaque fois qu'il leur fallait payer au chef de train un nouveau supplément et qu'il ronchonnait en établissant les billets.

À Francfort-sur-le-Main, ils quittèrent ensemble le wagon, lui, afin d'attendre son convoi sanitaire prévu pour le lendemain et elle, pour prendre un train de retour. Sans rien se dire, main dans la main, ils faisaient les cent pas dans la gare. Quand enfin le train pour Berlin arriva, ils se firent leurs adieux et s'embrassèrent si longuement qu'ils laissèrent partir le train.

« C'est amusant », dit Elsa rieuse en regardant le convoi prendre de la vitesse.

Ils sortirent de la gare. La ville était parée de drapeaux à tous les balcons. On entendait au loin une musique guillerette. Des officiers se promenaient avec des dames. De jeunes soldats chahutaient avec des filles. La tension, l'excitation, l'allégresse et la nervosité étaient omniprésentes. Une petite pluie d'été se mit à tomber. Georg et Elsa entrèrent dans le bar brillamment éclairé d'un hôtel. Un orchestre de femmes jouait des chants patriotiques et des valses. Des couples dansaient. Georg prit Elsa par la taille et l'entraîna au milieu des danseurs. Elle suivait docilement chacun de ses mouvements. Ensuite, installés à une petite table, ils burent du vin. Elsa dont le père n'avait jamais laissé entrer chez lui la moindre goutte d'alcool, but plusieurs verres. Les dames embrassaient publiquement leurs cavaliers, les officiers. Elsa suivit leur exemple et but au même verre que Georg, « à l'amitié ». Lorsqu'il se fit tard, de nombreux couples quittèrent leurs tables et après avoir traversé le hall de l'hôtel, empruntèrent le large escalier pour monter dans leurs chambres. Georg lui aussi prit Elsa par le bras et alla à la réception demander une chambre.

« Votre nom, s'il vous plaît ? s'enquit le réceptionniste.

— Docteur Georg Karnovski et son épouse. »

Elsa se serra un peu plus contre son bras.

Tels deux animaux affamés, ils se précipitèrent dans leur petite chambre d'hôtel, au dernier étage. La pluie tambourinait aux carreaux et sur le toit.

Le lendemain à l'aube, quand Georg se réveilla, il se cacha la tête entre les bras. Habitué depuis ses années d'étudiant à se réveiller auprès d'une femme dans une chambre d'hôtel, il s'attendait à des remords de jeune fille et même à des larmes. Elsa était pimpante et calme comme s'ils avaient été mari et femme depuis des années. Comme toute femme dévouée dont le mari part pour la guerre, elle l'aida à enfiler son uniforme. Georg était dérouté.

« Nous n'avons même pas eu le temps de nous marier, ma chérie, dit-il d'un air coupable. Ce sera fait dès ma première permission.

— À quoi bon, mon garçon ? » demanda-t-elle, surprise, en coiffant ses cheveux de cuivre devant un petit miroir au-dessus de la commode.

Georg la regarda avec de grands yeux étonnés. Il se sentait blessé et par le « mon garçon » qu'il n'avait jamais supporté, et par son refus d'accepter de l'homme cette glorieuse compensation censée être un bonheur pour une femme en de telles circonstances. Comme toujours, elle se montrait supérieure à lui, elle lui filait entre les mains.

De la rue où des soldats marchaient au pas montait le martèlement des bottes sur le pavé. Le sifflement des trains en partance déchirait les oreilles et battait le rappel.

DEUXIÈME PARTIE

14

Les deux immeubles de quatre étages que possédait
M. Joachim Holbek à Berlin, dans le quartier de Tiergarten, étaient des bâtisses solides, massives, décorées
de nombreux balcons sculptés, agrémentées d'une
multitude de colonnettes, de tourelles, de corniches et
autres ornements ; les murs étaient épais, ornés de
grandes fenêtres ; les plafonds richement moulurés
dominaient de spacieux escaliers de marbre, des angelots grassouillets dotés de grosses cuisses surmon-
taient les fenêtres, les balcons et les portes ; les
vitrines des magasins en rez-de-chaussée étincelaient,
immenses. Il y avait deux sortes d'entrées : entrées
principales pour les maîtres, entrées de service pour
les domestiques, les livreurs et le facteur. Quant aux
mendiants, aux musiciens de rue et aux colporteurs,
même les entrées de service leur étaient strictement
interdites.

Tout le sérieux que M. Holbek mettait dans la gestion de ses immeubles, Mme Holbek le mettait dans la
gestion de son intérieur. Dans leur grand appparte-
ment, tout était imposant : les meubles sculptés massifs, les tapis au sol et sur les murs, les lampes en
cuivre, les innombrables cristaux, porcelaines, céra-

miques. Même les rideaux aux fenêtres étaient lourds et épais afin qu'aucun rayon de soleil ne pénètre et ne vienne endommager le mobilier ou les tapisseries.

Tout aussi impressionnantes de sérieux, des inscriptions en lettres gothiques ornaient les différents objets, inscriptions pleines de sagesse domestique et de prudence, et en vers par-dessus le marché. On les trouvait partout, ces sentences. Brodées sur les serviettes, incrustées dans la céramique, gravées sur les cruches et les chopes à bière. Sur les vieilles serviettes qui dataient d'avant le mariage de Mme Holbek on avait brodé : « Qui se lève à l'aurore gagne de l'or », « Le sel et le pain donnent joli teint ». Sur les torchons neufs que Mme Holbek avait fait broder à sa fille Teresa, on pouvait lire : « Longue aiguillée, couturière fatiguée », et aussi : « Qui écoute aux portes, seule sa honte rapporte. » Sur les verres, on trouvait des inscriptions un peu plus osées à propos de vin, de femmes et de chansons. Le petit coussin de velours sur lequel M. Holbek appuyait sa tête tous les jours après avoir copieusement déjeuné s'ornait d'une broderie au fil de soie : « Un quart d'heure seulement. » Même sur le siège des toilettes, recouvert de velours pour le confort, figurait une maxime rimée vantant l'importance de la propreté.

Les locataires de M. Holbek n'étaient pas moins solides que ses immeubles. Bien enracinés, fortunés, fiables et sérieux. La seule exception était M. Max Dreksler qui tenait une pharmacie dans l'une des maisons de M. Holbek, à l'angle de la rue. Ce pharmacien sur lequel tout brillait : les verres de son pince-nez, la moustache et les cheveux noirs, les chaussures et les bagues, les boutons de manchettes, l'épingle à cravate, la vitrine de son magasin et les marchandises exposées, était un Juif, l'unique Juif parmi tous les locataires de

M. Holbek. Et comme c'est souvent le cas quand un Juif est seul au milieu de goyim, Max Dreksler aimait à se distinguer en racontant des histoires drôles à ses voisins chrétiens. Chaque fois qu'il venait dans l'appartement de Joachim Holbek pour payer son loyer ou demander que l'on répare quelque chose dans son magasin, il débitait des blagues à jet continu, surtout des histoires juives, dans lesquelles on retrouvait pratiquement toujours M. Kohen et M. Lévy. Et bien que M. Dreksler payât toujours son loyer en temps et en heure et qu'il veillât scrupuleusement à la propreté de sa boutique de sorte que l'on ne pouvait absolument rien lui reprocher, Joachim Holbek le considérait cependant comme pas vraiment sérieux, une exception parmi tous ses voisins. C'était un peu en raison de son judaïsme mais plus encore de sa langue trop bien pendue.

Parce que, si la famille Holbek se distinguait par quelque chose, ce n'était certainement pas par son sens de l'humour.

Joachim Holbek, un homme corpulent, affable, aimait bien rire de temps en temps et il écoutait les histoires de Max Dreksler avec une grande application qui se lisait sur sa tête carrée aux cheveux coupés court. Quand après de gros efforts, il lui arrivait de comprendre une blague, il riait bruyamment, parfois jusqu'aux larmes que l'on voyait couler de ses yeux troubles et fatigués. Mais le plus souvent, il ne comprenait pas. Au moment crucial, quand Dreksler s'arrêtait dans l'attente de voir son interlocuteur éclater de rire, M. Joachim Holbek se contentait d'écarquiller des yeux pleins d'une perplexité obtuse, ce qui lui donnait l'air de gravité profonde d'un bovidé rassasié.

« Oui, oui, c'est la vie, monsieur Dreksler... », disait-il avec philosophie afin de se sortir de cette situation embarrassante.

M. Dreksler avait encore moins de succès avec ses histoires auprès de Mme Holbek, une dame aux cheveux plats, au nez court, retroussé, toujours chaussé d'un pince-nez retenu par un cordon qui lui conférait beaucoup de respectabilité et de dignité. Elle ne prenait même pas la peine d'essayer de comprendre les plaisanteries du pharmacien. Cette femme bien en chair qui portait sur ses épaules la lourde charge d'une grande maison et de l'éducation des enfants, travailleuse, toujours occupée à ravauder des chaussettes, à rapiécer des sous-vêtements, était une personne très sérieuse qui n'avait pas la tête aux bavardages ni à la plaisanterie. Même lorsque son mari l'emmenait au théâtre, ce qui d'ailleurs n'arrivait que très rarement, elle ne prenait plaisir qu'aux drames profondément sentimentaux écrits en vers, dans un langage relevé qu'elle ne saisissait pas très bien. Assister à une comédie était pour elle une corvée, une perte de temps. Malgré ses efforts pour se montrer polie envers M. Dreksler comme il convient à une femme bien élevée, elle ne souriait même pas en entendant ses plaisanteries. Absorbée par son tricot, elle se contentait de faire un signe de tête et de marmonner un vague « oui » de circonstance tout en souhaitant en son for intérieur que ce Juif tiré à quatre épingles s'en aille au plus vite.

Elle n'avait rien contre les Juifs, Mme Holbek. Elle faisait souvent ses achats dans les grands magasins juifs où les marchandises étaient moins chères. Quand un enfant était souffrant et que le médecin de famille se montrait incompétent, elle n'hésitait pas à faire appel à un professeur juif, persuadée comme la majorité des habitants de la ville, que les Juifs n'avaient pas leurs pareils pour soigner un malade. De même, Joachim Holbek avait son argent dans une banque juive et c'est là qu'il achetait ses titres boursiers, des valeurs solides. Malgré tout, mari et femme se sentaient différents des Juifs qu'ils rangeaient dans la catégorie des gens peu fiables comme par exemple les acteurs que l'on admire mais vis-à-vis desquels on doit toujours garder ses distances.

Mme Holbek éprouvait également pour M. Dreksler une antipathie particulière liée à sa pharmacie. Comme des femmes du voisinage le lui avaient rapporté, dans cette pharmacie si bien tenue qui se trouvait dans sa maison, on ne vendait pas seulement des lunettes et des thermomètres mais aussi des choses interdites que les jeunes couples utilisaient pour ne pas avoir d'enfants. Comme toute mère qui avait mis au monde mais aussi enterré des enfants, elle avait horreur de ces créatures qui tentaient d'échapper à leurs devoirs et à leurs souffrances de femmes. C'est pourquoi elle considérait avec suspicion l'élégant pharmacien qui, à ce que l'on disait, se livrait à un commerce aussi répréhensible. Dans une large vitrine arrondie qui faisait le coin de la rue, était exposé un grand mannequin de cire, une femme nue, les yeux cachés derrière des lunettes bleues, qui portait des bas de contention sur les jambes, un soutien-gorge sur la poitrine et une gaine pour maintenir son ventre flasque. Chaque fois qu'en passant devant la pharmacie Mme Holbek apercevait le mannequin dans la vitrine, elle éprouvait de la gêne. Cela lui rappelait son propre corps déformé par l'âge et les grossesses successives. Elle était saisie de honte et de colère à la fois. Elle ne parvenait vraiment pas à comprendre pourquoi la police n'interdisait pas d'exposer des choses aussi impudiques. Pour toutes ces raisons, Mme Holbek n'appréciait pas particulièrement que le pharmacien s'attarde chez elle plus que nécessaire. Mais à ses yeux, le pire chez cet homme, c'était ses sempiternelles plaisanteries. Avec leur placidité et leur lourdeur, elle comme son mari se sentaient un peu bêtes et désemparés face à l'élégant pharmacien plein de vivacité qui débitait ses astuces mordantes à toute allure. Ses histoires n'avaient pas toujours comme protagonistes M. Kohen et M. Lévy mais parfois, M. Kohen et M. Schmidt. Mais dans les histoires de Dreksler, bien que le vilain rôle fût toujours imparti à M. Kohen, l'idiot de l'affaire c'était à tout coup M. Schmidt. M. et Mme Holbek se sentaient alors mal à l'aise, ridiculisés et même un peu inquiets. Après le départ de Dreksler, ils respiraient mieux.

« Ah, ce Dreksler…, murmurait Mme Holbek après s'être assurée que le pharmacien avait bien franchi la porte.

— Oui, ce Dreksler… », reprenait M. Holbek en rallumant le cigare qu'il avait laissé s'éteindre.

Ce qu'était ce Dreksler, ni M. Holbek ni madame ne le disaient, mais ils se comprenaient et étaient contents de se retrouver seul à seul, elle avec sa laine et lui avec son journal dans lequel il lisait les lignes serrées d'un compte rendu de la bourse. Le bouledogue allongé aux pieds de Mme Holbek, un chien massif au nez retroussé comme celui de sa maîtresse, était gras, paisible et bien élevé. Il se retenait de jouer avec la pelote de laine tombée des genoux de sa maîtresse sur le tapis, alors qu'il en mourait d'envie. M. et Mme Holbek appréciaient cette tranquillité repue. Les garants de cette tranquillité c'était les meubles massifs, les murs solides, les fenêtres protégées par d'épais rideaux qui ne laissaient pas pénétrer le bruit de la rue, les portes d'entrée bien verrouillées, interdisant le passage aux étrangers et aux indésirables. Aucun trouble, aucun forfait, aucune épidémie ne pouvait franchir les murs épais et résistants des gros immeubles des Holbek dans le quartier de Tiergarten.

La guerre ouvrit une brèche dans ces murs.

Tout d'abord Hugo, l'unique fils de la famille, partit pour le front Ouest. Puis Mme Holbek cessa de servir de la crème fouettée avec le café comme elle l'avait fait de tout temps. Ensuite, on ne mangea plus de la viande tous les jours au déjeuner mais seulement un jour sur deux. À mesure que le temps passait, les assiettes de porcelaine de couleur devenaient de plus en plus grandes et les portions de viande de plus en plus petites. Ensuite, pour le petit déjeuner, il fallut remplacer le café par des glands grillés et tartiner le pain maigre, insipide et rationné, non plus avec du beurre mais avec un ersatz de confiture. Plus les portions dans les assiettes diminuaient, plus augmentaient les emprunts de guerre auxquels M. Holbek était perpétuellement obligé de souscrire. Puis les locataires commencèrent à payer leurs loyers avec retard et parfois à ne pas payer du tout des mois durant. De jour en jour, Joachim Holbek pouvait constater en s'habillant le matin que son ventre fondait et que son gilet s'élargissait. Chaque fois, il devait à nouveau en resserrer d'un cran la martingale. Ensuite, Teresa, la fille de la maison, se mit à pâlir et à maigrir et au lieu de broder et de tricoter comme il sied à une jeune fille de bonne famille, elle entreprit des études sanitaires dans une école d'infirmières afin de pouvoir travailler dans un hôpital militaire. Enfin, ce fut la défaite sur le front et la guerre civile dans le pays. Dans le riche quartier de Tiergarten, on vit apparaître des hommes nouveaux, tels qu'on n'en avait jamais vus dans les parages. Ils venaient des faubourgs, de Neukölln, en guenilles, avec des cris et des drapeaux rouges et faisaient un tel vacarme que leurs hurlements transperçaient les murs épais et les fenêtres drapées de lourds rideaux des immeubles de la famille Holbek. En même temps que leurs cris et leurs drapeaux rouges, ils apportaient avec eux les épidémies de leurs rues misérables, la diphtérie, le typhus et la dysenterie. Pire que tout, la grippe espagnole débaula après guerre et se fraya un passage à travers toutes les portes verrouillées, aux entrées principales comme aux escaliers de service. Le premier à l'attraper fut le propriétaire en personne, Joachim Holbek qui fut emporté en trois jours bien que sa fille Teresa ne se fût pas éloignée de son lit un seul instant.

Après la période de deuil, la veuve de M. Holbek rassembla les factures, les livres de comptabilité, les actions, les obligations des emprunts de guerre, les traites et les comptes qui lui étaient restés après le décès de son époux et remit le tout à l'unique homme de la maison, l'héritier, Hugo, revenu du front Ouest. Mais il n'avait pas la moindre idée de ce qu'il convenait d'en faire. Grand, tout en longueur, très pâle et très blond, portant des chaussures jaunes et de hautes molletières, une culotte de cavalier très large aux hanches et serrée à craquer au niveau des genoux, une veste d'officier ajustée avec une décoration à la boutonnière, et aux épaules, la trace plus claire des épaulettes qui avaient été découpées par les soldats de sa compagnie, le lieutenant Hugo Holbek n'entendait strictement rien aux immeubles, aux papiers, aux traites et aux comptes. Le seul métier qu'il avait appris et exercé était le métier de la guerre. À présent, ce métier n'existait plus et il ne savait pas quoi faire ni de la maison ni de sa personne. Il ne voulait pas sortir dans les rues qui grouillaient de gens du peuple et de soldats démobilisés et il passait des journées entières à la maison, assis sur un fauteuil bas, jambes étendues, fumant cigarette sur cigarette, sifflotant et jouant avec le chien qui avait fait la guerre avec lui, du début à la fin. Quand il en avait assez de jouer avec l'animal, il bâillait d'ennui, bruyamment, une fois, une autre, nettoyait son revolver ou bien ses jumelles militaires, seules choses qui lui étaient restées de ces quelques années de guerre, sans compter une douleur à la jambe, séquelle d'un coup de froid.

Mme Holbek tentait parfois de l'arracher à son ennui et à son oisiveté.

« Hugo, il faut vendre nos titres boursiers, ils n'arrêtent pas de baisser.

— Ah, oui ? répondait paresseusement Hugo tout en restant assis à sa place, jambes étirées de tout leur long.

— Hugo, il faut réclamer les loyers aux locataires. Personne ne paye.

— Ah, oui ?

— Hugo, tout est de plus en plus cher, impossible de trouver quoi que ce soit en ville.

— Ah, oui ? »

Voyant que l'unique homme de la maison était sourd et aveugle à toute chose, Teresa Holbek se mit à chercher du travail. Dotée grâce à sa mère de toutes les qualités et vertus d'une jeune fille de famille bonne à marier, pourvue d'un diplôme du lycée et de grandes aptitudes pour la broderie, le tricot, la couture et le piano ainsi que de tous les autres talents, apanage d'une demoiselle bien élevée, elle accepta un poste d'infirmière dans la clinique gynécologique privée du professeur Halévy sur Kaiser Allee.

Quand Hugo apprit la chose de la bouche de sa mère, il ne se contenta pas de répondre par son habituel « Ah, oui ? », mais il l'accompagna d'un juron bien senti, un juron militaire à l'adresse de ces foutues accouchées auxquelles Teresa Holbek devrait apporter un vase de nuit.

Mme Holbek rougit en entendant cet horrible mot.

« Hugo, tu n'as pas honte ? Devant ta mère ? »

Hugo se mit à examiner ses longues molletières jaunes comme s'il les voyait pour la première fois. Cependant, bien que se sentant humilié, et parce que Teresa avait trouvé un emploi, et parce qu'elle allait s'occuper de femmes en couches, et également parce qu'elle allait travailler chez un professeur juif, le jeune homme immensément grand, pâle et indolent, ne dit rien de plus et se replongea dans son ennui. Le chien léchait ses molletières jaunes encore imprégnées des odeurs tenaces de poudre et de sang.

15

Georg Karnovski, qui avait fait la guerre comme médecin de régiment sur le front Est, en revint lui aussi avec une décoration à la boutonnière et le grade de capitaine. Aussitôt démobilisé, il refusa de porter son uniforme d'officier ne fût-ce qu'un jour de plus. Le coiffeur avait très envie de lui faire la coupe alors à la mode chez les militaires : rasé sur les côtés et très court devant. Georg lui demanda une coupe traditionnelle. Il se débarrassa non seulement de ses molletières mais aussi de ses brodequins qui traînaient dans leur sillage une odeur de champ de bataille, de pourriture et de mort.

Non pas que Georg Karnovski fût incapable de supporter l'odeur du sang et de la pourriture comme lorsqu'il était étudiant. Au cours de ces quelques années d'exercice sur les champs de bataille, dans des postes de secours, des infirmeries et des hôpitaux de campagne, il avait baigné dans le sang et la pourriture et avait respiré l'odeur de la mort. Ses mains brunes aux veines saillantes, recouvertes de touffes de poils noirs, avaient amputé des jambes, de nombreuses jambes de soldats, elles avaient ouvert des ventres et s'étaient plongées dans les plaies et dans le pus. Ses oreilles roses, dures et poilues, avaient entendu des plaintes, des gémissements retenus, les hurlements des opérés à qui on tranchait dans la chair vive sans anesthésie et les râles des agonisants. Ses ardents yeux noirs avaient vu la cruauté, la peur, l'espoir, la résignation et plus que tout, la mort. Non, il n'éprouvait plus, comme autrefois, la nausée face à un cadavre, même en décomposition. Mais il éprouvait pour tout cela un dégoût chaque jour plus profond. Il voulait se sortir au plus vite de cette guerre, effacer la trace de tout ce qui sur lui pouvait évoquer le champ de bataille et le soldat. Il refusa de parler du front avec ses parents.

Léa aurait voulu tout savoir, au jour le jour, de la vie de son fils sur le terrain. En baisant avec effusion ses joues bronzées, tannées par le soleil et le vent, en caressant ses mains viriles qui lui paraissaient si grandes, en l'examinant encore et encore pour s'assurer que c'était bien lui, comme si elle n'en croyait pas ses yeux, elle était à nouveau la proie d'un immense, irrépressible amour maternel, et lui parlait comme à un enfant, celui qu'elle portait autrefois à califourchon sur son dos pour lui faire embrasser les mezouzas avant de le coucher.

« Mon enfant, mon trésor, ma joie, Moïshele, Moïsheniou, Moshe chéri... » Elle l'appelait de tous ces petits noms familiers afin de bien savourer le vrai goût de la tendresse maternelle. « Eh bien, raconte tout à ta maman, tout ce que tu as vécu. »

David Karnovski aurait souhaité parler des champs de bataille. Incollable sur les cartes militaires de toutes sortes dans l'étude desquelles il s'était souvent plongé, très fort en mouvement de troupes et en stratégie, il aurait bien aimé montrer à son fils tout juste rentré que, bien que lui, son père, fût resté à la maison, il savait malgré tout ce qui s'était passé sur les champs de bataille, tout autant qu'un militaire expérimenté. Georg évita le sujet tant avec sa mère qu'avec son père.

« Oublier, c'est tout ce que je souhaite, oublier, à quoi bon parler de ça ? » répondit-il.

David Karnovski était déçu.

Rébecca, la sœur de Georg, était encore plus déçue que son père.

Elle avait beaucoup grandi au cours des quelques années d'absence de son frère. Malgré les privations qu'avait connues la famille, elle était resplendissante, grande, avec des formes très féminines pour ses quinze ans à peine. Elle avait attendu avec impatience le retour de Georg. Elle n'avait cessé de se glorifier de son frère auprès de ses compagnes de lycée dans l'attente du grand jour où il reviendrait et où elle pourrait parader en sa compagnie dans toute sa gloire d'officier.

« Georg chéri, ne retire pas ton uniforme, il te va si bien, le supplia-t-elle en l'embrassant.

— Je ne veux plus porter cette cochonnerie, belle enfant », répondit Georg en caressant les épaisses tresses noires de sa sœur.

Des larmes apparurent dans les grands yeux sombres de Rébecca et elle arracha ses tresses des mains de Georg. Elle ne supportait pas de l'entendre appeler cochonnerie son uniforme d'officier pas plus qu'elle ne supportait qu'il l'appelle enfant. Elle souffrait assez de ce que sa mère la traite comme une petite fille et elle refusait d'entendre cela de la bouche de son frère dont elle avait tant espéré qu'il se promènerait avec elle dans les rues, vêtu de son uniforme, pour faire croire aux gens qu'il était son petit ami. Même les compliments qu'il lui fit sur sa beauté ne purent effacer son amère déception. D'ailleurs, elle ne se trouvait pas belle.

Elle avait le teint très mat, de grands yeux noirs qui jetaient des éclairs, des dents pas tout à fait régulières mais blanches et solides que découvraient ses lèvres pleines et rouges ; ses nattes étaient noires comme le jais, tirant sur le bleu ; grande, elle affichait un corps précocement féminin mais aussi un nez trop fort, le nez des Karnovski qui conférait aux hommes de la famille du caractère et de la virilité mais faisait paraître les femmes trop masculines et trop dures. À cause de ce nez fort qui attirait d'abord l'attention, on ne remarquait pas au premier coup d'œil son regard étincelant, ses joues mates, le reflet bleuté de sa chevelure. Ce n'est qu'après s'être habitué à ce nez que l'on devenait sensible à sa beauté. Rébecca en souffrait beaucoup. Chaque fois qu'elle se regardait dans la glace, elle en voulait à sa mère.

« Maman, pourquoi ne m'as-tu pas donné tes traits ? »

Léa ne supportait pas les reproches de sa fille. Amoureuse de son mari qu'elle considérait comme le plus bel homme du monde, elle était fière de ce que ses enfants lui ressemblent.

« Petite sotte, tu devrais être heureuse de ressembler à ton père, le teint mat, les yeux noirs et un charme fou. »

Rébecca ne voulait pas être brune dans une ville où tout le monde était blond. Elle ne voulait pas qu'on la regarde comme une bête curieuse chaque fois qu'elle prenait le tramway ou le métro. Elle ne voulait pas que ses camarades de classe la traitent de tsigane. Non, elle ne croyait pas Georg quand il l'appelait belle enfant. Et en plus, elle était furieuse contre lui parce qu'il refusait de se promener avec elle dans sa splendide tenue d'officier. Elle n'avait rien à exhiber devant ses compagnes de classe qui paradaient avec leurs frères ou leurs amis en uniforme.

« Allez, tu es méchant, je te déteste », dit-elle sur le ton de la plaisanterie, mais en le pensant vraiment.

Examinant sa sœur avec étonnement, Georg constata qu'au cours de ces quelques années de guerre l'enfant était devenue une femme avec toutes ses passions et tous ses caprices, puis il sortit afin de se rendre à Neukölln où se trouvait l'immeuble de son père.

Dans l'appartement du docteur Landau, pas le moindre changement, à croire qu'il ne s'était rien passé de par le monde. Des mères, des enfants, des hommes âgés étaient assis sur le banc, le long du couloir. Comme toujours, la vieille Johanna parlait du fond de sa cuisine, discutant maladies et remèdes avec les femmes. On aurait pu croire que ces gens poursuivaient une conversation entamée le jour où lui, Georg Karnovski, était venu faire ses adieux avant son départ pour le front. Il entrebâilla légèrement la porte du cabinet. Le docteur Landau vêtu de la même vieille blouse blanche qu'avant la guerre, avec les mêmes pièces aux coudes, introduisait un bâtonnet dans la gorge d'une petite fille en pleurs. Seule sa barbe était un peu moins rousse, un peu plus grise. Il s'exprimait comme autrefois :

« On ne pleure pas, petite dinde, on ne pleure pas, on ne pleure pas. »

Karnovski entra avec précaution, sans bruit. Le docteur Landau leva les yeux sur lui et le reconnut mais n'arrêta pas de travailler pour autant, il se contenta de faire un large sourire dans sa barbe et continua à s'affairer sur la gorge de l'enfant qu'il badigeonnait énergiquement sans rien dire. Ce n'est qu'après avoir jeté le bâtonnet avec son coton souillé qu'en se lavant les mains au robinet installé à la bonne franquette dans son cabinet, il adressa la parole à son visiteur debout derrière lui :

« Très content de vous voir, Karnovski, très, très, très, marmonna-t-il, mais les patients d'abord. C'est la haute saison à Neukölln, diphtérie et grippe.

— Je voulais juste vous saluer, docteur, dit Karnovski pour s'excuser. Mlle Elsa est-elle dans son laboratoire ? J'aimerais la voir.

— À présent, on peut voir Elsa partout, excepté dans son laboratoire, dit avec tristesse le docteur Landau en s'essuyant les mains avec la serviette. À des réunions, aux tribunes des meetings, mais pas au cabinet où j'aurais tellement besoin d'elle. »

Georg était très déçu. En venant ici, pendant tout le chemin, il avait pensé à elle, imaginé toutes sortes de stratagèmes pour entrer chez elle à l'improviste et la surprendre. C'est justement pour cela qu'il n'avait pas prévenu de son retour. Après les paroles du docteur Landau, il éprouvait comme un vide au fond du cœur. Il dit à voix basse :

« Si c'est comme ça, docteur, je ne vais pas vous déranger. Je reviendrai.

— Absurde, marmonna le docteur Landau, vous feriez mieux de vous laver les mains, d'enfiler une blouse et de m'aider dans mon travail. J'en aurai plus vite terminé et pendant ce temps, nous pourrons parler. »

Tout en tapotant le dos dénudé d'une femme qu'il auscultait, en badigeonnant des gorges d'enfants, en injectant du sérum dans des bras, il interrogea Karnovski sur toute cette période où ils ne s'étaient pas vus. Il demanda narquois :

« Alors, comment ça s'est passé là-bas, sur le champ de bataille de l'honneur et de l'héroïsme, docteur équarrisseur ? »

Il pensait que Karnovski allait se vexer et il s'apprêtait à avoir avec lui une grande conversation sur la guerre comme il en avait depuis le premier jour des hostilités. Mais Karnovski ne se vexa pas.

« Vous aviez raison, docteur, le front, rien d'autre qu'une boucherie et nous, des bouchers. Il n'y a rien à raconter. »

Le docteur Landau laissa tomber son ton ironique et regarda Karnovski avec amour à travers ses gros verres de lunettes. Au lieu de lancer des piques, il se mit à parler de choses sérieuses. Qu'est-ce que le jeune docteur a l'intention de faire dans le Berlin d'après-guerre ? Chercher du travail dans un hôpital ? Ouvrir un cabinet à l'ouest de la ville ? Ou peut-être devenir un spécialiste comme c'est maintenant la mode ?

À son habitude, il prononça ce mot spécialiste d'un air moqueur. Il détestait les spécialistes. En examinant la gorge enflammée d'un malade, Karnovski répondit que ce qui lui plairait le mieux, ce serait la chirurgie.

« La guerre m'a donné une grande expérience, plus que tout ce qu'auraient pu m'apporter des dizaines d'années de pratique hospitalière. »

Le docteur Landau souffla à travers ses moustaches.

« Ils veulent tous charcuter, charcuter, grogna-t-il, pourquoi un jeune homme ne préférerait-il pas pratiquer des accouchements ? »

Karnovski le regarda avec stupéfaction. Tout en palpant le ventre gonflé d'une patiente, le docteur Landau explicita sa pensée :

« À présent, après la boucherie, il faut faire des enfants, des enfants, des enfants, maintenant ce qu'il faut, c'est aider à mettre au monde de nouvelles générations. Semer après avoir fauché, semer. »

Karnovski se taisait. Le docteur Landau eut un sourire enfantin.

« Le plus agréable dans mon travail, c'est d'aider une femme à accoucher, dit-il avec beaucoup de douceur dans la voix, une naissance est une grande joie. Quand on m'appelle au milieu de la nuit auprès d'une femme en couches, j'y cours avec plaisir. »

Le soir, lorsque Elsa rentra et qu'elle aperçut Georg, elle devint aussi rouge que lui devint pâle. Ils restèrent un moment à se regarder en silence. Le docteur Landau explosa :

« Vous avez honte devant moi, imbéciles ? Qu'est-ce que vous attendez pour vous embrasser ? »

Ils tombèrent dans les bras l'un de l'autre, une première fois, une deuxième.

« Bon, à présent, à table, ordonna le docteur Landau, à table, à table. »

La vieille Johanna apporta le maigre dîner composé de mauvais légumes et d'une grande carafe d'eau. Elle ne cherchait plus querelle au docteur à propos de sa lubie de ne pas manger de viande. En cette terrible période de l'après-guerre, personne ne mangeait plus de viande. Le docteur Landau avalait ses mauvais légumes de bon appétit, buvait bruyamment son eau et n'arrêtait pas de parler. Elsa essaya de le faire taire.

« Papa, laisse Georg raconter. C'est lui le héros de la guerre, pas toi.

— Tu es aussi bête que toutes les femmes, dit-il, la remettant à sa place, vous n'avez rien d'autre en tête que la guerre et l'héroïsme. C'est à cause de vous, oies stupides, qu'éclatent toutes les guerres. C'est pour que vous les admiriez que ces idiots répandent le sang. »

Elsa se mit à rire.

« Qu'est-ce que tu peux dire comme sottises, mon petit papa, tu sais bien que les uniformes ne m'impressionnent pas. »

Le docteur Landau poursuivait sur sa lancée.

« C'est comme les drapeaux rouges et les discours à l'adresse des masses et les applaudissements et toutes ces autres stupidités. »

Karnovski était surpris d'entendre de telles paroles dans la bouche du docteur Landau.

« Vous ne parlez plus comme un "camarade".

— La guerre m'a ouvert les yeux. Ils ne valent pas mieux que les valets et les lèche-cul du Kaiser. Ils ont soutenu tous les budgets de guerre et je n'ai plus rien à voir avec eux. Il ne me reste plus que ma médecine, ma bonne vieille médecine. »

Le visage du docteur Landau s'illumina quand Johanna apporta la compote de prunelles acides. Cette compote avait toujours été son dessert favori, même autrefois, du vivant de sa femme qui lui préparait souvent ce plat. Cela le rendit nostalgique et éveilla ses sentiments paternels. Alors qu'il léchait soigneusement ses moustaches imprégnées de jus, il lui vint à l'idée que ce serait bien si le jeune docteur assis à sa table restait dans sa maison. Au début, ce n'était rien de plus qu'une réflexion strictement professionnelle.

Tout seul, pas moyen d'y arriver avec cette multitude de malades en ces difficiles années d'après-guerre. Karnovski semble bien être devenu un bon médecin sur les champs de bataille où il a acquis une grande expérience. Elsa aussi comprend bien le métier, c'est un as en médecine. S'ils se mettent à travailler tous ensemble, ils montreront à Neukölln ce dont ils sont capables. Du point de vue strictement professionnel, il passa peu à peu aux choses vraiment importantes, ses préoccupations de père concernant sa fille. Ce Karnovski, il le voit bien, est amoureux d'elle, ça, même un aveugle le verrait. C'est un jeune homme en bonne santé et beau, et pas idiot non plus. Elsa l'aime aussi. Il le sait. Il ne voit pas pourquoi il ne resterait pas dans la famille, ce Karnovski. Ce sentiment paternel l'emplit d'une telle chaleur qu'il était sur le point d'ouvrir la bouche pour leur dire, aux jeunes, ce qu'il en pensait et leur souhaiter d'être heureux. Mais aussitôt, il eut honte de ses préoccupations de père bourgeois et matérialiste. Quelle absurdité ! Lui, le docteur Landau, se faire entremetteur, se mêler d'affaires de mariage ! Furieux contre lui-même pour avoir eu cette idée de père petit-bourgeois, il se leva précipitamment de table, empoigna son gros bâton et, tête nue, s'apprêta à partir pour la promenade quotidienne qu'il faisait quel que soit le temps. Elsa s'était mise à raconter ses prises de parole devant les masses. Le docteur Landau ne voulait pas en entendre parler. Il lui cria :

« Ta place, c'est ici, oie stupide, dans ce cabinet, au laboratoire. Laisse la politique aux braillards du parti qui ne savent rien faire d'autre. »

Elsa voulut secouer les miettes restées dans sa barbe mais il l'en empêcha et sortit de la pièce en claquant des pieds et en fulminant.

« C'est ma barbe, la mienne, la mienne, pas la tienne. »

Dès qu'il eut refermé la porte derrière lui, Georg se précipita vers Elsa.

« Comme tu m'as manqué, tête rousse, lui murmurat-il, plein d'ardeur en embrassant ses cheveux de cuivre qui resplendissaient dans la lumière de la lampe, désormais nous serons à nouveau ensemble. Toujours ensemble. Je vais parler à ton père aujourd'hui même.

— Non, mon amour, se défendit Elsa en lui prenant la main, ne fais pas cela, mon chéri. »

Georg s'écarta brusquement d'elle, comme frappé par un coup inattendu.

« Tu as quelqu'un d'autre ? demanda-t-il d'un ton cassant en la regardant dans les yeux.

— Quelle idée, mon chéri », répondit-elle, vexée.

Georg ne comprenait pas.

« Pourquoi alors ? Pourquoi ? »

Elle expliqua avec une certaine dureté dans la voix :

« J'ai le Parti, il me prend tout, il ne me laisse rien pour moi. Rien du tout, tu comprends ? »

Georg ne voulait pas même écouter ces propos qui lui semblaient insensés, des caprices de jeune fille. Il n'était plus l'étudiant qu'elle pouvait mener par le bout du nez avec des minauderies de gamine. Elle était à lui depuis le jour où ils avaient été si intimes. Il avait des droits sur elle comme tout homme sur une femme qui lui a appartenu, et il n'allait pas se laisser embobiner avec des partis et autres bêtises. Ils allaient se marier comme le faisaient à présent tous les amoureux dans le pays. Ils allaient travailler ensemble, fonder un foyer, reprendre leurs randonnées dominicales d'autrefois et, dès qu'ils seraient un peu installés, elle devrait abandonner la médecine pour un temps et avoir un enfant.

Il l'enlaça fougueusement avec toute l'ardeur de l'amour et du désir accumulés pendant plusieurs années. Elle était belle. Ses joues avaient légèrement rougi. Ses yeux marron étaient chaleureux. Son corps mince, inchangé depuis son départ, était plein d'une féminité qui transparaissait dans chacune des fronces, chacun des plis de sa robe. Une volonté d'aimer et de dominer le saisit.

« Tu seras à moi, murmura-t-il dans le feu de la passion, rien qu'à moi. Je ne te laisserai appartenir à personne d'autre… seulement à moi. Rien qu'à moi, tu entends. »

Il la maintenait fermement embrassée comme pour lui prouver sa supériorité et sa détermination. L'espace d'un instant, elle resta blottie comme une faible femme entre ses bras. Puis aussitôt, elle s'en arracha précipitamment avec une énergie et une adresse inattendues.

« Non ! » trancha-t-elle d'une voix forte. Ses yeux étaient résolus et ironiques.

L'ironie de son regard pétrifia Georg. Il dit, étonné :

« Elsa, je ne te reconnais plus, aurais-tu oublié le jour de mon départ ?

— Je n'ai pas oublié, Georg, dit-elle à voix basse tandis que ses yeux durs et moqueurs redevenaient tendres et chaleureux, je me rappelle et je ne regrette rien. Mais cela ne m'oblige pas à me marier, à avoir des enfants et à être une femme au foyer comme tu l'exiges de moi.

— Tu parlais autrement alors, dit Georg en faisant allusion à la nuit précédant son départ, est-il possible qu'il ne te reste rien de tout cela ? Pas même la moindre trace d'amour ? »

Les yeux d'Elsa se firent encore plus tendres. Bien sûr qu'elle l'aime. Dès le premier jour où ils se sont rencontrés, elle l'a aimé. Il lui a manqué, énormément manqué. Mais elle ne veut pas d'une existence vide d'épouse et de mère. Il y a une tâche immense à accomplir dans le pays qui commence une nouvelle vie. Les dirigeants du parti lui ont confié des responsabilités importantes, de celles que l'on confie rarement à une femme. On la présente même comme députée ! Elle ne peut pas renoncer à de si grandes choses pour sa satisfaction et son bonheur personnels.

Voyant qu'en s'obstinant, il n'arriverait à rien avec cette fille entêtée, Georg essaya de la prendre par les sentiments. Il parla de son amour, lui dit combien elle lui avait manqué, comme il rêvait d'elle sur le front. Il assouplit aussi sa position et se plia à ses caprices. Bien qu'il n'apprécie pas particulièrement les grands manitous en jupon et qu'il considère qu'elle se monte la tête avec cette stupide politique faite pour les vieilles filles laides, mais pas pour elle ; bien qu'il soit persuadé que pour une femme, l'unique bonheur c'est d'être une épouse et une mère, il lui passera ses caprices et ne fera pas obstacle à ses activités. Il est sûr que plus tard, elle reviendra d'elle-même à la raison. Il lui donne sa parole qu'elle sera libre de faire ce qu'elle veut, pourvu qu'elle vive avec lui.

Elsa ne veut pas céder. Elle connaît les hommes, leur volonté de dominer et de montrer leur pouvoir absolu sur les femmes. Elle connaît Georg plus que les autres. Il lui faut une femme qui soit à cent pour cent une épouse et une esclave et la mère de ses enfants. Des centaines d'autres filles seront heureuses de jouer ce rôle mais pas elle. C'est d'ailleurs pour cela qu'elle ne se mariera jamais. Il faut que Georg la comprenne. Ce n'est pas d'un cœur léger qu'elle le fait parce qu'elle l'aime, elle l'aime même beaucoup. Georg ne voulait pas écouter ce genre de discours. Il l'interrompit.

« Mensonge ! Tu n'as jamais su ce que c'était que l'amour et tu ne le sauras jamais. Avant, tu n'aimais que les microbes et maintenant, les tribunes de rue. »

Elsa adopta le ton de la coquetterie. Se jetant au cou de Georg, elle se mit à l'embrasser, à lui tirer les cheveux et lui dit, comme un adulte qui parle à un enfant :

« Mon cher petit garçon coléreux et comique, allez, on ne fait pas la tête, mon mignon. »

Georg la repoussa sans ménagement. Il s'écria, vexé :

« Je ne suis pas ton petit garçon et je ne veux pas entendre ces balivernes ! »

Comme pendant ses premières années d'étudiant, il se sentait minable, insignifiant, inférieur aux yeux de cette belle femme rousse qui l'avait pris quand elle l'avait voulu et le repoussait quand elle le voulait. L'idée qu'une femme le laisse tomber après s'être donnée à lui blessait sa fierté masculine. Lors de sa vie de garçon, celui qui rejetait l'autre, c'était lui, lui dont les femmes imploraient l'amour, celui qu'elles menaçaient, auquel elles se soumettaient, qu'elles pleuraient. À présent, une femme lui rendait la pareille et ça l'humiliait, le mortifiait.

« Rappelle-toi ce que je te dis, tu le regretteras mais il sera trop tard, camarade députée ! »

Furieux, il quitta précipitamment la pièce.

Sur le pas de la porte, il se retrouva nez à nez avec le docteur Landau qui rentrait de promenade. Georg se mit à bafouiller et tenta de dissimuler sa colère et sa précipitation. Le docteur Landau sourit dans sa barbe.

« La vieille histoire qui reste toujours nouvelle, plaisanta-t-il comme quelqu'un de plus âgé et de plus intelligent se rit des sottises et des soucis d'un enfant, pas la peine de s'énerver pour cela mon jeune ami. On sourit, jeune homme, on sourit ! »

Georg se força à sourire.

« Voilà ! Et, je vous l'ai dit, écoutez mon conseil, lancez-vous dans l'obstétrique. Les femmes ne sont pas toutes folles. Pour la plupart, elles se marient et font des enfants. »

Elsa comprit l'allusion de son père et essaya d'entamer une discussion. Le docteur Landau refusa de l'écouter. Il ordonna :

« Va te coucher, oie stupide ! Coucher, coucher ! »

Après quoi, il prit Georg par la taille et le garda un moment auprès de lui.

« Si vous êtes d'accord, Karnovski, je peux vous faire une lettre pour le professeur Halévy, afin qu'il vous prenne dans sa clinique d'accouchement. »

Georg était stupéfait d'entendre le nom du célèbre professeur. Il demanda surpris :

« Le vieux professeur Halévy ?

— C'est un bon ami à moi, dit le docteur Landau, et bien que spécialiste, c'est cependant un grand médecin, et un homme honnête par-dessus le marché. Une exception parmi les spécialistes... »

16

Après les quelques difficiles années de guerre où les femmes ont eu peu d'enfants, la clinique d'accouchement du professeur Halévy, sur Kaiser Allee, est à nouveau pleine à craquer. Malgré la dureté des temps, le chômage croissant et la dévaluation, les soldats revenus du front ne pensent qu'à convoler. Les hommes mariés ont retrouvé une vie de famille et les couples croissent et multiplient. La clinique du professeur Halévy est plus bondée que tous les autres établissements privés. C'est une clinique ancienne, fondée il y a de longues années. Le professeur Halévy lui aussi est vieux. Ses énormes moustaches qui ne font qu'un avec ses favoris, chose que l'on ne voit plus guère de nos jours que sur les vieux domestiques, sont du plus beau blanc, on dirait des mèches de coton. Son nez busqué, aquilin, est marqué par un entrelacs de petites veinules brunes et bleues. Dans ce vieux visage ridé, seuls ses profonds yeux noirs sont encore si jeunes et si pétillants qu'ils en paraissent déplacés. Ses mains elles aussi sont restées jeunes et vigoureuses. Il pratique encore les opérations les plus longues et les plus délicates en cas d'accouchement difficile et ses patientes appartiennent à l'aristocratie de la ville. Dans la plupart des familles, il a accouché trois générations. D'abord les grand-mères, ensuite leurs filles et puis leurs petites-filles. Parmi la population d'âge moyen, la majorité des personnes influentes de la ville, les banquiers, les hauts fonctionnaires, les militaires et même les hommes d'État importants dont les noms résonnent de par le monde sont « ses » enfants, c'est lui qui a présidé à leur naissance.

Dans son vaste cabinet dont les fenêtres donnent sur un petit jardin, sont accrochées de nombreuses photographies : elles retracent sa vie, depuis sa jeunesse, à l'époque de ses débuts, jusqu'à une période beaucoup plus récente où, devenu célèbre, il pose en compagnie d'une foule d'autres sommités lors de divers congrès médicaux. Au milieu de toutes ces photos du professeur, on peut voir deux grands portraits de ses proches, celui d'un homme âgé à longue barbe et chevelure imposante qui porte une calotte au sommet du crâne, c'est son père, rabbin dans une cité au bord du Rhin ; le deuxième représente un jeune homme à lunettes, vêtu d'un uniforme de caporal qui ne sied pas vraiment à ce délicat visage d'intellectuel. C'est le dernier portrait du plus jeune de ses fils avant qu'il ne périsse au front. Ce cadre s'orne d'un crêpe noir.

Voici déjà trois ans que l'infirmière en chef, Mlle Hilda, a placé ce crêpe noir autour du cadre mais cependant, le professeur Halévy continue de jeter de fréquents coups d'œil au portrait et éprouve, chaque fois, une nouvelle douleur au fond du cœur. Même à présent, alors qu'il est plongé dans l'examen de clichés radiographiques, il lève brièvement les yeux vers lui. En entendant Mlle Hilda frapper du doigt à la porte, il s'empresse de détourner le regard, comme s'il faisait quelque chose de honteux.

« Monsieur le professeur, le docteur Karnovski est arrivé », dit-elle près de son oreille droite car elle sait qu'il n'entend pas de l'oreille gauche.

Il reprend :

« Le docteur Karnovski ? Qui est-ce ? »

La surveillante dit avec un sourire, comme pour excuser la mauvaise mémoire du vieux professeur :

« C'est M. le professeur qui lui a dit de venir, il avait une lettre du docteur Fritz Landau. »

Le professeur se souvient.

« Du docteur Fritz Landau, bien sûr, bien sûr, s'il vient de la part de Fritz, faites-le entrer, mademoiselle Hilda, bien sûr. »

Le docteur Karnovski à qui l'armée a appris à saluer en claquant des talons lorsque l'on se présente chez un supérieur, ébauche ce classique salut militaire. Puis il se rappelle qu'il n'aime pas particulièrement cette façon de saluer et qu'il est en présence d'un célèbre professeur, et il s'incline à deux reprises, une fois de plus que nécessaire, devant le vieux savant.

« Professeur, je suis le docteur Karnovski, dit-il à voix basse, le docteur Georg Karnovski.

— Parlez près de mon oreille droite, jeune collègue, je suis un peu sourd de l'oreille gauche. »

Le docteur Karnovski rougit d'entendre le professeur Halévy l'appeler collègue comme s'il se moquait de lui, et il passe à sa droite pour lui répéter ce qu'il vient de dire. Le professeur Halévy écoute en hochant la tête et demande, souriant :

« Comment va ce bon Fritz ? Toujours installé à Neukölln à guerroyer contre la terre entière ? »

Cette évocation du docteur Landau le rapproche du professeur et met Georg Karnovski plus à l'aise. Il lui raconte la vie du docteur Landau. Le professeur Halévy rit de bon cœur. Même ses favoris et l'entrelacs de veinules bleues et brunes sur son nez d'aigle participent à son rire. Puis il fait l'éloge de son ami.

« C'est un bon médecin, Fritz, il y a des années, il était déjà reconnu comme un excellent clinicien, mais un peu fou, il se bat contre le monde entier. »

Quand le docteur Karnovski lui raconte qu'il rentre du front où il est resté du début à la fin de la guerre, le professeur Halévy jette malgré lui un coup d'œil sur le portrait au crêpe noir et ressent un pincement au cœur. Le fait que tous soient revenus, excepté son fils, réveille en lui une vieille blessure mais il se rappelle aussitôt que l'envie est un sentiment que la morale réprouve chez tout individu, chez un médecin plus encore et, posant sur le jeune homme qui lui fait face le regard attentif de ses pétillants yeux noirs, il lui demande :

« Pour quelle raison, jeune homme, voulez-vous faire de la gynécologie ? Cette spécialité vous attire, ou bien c'est parce que le docteur Landau pouvait vous recommander auprès de moi ? »

Georg Karnovski lui raconte avec un sourire que c'est le docteur Landau qui a exprimé cette idée de la nécessité de semer après avoir fauché. À nouveau, le professeur Halévy éclate de rire et marmonne :

« Ce bon vieux Fritz, intelligent mais un peu fou. C'est bien dit : semer après avoir fauché… C'est tout à fait ça… »

Georg Karnovski parle des innombrables opérations qu'il a pratiquées sur les champs de bataille. Le vieux monsieur hoche la tête.

« Je vois, je vois, murmure-t-il, mais je n'apprécie pas particulièrement la production de masse, jeune homme, chez moi, il faut travailler lentement et bien… Lentement et bien… Venez demain matin. J'aurai pris les dispositions nécessaires. »

Le docteur Karnovski n'en croit pas ses oreilles : il est engagé dans la clinique du professeur Halévy qui fait rêver tous les médecins. Il remercie chaleureusement le professeur. Celui-ci lui tend la main, une main étonnamment ferme et vigoureuse pour son âge. Alors que Karnovski est déjà près de la porte, le professeur le rappelle.

« Quel est votre nom ? Karnovski, je crois, dit-il à mi-voix. Je ne me souviens pas avoir jamais entendu ce nom dans notre communauté berlinoise. Qui est votre père ? »

Le docteur Karnovski parle de son père, raconte que c'est la Haskala qui l'a attiré en Allemagne alors qu'il aurait pu être rabbin en Pologne. Ici aussi, il passe son temps à étudier le Talmud et d'autres ouvrages auxquels lui, Georg, n'entend pas grand-chose. Le professeur Halévy l'écoute avec intérêt. Il dit en souriant :

« Ce que vous racontez là me fait plaisir car mon défunt père, lui aussi, était rabbin et très savant dans le domaine du judaïsme. »

Il désigne avec fierté le portrait de son père, sa petite calotte sur la tête. Soudain, il se tourne vers le portrait voilé d'un crêpe noir et dit à voix basse :

« Et là, c'est mon défunt fils. Il s'appelait Emmanuel, comme mon défunt père… Tombé… »

Le docteur Karnovski murmure qu'il est désolé. Le professeur Halévy réalise que c'est une sottise que d'avoir raconté à un jeune médecin inconnu une histoire de famille qui ne concerne que lui et personne d'autre, et il est furieux d'avoir fait preuve de faiblesse. Vieux sot, vieux gâteux, pense-t-il de lui-même. Sa colère se reporte sur l'étranger.

« Eh bien ! Bonne journée », dit-il précipitamment.

Puis, d'un ton moqueur, il lance une pique au jeune docteur :

« Vous êtes un bel homme, vigoureux, les jeunes femmes préfèrent être soignées par de beaux gynécologues plutôt que par de vieux pontes... »

Le docteur Karnovski rougit comme un petit garçon des propos du vieillard et quitte le cabinet vexé.

17

Comme prévu, Elsa Landau fut élue au Reichstag où elle fit une entrée remarquée.

Elle était la plus jeune des députés, et femme, et belle qui plus est. Tous les reporters caracolaient autour d'elle et chantaient les louanges de mademoiselle le docteur dans leurs comptes rendus. Mais, malgré tout le mal qu'ils se donnaient pour essayer de l'embobiner et de l'entraîner sur des thèmes féminins, lui demander son avis sur l'amour ou la mode, elle déjouait toujours habilement leurs pièges et revenait aux affaires de l'État. Les journalistes étaient ébahis par ses opinions masculines, ses connaissances précises des faits et des chiffres. Son premier discours au Reichstag fit grand bruit.

Avec ses cheveux de cuivre écarlate qui flamboyaient sous la vive lumière, elle était debout, mince, jeune et fringante, à la tribune de l'immense salle, au milieu de centaines d'hommes de tous âges et de toutes conditions, et elle tirait à boulets rouges sur tous ceux qui refusaient de mener la politique prônée par son parti. Les rangs de gauche l'applaudissaient à tout rompre. Sur les bancs de droite, les hommes se moquaient d'elle. Elle leur rendait la monnaie de leur pièce. Avec beaucoup d'habileté, tel un représentant du peuple chevronné, elle repoussait ses assaillants, même les plus âgés et les plus expérimentés, quant aux plaisantins, elle les remettait vertement à leur place.

De même que pendant ses années d'université où, dans l'amphithéâtre de dissection, entourée d'étudiants, elle avait disséqué avec dextérité et maestria des cadavres humains, elle disséquait à présent le cadavre du vieux monde, elle mettait en pièces ses adversaires et ses ennemis. Quand elle avait du temps libre, elle prenait la parole à des meetings, devant des ouvriers, des soldats, pour des organisations de jeunesse. Elle parcourait également le pays et était partout accueillie avec drapeaux et musique. Neukölln était fier de sa camarade, le docteur Elsa Landau. Le matin ou le soir, quand les habitants du quartier rencontraient son père lors de ses promenades au pas de course, ils le saluaient chaleureusement.

« Félicitations, docteur, les journaux ont encore parlé de votre fille. »

Le docteur les sermonnait parce qu'ils étaient trop habillés :

« On ne s'emmitoufle pas comme ça, vous autres, on laisse le corps prendre l'air, de l'air, de l'air, de l'air... »

Il ne voulait pas entendre parler des succès d'Elsa, de l'agitation et du tumulte qu'elle provoquait. Pas une seule fois il n'était allé au Reichstag écouter ses discours.

« Idiots, aboyeurs de foire, bouffons, têtes de linotte », disait-il des journalistes qui faisaient du sensationnel avec sa fille. Les articles sur Elsa et ses photos dans les journaux et les revues irritaient encore plus Georg Karnovski que le docteur Landau. Impossible d'échapper à ses portraits et à ses discours. Il les avait sous les yeux le matin, au petit déjeuner, lorsqu'il feuilletait son journal ; il les voyait s'afficher sur les kiosques dans les rues et sur les places qu'il traversait ; quand il entrait quelque part boire un café ; sur toutes les tables et guéridons de la grande salle d'attente de la clinique du professeur Halévy. Où qu'il aille, il voyait le portrait de celle qui l'avait éconduit avec si peu d'égards.

Dans un premier temps, il avait essayé de la chasser de sa mémoire. Elle pouvait toujours défrayer la chronique, donner des interviews, se faire photographier sur toutes les coutures et prendre des poses. Lui, il avait sa médecine, son travail à la clinique du professeur Halévy, le rêve de tout médecin. Il allait lui faire voir à cette rousse prétentieuse que bien qu'elle ait été sa monitrice en anatomie, il serait plus fort qu'elle en médecine, qu'il la surpasserait de mille coudées.

Il se plongea effectivement avec beaucoup d'énergie et de zèle dans son travail hospitalier. Il arrivait à la clinique avant tout le monde et en repartait le dernier.

En exerçant sur le front pendant des années, il n'avait pas perdu son temps. Il avait été amené à faire les opérations les plus difficiles, à prendre en toutes circonstances des décisions rapides, opérer dans toutes les situations, souvent sans anesthésie, procéder à des amputations à même le sol, à la lumière de la lune ; faire le travail non seulement d'un médecin mais aussi d'une infirmière et même d'un brancardier. Sa tâche, dans la clinique du professeur Halévy, n'était plus celle d'un débutant mais bien d'un praticien chevronné. Les patientes sentaient que ses mains étaient riches d'expérience et lui souriaient amoureusement lorsqu'il s'approchait de leurs lits. Les infirmières regardaient médusées avec quelle rapidité et quelle efficacité il pansait une plaie, changeait un bandage et accomplissait toutes les

autres besognes pour lesquelles les médecins hommes se
montraient généralement moins doués que les infirmières. Le professeur Halévy lui-même reconnaissait
son travail. Il le complimentait en présence de ses collègues.

« Bien, Karnovski, très bien. »

Le docteur Karnovski était très flatté par les compliments du professeur, flatté et fier, ce qui redoublait
son ardeur à l'ouvrage. Il faisait l'impossible pour
oublier celle qui l'avait tant blessé. Mais quoi qu'il
fasse, il n'y parvenait pas.

Il avait beau se jurer de ne plus lire ses discours et
ses déclarations parce qu'il avait des choses plus
importantes à lire, des livres et des revues médicales,
ses résolutions restaient lettre morte et il regardait
quand même les journaux. Chaque fois, il ressentait
une nouvelle humiliation qui décuplait sa haine pour
Elsa. Mais avec sa haine croissait son amour pour
elle, un amour qui n'en devenait que plus fort parce
que malheureux, non payé de retour. Pour lui, les succès d'Elsa n'étaient pas dérisoires comme pour son
père, ils étaient source de tourments. Il en perdait la
tranquillité, l'appétit, le sommeil. Un jour où elle
devait prononcer un discours, il s'était même rendu à
la Chambre. Juste par curiosité. Il avait envie de voir
les gens s'enthousiasmer pour une fille qui avait été sa
maîtresse et rire un bon coup de tout cela. Assis dans
l'étroite galerie, coincé au milieu d'auditeurs curieux,
il n'avait pas écouté un seul mot de ce qu'elle avait
dit. Ça ne l'intéressait pas. Pendant tout le temps, il
n'avait eu qu'une chose en tête, la nuit qu'ils avaient
passée ensemble avant son départ pour le front. Bien
que plusieurs années se soient écoulées depuis, il
revoyait encore tous les détails, son abandon si féminin
et sa docilité. Il jeta un coup d'œil sur les gens qui

l'entouraient et eut envie de se moquer d'eux. Si seulement ils savaient que celle qui se tient à la tribune et dont la foule boit les paroles a été sa maîtresse, qu'il l'a tenue dans ses bras, soumise et docile ! Une idée de gamin, une idée incongrue et désespérée lui traversa l'esprit : crier en présence de tous ces gens que lui qui se tenait là, assis dans la galerie, et que personne ne voyait, ne remarquait, lui, avait été l'amant de mademoiselle le docteur. Il fit des efforts surhumains pour retenir les paroles qui cherchaient à s'échapper de sa gorge.

Il resta un moment dans le couloir à l'attendre afin de lui répéter une fois de plus ce qu'il lui avait déjà si souvent dit. Elle ne devait surtout pas croire qu'il était impressionné par ses discours et les applaudissements qui s'ensuivaient, pas plus que par le tumulte qui l'entourait. Pour lui, elle était Elsa, la même qu'autrefois, et il avait des droits sur elle, comme tout homme a des droits sur une femme qui a partagé sa couche. Il n'était pas un petit garçon qu'elle pourrait prendre quand bon lui semblait et repousser quand bon lui semblait. Il était un homme qui réclamait son dû.

Mais quand il la vit passer, entourée de députés attentifs à la moindre de ses paroles, quand il vit les reporters faire des ronds de jambe autour d'elle, les photographes la poursuivre avec leurs appareils tandis qu'elle avançait, fière, les joues en feu, satisfaite, volubile et rieuse, il fut saisi d'un tel découragement qu'il ne voulut même pas se montrer devant elle dans l'état d'accablement qui était le sien. Il savait que tout était terminé et il se replongea dans son travail hospitalier avec encore plus d'acharnement et de zèle.

Les infirmières essayaient de sourire à ce jeune docteur si habile, le regardaient dans le blanc des yeux. Il ne leur prêtait pas la moindre attention. Elles étaient vexées, mortifiées, comme seules peuvent l'être des femmes dont les hommes repoussent les avances. Le docteur Karnovski prenait plaisir à les voir enrager. Ce qu'il ne pouvait faire subir à Elsa, il le faisait subir à la gent féminine. D'un pas indifférent il longeait les couloirs de l'hôpital, entouré d'infirmières attentives au moindre de ses gestes et qui lui cédaient même le passage. Il était en outre extrêmement exigeant et sévère avec elles lorsqu'elles l'assistaient dans son travail. Il se complaisait à observer leur nervosité et leur trouble. Plus que toutes les autres, la benjamine des infirmières, Teresa Holbek, cette fille de bonne famille venue travailler à la maternité du professeur Halévy pour parer à la dureté des temps, se sentait désemparée et craintive en sa présence.

Dès leur première rencontre, alors que le docteur Karnovski commençait à travailler à l'hôpital, Teresa perdit tous ses moyens, au moment de l'aider à enfiler son tablier elle était trop nerveuse pour nouer les cordons dans son dos. Les yeux perçants du docteur lui décochèrent un regard noir. Cette jeune fille au teint très pâle à qui le sang montait au visage à la moindre occasion était intimidée par les inconnus, surtout les hommes. Sous le regard pénétrant du docteur, ses joues blanches s'empourprèrent immédiatement. Certaine que ses yeux perçants avaient remarqué sa rougeur, morte de honte, elle devint plus rouge encore. Elle était si nerveuse qu'il lui fallut s'y reprendre à plusieurs fois avant de réussir à nouer les cordons dans le dos du docteur. Pressé et impatient de nature, il laissa transparaître son agacement dans un mouvement d'épaules. Teresa remarqua ce geste, ce qui ne fit qu'accroître sa nervosité. Elle n'était pas parvenue à maîtriser sa nervosité tandis qu'elle assistait le jeune docteur dans son travail. Au lieu de lui passer le liquide à injecter à une malade, elle lui présenta l'éther. Il la transperça d'un nouveau regard noir en disant sèchement :

« La morphine ! »

Teresa fut si perturbée après cette erreur que son trouble redoubla et elle tendit le coton. Le docteur Karnovski lui lança un regard encore plus dur et répéta avec impatience :

« Pas l'éther, pas le coton, mais la morphine, la morphine. »

Une fois son travail terminé, elle alla se réfugier dans la salle des infirmières pour éclater en sanglots. Elle détestait le jeune docteur qui l'avait troublée à ce point.

Mais le lendemain, lorsqu'il arriva au travail, elle le regarda avec inquiétude, craignant qu'il prenne une autre infirmière pour l'assister. Il ne prit personne d'autre. Il la salua et même s'excusa pour son irritation de la veille.

« C'est le front, ma chère petite, la nervosité de la guerre. Vous ne m'avez pas pris au sérieux j'espère. »

Elle répondit par un mensonge en rougissant de plus belle :

« Bien sûr que non, docteur. »

Depuis lors, Teresa était anxieuse. Elle était inquiète quand il arrivait au docteur Karnovski de prendre une autre infirmière pour l'assister ; elle était inquiète aussi quand elle travaillait avec lui, inquiète et désemparée et soumise.

Les autres infirmières se moquaient de Teresa. Avec ce don proprement féminin pour flairer les choses les plus cachées dans les relations entre homme et femme, elles avaient senti le trouble qui la saisissait à chacune de ses rencontres avec le nouveau docteur et elles en avaient fait un motif de raillerie. Teresa démentait mais elle n'était pas douée pour le mensonge. Chacun de ses sentiments, joie ou peine, découragement ou excitation, amour ou haine, s'affichait immédiatement sur son visage si pâle, se lisait sur-le-champ dans ses yeux clairs, d'un bleu que l'on rencontrait rarement, même dans ce pays où les yeux bleus étaient l'apanage de tous. Elle n'avait pas non plus la repartie facile. Elle ne trouvait rien à répondre quand les autres prenaient un malin plaisir à la tourmenter.

Le docteur Karnovski, si distant d'ordinaire avec les infirmières, se moquait lui aussi de Teresa de temps à autre. Comme il savait qu'elle ne supportait pas son regard, il faisait exprès de fixer sur elle ses yeux perçants. Ça l'amusait de voir ses joues si blanches s'enflammer du plus beau rouge qu'accentuait encore la blancheur immaculée de sa tenue d'infirmière. Parfois aussi il plaisantait avec elle, la traitait comme une écolière. Il lui demandait si elle avait un petit ami, si elle aimait beaucoup le chocolat et de quel acteur célèbre elle était amoureuse.

Teresa était vexée par ce ton moqueur. Elle aurait voulu lui dire que, tout infirmière qu'elle était, elle lisait des livres sérieux dans ses moments de loisir. Qu'elle s'intéressait également beaucoup à la musique et que, quand elle allait au théâtre, ce n'était pas pour tomber amoureuse des acteurs mais pour voir des pièces qui avaient du fond. Elle aurait eu des tas d'autres choses à lui dire mais elle manquait d'audace pour répondre à cet homme aux yeux noirs. Ses discours superficiels et railleurs la blessaient, mais elle avait quand même envie de les entendre. Elle avait envie d'entendre sa voix virile, de voir son visage au teint mat, ses yeux noirs pleins de fougue.

237

« Le docteur se moque de moi ? » demandait-elle désemparée, bien que la réponse ne fît aucun doute pour elle.

Le docteur Karnovski voyait la courbe gracieuse de sa nuque juvénile qui évoquait pour lui la soumission d'une esclave et cela lui donnait un sentiment de supériorité masculine face à elle.

Un jour, il lui demanda à brûle-pourpoint :

« Où êtes-vous allée chercher des yeux bleus aussi innocents à une époque si sanguinaire, Teresa ? »

Elle s'empourpra depuis le haut de son grand front sous le voile d'infirmière jusqu'au modeste décolleté qui dégageait légèrement son long cou blanc et délicat. Elle était si confuse qu'elle aurait voulu disparaître sous terre.

18

À la clinique du professeur Halévy, ni les infirmières ni les médecins, personne n'arrivait à comprendre pourquoi le docteur Karnovski s'était mis à fréquenter Teresa.

Il n'avait pas tardé à faire son chemin, le jeune docteur. C'est lui, plus souvent que tous les autres, que le professeur faisait venir dans son cabinet pour discuter des cas sérieux. C'est à lui, plutôt qu'aux autres, qu'il confiait les patientes les plus difficiles. Les femmes hospitalisées sentaient un frisson parcourir leur corps au contact de ses mains vigoureuses, chaudes et poilues, d'où s'écoulaient des torrents de vie. On lui prédisait une belle carrière.

« Que peut-il bien lui trouver ? » demandaient avec étonnement les infirmières jalouses de Teresa.

Le docteur Karnovski n'en savait rien lui-même.

Au début, lorsque avec une maladresse rare pour une femme, Teresa avait laissé entrevoir qu'elle était amoureuse de lui, il avait été plus amusé qu'intéressé. Comme la plupart des jeunes médecins qui essayent de paraître plus vieux et plus posés qu'ils ne le sont afin d'impressionner les malades, le docteur Karnovski lui aussi tentait de se vieillir et s'était même laissé pousser une paire d'épaisses moustaches noires qu'il taillait en pointe, à l'anglaise. La blancheur de ses dents solides mais un peu irrégulières prenait un éclat particulier derrière ces moustaches si noires et si bien taillées. Lorsqu'il s'adressait aux patientes, il empruntait un ton très sérieux, le ton paternel, un peu moqueur, qu'utilisent généralement les médecins chevronnés. Chaque fois qu'il faisait appel à Teresa pour l'assister dans son travail, il lui parlait sur le mode badin de l'adulte qui s'adresse à un enfant.

« Eh bien, comment ça va, ma petite fille ? Vous rougissez toujours autant, fillette ?

— Non, docteur », répondait Teresa en s'empourprant jusqu'à la racine des cheveux.

Une autre fois, il se faisait paternel :

« Vous êtes anémique, ma petite fille, vous n'avez de sang que dans le visage. Vous devriez faire plus attention à vous.

— Que dois-je faire, docteur ?

— Buvez du lait, lui conseillait-il, ou, mieux encore, mariez-vous. C'est le meilleur remède pour les jeunes filles anémiées. »

Teresa rougissait de la tête aux pieds. Lui continuait sur le même ton :

« Dites-moi, ma petite fille, il y a bien des garçons qui sont amoureux de vous ?

— Bien sûr, répondait Teresa à voix basse, mais ça ne peut mener à rien.

— Vraiment ? » Il faisait celui qui ne comprenait pas. « Et pourquoi donc ?

— Eh bien, parce que... parce que je ne suis amoureuse d'aucun d'entre eux », balbutiait Teresa.

Bien que s'y étant lui-même brûlé les ailes, le docteur Karnovski tournait l'amour en dérision.

« Sottises, petite fille, disait-il comme un vieil homme blasé, tout ça c'était bon pour nos grand-mères, pas pour les jeunes filles de l'après-guerre. »

Teresa se sentait piquée au vif par ces propos sacrilèges sur l'amour au point d'en oublier sa timidité et de s'emporter.

« Il ne faut pas parler comme ça, docteur », clamait-elle avec véhémence.

Le docteur Karnovski jouait les naïfs.

« Pourquoi donc, petite fille ?

— Parce que... parce que l'amour est éternel, répliquait-elle avec fougue, l'amour est sacré. »

Il éclatait de rire.

« Vous parlez comme une fille amoureuse, ma petite, peut-on savoir qui est l'heureux élu ? » demandait-il moqueur.

Incapable d'en supporter plus, Teresa partait précipitamment travailler, poursuivie par le rire du docteur Karnovski.

Elle s'occupait des malades et se sentait furieuse contre cet individu qu'elle aimait et qui la ridiculisait. Elle était vexée de voir que c'était justement elle qu'il avait choisie entre toutes pour se divertir à ses dépens. Pour la énième fois, elle se promettait d'exiger qu'il la traite avec le respect dû à une femme ou alors, elle l'éviterait complètement. Mais il suffisait qu'il ouvre la bouche pour qu'elle se fige devant lui, muette, décontenancée et qu'elle écoute sans mot dire toutes ses plaisanteries et ses moqueries.

De son côté, le docteur Karnovski s'était dit plus d'une fois qu'il lui fallait mettre un terme à ce petit jeu avec la jeune fille.

D'abord, parce que ça commençait à se remarquer. Depuis qu'il s'intéressait à Teresa, les infirmières de la clinique lui jetaient des regards moqueurs, des regards qui signifiaient : tu peux toujours faire l'important, prendre de grands airs et te croire supérieur, on te connaît, bonhomme, et on sait qu'entre toi et l'une d'entre nous, il se passe des choses vieilles comme le monde. Il n'y a pas de secrets qui tiennent.

Cela n'ajoutait pas au prestige d'un jeune médecin en train de creuser son chemin et de se forger un nom dans la capitale. D'autre part, il ne voyait absolument pas où pouvait mener ce flirt innocent avec la timide infirmière.

Très pâle avec un grand front surmonté de cheveux blonds tirés en arrière, mince, serrée dans une étroite blouse qui la faisait paraître plus gamine et plus insignifiante encore, Teresa ressemblait davantage à une écolière vulnérable qu'à une femme. Son long cou paraissait exagérément blanc et maigre, fragile, inachevé, comme en cours de formation. Pareil pour son menton. Sa personnalité était aussi anémique que son physique. Elle n'avait pas le moindre sens de l'humour, toujours extrêmement sérieuse, sans une ombre de malice féminine, de ruse pour intriguer, séduire. Tout chez elle était exposé comme sur une assiette. Le docteur Karnovski avait plus d'une fois décidé de couper court à ce flirt absurde avec cette drôle de fille, d'arrêter tant qu'il n'était pas trop tard, ce qui serait plus sain pour elle, pour lui et la position qu'il occupait à l'hôpital. Mais il suffisait qu'il l'aperçoive, sanglée dans sa blouse, rougissante et soumise, pour qu'il éprouve un curieux sentiment de proximité face à cette pâle créature résignée et qu'il reprenne son ton moqueur, familier, intime.

Un matin où elle lui avait déposé des fleurs, des bleuets, dans un verre d'eau sur sa table, il lui fit un compliment :

« Elles sont jolies ces fleurs, petite fille, bleues et innocentes comme vos yeux. »

Il avait dit cela pour plaisanter mais dès lors, la sérieuse Teresa apporta des fleurs chaque jour. Le docteur Karnovski s'était tellement habitué à trouver des fleurs sur sa table tous les matins que quand par hasard, Teresa n'était pas de service, les fleurs lui manquaient. Ces matins-là, il y avait comme un vide, une absence. Elle aussi commençait à lui manquer, avec l'azur pâle de ses yeux, sa timidité qui lui mettait le rouge aux joues, le timbre tout en retenue de sa voix, ses paroles pleines d'admiration et de soumission.

C'est surtout cette soumission, plus que tout autre chose, qui l'avait séduit. Après la force, la confiance en soi et le dédain affichés par Elsa, cette faiblesse féminine, cette admiration et cette docilité lui mettaient du baume au cœur. Il lui trouvait soudain des qualités qu'il n'avait pas remarquées auparavant. Son cou frêle ne lui paraissait plus maigre mais empreint d'une douceur et d'une délicatesse juvénile. Son menton fragile était plein d'une grâce puérile qui vous donnait l'envie de le relever comme quand on câline un enfant. Même son regard bleu clair, dépourvu de la moindre étincelle, prenait à présent de la chaleur à ses yeux. Une créature adorable et comique, se disait-il, et il continuait à lui parler sur le même ton paternel et railleur, tout en comprenant que ce n'était pas ce qu'il convenait de faire.

Une fois, tard dans la nuit, il l'avait vue autrement, différente. Ç'avait été une rude nuit pour le docteur Karnovski. À minuit, une parturiente que le professeur Halévy lui avait confiée était morte. Il n'avait strictement rien à se reprocher. Elle était cardiaque et c'est avec réticence que le professeur Halévy l'avait admise parce qu'il s'attendait au pire et qu'il ne tenait pas à avoir de décès dans son établissement. Le docteur Karnovski lui avait fait des piqûres, l'avait placée sous une tente à oxygène, n'avait pas ménagé sa peine pour essayer de la maintenir en vie. En vain. Il était très abattu par cette affaire, énervé et épuisé par le travail et les efforts qu'il avait fournis jusqu'à une heure avancée de la nuit. Il avait même houspillé Teresa qui, en l'aidant à retirer sa blouse, avait tenté de le consoler, de lui dire que ce n'était pas de sa faute. Il avait coupé court à ses paroles de consolation :

« Taisez-vous donc, pour l'amour du ciel ! »

Elle était sortie de la clinique terrorisée et pour ne pas lui imposer sa présence, elle lui avait dit bonsoir sur le seuil.

Le docteur Karnovski l'avait brusquement attrapée par le bras et avait ordonné plus que proposé :

« Venez, nous allons rentrer ensemble, en ce moment j'ai besoin d'avoir quelqu'un près de moi, de sentir un être vivant à mes côtés. »

Il marchait d'un pas très rapide. Teresa était obligée de courir pour rester à sa hauteur. Il n'ouvrait pas la bouche sauf pour tirer avec avidité sur sa cigarette. Tandis qu'ils traversaient le parc de Tiergarten, il se laissa tomber sur un banc. Teresa s'assit légèrement à l'écart. Au-dessus du parc sombre s'étendait un ciel d'un bleu profond couvert d'une multitude d'étoiles. La voie lactée était d'une blancheur inaccoutumée. Une étoile filante alla disparaître on ne sait où. En observant la fantastique résille d'argent dans cet océan de bleu, le docteur Karnovski s'absorba dans des réflexions silencieuses.

Froides, belles, éternelles, lointaines à faire peur, les étoiles brillaient, milliards de vastes mondes diffusant leur lumière. Il se peut, pensait-il, que la lumière qui tombe à présent sur mes mains ait été envoyée d'un coin du ciel il y a des milliers d'années et se soit propagée à des milliers de kilomètres à la seconde avant d'atterrir ici pour éclairer un banc isolé dans un parc vide. Avec la même indifférence sublime et froide, elle éclaire à présent le visage cireux de la femme morte en couches qui a expiré entre mes mains. Elle éclairait pareillement là-bas, sur le front, répandant ses rayons sur les morts et les agonisants. C'est exactement la même lumière qui l'éclairera lui, le docteur Karnovski, quand il rendra l'âme, de même que des millions d'autres après lui, avec l'exactitude calculée et la précision d'un mécanisme bien remonté. Qu'elle est absurdement petite et insignifiante et courte la vie des hommes, comparée à cette immensité, à cet infini. Mais qui sait ? Peut-être tout cela n'existe-t-il que parce que l'œil humain le voit ainsi. Pour la défunte dans la chambre froide de la clinique, il n'y a plus rien, plus d'étoiles, plus de lumière céleste, plus rien du tout. Les éternelles réflexions sur l'existence, l'espace, le temps, la vie et la mort, tourbillonnaient dans sa tête. Brusquement, il se rappela qu'un être vivant était assis près de lui, solitaire et silencieux.

« À quoi pensez-vous, jeune fille, par cette nuit paisible ?

— Je pense que c'est une belle nuit pour mourir », répondit Teresa à voix basse.

Le docteur Karnovski leva sur elle ses yeux noirs.

« Quelle absurdité ! »

Teresa le regarda en écarquillant ses yeux aussi bleus et fantastiques que le ciel au-dessus du parc. Ils étaient mystérieux, étranges, semblaient appartenir à un autre monde. Il lui prit la main.

« Vos doigts sont glacés. »

L'espace d'un instant elle abandonna sa main dans la sienne. Puis brusquement, elle saisit cette main d'homme et l'embrassa. Le docteur Karnovski était déconcerté. Depuis qu'il fréquentait des femmes, de quelque milieu ou race que ce soit, il n'était jamais arrivé à aucune d'entre elles de lui embrasser la main la première.

« Que fais-tu, mon enfant ? » dit-il, gêné et honteux, en passant d'un coup au tutoiement et en éloignant sa main de la bouche de Teresa.

Elle fixait sur lui des yeux si immobiles et si clairs qu'ils semblaient ne pas être vivants, des yeux tels qu'on en voit sur les peintures religieuses primitives, figés, d'un bleu trop pâle, pleins d'une intense supplication.

« Tu es trop sérieuse, petite fille, il faut prendre les choses avec philosophie, jamais à cent pour cent. »

Teresa baissa la tête. Sa nuque juvénile courbée était la soumission incarnée.

« Je sais que c'est impossible, dit-elle de sa voix basse, pleine de résignation, je sais que je ne suis pas pour vous... Mais je n'exige rien non plus... J'espère que vous n'allez pas m'en vouloir... »

Le docteur Karnovski l'attrapa par le menton, son menton enfantin qui semblait n'attendre que cela.

« Quelle idée, ma petite fille ? Tu peux être tranquille.

— Laissez-moi avoir un enfant de vous et je serai tranquille, dit-elle d'un ton suppliant, je m'en irai... Je ne vous importunerai plus jamais... Je vous le jure. »

Sa mince silhouette s'inclinait comme celle d'une esclave implorant la grâce de son seigneur. Dans le silence de cette nuit étoilée pleine de mystère, le docteur Karnovski ressentit une immense pitié pour cette jeune fille soumise. Une pitié mêlée d'amour. Il la prit par la main.

« On rentre à la maison, enfant, tu es toute froide, tu as de la fièvre. »

Au lieu de l'emmener chez lui comme il aurait pu le faire avec celle qui était prête à le suivre n'importe où, il la reconduisit chez elle. Dans l'entrée sombre de la solide maison des Holbek, dans le quartier du Tiergarten, il embrassa ses lèvres pour la première fois.

Pendant toute la nuit, le docteur Karnovski pensa à la silencieuse jeune fille qui lui paraissait soudain une femme si courageuse dans le grand amour qu'elle lui vouait.

À partir de ce jour, il sortit souvent avec elle, ouvertement, sans se cacher ni des infirmières ni des médecins ni même du professeur Halévy. Les infirmières étaient scandalisées.

« Une sainte-nitouche, elle ne sait même pas compter jusqu'à deux et elle nous ridiculise toutes », disaient-elles, jalouses de Teresa et pleines de ressentiment envers le docteur.

David Karnovski entra dans une rage folle lorsqu'il entendit parler de la shikse[1] avec laquelle traînait son fils. C'est qu'on lui proposait des partis très intéressants à ce fils. À la synagogue que fréquentait David Karnovski venait également prier le marieur national, M. Lipman qui se présentait comme le docteur Lipman et qui tenait à ce que tous l'appellent ainsi. Ce fameux docteur Lipman dont personne ne savait ni où ni quand il avait étudié, ni comment il avait hérité de ce titre de docteur, portait des cheveux longs jusqu'aux épaules, un haut-de-forme et un Prince Albert même

---

1. Jeune fille ou femme non juive, généralement péjoratif.

par temps chaud, et il avait ses entrées dans les meilleures maisons de l'ouest de Berlin. Chaque samedi après l'office, il s'arrangeait pour revenir en même temps que David Karnovski et lui proposait des partis en or, des jeunes filles très fortunées. Passant en revue les qualités exceptionnelles des fiancées, leur instruction, leur talent de pianiste et leur dot, il se penchait vers David Karnovski comme pour lui confier à l'oreille un grand secret et disait d'un ton solennel :

« Très honoré monsieur Karnovski, c'est une véritable chance comme il ne s'en présente qu'une fois dans la vie. Et notez bien que les futurs beaux-parents ne sont pas des émigrés récents, ils sont allemands depuis l'arrière-arrière-grand-père. Croyez-en la parole du docteur Lipman... »

Il ne mentait pas, le docteur ès mariages. Bien que David Karnovski fût lui-même venu de Pologne, tache indélébile aux yeux des Juifs bien établis des quartiers ouest de Berlin, ceux-ci n'en recherchaient pas moins une alliance avec son fils né dans le pays et qui exerçait dans la clinique du professeur Halévy. Ils étaient prêts à lui offrir une énorme dot, à lui installer un cabinet même sur le Kurfürstendamm et à oublier totalement son origine étrangère. Prenant en considération sa conduite à l'armée qui lui avait valu des galons d'officier supérieur ainsi que sa grande taille et ses bonnes manières, les arrogantes jeunes filles juives condescendaient à ne pas remarquer l'aspect trop typé, le noir intense des cheveux et des yeux du jeune docteur, traits qu'en général elles ne prisaient pas particulièrement.

L'ancien émigrant qu'était David Karnovski se sentait très honoré à l'idée de pouvoir mettre un pied dans des maisons implantées de longue date. Non seulement il souhaitait ce qu'il y avait de mieux pour son fils mais il pensait également à lui-même. Depuis la fin de la guerre, son commerce de bois connaissait de grosses difficultés. Son beau-père de Melnitz était décédé. Il avait beaucoup de mal à gagner correctement sa vie. En outre, il avait une fille déjà grandelette. Karnovski souhaitait que son fils entre dans la haute société, ce qui l'aiderait, lui, son père, et pour ses affaires, et pour trouver par la suite un parti convenable pour sa fille.

« Tu entends ça, Léa, on nous propose la fine fleur de la ville, disait-il tout fier en rentrant à la maison après ses conversations avec le docteur Lipman, il suffit qu'il ait un peu de jugeote, notre fils, et qu'il fasse le bon choix.

— Si seulement… Que Dieu t'entende », disait Léa Karnovski pleine d'espoir en levant les yeux vers le plafond mouluré de sa salle à manger.

Outre les considérations de son mari, elle avait son propre désir de mère de voir son fils le plut tôt possible sous le dais nuptial. Elle éprouvait toujours cette passion pour les enfants, ce besoin de serrer des bébés contre sa poitrine, et comme à son âge elle ne pouvait plus espérer avoir d'enfants elle-même, elle aspirait à avoir des petits-enfants, d'abord de son fils, ensuite de sa fille, une ribambelle de petits-enfants.

C'est un samedi matin, après l'office, que la mauvaise nouvelle était tombée. Comme tous les samedis précédents, le docteur Lipman raccompagnait David Karnovski depuis la synagogue jusque chez lui. Mais au lieu de lui proposer un nouveau parti mirobolant, il se pencha au-dessus de son oreille et lui parla de l'infirmière avec laquelle son fils s'exhibait.

David Karnovski s'arrêta au milieu de la rue et toisa le docteur Lipman depuis le sommet de son haut-de-forme jusqu'à la pointe de ses bottines vernies.

« Impossible, monsieur Lipman, dit-il à haute voix, oubliant dans sa contrariété de lui donner du docteur, ce n'est que pure calomnie. »

M. Lipman se contenta de rire à l'idée qu'on pouvait mettre en doute ses renseignements concernant les jeunes gens et les jeunes filles.

« Il s'affiche partout avec une shikse, aussi vrai que vous me voyez ici vivant, dit-il d'un ton sans appel en agitant toutes les boucles qui dépassaient de son chapeau. Qu'avez-vous à dire à présent, très honoré monsieur Karnovski ? »

David Karnovski n'avait rien à dire, mais il éprouvait une profonde douleur. Il était si malheureux qu'il se dépêcha de rentrer afin de décharger sa bile sur Léa. À peine eut-il franchi le seuil qu'après un vague « bon shabbat » marmonné dans sa barbe il éclata :

« Elles sont belles, les satisfactions qu'il te donne ton fiston, tu peux être fière de ton rejeton. Une shikse qu'il s'est choisie… »

Comme toujours, c'était après son fils « à elle » qu'il en avait, à croire que tous les défauts du garçon ne venaient que de son côté à elle, pas du sien. Et comme toujours quand il était en colère, il oubliait de parler allemand, il parlait yiddish, exactement comme autrefois à Melnitz. Léa, elle-même inquiète, essaya de consoler son mari et de se consoler par la même occasion.

« Les jeunes gens qui font des bêtises, ce n'est pas ce qui manque, mais quand se présentera le vrai parti pour un mariage heureux, il la quittera. Tu verras que j'ai raison. »

David Karnovski ne voulait pas se laisser consoler.

« J'ai toujours eu les pires ennuis avec ce garçon et ça n'est pas terminé, prédisait-il, je le connais mieux… »

Jamais David Karnovski n'avait tant trouvé à redire au repas du shabbat. Le poisson était trop poivré pour lui. Le poulet froid était dur et n'avait pas son goût habituel. Même le thé qui lui rappelait l'odeur du bain rituel de Melnitz.

« C'est bon, passe-moi l'eau pour me purifier les mains », dit-il sans terminer son repas.

Aussitôt après la sortie du shabbat, sans même prendre le temps de troquer son habit contre un costume de semaine, il partit pour l'appartement de son fils, pas loin de Kaiser Allee, dans l'intention d'avoir une bonne explication avec lui. Ne l'ayant pas trouvé à son domicile, il se dirigea vers la clinique du professeur Halévy. Après avoir fait les cent pas un bon moment dans la rue tranquille, il aperçut Georg qui sortait, bras dessus, bras dessous, avec une jeune femme qui lui arrivait à peine à l'épaule. Le cœur de David Karnovski s'emballa. Non, il le voyait bien, ce Lipman ne l'avait pas trompé. Pendant un moment, il examina la femme au bras de Georg. Il voulait voir celle pour laquelle son fils était prêt à sacrifier les deux mondes. Elle n'avait rien d'une grande beauté, ni la prestance, ni l'allure, ni la démarche qui peuvent faire perdre la tête aux hommes. Il n'en fut que plus déçu par son fils. Il le héla précipitamment :

« Georg, Georg ! »

Le docteur Karnovski se retourna et ouvrit de grands yeux sur son père debout, en habit de fête, à proximité de la clinique. Il pensa tout d'abord à sa mère et demanda, inquiet :

« Quelque chose est arrivé à maman ? »

David Karnovski fit un vague signe de tête à l'intention de la jeune femme et dans son allemand le plus châtié, il dit à son fils qu'il n'était rien arrivé à sa

251

mère mais qu'il avait à discuter avec lui de choses très importantes et qu'il espérait que la très gracieuse dame aurait la bienveillance de l'excuser s'il la privait de la compagnie de son fils. Georg se rappela alors qu'il n'avait pas présenté la jeune fille à son père, ce qu'il essaya de faire. David Karnovski n'avait nulle envie de se lancer dans une conversation avec cette infirmière. Il dit avant même d'avoir entendu son nom :

« Enchanté de vous connaître, bonne nuit !

— Bonne nuit, monsieur Karnovski ! » répondit Teresa désemparée, et son intuition féminine lui dit qu'elle était pour quelque chose dans cette étrange rencontre entre le père et le fils.

Pendant un bon moment, ils avancèrent tous les deux en silence. Leurs pas précipités résonnaient sur le large trottoir désertique. David Karnovski ne pensait qu'à une chose : il lui fallait rester calme, tout à fait calme, car comme le disent les sages, la colère ne sied pas à l'érudit. Mais dès le premier mot, il oublia toutes les belles paroles des saints livres et sentit le sang lui monter à la tête. La colère se lisait dans ses yeux de braise et sur son nez, le nez des Karnovski. Il fulminait :

« Dis-moi, Georg, c'est la shikse avec laquelle tu sors, comme on me l'a rapporté ? »

Georg sentait que ses joues avaient rougi parce que son père était au courant de son amour et parce qu'il avait utilisé le mot « shikse » pour parler de Teresa.

« Père, pas dans la rue, balbutia-t-il, et ne t'énerve pas, je t'en prie. Je ne vois pas de raison de s'agiter comme ça. »

David Karnovski bouillait :

« Toi, tu n'en vois pas, mais moi, j'en vois, j'en vois, j'en vois », répéta-t-il.

À présent, c'était le docteur Karnovski qui tentait de se convaincre qu'il devait se montrer le plus calme, le plus raisonnable. Mais à l'instar de son père, au premier mot, il oublia toutes ses résolutions. Tel père, tel fils. Pendant un temps, père et fils se regardèrent et se virent dans le visage de l'autre comme dans un miroir, ils retrouvaient dans l'autre leur propre entêtement et le méprisaient.

« Père, ne crie pas comme ça, dit Georg, tu oublies que je ne suis plus un petit garçon.

— Je ne me laisse pas impressionner par les petits docteurs quels qu'ils soient », répondit David Karnovski, en insistant bien sur le mot « petits ».

Lorsque David Karnovski entra dans la garçonnière de son fils et qu'il aperçut le portrait de la jeune fille posé à côté de celui de Léa, il sortit totalement de ses gonds :

« Les choses sont déjà si avancées avec ta shikse que tu n'as pas hésité à la placer sur le même plan que ta mère. »

La dispute entre le père et le fils dura deux bonnes heures ce samedi, jusqu'à tard dans la nuit. David Karnovski exigeait que là, sur-le-champ, son fils lui donne sa parole de rompre avec la shikse. On lui proposait les plus beaux partis, les jeunes filles les plus distinguées de Berlin-Ouest. Il avait dépensé des fortunes pour lui et il ne permettrait pas que son fils saccage la vie de ses parents, de sa sœur et la sienne propre, tout ça à cause d'une fille d'hôpital. S'il a perdu la tête et a eu une aventure avec elle, il doit rompre au plus vite et redevenir quelqu'un de bien comme il convient au fils de David Karnovski.

« Ce n'est pas grave, le diable ne va pas l'emporter, ta shikse, elle va bien trouver un autre amateur, cette pieuse fille. Ce n'est vraiment pas la peine de perdre ciel et terre pour elle. »

De tels discours mettaient Georg hors de lui. Il déambulait à grands pas à travers la pièce où il voyait partout l'empreinte de Teresa, les coussins qu'elle avait brodés, ses portraits, ses petits rideaux et ses napperons, et il fusillait son père de son regard noir. Il ne permettrait pas qu'on vienne se mêler de sa vie, qu'on le marie de force, qu'on le vende pour des dots ou des cadeaux. Si son père a dépensé de l'argent pour lui, il lui remboursera tout, jusqu'au dernier pfennig. Mais il ne se laissera pas tyranniser par lui. À aucun prix il ne tolérera que l'on tienne des propos blessants sur son amie.

C'en était trop pour le peu de patience qui restait encore à David Karnovski. En se dressant face à son fils de tout son haut et sur la pointe des pieds, gonflé d'orgueil, il lui demanda furieux :

« J'aimerais savoir ce que tu comptes faire si je persiste à dire ce que j'ai à dire ? Peut-être que tu vas gifler ton père, hein ? Ou peut-être bien me jeter dehors ? »

Quand la pendule sonna minuit, comme Georg persistait dans son refus de se plier à la volonté de son père, David Karnovski se précipita sur son manteau et s'apprêta à quitter l'appartement.

« C'est bon, tu as le choix entre cette fille et ton père, c'est soit elle, soit moi. »

Il était tellement énervé que son bras ne trouvait pas l'emmanchure mais il refusa catégoriquement que son fils l'aide à enfiler son manteau.

« Pas besoin, pas besoin », grommela-t-il, et il sortit en courant.

Quand il déboucha sur la Grosse Hamburgerstrasse où s'élevait le petit monument à Moïse Mendelssohn, il s'arrêta et examina d'un air contrit le portrait de son maître, celui pour lequel il était venu dans ce pays.

« Rabbi Moshe, dit-il, nos enfants s'éloignent de nous. Ils courent tout droit à l'apostasie… »

Le philosophe le regardait de ses yeux pleins d'intelligence, d'obstination et de tristesse. Des gouttes de pluie coulaient le long de son dos voûté.

19

Lorsque sa fille lui confia qu'elle était amoureuse d'un médecin juif, la veuve Holbek pensa tout d'abord à M. Dreksler, le Juif tiré à quatre épingles qui tenait une pharmacie dans sa maison et exposait en vitrine une femme nue portant des bas élastiques.

Ce pharmacien était pour elle représentatif de la race tout entière : des êtres bruns, volubiles, blagueurs, intelligents, rusés et qui vendaient des marchandises prohibées. Quand un soir, à l'improviste, le jeune docteur arriva chez elle, tenant Teresa par le bras, il la conforta dans l'idée qu'elle se faisait de lui. Les yeux bleus de la veuve Holbek ne virent tout d'abord que du noir. Les cheveux, les épais sourcils et les cils, les moustaches taillées en pointe et surtout les yeux, grands et brillants, avaient introduit un flot ténébreux dans l'appartement habitué de toute éternité à des individus au teint clair. Ce flot ténébreux ajouté à l'éclatante et mâle beauté brune troublèrent la veuve au point de faire apparaître sur ses vieilles joues flasques une rougeur virginale, comme autrefois, dans sa jeunesse, lorsqu'elle rencontrait un bel inconnu. Le fait que cet homme brun soit un accoucheur accroissait encore la gêne de la vieille dame. Malgré son âge, elle avait l'impression que son regard sombre la traversait de part en part comme si elle se tenait devant lui aussi nue que le mannequin de la vitrine du pharmacien. Sans savoir pourquoi, elle recouvrit de ses mains sa lourde poitrine avachie. Et pire que tout, il avait débarqué dans la maison sans crier gare, précisément la veille du jour du « grand nettoyage ». Tout cela plongea Mme Holbek dans un tel état d'agitation que son lorgnon tenu par un ruban glissa à plusieurs reprises de son nez et qu'à plusieurs reprises, elle le replaça devant ses yeux. Elle finit par se rendre compte qu'elle n'avait pas salué son visiteur.

« Je suis ravie de faire votre connaissance, docteur », dit-elle, troublée, et elle tendit la main en l'air afin qu'il soit plus facile au jeune homme de lui faire le baisemain auquel elle était habituée.

Mais le docteur Karnovski se contenta de serrer dans sa large main velue les doigts mous de la veuve sans les porter à ses lèvres et Mme Holbek se sentit encore plus gênée tant à cause de sa main restée en l'air que des mauvaises manières du jeune homme. Avec un geste comme pour remettre en place ses cheveux gris et plats, très raides et parfaitement tirés, elle lança des propos censés briser la glace et permettre à la conversation de s'engager.

« On dirait que le ciel s'éclaircit après le temps exécrable que nous avons eu, n'est-ce pas votre avis, docteur ? »

Elle attendait une réponse affirmative après laquelle elle aurait pu immédiatement offrir quelque chose à boire. Mais le docteur Karnovski ne dit pas ce qu'il pensait du temps. Au lieu de s'intéresser au temps supposé s'éclaircir après ces journées exécrables, il s'intéressait à une maxime brodée sur une nappe et la lisait tout haut. Bien qu'il n'eût pas ébauché le moindre sourire, se contentant de lire les vers d'une voix forte, Mme Holbek perçut de la raillerie dans sa voix comme lorsqu'un adulte relit ce qu'a écrit un enfant. Elle se sentit offensée. Mais le plus grave, c'est qu'il avait emmêlé le fil qu'elle venait de tendre pour entamer la conversation, et bouleversé sa manière habituelle de recevoir. Elle ne savait pas si après un échange aussi bref et aussi décousu, elle pouvait déjà aller préparer le café et le gâteau ou s'il convenait d'attendre encore un peu afin de respecter l'étiquette. Finalement elle décida que oui, il était temps de s'occuper du café.

Tout en versant le mauvais café dans les tasses les plus précieuses du ménage, elle amorça une nouvelle fois une conversation banale sur le thème de prédilection de tous à cette époque : l'ersatz de café et le gâteau pas fameux de l'après-guerre. À présent, Mme Holbek était certaine de tenir un sujet qu'on pourrait développer pendant une bonne demi-heure pour le moins. Mais une fois encore, le docteur Karnovski ne saisit pas le fil qu'elle lui tendait. Buvant son café comme s'il était chez lui, à grandes gorgées, trop grandes pour un invité, il essuyait fréquemment ses moustaches noires taillées à l'anglaise sur la petite serviette brodée, et c'est avec plaisir que ses dents solides mais un peu irrégulières croquaient le gâteau. Mme Holbek n'appréciait ni sa façon de manger ni sa façon de s'essuyer la moustache avec la serviette. Elle avait appris, tant de ses invités qu'au cours de ses visites dans les bonnes familles, que même si la maîtresse de maison disposait une serviette sur la table, la plus fine et la plus joliment brodée qui soit, parce que telle était la coutume dans les meilleures maisons, l'invité devait être assez délicat pour ne pas l'utiliser, surtout en ces temps difficiles où le savon était cher et le blanchissage hors de prix. Elle apprécia encore moins son attitude face au café et au gâteau. Persuadée qu'il allait refuser, elle demanda en bonne maîtresse de maison si le docteur désirait encore du café. Mais il ne refusa pas.

« Bien sûr, bien sûr, chère madame », s'empressa-t-il de répondre, et il but à grandes gorgées sa deuxième tasse qu'il accompagna naturellement d'un deuxième morceau de gâteau.

Elle resta sans voix lorsque après avoir vidé sa tasse, il se contenta d'un unique merci pour la collation.

D'habitude, après une telle collation, un invité la couvrait de compliments tandis qu'elle, de son côté, répondait avec modestie que le gâteau n'était pas réussi, mais l'invité ne la laissait pas dire des choses pareilles et maintenait que les mots lui manquaient pour exprimer à quel point était excellent le gâteau de la chère Mme Holbek. Lorsque le docteur Karnovski, sans même demander la permission, alluma une cigarette et souffla par la bouche comme par le nez d'épaisses volutes de fumée, le cœur de Mme Holbek se mit à battre la chamade tant elle était affolée.

Elle ne pouvait plus faire confiance pour quoi que ce soit à cet étrange homme brun qui fumait avec autant d'avidité qu'il mangeait, faisant disparaître en une bouffée pratiquement le quart de sa cigarette. Elle avait très peur qu'il ne répande sa cendre sur le tapis et s'empressa de lui tendre préventivement un cendrier. Elle n'arrivait pas à savoir ce qui dominait dans cet homme, les mauvaises manières ou bien le mépris pour sa maison. Le pire, c'est qu'elle ne savait pas comment renouer la conversation avec cet individu au teint basané tel qu'elle n'en avait jamais rencontré d'aussi près. Finalement, elle se mit à lui parler de son métier.

« Le docteur a une grosse clientèle ? »

Il se tourna brusquement vers elle.

« Du travail par-dessus la tête. Berlin fait des enfants. Après avoir négligé la production pendant la guerre, on se rattrape. Mais c'est une production de mauvaise qualité, de l'ersatz... »

Mme Holbek rougit de même que sa fille. Le fait que le docteur appelle travail sa pratique médicale, le fait surtout qu'il utilise des termes aussi indécents que « production », « rattraper », « ersatz », pour parler du premier commandement des Saintes Écritures, tout cela fit affluer le sang dans les joues flasques de la veuve Holbek. Teresa regarda son bien-aimé d'un air suppliant afin qu'il ne prononce pas de telles paroles en présence de sa mère. Le docteur Karnovski continua à fumer et à s'exprimer avec précipitation. Il parla de la mortalité infantile, du contrôle des naissances, des maladies vénériennes que les soldats avaient rapportées de la guerre et même des bâtards dont le nombre avait considérablement augmenté dans le pays tandis que les hommes étaient absents de chez eux.

« Oh, Dieu du ciel », murmurait à tout bout de champ Mme Holbek embarrassée.

Sans savoir pourquoi, elle conduisit soudain son invité dans le salon et lui désigna une gigantesque photographie accrochée dans un cadre doré et sculpté, qui représentait un monsieur âgé.

« C'est mon défunt mari, docteur », dit-elle, des soupirs de veuve éplorée dans la voix.

Le docteur Karnovski vit le portrait d'un vieil homme gras à la tête ronde avec une imposante moustache, dont le photographe s'était efforcé de retoucher chaque ride et chaque trait. En veste de cérémonie, avec son col haut, l'homme avait l'air important d'un père de famille très imbu de sa personne. Ses yeux las et abattus vous fixaient avec une gravité bovine. Mme Holbek restait debout, les bras croisés, l'air d'une veuve très digne, dans l'attente de doctes commentaires à propos de feu son mari. Mais le docteur Karnovski, surpris de constater que ce gros bonhomme retouché était le père de Teresa, se contenta de murmurer : « Parfait, parfait », et Mme Holbek se retrouva une nouvelle fois désemparée. Elle fut soulagée d'entendre dans le couloir un joyeux jappement immédiatement suivi d'un sifflement.

« C'est Hugo qui rentre de promenade », dit-elle à Teresa, et elle sortit à sa rencontre.

Pendant un long moment, le docteur Karnovski perçut, venant du couloir, deux voix étouffées : une voix de femme qui insistait et une voix d'homme qui s'entêtait. On n'entendait rien de ce qui se disait mais à l'intonation, le docteur Karnovski pouvait deviner qu'il était au centre de ces tractations et il se sentit mal à l'aise.

Bientôt, un chien de berger se précipita dans la pièce et se jeta avec une joie sauvage, d'abord sur Teresa et ensuite sur le docteur Karnovski. Sans joie aucune, froid et raide, le maître du chien, un homme démesurément grand, étriqué et pâle fit son entrée.

« Lieutenant Hugo Holbek, dit-il, claquant les talons pour se présenter à la mode militaire.

— Docteur Karnovski », répondit Georg sans claquer les talons.

Les deux hommes s'examinèrent en silence pendant un certain temps. Hugo Holbek voyait devant lui beaucoup de noir. Le docteur Karnovski voyait devant lui beaucoup de pâleur. Autant le docteur Karnovski était civil à cent pour cent, autant le lieutenant Holbek, malgré sa tenue civile, était militaire de la tête aux pieds. On lisait le soldat dans son maintien, dans ses cheveux blonds coupés très court, dans chaque mouvement de son corps maigre exagérément droit, dans la raideur de son immense carcasse. Ses yeux très clairs, presque sans sourcils, étaient aussi inexpressifs que les yeux de verre d'un aveugle. Chacun des deux hommes avait immédiatement ressenti de l'antipathie pour l'autre et su que cette antipathie était réciproque. Tout comme Mme Holbek un peu plus tôt, Hugo tenta de sortir de cette situation tendue en parlant du temps.

« Apparemment, ça va se remettre au beau », déclarat-il avec un accent prussien très prononcé, puis il attendit que l'individu brun enchaîne sur le même sujet. Mais le docteur Karnovski n'avait rien à répondre et la tension ne fit que s'alourdir. Teresa chercha à sauver la situation.

« Le docteur Karnovski est capitaine, Hugo », ditelle avec sérieux pour améliorer l'image de l'élu de son cœur aux yeux de son inflexible frère.

Hugo Holbek claqua une nouvelle fois les talons comme le veut la coutume lorsque deux officiers se rencontrent.

« Ah oui », marmonna-t-il.

Mais les paroles de sa sœur ne firent pas grande impression sur lui. Bien sûr, c'était quand même un peu mieux que d'avoir affaire à un minable civil mais il n'y avait pas de quoi se laisser impressionner. De même que tous les officiers en campagne, il n'avait jamais considéré comme ses égaux les médecins militaires, même quand ils avaient le grade le plus élevé. Il ne les plaçait pas plus haut que les aumôniers du régiment. Seule une fille stupide, d'une ignorance crasse sur la chose militaire, pouvait tirer gloire d'un capitaine comme son ami aux cheveux noirs. Pour lui, le lieutenant Hugo Holbek, ça n'était rien de plus qu'un faiseur de lavements. Il ne l'appelait pas capitaine mais docteur. Après que le docteur Karnovski lui eut dit qu'il avait servi sur le front Est, Hugo Holbek n'eut même plus envie de lui parler des combats, sujet de conversation dont d'habitude, il ne se lassait jamais. À l'instar de tous les anciens du front Ouest, il prenait de haut les anciens du front Est qui d'ailleurs, à ses yeux, n'était même pas un front.

Son visage impassible s'anima légèrement lorsque le docteur Karnovski lui offrit une cigarette. Avec une politesse exagérée, il inclina son grand buste rigide, saisit la cigarette entre deux doigts et remercia avec autant de solennité que si on lui avait offert une fortune.

« Des égyptiennes, docteur, dit-il en connaisseur après la première bouffée.

— C'est ce que je fume habituellement, monsieur Holbek.

— De nos jours, un lieutenant allemand ne peut plus se permettre de fumer des égyptiennes », répondit Hugo Holbek en étirant ses longues jambes.

La fumée forte le ragaillardit et il se mit à parler d'une ville en France dans laquelle sa compagnie était entrée si vite que les habitants, pris au dépourvu, avaient tout laissé sur place. Sur la table d'une des maisons abandonnées, il avait trouvé un paquet entier de cigarettes égyptiennes et également des cigares, rien que des havanes. Il avait eu un sacré bon temps avec ces égyptiennes. Comme toujours, il parlait avec son très fort accent prussien et riait souvent tout seul de choses qui n'avaient même pas de quoi faire sourire. Il s'exprimait sur un ton sec et monocorde. Chaque fois qu'un mot lui manquait, il le remplaçait par un « pas vrai » ou même par un soldatesque

« sapristi ». Le docteur Karnovski fumait avec impatience et regardait les jambes trop raides de Hugo Holbek. Il l'interrompit au beau milieu de son récit sur la prise des cigarettes égyptiennes.

« Excusez-moi, monsieur Holbek, mais il me semble bien que vous avez attrapé une ischialgie dans les tranchées. À la jambe gauche, pas vrai ? »

Le visage blafard de Hugo Holbek rougit jusqu'aux oreilles. Il détestait qu'on lui rappelle cette jambe dont il souffrait souvent mais qu'il tentait de faire oublier. Il était furieux de constater que l'œil perçant du maudit docteur avait détecté cette faiblesse. En plus, il n'écoutait même pas le récit de ses aventures. Au lieu d'écouter, il regardait sa jambe et ne s'intéressait qu'à ses minables affaires de docteur.

« Ah, foutaises ! Pas la peine d'en parler », dit-il avec un geste de dédain.

Mais le docteur Karnovski préférait parler de cela plutôt que du front.

« J'ai souvent rencontré des cas semblables chez les soldats dans les hôpitaux de campagne, expliquait-il, l'air professionnel et intéressé, et pour beaucoup d'entre eux, j'ai obtenu de bons résultats. »

Hugo Holbek était maintenant persuadé que ce boutiquier juif qui faisait commerce de médecine, cherchait un nouveau patient, et pour le décourager, il lui fit comprendre qu'il n'était pas tombé sur le bon client.

« À notre maudite époque, un lieutenant allemand s'estime heureux quand il a de quoi s'acheter de mauvaises cigarettes, déclara-t-il, altier, pas question pour lui de courir les médecins. »

Très satisfait de sa fière réponse, il se redressa de tout son haut pour observer la mine déconfite du médicastre. Mais le docteur Karnovski n'était pas le moins du monde déconfit. Il n'écoutait même pas ce que disait l'autre. Au lieu de quoi, il se précipita sur la jambe gauche du lieutenant et, sans qu'il s'y attende, lui donna un coup de poing au niveau de la hanche. Le lieutenant poussa un cri de douleur.

« Sapristi !

— C'est bien cela, dit le docteur, et même à un stade assez avancé. Ce n'est pas une chose à négliger. »

Hugo Holbek se sentait ridicule et il en voulait au docteur.

« Ah, foutaises ! Ce n'est pas à l'ordre du jour. »

Le docteur Karnovski ne prit pas la peine de lui répondre. Au lieu de parler avec lui, il s'adressa aux femmes. Mme Holbek peut soigner son fils elle-même à la maison, à l'aide de remèdes simples qu'il va lui prescrire. Teresa pourra également lui masser la jambe, ce qui donne de très bons résultats. Il lui expliquera ce qu'elle doit faire. Pour la première fois depuis l'arrivée du jeune docteur, la veuve Holbek ressentit de la sympathie pour lui. Le fait qu'il ait détecté au premier coup d'œil la maladie de Hugo et qu'il se soit proposé de le soigner gratuitement l'avait fait considérablement remonter dans son estime. Elle lui exprima sa gratitude :

« C'est très aimable à vous, docteur, vraiment très aimable. »

Dès que le visiteur, après avoir pris congé, repartit avec Teresa, Mme Holbek nettoya la table et rassembla méticuleusement toutes les petites miettes de gâteau. Tandis qu'elle grignotait ces miettes qu'elle portait à sa bouche avec le bout du doigt, son sens pratique de femme de même que sa sollicitude de mère lui disaient que sa fille aurait un avenir bien assuré auprès de ce docteur brun diligent et habile, et elle tentait de prendre son parti du fait accompli.

« Un homme très bien, n'est-ce pas ? murmura-t-elle à l'intention de son fils.

— Le vrai m'as-tu-vu juif », répondit laconiquement Hugo.

Mme Holbek ne pouvait supporter de tels propos.

Elle avait bien sûr du mal à comprendre le choix de Teresa de se lier à un homme d'une autre religion et d'un type physique si différent et s'inquiétait elle-même à l'idée de voir sa fille s'engager dans une voie inconnue au lieu de suivre la bonne vieille voie tracée depuis des générations ; cependant, Mme Holbek était aussi une maîtresse de maison douée de bon sens, prévoyante et économe qui prenait toujours en considération le côté pratique des choses. Comme la majorité des femmes et la plupart des habitants de la ville, elle tenait les médecins en haute estime, particulièrement les médecins juifs. Elle était certaine que ce Karnovski basané et doué pourrait assurer à sa fille une belle vie très confortable. Bien sûr qu'elle aurait parlé différemment avec Teresa si son mari n'était pas mort et si elle avait pu donner à sa fille une bonne dot et un trousseau, mais puisque Dieu l'avait punie en lui reprenant mari et fortune, et que Teresa avait dû aller travailler comme infirmière dans un hôpital, elle devait s'estimer heureuse qu'on prenne sa fille sans un sou et qu'on la hisse d'un coup dans l'échelle sociale, faisant d'une infirmière une femme de médecin.

Mme Holbek savait aussi que les Juifs étaient de bons maris qui ne buvaient pas et ne faisaient pas de scènes. Il fallait également prendre en compte la pénurie d'hommes en cette période d'après-guerre, alors que le pays regorgeait de jeunes gens désœuvrés et incontrôlables comme son Hugo, des jeunes qui n'avaient pas d'intentions sérieuses, qui ne cherchaient qu'à faire tourner la tête aux filles, les menant souvent à la catastrophe et refusant ensuite de les épouser. En ces temps difficiles de chômage et de disette, Mme Holbek avait très précisément pesé d'une part, toutes les qualités du docteur Karnovski et d'autre part, l'inconvénient que représentait son judaïsme : elle en conclut qu'au total les qualités pesaient considérablement plus lourd que l'inconvénient et que l'affaire était avantageuse à tous points de vue. Considérant déjà le médecin brun comme un membre de sa famille, elle essaya de lui faire trouver grâce aux yeux de son fils en s'adressant à sa raison.

« Il faut tenir compte de la situation, Hugo, nous sommes pauvres. Teresa l'aime et il la prend sans argent, juste par amour. Tu ne vas quand même pas exiger que ta sœur sacrifie son avenir pour la simple raison que tu le trouves antipathique.

— Un lieutenant allemand n'exige absolument rien à notre maudite époque, répondit Hugo en étirant encore plus les jambes, de nos jours, un officier allemand ne peut que voir, entendre et se taire. »

Son visage était blafard et inexpressif, tel un masque. Ses yeux pâles, sans sourcils, restaient figés. Seul un sifflotement permettait de savoir qu'il était vivant.

20

Bravant les injonctions répétées de David, son mari, qui lui interdisait d'aller voir « son rejeton et sa goy », Léa Karnovski rendit visite à son fils dans la semaine qui suivit son mariage.

Bien sûr qu'elle en voulait à Georg pour tout le chagrin que l'événement avait causé dans la famille au lieu du bonheur escompté. Bien sûr qu'elle s'était représenté différemment ce grand jour de la vie de son fils. Depuis des années, quand Georg était encore petit, elle rêvait de cette joie sans pareille pour une mère : conduire son enfant sous le dais nuptial, célébrer un mariage à la synagogue selon la loi de Moïse et d'Israël. Depuis des années, elle attendait comme une immense félicité une bru qui serait pour elle une vraie fille. Malgré cela, elle était incapable de chasser de son cœur la chair de sa chair comme l'exigeait son mari. Après tout, avait-elle trop d'enfants pour se permettre d'en rejeter un ?

Léa savait par ailleurs qu'elle n'était pas la seule dans la ville. Certains vivaient des situations plus difficiles encore : un enfant qui se convertit pour l'amour d'une femme. Contrairement à son mari, elle ne considérait pas que son fils soit sur la voie de la conversion. C'est vrai, il ne s'était pas marié selon la loi juive mais, Dieu merci, il n'avait pas non plus fait un mariage chrétien. Des parents ne doivent pas rejeter leur enfant. Cela peut conduire à des choses bien pires encore.

C'est pourquoi, un jour où David était à Hambourg pour ses affaires, elle annonça à Rébecca qu'elles allaient discrètement, à l'insu de son père, rendre visite à Georg dans son nouvel appartement.

Rébecca sauta de joie. Cette fille énergique, très mûre pour son âge, pleine de tempérament comme tous les Karnovski et extrêmement sentimentale par-dessus le marché, fut transportée au septième ciel, ravie, comblée, quand sa mère lui dit d'aller s'habiller pour rendre visite à son frère. Comme toutes les jeunes filles, l'idée d'un mariage l'excitait énormément. Que son frère se soit lié à une femme d'une autre religion, cela donnait encore plus de romantisme à l'affaire, du romantisme et un parfum d'aventure qui lui plaisaient beaucoup. Et puis, cette visite chez son frère avait le goût de l'interdit, c'était un secret dans lequel elle, Rébecca, était impliquée. Tout cela la plongeait dans un tel état d'excitation qu'elle vida en vrac toutes les robes de son armoire pour choisir la plus belle, la plus seyante. Dès qu'elle en passait une, elle avait l'impression que l'autre lui irait mieux. Si seulement elle avait pu les mettre toutes à la fois !

C'est sans joie aucune que Léa passait en revue sa penderie : parmi toutes sortes de vêtements les robes de son trousseau de mariage étaient encore suspendues, scintillantes et soyeuses, colorées, richement ornées de dentelles et de fronces, de plissés et de falbalas. La plus longue et la plus chère était sa robe de mariée, pleine de petits plis renfermant les lointains secrets de son amour et de son bonheur de jeune femme. Léa laissa échapper un profond soupir en caressant la soie entre ses doigts. Rébecca ne comprenait pas :

« Maman, pourquoi pleures-tu ?

— Ce n'est rien », répondit Léa honteuse, et avec une certaine appréhension, tenant sa fille par le bras, elle partit faire la connaissance de cette étrangère, sa bru.

Lorsqu'elle devait affronter des inconnus, Léa n'était jamais sûre d'elle, ni de ses manières ni de son parler. Elle redoutait perpétuellement de faire des fautes d'allemand, et était tout à fait consciente d'en faire encore beaucoup. Même avec les femmes de la synagogue, elle se sentait encore mal à l'aise. Elle était plus inquiète que jamais à présent qu'elle s'apprêtait à rencontrer cette femme d'un peuple étranger qui était censée devenir sa fille. Au cours de sa vie, elle avait souvent eu l'occasion de fréquenter des chrétiennes, d'abord, dans la maison de son père à Melnitz, ensuite dans la ville où elle avait été transplantée ; elle avait toujours eu des bonnes non juives et s'était toujours bien entendue avec elles, non pas comme une patronne avec une domestique mais comme des femmes qui partagent leurs joies et leurs peines, mais malgré tout, elle éprouvait de la crainte face à ces gens d'une autre origine. Il lui était tout à fait impossible d'imaginer qu'elle pourrait considérer cette bru étrangère comme son sang et sa chair, sa propre fille. Elle croyait encore moins que l'autre, l'étrangère, l'inconnue, puisse vraiment la traiter comme une mère, comme le faisaient les jeunes femmes juives pour lesquelles l'amour qu'elles vouaient à leur mari se reportait sur leur belle-mère, devenant un amour filial. Pour la femme de Melnitz qu'elle était restée, la distance creusée par de nombreuses générations, était trop grande. Qui sait si l'autre n'allait pas la regarder de haut, elle, une vieille bonne femme juive, se demandait Léa soucieuse en laissant sa main dans celle de sa fille pour se sentir plus en sécurité. Peut-être que l'autre allait la mépriser ou même la détester secrètement comme souvent les goyim. Très inquiète, elle appuya d'une main tremblante sur la sonnette de la porte ou une plaque annonçait : Dr Karnovski. Elle ne savait pas si elle devait ou non prononcer le rituel « *Mazel tov !* » — « Soyez heureux ! », qu'une mère doit dire en de telles circonstances, parce que l'étrangère ne comprendrait pas. L'air misérable, elle serrait contre elle le bouquet de fleurs qu'elle avait apporté, telle une parente pauvre conviée à une fête dans sa riche famille qui a cessé de la fréquenter.

Mais la porte à peine ouverte, une créature blonde aux yeux clairs se jeta à son cou avec tant de tendresse filiale que le cœur pantelant de Léa Karnovski fondit instantanément devant ce flot de chaleur et de gentillesse.

« Mère », lui dit Teresa en l'embrassant affectueusement.

C'est bien cela, ce mot mère, qui emplit instantanément Léa Karnovski de joie, de confiance et de bonheur. Ce mot qu'elle attendait depuis des années, elle avait fini par l'entendre ! En un instant s'évanouirent tous les doutes et toutes les préoccupations qui agitaient son cœur de femme. Elle sentit entre ses bras de la chaleur, de l'amour, quelque chose de familier.

« Ma fille, mon enfant », murmura-t-elle au comble du bonheur.

Georg restait sur le côté, rayonnant. Il avait redouté cette première rencontre entre sa femme et sa mère et leur était reconnaissant à toutes deux d'avoir trouvé si simplement un terrain d'entente. Ce à quoi son père et lui n'étaient pas parvenus par la logique et la raison, elles, ces femmes simples et peu instruites, y étaient parvenues par le cœur et les sentiments.

« Eh bien, Rébecca ? » demanda Georg à sa sœur sans savoir exactement lui-même ce que signifiait cette question.

Rébecca embrassa fougueusement d'abord son frère puis sa belle-sœur.

« Teresa, je t'en prie, considère-moi comme ta sœur, je n'ai jamais eu de sœur, mais désormais nous serons sœurs. »

Le visage diaphane de Teresa n'était plus que bonheur, rougeur et excitation.

Tout autant que Léa Karnovski, Teresa avait beaucoup appréhendé cette première entrevue avec la mère de Georg. Certes les Juifs ne lui étaient pas étrangers depuis qu'elle travaillait à la clinique du professeur Halévy, surtout les femmes ; certes elle ne voyait aucune différence entre les femmes de l'une ou l'autre religion car toutes éprouvaient la même crainte au moment d'accoucher, la même joie face à l'enfant qu'elles venaient de mettre au monde, toutes remerciaient Dieu de la même façon lorsque les choses se passaient bien, toutes se retrouvaient aussi démunies dans leur chagrin quand les choses tournaient mal, elle ne parvenait cependant pas à se débarrasser d'un sentiment de défiance et d'étrangeté face à la race dans son ensemble. Bien sûr, cela ne concernait pas le professeur Halévy, encore moins Georg pour lequel elle était prête à affronter tous les dangers. Malgré tout, elle ne pouvait se défaire de cette méfiance et de cette impression de singularité face à leur race. Elle s'en était imprégnée à la maison, à l'école, à l'église. Elle redoutait le jour où elle devrait rencontrer la mère de son mari. Dans son inquiétude, alors même qu'elle considérait son époux comme le plus beau et le plus parfait des hommes, elle s'imaginait sa mère sous les traits d'une de ses méchantes belles-mères juives, noiraudes et acariâtres, telles que les représentaient les dessins humoristiques et dont on faisait un objet de risée dans les comédies. Les deux femmes étaient sur leurs gardes, inquiètes et préoccupées.

Cette prévention s'évanouit au moment précis où elles se virent. Toutes deux s'étaient comprises, avaient ressenti dans l'autre cet impétueux besoin, si féminin, d'aimer et d'être aimée. Après les premières effusions, elles passèrent tout de suite aux problèmes domestiques, le ménage, les vêtements et surtout, la cuisine, ce que Georg aimait et ce qu'il n'aimait pas. Teresa rougit jusqu'à la racine des cheveux lorsqu'elle apporta le thé et le gâteau qu'elle avait elle-même préparé.

« C'est tout à fait casher, mère, dit-elle en s'empourprant, vous pouvez manger sans crainte. »

Ça n'était pas des paroles en l'air. Léa Karnovski pouvait manger sans crainte dans la maison de Teresa. Bien qu'elle ne se fût pas mariée à la synagogue, elle s'était préparée avec énormément de sérieux à devenir l'épouse d'un mari juif et surtout la belle-fille de parents juifs. Elle avait déniché un manuel, rédigé par des rabbins allemands à l'intention des jeunes filles juives, qui recensait les lois sur la bénédiction des bougies pour le shabbat, la purification de la viande et la casherout, et avait tout appris par cœur avec beaucoup d'application. Georg se moquait d'elle mais elle n'en continuait pas moins à étudier les lois. Elle ne faisait jamais les choses à demi, Teresa. Elle comprenait que, puisqu'elle était devenue la femme d'un Juif, il lui fallait se conformer en tout et pour tout aux lois et aux coutumes de son mari et des siens.

Léa Karnovski fut tellement abasourdie d'entendre la jeune femme lui dire que tout était casher dans sa maison que des taches rouges apparurent sous ses yeux.

« Ma fille, mon enfant », dit-elle, débordante de reconnaissance.

Son étonnement fut à son comble lorsque s'approchant du buffet, Teresa en sortit deux chandeliers de cuivre qu'elle s'était procurés en même temps que le manuel de casherout.

« C'est pour le shabbat, mère », dit-elle avec beaucoup de sérieux.

Georg éclata de rire.

« Tu sais, maman, elle va bientôt pouvoir donner des cours de judaïsme », dit-il moqueur.

Teresa, à son habitude, prit mal la plaisanterie. Elle le réprimanda :

« Tu devrais avoir honte. »

Le cœur de Léa Karnovski s'emplit d'un tel bonheur que brusquement, elle retira le collier de perles qu'elle portait à son cou pour le passer à celui de sa bru.

Teresa baissa la tête avec humilité et embrassa la main de sa belle-mère.

« Non, c'est trop, mère », murmura-t-elle gênée.

Léa attacha le fermoir sur sa nuque.

« C'est mon cadeau de mariage, ma fille. Ma mère me l'a donné lorsque je me suis mariée. Elle l'avait elle-même reçu de sa mère lors de son mariage. »

Elle considéra pendant un moment le rang de petites perles, fines et délicates, que ses grand-mères et arrière-grand-mères avaient portées à leur cou pendant tant d'années, surtout le vendredi soir. Elle se demandait avec inquiétude si ses aïeules dans l'autre monde n'allaient pas lui en vouloir pour avoir accroché leurs perles du shabbat au cou d'une bru qui n'était pas fille d'Israël. Mais aussitôt, elle vit Teresa dans une attitude si soumise, heureuse et émue comme une pudique fiancée, qu'elle se sentit encore plus proche d'elle.

« Mes grand-mères le portaient pour la bénédiction du vendredi soir, ma fille.

— Moi aussi, je le porterai pour la bénédiction », répondit Teresa.

Ce petit rang de perles scella définitivement l'affection entre les deux femmes.

À dater de ce jour, Léa Karnovski vint souvent passer un moment chez ses enfants. Elle n'avait plus à s'inquiéter de son allemand dont elle n'avait jamais été sûre. Elle parlait à sa belle-fille comme à un proche, employant même ici et là un mot du yiddish de Melnitz. Elle lui apprenait à préparer toutes sortes de spécialités juives, à faire le strudel et les petits gâteaux au pavot comme à Melnitz. Plus encore que Léa, Rébecca ne pouvait plus se passer de sa belle-sœur. Pleine d'énergie, de dynamisme, il lui fallait trouver un exutoire, partager l'ardeur virginale, l'amour qui s'amoncelait dans son cœur. Comme le font souvent les jeunes filles, elle déversait cet amour sur les personnes de son sexe, ses camarades et ses amies. À présent, elle reportait toute cette émotion sur Teresa. Être liée à quelqu'un de plus âgé qu'elle la remplissait de fierté. Que Teresa soit une jeune mariée, relevait pour elle des mystères de l'amour qui occupaient tant ses rêves. Elle ne cessait d'embrasser et d'étreindre sa belle-sœur et de lui dire qu'elle l'aimait. Ses déclarations étaient parfois si violentes que la jeune femme prenait peur.

Quand Teresa tomba enceinte et que Georg lui interdit de travailler à la clinique du professeur Halévy, Rébecca ne la quitta plus d'une semelle. Elle partageait à ce point la vie de sa belle-sœur qu'on aurait pu croire que c'était elle qui s'apprêtait à mettre un enfant au monde.

Quand David Karnovski apprenait que sa femme s'était rendue là où il lui avait interdit de mettre les pieds, il provoquait chaque fois un nouvel esclandre.

Léa faisait l'impossible pour l'attendrir. Elle lui parlait de la gentillesse et de la piété de la jeune femme, de la casherout et des bougeoirs pour le shabbat. David refusait d'entendre ses arguments.

« Sotte femme ! Le problème n'est pas là, ce qui compte, c'est le fond. Ce n'est qu'un début, la première étape sur le chemin de la conversion. »

Léa se bouchait les oreilles. Elle lui disait, épouvantée :

« Tu ferais mieux de te mordre la langue que de dire des choses pareilles !

— Le sage est celui qui voit ce qui va advenir, répondait David Karnovski. Toi, avec ton entendement de bonne femme, tu ne peux pas comprendre ça. Moi, je le vois. »

Consciente qu'à elle seule, elle ne parviendrait pas à convaincre son mari, Léa essaya de gagner d'autres hommes à sa cause. Elle parla avec le rabbin Spayer. Elle lui demanda de donner son avis : convient-il à un père de repousser son fils ? Le docteur Spayer partageait le point de vue de Léa. Un samedi après l'office, il tenta de persuader David Karnovski :

« Cher monsieur Karnovski, ainsi va la vie, vous n'êtes pas un cas unique à Berlin. Le mieux serait de faire la paix. »

David Karnovski refusa d'écouter les conseils du rabbin Spayer. Il ne faisait plus confiance aux maskilim en chapeau claque qu'il avait autrefois tenus en si haute estime. Depuis le jour où, en des temps de malheurs, ce même rabbin Spayer lui avait fermé sa porte, il ne le portait plus dans son cœur, ni lui ni ses sermons. Il avait encore moins de considération pour lui que pour le rabbin de Melnitz qui l'avait pris à partie à la synagogue à cause de la Bible de Moïse Mendelssohn. Plus d'une fois, ces derniers temps, il avait repensé au rabbin de Melnitz. C'est à cause de lui qu'il avait quitté la ville, afin de fuir l'obscurantisme pour la lumière, la sottise et les superstitions pour la sagesse et le judaïsme authentique. Maintenant, il n'était plus aussi convaincu que Melnitz était l'obscurantisme et Berlin la lumière.

Plus encore que par les Juifs de ce pays occidental, il était déçu par les non-juifs de son entourage. Non seulement pendant la guerre mais même après, les habitants de la capitale lui avaient fait subir de nombreuses humiliations. Alors qu'il parlait l'allemand le plus pur et le plus châtié qui soit, on raillait souvent son judaïsme et on lui décochait des remarques très blessantes, surtout lorsqu'il venait collecter les loyers chez ses locataires.

À présent, on voyait souvent dans les rues de la ville des jeunes déchaînés qui poussaient des hurlements sauvages, incitant à exterminer tous les Juifs du pays. Et ça n'était pas des gens du peuple, mais des étudiants, des gens instruits, éclairés. Des rues portant des noms de philosophes, Kant, Leibniz, voyaient déambuler des personnes cultivées, armées de gourdins qui appelaient à la violence et au meurtre.

David Karnovski avait l'impression d'avoir été berné dans la ville de son maître Mendelssohn. S'il ne partageait toujours pas l'opinion du rabbin de Melnitz pour qui rabbi Moïse Mendelssohn était un renégat qui couvrait de honte le peuple d'Israël, il voyait cependant que sa voie n'était pas la bonne. Tout avait débuté par les Lumières — « la Haskala », et les amis non juifs, et pour finir, ses descendants s'étaient convertis. Ce qui était arrivé à Moshe Mendelssohn allait également lui arriver à lui, David Karnovski. Déjà, Georg avait quitté sa maison pour s'unir à une lignée étrangère. Même si lui ne se convertit pas, ses enfants, hélas, seront des goyim. Peut-être même seront-ils antisémites comme cela s'est déjà vu plus d'une fois dans des familles juives converties.

Plus encore que pour Georg, il se faisait du souci pour Rébecca qui passait des journées entières dans la maison de son frère et était très intime avec sa belle-sœur, la goy. Il n'avait jamais eu une très haute opinion du genre féminin parce qu'il connaissait la faiblesse de caractère des femmes, leur manque de réflexion, leur façon de mener leur vie non pas selon leur tête mais selon leur cœur. Il tremblait à l'idée qu'après son fils, sa fille n'aille à son tour accomplir les mêmes exploits. Il tempêtait contre Léa en tapant sur la table :

« Je ne veux pas que Rébecca remette les pieds là-bas, toi, après tout, tu es une adulte mais elle, c'est une enfant, elle va suivre une mauvaise pente chez les goyim. »

Léa implorait son mari de ne pas se montrer si intraitable envers les enfants. Elle allait chercher des exemples dans le Pentateuque, comme l'histoire de Ruth la Moabite qui s'était convertie au judaïsme et dont descendait le roi David dans la descendance duquel devrait apparaître le Messie. David Karnovski refusait d'écouter ces fables.

« Stupide bonne femme, Ruth a quitté Moab pour Israël, alors qu'aujourd'hui on quitte Israël pour Moab, tu comprends ? »

Léa ne comprenait pas. David Karnovski se sentait isolé, désespéré. Il voyait tout le monde s'éloigner de lui, ses amis, ses propres enfants. Assis seul dans son vaste bureau bourré de livres pieux, des raretés, des volumes très anciens, il constatait qu'il était le dernier de sa génération. Personne n'irait plus jamais mettre le nez dans ces livres qu'il avait réunis. Le vaste monde juif, tout ce qui avait été accumulé depuis des milliers d'années, la sagesse, la science, les vertus, le génie, ce pour quoi les Juifs avaient donné leur matière grise et leur sang, sacrifié leur vie, tout cela sera oublié, effacé. Après sa mort, tous ses trésors seront vendus comme papier d'emballage ou peut-être même jetés à la poubelle. Cette idée l'horrifiait.

Très malheureux, il se rendait chez reb Efroïm Walder, dans l'ancien Scheunenviertel. Reb Efroïm avait à présent plus de quatre-vingts ans. Son visage prenait l'aspect du parchemin au-dessus duquel il était penché. Ses mains semblaient recouvertes de mousse. Mais ses idées demeuraient claires et percutantes. Il faisait toujours fête à Karnovski et l'accueillait avec sa formule habituelle en lui tendant une main faible de vieillard.

« Soyez le bienvenu, rabbi Karnovski. Quoi de neuf dans le vaste monde ?

— Rien de bon, reb Efroïm, il est mauvais le monde d'aujourd'hui.

— Il n'a jamais été meilleur, rabbi Karnovski », répondait reb Efroïm en souriant dans sa barbe grise qui avec l'âge avait pris une teinte verdâtre.

Karnovski n'était pas d'accord. De son temps, quand il était jeune homme, les enfants manifestaient autant de respect pour leurs pères que pour l'empereur. Aujourd'hui, un père n'est plus rien pour ses enfants. C'est l'anarchie.

Reb Efroïm souriait dans sa barbe verte.

« Jamais les pères n'ont été contents de leurs enfants. Je ne suis plus un petit garçon, rabbi Karnovski, et je me rappelle que mon père, qu'il repose en paix, disait de moi que j'étais un garçon irrespectueux alors que lui, lorsqu'il avait mon âge, était tout gentil tout mignon. Que vous faut-il de plus, même le prophète Isaïe s'en plaignait déjà : j'ai élevé des fils et ils ont péché contre moi… »

Karnovski passait des enfants à la dureté des temps, la pénurie, la disette, ensuite, à l'agitation dans le pays, les conflits, la haine et particulièrement la haine croissante envers les Juifs. Reb Efroïm Walder restait calme. Il avait déjà connu tout cela. Le monde a toujours été comme ça, il est comme ça aujourd'hui et le sera probablement encore demain. Depuis sa naissance, reb Efroïm Walder a vu des gens plonger dans la misère, la haine, les conflits, la guerre, la violence. L'histoire du monde, c'est une histoire d'envie et de haine, de pauvreté, de maladies, de guerres, de mort. Chaque fois, un nouveau déluge emporte tout, mais il se trouve toujours un nouveau Noé pour construire une arche dans laquelle il fait monter quelques animaux purs et beaucoup d'impurs, et le petit monde repart pour un tour. L'Ecclésiaste, ce grand sage, avait raison, rabbi Karnovski : on a déjà tout vu, il n'y a rien de neuf sous le soleil.

David Karnovski était incapable de regarder les choses avec autant de détachement et de philosophie. Il était rongé par l'amertume. L'idée que son fils lui avait préféré une shikse ne lui sortait pas de la tête. Reb Efroïm ne se départait pas de son calme.

« Vous n'êtes pas le seul, rabbi Karnovski, disait-il, regardez donc ma fille unique, eh bien, la pauvre, elle est là, plongée dans ses romans idiots, elle souffre et ne sait pas pourquoi. Rabbi Moshe de Dessau, lui non plus, n'a pas eu de satisfactions avec ses enfants. Ils ont été les premiers à s'éloigner du judaïsme. »

David Karnovski poussait de profonds soupirs. Peut-être bien que les hassidim avaient raison lorsqu'ils tempêtaient contre la Haskala de Berlin, laissa-t-il échapper, peut-être le rabbin de Melnitz était-il plus avisé que lui. On voit bien à présent où a conduit l'enseignement de rabbi Moshe. Reb Efroïm rejette tout cela d'un revers de sa main rouillée.

« La vie est une farceuse, rabbi Karnovski, elle aime à nous jouer des tours. Les Juifs voulaient être des Juifs à la maison et des hommes à l'extérieur, la vie est arrivée qui a tout embrouillé : nous sommes des goyim à la maison et des Juifs pour l'extérieur.

— Peut-être était-ce bien eux, les hassidim, qui avaient raison, reb Efroïm ? Peut-être que les sages, c'était eux, parce qu'ils avaient tout prévu ? Peut-être est-ce rabbi Moshe Mendelssohn le responsable ? »

Mais pour reb Efroïm, le sage n'est pas responsable de ce que des disciples stupides interprètent mal son enseignement. Le bas peuple déforme toujours les discours du sage, les adapte à sa propre sottise parce qu'il n'est pas capable de comprendre les pensées élevées. C'est précisément pour cela que les petites têtes détestaient tant rabbi Moshe ben Maimon, que les chrétiens appellent Maimonide, parce qu'il ne leur permettait pas de faire une idole de la pure Divinité. Mais si les sots déforment les propos du sage, cela ne fait pas pour autant de lui un imbécile.

« Non, rabbi Karnovski, le sage doit être un sage, tout autant que l'imbécile doit être un imbécile. D'ailleurs, j'ai moi-même autrefois développé ce sujet. Si vous voulez, rabbi Karnovski, je vais vous lire ce que j'en dis dans mes écrits. »

Avec une agilité juvénile, il grimpe à l'échelle, fouille parmi les manuscrits de l'étagère du haut et trouve les feuillets dont il a besoin.

« Ah, les méchants ! dit-il avec amertume des rongeurs qui détériorent ses manuscrits, pas moyen de m'en débarrasser.

— Mais vous avez un chat, reb Efroïm, dit David Karnovski en désignant l'animal somnolent, roulé en boule sur une chaise comme pour écouter les commentaires inédits de reb Efroïm.

— Depuis que Matousalem, qu'il repose en paix, n'est plus de ce monde, je n'arrive pas à trouver un bon chat, dit reb Efroïm en soupirant. Il était aveugle, vieux, cependant il menait une guerre acharnée contre les méchants rongeurs. C'était un juste dans son dévouement à la cause des livres. »

Certains endroits ont été rongés par les souris, et reb Efroïm restitue de mémoire les passages manquants.

« Alors, qu'en dites-vous, rabbi Karnovski ? »

Rabbi Karnovski n'a rien à opposer aux commentaires du vieil homme. Cependant il est très sceptique et se demande si tous ses arguments contribueront à établir la paix entre les Juifs et les goyim ou bien même à faire admettre un compromis entre Shem et Japhet. Il connaît mieux la vie que reb Efroïm qui reste perpétuellement enfermé. Il les a vus, les goyim, pendant la guerre, avec toute leur cruauté et leur sauvagerie. Aujourd'hui encore, ils sont pleins de haine et de violence contre tout et surtout contre les Juifs. Et pas seulement le bas peuple, la plèbe, mais bien les gens cultivés, les étudiants. Mais à quoi bon parler des goyim alors que les Juifs eux-mêmes ne nous comprennent pas, pas même nos propres enfants. Qui se soucie de tous ces manuscrits dans lesquels reb Efroïm met sa peine, son génie et de longues, très longues années d'un dur labeur ?

« "Pour qui est-ce que je me donne de la peine", rabbi Efroïm », dit Karnovski, citant le titre d'un poème en hébreu.

Reb Efroïm l'interrompt :

« Vous me surprenez, vous, un érudit, tenir de tels propos ? »

Non, il n'est pas d'accord, reb Efroïm, il ne pense pas que tout cela ne serve à rien. Il n'est pas aveugle. Il a beau rester enfermé chez lui sans jamais mettre le nez dehors, il sait ce qui se passe de par le monde. Et quoi qu'il en soit, un homme capable de réflexion ne doit pas se laisser impressionner ni baisser les bras. Il n'y a rien de bien neuf. Ç'a toujours été ainsi. Tandis que Moïse gravait les Tables de la loi et jetait les bases du monde, le peuple dansait autour du veau d'or en compagnie du grand prêtre Aaron et clamait que c'était là le Dieu d'Israël. Quand l'Ecclésiaste a écrit son livre, le peuple n'était pas meilleur. Quand Socrate et Platon prodiguaient leur enseignement, ils n'avaient qu'un cercle réduit de disciples. Le petit peuple et les jouisseurs s'abandonnaient à la violence, à la luxure et aux futilités. Rabbi Moshe ben Maimon s'est lui aussi senti bien seul parmi ses contemporains. Ils ne se sont pas découragés pour autant et ont poursuivi leur route. Et ce qui a perduré, ce n'est pas la populace mais bien les discours des sages.

« Rabbi Karnovski, dit reb Efroïm en posant la main sur son épaule, tout ce que l'on sème poussera. Le vent emporte une graine dans le désert et il en sort des plantes et des arbres qui donnent des fruits. Je dois poursuivre ma tâche. »

Dehors, la Dragonerstrasse était agitée, bruyante. Aux habitants installés là depuis avant la guerre étaient venus s'ajouter des milliers de Juifs qui avaient récemment traversé la frontière. On avait vu

affluer des réfugiés de Galicie après la disparition de
leur Gracieux Souverain à Vienne, de même que des
Juifs polonais expulsés de leurs maisons et de leur
pays. D'autres étaient venus de Russie ou de Rouma-
nie, de partout où sévissaient les guerres et les violences. De nombreux prisonniers juifs, anciens des
armées russes, qui n'avaient pas où repartir, étaient
restés sur place. Des pionniers, candidats à l'émigration en Eretz Israël n'ayant pu obtenir leurs papiers,
se retrouvaient bloqués là. Des épouses abandonnées,
essayant de rejoindre sans ressources leurs maris partis en Amérique, s'étaient elles aussi installées dans
cette rue. Tout ce monde tournicotait, traficotait,
mangeait dans les petites gargotes casher, logeait
dans les moindres recoins. La police faisait de fréquentes perquisitions, recherchant les sans-papiers.
L'ancien Scheunenviertel, la Suisse juive comme
l'appellent par moquerie les goyim, s'agitait, grouillait de monde, de commerce, de bruits et de querelles.
Des courtiers faisaient du courtage, des camelots marchandaient, des mendiants extorquaient une aumône,
la police sifflait, les changeurs échangeaient des devises
étrangères, des Juifs priaient. Dans les librairies, les
tout derniers disques venus d'Amérique hurlaient sur
les phonographes. À côté des prières interprétées par
les chantres, résonnaient des chansons d'opérettes et
des couplets un peu lestes. Reb Efroïm n'entendait
rien, ne voyait rien. La rue n'existait pas pour lui. Il
faisait la lecture à David Karnovski, feuillet après
feuillet. Le chat roulé en boule, écoutait attentivement. Dans les coins, les souris s'affairaient, gri-
gnotaient, mais le chat ne remarquait rien. Il se
contentait de tendre l'oreille aux discours de son
maître. Chaque fois que reb Efroïm arrivait à un com-
mentaire particulièrement inédit et subtil, son visage

resplendissait, ses yeux brillaient comme ceux d'un petit garçon.

« Eh bien, rabbi Karnovski, qu'en dites-vous ?

— C'est magnifique, reb Efroïm, vraiment magnifique », disait David Karnovski émerveillé.

Quand, après les premières douleurs, Teresa arriva avec sa mère à la clinique du professeur Halévy où elle avait travaillé, c'est le docteur Karnovski lui-même qui aida à l'accouchement. Le personnel de la clinique n'en revenait pas.

« Vous n'avez pas peur, Teresa ? s'étonnèrent les infirmières. Généralement, les femmes de médecins ne s'en remettent pas à leurs maris dans des situations graves.

— Quelle idée ? » répondit Teresa, blessée à la seule supposition qu'elle pourrait craindre de confier sa vie à son mari.

Les autres médecins entourèrent le docteur Karnovski et lui demandèrent d'un ton dubitatif, censé faire hésiter ce collègue trop sûr de lui :

« Êtes-vous certain que vous n'allez pas être nerveux ?

— Absolument », répondit-il.

Les médecins qui en voulaient à Karnovski de les avoir tous dépassés dans son ascension trop rapide, haussèrent les épaules. Le professeur Halévy approuvait l'attitude du docteur Karnovski :

« Un médecin assez peu sûr de lui pour craindre de mettre en danger la vie d'un de ses proches en le soignant ne devrait pas être autorisé à soigner un étranger, dit-il aux médecins de sa clinique. Tenez-vous-le pour dit, jeunes gens. »

C'est après coup, quand Teresa eut donné naissance à un garçon, que le docteur Karnovski se sentit devenir nerveux.

Ce n'est pas le sexe de l'enfant qui posait problème. Comme chaque père de premier-né, il avait souhaité un garçon. Teresa de son côté, comme toute nouvelle maman, était fière d'avoir un fils. Il était nerveux à cause de ses parents, de sa mère surtout. Parce que, bien que Léa Karnovski fût folle de joie, après avoir aspiré pendant tant d'années à ce bonheur, de pouvoir enfin tenir un bébé dans ses bras qui se languissaient d'étreindre, de câliner, de cajoler, elle s'était mise en même temps à regarder Georg dans les yeux avec une résignation muette, elle ne disait rien, se contentait de le regarder mais d'un air aussi suppliant et pitoyable que l'agneau qui regarde le loup prêt à le dévorer. C'est cela qui rendait le docteur Karnovski si nerveux.

Le jour de l'accouchement, il était persuadé qu'il ne se laisserait pas fléchir. Il n'allait pas soumettre son premier-né à une cérémonie absurde pour la simple raison que, des milliers d'années plus tôt, Abraham fils de Térakh, aurait promis à son Dieu Jéhovah que ses enfants mâles seraient circoncis au huitième jour de leur naissance. Quel rapport y a-t-il entre un médecin vivant au beau milieu de l'Europe occidentale et un patriarche nomade d'il y a plusieurs millénaires avec ses coutumes et ses alliances scellées dans le sang ? Il est vrai que sa mère le regardait dans le blanc des yeux, le suppliant d'accepter, mais il n'allait pas renoncer à ses principes.

Au deuxième jour, les regards de sa mère le bouleversaient tant qu'il commença à faiblir sans toutefois se laisser fléchir. Si l'enfant avait été juif des deux côtés, peut-être aurait-il cédé aux sottes instances de sa pieuse mère. Que ne ferait-on pas pour une mère ? Mais il ne l'était que d'un côté. Bien sûr que Teresa ne dirait rien parce qu'elle l'aimait, lui, Georg, et qu'il ne lui viendrait pas à l'idée de chercher à l'influencer lui, son époux et son maître. Mais il ne doit pas lui imposer une telle chose. Précisément parce que lui est juif et elle chrétienne, il ne doit dans ce domaine imposer sa volonté ni à elle ni à sa famille.

Au troisième jour, les regards de Léa étaient si humbles et si pleins de larmes que le docteur Karnovski ne savait plus où se mettre pour leur échapper. Elle ne disait rien mais ses yeux parlaient : ta mère est en ton pouvoir, disaient-ils, tu peux la rendre heureuse ou abréger ses jours.

Le docteur Karnovski se faisait du souci pour sa mère. Il craignait qu'elle ne supporte pas cette épreuve. S'il avait des devoirs envers sa femme, il en avait également envers sa mère. Il est vrai que la situation était délicate, très délicate, car on touchait là au problème des relations juif-chrétien. Mais d'un autre côté, n'y avait-il pas dans son désir de se montrer irréprochable aux yeux de sa femme et de sa famille chrétienne, dans ce seul désir, quelque chose de la soumission et du complexe d'infériorité juifs dont un homme libre doit se garder ?

Au quatrième jour, à son inquiétude pour sa mère, vinrent s'ajouter des préoccupations concernant son père. À présent qu'il avait lui-même un fils, il se mit à considérer son père de façon différente, avec moins de raison et plus de sentiment. Il est vrai que celui-ci s'était mal conduit envers lui, mais s'il l'avait banni de sa vie, c'est que c'était un homme d'une autre époque, têtu, mais qui croyait bien faire, et lui, le docteur Karnovski, devait le comprendre. En pratiquant sur son enfant cette petite cérémonie qui pourrait d'ailleurs s'avérer utile pour sa santé, il se réconcilierait pleinement son père. La paix serait rétablie, tout serait pardonné. Il va lui montrer, à son père, que les jeunes sont plus compréhensifs et plus humains que les vieux, les œufs plus intelligents que les poules.

Au cinquième jour, il pensa même se rendre chez son père pour l'inviter à la circoncision. Cela le désarmerait totalement. Mais aussitôt, s'éveilla en lui l'entêté, le Karnovski. Il se ravisa : non, là, c'est trop. Ce n'est pas lui, le coupable envers son père, c'est son père qui l'a offensé. D'autre part, c'est lui le héros de la fête, c'est à son père de venir lui présenter ses vœux. S'il vient, tant mieux, il lui cédera sur tout, tout le cérémonial et les coutumes et qu'il soit heureux ! S'il ne vient pas, on se passera de lui. Il vécut deux jours pleins de tension, se demandant si son père allait venir ou non. Au huitième jour, comme il n'était toujours pas venu, il circoncit son fils mais sans cérémonie religieuse. Il pratiqua lui-même l'opération, sans circonciseur, sans la présence de dix Juifs, sans bénédictions, sans gâteau et sans eau-de-vie.

« Pauvre enfant, dit l'infirmière en chef, mademoiselle Hilda, en déposant le bébé en pleurs sur le lit de Teresa, comment avez-vous eu le cœur de faire cela, docteur ?

— Ça ne lui causera aucun tort, mademoiselle Hilda, répondit d'un ton sec le docteur Karnovski, ça ne m'en a pas causé à moi non plus. »

S'en voulant à lui-même pour avoir agi contre sa volonté, il avait parlé à l'infirmière sur un ton provocateur, tranchant et ironique.

À présent, Léa éprouvait un bonheur mille fois plus grand à embrasser le bébé. Elle pouvait l'appeler mon enfant sans aucune restriction. Elle insistait, voulait forcer son mari à se rendre chez son fils.

« Tête de mule enragée, que veux-tu de plus de ton enfant ? demandait-elle en colère. C'est pour toi qu'il a fait ça. »

David Karnovski sentait bien que Léa avait raison mais il ne voulait pas céder. C'est précisément parce qu'elle avait raison et lui tort qu'il ne pouvait pas céder.

En compensation, puisque Teresa l'avait laissé circoncire son enfant, le docteur Karnovski donna à son premier-né le prénom de son beau-père, Joachim. Teresa ajouta celui de son mari, Georg. De même que son prénom, le physique de l'enfant était un mélange des deux branches dont il était issu. Il avait les yeux bleus et la peau blanche comme les Holbek. Ses cheveux étaient noirs de même que ses sourcils très dessinés et il avait le nez fort et saillant des Karnovski.

21

Dans les grands hôtels de Berlin où de toute éternité étaient descendus des princes, des diplomates étrangers et des chanteurs d'opéra de renommée mondiale, séjournaient à présent des hôtes d'un genre nouveau tels qu'on n'en avait jamais vus par le passé.

C'était de joyeux Américains en chemises bariolées, portant des souliers jaunes étincelants, des hommes qui ne se découvraient pas dans le hall, qui fumaient leurs cigares ailleurs que dans le fumoir et parlaient d'égal à égal avec les garçons d'hôtel, allant même jusqu'à poser amicalement la main sur leurs épaules garnies de boutons dorés. Leurs femmes, couvertes de bijoux, arboraient des fourrures de prix, mais leurs robes étaient trop courtes et trop criardes. En outre, elles se conduisaient de façon trop libre, riaient à gorge déployée et parlaient fort. Elles se rendaient en bandes au bar de l'hôtel où elles buvaient et riaient beaucoup et jetaient leurs mégots de cigarettes n'importe où, souvent même sur les tapis persans. Les employés chamarrés étaient scandalisés par les mauvaises manières dont faisaient preuve ces nouveaux clients. Ce qui les offusquait le plus, c'est que ces gens ignoraient comment il convient de s'adresser à un domestique. Habitués depuis des années à ne servir que des aristocrates au sang bleu le plus pur, ils considéraient comme un déshonneur de servir des individus qui s'adressaient à un domestique comme à un pair. Cependant, ils se gardaient de laisser paraître leur mépris. Au contraire, ils servaient les bruyants étrangers avec beaucoup d'obséquiosité et se tenaient au garde-à-vous devant eux comme autrefois devant les princes. Ils donnaient du « Votre Excellence » aux plus riches et du « docteur » aux plus humbles, pour le cas où.

Parce que ces étrangers, s'ils manquaient de savoir-vivre, ne manquaient pas d'argent, et qu'ils distribuaient généreusement les marks avec autant d'insouciance qu'ils dispersaient leurs mégots à droite et à gauche. Ça les amusait de changer un unique dollar contre des millions de marks et de les jeter aux domestiques, aux coursiers, aux vendeuses de cigarettes, aux serveurs, tous, jusqu'au dernier, parés de boutons et de galons dorés. Ça les amusait de dormir dans des lits dans lesquels avaient dormi des princes, des princesses et d'illustres chanteurs.

Dans les hôtels plus modestes logeaient d'autres étrangers, des Hollandais rubiconds et replets, d'élégants Roumains au teint mat, des Lettons étonnamment grands, des Tchèques, des Estoniens et des Polonais aux cheveux blonds, des commissaires russes endimanchés et de véloces Juifs aux yeux noirs. Tous étaient venus faire du commerce dans ce pays où l'argent ne valait plus rien. Dans la capitale, ces négociants fraîchement débarqués achetaient essentiellement des maisons, de gros immeubles imposants et bien solides qui semblaient bâtis pour l'éternité.

De tous ces endroits, le plus bondé était l'hôtel François-Josef, tenu par reb Hertzele Vichnik de

Brod, dans l'ancien Scheunenviertel que les goyim appellent la Suisse juive. On y dormait à plusieurs par chambre, parfois même, deux inconnus dans un même lit. Là, logeaient des Juifs venus de Galicie ou de Pologne, des Juifs habillés à l'occidentale et d'autres pas tout à fait, tous en quête de bonnes affaires dans la ville où l'argent avait perdu sa valeur. Même si la vie était bon marché à Berlin, ils ne descendaient pas dans les établissements plus luxueux parce qu'ils se sentaient plus à l'aise dans l'hôtel casher de reb Hertzele Vichnik.

Parmi ceux qui vendaient des immeubles dans le quartier du Tiergarten, il y avait la veuve Holbek. Elle ne pouvait rien faire de ces marks dévalués que lui donnaient ses locataires. Elle ne pouvait même pas faire une seule fois son marché correctement avec l'argent qu'elle venait de toucher pour un mois de loyer. Elle rentrait chez elle avec un panier léger et un cœur lourd. Au début, elle avait vendu diverses choses pour subvenir aux dépenses courantes. Ses cruches les plus anciennes, ornées de spirituelles sentences rimées, ses cristaux et ses verres de couleurs, tout était parti chez les antiquaires dont le nombre croissait de jour en jour dans la ville. Quand il ne lui resta plus rien pour nourrir sa maisonnée et acheter les cigarettes dont Hugo exigeait plusieurs paquets par jour, elle chercha un client pour ses immeubles. Pour deux mille dollars américains en espèces, elle vendit les maisons avec tous les balcons, corniches, angelots et colonnettes, que son mari avait fait construire pour les générations futures. Elle pleura en signant le contrat et dit, affligée, à son fils :

« Hugo, si ton défunt père voyait cela... »

Hugo resta aussi calme et apathique que toujours. Il ne demanda à sa mère qu'un dollar, un unique dollar qu'il changea dans la rue contre des marks dont il bourra ses poches, et partit se donner vingt-quatre heures de bon temps. Pour cet argent, il but du vin dans un cabaret, s'offrit de bonnes cigarettes, s'en alla ensuite faire du tir dans un stand, monta à cheval, et après tout cela, il se trouva même une dame sur le Kurfürstendamm et se rendit avec elle dans un hôtel. Il dépensa ses derniers sous pour payer le chauffeur qui le ramena ivre chez lui. Après l'armée, la deuxième chose au monde pour laquelle il éprouvât du respect était le billet vert américain capable de procurer autant de bonheur à un homme.

Parmi ceux qui vendaient des maisons dans le quartier pauvre de Neukölln, il y avait David Karnovski. Même si les marks n'avaient plus aucune valeur, ses locataires ne lui versaient pas régulièrement leurs loyers. Seul le docteur Landau payait ce qu'il devait. Lorsque Karnovski venait réclamer son dû, les autres arguaient, posant un regard plein de haine sur ce propriétaire à la peau mate et à la barbiche en pointe qui parlait un allemand par trop châtié et veillait à la correction de sa langue comme seul un étranger peut le faire :

« Nous ne sommes pas des trafiquants ou des spéculateurs. »

Une façon de lui faire comprendre, à lui, l'étranger, que les trafiquants et les spéculateurs se recrutaient parmi les siens.

Karnovski en avait assez de s'occuper de cet immeuble. Ça ne lui rapportait que des humiliations. Depuis la fin de la guerre, son commerce de bois périclitait, à la maison on vivait de peu. Chaque semaine, Georg envoyait de l'argent dans une enveloppe. Chaque semaine, David Karnovski renvoyait l'enveloppe sans l'avoir ouverte.

« Je ne vends pas mon droit d'aînesse pour un plat de lentilles », marmonnait-il.

Quand il n'y eut plus de quoi terminer la semaine, il se mit en quête d'un acquéreur pour son immeuble qu'il troqua contre une poignée de devises étrangères, de l'argent authentique, qui avait de la valeur. Il soupira profondément en cédant pour trois fois rien un bien qui lui avait coûté une fortune.

En ces temps difficiles, le seul à ne pas gémir alors qu'il aurait eu toutes les raisons de le faire, c'était Salomon Bourak, le propriétaire du magasin Aux bonnes affaires sur l'avenue Landsberger.

Même s'il bradait les marchandises de son magasin en échange de billets de banque mal imprimés qu'il ne se donnait même pas la peine de compter, il continuait de prendre plaisir à voir cette grande agitation et ce tumulte dans sa boutique. Les femmes s'arrachaient les marchandises des mains, achetaient des choses dont elles n'avaient pas besoin. Chaque fois qu'elle encaissait de l'argent Ita soupirait.

« Salomon, nous donnons la marchandise pour rien, disait-elle, amère, nous allons bientôt nous retrouver avec des rayons vides et un stock de papier bon pour les cabinets.

— Ne t'inquiète pas, Iteche, répondait Salomon, il faut que ça bouge. »

Il n'avait pas le choix. Il était bien obligé de vendre, comme tous les commerçants, mais au lieu de se désoler comme les autres, il se réjouissait au milieu de cette agitation, tel un garnement qui prend plaisir à voir un incendie. Tout comme avant la guerre, alors qu'il employait ses proches de Melnitz dans son magasin, il lançait ses bons mots yiddish aux vendeuses chrétiennes qu'il avait été contraint d'embaucher au début des hostilités. Elles connaissaient déjà toutes ses plaisanteries de Melnitz, en yiddish comme en hébreu. Elles savaient que « mezumen » signifiait « argent comptant » et comprenaient ce qu'il entendait par « que la roue tourne », « modèle dernier cri », « ça marche comme à la guerre ».

« Un million de plus, un million de moins... », disait-il pour s'amuser. Il plaisantait aussi avec les clientes.

« Combien ? demandait l'une d'elles en palpant un coupon de tissu.

— Cinq, disait Salomon Bourak sans prendre la peine d'ajouter le mot "millions".

— Combien, monsieur ? redemandait la cliente.

— Dix.

— Mais vous venez de dire cinq ?

— Quinze », répondait Salomon en augmentant encore le prix.

À vrai dire, que l'on vende la marchandise pour un peu plus ou un peu moins de papier, ça ne faisait guère de différence. Mais ce qui chagrinait Salomon Bourak, c'était la sottise des clientes, le fait qu'elles marchandent pour des bouts de papier. Une fois, pour plaisanter, il avait conseillé à une cliente d'acheter des articles mortuaires qu'il avait en stock.

« N'hésitez pas, chère madame, plus tard vous les payerez plus cher. »

Il avait dit cela pour amuser ses vendeuses mais la « chère madame » avait pris la chose au sérieux et effectivement acheté les articles en question.

Ita ne supportait pas sa joie de gamin.

« Ton père est fou », disait-elle à sa fille Ruth qui tenait la caisse avec elle, l'aidant à encaisser les billets sans valeur.

Ruth ne répondait pas. Elle avait un mari à présent, un homme très bien que son père lui avait trouvé pour lui faire oublier Georg Karnovski, et déjà deux enfants de ce mari qu'on lui avait choisi, mais elle continuait à se sentir malheureuse et insatisfaite et à soupirer après celui qui l'avait repoussée. Elle savait que son mari était un bon mari, un homme comme il faut, honnête, qui méritait d'être aimé. Elle faisait tout son possible pour essayer de l'aimer. Mais elle ne parvenait pas à trouver en elle la moindre parcelle d'amour pour lui. Elle vivait comme dans un brouillard, comme dans une gare au milieu d'une ville étrangère où on doit passer un moment, croiser des inconnus, mais qu'on a hâte de quitter au plus vite pour se retrouver chez soi. Ce qu'elle attendait, elle ne le savait pas elle-même, mais elle attendait, comme on attend un miracle. Son père se moquait souvent d'elle quand elle sombrait brusquement dans ses rêveries et, les yeux grands ouverts, regardait au loin comme si elle voyait des choses invisibles aux autres.

« Cocorico, Ruth est là-haut ! » claironnait-il en imitant le chant du coq pour faire peur à sa fille absente.

Elle n'entendait pas ses plaisanteries, plongée qu'elle était dans ses pensées. Elle n'entendait pas non plus ce que lui disait son mari.

Carré, tranquille, posé, Jonas Zielonek, le mari de Ruth était au contraire de son beau-père, un homme sérieux et un commerçant réfléchi. Fils d'un négociant de Poznan, il s'intéressait aux affaires depuis son enfance et avançait dans la vie, suivant son chemin d'un pas mesuré de marchand. En garçon prévoyant, il avait dès sa jeunesse économisé pas mal d'argent, évitant de dépenser pour des bêtises comme le faisaient les autres jeunes gens. En pensant à l'avenir, il s'était laissé convaincre par le marieur d'accepter un parti qui lui apporterait une belle dot en même temps qu'une fille de bonne maison. Ce n'est pas à la légère qu'il s'était associé à son beau-père. Il menait sa vie de famille avec la même circonspection et le même sérieux que ses affaires. Il n'avait jamais apprécié l'excitation et les plaisanteries de son beau-père. Il n'aimait pas ses blagues ni les bons mots en yiddish dont il gratifiait à tout bout de champ ses vendeuses allemandes. Il évitait également les relations trop familières avec certaines employées qui tentaient de le séduire en usant de leur féminité, espérant l'entraîner dans un flirt derrière le dos de son épouse. En bon mari, il parlait à sa femme de la marche de leurs affaires et de tout ce qui concernait leur vie. À présent, il était très préoccupé. Il constatait que tout ce qu'il avait investi dans le magasin de son beau-père, de même que toute la dot, partait en fumée en ces jours de folie où l'argent ne valait plus rien. Il parlait de tout cela à Ruth. Elle écoutait mais ne comprenait pas ce qu'il disait. Ses paroles lui restaient aussi étrangères que sa propre personne alors même qu'elle avait deux enfants de lui.

« Hein ? » redemandait-elle, comme quelqu'un que l'on tire de ses rêves.

Jonas Zielonek sentait bien que sa femme ne prenait pas ses affaires à cœur comme aurait dû le faire une épouse convenable mais il ne disait rien. Il savait que lorsqu'on ne peut pas changer les choses, le mieux est de ne rien dire, se taire. Il ne faisait pas non plus la moindre remarque à son beau-père quand celui-ci batifolait au milieu du malheur, faisant le pitre avec ses blagues et ses farces. Jonas Zielonek n'était pas très pratiquant : faute de temps pour aller à la synagogue le samedi et les jours de fête, il ne s'y rendait que pendant les Jours redoutables, mais priait cependant très dévotement Dieu de le préserver de l'adversité et de la pauvreté.

Dieu seul peut prémunir contre le malheur, c'est ce que lui avait appris son expérience de commerçant.

22

Dans la clinique du professeur Halévy l'atmosphère était extrêmement tendue, comme toujours avant une opération délicate. On voyait à tout bout de champ des médecins et des infirmières en blouse blanche immaculée filer le long des couloirs à pas rapides et silencieux en évitant de poser le talon, ne se déplaçant que sur la pointe des pieds. Bouche cousue, des aides-soignants poussaient des chariots sur lesquels étaient étendues des malades enveloppées de couvertures. Des femmes de ménage nettoyaient le sol recouvert de linoléum sans échanger une seule parole. Effrayées par la tension exceptionnelle qui régnait dans l'hôpital, de jeunes accouchées essayaient de faire parler les infirmières, mais celles-ci ne disaient rien. C'était la règle dans la clinique du professeur Halévy : ne pas laisser échapper un seul mot en présence des malades sur ce qui se passait dans l'établissement, opérations ou décès.

« Ce n'est rien, ce n'est rien, chère madame, tout est normal », répondaient les infirmières avec un sourire de circonstance.

Cette atmosphère tendue et solennelle affectait même le vieux domestique élégant chargé d'ouvrir la porte d'entrée de la clinique ainsi que la téléphoniste préposée aux renseignements.

Dans le cabinet du professeur Halévy, voisin de la salle d'opération, l'ambiance était plus solennelle et tendue que partout ailleurs. Mlle Hilda, l'infirmière en chef, boudinée dans sa blouse trop étroite qui semblait prête à craquer et faisait ressortir ses généreuses formes féminines, frappa à la porte du professeur d'une main grassouillette et toute tremblante.

« Monsieur le professeur », murmura-t-elle dans l'entrebâillement de la porte.

Le professeur Halévy leva sur elle ses yeux noirs saillants, lui jeta un regard perçant et ordonna, furieux :

« Interdiction de me déranger, pour l'amour du ciel ! »

Mlle Hilda faillit éclater en sanglots. Elle s'excusa :

« Je vous demande mille fois pardon, monsieur le professeur, je ne voulais pas, mais c'est Son Excellence, l'ambassadeur en personne, qui m'a envoyée. Son Excellence désire juste échanger quelques mots avec monsieur le professeur.

— Excellence ou pas, je ne peux voir personne à présent », dit le professeur Halévy courroucé.

Telle était la coutume instituée par le professeur Halévy : quand la famille d'une patiente hospitalisée dans son établissement avait donné son accord pour une opération, il ne parlait plus avec qui que ce soit et ne recevait plus personne. À partir de ce moment, la malade n'appartenait plus à quiconque, ni à son mari ni à ses parents, uniquement à lui, le professeur Halévy.

« En voilà une idiote, dit-il furibond à son assistant, le docteur Karnovski, à propos de Mlle Hilda. "Son Excellence a dit"... Une oie stupide. »

Le docteur Karnovski essaya de le raisonner.

« Ce n'est pas la peine de s'énerver pour cela, monsieur le professeur.

— D'où tenez-vous, Karnovski, que je sois énervé ? demanda le professeur en colère. Je suis toujours calme, surtout avant d'opérer. »

Mais il n'était pas calme, le professeur Halévy, et le fait de savoir au fond de lui-même qu'il n'était pas calme ne faisait qu'accroître son agitation.

Depuis bientôt vingt-quatre heures, une jeune femme hospitalisée dans sa clinique essayait vainement de mettre au monde son premier enfant. Pour le professeur Halévy une telle chose n'avait rien d'extra-ordinaire. Au cours de plus de cinquante ans de pratique, il avait rencontré une multitude de cas semblables. Mais cette fois-ci, c'était différent. La parturiente était la fille unique de l'ambassadeur d'une grande puissance et le professeur Halévy sentait que de lui dépendaient à la fois sa propre renommée à l'étranger que rien ne devait entacher et la réputation de sa patrie dans le domaine médical, réputation qui était grande et qu'aucun échec ne devait compromettre. Mais le plus important, c'était la jeune femme elle-même pour laquelle le professeur Halévy éprouvait autant de tendresse que si elle avait été sa propre fille.

Elle était toute jeune, toute menue, avec des bras fins de garçonnet, un petit visage parsemé de taches de son, une tête bouclée, on aurait vraiment dit une écolière, mince, légère et agile. Même au cours du dernier mois, quand elle venait consulter le professeur Halévy, elle continuait de sautiller, de batifoler et de rire aux éclats. Elle se livrait à toutes sortes d'enfantillages et avait même fait une déclaration d'amour au professeur en l'embrassant sur une joue où elle avait laissé des traces de maquillage. Le professeur Halévy s'était pris d'affection pour cette petite jeune femme qui était encore presque une enfant.

Mais son ventre, disproportionné pour son petit corps enfantin, était aussi exagérément gros qu'elle-même était petite et menue. Elle était bâtie comme un garçon, étroite de hanches, on aurait dit qu'elle n'était pas encore entièrement formée, qu'elle n'avait pas terminé sa croissance. C'est pourquoi pendant tous les derniers mois où le professeur Halévy l'avait suivie, il s'était fait du souci pour elle. Son inquiétude s'était accrue lorsque après les premières contractions, on l'avait amenée dans sa clinique. Cette inquiétude n'avait fait qu'augmenter au cours de ces vingt-quatre heures où la petite, rassemblant toutes ses forces, avait essayé d'accoucher sans y parvenir.

Toute la clinique partageait l'inquiétude du professeur Halévy.

Plus inquiet encore que ses collègues était le docteur Karnovski à qui le professeur Halévy avait confié sa précieuse patiente. Depuis vingt-quatre heures, le docteur Karnovski ne l'avait pas quittée et avait fait tout ce qu'il était possible de faire pour soulager ses souffrances, mais sans succès.

« Docteur, je ne vais quand même pas mourir ? lui demandait effrayée, la femme-enfant, chaque fois que les douleurs lui laissaient un peu de répit et qu'elle était en état de parler.

— Quelle idée, chère madame, répondait le docteur Karnovski avec un sourire. Tout se passe très bien. Il faut seulement souffrir un peu.

— Ne me laissez pas mourir, docteur », disait la jeune femme en lui souriant au milieu de ses douleurs, et de ses petites mains de garçonnet elle se cramponnait aux mains fortes et poilues du docteur comme pour se raccrocher à la vie.

Elle s'agrippait frénétiquement à lui chaque fois que le mal la reprenait.

« Mon Dieu ! » implorait-elle au milieu de ses douleurs, les premières vraies douleurs de sa vie d'enfant gâtée.

Alors qu'après bientôt vingt-quatre heures elle n'était toujours pas parvenue à accoucher, le professeur Halévy fit venir le docteur Karnovski dans son cabinet et braqua sur lui ses yeux exorbités.

« Nous ne pourrons pas éviter la césarienne, dit-il furieux, comme si Karnovski était responsable de quelque chose, et immédiatement ! On ne peut plus attendre.

— Hélas, non, professeur », répondit Karnovski inquiet.

Le professeur Halévy avait l'habitude de réfléchir longuement avant de prendre une décision concernant un cas délicat, mais dès l'instant où sa décision était prise, il s'empressait de la mettre en œuvre sur-le-champ. Cette fois encore, il se mit à la tâche avec une énergie tout à fait surprenante pour son grand âge. Dans la salle de stérilisation, les infirmières faisaient bouillir les instruments, stérilisaient les pansements et le coton. Les médecins se lavaient les mains, mettaient des blouses, des bonnets et des masques, enfilaient des gants de caoutchouc. Tout se passait de façon solennelle sans qu'un seul mot ne soit prononcé. Le docteur Karnovski prépara la jeune femme.

« Docteur, ça se présente mal ? demanda-t-elle effrayée en voyant les préparatifs. Vous allez m'endormir ?

— Restez calme, chère madame, l'essentiel c'est de rester calme », dit le docteur Karnovski, tentant de la tranquilliser et, une fois de plus, il lui prit le pouls et écouta son cœur.

Le professeur Halévy donnait ordre après ordre.

« Karnovski, veillez à ce que tout soit fin prêt. Il faut faire vite mais rester calme. Le calme avant tout. »

Le calme, c'est ce que le professeur Halévy avait toujours considéré comme l'essentiel lors d'une opération. Mais cette fois, le vieux professeur n'était pas calme, et moins à cause de la jeune femme qui devait être opérée que de lui-même, lui qui devait procéder à cette opération. Depuis un certain temps déjà, il éprouvait comme une faiblesse dans son vieux corps, le professeur de renommée mondiale, une faiblesse et une espèce de vertige. Au début, quand les premiers symptômes étaient apparus, il avait pensé que c'était la fatigue, le surmenage, et avait pris quelques semaines de repos dans un village de pêcheurs au bord de la Baltique. Alors qu'il pêchait, assis sur un rocher, il se sentait rajeuni, en pleine forme, et retrouvait confiance en lui. Mais dès son retour en ville, quand il avait repris son travail à la clinique, la fatigue et les vertiges étaient revenus, plus fréquents que par le passé. Et en plus, sa vue commençait à se brouiller. Une multitude de bandes argentées et de cercles noirs se mettaient à danser devant ses yeux, danser au point que pendant un moment il ne distinguait rien d'autre. Ses mains elles aussi s'étaient mises à trembler, chose qui ne lui était jamais arrivé. Ses mains avaient toujours été fortes, vigoureuses, réputées dans le monde médical pour leur énergie et leur adresse lors d'opérations difficiles. Aussi le professeur Halévy était-il très inquiet lorsqu'il constatait que la tasse de café qu'il buvait le matin au petit déjeuner s'agitait trop fort dans sa main. Il voyait bien à présent que ce n'était pas du surmenage, comme il l'avait cru tout d'abord, mais un signe de faiblesse, de vieillesse et peut-être d'une de ces maladies qu'elle entraîne. Il avait lui-même écouté son cœur en mettant le stéthoscope contre sa propre poitrine et sur ses oreilles. Le cœur était bon. La tension artérielle également. Il s'était fait un examen de sang et diverses autres analyses. Il n'avait rien trouvé. Mais les vertiges et la raideur dans les mains persistaient. Il avait aussi, de temps en temps, des élancements dans la tête et il sentait ses muscles s'engourdir, se glacer et se raidir à l'intérieur, comme paralysés. Un moment, le professeur Halévy avait même pensé aller se faire examiner par son ancien camarade d'école, le professeur Bart, spécialiste de médecine interne. Mais il n'avait pas envie de dévoiler ses problèmes à son ami, il ne voulait pas que le monde médical apprenne que lui, le professeur Halévy, était souffrant.

Les deux célèbres professeurs étaient des amis de jeunesse, d'excellents camarades qui se tutoyaient, et ils se charriaient souvent, se taquinaient sur leur âge, chacun affirmant que l'autre était plus vieux que lui d'un an ou deux. Ils s'asticotaient surtout sur leur état de santé. Plus que devant quiconque, le professeur Halévy tentait de se rajeunir devant son camarade, le professeur Bart, et il lui serrait la main avec une telle force que le professeur Bart, un homme frêle et délicat, en grimaçait de douleur.

« Tu es bientôt octogénaire et tu persistes à faire l'idiot comme un gamin, Halévy ; un vieillard comme toi ne doit pas gaspiller ses dernières forces. Ça peut être mauvais pour toi, vieux cracheur de feu.

— Pas la peine de te faire de souci pour cela, vieux puceau, répondait le professeur Halévy en se moquant de la vie de célibataire de son camarade, de sa constitution frêle et délicate, je peux gaspiller mes forces. J'en ai bien assez.

— Si ton cœur se détraque, viens me voir, disait le professeur Bart, ce sont toujours les cracheurs de feu qui s'épuisent les premiers. »

Le professeur Halévy aimait répondre à cela par une pique :

« Si un jour tu te maries et que tu as un enfant, vieux puceau, envoie donc ta femme dans ma clinique. »

Bien que ce ne soit là que des plaisanteries, le professeur Halévy savait que non seulement son camarade Bart mais aussi tous les médecins et professeurs parlaient souvent de son âge et l'enviaient d'être toujours en activité et de pratiquer des opérations délicates. Il évitait donc d'évoquer avec qui que ce soit ses problèmes de santé. Ce qu'il redoutait plus que tout, c'est que son camarade de jeunesse lui ordonne de cesser de travailler et de se reposer pour ses vieux jours. Rien ne terrorisait le professeur Halévy comme l'idée de se reposer.

Plein d'énergie et de vitalité, il ne supportait pas l'oisiveté ni le repos. Aussi longtemps qu'il était à la clinique, qu'il opérait, soignait, donnait des ordres, il se sentait vivre, sentait son sang circuler. Dès qu'il se reposait, il ressentait le poids des ans, toutes sortes d'élancements, de douleurs, de la fatigue et de l'apathie. Il était persuadé que personne ne possédait l'art chirurgical aussi bien que lui, que nul n'avait la main aussi légère et sûre et une connaissance aussi parfaite du corps humain. Le docteur Karnovski et les autres médecins de la clinique insistaient pour qu'il rentre chez lui, ne serait-ce que le soir, arguant qu'ils pourraient très bien se débrouiller tout seuls, et que au cas où il arriverait quelque chose, ils lui téléphoneraient sur-le-champ. Le professeur Halévy ne voulait pas en entendre parler. Il redoutait de regagner son domicile de crainte d'y retrouver sa fatigue, ses maux, sa vieillesse.

Depuis vingt-quatre heures que la fille de l'ambassadeur se débattait dans les douleurs de l'accouchement, ses maux l'avaient repris avec plus d'intensité que jamais. La nature de ses vertiges avait changé. Des cercles et des traits noirs et argentés passaient en farandole devant ses yeux, l'éblouissaient et plongeaient dans l'obscurité tout ce qui l'entourait. Dans ses tempes et son crâne qu'un étau semblait enserrer, les élancements revenaient plus souvent. Ses doigts, eux aussi, étaient sujets à de fréquentes crampes.

Il était si inquiet qu'il transpirait abondamment, ce qui ne lui était jamais arrivé. Cette moiteur collante provoquait une sensation de froid et l'irritait. Il s'énervait pour un rien, s'en prenait aux médecins et aux infirmières puis finissait furieux contre lui-même pour s'être mis en colère sans raison et avoir houspillé les gens. Bien que nul ne lui réponde, ne serait-ce qu'un mot, il voyait bien dans les regards qu'on le soupçonnait d'avoir peur et d'être inquiet, qu'on devinait à coup sûr ses préoccupations et son manque d'assurance. Cela le mettait hors de lui. Quand il constata que tous ses efforts pour aider la jeune femme à accoucher restaient vains et qu'il était impératif de l'opérer au plus vite car sa vie ne tenait plus qu'à un fil, il sentit son cœur défaillir.

Non pas qu'une césarienne fût pour le professeur Halévy quelque chose d'exceptionnel. Il était célèbre pour ses césariennes. Mais ce jour-là, tout allait mal dans sa clinique. La patiente était petite et bâtie comme un garçon. Sa mère était hystérique. De partout on s'enquérait de l'état de la patiente. Même du ministère des Affaires étrangères où l'on voulait savoir comment les choses se passaient. Tout cela agaçait particulièrement le professeur Halévy et lui faisait perdre son calme, le calme indispensable au chirurgien dans un moment important. Mais rien n'était pire que ce tremblement dans les mains, ses mains habituellement si vigoureuses et si sûres. Il tenta de les empêcher de trembler, comme s'il les maintenait avec des pinces d'acier, surtout lorsque le docteur Karnovski vint lui faire son compte rendu. Il les domina un instant. Puis elles recommencèrent à trembler.

Tant que durèrent les préparatifs, le professeur Halévy vécut des moments difficiles. Il crut pendant un certain temps que son exceptionnelle nervosité n'était due qu'à la pompe et à tout le tralala qui entouraient cette précieuse parturiente et qu'elle allait bientôt disparaître. Il s'allongea un moment sur le canapé afin de retrouver son calme. Mais au lieu de reprendre des forces, il sombra dans une espèce de somnolence.

Il sentit la résignation l'envahir. Il voyait bien qu'il était vieux, fatigué, et qu'il ne devait pas se raconter d'histoires. Il lui fallait s'en aller. Il n'avait pas le droit de se cramponner à la vie alors que la vie lui montrait qu'il n'avait plus les capacités nécessaires. La vue qui se brouille, des mains qui tremblent, cela ne convient pas à un chirurgien. Il n'a pas le droit de mettre en danger, par vanité, une vie humaine, deux même. Il lui faut céder la place.

Mais cette faiblesse s'évanouit brusquement et, tel un gamin, d'un bond il se releva du canapé. Absurde ! Ce sont des pensées ridicules, sans fondement, engendrées par un moment de faiblesse que lui, un chirurgien, doit éradiquer sans pitié et chasser de son esprit. Ce n'est pas nouveau, même dans sa jeunesse, pensait-il pour se consoler, il était parfois assailli de doutes, d'inquiétude, de nervosité, mais il ne les laissait pas prendre le dessus, il les chassait. Maintenant aussi, il allait chasser toutes ces idées farfelues. Il s'était laissé passagèrement influencer par la pompe, le brouhaha et le remue-ménage entretenus autour de la malade en raison de sa position et de la notoriété de sa famille. Mais il n'allait pas se laisser dominer par de telles bêtises. Pour lui, professeur Halévy, cette femme était une patiente comme les autres, une parmi les milliers d'autres qu'il avait opérées dans sa vie et il devait être aussi serein que d'habitude. C'est toujours comme ça. Tant que durent les préparatifs et tout le reste, le médecin est plein d'inquiétudes et de doutes. Mais dès qu'arrive le moment d'agir, tout est différent, toutes les incertitudes se dissipent. Exactement comme pour un général avant le combat. D'abord, il est inquiet, il se pose des questions, il doit mille fois revoir ses plans, les modifier. Mais dès l'instant où l'ordre est donné de se jeter dans la bataille, dès le moment précis où le clairon sonne le signal, tous les soucis disparaissent et le calme, l'assurance et la détermination reviennent.

Le professeur Halévy se frictionna énergiquement le visage à l'eau froide et, discrètement, afin que nul ne le remarque, avala un calmant. Après quoi, il appela l'infirmière en chef, Mlle Hilda, pour qu'elle l'habille et lui lave les mains. Quand tout fut prêt, il jeta un coup d'œil au portrait de son père, le rabbin à la calotte, comme pour lui demander de l'assister en cet instant décisif, et d'un pas ferme, rapide et sonore, il pénétra dans la salle d'opération. Il interrogea d'un signe de tête le docteur Karnovski pour savoir si tout était prêt. Celui-ci fit oui de la tête. Le professeur Halévy jeta un bref coup d'œil sur les médecins, les infirmières, les instruments, le ballon d'oxygène, et même sur la femme prête à donner son sang à la malade en cas de besoin. Son dernier regard fut pour la jeune femme en couches allongée, endormie sous son masque. Son corps menu de garçonnet était paisible. Il semblait faire des grâces aux médecins et les supplier, en rougissant, de ne pas le laisser quitter ce monde si beau, si bon et si confortable.

Faisant un intense effort pour être calme, parfaitement calme, le professeur Halévy saisit son bistouri de chirurgien, cette lame sans défaut qui depuis de longues années avait pénétré des milliers de corps humains, et il se prépara à pratiquer l'incision, sa césarienne fameuse dans le monde entier. Mais à cet instant précis, il ressentit dans la tempe droite un élancement extrêmement douloureux, comme si on lui serrait la tête dans des tenailles, et il eut devant les yeux à la fois un éclair lumineux et une profonde obscurité.

Tout le monde restait figé, les médecins, les infirmières. Seuls palpitaient les masques devant leurs bouches. Le premier à réagir fut le docteur Karnovski. Tel un officier sur le champ de bataille qui reprend le commandement lorsque le commandant tombe sous les balles, il prit la direction des opérations.

« Portez-le dans son cabinet et appelez le professeur Bart ! » ordonna-t-il.

Plusieurs médecins se saisirent du professeur Halévy et l'emportèrent.

« Surveillez le cœur ! » dit-il à un collègue en désignant la patiente.

Le médecin prit le poste qu'on lui assignait.

« Mademoiselle Hilda, restez où vous êtes, tenez-vous prête ! » lança-t-il à l'infirmière en chef.

D'un léger mouvement de son corps replet contracté, Mlle Hilda indiqua qu'elle était prête à exécuter ses ordres.

« On reste calme et concentré », dit le docteur Karnovski, reprenant les paroles que prononçait toujours le professeur Halévy, et il incisa.

Le silence et la tension étaient tels que l'on entendait les borborygmes provoqués par l'énervement dans le ventre de Mlle Hilda.

Quand le médecin qui l'assistait annonça au docteur Karnovski que le cœur de la malade commençait à faiblir, il ordonna :

« Adrénaline ! »

Et aussitôt après :

« Oxygène ! »

Quand le pouls fut redevenu normal, le docteur Karnovski entreprit de sauver l'enfant qui ne respirait pas. Il le remit au médecin qui se tenait près de lui et dit à voix basse :

« Respiration artificielle. »

Bientôt, il entendit le premier cri du bébé. Un sourire inonda ses yeux noirs.

Quand il quitta la salle d'opération et que Mlle Hilda lui retira ses gants de caoutchouc et le masque qui lui recouvrait le visage, de grosses gouttes de sueur s'en échappèrent.

« Essuyez-moi la figure, je suis trempé », dit-il en entrant dans le cabinet du professeur Halévy.

Le professeur Bart était assis auprès du professeur Halévy étendu et il lui caressait la main. Il le mit en garde afin qu'il ne s'agite pas en apercevant le docteur Karnovski :

« Reste tranquille, vieux cracheur de feu, ne bouge surtout pas. »

Le docteur Karnovski rendit brièvement compte du déroulement de l'opération. Le professeur Halévy remua la tête et ébaucha un sourire tordu. L'œil exercé du docteur Karnovski remarqua immédiatement qu'une moitié de son visage, la droite, était déformée, comme paralysée.

Afin de rester fidèle aux habitudes du professeur Halévy qui souhaitait que rien de son établissement ne transpire à l'extérieur, on déploya tous les efforts possibles pour que cette histoire ne sorte pas des quatre murs de la clinique mais malgré tout, la nouvelle finit par se répandre. Les journaux ne parlaient que de l'opération de la fille de l'ambassadeur, de l'attaque qui avait terrassé le professeur Halévy au moment précis où il prenait le bistouri en main et du jeune Karnovski qui avait maîtrisé la situation et permis une fin heureuse. Dans leur quête effrénée de nouvelles et de clichés, les reporters et les photographes assiégeaient la clinique du professeur Halévy.

On transporta ce dernier dans la clinique du professeur Bart. Il ne reprit pas ses activités. Il fut remplacé par le docteur Karnovski dont le nom devint célèbre dans les meilleures maisons de la capitale, plus particulièrement parmi les femmes des milieux diplomatiques étrangers.

« Il est divin », disait de lui à ses amies de l'aristocratie la volubile épouse de l'ambassadeur, la mère de la jeune accouchée qu'il avait sauvée de la mort.

« Et quel bel homme, s'exclamaient, admiratives, les jeunes femmes frivoles en regardant son portrait dans les journaux, un vrai plaisir de tomber malade avec un tel médecin.

— Il a le type un peu trop oriental », répondaient quelques pimbêches aigries.

Parmi tous ceux qui envoyèrent leurs félicitations au docteur Karnovski, on comptait le docteur Elsa Landau. Elle avait écrit un petit mot sur une feuille de papier à l'en-tête du Reichstag. Le docteur Karnovski se sentit grandement flatté par cette lettre. Enfin, elle reconnaissait ses mérites, se disait-il en lisant et relisant les quelques lignes écrites d'une main ferme, assurée, masculine. Il ressentait en même temps qu'il n'était toujours pas guéri de son malheureux amour pour elle.

23

Le petit Joachim-Georg, couramment appelé Jegor, combinaison de ses deux prénoms, est debout dans le jardin de la maison de son père à Grünewald et, armé d'un tuyau en caoutchouc, il arrose l'herbe soigneusement tondue et les fleurs qui dessinent des massifs circulaires entourés de piquets et d'une ficelle sur laquelle sont accrochés de petits drapeaux de toile blanche. L'herbe, aussi rase que le crâne militaire de Karl, le domestique de la maison, qui passe souvent la tondeuse, est entièrement détrempée si bien que l'eau s'écoule dans la rue, sur le trottoir. Effrayée par le désordre que sème le petit garçon, Teresa Karnovski lui demande de ne plus jouer avec l'eau.

« Jegor, ça suffit, tu inondes la rue.

— Jegor, n'envoie pas un jet si fort sur les fleurs, tu vas les casser.

— Jegor, tu vas attraper froid aux pieds à force de piétiner dans l'eau. Il n'y a pas si longtemps que tu as quitté le lit. Tu as déjà oublié que tu viens d'être malade ? Rappelle-toi, Jegor chéri. »

Jegor chéri ne veut pas se rappeler et n'en fait qu'à sa tête. Bien qu'il n'aime pas être malade, il n'en continue pas moins à patauger avec ses chaussures trempées pour faire enrager sa mère. Teresa regarde son enfant avec inquiétude. Il est très grand pour ses cinq ans mais très maigre. Ses longues jambes sont tout en os. Son cou mince est très long lui aussi, trop long et trop mince pour sa lourde tête. Il s'enrhume pour un rien. Il est également le premier à attraper une maladie infantile dès qu'il y a une épidémie en ville. À cinq ans, il a déjà presque tout eu : la rougeole, la scarlatine et la coqueluche. Personne dans la maison ne comprend pourquoi toutes les maladies s'acharnent sur lui. Car en fait, les Karnovski vivent dans l'aisance, bien à l'abri, dans le plus beau quartier de la ville. Depuis que le docteur Karnovski est devenu si célèbre, il a une grosse clientèle, riche et qui paye bien. La première chose qu'il a faite, a été de s'acheter une maison à Grünewald, une maison avec de nombreuses fenêtres et un jardinet clos d'une grille métallique. Teresa Karnovski a une bonne et un domestique qui s'occupe du jardin, conduit la voiture et vend aussi son sang chaque fois que le docteur Karnovski en a besoin pour une transfusion. Dans la maison de ses parents, le petit Jegor ne manque ni d'air ni de soleil. Il est rarement en contact avec d'autres enfants car il est d'un naturel solitaire et réservé. En outre, sa mère l'élève dans le respect de toutes les règles édictées par la médecine. Elle lui donne exactement autant de lait et de légumes que ce qui est prescrit dans ses manuels sur l'éducation des enfants, ni plus ni moins. Elle lui fait prendre l'air comme il est recommandé, le couche à l'heure pile et l'habille en respectant scrupuleusement les préceptes de l'hygiène. Son père de son côté l'examine souvent et le surveille en permanence. Il se lave longuement les mains, le docteur Karnovski, lorsqu'il rentre du travail, avant de s'approcher de son garçon et de le soulever au-dessus de sa tête, jusqu'au plafond. Teresa Karnovski n'arrive pas à comprendre comment fait son fils pour attraper toutes les maladies infantiles dès leur première apparition dans le quartier ouvrier de Neukölln. Les autres membres de la famille, tant du côté des Karnovski que du côté des Holbek, ne comprennent pas non plus. Comme toujours en de telles circonstances, chacun des côtés rejette la faute sur l'autre. Le docteur Karnovski est persuadé que c'est la mère qui est responsable de la faiblesse de son enfant. Teresa elle aussi est pâle, avec une peau très fine, transparente, qui laisse voir le moindre vaisseau sanguin. Son frère également est très grand, anormalement grand, avec un teint d'une pâleur effrayante et une peau très fine. C'est précisément les individus avec ce type de peau, très blanche et très fine, qui sont toujours les plus exposés aux épidémies et aux refroidissements, cela le docteur Karnovski le sait d'expérience. De son côté à lui, tout le monde a le teint mat et la peau épaisse. Hugo Holbek pour sa part est certain que la faute en revient à l'autre côté, le côté Karnovski. Il a souvent entendu dire que les Juifs, s'ils sont les meilleurs médecins du monde, sont cependant eux-mêmes fragiles et délicats, peu résistants aux conditions difficiles et au travail.

« À quoi d'autre peut-on s'attendre quand des Holbek se mélangent avec de maudits Karnovski », dit-il à sa mère en bâillant d'ennui.

La vieille Mme Holbek ne comprend pas vraiment.

« Mais le Georg est un gars solide et gai », répond-elle étonnée.

Avec un bâillement apathique Hugo élucide cette énigme pour sa mère.

« Il ne s'agit pas de lui mais de sa race », dit-il en répétant ce qu'il a entendu peu de temps auparavant, lors d'une réunion dans la brasserie bavaroise

315

de Schmidt sur Potsdamer Brücke, brasserie où se retrouvent des étudiants et d'anciens officiers.

Tiens, il a même une preuve, un cas qu'il a connu à l'armée. Dans sa compagnie il n'y avait qu'un seul et unique soldat juif, eh bien, il était petit et gras, et portait des lunettes par-dessus le marché. Un type vraiment comique.

La seule à ne rejeter sur personne la responsabilité de la mauvaise santé du petit Jegor est sa mère, Teresa Karnovski. Elle sait bien que la faute en revient à la guerre. Elle a vécu des moments difficiles pendant la guerre, elle ne mangeait pas à sa faim, avait toujours un creux à l'estomac, et précisément pendant les années cruciales où elle grandissait et était douée d'un solide appétit. Et puis les années d'après-guerre également ont été très dures. D'ailleurs, elle n'est pas la seule, elle le sait bien. De nombreuses mères se plaignent devant elle de leurs enfants, ces enfants d'après-guerre, qui sont souffreteux et anémiques, exposés à toutes les maladies. Elle déverse dans la gorge du garçonnet des flots d'huile de foie de morue afin de lui donner des forces. Le petit Jegor rejette l'huile sur le tapis persan qui recouvre le sol de la vaste salle à manger. Il fait de même lorsque sa mère le force à avaler un médicament ou bien un verre de lait. C'est son truc : il se fait vomir quand il en a envie, même pour rejeter ce qu'il a mangé plusieurs heures auparavant. Quand sa mère ne veut pas céder à l'un de ses innombrables caprices, il menace :

« Maman, je vais vomir. »

Devant son père, il n'ose pas se livrer à ce petit jeu. Mais il ne se laisse en aucun cas dominer par lui. Quand il est malade, il ne veut pas prendre de médicaments. Il refuse également qu'on lui mette une petite cuiller dans la bouche quand, chaque fois qu'il a pris froid, son père veut lui examiner la gorge.

« Dis a-a-a…, Jegor chéri, supplie le docteur Karnovski.

— Meu-eu-eu…, » fait l'enfant en imitant la vache et en serrant fermement les lèvres.

Il aime beaucoup aussi faire enrager grand-mère Karnovski quand elle vient les voir. Elle l'accable de son amour débordant de grand-mère, couvre ses joues de baisers bruyants, ne le laisse pas descendre de ses genoux et lui énumère tout ce que doit faire un gentil petit garçon. Un gentil petit garçon doit manger beaucoup, avoir de bonnes joues rondes, un gentil petit garçon ne doit pas être un grand échalas monté en graine, verdâtre et blafard, il doit être rouge comme une pomme.

« Ma joie, mon or, mon diamant, ma petite hirondelle, mon oisillon, mon petit trésor ! » Elle l'appelle de tous ces noms dans son yiddish de Melnitz.

Jegor ne comprend aucun de ces mots mais ils le font rire, de même que le font rire les fautes d'allemand de sa grand-mère.

« Ma petite hirondelle…, mon oisillon… », répète-t-il en la singeant.

Teresa est horrifiée d'entendre l'enfant se moquer de sa grand-mère Karnovski. Elle lui dit très fâchée :

« Oh ! Dieu du ciel ! Comment parles-tu à Grossmutter ? Demande-lui pardon, Jegor chéri ! »

Jegor ne veut pas demander pardon à Grossmutter Karnovski, il préfère sortir dans la cour et aller retrouver Karl, le domestique, qui bricole dans un coin, près du garage. Karl a toujours quelque chose à remettre en état. Ou bien il lave l'automobile et farfouille dans le moteur, ou bien il répare un meuble cassé, ou bien il arrange les fils électriques. Ses manches de chemise sont toujours retroussées de telle sorte que l'on voit ses bras de travailleur recouverts de tatouages. Les poches de son pantalon de velours marron sont bourrées de marteaux, de pinces et de vis. Sa bouche est pleine de petits clous qu'il sort un à un pour les planter dans quelque chose.

Chaque fois qu'il le rencontre, des dizaines de fois dans la journée, Jegor le salue :

« Bonjour Karl !

— Bonjour mon petit Jegor ! » répond Karl, la bouche pleine de clous, en donnant des coups de marteau en cadence.

Il parle l'allemand de Neukölln, un allemand des rues qui plaît beaucoup au petit Jegor. Comme sa mère le lui interdit, le petit meurt d'envie de parler cet allemand-là. Il aime aussi beaucoup observer les bras de Karl pour voir ses muscles durs aux veines saillantes se déplacer dans un sens et dans l'autre à chacun de ses mouvements telles des créatures vivantes. Mais ce qu'il préfère, c'est poser des questions à Karl. Il n'est jamais à court de questions, le petit Jegor.

« Karl, comment est-ce que tu t'es fendu la paupière, au-dessus de l'œil ?

— C'est un maudit Français, pendant la guerre, qui m'a donné un coup de baïonnette, dit Karl, la bouche pleine de clous.

— Pourquoi ?

— Eh bien, parce que c'était la guerre, pas vrai, et qu'on se battait.

— Tu as saigné ? » demande Jegor effrayé.

Il a très peur du sang. Il lui arrive de saigner du nez, surtout par temps chaud. Le seul fait d'en entendre parler le terrorise.

« Bien sûr que ça a saigné, dit Karl avec indifférence, mais ça, c'est rien. Je lui ai donné un coup de baïonnette dans le côté et il s'est pas relevé. »

Jegor le regarde de ses grands yeux bleus épouvantés. « Oh ! » dit-il, avec une grimace de douleur.

D'un geste de son bras tatoué Karl fait signe que ce n'est pas grave. Il le sermonne :

« Faut pas avoir peur du sang, sinon, on peut pas être soldat. Toi aussi, tu seras soldat quand tu seras grand.

— Bien sûr, acquiesce le petit tout content. J'aurai un sabre, comme oncle Hugo sur la photo. »

En plus de Karl, Jegor aime aussi Grossmutter Holbek. Grand-mère Holbek vient le chercher de temps en temps et l'emmène pour quelques heures. Elle ne dit pas des choses aussi drôles que grand-mère Karnovski. Elle ne l'embrasse pas non plus avec autant de fougue, ne l'appelle pas de tous ces noms rigolos. Elle entre avec lui dans une église qui se trouve sur leur chemin, s'agenouille et lui dit de s'agenouiller lui aussi. L'église est belle avec des fenêtres de couleur et des tas de statues et quand on dit quelque chose, les mots sont répétés par l'écho et renvoyés par toutes les colonnes, toutes les sculptures.

Plus encore que sa grand-mère Holbek, il aime son oncle Hugo. Tout d'abord, il est très grand, oncle Hugo, plus grand que son papa à lui, Jegor. Et il le laisse même regarder avec ses jumelles militaires à travers lesquelles on voit tout très près et très gros. Il le laisse même jouer avec son revolver après en avoir retiré toutes les balles et il lui raconte des histoires de guerre.

Toujours blafard et apathique, oncle Hugo retrouve de la vitalité lorsqu'il parle de la guerre. Ses yeux délavés, dépourvus de sourcil, s'animent, et ses joues pâles prennent de la couleur. Il se laisse tellement emporter par ses récits guerriers qu'il oublie qu'il se trouve face à un enfant et lui parle comme à un adulte. Le petit

Jegor est encore plus excité que l'oncle Hugo. Comme la plupart des petits garçons chétifs, il aime les histoires qui content des prouesses et des combats héroïques. Il rayonne de joie devant les nombreuses photographies représentant oncle Hugo en uniforme d'officier, ses longues jambes prises dans de hautes molletières, son pantalon si étroit, ses épaulettes et son casque à pointe. Jegor dit fièrement à son oncle que son père, lui aussi, a des photographies du front où il était officier. L'oncle Hugo a un geste de mépris. La belle affaire ! Ton père n'était que médecin dans l'armée. Le véritable officier, le lieutenant, c'était lui, Hugo Holbek. Jegor est déçu par son père qui n'était pas un vrai officier et fier de son oncle Hugo.

« Pourquoi tu ne portes plus ton casque à pointe et ton épée ? » demande-t-il, désappointé.

Il a touché un point sensible et oncle Hugo s'enflamme :

« C'est à cause de ces maudits… », marmonne-t-il, oubliant qu'il s'adresse à un enfant, au fils de Teresa, qui plus est.

Il se rappelle aussitôt qui il a devant lui et évite de répondre.

« Tu es trop petit pour comprendre tout cela, mon garçon, dit-il à mi-voix, quand tu seras plus grand, tu comprendras. »

Jegor a très envie de vieillir pour comprendre tout ce que les grandes personnes ne veulent pas lui dire. Pour le moment, il y a encore une chose qu'il veut savoir : oncle Hugo ne portera-t-il plus jamais son casque et son épée ?

« Eh bien, ça, c'est encore difficile à dire, petit, mais on y arrivera. Sûr qu'on y arrivera. »

Jegor est content parce qu'oncle Hugo redeviendra lieutenant.

« Moi aussi, je serai lieutenant, déclare-t-il rayonnant, comme toi, mon oncle.

— Pas médecin comme ton père ? »

Jegor fait une moue de dégoût. Il n'y a rien de pire à ses yeux qu'un médecin. Tout lui semble préférable, un chauffeur, un garçon de courses, même le ramoneur qui vient avec ses brosses nettoyer la cheminée de la maison. Quelle chose affreuse que de fourrer une petite cuiller dans la gorge de quelqu'un ou de lui administrer une potion amère comme son père tente souvent de le faire avec lui.

L'oncle Hugo sourit du dégoût du garçon pour la médecine et il lui recommande de ne pas dire à son père de quoi ils ont parlé.

« Bien sûr que non, oncle Hugo », répond Jegor, très content d'avoir à garder un secret que seuls son oncle et lui sont censés connaître.

Grand-mère Holbek pour sa part, lui recommande de ne pas raconter à la maison qu'elle l'a emmené avec elle à l'église.

« Pourquoi, grand-maman ? demande Jegor. Maman ne veut pas que j'aille à l'église ?

— Si, mais papa ne serait peut-être pas content.

— Pourquoi, grand-maman ?

— Eh bien, parce que papa n'aime pas ça.

— Pourquoi papa n'aime pas ça, grand-maman ? »

Grand-mère Holbek s'apprête à répondre quelque chose mais elle se reprend et dit ce que disent toujours les grandes personnes lorsqu'elles ne peuvent pas donner de réponse :

« Tu es encore trop petit pour comprendre, tu comprendras mieux quand tu seras plus grand. En tout cas, il ne faut rien raconter. »

Ça le démange fort, mais il ne raconte rien. Et c'est justement parce qu'on lui a recommandé de ne rien raconter qu'il en meurt d'envie. Mais pour ce qui est de penser à tout ce qu'il voit autour de lui, alors ça, oui, il y pense, surtout le soir quand sa mère le met au lit dans sa chambre d'enfant et éteint la lumière. Il ne comprend pas les grandes personnes. Il sait qu'il a un grand-père qui habite la ville. Son portrait est accroché dans le cabinet de son père. Mais il ne l'a encore jamais vu.

« Pourquoi grand-père Karnovski ne vient jamais ? demande-t-il à son père.

— Tu le verras quand tu seras grand. »

Grand-mère Karnovski, par contre, vient le voir. Elle lui apporte de chez elle des petits gâteaux très sucrés aux raisins secs et aux amandes. Mais elle ne parle pas comme tout le monde. En plus, elle lui fait répéter des drôles de mots qu'il ne comprend pas avant de le laisser goûter le gâteau aux raisins qu'elle lui a apporté. Il ne sait pas ce que signifient ces mots ni pourquoi il doit les répéter. Elle lui dit qu'il est encore trop petit pour savoir. En attendant, elle le prévient qu'il ne doit parler à personne de ce qu'elle lui fait dire avant de manger, ni à sa maman ni même à son papa.

Il voudrait déjà être grand, Jegor, être adulte, pour tout comprendre. Il allonge très fort les jambes dans son lit, comme sa mère lui dit de le faire pour grandir plus vite. Mais il a beau les allonger, ses jambes, il est toujours petit et ne comprend rien à ce qui se passe autour de lui. Son père n'est pas souvent à la maison. Il part pour l'hôpital dès le matin. Ensuite, il fait ses visites chez les malades. Il n'est pas rare qu'il ne rentre même pas à la maison pour la nuit et sa mère lui dit qu'il a été appelé le soir auprès d'une patiente. Quand il revient, il joue avec lui, Jegor. Il le soulève haut dans les airs, l'installe à califourchon sur son dos et galope avec lui sur le tapis comme un cheval.

En fait, cela arrive rarement. Mais ce qui est bien pire, c'est qu'il aime l'examiner et lui regarder la gorge à tout bout de champ. Au beau milieu d'un jeu, au meilleur moment, il l'assoit brusquement sur ses genoux, lui inspecte les yeux, les oreilles, lui palpe le cou, examine le moindre de ses os et lui dit d'ouvrir la bouche et de faire a-a-a...

Jegor déteste que son papa lui palpe la gorge et lui examine les yeux et les oreilles. Qu'y a-t-il là à voir de si intéressant ? Son père lui passe encore à plusieurs reprises les mains le long des côtes avant de lui rendre sa liberté.

« Il faut que tu ailles plus souvent te promener avec maman, que tu joues avec des enfants, au lieu de rester assis avec Karl près du garage, tu m'entends, vermisseau ! »

C'est comme ça qu'il l'appelle, vermisseau, ce qui ne plaît pas du tout à Jegor, pas plus que ne lui plaît l'idée de jouer avec d'autres enfants. Il n'aime pas les enfants, Jegor. Ils passent leur temps à courir dans tous les sens, à le bousculer et il ne peut pas suivre la cadence parce qu'il se fatigue vite. Alors, ils se moquent de lui et le traitent d'échalas. D'autres le traitent de Tsigane à cause de ses cheveux noirs. Il n'ose pas aborder les enfants, il ne leur fait pas confiance, il les craint même. Il ne veut à aucun prix donner la main aux petits garçons et aux petites filles dans le parc quand sa mère lui dit de jouer ou de faire la ronde avec eux. Elle le supplie :

« Jegor chéri, sois gentil, un enfant doit jouer avec des enfants.

— Non », répond Jegor, alors qu'il meurt d'envie de jouer avec eux.

Quelque chose l'en empêche, le retient. Les enfants s'éloignent et l'évitent. Il les regarde à la dérobée, plein de jalousie, et finit par les détester. Ce qu'il préfère, c'est rester avec les grandes personnes, surtout les domestiques. Il aime aller voir Lisette, la bonne, dans la cuisine, et discuter avec elle. Mais il aime encore plus leur employé de maison, Karl, qui passe son temps à donner des coups de marteau, la bouche éternellement pleine de petits clous. Il a des tas d'histoires à raconter, surtout des histoires de bateaux sur lesquels, dans sa jeunesse, il a travaillé comme mécanicien. À table, Jegor ne tient pas en place. Il est pressé d'aller retrouver Karl. Même après le repas du soir, il voudrait sortir le rejoindre mais sa mère le retient. Elle dit qu'un petit garçon doit se coucher de bonne heure, l'oblige à aller au lit et éteint la lumière. Jegor reste allongé dans le noir, les yeux grands ouverts, et il a peur.

Dans le noir, il voit toutes sortes de créatures monstrueuses, des diables avec des cornes comme ceux dont lui parle Lisette, la bonne, des sorcières au menton pointu avec de longs cheveux, à cheval sur leur balai, des lutins avec des bonnets rouges sur la tête qui, la nuit, s'introduisent dans les maisons par la cheminée. Il ferme les yeux pour ne plus voir ces épouvantables créatures. Mais plus il serre les paupières, plus il en vient de ces créatures. Elles font des farandoles, elles entrent et ressortent par la porte métallique du poêle. Sur cette porte sont gravés des ramoneurs, l'un avec une échelle, l'autre avec une brosse et une corde. Jegor les voit prendre vie, se détacher de la porte métallique et se lancer dans une sarabande effrénée. Ils rient bruyamment et lui tirent la langue, une longue langue rouge. Il remonte la couverture par-dessus sa tête pour se protéger d'eux mais ils arrachent sa couverture et, de leurs mains noires, le saisissent par les épaules. Il se met à crier, à appeler au secours.

« Maman, maman », hurle-t-il, épouvanté.

Quand sa mère arrive, il est trempé de sueurs froides. Il s'agrippe à son cou de ses petites mains tremblantes.

« Maman, ils voulaient m'enfermer dans leur sac », dit-il, terrorisé.

Teresa lui essuie le front et se moque de lui. Un petit garçon intelligent doit dormir au lieu de rester allongé, les oreilles et les yeux grands ouverts. Un petit garçon intelligent ne doit pas avoir peur parce que les sorcières et les diables, ça n'existe pas. Elle allume la lampe et il peut constater qu'il n'y a rien dans la chambre. C'est tout aussi bête d'avoir peur de la porte du poêle. À l'intérieur, c'est noir, mais c'est normal parce que la fumée noircit les poêles. Seuls les petits garçons stupides croient que de mauvais esprits entrent par la cheminée. Un petit garçon intelligent doit dormir, s'endormir dès qu'on le met au lit et ne pas avoir peur. Il le voit bien lui-même qu'il n'y a rien à voir. N'est-ce pas, Jegor chéri ?

« Oui maman, quand il fait clair, on ne voit rien, mais dès qu'il fait noir, on voit tout. »

Teresa rit. C'est absurde. C'est tout le contraire, quand il fait clair, on voit et quand il fait sombre, on ne voit pas. C'est justement pour ça qu'on allume la lumière le soir. À l'aide de nombreux arguments logiques, elle lui démontre qu'il n'y a rien, vraiment rien, à craindre. Elle le borde bien serré, lui embrasse les yeux pour effacer la peur et sort sans bruit en éteignant la lampe.

« Allez, dors, il faut dormir, t'endormir immédiatement, petit bêta, ordonne-t-elle. Bonne nuit.

— Bonne nuit, maman », répond Jegor en regardant disparaître le dernier rai de lumière.

Dès qu'il fait à nouveau noir, les créatures réapparaissent. Les moulures du plafond prennent vie et se mettent en branle. Des rayons lumineux étincelants, multicolores s'échappent de la lampe éteinte. Des cercles tourbillonnent, grands, petits, minuscules. Ils tournent à une vitesse infernale, comme s'ils jouaient à chat. Il n'ose pas appeler une nouvelle fois sa mère mais il a peur de l'obscurité pleine de mouvements et de bruits. Malgré sa peur, il finit par s'endormir, roulé en boule dans son lit, la couverture par-dessus la tête. Mais même dans son sommeil, les monstres viennent l'assaillir, ils sortent de tous les recoins de la pièce, de toutes les fentes de la porte, du moindre petit trou, de la moindre lézarde. Tous les soldats morts sur les champs de bataille dont lui parle Karl, éventrés, ensanglantés, sans tête, sans jambes, se rassemblent et rôdent autour de son petit lit. Le voici, lui aussi, soldat. Il est adulte à présent, comme oncle Hugo, et porte des molletières, une épée et un casque à pointe. Il est grand, le plus grand de tous, et il est lieutenant. Sur lui marchent ces maudits Français, tous plus monstrueux les uns que les autres. Il se jette sur eux avec ses soldats et les combat vaillamment. Jegor brandit son épée et les Français tombent les uns après les autres. Mais voici que l'un d'entre eux jaillit brusquement du groupe, un Noir d'Afrique, comme ceux dont oncle Hugo lui a parlé. Ses yeux riboulent, exhibant un blanc impressionnant. Il tient un couteau entre ses grandes dents blanches et il fond droit sur Jegor qui brandit son épée ; mais le Noir attrape la lame à mains nues et la brise, après quoi, se saisissant du couteau qu'il tenait entre les dents, il le pointe sur la gorge de Jegor. Il hurle, comme le vent qui souffle dans la cheminée :

« Hou-hou, ho-hou ! »

Jegor bondit hors du lit et ouvre la porte en grand. Il se précipite dans la chambre de ses parents.

« Maman, papa, crie-t-il, épouvanté. J'ai si peur. Il fait tellement noir. »

Ses parents sont habitués à ce genre de choses et ils allument la lampe de leur chambre. Teresa essuie le petit visage en sueur. Le docteur Karnovski prend Jegor dans son lit et fait des reproches à Teresa : pourquoi tolère-t-elle qu'on raconte à l'enfant des histoires de démons et de fantômes ? Lui, il est pris de jour comme de nuit, il n'a pas le temps de s'occuper du garçonnet. C'est à elle, la mère, de s'en charger et de faire la leçon aux domestiques, de leur interdire de farcir la tête de l'enfant avec de telles insanités. Dans sa maison, il n'admettra pas ne serait-ce qu'une simple allusion à ces absurdités. S'il entend, ne serait-ce qu'une unique fois, Lisette prononcer un seul mot à propos de diables et de fantômes, il lui dira de faire sa valise et ouste ! Dehors ! Il allume toutes les lampes de la maison et, tenant Jegor par la main, il le conduit dans tous les coins et les recoins. Il veut les voir les mauvais esprits et les monstres. Au contraire, il n'a qu'à lui montrer ne serait-ce que l'un d'entre eux, il lui coupera la queue illico. Jegor rit des paroles de son père mais il refuse cependant de retourner dans sa chambre. Il dormira dans un coin, par terre même, pourvu que ce soit dans la chambre de papa-maman. Il n'aura plus jamais peur. Il le jure. Mais pour cette nuit seulement, qu'on le laisse dormir ici, avec papa et maman. Parce qu'il a très peur que le maudit soldat français, le Noir avec un couteau entre les dents, reviennent le voir en rêve. Le docteur Karnovski le laisse s'allonger près de sa mère. Il s'endort sur-le-champ.

« Pauvre enfant, chuchote Teresa en regardant ses longs bras posés sur la couverture.

— Toujours ces stupides histoires de guerre dont son oncle Hugo lui bourre le crâne, murmure le docteur Karnovski. Ces saletés d'épées, de poignards. Combien de fois ai-je déjà dit qu'il ne fallait pas laisser l'enfant aller voir cette tête brûlée.

— Oh ! Doux Jésus », dit Teresa en éteignant sa lampe.

Mari et femme se taisent mais pour ce qui est de dormir, ils ne dorment pas. Tous deux se font du souci pour leur enfant. Bien qu'ils ne le disent pas, ils sentent bien que quelque chose ne va pas. Ils sentent que, compte tenu de leur âge, de leur physique et de leurs conditions de vie, ils auraient dû avoir un enfant bien portant. Ils ne comprennent pas pourquoi Jegor est si inquiet, agité, craintif et doté d'une imagination si maladive. Comme tout le monde, préférant dégager sa responsabilité et faire retomber la faute sur autrui, chacun d'entre eux pense que le coupable, c'est l'autre. Au fond d'elle-même, Teresa reproche à son mari de trop peu s'occuper de Jegor. Un enfant a besoin que son père s'occupe beaucoup de lui, surtout un enfant aussi sensible. À elle, il n'obéit pas mais à son père, il obéirait. En tant que médecin, son père devrait aussi le surveiller de plus près, demander conseil à des collègues, les grands spécialistes des enfants, pour savoir comment s'y prendre avec lui. Elle le ferait bien elle-même. Elle craint cependant que son mari n'en prenne ombrage, ne pense qu'elle ne lui fait pas confiance pour leur propre enfant et qu'elle préfère le faire voir à d'autres. Elle considère également que la grand-mère Karnovski perturbe l'enfant avec ses débordements de tendresse et son dévouement exagéré. En plus, malgré les réticences de son petit-fils, elle lui apprend à réciter toutes sortes de prières en hébreu. Et puis, elle le bourre de gâteaux, de sucreries, entre les repas par-dessus le marché, ce qui est très mauvais pour les enfants. Cela enfreint la discipline, l'ordre qu'elle, Teresa, a instauré, conformément aux principes préconisés dans les manuels d'éducation. Et pas moyen d'obtenir de sa belle-mère qu'elle ne donne plus de friandises à l'enfant. Elle a déjà pensé en parler à son mari mais elle ne l'a pas fait de crainte qu'il ne la comprenne pas bien et interprète ses propos de travers.

Georg est allongé dans son lit, les yeux ouverts, et il réfléchit à la différence entre son fils et lui. Bien qu'il n'ait pas été, lui, surveillé d'aussi près ni élevé selon les préceptes de la médecine, il était gai, bien portant, et n'avait peur de rien. Il se dit que tout cela est dû aux bêtises dont on farcit la tête de l'enfant. Tous autant qu'ils sont, ils sèment le trouble dans son esprit : Lisette avec ses diables, Hugo avec ses histoires du front, ses épées et ses poignards, grand-mère Holbek avec son église, ses saints et ses miracles. Bien qu'on s'efforce de lui cacher la chose, il sait bien que grand-mère Holbek traîne souvent le petit garçon à l'église et lui bourre le crâne avec des miracles et des histoires à dormir debout. Tout cela impressionne fortement cet enfant vulnérable et libère son imagination débridée. À plusieurs reprises déjà, il a songé en parler à Teresa mais il se retient car il a peur qu'elle n'interprète mal la chose. À sa propre mère, il a ordonné de ne plus casser la tête à son petit-fils avec ses bénédictions parce qu'il n'est pas partisan de tout cela. C'est vrai qu'elle n'était pas contente mais il n'a pas eu peur de lui parler parce que c'est sa mère. Avec sa belle-mère, c'est différent. Déjà comme ça, elle le considère comme un étranger. Elle ne pourrait que mal le prendre.

Par tous les diables, l'homme n'est pas libre, même quand il veut l'être, se dit le docteur Karnovski. Il est perpétuellement cerné par des obstacles, bridé par les convenances, les superstitions, les habitudes, les coutumes, les traditions. Il traîne l'héritage des générations passées, tels des oripeaux dont il lui est impossible de se débarrasser. Le père n'est pas maître de son enfant. Il n'a pas le pouvoir de le préserver de la famille, du milieu, de l'éducation. Malgré tous ses efforts pour chasser les absurdités de la maison, elles reviennent par les portes et les fenêtres, par la cheminée. Ses réflexions passent de l'éducation à l'atavisme, l'hérédité. Il est clair que Jegor tient beaucoup plus de Teresa que de lui. Bien qu'il ait les cheveux noirs comme lui et tous les Karnovski, sa peau est translucide, blanche et fine, et le sang lui monte au visage pour un rien. Tout à fait la peau de sa mère. De même que sa maigreur et sa grande taille qui lui viennent des Holbek. L'oncle Hugo, lui aussi, est tout en longueur et a le teint blafard. Le docteur Karnovski se méfie de ces peaux fines et très pâles. Dans sa pratique, il a toujours eu plus de difficultés avec ces gens-là. Ils supportent moins bien les opérations, leurs blessures se referment mal. Ils sont aussi vulnérables physiquement, face aux épidémies, que moralement. Ils se laissent contaminer par toutes sortes de fantasmes, préjugés et balivernes romantiques dont ils n'arrivent plus à se dépêtrer.

Dans l'obscurité de la chambre, il jette un coup d'œil sur le petit garçon qui dort. Ses paupières sont closes, ses bras frêles reposent, abandonnés, sur la couverture ; sous sa chevelure noire, son front est pâle, transparent. Le docteur Karnovski se sent envahi de pitié pour son fils. À quoi peut-il bien penser ? se demande-t-il à propos du garçonnet endormi. Que se passe-t-il dans ce cerveau d'enfant ? Que voit-il la nuit, quand il est si agité ? Quelles pensées et quelles peurs nichent dans sa petite tête ? Il sait, le docteur Karnovski, qu'en tant que médecin, il connaît bien le cerveau humain. Il le connaît jusque dans ses moindres replis. Maintes fois, sur le champ de bataille, il a opéré des crânes et a atteint le cerveau. Mais qu'est-ce en vérité que ce petit peu de matière, de sang, de nerfs et de tissus ? Qu'est-ce donc pour que chez l'un, ce cerveau soit inquiet et capable d'accéder aux plus hautes pensées et chez un autre, obtus comme celui d'un animal ? Pourquoi engendre-t-il chez l'un de la joie et de la satisfaction et chez l'autre des pensées sinistres et une perpétuelle frayeur ? Il n'en sait rien. Son fils, la chair de sa chair, est là, allongé près de lui, mais il lui est impénétrable. Il ne peut que constater que malgré son jeune âge, il est déjà plein de sombres pensées, d'anxiété et de craintes. Qui sait jusqu'où remonte le sang qui vient troubler ses nuits, jusqu'à quelles lointaines générations ? C'est peut-être un arrière-arrière-grand-père des Holbek, un esclave persécuté que l'on a fouetté. Un serf qui pour gagner son pain a combattu dans des troupes étrangères ou bien un baron voleur de grands chemins qui, tremblant devant les bêtes sauvages et l'ennemi, cherche refuge dans une caverne. Mais c'est peut-être, pourquoi pas, quelqu'un de son côté à lui, un métayer contre lequel un seigneur polonais a lancé ses chiens ou bien un rabbin pleurant la nuit par crainte de la Géhenne. Le docteur Karnovski sait que l'hérédité est quelque chose de très fort. Des générations très lointaines reviennent poser leur marque sur les arrière-

arrière-petits-enfants. Parfois même une branche col-
latérale, le frère d'une arrière-arrière-grand-mère
ou la sœur d'un arrière-arrière-grand-père. La descendance fourmille de forces cachées. Les bons et les
mauvais côtés, intelligence et bêtise, cruauté et compassion, habileté et maladresse, santé et débilité,
joie et tristesse, génie et folie, bonté et méchanceté,
voix, teint, beauté et laideur, et une multitude d'autres
traits des ancêtres sont charriés par la plus infime par-
ticule d'une gouttelette qu'entraîne une force mysté-
rieuse dans son élan pour croître et multiplier, et ils
viennent s'implanter dans les nouvelles générations.
C'est la nature, le sang, l'hérédité, l'éternel principe de
conservation, lui disent ses collègues médecins avec
lesquels il aborde parfois ce sujet. Mais qu'est-ce donc
que la nature ? Et le sang ? Et l'hérédité ? Au cours de
ses réflexions nocturnes, quand son sommeil a été
interrompu par son enfant terrorisé, le docteur Karnovski ne parvient pas à trouver de réponse. Comme
toujours dans ces moments d'insomnie, il tend la
main vers l'étagère chargée de livres disposée près de
son lit et se met à lire. Il aimerait savoir ce que dit à
ce propos le moine Mendel qu'il n'a pas relu depuis
un certain temps. Il admire Mendel qui a classifié
avec tant de précision les lois de l'hérédité, représenté
toutes les lignées avec des schémas et des chiffres.
Mais les choses n'en deviennent pas plus claires pour
autant. De même que rien n'est rendu plus clair par
les livres de philosophie entassés dans sa chambre
dans lesquels il jette un coup d'œil de temps en temps
lorsqu'il n'arrive pas à s'endormir. C'est une habitude
qu'il a conservée de cette année où, avant de se lancer
dans la médecine, il étudiait la philosophie : il achète
les tout derniers ouvrages philosophiques et les feuillette.
À présent, comme toujours, il admire ces penseurs

pour la profondeur de leur raisonnement et leurs tentatives pour pénétrer les mystères, mais leur lecture ne rend rien plus clair pour lui en ces heures d'insomnie, ils ne lui permettent pas de comprendre ce qui se passe dans la tête d'un petit garçon qui a peur la nuit et réveille son papa et sa maman.

Il repose les livres et son cœur s'emplit d'une sourde compassion pour son enfant qui s'est blotti, recroquevillé, contre sa mère afin qu'elle le protège de ses terreurs nocturnes. Lorsqu'au fond de cette nuit sans sommeil il songe au destin de son enfant, son cœur de père tremble d'inquiétude.

24

Dans le salon du patron de presse, Rudolf Moser, dans le vieux quartier Ouest de Berlin, se retrouve tout le gratin de la ville : poètes modernes, acteurs et actrices célèbres, correspondants de grands journaux étrangers, députés, musiciens, peintres, tout ce qui a un nom ou une position en vue. Presque toujours, on invite également un individu hors du commun, un prince à la peau brune, venu découvrir l'Europe, une danseuse indienne, un théosophe doté d'une grande barbe et de longs cheveux et parfois même un mage de renommée mondiale. Mme Moser veille toujours à agrémenter son salon d'un personnage haut en couleur. Parmi les habitués de ces soirées du samedi figure aussi le docteur Karnovski. Depuis qu'il est devenu célèbre, à la suite de cette sensationnelle opération pratiquée sur la fille de l'ambassadeur, Mme Moser s'est arrangée pour l'avoir à ses soirées. Chaque fois qu'elle le présente à de nouveaux invités, elle fait la même plaisanterie :

« Permettez-moi de vous présenter le docteur Karnovski, le célèbre chirurgien, et le tailleur de dames le plus prisé de Berlin... »

Les gros messieurs entre deux âges, époux de jeunes et jolies femmes, qui nourrissent toujours une certaine suspicion à l'égard des gynécologues, surtout lorsqu'ils sont jeunes et beaux, se sentent un peu bêtes et gênés quand ils serrent de leur main moite la main énergique et chaleureuse du docteur Karnovski.

« Enchanté, docteur », disent-ils avec une politesse affectée pour dissimuler leur antipathie.

Les jolies jeunes femmes sont agréablement surprises par l'allure juvénile du docteur.

« Ah ! C'est donc vous, docteur, disent-elles avec toutes les minauderies féminines dont elles sont capables face à un bel homme, on vous imaginait beaucoup plus vieux et plus sérieux.

— Avec un gros ventre et une longue barbe, n'est-ce pas, mesdames ? plaisante le docteur Karnovski.

— En effet, docteur, avouent-elles.

— Cela viendra en même temps que le titre de professeur et les rhumatismes, dit-il en découvrant toutes ses dents pas très régulières mais dont la blancheur ressort particulièrement sous la moustache noire bien taillée, et voici ma femme.

— Ah ! Je manque à tous mes devoirs, ma chère », fait Mme Moser pour s'excuser, et elle embrasse Teresa comme on embrasse un enfant auquel on ne prêtait pas attention. « Mais vous ne m'en voulez pas, n'est-ce pas, mon adorable ange blond.

— Oh ! Ce n'est rien, ce n'est pas grave, chère madame Moser », répond Teresa Karnovski, le visage en feu.

Elle a l'habitude de passer inaperçue en société. En général, c'est avec un petit temps de retard que l'on prend conscience de son existence. Et elle a beau dire que cela n'a pas d'importance et pardonner parce qu'elle est incapable de ressentiment, elle se sent profondément affectée, blessée, humiliée, de ce qu'on ne la remarque pas. Quelle que soit la quantité de poudre qu'elle utilise pour camoufler sa rougeur, elle transparaît toujours.

Mais c'est au moment où l'on se met à danser que son visage s'empourpre littéralement.

Contrairement aux autres grandes maisons, il n'y a pas dans ce salon de traditions fermement établies mais une atmosphère moderne, décontractée, voulue par Mme Moser. Chacun s'habille comme il en a envie et se conduit comme bon lui semble. Des messieurs en frac et linge blanc amidonné côtoient des peintres en veste de velours, la pipe à la bouche. Les correspondants de presse américains viennent même souvent en costume clair et chemise de couleur. Au milieu des dames en robes du soir décolletées et couvertes de bijoux, déambule d'un pas viril une femme peintre d'avant-garde, en chemise grise et cravate, portant souliers plats et socquettes. Chacun s'assoit aussi au gré de sa fantaisie, qui dans un fauteuil moderne, qui sur un pouf, qui à la turque sur le tapis bariolé, les jambes repliées sous soi, qui encore sur les marches menant du salon aux pièces voisines. De plus, on boit et on mange directement sur les plateaux sur lesquels d'élégants serveurs vous apportent ce que vous désirez, quand vous le désirez, sans qu'il soit besoin d'attendre qu'on vous prie officiellement de passer à table. C'est chaque fois quelqu'un d'autre qui joue du piano. Les couples dansent où ils peuvent, se balancent au rythme du tango, du fox-trot et du charleston, la dernière danse à la mode. Mme Moser s'arrange pour que dans sa maison on se sente libre, décontracté. Elle n'attend pas que les hommes l'invitent à danser mais elle invite qui elle veut. Elle invite toujours le docteur Karnovski.

« Si mon adorable ange blond n'est pas jaloux d'une vieille femme laide, j'inviterai le docteur à faire une danse », dit-elle et, avant que Teresa n'ait le temps de prononcer un mot, elle a déjà posé sa main sur l'épaule du docteur Karnovski et se serre contre lui de tout son corps.

Teresa Karnovski n'a pas de souci à se faire, elle ne manquera pas de cavaliers. Parmi toutes ces femmes aux cheveux coupés court, elle est la seule à porter les cheveux longs, tressés et ramenés en macarons au-dessus des oreilles. Ses tresses blondes enroulées, la pâleur et la transparence exceptionnelles de son teint, ses bras d'un blanc marmoréen et surtout la ligne si féminine de sa nuque, la font beaucoup ressembler à ces femmes germaniques que l'on voit représentées sur d'anciennes gravures. Les peintres sont en extase devant elle. Les hommes l'invitent volontiers à danser. Mais elle n'est jamais à l'aise lorsqu'elle danse avec des étrangers. Surtout les danses nouvelles. Elle pique un fard chaque fois qu'un partenaire glisse ses genoux entre les siens, la serre contre lui et l'oblige à le suivre dans toutes ses figures extravagantes. Elle devient plus rouge encore quand ses danseurs lui tiennent des propos trop lestes, comme cela se pratique dans ce salon, et profitent de la danse pour se permettre des gestes déplacés. Bien qu'elle ne dise rien car elle est incapable de s'opposer à qui que ce soit et n'ose pas ouvrir la bouche, elle éprouve du dégoût pour cette façon de se conduire avec elle, du dégoût et de la honte. Elle profite de la première occasion pour retourner s'asseoir.

« Merci, je suis fatiguée » et, le visage en feu, elle décline l'invitation des cavaliers d'un hochement de tête.

Le docteur Karnovski en train de danser avec Mme Moser aperçoit Teresa assise qui hoche distraitement la tête et, tout en continuant à danser, il s'approche d'elle et abandonne l'autre un moment pour faire danser sa femme. Teresa est heureuse de danser avec son Georg. Elle appuie tendrement sa main blanche sur son épaule virile et incline docilement la tête vers sa poitrine. La courbe de sa nuque gracile sous les tresses relevées évoque le dévouement, la soumission d'une esclave devant son seigneur et maître. Georg la serre contre lui mais il n'éprouve aucune excitation au contact de son corps sculptural. Il n'y a en elle que du dévouement féminin mais aucune flamme. Malgré un corps d'une rare beauté, tel que le docteur Karnovski a peu souvent l'occasion d'en voir d'aussi bien faits parmi la multitude de femmes qui se font soigner par lui, elle est cependant distante et froide. Elle est totalement dépourvue de ces coquetteries féminines, ces caprices, ces explosions, ces secrets, qui séduisent un homme. Elle en reste totalement dépourvue même quand, sans aucune raison, il lui fait la tête pendant un certain temps et quand, toujours sans aucune raison, il se réconcilie avec elle. De son expérience professionnelle auprès des femmes le docteur Karnovski sait que ces brouilles sans fondement sont toujours suivies d'une extrême excitation dans la vie du couple. L'amour renaissant explose tout feu tout flammes. Dans ses joies comme dans ses peines, Teresa est sans la moindre flamme. Sans explosion de colère quand il se montre méchant avec elle, sans explosion de joie quand il redevient gentil. Il n'y a en elle que du dévouement et de la reconnaissance. Elle ne peut être que soumise dans son bonheur et triste dans son chagrin de femme. Il s'ennuie avec elle lorsqu'il rentre de ses visites et de son travail à la clinique, il s'ennuie la nuit lorsqu'il est auprès d'elle. À présent aussi, en dansant avec elle, il éprouve de l'ennui. Elle n'a absolument rien à lui dire pendant qu'ils dansent. Les réponses aux questions qu'il lui pose sont brèves, timides et ne permettent pas une conversation suivie.

« Pourquoi ne dis-tu rien, Teresa ? Tu ne te sens pas bien ?

— Si, Georg, je suis heureuse que tu me fasses danser, c'est tout, répond-elle à voix basse en rougissant comme une petite fille qui danse avec un garçon pour la première fois de sa vie.

— Quelle enfant », dit Georg qui ressent pour elle l'amour qu'on ressent généralement pour un enfant, pas pour une femme.

Le sang qui bouillonne, la tension, l'excitation, il les ressent quand la maîtresse de maison, Mme Moser, recommence à danser avec lui. Elle n'est pas belle, Mme Moser, rien de comparable à Teresa. Sa nuque sous les cheveux coupés droit, à la garçonne, est rigide et masculine. Elle a des yeux de félin, gris et sournois. Sa bouche est amère, trop volontaire. Son corps non plus n'est pas aussi beau que celui de Teresa. Elle a des jambes trop musclées par la gymnastique et l'équitation. Mais tout son corps tendu déborde d'une ardeur sauvage. Usant des astuces les plus subtiles que les femmes sensuelles expérimentées peuvent mettre en œuvre en dansant avec des hommes, surtout les danses modernes, elle s'immisce dans son corps, l'enserre comme un serpent, le relâche un instant afin de mieux le capturer à nouveau ensuite. Ses yeux gris de chat sont tendus vers les yeux noirs du docteur et y mettent le feu. Sa bouche volontaire peut très habilement, presque sans bouger les lèvres, sans attirer l'attention de quiconque, murmurer à son oreille les mots d'amour les plus enflammés. Sa langue est aussi pleine de feu que son corps. Dans son salon, elle est toujours au centre des conversations, elle parle des tout derniers livres ou tableaux, est au courant de tous les scandales qui agitent la société, des conflits familiaux, des divorces et des infidélités dans le grand monde, mais elle se passionne surtout pour la politique intérieure et toutes les intrigues, les manœuvres en coulisses, les querelles et les relations entre les gens. Quand la danse s'arrête et que les hommes se mettent à fumer et à discuter par petits groupes, Mme Moser est partout. Elle défend l'art moderne dans le cercle des artistes où elle laisse tomber quelques mots au sujet du livre le plus récent ou de la dernière exposition de peinture ; elle se montre rusée comme une chatte dans le groupe des colporteurs de ragots et des joyeuses jeunes femmes qui parlent amour, divorces, tromperies et sexe. Elle écoute avec sérieux et attention les quelques professeurs et théosophes qui exposent leurs dernières théories sur la science et la philosophie. Elle se sent comme un poisson dans l'eau dans le groupe des hommes politiques, des correspondants étrangers, des députés du Reichstag et des chefs de partis. Les hommes sont frappés par la justesse de ses jugements et de ses idées.

« Écoutons donc ce que Mme Moser a à nous dire sur la question. »

Née à Vienne, fille d'un haut fonctionnaire et d'une baronne hongroise, elle a fait ses études à Paris et a parcouru le monde entier en compagnie de son premier mari, un globe-trotter anglais. Elle parle à la perfection, avec autant d'aisance que sa langue maternelle, une demi-douzaine de langues. Elle s'adresse à chacun dans sa propre langue, surtout aux correspondants étrangers qui fréquentent sa maison. Non seulement elle suit la politique mais elle la fait. Ce n'est pas pour rien que son mari est le directeur du journal le plus influent de la capitale. Ce n'est pas pour rien qu'hommes politiques, hommes d'État, représentants étrangers et correspondants de presse viennent chez elle. Tel un oiseau qui sautille d'un endroit à un autre aussitôt qu'il aperçoit quelques grains à picorer, Mme Moser court d'un groupe à l'autre, laissant tomber un mot, une idée, une plaisanterie, un point de vue. Rien n'échappe à l'acuité de ses yeux gris. Les hommes l'admirent. Les femmes l'envient. Teresa Karnovski plus que toutes les autres. Teresa se sent très malheureuse dans ce salon à la mode. Elle n'a rien à dire sur les livres ou la peinture, elle ne sait rien des scandales de famille ni des histoires piquantes concernant la politique ou les affaires d'État. D'ailleurs elle évite d'accompagner son mari à ces soirées du samedi chez les Moser. Elle lui dit d'y aller sans elle. Parfois, mais c'est rare, lorsqu'il insiste beaucoup parce qu'il ne veut pas qu'elle reste seule, elle se laisse convaincre et le suit. Mais elle le regrette toujours.

Elle se sent complexée à côté de Mme Moser, elle envie, déteste et jalouse profondément cette femme si habile et si pétulante. Parce que, malgré l'adresse et la discrétion déployées par Mme Moser pour murmurer des mots d'amour à l'oreille de son cavalier le docteur Karnovski et malgré son habileté à se serrer contre lui l'air de rien, sous prétexte d'exécuter des figures de danse à la mode à présent admises, Teresa voit bien que cette femme lui prend son mari et se moque ouvertement d'elle. Elle cherche cependant une justification pour son mari. Elle n'est pas la compagne qui lui convient, elle le voit dans ce salon débordant d'intelligence, d'attraits et de mondanités. Elle n'est qu'une gêne pour lui, le célèbre chirurgien, qui face aux gens, doit avoir honte d'elle, une femme aussi peu intéressante. Elle s'en va au milieu de la soirée afin de ne pas jouer les trouble-fête. Mme Moser est affligée de voir que sa chère enfant, son ange blond, la plus belle fleur de la société féminine, l'abandonne.

« Je suis désolée, j'ai mal à la tête », dit Teresa en rougissant de ce gros mensonge.

Le docteur Karnovski se sent coupable vis-à-vis de Teresa et il insiste pour qu'elle reste parce que, si elle part, elle lui gâchera sa soirée. Il devra même partir avec elle, dit-il, sachant pertinemment que ce n'est pas vrai et qu'en fait, son désir profond est de rester seul, et il est même inquiet à l'idée qu'elle va peut-être se laisser convaincre de rester. Teresa de son côté ne se laisse pas convaincre. À aucun prix elle ne permettra qu'il la raccompagne, dit-elle en s'entêtant, bien qu'en vérité elle n'ait qu'une envie : qu'il ne l'écoute pas et rentre avec elle. Tous deux essayent mutuellement de se tromper alors que chacun sait que l'autre lit dans ses pensées ce qui rend la chose encore plus pénible et déplaisante. Incapable de supporter plus longtemps ce jeu cruel, Teresa s'en va précipitamment. Le docteur Karnovski se sent coupable mais libre.

Mme Moser le prend par le bras et le mène vers la cheminée, là où se regroupent généralement les hommes politiques et les savants. Parce que premièrement elle n'a pas vraiment envie de le voir côtoyer de trop près les jolies jeunes femmes de son salon et que deuxièmement, le docteur Karnovski apprécie beaucoup ce genre de compagnie, surtout les intellectuels. Ce goût lui est resté de l'année où il étudiait la philosophie à l'université. Autour de la cheminée dans laquelle l'écorce de bouleau crépite et se tord sous les flammes, on passe en revue tous les problèmes du monde, on parle politique, philosophie, religion, psychologie. Ici, comme dans toute capitale d'un pays vaincu, on trouve de nombreux révolutionnaires, des gens en quête d'un dieu, des adeptes de nouvelles croyances, des individus qui appellent à faire table rase de la culture et de la civilisation pour revenir à la vie primitive, d'autres qui annoncent le déferlement d'une culture asiatique sur l'Europe, des psychanalystes, des théosophes. Comme toujours, les deux Siegfried — le docteur Siegfried Klein et le docteur Siegfried Zerbe — se livrent une guerre sans merci.

Anciens condisciples à l'université, tous deux docteurs en philosophie, tous les deux en même temps, dans leur jeunesse, ils se sont mis à écrire des poèmes, des drames et des romans, mais sans succès. Le docteur Siegfried Klein s'est alors immédiatement tourné vers le journalisme, a collaboré à un hebdomadaire humoristique, puis rassemblé de l'argent pour publier lui-même un journal et a rapidement réussi à porter ce périodique si haut qu'il est lu dans tout le pays. Le docteur Klein a grandi en même temps que son journal. Aigri par l'insuccès de sa carrière poétique, véhément, mordant, il n'épargne personne dans ses écrits, il écorche les grands comme les petits et se moque de tous et de tout avec tant d'animosité et de fiel qu'il a su plaire au public qui s'arrache son journal. C'est maintenant un personnage puissant, très en vue dans la capitale, redouté des politiciens, des écrivains et des différents acteurs sociaux qui tremblent à l'idée de devenir la cible de cet homme à la dent si dure. Sa plume est féroce, incisive, aussi redoutable qu'une flèche trempée dans du curare. Celui qu'il n'achève pas avec sa plume, c'est son excellent ami, le caricaturiste Emil von Spansattel qui lui donne le coup de grâce. Issu lui-même de la noblesse et fils de général, le caricaturiste von Spansattel a un talent particulier pour représenter de façon impitoyable les militaires, les nobles, les religieux et les magnats. Quand il exhibe leurs travers dans le journal du docteur Klein, c'est comme si on leur crachait à la figure. Ils ont honte devant leur femme et leurs enfants. Le caricaturiste sait toujours déceler le point faible des gens, le défaut le plus caché, celui que l'on appréhende le plus de voir dévoiler. On redoute autant la plume du docteur Klein que le crayon de von Spansattel.

Beaucoup plus qu'au docteur Klein, le Juif, les victimes en veulent à Emil von Spansattel, leur semblable au sang bleu qui trahit sa classe. Un de ceux dont on parle souvent dans le journal du docteur Klein est le docteur Siegfried Zerbe qui a étudié la philosophie avec lui et qui a, en même temps que lui, commencé à écrire des poèmes et des drames. Malgré l'insuccès de sa poésie comme de celle de son camarade Klein, le docteur Zerbe n'a pas rendu les armes. Au contraire, plus il a de déconvenues, plus il est convaincu de son génie. Mais ceux qu'il met en cause, ce sont tous ces éditeurs, ces directeurs de salles, ces critiques littéraires et critiques de théâtre qui se sont tous donné le mot pour l'effacer de la face du monde, parce que la plupart d'entre eux sont des Juifs qui ne peuvent pas comprendre le véritable esprit allemand, qui sont incapables d'appréhender sa profondeur et sa mystique. Dans le petit périodique qu'il édite et qui est très peu diffusé, il mène une lutte acharnée contre tous les maîtres à penser et tous les donneurs de leçons artistiques du pays qui sont tous soit Juifs, soit d'ascendance juive, soit au service des Juifs. Il voue aux gémonies les intellectuels, les libéraux et les libres-penseurs. Il appelle à un retour aux origines, au combat et au sang. Ses articles sont accompagnés de ses propres poèmes, très obscurs, très mystiques, écrits en longues phrases pesantes, bourrées de vieux mots germaniques sortis de l'usage depuis des centaines d'années.

Mais bien qu'il dise pis que pendre des Juifs, des descendants de Juifs, des intellectuels et des libéraux, il fréquente assidûment le salon de l'éditeur Rudolf Moser, un Juif converti. Il ne peut pas non plus se passer de son ancien camarade Klein, un Juif et son opposant le plus implacable. Étant lui-même fils de pasteur, intellectuel jusqu'au bout des ongles, caustique, acerbe, avec un physique de gringalet, il ne trouve aucun attrait à la fréquentation des militaires qui parlent du front, de la chasse et du gibier, des duels et des femmes. De petite taille, portant des lunettes, avec un pauvre visage de fils d'ecclésiastique, des cheveux blonds clairsemés et un corps qui prête à rire et n'a jamais porté l'uniforme, il ne trouve aucun plaisir à fréquenter des aristocrates de grande taille et qui se redressent de tout leur haut, superficiels, et qui de plus le méprisent autant que lui-même les méprise. Il éprouve encore moins de plaisir à rencontrer les individus bottés du nouveau mouvement national, ces jeunes gens grossiers qu'il présente dans son journal comme les authentiques fils du pays, ceux à qui appartient l'avenir. Ils s'agglutinent autour de lui, le pourfendeur de la domination juive. Ils achètent son journal et assistent à ses conférences. Mais les rencontrer dans une maison, il ne peut pas. Leur médiocrité, leur grossièreté et leur phraséologie lui répugnent. Du plaisir, il en a à fréquenter le salon de Rudolf Moser où l'on peut parler de philosophie, de politique, de religion et de tout ce qui se fait de nouveau de par le monde. Il ne manque aucune des soirées chez les Moser où on le reçoit gentiment bien que le maître de maison appartienne par ses origines à ceux qu'il combat. Plus que par quiconque, il est attiré par le docteur Klein, son plus virulent opposant, celui qui le couvre de ridicule. Il trouve en lui un adversaire à sa taille avec lequel il vaut la peine de discuter, de se lancer dans une joute. Il le salue d'un :

« Bonsoir, docteur Cynicus.

— Bonsoir, docteur Graphomanus », lui répond le docteur Klein avec un ricanement.

Il sait, le docteur Klein, que le docteur Zerbe déteste plus que tout être traité de graphomane. Rien ne l'affecte plus que ce titre. Il pardonne toutes les attaques politiques des articles du docteur Klein mais pas cette façon de l'appeler graphomane ni de se moquer de sa poésie. C'est précisément pour cela que le docteur Klein utilise cette arme dans ses écrits. C'est également comme cela qu'il le salue en public ce qui plonge le docteur Zerbe dans une colère bleue. Comme à son habitude, le docteur Zerbe enfourche son bon vieux cheval de bataille. Qu'est-ce qu'un docteur Klein et ses semblables peuvent bien comprendre à la poésie allemande ? Qu'est-ce que des voyageurs de commerce de Kolomeie[1] peuvent comprendre des profondes subtilités du vieil esprit germanique ? Ils ne peuvent que raconter des blagues, comme ils ont coutume de le faire dans l'exercice de leur métier de représentants, ce qui est un trait caractéristique de leur race. Pour faire passer ses fripes, le commis voyageur doit toujours les emballer d'une blague à bon marché dont il régale son client berné. Depuis des générations, ils parcourent la terre, ces commis voyageurs, vendant leur marchandise de pacotille au monde païen, bon, naïf et crédule, à commencer par Moïse et jusqu'à Heine et tous les docteurs Klein. Le docteur Klein tire sur son gros havane et rit de bon cœur des discours fielleux du docteur Zerbe.

1. Petite bourgade du sud-ouest de l'Ukraine.

« Je ne t'en veux pas, cher ami, dit-il, parce que ce qui s'exprime là, c'est ton amertume, le cœur blessé d'un graphomane vexé de ce qu'on n'apprécie pas sa mauvaise poésie et ses drames à quatre sous... C'est la souffrance de celui qui veut et ne peut pas, mon cher docteur. »

Le docteur Zerbe est fou de rage. Il est plus furieux encore lorsque le caricaturiste von Spansattel le croque, vite fait, et qu'il montre le croquis à son entourage. C'est une illustration du portrait du docteur Zerbe brossé par le docteur Klein, un personnage malingre, plein d'envie et d'amertume. Il est si rabougri et souffreteux sur ce dessin que les femmes font la grimace comme si elles voyaient un monstre. En regardant son portrait, le docteur Zerbe est incapable de rentrer sa colère. C'est surtout face à la gent féminine qu'il a honte. Justement parce qu'il n'est pas particulièrement bel homme, il meurt d'envie d'avoir du succès auprès des dames. Dans son courroux, il en vient à mettre en doute le sang bleu de von Spansattel. Seul un descendant de la race élue peut être aussi fielleux et manquer à ce point d'esprit chevaleresque face à un adversaire, soutient-il. Il est de notoriété publique que de nombreux banquiers juifs ont, grâce à du bon argent, marié leurs filles noiraudes à des aristocrates malchanceux et ruinés. Von Spansattel ajoute encore quelques traits bien sentis au portrait du docteur Zerbe dans tous ses états et il éclate d'un rire sonore et franc face au petit docteur courroucé.

« Qu'en dites-vous, mesdames et messieurs ? demande-t-il en montrant son dessin.

— Là, c'est trop méchant, mon cher von Spansattel, dit le maître de maison, Rudolf Moser, trop caricatural... »

Dans ses rapports avec les gens, il est bienveillant, respectueux et modéré, l'éditeur Rudolf Moser, ce qui lui a permis d'arriver aussi haut dans sa carrière. Son principe c'est sérieux et compromis, le juste milieu en toute chose. Dans son journal, on est équitable avec tous les partis, noble envers l'adversaire, et on n'attaque jamais quiconque personnellement.

Il est si libéral, Rudolf Moser, qu'il n'en veut même pas au docteur Zerbe pour ses attaques contre les convertis dont lui, Rudolf Moser, fait partie. Il lui prête même de l'argent chaque fois qu'il est dans le besoin.

Von Spansattel n'est pas d'accord avec Rudolf Moser qui prétend que son dessin du docteur Zerbe est une caricature. Grand, anguleux, tout en os, en nerfs et en muscles, il est tout aussi anguleux, nerveux et tranchant dans sa façon de dessiner et de parler. Dressé de tout son haut face au docteur Zerbe, petit et mal bâti afin de le faire paraître plus petit et plus comique encore, il examine d'un air sérieux le portrait qu'il vient de terminer.

« Non, mesdames et messieurs, dit-il d'un ton assuré, je n'appellerais pas cela une caricature, mais plutôt un portrait psychologique du docteur Zerbe. Et pas seulement du docteur Zerbe mais aussi des millions d'autres Zerbe dont la Prusse regorge. »

On dresse l'oreille. Von Spansattel tire sur sa pipe, vide un verre de vin français qu'il accompagne, pour faire passer, d'une bonne rasade de fumée et tient des propos sans appel, pas particulièrement tolérants. Natif de Rhénanie, admirateur de la peinture française qu'il a étudiée, bohème, intrépide et débordant de joie de vivre, c'est un zélateur de tout ce qui est français et un ennemi farouche de tout ce qui est allemand et sur-tout de ce qui vient de Prusse. Il ne supporte pas l'art allemand, les monuments massifs, les rues symétriques, la discipline, l'ordre, la soumission, le militarisme ni même la famille de militaires et de nobles dont il est issu. Dès qu'il a économisé un peu d'argent dans son pays, il s'en va le dépenser dans les cafés parisiens du quartier des artistes. Tout son mépris, il l'exprime dans les caricatures qu'il fait de ses compatriotes. À présent, il lui donne libre cours dans son portrait du docteur Zerbe. C'est précisément cela, le côté typiquement allemand, qu'il a voulu représenter dans le portrait psychologique du docteur Zerbe, dit-il. À travers celui-ci, cet homme aux moyens réduits et à la jalousie démesurée face aux autres, ceux qui peuvent, il a voulu montrer les millions de Zerbe qui pullulent dans le pays, surtout depuis la défaite. Le docteur Zerbe est le symbole d'un pays qui envie perpétuellement les autres mais qui, au lieu d'améliorer sa propre image de sot, brise le miroir dans lequel il se regarde.

Là, c'en est trop, même pour le tolérant Rudolf Moser.

« Allons, vous exagérez, mon cher von Spansattel, dit-il calmement. Vous êtes un caricaturiste dans vos discours comme dans vos dessins. Comment pouvez-vous soutenir de telles accusations contre nous, le plus grand peuple de culture qui soit en Europe ? »

Von Spansattel vide un autre verre de vin français et, interrompant le maître de maison, il part à l'assaut :

« Qui a dit que nous étions un peuple de culture ? Des barbares, voilà ce que nous sommes, des serfs. Mais au lieu de cacher notre nudité sous une peau de bête, nous portons un pantalon de soldat, et au lieu d'une lance, nous avons des armes automatiques. De même que nos ancêtres détestaient Rome parce qu'ils ne supportaient ni sa culture ni sa sagesse, de même nous vouons une haine éternelle à Paris, ville d'ancienne culture, de sagesse, d'art et de savoir-vivre. Nous sommes jaloux de tous, des Français, des Anglais, des Juifs, de tous ceux qui sont plus raffinés, plus intelligents et meilleurs que nous. C'est pour cela que nous voulons anéantir tout le monde, nous, les Zerbe bouffis de haine et d'envie. »

Rudolf Moser s'inquiète des propos virulents tenus dans sa maison. Si un noble de souche, un « von », peut se permettre de parler ainsi, lui, un Juif baptisé et directeur d'un grand journal allemand, ne peut pas se permettre de laisser prononcer de tels discours sous son toit. Il voudrait calmer le jeu, détourner la conversation, mais le docteur Zerbe l'en empêche. Dans une langue emphatique, mystique, avec des phrases lourdes et tarabiscotées, il parle du dangereux bacille français venu de France en même temps que les Francs et qui a infecté le corps du peuple germanique. Ce *bacillus intellectualis* ou *bacillus judeus* cherche à dévorer le corps sain des Germains. Mais le réveil a sonné à temps. La jeunesse s'est réveillée. Elle se débarrasse des influences étrangères, ne se laisse plus fourguer de vieux oripeaux par ces farceurs de commis voyageurs. La jeunesse retourne à l'ancienne germanité, à l'héroïsme, au sang et à la race.

« Prenez garde, vous, intellectuels aveugles, qui ne voyez pas qu'une ère nouvelle est en marche et approche à pas de géant ! » dit-il, les menaçant du doigt comme le faisait son père, le pasteur, lors de ses sermons dans sa petite église de campagne.

Le maître de maison est mal à l'aise. Les mises en garde du petit homme sont lourdes de menaces. Des menaces que l'on entend d'ailleurs souvent, trop souvent, ces derniers temps. Et bien que Rudolf Moser ne croie pas au mal parce qu'il est persuadé que ce qui triomphe en dernier recours, c'est toujours le bon sens, le compromis et le juste milieu, bien qu'il se refuse à croire à tout mauvais présage parce que ce genre de pensées est inconfortable, il ressent cependant de l'inquiétude au fond de son cœur. Mme Moser plaisante :

« J'espère que vous ne permettrez pas qu'on me maltraite, docteur Zerbe », dit-elle en riant.

Le docteur Zerbe lui baise maladroitement la main.

« Pour les belles dames, je suis toujours prêt à affronter tous les dangers. »

Le docteur Klein met à mal les propos chevaleresques de son camarade.

« Le diable n'est pas aussi noir qu'on le dépeint, dit-il en riant, pour un seul article élogieux écrit par un critique, fut-il juif, à propos d'un mauvais poème de Zerbe, mesdames et messieurs, on peut se concilier les bonnes grâces de Jupiter courroucé. N'est-ce pas, petit docteur ? »

Le docteur Zerbe prend congé et fait un baisemain aux dames. Le docteur Klein l'invite à revenir.

« Profites-en tant que c'est encore possible, Zerbe ! Quand le jour viendra où on ne pourra plus se réunir chez nos chers amis Moser, tu t'ennuieras beaucoup avec tes hommes bottés, toi, l'intellectuel tresseur de rimes. »

Les gens s'en vont les uns après les autres. Mme Moser met sa pèlerine et part en même temps que le docteur Karnovski.

« Le docteur Karnovski a l'amabilité de me conduire à Wannsee, dit-elle à son mari. Bonne nuit, mon cher, ne travaille pas trop dur.

— Bonne nuit, chérie », répond Rudolf Moser en posant un baiser sur la tête de sa femme.

Elle passe souvent ses dimanches dans leur maison de campagne à Wannsee, dans les environs de Berlin. Rudolf Moser reste en ville où, même le dimanche il est surchargé de travail. Bien qu'il n'aime pas trop voir le docteur Karnovski raccompagner sa femme dans son automobile, il n'en laisse rien paraître. N'est-il pas un homme moderne qui regarde les choses avec objectivité et philosophie ? Il dit au revoir au docteur Karnovski de la façon la plus courtoise qui soit, le remercie d'avoir l'amabilité de raccompagner sa femme et le prie de se montrer plus souvent dans sa maison, ce qui sera pour lui un grand plaisir.

Le docteur Karnovski installé au volant de sa voiture à côté de Mme Moser dépasse en chemin le docteur Zerbe courbé et misérable, revêtu d'un méchant manteau. Le pantalon noir de son frac qui dépasse de son manteau de tous les jours, paraît trop habillé et souligne un peu plus l'indigence du vêtement. Il soulève son chapeau usé au passage de la belle automobile et la suit d'un regard mauvais.

« Un drôle de bonhomme, dit Mme Moser au docteur Karnovski. Un pauvre type.

— Ce genre d'individu peut s'avérer terrible, impitoyable, dit le docteur Karnovski, il fait partie des hystériques humiliés qui souffrent à la fois de folie des grandeurs et de manie de la persécution. En période révolutionnaire, ce sont eux les plus redoutables.

— Tu crois vraiment, mon chéri ? demande Mme Moser en se blottissant contre lui.

— Les hystériques humiliés sont pires que des chiens enragés, j'ai perçu de la folie dans ses yeux tandis qu'il discourait. »

Cela donne l'occasion à Mme Moser de parler de la psychanalyse, sujet très à la mode, de l'hystérie, du complexe d'infériorité. Le docteur Karnovski est éberlué par ses connaissances dans ce domaine. Elle fait des remarques très pertinentes, parle comme un homme, un intellectuel. Mais à peine ont-ils pénétré dans la maison que la dame cultivée se débarrasse en même temps que de ses vêtements, de toute trace d'intellectualité et de culture et devient provocante, libertine, comme seule peut l'être une femme qui n'a plus honte de rien. Elle sait utiliser tous les moyens possibles dans l'art de l'amour. Elle est soumise et sauvage et impudique et inventive à tel point que, même lui, le gynécologue, en est stupéfait. À côté des mots d'amour les plus brûlants et les plus inattendus qu'elle lui déverse au creux de l'oreille, elle dit dans toutes les langues de sa connaissance, d'horribles obscénités. Le docteur Karnovski, comme tout homme qui n'admet pas qu'une femme soit effrontée, ne peut supporter ses grossièretés.

« Tu parles comme une femme des rues..., dit-il en la repoussant.

— Bats-moi, chéri, traite-moi de putain », le supplie-t-elle dans l'extase du libertinage.

Quand le docteur Karnovski rentre en ville, il est plein de remords, de mépris et de dégoût de soi. Il repense à Teresa, allongée seule dans son lit et certainement en train de pleurer. Il ne comprend pas ce qui l'attire chez cette femme tumultueuse. Elle n'est même pas belle. Ses jambes sont trop grosses, trop musclées. Sa nuque est masculine. Sa bouche trop volontaire. Dans sa pratique professionnelle, il voit des centaines de femmes bien plus belles, plus féminines et plus agréables. Beaucoup d'entre elles ne cachent pas leur amour pour lui, d'autres viennent même le voir non parce qu'elles sont malades mais parce qu'elles ont envie de se dévêtir devant lui et de sentir le contact de ses mains sur leur corps. Depuis qu'il est devenu célèbre, les femmes l'accablent de lettres où elles lui déclarent leur admiration et leur amour. Il y a parmi elles des beautés et d'honorables dames de la meilleure société. Il n'arrive absolument pas à comprendre pourquoi il s'est empêtré dans cette liaison avec une femme qui n'est même plus de première jeunesse. Assis au volant de sa voiture, il prend la décision d'en finir une fois pour toutes. Il a honte et pour lui-même et pour Teresa qu'il trompe avec elle. Mais à peine quelques jours se sont-ils écoulés sans qu'il la voie qu'il devient nerveux et commence à s'ennuyer de ce mélange d'intelligence et d'instinct incarnés, de cette femme du monde et putain tout à la fois.

25

Pendant toutes ces années, Hugo Holbek avait tâté des emplois les plus divers. Il avait été voyageur de commerce pour une marque d'aspirateurs électriques, représentant en fusils de chasse, vendeur dans un magasin de chaussures, mais rien n'avait marché. Il s'avérait totalement incapable de s'adapter à la vie civile.

Une fois cependant, il s'était lancé avec enthousiasme dans une entreprise. C'était à l'époque où sa mère, après avoir vendu ses immeubles, était en possession de devises étrangères et où lui, Hugo, venait quémander un unique billet de un dollar avec lequel il faisait la fête pendant vingt-quatre heures d'affilée dans les stands de tir, les cabarets et à Tatersal où il montait à cheval. Là, au club équestre, il avait fait la connaissance d'un ancien capitaine devenu professeur d'équitation et, en vidant une chope de bière en sa compagnie, il lui avait parlé des dollars de sa mère. Dans la grosse tête du capitaine en bottes jaunes, ça avait aussitôt fait tilt : lui et le lieutenant Holbek pourraient ouvrir leur propre école d'équitation et gagner des fortunes. La ville était pleine de visiteurs étrangers, d'Américaines qui aimaient faire des promenades à cheval dans le parc de Tiergarten. Ce sont des dames très agréables, ces joyeuses Américaines qui jettent l'argent par les fenêtres. De plus, elles ont un faible pour les jeunes officiers, le lieutenant Holbek les attirera irrésistiblement.

À ces propos du capitaine, le visage blafard de Hugo Holbek s'anima comme si on lui avait donné l'ordre de se lancer à l'assaut sur un champ de bataille. Après l'armée, c'était là la meilleure activité, la plus convenable, à laquelle un lieutenant puisse se livrer à cette foutue époque. Généralement laconique et apathique, il devint très loquace, supplia sa mère de lui donner son argent, lui baisa les mains, lui promit monts et merveilles, se fâcha, exigea et menaça même de se tirer une balle dans la tête parce qu'il ne lui restait plus d'autre issue dans ce monde pourri. Incapable de résister plus longtemps, la vieille dame lui remit son argent de ses mains tremblantes. Hugo retrouva goût à la vie. Débordant de joie, il acheta des chevaux, tous plus beaux les uns que les autres, des selles jaunes, embaucha des garçons d'écurie, mit des annonces dans les journaux et attendit que les Américaines viennent dépenser leur argent sans compter. Son imagination l'emportait très loin. Dans les romans qu'il lisait en grand nombre pour meubler son oisiveté, il avait bien souvent trouvé des histoires curieuses concernant de pauvres officiers et de riches jeunes filles américaines qui s'étaient rencontrés dans une école d'équitation. Il n'était pas rare qu'une Américaine, fille de millionnaire, s'éprenne éperdument d'un officier européen comme lui et lui accorde sa main en même temps que les millions de son père. Il ne voyait vraiment pas pourquoi une telle chose ne pourrait pas lui arriver à lui. Sanglé dans sa veste militaire serrée à la taille, avec ses longues bottes, ses cheveux blonds soigneusement lissés, lieutenant de la tête aux pieds, il s'examinait dans la glace suspendue dans la salle d'attente et se trouvait à son goût. Il les attendit les Américaines, mais elles ne vinrent pas. L'inflation disparut aussi soudainement qu'elle était apparue. Le mark reprit de la valeur. Les hôtels se vidaient. Plus vide encore était l'école d'équitation de Hugo Holbek. Il sortit de cette affaire, avec rien d'autre que sa culotte de cheval et sa cravache. Dès lors, il perdit tout intérêt pour ce foutu monde où il n'y avait pas de place pour un lieutenant allemand. Il devint encore plus apathique qu'auparavant et ne put conserver aucun emploi.

À présent, sa mère loue des chambres et vit de ce que Teresa lui donne. Hugo fume, joue avec le chien et regarde au loin à travers ses jumelles de campagne. Quand il n'en peut plus de rester à la maison et que le désir le prend d'aller faire la fête la nuit, qu'il meurt d'envie de se retrouver dans une brasserie, de voir des collègues, de s'exercer dans un stand de tir, il va emprunter de l'argent à sa sœur.

Chez sa sœur, la nourriture est toujours meilleure, plus savoureuse que chez lui. Et puis le docteur Karnovski a un grand choix de vins, liqueurs et cognacs, pas seulement allemands mais aussi d'importation. Hugo Holbek se délecte avec le cognac français auquel il a pris goût lorsqu'il combattait en France. Il se choisit également des cigarettes dans le coffret de son beau-frère et, tout en savourant la délicate fumée dont il s'emplit les poumons, il pense à la maudite injustice qui règne dans ce monde en ces temps pourris où un médicastre à long nez tient le haut du pavé tandis que lui, un lieutenant, est plus bas que terre.

« Diable ! Il fume de sacrées bonnes cigarettes », se dit-il en lui-même, puis il sort dans la cour et se dirige vers le garage où est rangée la voiture des Karnovski. L'odeur de l'essence est pour lui aussi suave qu'un parfum. Avant la guerre, déjà, il conduisait une moto-cyclette. Ensuite, sur le front, il a souvent conduit une automobile. Depuis lors, il ne peut passer à côté d'une voiture sans tressaillir.

Karl, le domestique, le laisse ouvrir la voiture et mettre le moteur en marche. Le moteur tourne à toute vitesse et Hugo écoute son ronflement comme si c'était de la grande musique. Ça lui rappelle le gron-dement des canons.

« Un sacré bon engin, Karl, dit-il.

— Jawohl, oui, mon lieutenant », lui répond Karl en le gratifiant de son titre comme il a pris l'habitude de le faire à l'armée.

Quand Jegor rentre de son école privée et aperçoit oncle Hugo dans la cour, il rougit de surprise et de bonheur. Il le hèle avec un enthousiasme enfantin :

« Oncle Hugo ! Oncle Hugo !

— Comment ça va, mon garçon ? » lui répond son oncle.

Grâce à l'admiration que lui voue son neveu, il se sent plus important dans cette maison où ni son beau-frère ni sa propre sœur n'ont une très haute opinion de lui. C'est pourquoi il parle avec le petit Jegor comme avec un adulte, ce qui plaît énormément au garçon. Il lui fait voir l'intérieur du moteur, le laisse appuyer sur les pédales, tenir le volant et mettre les gaz. Quand ils en ont fini avec la voiture, il lui apprend à tirer dans une cible avec son fusil d'enfant. C'est un tireur exceptionnel, oncle Hugo. Il peut abattre un oiseau posé sur une branche de l'acacia au milieu de la cour. Le petit garçon insiste toujours auprès de sa mère pour qu'elle lui permette d'aller faire un tour dans la voiture de son père avec l'oncle Hugo.

Teresa est très réticente. Son mari déteste que Hugo utilise sa voiture. Mais le petit ne lâche pas prise. Teresa sait que cet enfant est une tête de mule, un Karnovski. Elle est trop faible pour lui résister et elle cède.

« Mais pour l'amour du ciel, Hugo, pas trop vite, supplie-t-elle.

— Bêtises », répond Hugo, et dès qu'il s'est un peu éloigné de la rue, il part pleins gaz. C'est un plaisir qui lui rappelle le temps où il avait sa propre moto avec un petit siège pour une fille et qu'il conduisait à une allure diabolique. Jegor est fou de joie.

« Oncle Hugo, papa ne conduit jamais aussi vite, dit-il, ravi.

— Tu parles d'un conducteur, ton père ! Pas la peine d'avoir une voiture comme celle-ci », dit oncle Hugo en augmentant encore la vitesse.

Son visage pâle, impassible, s'illumine. Il se sent vivre, sent que le monde est redevenu le monde. Jegor jubile autant que lui. Bien qu'étant d'un naturel crain-tif, il a cependant un penchant pour les excès. Crainte et transgression vont chez lui de pair. Sa foi, sa confiance en son oncle sont telles que le goût de la transgression l'emporte sur la peur.

« Oncle Hugo, tu peux rouler encore plus vite ?

— Bien sûr, mais je risque de me faire arrêter par la foutue police et alors papa sera furieux. »

Jegor regarde son oncle de ses grands yeux bleus, pleins d'admiration, et il lui raconte tout ce qu'il a sur le cœur, toutes les choses qu'il ne comprend pas, tous ses chagrins de même que tous ses rêves et ses projets pour quand il sera grand.

Cachottier, obstiné, il ne raconte jamais rien à la maison, quoi qu'il puisse se passer entre lui et ses camarades d'école, mais confie à son oncle Hugo tous ses soucis, tous ses rêves et ses doutes. Il en est plein. Il sait déjà que sa famille est différente des autres. Ses parents sont différents, grand-mère Holbek est différente et grand-mère Karnovski est différente. Différent également oncle Hugo, le frère de sa mère, ainsi que tante Rébecca, la sœur de son père. Il sait aussi que lui-même est différent des autres enfants de l'école. Bien que ses parents évitent le sujet, qu'ils le saoulent de paroles chaque fois qu'il tente de les faire parler de lui, il sait bien qu'il a quelque chose de différent de ses camarades de classe. Et cette différence n'est pas une qualité, ce n'est pas une chose dont il puisse se glorifier. Le professeur de religion à l'école ne le traite jamais comme les autres enfants. Parfois, il le laisse assister à son cours comme tous les autres élèves, parfois, il le fait sortir. C'est pareil avec les garçons. En général, ils le considèrent comme un des leurs, mais quand il lui arrive de se disputer avec l'un d'entre eux, de se bagarrer dans la cour, ils le traitent de Juif. Alors il veut que son oncle lui dise ce qu'il en est. Il est allemand ou il n'est pas allemand ?

« Ah ! Bien sûr que tu es un Allemand, tu es un Holbek, affirme Hugo avec fierté.

— Alors, pourquoi les garçons disent que non ?

— Eh bien, c'est parce que tu es un Karnovski par ton papa, pas vrai ? Et ils ne comprennent rien ces idiots de morveux. »

L'opinion de l'oncle Hugo sur ses camarades d'école fait sourire Jegor pendant un moment. C'est bien ce qu'ils sont, des idiots de morveux. Mais il n'est pas entièrement satisfait pour autant. Il ne comprend pas exactement ce qu'il est, lui.

« Est-ce que papa n'est pas allemand ? Maman dit que si. En plus, il a fait la guerre, il est capitaine. »

Que sa sœur qualifie son mari de capitaine et qu'elle le considère comme un Allemand, ça lui donne envie de rire à l'oncle Hugo. Qu'est-ce qu'une stupide bonne femme peut bien comprendre à tout ça ? Mais il n'en dit rien au petit garçon. Il n'a pas le cœur de dire ce genre de choses à Jegor car il l'aime.

« Bien sûr qu'il est allemand, papa, puisqu'il est né dans le pays. Cependant il n'est pas tout à fait allemand parce qu'il est juif aussi, pas vrai ? Mais, ça n'a rien à voir avec toi, mon garçon. Toi, tu es un véritable Allemand, un Holbek, pas vrai ? »

Jegor ne comprend pas vraiment et il se met à réfléchir très sérieusement. Il voudrait savoir.

« Un Juif, c'est quoi, oncle Hugo ?

— Un Juif ? » reprend oncle Hugo en réfléchissant.

Non pas qu'il ne sache pas ce qu'est un Juif. Il le sait même très bien. Un Juif est un individu comique, noiraud, avec un nez crochu. En plus, il est toujours riche, plein aux as, et il s'infiltre partout. Il sait aussi, pour l'avoir entendu dire par des orateurs dans les brasseries, que c'est eux, ces maudits Juifs, qui ont trahi le pays pendant la guerre, et planté un poignard dans le dos de l'armée. Sans ça, l'armée ne se serait pas laissé battre par ces foutus Français. Mais il ne peut dire cela au petit garçon.

« Un Juif, c'est celui qui ne va pas à l'église mais à la synagogue, comme papa, dit-il.

— Mais papa ne va jamais à la synagogue », rétorque Jegor.

À cela, l'oncle Hugo n'a rien à répondre et pour ne pas se compliquer la vie, parce qu'il a horreur de réfléchir, il envoie tout au diable et voudrait se mettre à parler du front, sujet où il se sent à l'aise.

« Tout ça, c'est des sornettes, tu es trop petit pour comprendre. Il ne faut plus y penser. »

Mais Jegor veut justement y penser.

Il aimerait que son oncle lui explique ce qui le préoccupe depuis longtemps et qu'il ne sait à qui demander :

« Pourquoi maman ne s'est pas mariée avec un vrai Allemand mais avec papa ? »

Là encore, oncle Hugo pourrait répondre que sa sœur est une dinde stupide comme toutes les femmes et que comme toutes les femmes stupides, elle est bêtement tombée amoureuse. Qu'après la guerre, quand les Holbek étaient pauvres, elle avait dû aller travailler dans un hôpital et que, comme chacun sait, les hôpitaux grouillent de Juifs, des véritables synagogues. Mais là encore, il n'en dit rien au petit garçon. Il lui dit seulement que les femmes sont une drôle d'engeance et que les hommes ne doivent pas penser à elles. Lui, Jegor, n'est pas une fille, il ne doit pas s'inquiéter de toutes ces bêtises. Il vaut mieux qu'il apprenne à tirer dans une cible, à faire de la moto, du cheval, de l'escrime, pour être un bon militaire quand il sera plus grand.

Les paroles de son oncle comblent Jegor de joie mais il n'est pas certain de pouvoir entrer dans l'armée parce que grand-mère Karnovski dit que depuis la fin de la guerre on ne peut plus être soldat et il voudrait savoir ce qu'en pense son oncle. En entendant cela oncle Hugo sort de ses gonds, il ne se contrôle plus.

« Foutaises ! Qu'est-ce qu'une bonne femme juive peut comprendre à ce genre de choses ? Il suffit d'attendre, de regarder bien attentivement ce qui se prépare, tout sera comme au bon vieux temps. Lui, Hugo Holbek, remettra son uniforme d'officier. Il y aura à nouveau une armée, et l'exercice, et les ordres, et la guerre, la bonne vieille guerre. Et le mieux pour Jegor est d'éviter ces stupides palabres avec cette mau-

dite vieille Juive parce que, sinon, elle va encore l'affubler d'une lévite juive comme celles que l'on porte
dans l'ancien Scheunenviertel, la Suisse juive... »

Dans sa fureur, il s'adresse au garçon comme s'il
était un Holbek à cent pour cent et non un mélange
de Karnovski. Mais il réalise bientôt qu'il s'est laissé
emporter un peu trop loin.

« Tu ne raconteras à personne à la maison de quoi
nous avons parlé, personne ne doit savoir ce que les
hommes se disent entre eux.

— Oh ! Mon Dieu, répond l'enfant vexé de ce que
l'on puisse mettre en doute sa capacité à garder un
secret, ça ne me viendrait même pas à l'idée.

— Voici des paroles d'homme », dit Hugo et il
appuie sur l'accélérateur pour ramener la voiture à
temps, avant le retour de son beau-frère.

Il n'aime pas trop avoir affaire à son beau-frère.
Malgré tout le mépris qu'il a pour lui, ce médicastre
juif, il se sent toujours déprimé quand il le rencontre.
Comme la majorité des médecins, le docteur Karnovski porte un regard professionnel ironique sur tous
ceux qui ne sont pas du métier comme si la vie des
autres était entre ses mains.

« Alors, que fait-on, mon lieutenant ? » demande-
t-il sur le ton de la plaisanterie.

Hugo Holbek n'apprécie pas que son beau-frère
l'appelle mon lieutenant. Ce titre si agréable à entendre
dans la bouche de Karl, le domestique, ou d'autres personnes semblables, sonne comme une insulte lorsqu'il
sort de la bouche moqueuse du docteur Karnovski. On
y perçoit de la raillerie.

« Que peut faire un lieutenant allemand à notre foutue époque ? » répond-il dans son style habituel, laissant entendre à son beau-frère que l'époque actuelle est
faite pour des Karnovski, pas pour des Holbek.

« Cette foutue époque va durer longtemps, mon lieutenant, lui prédit le docteur Karnovski, avant qu'elle ne se termine, tu pourras attraper des rhumatismes tels que tu n'auras d'autre solution que de devenir général à la retraite...

— J'ai une opinion différente là-dessus, docteur, répond Hugo.

— Bon, en attendant, si on passait à table. J'ai une faim de loup », dit le docteur Karnovski et, en compagnie de son beau-frère et de Jegor, il pénètre dans la vaste salle à manger où la table est déjà mise.

Teresa noue la serviette autour du cou de Jegor afin qu'il ne se tache pas en mangeant et elle appelle sa belle-sœur.

« Beka ! »

C'est comme cela, par ce diminutif, que la sœur de son mari souhaite être appelée parce que Rébecca sonne trop juif à son oreille.

Rébecca, une grande jeune fille, rentre du jardin tenant dans la main des fleurs coupées, et elle s'approche de la table d'une démarche un peu lourde.

« Oh ! Monsieur Hugo », dit-elle surprise.

Hugo bondit de sa chaise et claque des talons pour le plus beau salut militaire dont il soit capable.

« Bonjour, mademoiselle Beka », dit-il en lui baisant la main avec élégance.

On peut voir dans les yeux noirs de Rébecca qu'elle est éblouie par les bonnes manières du lieutenant et par le fait qu'il lui manifeste autant de respect qu'à une dame. Si ses anciennes compagnes de lycée pouvaient voir ça ! Elle s'assoit près de Hugo Holbek, à la place que lui désigne sa belle-sœur. Hugo lui rapproche sa chaise avec un empressement exagéré.

« C'est très aimable à vous, lieutenant », lui dit-elle, rayonnante, et elle prend conscience de la proximité de sa jambe près de la sienne. Il sent la fumée, le cuir, la mousse à raser et l'homme.

Sans savoir elle-même pourquoi, elle éprouve soudain un grand élan d'affection pour sa belle-sœur et lui donne un baiser. Teresa rougit et arrange les cheveux de Rébecca qui, quel que soit le soin que l'on mette à les recoiffer, sont toujours en désordre.

Le docteur Karnovski regarde les échanges de tendresse des femmes assises en face de lui et il plaisante :

« Quand une jeune personne embrasse sa belle-sœur un peu trop chaleureusement, c'est qu'elle s'intéresse au frère de sa belle-sœur, affirment les psychologues », et il éclate de rire.

Tous les trois, Rébecca, Teresa et Hugo, rougissent en même temps. Rébecca fusille son frère de son regard noir.

« Tu es un cynique, comme tous les gynécologues », dit-elle, d'autant plus furieuse que les paroles de son frère contiennent une part de vérité.

Le docteur Karnovski rit de toutes ses dents et raconte des histoires drôles à propos de femmes hystériques qu'il a vues dans la journée. Rébecca ne veut pas écouter. C'est une sentimentale. Sa tête noire ébouriffée est pleine de fleurs, de musique, de romans et de rêveries. Elle ne supporte pas d'entendre son frère se moquer de la gent féminine.

« Racontez-nous plutôt quelque chose, lieutenant », dit-elle à son voisin, quelque chose de beau.

Hugo Holbek est bien embarrassé. Il n'a rien à raconter. Mais Rébecca le regarde avec des yeux si noirs, si ardents, qu'il ne peut se dérober et il commence à parler de ses aventures sur le front. C'est là le seul sujet dont il sache parler. Comme il ne peut pas utiliser en présence des dames le langage militaire bien senti, sa langue fourche souvent. Mais Rébecca écoute avec beaucoup d'attention le récit de ses actes de bravoure.

« Oh ! Dieu du ciel ! » dit-elle admirative.

Le docteur Karnovski n'est pas persuadé à cent pour cent de la véracité de ces histoires d'héroïsme en temps de guerre. Lui, sur le front, c'est tout autre chose qu'il a vu.

« Bon, et la dysenterie, vous n'avez pas connu ça, mon lieutenant ? » demande-t-il en se versant un verre de vin.

Rébecca jette à son frère un regard incendiaire. Il a toujours été un répugnant cynique et il le restera. Tout le monde est comme cela à présent, aucun sens du beau ni du chevaleresque.

« C'est cette maudite époque de l'après-guerre, dit Hugo à mi-voix. Sans armée, pas de romantisme.

— Vous parlez d'or, monsieur Hugo, dit Rébecca en le regardant de ses yeux étincelants, on ne voit partout que grisaille, calcul, matérialisme. »

C'est ce qui la chagrine le plus. Ils sont vraiment très matérialistes les hommes de l'après-guerre. Tout ce qu'ils cherchent, c'est la grosse dot, l'amour est le cadet de leur souci. Elle ne veut pas entendre parler des partis que le docteur Lipman lui propose. Selon la vieille habitude des Juifs de s'accuser eux-mêmes de tout ce qui ne va pas, elle considère que c'est un trait juif chez ces jeunes gens de ne chercher qu'à faire des affaires, même en amour. Aussi tombe-t-elle en admiration devant ce grand lieutenant blond si élégant avec sa haute stature, si chevaleresque, plein de prévenance et de bonnes manières. Elle voit de la beauté et un détachement chevaleresque jusque dans son incapacité à se trouver une situation.

« C'est un grand enfant, sans malice et naïf comme un non-juif », murmure-t-elle à l'oreille de sa belle-sœur.

Teresa a de son frère une opinion différente. Mais elle ne dit rien. Rébecca sort dans le jardin avec Hugo et s'installe près des parterres de fleurs, là où elle a coutume de s'asseoir. Elle se lance dans des discours enflammés sur les livres, la musique, les acteurs. Elle fait toujours tout avec passion. Hugo reste assis, ses longues jambes étirées et il écoute plus qu'il ne parle. Il connaît très peu de chose dans ces différents domaines. Quand elle lui récite de mémoire des vers de poètes modernes, il reste complètement ébahi. Il n'est pas habitué à ce genre de jeunes filles. Il fréquente soit des couturières avec lesquelles il ne sort pas mais a des liaisons passagères, soit des filles de bonnes familles qui, lorsqu'elles se promènent en sa compagnie, le laissent parler et se contentent de rire chaque fois qu'il raconte quelque chose de drôle à propos du front. Jamais aucune jeune fille ne lui a lu des vers, à plus forte raison récité par cœur, et avec une telle ardeur.

« Joli, très joli », dit-il à propos de poèmes dont il se fiche éperdument.

Rébecca se laisse de plus en plus emporter par son sujet.

Comme son père, elle est pleine d'énergie, de fougue. Mais en même temps, comme sa mère, elle est maternelle et brûle de se sacrifier, de se dévouer corps et âme à des enfants, des êtres fragiles, plus faibles qu'elle. Elle éprouve le même sentiment envers les hommes qu'envers les enfants. C'est précisément pour cela qu'elle n'aime pas ceux qui sont habiles, intelligents, doués de sens pratique et capables de se débrouiller tout seuls, mais ceux qui sont désemparés, infantiles et naïfs. Elle veut être une mère pour un homme, le guider et l'éduquer, l'aider à s'élever et à arriver à quelque chose. En Hugo, ce blond taciturne qui ne parvient pas à trouver sa place, elle voit un enfant, un homme démuni qui a besoin d'une mère, d'une femme dévouée qui le conduise, le tire vers le haut et révèle les qualités cachées qui sommeillent en lui.

« Ah ! Vous êtes un grand enfant, lieutenant », lui dit-elle d'un ton maternel lorsqu'il laisse échapper une sottise.

En sa présence, Hugo ne sait pas quelle contenance adopter. Rébecca l'intrigue avec son enthousiasme, ses cheveux noirs, ses yeux pleins de flamme. Elle n'est pas aussi lisse et ouverte que les minces jeunes filles blondes qu'il connaît, mais pleine de secrets féminins. Il n'a jamais eu affaire à des femmes juives mais il a entendu dire par des camarades qu'elles avaient quelque chose de diabolique. Ce dont il est sûr, c'est qu'il ne voudrait pas d'une femme comme celle-ci pour épouse parce qu'il éprouve un sentiment d'étrangeté, une sorte de répulsion face à cette jeune fille étrangère qui l'intrigue et qui lui est supérieure mais qu'il considère cependant comme son inférieure.

Il se sent plus à l'aise lorsqu'il quitte la maison.

Avant de dire au revoir à son beau-frère, il tournicote toujours autour de lui, l'air très embarrassé, il rougit et tire nerveusement sur sa cigarette. Le docteur Karnovski connaît bien cette façon qu'il a de tourner autour du pot et il lui vient en aide.

« Combien ? demande-t-il en fixant ses yeux pâles.

— Vingt-cinq marks, si c'est possible, dit Hugo, gêné. Dès que je travaillerai, je rembourserai tout. Parole de lieutenant… »

Le docteur Karnovski connaît ce refrain. C'est ce que lui répète son beau-frère chaque fois qu'il lui emprunte de l'argent. Malgré tout, il lui en donne.

« Ramenons ça à quinze marks », dit-il en plaisantant.

Hugo prend les quelques marks et s'en va à grandes enjambées.

« Quel connard ce type », marmonne-t-il furieux, et parce qu'il a été contraint d'emprunter à son beau-frère, et parce que celui-ci ne lui a pas donné la totalité des vingt-cinq marks mais qu'il lui a rabioté dix marks en marchandant, comme un Juif a l'habitude de le faire.

Dans la brasserie bavaroise de Schmidt, sur Potsdamer Brüke, il se sent à nouveau bien dans sa peau. Là se retrouvent de nombreux anciens officiers. On y voit aussi des étudiants avec leurs petites amies. La bière y est bonne, les saucisses savoureuses et la choucroute salée à point. Ses collègues l'accueillent d'un salut militaire en claquant des talons. Les serveuses lui sourient.

Quand les étudiants ont bien bu et qu'ils se mettent à discuter, il y a de l'ambiance. La plupart des clients de la brasserie Schmidt font partie des hommes nouveaux. Ils parlent de combattre pour l'Allemagne renaissante, de se venger de la France et des maudits traîtres de Berlin-Ouest, ces Juifs pleins aux as qui ont planté un poignard dans le dos de l'héroïque armée. Et bien que Hugo ne prenne pas part aux discussions parce qu'il ne sait pas et n'aime pas parler, que son métier à lui ce n'est pas de parler mais de marcher à la tête d'une compagnie en armes et d'exécuter des ordres et d'en donner, les discours sur le réveil du pays lui plaisent cependant beaucoup.

« Santé ! » lance-t-il à ses collègues en éclusant chope après chope.

Plus tard, dans la nuit, il repart avec l'une des serveuses. Le lendemain matin, s'il lui reste un peu d'argent, il va au stand de tir. Il n'est pas rare que son meilleur tir soit récompensé par un paquet de cigarettes.

26

Pour le docteur Elsa Landau, députée de Berlin-Nord au grand Reichstag, la situation devient de jour en jour plus difficile.

« Retourne dans la Dragonerstrasse, lui crient les représentants des partisans du renouveau national, dans la Suisse juive, chez tes compatriotes galiciens, les profiteurs, les faux-monnayeurs, les Bolcheviques, les spéculateurs ! »

D'autres la verraient bien plus loin encore :

« Tire-toi à Jérusalem, on n'a pas besoin de Juifs au Parlement allemand. »

Elsa Landau leur rend la monnaie de leur pièce. Elle leur dit qui sont les profiteurs, les faux-monnayeurs et les spéculateurs. Elle est toujours au courant des secrets du camp adverse, connaît toutes les lettres de noblesse de ses opposants et n'a pas son pareil pour étaler leur linge sale aux yeux de tous. Elle avance toujours des faits, des chiffres. Mais aucun propos intelligent, aucun argument ou preuve logique ne peut venir à bout du chœur des vociférateurs et des ricaneurs. Elsa Landau s'épuise dans cette guerre contre des hommes déchaînés qui veulent l'expédier à Jérusalem. Elle en perd même la voix, sort souvent de ses gonds et devient hystérique, ce qui amuse beaucoup ses adversaires hilares.

C'est encore pire lors de ses tournées en province où elle prend la parole devant les ouvriers.

Des étudiants, d'anciens militaires, des chômeurs, des voyous, des aventuriers, des diplômés sans travail, tous se retrouvent à ses meetings, envoyés par les hommes du renouveau national, sifflent, ricanent, l'injurient, lancent des œufs pourris et des boules puantes. Parfois même, quelqu'un tire un coup de revolver dans la salle. Les jeunes gens bottés s'en prennent non seulement à ses origines juives mais à sa vertu, la traitant de « pute juive, putain rousse ».

Bien que connaissant la valeur de ce genre de calomnies et insultes dans la bouche des individus bottés, Elsa Landau a toujours un pincement au cœur lorsqu'ils l'affublent de ces horribles noms. La femme en elle est blessée. Elle qui a renoncé au bonheur de la vie de famille et à l'amour afin de se consacrer corps et âme à la lutte des travailleurs, c'est justement à elle que l'on adresse ces noms orduriers et mensongers. Et le pire, c'est que ça plaît beaucoup à la populace. Le public hennit chaque fois que ce mot grossier est prononcé. Cela a infiniment plus de succès auprès des gens que tous ses discours logiques bourrés de faits et de statistiques. Grâce à leur succès, les jeunes gens bottés ont pris tant d'assurance qu'ils l'ont même menacée de l'abattre comme un chien si elle a le toupet de prendre la parole dans une ville allemande.

Mais elle ne se laisse pas intimider par eux, Elsa Landau. Elle a déjà senti l'odeur de la poudre dans la période de transition de l'immédiat après-guerre. Au contraire, plus elle reçoit de lettres de menace de ses ennemis, plus elle multiplie ses déplacements d'une ville à une autre pour des interventions publiques, même dans les lieux les plus reculés où les jeunes gens bottés font le plus de tapage. Elle réveille les prolétaires assoupis qui ont déposé les armes face aux individus bottés, elle leur insuffle du courage et un nouvel élan. Elle remet sur pied les organisations paralysées, elle souffle sur les cendres refroidies des feux moribonds de la révolution d'après-guerre. Mais ce faisant, elle constate que ses ennemis deviennent de jour en jour plus forts. Ils séduisent non seulement la petite-bourgeoisie et les paysans mais également bon nombre d'ouvriers.

Des masses d'ouvriers sont sans travail. Ils en ont assez d'attendre les bras ballants et de vivre de subsides. Ils exigent du concret de la part des gros bonnets, des camarades députés et des leaders de la capitale. Elsa s'adresse à leur intelligence, à leur bon sens. Elle tient des raisonnements logiques, avance des chiffres et les arguments imparables des manuels de socialisme et d'économie. Mais ils ne veulent pas entendre ce qu'elle dit.

« Des discours, encore des discours, toujours des discours, maugréent les plus mécontents et les plus audacieux, on est fatigué des discours. Ce qu'on veut c'est du pain et du travail. »

Elsa Landau n'a rien à répondre à cela. Plus que tous les dirigeants du parti dans la capitale, elle voit la catastrophe qui se profile. Eux, ils sont absorbés par leur travail, ils ne sont pas au contact des ouvriers et ils sont sûrs d'eux alors qu'elle, dans les villes de province, elle entre dans les logements des ouvriers. Elle mange à leur table, parle avec leurs femmes, voit la pauvreté, la misère et surtout l'apathie. Elle met souvent en garde ses camarades du parti contre le danger imminent. Ils la sermonnent :

« Trop pessimiste, camarade Elsa. »

Mais elle voit plus clair qu'eux. De sombres pensées lui viennent à l'esprit lorsqu'elle est couchée seule dans une chambre d'hôtel de province sans pouvoir trouver le sommeil. Tant qu'elle parle à ses ouvriers, qu'elle assiste à leurs fêtes, démonstrations sportives et défilés, qu'elle écoute leurs orchestres amateurs jouer en son honneur, elle oublie ses préoccupations, elle se laisse emporter par l'enthousiasme du combat. Mais quand elle se retrouve seule dans des chambres d'hôtel qui se ressemblent toutes, qui ont pratiquement toutes les mêmes sièges capitonnés, les mêmes gravures représentant des châteaux allemands et des scènes de guerre, les mêmes grands lits et les mêmes épais rideaux aux fenêtres, alors, dans la nuit, elle est saisie de tristesse et d'effroi.

C'est une femme seule qui n'a pas d'homme dans sa vie. Le spacieux lit double se moque de son corps mince, trop étroit, perdu dans cette vaste étendue moelleuse. Des chambres voisines, à travers les murs, lui parviennent souvent les petits rires, les discours étouffés et les murmures des couples. Elle ressent soudain alors tout le poids de sa solitude. Elle essaie de chasser de telles pensées. Qu'a-t-elle à faire de ces stupides chuchotements des couples en quête d'amour dans des chambres d'hôtel, elle, une combattante, qui trouve la plus grande jouissance dans le travail et la lutte ? Mais elles ne se laissent pas repousser, ces pensées de femme. Les paroles de son père lui reviennent en mémoire : « Elsa, tu le regretteras, mais il sera trop tard », lui répétait-il souvent.

Ça la faisait rire. Mais à présent, la nuit, au cours de ses insomnies, les mises en garde de son père ne lui paraissent plus du tout risibles. De son père elle passe à un autre homme qui lui était cher, Georg Karnovski. Elle se rappelle une chambre d'hôtel dans une ville au bord de l'Oder. Une chambre tout à fait semblable à celle dans laquelle elle se trouve maintenant. Jusqu'aux gravures accrochées au mur là-bas qui étaient les mêmes qu'ici : des châteaux allemands et des scènes de guerre. Mais alors, elle n'était pas seule. Georg était avec elle, avant son départ pour le front. Il y a combien de temps de cela ? Des années. Mais elle se la rappelle bien, cette nuit-là. Il l'aimait, il avait enflammé ses sens pour la première fois de sa vie. Elle aussi, elle l'aimait, elle l'aimait énormément. Malgré tout, elle l'avait laissé tomber pour se consacrer au travail politique, par goût de l'action, de la lutte et surtout de la gloire. Non, elle ne se leurre pas, Elsa. À côté de tout son idéalisme, il y avait aussi beaucoup de considérations personnelles, le désir d'être célèbre, la volonté de démontrer aux hommes qu'elle n'avait rien à leur envier, qu'elle était même plus forte et plus capable qu'eux. Elle est arrivée à ses fins. Elle est devenue quelqu'un d'important. Les hommes l'admirent. La presse reproduit chacune de ses paroles. Ses ennemis eux-mêmes doivent tenir compte de son courage. Combien de femmes lui envient sa vie si intéressante et lui disent qu'elle a de quoi être fière d'elle et heureuse ?

Heureuse, elle ne l'est pas. Elle s'étourdit dans son travail. Mais dès qu'elle se retrouve seule, surtout la nuit, un sentiment de tristesse et de solitude s'empare d'elle, et toutes les faiblesses féminines prennent le dessus. Elle imagine la chaleur d'un foyer, la tranquillité, l'amour. Elle ne peut oublier Georg. Il a une femme, un enfant, une maison. Voici des années qu'elle ne l'a pas vu. Elle sait cependant ce qu'il fait. Il est devenu une sommité médicale. Comme elle se sentirait heureuse si elle était auprès de lui, Georg, si elle était sa femme, obéissante et même soumise, tout plutôt que d'être seule, si tristement seule.

Dans le silence de la nuit on perçoit des pleurs d'enfant et la voix ensommeillée d'une mère qui le berce. Elsa tend l'oreille et se met à envier cette femme dont elle entend la voix somnolente. Son père l'avait prévenue, il lui disait qu'une femme doit se marier et avoir des enfants. Elle lui riait au nez. Mais elle voit bien à présent qu'il comprenait mieux qu'elle ce qui fait la vie d'une femme. Elles sont pleinement comblées, les pauvres ouvrières auxquelles elle rend visite. Les enfants et les occupations ménagères emplissent leurs journées et leurs nuits. Et elle-même, comme elle est heureuse quand parfois, chez l'une de ces femmes, elle prend sur ses genoux un enfant potelé et rieur. Comme elles sont tendres et douces ces petites menottes qui se cramponnent à ses joues ou s'accrochent à son cou. Face au bonheur d'être mère, de quoi ont-elles l'air toutes ces querelles, ces luttes, cette excitation ? Et ces applaudissements pour lesquels elle a sacrifié jeunesse, amour et maternité ?

Elle a repoussé le bonheur. Après Georg, d'autres sont venus qui lui ont proposé leur amour. Elle les a tous découragés, elle ne voulait pas renoncer à l'action politique, elle refusait l'esclavage, désirait rester libre. Mais sa liberté ne la rend pas heureuse. Elle lui pèse. Elle sait qu'elle n'est plus jeune. Il est vrai que son corps est toujours mince et juvénile et les hommes lui font encore des compliments sur sa féminité. Mais elle ne se leurre pas et connaît son âge. Souvent, il lui arrive de ressentir une fatigue dans tout le corps et l'envie de se reposer. Dans sa jeunesse, jamais elle n'avait ressenti cela. Elle sait que ce sont là les premiers symptômes du vieillissement. Elle souffre aussi de fréquents maux de tête et de toutes sortes d'autres troubles féminins provoqués par la vie de célibataire et annonciateurs du déclin.

Au milieu de la nuit, dans ses heures d'insomnie, elle rejette sa couverture et examine son corps et elle se prend de pitié pour elle-même et pour sa jeunesse envolée sans amour, sans tendresse. Son corps ne connaîtra jamais le bonheur d'enfanter, elle en est sûre. Ses seins ne nourriront jamais d'enfant. Maintenant, elle est encore à peu près en bonne santé, alerte. Mais il ne va pas s'écouler bien longtemps avant qu'elle ne devienne une femme d'un certain âge. Elle n'aura pas le temps de se retourner qu'elle sera déjà vieille. Qu'elle est absurde, qu'elle est stérile et vide la vie d'une femme seule dans ses vieux jours.

Elle prend un comprimé pour se calmer et s'endormir. Mais les sinistres pensées sont plus fortes que le comprimé. Le sommeil ne vient pas. Durant ces heures d'insomnie tout lui est pénible. Le lit moelleux est dur, les oreillers de plumes la gênent. Elle a beau tourner la tête de tous les côtés, ça ne va jamais. Dans le silence de la nuit se propagent toutes sortes de bruits. C'est parfois le rire joyeux d'un couple qui se dit au revoir dehors, sous la fenêtre, et ne parvient pas à se séparer. Parfois le chant d'un ivrogne. Parfois un enfant qui pleure. Les horloges de la ville sonnent avec solennité toutes les heures, toutes les demi-heures et tous les quarts d'heure. L'écho répercute les coups longuement, mélancoliquement. Prophètes de malheur, ils répandent la crainte et un sentiment d'insécurité, ils semblent présager un danger, un grand péril qui se rapproche inexorablement. Elle enfouit sa tête dans l'oreiller, éclate en sanglots et pleure comme toute femme accablée par sa solitude et qui se sent perdue au fond d'une nuit sans sommeil.

Dans la nuit, sans répit, les horloges sonnent, mettent en garde et menacent.

27

Une tension chaotique, mélange d'attente, d'espérance et de crainte, s'empara de la capitale quand les hommes bottés furent devenus maîtres de ses rues et de ses places.

Ils étaient partout, et en nombre, les hommes bottés. Ils défilaient et paradaient, passaient à toute allure dans des automobiles, sur des motocyclettes, portaient des torches allumées, jouaient dans des fanfares, claquaient des talons et défilaient, défilaient sans fin, défilaient interminablement.

Le bruit de leurs bottes éveillait des pulsions. On ne savait pas vraiment ce que les nouveaux maîtres bottés allaient apporter, le bonheur ou le malheur, des promesses tenues ou de grandes désillusions, mais on était excité, excité et émoustillé, on se laissait aller sans retenue, comme quand on joue son va-tout, que l'on brave un interdit formel sans savoir ce qui en sortira, gain ou perte, mais que, quoi qu'il en soit, on s'amuse et on se sent tout permis. Il y avait quelque chose de différent de l'habitude, de nouveau, de festif, d'inquiétant et de frénétique comme dans un jeu d'enfant.

À nouveau, comme au bon vieux temps, la capitale résonnait de musique militaire. À nouveau, les bottes martelaient le pavé. À nouveau, on voyait des drapeaux et des torches et des uniformes et des talons qui claquaient et des saluts militaires et des défilés et des parades et des harangues. Plus sonore que partout ailleurs, le bruit des bottes retentissait dans Berlin-Ouest, sur Kurfürstendamm, sur Tanzienstrasse, dans tout ce quartier où les gros négociants, les professeurs, les directeurs de théâtre, avocats, médecins et banquiers aux cheveux noirs et aux yeux noirs avaient établi leurs résidences, commerces, bureaux et cabinets. Un chant clamait que « Quand le sang juif coule sous les couteaux, tout dans la vie redevient plus beau ». En défilant au pas de l'oie devant les boutiques élégantes, les banques et les grands magasins de ces rues de Berlin-Ouest, les hommes bottés faisaient sonner ce chant haut et fort dans leurs bouches pour que les tignasses noires l'entendent bien.

Ils l'entendaient fort bien les banquiers, les commerçants, les avocats et les médecins aux cheveux noirs. De même que l'entendaient les artistes, les journalistes et les courtiers bruns, installés comme toujours dans leurs cafés habituels, derrière leurs journaux et leur éternelle tasse de café. Eux aussi ça les inquiétait, ils avaient un peu honte et se sentaient mal à l'aise. Mais ils n'étaient pas vraiment effrayés par les paroles que chantaient les hommes bottés. En fin de compte, ce n'était rien de plus que quelques phrases dans une chanson, une stupide chansonnette, que des personnes intelligentes ne devaient pas prendre au sérieux. D'ailleurs, les commerçants de Friedrichstrasse et d'Aleksanderplatz eux non plus ne les prenaient pas au sérieux.

Les affaires marchaient aussi bien qu'avant et mieux encore. Les gens se rassemblaient dans les rues, insouciants, ils se sentaient d'humeur festive et ils dépensaient de l'argent, oubliant leur prudence et leur parcimonie coutumières. Dans les cafés, les serveurs apportaient à leurs habitués aux cheveux noirs, en même temps que le strudel, les journaux du monde entier, tout en continuant à leur donner du « docteur », que ce titre soit légitime ou non. Et on ne croyait pas que tout cela pourrait changer. On ne voulait pas y croire. Au demeurant, comme toujours en cas de calamité, chacun pensait que si un malheur devait arriver, il frapperait son voisin, pas lui.

Comme à l'accoutumée, M. Rudolf Moser, l'éditeur du plus grand journal du pays, se rendait en automobile à son travail, dans l'énorme bâtisse de sa maison d'édition. Si désagréables que soient ces chants qu'il entendait sur le sang juif, à aucun moment il n'avait pensé que cela puisse le concerner personnellement. C'est vrai qu'il était d'origine juive mais baptisé depuis belle lurette, il avait une femme chrétienne et était même membre du conseil d'administration de la Gedächtniskirche, l'église la plus prestigieuse de la ville. Son salon était fréquenté par des hommes d'État des plus éminents, même de droite. Que faudrait-il de plus alors que même l'un des leurs, le docteur Zerbe, était reçu dans sa maison ? Quoi qu'il arrive aux Juifs, lui, le chrétien, ça ne le concernait pas.

Les propriétaires de grands magasins, les banquiers et les gros commerçants, les directeurs de théâtre, les comédiens et artistes célèbres, de même que les professeurs de renommée mondiale qui appartenaient également à la communauté ne pensaient pas non plus que le sang qui devait couler des couteaux pouvait être le leur. En vérité, leur appartenance à la communauté était purement formelle. Ce côté formel mis à part, ils n'avaient rien à voir avec le judaïsme. Ils étaient enracinés dans la vie allemande, dans la culture du pays. Ils avaient bien mérité de la patrie. La plupart des jeunes gens avaient fait la guerre et s'y étaient illustrés. Si quelque chose devait arriver, c'était aux Juifs traditionnels de la ville, aux nationalistes juifs qui se cramponnaient à la culture hébraïque et dont certains rêvaient même d'émigrer en Asie et d'autres folies du même acabit.

Le docteur Spayer, rabbin de la Nouvelle Synagogue, ne croyait pas lui non plus être concerné par ces menaces. N'était-il pas, ainsi que sa famille, installé dans ce pays depuis des générations ? N'usait-il pas du plus bel allemand dans ses prêches ? N'agrémentait-il pas ses sermons de citations de Goethe, Lessing, Schiller et Kant ? N'avait-il pas appelé ses fidèles à défendre le pays à la veille de la guerre et à offrir leur sang et leur ardeur à la patrie ? Non, si on pouvait avoir des reproches à faire, c'était aux étrangers, aux immigrés de fraîche date. Tout comme pendant la guerre, il recommença à prendre ses distances avec son ami, David Karnovski, l'étranger, l'immigré. En ces temps difficiles, il est préférable de se tenir le plus loin possible de ces étrangers, pensait-il. L'homme ne doit pas se mettre en péril. Il est même écrit que celui qui a toujours peur est dans le vrai.

Le docteur Karnovski continuait de travailler dans sa clinique d'accouchement sans trop se préoccuper de ce que criaient les hommes bottés, à savoir que dans la patrie régénérée, les médecins juifs devraient faire leurs valises. Absurde ! C'est ici qu'il est né, ici qu'il a fait ses études, ici qu'il s'est rendu célèbre par son éminente activité médicale. D'autre part, il a fait la guerre, a été décoré, élevé au rang de capitaine. Sa femme est chrétienne, allemande depuis des générations et des générations. S'il avait peur, c'était pour ses parents. Ils étaient étrangers, toujours pas citoyens allemands, il n'était pas impossible qu'on leur fasse des ennuis.

David Karnovski n'imaginait pas lui non plus qu'on puisse le chasser du pays, lui qui vivait là depuis tant d'années, qui avait envoyé un fils à la guerre, et qui était lui-même un négociant digne de confiance, ponctuel et honnête, au point que les Allemands avec lesquels il commerçait manquaient de mots pour chanter ses louanges. D'ailleurs, il s'était parfaitement intégré dans le pays, avait assimilé la langue jusque dans ses moindres subtilités ; c'était un Occidental à cent pour cent qui n'avait absolument plus rien à voir avec l'Orient. S'il y avait un danger pour les étrangers, il était persuadé que c'était pour ceux qui, arrivés après la guerre, s'étaient installés dans l'ancien Scheunenviertel. À côté de la compassion qu'il éprouvait pour ces gens, David Karnovski leur en voulait un peu. Ils avaient afflué en trop grand nombre, ces réfugiés d'après-guerre. Et puis, pendant cette période de chaos, ils avaient racheté des maisons pour une bouchée de pain. C'est à l'un d'entre eux qu'il avait lui-même revendu son immeuble. D'un autre côté, toutes sortes de Juifs portant cafetan et papillotes, toutes sortes de fonctionnaires du culte à l'ancienne mode, s'étaient également installés là. David Karnovski éprouvait souvent de la honte lorsqu'il croisait ces gens dans le tramway ou dans le métro. Certains d'entre eux allaient également dans la partie ouest de la ville pour y collecter des aumônes. Avec leur dégaine, leurs coutumes, ils ne rendaient pas du tout service aux Juifs berlinois. Même lui, bien qu'étant étranger, ne pouvait supporter ces nouveaux venus. Il ne fallait pas s'étonner de ce qu'ils s'attirent la haine des goyim. À vrai dire, même parmi eux, on trouvait des gens bien, des personnes tout à fait convenables, des érudits et de vénérables maskilim. Le vieil Efroïm Walder habitait bien là-bas lui aussi. Mais dans l'ensemble, les gens de ce quartier formaient comme un corps étranger dans la capitale. Il était fort possible que les hommes nouveaux fassent passer un mauvais quart d'heure à certains d'entre eux, ceux qui n'avaient pas de papiers.

Les habitants de l'ancien Scheunenviertel faisaient eux aussi une distinction entre eux et certains autres du même quartier. Le propriétaire de l'hôtel François-Josef sur Dragonerstrasse, reb Hertzele Vichnik, était persuadé, aussi sûr que deux et deux font quatre, que lui et ses compatriotes, les Autrichiens ou les Galiciens comme les appelaient les Russes, étaient tout à fait hors de danger. L'Autriche n'avait-elle pas été l'alliée de l'Allemagne ? Les deux pays n'avaient-ils pas combattu l'ennemi côte à côte ? C'est vrai que la partie de l'Autriche appelée Galicie était échue à de nouveaux maîtres, les Polonais. Mais c'était arrivé parce qu'on avait perdu la guerre. En réalité, cette région était partie intégrante de l'Autriche et toujours considérée comme telle. Il serait stupide de croire que l'on s'en prendrait à eux, des alliés, dont beaucoup avaient combattu dans les endroits les plus exposés. Si certains dans le quartier étaient visés, c'était les Russes, les étrangers, qui avaient afflué de tous les coins du monde. Les Russes à leur tour faisaient des distinctions entre eux, il y avait ceux dont les papiers étaient en règle et ceux dont les papiers étaient douteux. Ces derniers se disaient qu'en ultime recours, il y aurait toujours le consulat de leurs pays. Le monde n'est pas une jungle.

« Ils deviendront meilleurs, les Haman[1], disaient les

1. Haman (ou Aman) : ministre d'Assuérus qui projetait d'exterminer les Juifs (Livre d'Esther).

Juifs pour se consoler, il y a eu plus d'un Amalec[1] pour vouloir faire du mal aux Juifs et les Juifs ont survécu, on peut s'en remettre à Dieu, c'est un père pour nous. » Chacun continuait à travailler, à commercer, à aller et venir, à acheter et à revendre.

Dans le magasin de Salomon Bourak, Aux bonnes affaires, sur l'avenue Landsberger, le commerce était particulièrement florissant. Bien que, là aussi, les individus bottés aient défilé en appelant la population à ne pas acheter chez les escrocs et les magouilleurs, les femmes emplissaient le magasin de Salomon Bourak et achetaient autant que d'habitude et même plus. Pour parer à toute éventualité on voulait avoir chez soi des marchandises, des objets qui aient de la valeur, pas du papier-monnaie susceptible de s'effondrer comme dans la panique de l'après-guerre. Salomon Bourak naviguait dans sa grande boutique comme un poisson dans l'eau. Il avait encore plus d'une blague en réserve et aimait toujours plaisanter. Ni les années ni l'époque ne le faisaient changer.

« Tout dernier modèle "Haman le méchant", façon "plaies d'Égypte", mesdames », disait-il avec quelques mots hébreux tandis que ses clientes prenaient ses plaisanteries pour des propos sérieux.

Ita, sa femme, essayait de le raisonner.

« Salomon, tiens ta langue. Les murs ont des oreilles, Shloïmele. »

Son gendre, Jonas Zielonek, avait du mal à contenir son exaspération. À vrai dire, il ne craignait pas pour lui car bien qu'originaire de Poznanie, il se considérait comme allemand. De plus, il avait fait la

---

1. Amalec : membre d'une tribu ennemie des Hébreux vaincue par le roi David. Désigne un antisémite.

guerre. Mais il n'était pas tout à fait rassuré pour son beau-père venu de son Melnitz, de l'autre côté de la frontière. Et il ne pouvait pas supporter ses plaisanteries ni sa manie de truffer ses discours de mots hébreux. Cela lui avait toujours été insupportable et aujourd'hui plus que jamais. Il suppliait son beau-père :

« *Um Gottes Himmels Willen* — pour l'amour du ciel — faites-moi confiance. Le mieux, serait pour vous de quitter le magasin pendant quelques jours et de moins vous faire remarquer par ici avec vos blagues de Melnitz.

— Qu'est-ce que tu crois ? Parce que tu viens de Poznan, tu serais plus noble à leurs yeux ? lui répondait Salomon Bourak. On va tous les deux se retrouver dans le même pétrin, mon petit Jonas... »

Il provoquait de la même façon ses voisins, les Juifs allemands, avec lesquels il ne s'était jamais vraiment entendu. Plus qu'à tout autre, il s'en prenait à son concurrent, Ludwig Kadisch. En ces journées agitées ce Ludwig Kadisch assurait énergiquement ses arrières. Tout d'abord, il avait fixé à la boutonnière de son veston la croix de fer que lui avait valu pendant la guerre la perte d'un œil sur le champ de bataille. Il bombait la poitrine avec une fierté toute particulière, afin que l'on remarque bien sa croix de fer. En plus, il avait accroché son uniforme de soldat dans sa vitrine. Cela, dans l'intention de montrer à ses clients qu'il n'était pas de ceux qui avaient planté un poignard dans le dos de l'armée. Si quelqu'un avait fait une chose pareille, ce n'était en aucun cas Ludwig Kadisch. Pour preuve, son uniforme et sa croix de fer. Il pensait par ailleurs que son uniforme protégerait sa vitrine. Il était déjà arrivé ces derniers temps que des voyous jettent des pierres sur les magasins juifs. Par mesure de précaution, certains de ses voisins chrétiens avaient exposé des crucifix derrière leurs vitres. Il ne pouvait pas exhiber de croix chrétienne mais sa croix de fer, çà oui, il pouvait. Salomon Bourak se moquait des « amulettes » de son voisin.

« La mezouza ne sera d'aucun recours, monsieur Kadisch, Haman le Méchant ne tremble pas devant une mezouza. »

Ludwig Kadisch bombardait son voisin de tous les griefs qu'il avait accumulés contre lui pendant des années. Tout ça, c'est sa faute à lui et à ses semblables qui ont quitté leur pays de cochon pour affluer ici. Eux, les Allemands de religion mosaïque, ont toujours vécu en bonne harmonie avec leurs voisins chrétiens. Ça aurait continué comme ça éternellement s'il n'y avait pas eu cette invasion de Juifs polonais et russes. C'est ces gens, avec leurs fanfaronnades juives et leur yiddish, avec leurs blagues et leurs mauvaises manières, qui ont réveillé la vieille haine du Juif et ranimé un feu éteint. Eux, avec leur ancien Scheunen-viertel et leurs longs cafetans, avec leur jargon, leur sionisme et leur socialisme, avec leurs colporteurs et leurs magouilleurs et leurs faux passeports et avec tous leurs sales coups tordus. Ils ont fait de la concurrence déloyale, cassé les prix, causé du tort à l'honnête commerçant, aussi bien chrétien que juif. Si au moins ils s'étaient cantonnés dans l'ancien Scheunen-viertel ! Mais non, il leur a fallu s'infiltrer même dans les rues authentiquement allemandes. Mais à présent, tout ça c'est fini. On va les renvoyer d'où ils viennent, de l'autre côté de la frontière, chez les Polaks. Seuls vont rester les vrais, les bien enracinés.

Salomon Bourak rit de son voisin, Ludwig Kadisch. Il n'est qu'un idiot de Yeke comme tous les Yekes. Il se monte le bourrichon. Les Haman et les pharaons, ils vont cogner sur tous de la même façon, sur Salomon Bourak comme sur Ludwig Kadisch. Les goyim, ce qui les intéresse à Pessah, ce ne sont pas les cantiques mais les agapes. Comme on dit : « Ludwig ou Salomon, on déteste le Juif, on aime son pognon... »

Ludwig Kadisch refuse d'entendre de tels propos.

« Je vous interdis de me parler de la sorte, monsieur Bourak, l'interrompt-il avec un regard furibond, je suis un Allemand du Reich... Ludwig Kadisch. »

Même l'œil de verre qu'il porte depuis qu'il a perdu un œil à la guerre fixe Salomon Bourak avec haine. Celui-ci ne se laisse pas impressionner par la fureur de son voisin.

Il lui dit en citant la Hagada[1] et en reprenant les premières phases du rituel du Seder :

« *Kadesh Ourekhats*[2] — on dira le Kadish, la prière des morts, pour nous deux et pour tous les nôtres —, après quoi — *Karpes* — on nous arrachera la peau comme à une pomme de terre et on arrosera nos plaies de saumure. Ensuite, ce sera *Yekhats* — le partage —, les goyim se partageront nos biens... Tout le monde pareil, Salomon Bourak comme Ludwig Kadisch... Les "herbes amères" — le *morer*[3], ça nous montera au nez à force d'en manger... »

1. Recueil de récits et cantiques lus pendant la célébration de Pessah, la Pâque juive.
2. Premières phases du rituel du Seder (repas du premier soir de la Pâque). *Kadesh* (kidouch) : bénédiction sur le vin. Jeu de mots intraduisible sur la proximité des mots *Kadesh* et *Kadish* (prière des morts).
Ourekhats : on se lave les mains.
Karpes : on mange du céleri trempé dans du vinaigre ou de l'eau salée, rappel de l'esclavage.
Yekhats : on partage une matsa en deux parties dont l'une sera mangée à la fin du repas en souvenir du sacrifice pascal.
3. *Morer* : herbes amères que l'on mange au Seder en souvenir des souffrances des Hébreux en Égypte.

Malgré tout, ça ne le tracassait pas trop, Salomon Bourak. Il savait que le malheur approchait mais il n'éprouvait pas d'anxiété. Comme tout le monde, il avait été contaminé par l'excitation générale. Bien qu'étant un homme mûr, grand-père de plusieurs petits-enfants, lui aussi était touché par cette impression d'adolescent, palpable dans l'air ambiant, qu'il n'y avait plus d'entraves. Quelque chose devait arriver. Mais quoi ? Il était impatient de le savoir.

Cette excitation, cette animation, ce déchaînement, touchaient plus que quiconque le jeune Georg Joachim Karnovski, Jegor pour ses proches.

Dans son lycée, les cours continuaient comme par le passé mais on percevait malgré tout une agitation, une fièvre, une allégresse et un grand laisser-aller. Ce laisser-aller saturait l'air, il envahissait les moindres recoins. Les études n'avaient aucun sens, aucun intérêt. Les enseignants avaient la tête ailleurs, ils semblaient perdus, ne savaient plus dans quel monde ils vivaient. Ils écoutaient d'une oreille distraite les réponses des élèves, ils expédiaient tout vite fait, avec négligence. Dans cette école où avaient toujours régné la discipline et la crainte, la liberté et le laisser-aller agitaient les cœurs des jeunes garçons comme un espoir, une promesse. Plus que l'école, c'est la rue qui les excitait.

À présent, Jegor Karnovski passait son temps dans les rues. À l'insu de ses parents, il séchait l'école des journées entières. Il parcourait la ville en tous sens, allait aussi loin qu'il pouvait. Il contournait le Kurfürstendamm bondé et se rendait jusqu'à Unter den Linden. Il arrivait à Alexanderplatz et se traînait jusqu'au nord de la ville. Il se déplaçait en métro, en tramway, en omnibus, sans savoir le moins du monde ni où ni quand il allait arriver, se laissant simplement porter. Comme tout le monde à Berlin, il se laissait entraîner par le chaos et le flottement. Personne n'était à sa place. Les policiers, les grands « schupos » coiffés de leurs casques, habituellement sûrs d'eux, tournaient, désemparés, se demandant s'ils avaient encore de l'autorité. Les conducteurs d'omnibus ne savaient pas s'ils pouvaient ou non suivre leur itinéraire habituel. Les seuls à se sentir à leur place étaient les individus bottés qui défilaient. Au grondement de leurs pas, les soldats démobilisés avaient des fourmis dans les jambes comme les chevaux militaires impatients de se jeter dans la guerre au premier appel du clairon.

Grand, très grand pour son âge, fluet, avec des yeux bleus, étonnés et ravis, Jegor défilait en même temps que la ville en délire. La musique faisait bouillonner son jeune sang, le pas sonore des marcheurs lui résonnait dans le cerveau. Une irrépressible agitation titillait ses jeunes jambes maigres. Il leur fallait suivre le mouvement, aller quelque part avec les autres, sans but, sans fin, mais en cadence, défiler, défiler encore, défiler toujours. Comme tout le monde dans la foule, lui aussi levait le bras en l'air chaque fois qu'une nouvelle compagnie traversait la rue. Comme tout le monde, il s'exclamait, il criait et saluait. Comme tout le monde, il achetait pour quelques pfennigs à des marchands ambulants des petits insignes qu'il fixait à la boutonnière de sa veste de collégien. Une fois qu'il avait très faim, il fit une halte dans une brasserie pour la première fois de sa vie et se commanda, comme les grands, des plats consistants et de la bière. Il se régala avec les saucisses que sa mère ne lui aurait jamais laissé goûter à la maison. C'est avec plaisir qu'il vida sa bière qui lui sembla bizarre et amère mais avait une saveur de fruit défendu et d'importance. Avec plaisir aussi, qu'il prêtait l'oreille à la langue des gens de la rue, écoutait les propos grossiers, crus et pleins de sève qui avaient pour lui tous les charmes du monde. Il était question des temps nouveaux si proches, des défilés, des torches, des parades. La fumée âcre des cigares vous excitait, vous secouait.

Jegor Karnovski se souciait moins que tout autre du sang juif sur les couteaux. Tout d'abord, il n'écoutait pas les paroles, seulement le chant. Comme dans tout hymne, les paroles n'avaient que peu d'importance. Ensuite, cela ne le concernait absolument pas. N'était-il pas un Holbek, allemand depuis des temps immémoriaux, un parmi ces millions qui défilaient et chantaient et montaient au combat, à la victoire et à la libération ? C'était bien ça, ce dont oncle Hugo lui avait prédit le retour, les parades, les uniformes, les flambeaux et les défilés. Contrairement à son habitude, Jegor ne se sentait plus fatigué mais plein de forces, prêt à marcher, marcher... Ce n'était qu'à la maison qu'il se sentait faible, là où on veillait sur lui, où on l'obligeait à avaler toutes sortes d'aliments qu'il détestait, où son père n'arrêtait pas de lui examiner la gorge, de le tapoter et de l'ausculter.

Il eut soudain terriblement envie d'être partie intégrante de la masse qui défilait en uniforme, de brandir une torche, de saluer, de claquer des talons, de marcher au pas sans savoir où l'on va, l'important étant de marcher, de s'éloigner de la maison, d'un père qui vous regarde la gorge, d'une mère qui vous couve, de professeurs qui vous farcissent la tête de fadaises, de toute la vie amère qu'il avait vécue jusqu'à ce jour, et de partir à la rencontre d'une nouvelle vie, une vie libre et sans aucune entrave. Sans savoir comment, il se retrouva près du Reichstag, sur une place grouillante de drapeaux, de torches, d'individus marchant au pas au milieu des clameurs. Dans une automobile découverte, étaient assis, en uniforme, des personnages importants qui s'adressaient au peuple en poussant des hurlements. La masse grondait, levait le bras, maudissait, jubilait. Comme quiconque dans une foule déchaînée, Jegor sentit le sang lui monter à la tête, il se sentit débordant de forces, ces forces qui jusqu'à présent lui avaient toujours fait défaut. Il avait envie d'accomplir de grandes choses, des actions exceptionnelles, héroïques. Il exultait à l'unisson avec les masses, criait et levait le bras.

Son sang était en ébullition. Il sentait que la vie avait un sens, un sens magnifique.

28

Ils le pensaient vraiment, les jeunes en bottes, quand ils chantaient dans les rues que le sang juif allait couler sous les couteaux. Ça n'était pas là des paroles en l'air contrairement à ce qu'avaient cru les habitants de Berlin-Ouest. Un peu plus chaque jour, goutte après goutte, le sang coulait.

Pour commencer, les hommes bottés avaient sonné une nuit à la porte du docteur Klein, le rédacteur en chef du plus grand hebdomadaire humoristique, et l'avaient extirpé de son bel appartement de la Ranke-strasse pour le conduire à la brasserie bavaroise de Schmidt, sur Potsdamer Brücke, dans une cave où M. Schmidt stockait ses tonneaux de bière. Le docteur Klein avait appelé la police afin qu'elle vienne le défendre lors de cette agression perpétrée par des individus qui n'avaient aucun mandat d'arrêt contre lui. La police avait répondu qu'elle ne pouvait pas intervenir.

« Eh bien, qu'avez-vous à dire à cela, monsieur le rédacteur en chef ? avaient demandé les jeunes gens.

— *Nichts* — rien, messieurs, quand les canons grondent, les muses font silence. »

Il avait encore l'esprit à plaisanter, le docteur Klein. Il perdit immédiatement l'envie de plaisanter lorsqu'on l'eut fait descendre par un étroit escalier de pierre dans une cave à bière où régnait une odeur âcre de levure, de moisissure et de souris.

« Retirez faux col et veste », ordonna le chef des hommes bottés.

Les yeux noirs du docteur Klein s'ouvrirent tout grands derrière ses lunettes. Il ne comprenait pas pourquoi il lui fallait se déshabiller. Le responsable lui fit comprendre :

« Nous voulons coiffer monsieur le rédacteur et pour se faire coiffer, on doit retirer son col et sa veste, ça facilite le travail, pas vrai, camarades ? »

Les camarades éclatèrent de rire. Le docteur Klein comprit l'allusion. C'est lui qui dans sa revue satirique désignait toujours le dirigeant de tous les hommes bottés par ce nom de « coiffeur ». C'est aussi comme cela que le dessinait le caricaturiste von Spansattel, toujours un rasoir à la main, coiffeur pathétique et harangueur, ce qui faisait beaucoup rire les lecteurs. Le docteur Klein savait bien que ce nom de même que les caricatures étaient durs à avaler, pleins de fiel. Mais en tant qu'humoriste, il ne pensait pas que la satire puisse être considérée comme un crime. À lui non plus, ses adversaires ne faisaient pas de cadeaux dans leurs publications, ils le représentaient toujours sous les traits d'un diable aux cheveux crépus, avec un nez de gangster et de grosses lèvres charnues alors qu'il avait en réalité un nez droit, des lèvres minces et des cheveux raides. Il prenait cela avec bonne humeur. Un journal humoristique est-il fait pour autre chose que pour exagérer ? Les jeunes en bottes voyaient la chose autrement. Comme le docteur Klein tardait à exécuter l'ordre de se déshabiller, le meneur lui décocha un coup dans les yeux. Il s'écroula aussitôt, la tête contre un tonneau de bière. De toute sa vie, le docteur

Klein n'avait jamais été battu et le premier coup le jeta
à terre, étourdi. Il était sûr que sa fin était proche.
Mais plus on le battait, plus il sentait la vie et la
douleur et la résistance du corps humain qui ne cède
pas sur-le-champ, armé qu'il est pour résister à beaucoup d'épreuves et de souffrances. Chaque fois qu'il
tombait, les gars le remettaient debout afin de le frapper encore. Il les supplia :

« Fusillez-moi ! »

Les gars bottés rirent de cette supplique qui leur
sembla un trait d'humour. Ils rirent aux éclats dans la
cave qui sentait le moisi. Ça, c'est ce qu'ils feront une
autre fois, quand ils en auront envie. En attendant, ils
vont le « coiffer ». Ils arrêteront de le frapper quand il
aura donné son complice, le maudit valet des Juifs,
von Spansattel.

En plus de toutes ses douleurs, le docteur Klein ressentit un pincement au cœur en entendant le nom de
son ami. Dès les premiers jours de grande tension,
alors que tout continuait encore comme par le passé,
von Spansattel avait voulu l'emmener avec lui dans sa
voiture de sport à deux places pour passer la frontière, direction Paris.

Mais lui avait refusé de fuir. Il pouvait à la rigueur
concevoir que l'on fermerait son journal mais qu'on
lui ferait du mal à lui personnellement, ça, il ne le
croyait pas. Il ne voyait pas comment on pouvait porter plainte en justice contre quelqu'un pour des railleries et pour des caricatures. Von Spansattel lui avait
jeté un regard d'acier plein de colère et de dédain.

« Le malheur avec toi et les tiens, c'est que vous ne
nous connaissez pas, nous autres, les Allemands, dit-
il, vous nous regardez avec vos yeux juifs. Mais moi,
je sais à qui j'ai affaire parce que je suis l'un d'entre
eux… Adieu. »

C'était là les dernières paroles qui lui étaient restées de son ami et collaborateur, en même temps que la fumée de sa voiture de sport. À présent, ces paroles lui étaient aussi douloureuses que les entailles du fouet de caoutchouc dans sa chair. Il jura aux hommes en bottes que son ami n'était plus là, qu'il avait quitté le pays pour se rendre à Paris. Ils ne le croyaient pas et continuaient à le frapper pour qu'il leur dise où il se cachait. Le docteur Klein n'aurait pas cru que son corps qui n'avait jamais connu le travail physique et jamais fait d'exercice puisse être aussi fort et résister à tant de souffrances.

Pour arrêter Rudolf Moser, le propriétaire du plus grand journal libéral, on n'envoya pas des jeunes du rang mais des gradés avec ordres et papiers. On ne le frappa point mais on l'incarcéra avec des voleurs et des ivrognes afin de le protéger des masses déchaînées qui voulaient le tuer comme traître à la patrie.

Rudolf Moser argua qu'il n'avait rien à craindre de qui que ce soit et qu'il assumait la responsabilité de sa propre protection. D'ailleurs, il pouvait s'en aller, partir pour l'étranger. On lui promit de le laisser partir, mais seulement quand il aurait signé un papier comme quoi il cédait toute sa maison d'édition au gouvernement. Mme Moser se précipita chez le docteur Zerbe qui était devenu un gros bonnet parmi les gens bottés. N'avait-il pas fréquenté son salon, bénéficié du soutien de son mari ? Le docteur Zerbe qui portait un brassard sur la manche refusa de recevoir Mme Moser. Il n'était plus le rédacteur d'une minable feuille de chou mais le directeur de l'important journal de Rudolf Moser. Il était effectivement installé dans le bureau de Rudolf Moser, derrière la grande table d'acajou, et n'avait pas envie de voir Mme Moser qui venait lui demander d'intercéder en faveur de son mari. Il n'en avait ni l'envie ni le courage.

« Le docteur Zerbe n'a malheureusement pas le temps de recevoir Madame », répondit, gêné, l'huissier de la rédaction — l'huissier de Rudolf Moser — à la femme de son ancien patron.

Le docteur Zerbe avait encore moins de temps à accorder à la femme de son ancien camarade d'université, le docteur Klein, qui ignorait ce que son mari était devenu depuis qu'on l'avait tiré de son lit en pleine nuit.

Sur toutes les fenêtres de l'appartement du docteur Fritz Landau à Neukölln on avait écrit à la peinture rouge qu'il était juif et on lui avait interdit de soigner d'autres malades que ses propres coreligionnaires. Pour le docteur Landau, fini le bon temps où il tripotait des femmes aryennes avec ses mains juives, déshonorait des petites filles et suçait le sang des ouvriers allemands. Aucun Allemand ne devait franchir le seuil de son sale cabinet médical maudit. Les jeunes ordonnèrent également à la vieille Johana de quitter la maison du Juif parce que ça n'était pas convenable qu'elle, une Aryenne, soit au service d'un sale Juif. Mais la vieille Johana, courbée en deux par l'âge, les avait vertement remis à leur place, ces jeunes morveux. Aussi longtemps qu'elle vivrait, elle ne quitterait pas monsieur le docteur. Les jeunes s'étaient contentés de la traiter de putain à Juif et l'avaient laissée tranquille.

Ils consacrèrent beaucoup plus d'énergie à rechercher la fille du docteur Landau, la peste rousse. Ils la cherchèrent dans toute la ville, dans toutes les maisons des ouvriers de Neukölln où ils supposaient qu'elle se cachait. Toutes les nuits, ils revenaient fouiller l'appartement de son père dans l'espoir de la trouver.

Lors de ces perquisitions, ils renversaient les flacons dans le laboratoire du docteur Landau. Comme ils n'arrivaient pas à mettre la main sur elle, ils arrêtèrent le vieux docteur et le gardèrent en otage jusqu'à ce que sa fille vienne se rendre. Elle se rendit et le vieil homme fut relâché. Plus que jamais, le docteur Landau avec sa barbe blanche et son gros bâton à la main se promenait, tête nue, à travers les rues de son quartier. À présent, il disposait de journées entières pour se promener. Mais contrairement à son habitude, il n'interpellait plus les enfants pour leur dire comment ils devaient respirer. Il gardait la tête baissée vers le sol et répondait brièvement quand certains des habitants du quartier prenaient le risque de le saluer.

« Bjour, jour », disait-il sans les regarder.

Lorsqu'une mère essayait de l'arrêter pour l'entretenir d'un problème concernant un de ses enfants, il l'éloignait avec son bâton.

« Aucune conversation avec des Aryennes, c'est interdit, interdit, interdit. »

Même dans l'ancien Scheunenviertel, « la Suisse juive », les gars écrivaient le mot « juif » sur toutes les boutiques bien qu'il n'y eût rien d'autre là que des boutiques juives. Ils l'écrivirent également sur les boucheries casher et sur les vitres des maisons de prière comme sur celles du magasin de livres religieux de reb Efroïm Walder. Ils réclamaient un mark par boutique pour la peinture et le travail. Sur la Grosse Hamburgerstrasse, ils barbouillèrent le mot « juif » non seulement sur les portes et fenêtres mais également sur le monument à Moïse Mendelssohn qui se trouvait à proximité de l'École[1]. Les yeux tristes du philosophe

1. École juive pour garçons fondée en 1788 par M. Mendelssohn.

considéraient avec sagesse la tache juive. Quand les gars bottés s'approchèrent de la boutique de Salomon Bourak, une foule de curieux s'agglutina sur l'avenue Landsberger. Tous les habitants du quartier connaissaient bien ce magasin où l'on trouvait absolument tout, du linceul au voile de mariée. Ils accoururent pour assister au spectacle gratuit que les hommes bottés offraient à la rue en maculant de gros caractères rouges les vitrines étincelantes. Là, ils ne se contentèrent pas d'écrire le mot « Juif », ils dessinèrent aussi une vague étoile de David à la peinture rouge. La foule rassemblée trouva la chose très drôle. Lorsqu'ils eurent terminé, les gars pénétrèrent à l'intérieur du magasin. Salomon Bourak plaisanta selon sa vieille habitude. Il demanda en faisant l'idiot :

« Combien vous dois-je, messieurs ? Pour chaque vitrine séparément ou bien pour l'ensemble du travail ? »

Ita tremblait.

« Shloïmele, Salomon ! Tais-toi ! »

Salomon ne l'écoutait pas et poursuivait ses facéties :

« Ces messieurs ont également fait des étoiles de David, c'est certainement compté en supplément, n'est-ce pas ? »

Il les paya pour leur travail avec une politesse exagérée. Les gars prirent l'argent mais ne semblaient toujours pas vouloir partir.

Jonas Zielonek, le gendre de Salomon Bourak, comprit que c'était maintenant son tour de parler avec eux. Lui qui venait de Poznanie, dont l'allemand n'était pas plus mauvais que celui des hommes bottés et qui s'était battu sur le front.

« Que puis-je faire pour ces messieurs ? » demanda-t-il poliment.

Mais Salomon Bourak repoussa son gendre comme un objet inutile, il préférait se débrouiller tout seul avec ces gens.

« Je pense que ces messieurs ne sont pas très à l'aise ici, puis-je leur demander de passer dans mon bureau ? »

Ces messieurs suivirent Salomon Bourak dans la petite pièce attenante qu'il appelait son bureau. Salomon Bourak alla droit au but. Il savait qu'il ne manquait pas d'ennemis dans le quartier. Il avait assez d'ennuis avec des clients qui ne payaient pas leurs échéances et qu'il poursuivait en justice. Il comprenait que les « messieurs » seraient tout à fait disposés à prendre sa défense face à la foule en colère, de même qu'ils le faisaient maintenant, et il décida de s'arranger avec eux avant qu'il ne soit trop tard.

« Vivre et laisser vivre, messieurs », leur dit-il comme il disait toujours.

Eux aussi, ce principe leur convenait. Avec la grande habileté qu'il avait acquise depuis des années dans l'art de distribuer des pots-de-vin aux antisémites, Salomon Bourak glissa une somme rondelette à ses « messieurs » et leur dit qu'ils pourraient envoyer leurs femmes et leurs amies pour se choisir de belles choses dans son magasin.

« J'en serai ravi, messieurs », continua-t-il, l'air innocent, et il ajouta, employant une expression hébraïque : « J'ai pour ces messieurs les tout derniers modèles "ange de la mort". »

Les hommes bottés lui promirent d'envoyer femmes et petites amies et sortirent de son magasin d'un pas martial.

« Motus et bouche cousue ! dit Salomon Bourak à Ita et à son gendre. Un ducat de plus, un ducat de moins, et Dieu est un père pour nous… S'il ne donne pas d'argent, il donne des coups… »

Les hommes bottés ne s'en tirèrent pas aussi facilement avec le voisin et concurrent de Salomon Bourak, Ludwig Kadisch.

Ludwig Kadisch qui arborait sa croix de fer à la boutonnière ne voulait pas qu'on écrive sur son magasin qu'il était juif.

« J'ai été au front, j'ai la croix de fer, messieurs, criait-il, quatre années sous le feu. Vous voyez mon uniforme, criblé de balles. »

La foule alentour devint grave, impressionnée tant par la croix de fer et l'uniforme que par les propos pathétiques de Ludwig Kadisch. Les hommes bottés voulurent ridiculiser les dires du Juif et ils se moquèrent de lui. Foutaises, pour quelques marks le premier Juif venu peut s'acheter une croix de fer et se l'accrocher. Mais alors Ludwig Kadisch fit une chose totalement imprévisible. Il sortit son œil de verre de son orbite et, le tenant entre ses doigts, il le fit voir à la ronde.

« Ça aussi, je l'ai acheté, mesdames et messieurs ? » demanda-t-il, l'air triomphant, en exhibant son œil de verre à droite et à gauche.

Ce geste fit grande impression sur les gens rassemblés autour de lui. On porta un regard différent sur les gars en bottes. Leur chef réagit rapidement. C'était un acte de rébellion contre le pouvoir. Plus même, de l'intoxication, de la propagande subversive, et ils allaient lui donner une leçon pour son exhibition, à ce Juif culotté. Pas d'œil, pas de croix de fer qui tiennent, c'est un Juif, ce maudit Kadisch, un de ceux qui ont sucé le sang des Allemands, les ont volés et escroqués, ce n'est quand même pas lui qui va donner des ordres aux fils de la patrie renaissante, leur dire ce qu'ils doivent faire. Ils n'écrivirent pas seulement « Juif » mais bien « sale juif » sur sa vitrine.

Après quoi, ils lui arrachèrent sa croix de fer parce que c'était un sacrilège d'accrocher une croix de fer sur une poitrine juive, et ils lui ordonnèrent de retirer son uniforme de la vitrine et de les suivre pour un interrogatoire. Ludwig Kadisch se mit à pleurer. Son orbite vide pleurait elle aussi.

« Quatre années passées sur les champs de bataille, se lamentait-il, une croix de fer... »

Salomon Bourak qui ne supportait pas les paroles ridicules de son voisin prit l'affaire en main. C'est vrai que Ludwig Kadisch lui cherchait perpétuellement querelle, lui envoyait toujours à la figure qu'on allait le réexpédier chez les Polaks, le regardait de haut parce que lui, Kadisch, était allemand, mais tout cela n'avait rien à voir. C'était indéniablement un Juif. Quand bien même un Juif allemand, bête et idiot comme tous les Yekes, mais un Juif quand même, et Salomon Bourak n'allait pas laisser de méchants goyim le tourmenter. Avec son extrême habileté dans l'art de graisser la patte, il fit un clin d'œil au chef de la bande pour lui faire entendre quelles étaient ses intentions et l'autre modifia ses dispositions :

« Bon, interdiction de bouger ! dit-il à Ludwig Kadisch qui pleurait toujours, et dix marks à payer, un mark par mot. »

Avant que Ludwig Kadisch n'ait le temps de réaliser ce que l'on attendait de lui, Salomon Bourak avait réglé les dix marks à sa place et fait comprendre par signes au petit chef qu'on allait s'arranger sans recourir au juge. Il était pressé de les voir à l'autre bout de la rue. Ludwig Kadisch essuya son œil de verre et commença à se lamenter sur les inscriptions de ses vitres comme quand on pleure un mort :

« Vivre pour connaître une chose pareille, gémissait-il amer, le mot "Juif" écrit sur mon magasin !

— Je n'arrive toujours pas à comprendre pour quelle raison ils ont eu besoin d'écrire ça aussi chez moi, lui répliqua Salomon Bourak. Il me semble pourtant qu'il suffit de regarder mon enseigne, Salomon Bourak, pour savoir à coup sûr que je ne suis pas né à Potsdam mais à Melnitz... »

Le docteur Karnovski ne fut pas arrêté. On se contenta de lui interdire, de même qu'à tous les autres médecins juifs, de soigner les femmes allemandes. Il se consola à l'idée qu'il pourrait encore pratiquer dans les milieux diplomatiques. Mais on lui fit comprendre que cela aussi lui était refusé. On ne pouvait pas interdire quoi que ce soit à la colonie diplomatique mais à lui, on pouvait. Il devait laisser cela aux médecins chrétiens. Quant à lui, il n'avait le droit de pratiquer qu'avec des femmes juives. Avec la seule clientèle juive, il ne pouvait pas maintenir l'activité de la clinique qu'il avait rachetée quelque temps auparavant aux héritiers du professeur Halévy. Ses concurrents, les médecins chrétiens, lui firent savoir qu'ils étaient disposés, moyennant un prix très bas, à lui racheter l'établissement avec les instruments, le mobilier et tout le reste. Le docteur Karnovski n'eut pas d'alternative, il fut contraint de négocier. Il venait justement de faire des travaux dans sa clinique et d'installer les appareils les plus récents et des meubles modernes. Il céda le tout pour un dixième de sa valeur. Après des années d'effort et de travail, il se retrouva avec une liasse de billets dont il ne savait pas vraiment quoi faire. Il avait peur de les garder à la maison mais il avait tout aussi peur de les déposer à la banque en ces temps terribles où rien ne garantissait plus les biens des Juifs.

Il voulait également vendre son automobile. Sans sa clientèle, il n'en avait plus besoin. Mais son beau-frère, Hugo Holbek, ne lui en laissa pas l'opportunité.

Il était dans le camp des hommes bottés, Hugo Holbek. Dans la brasserie bavaroise de Schmidt où il venait chaque fois qu'il avait réussi à obtenir un petit prêt de son beau-frère, il s'était lié d'amitié, au bon moment, avec les hommes bottés et était devenu un des leurs. En tant que lieutenant, il s'était immédiatement vu confier par eux une tâche importante : il était chargé de la formation militaire des garçons qui n'avaient jamais été à l'armée, il leur apprenait à marcher au pas, à tirer et à se servir d'une baïonnette. Il se livrait à son activité d'officier dans des endroits secrets, en dehors de la ville. Bien que le salaire fût maigre, quelques marks seulement, il était enchanté de son travail. À nouveau il donnait des ordres, était à la tête d'une compagnie, défilait, se délectait de cette bonne odeur de poudre. Depuis que les hommes en bottes étaient devenus les maîtres, il ne faisait plus mystère de son appartenance à leur mouvement et arborait fièrement aux yeux de tous ses bottes d'officier, sa chemise brune et son brassard de S.A. sur la manche. Il venait même rendre visite à sa mère dans sa nouvelle tenue. Il n'y avait que la maison de sa sœur et son beau-frère qu'il évitait comme la peste.

Il n'avait plus besoin de lui ni de son cognac français ni de ses bonnes cigarettes ni de ses petits prêts. Il était comblé, à présent, il avait tout, le S.A. Hugo Holbek : les défilés et les parades et les saluts et les bottes et la culotte de cavalier. Le revolver qu'il avait pendant des années nettoyé et astiqué et conservé en cachette chez lui, il le portait maintenant ouvertement dans la poche. Même ses jumelles de campagne, il les trimbalait en permanence. Il n'y avait aucune nécessité pour lui à rencontrer son beau-frère, le médicastre au nez crochu qui se moquait de lui. Il ne voulait voir ni lui ni Rébecca, sa sœur à la tignasse noire ébouriffée avec ses livres et ses poèmes, ni même sa propre sœur. Il avait bien, de temps en temps, une pensée pour Jegor. Mais il l'évacuait aussitôt de sa mémoire. Il avait d'autres soucis en tête, autrement importants. La seule chose qui le rattachât encore à la maison du docteur Karnovski c'était son automobile.

Depuis de longues années, ce qu'il enviait le plus à son beau-frère, c'était cette automobile. Il lui faisait grâce de tout, de sa riche demeure, de sa clinique, des cigarettes égyptiennes et du cognac français mais pas de l'automobile. Il en était malade. Il ne pouvait pas admettre une injustice aussi criante : qu'un Juif, mauvais conducteur de surcroît, qui ne dépassait jamais les soixante kilomètres à l'heure possède une automobile alors que lui, le lieutenant Hugo Holbek qui connaissait la mécanique d'une voiture comme les doigts de sa main, qui pouvait faire du cent vingt à l'heure sur une route dégagée, lui, était obligé de se déplacer à pied. Maintenant plus que jamais, il ressentait le besoin de posséder une automobile. Pour sa position et son rang, il convenait d'avoir une auto. En outre, il avait à présent beaucoup de succès auprès des femmes. Elles l'idolâtraient, les femmes, ce S.A. de grande taille portant l'uniforme. Il avait absolument besoin d'une voiture pour promener ses maîtresses. En plus, son beau-frère venait récemment de remplacer son ancienne voiture par une neuve. C'était une voiture de prix, une Mercedes. Hugo Holbek était obsédé par cette voiture, il lui fallait l'avoir, c'était vital pour lui, et il cherchait tous les moyens pour parvenir à ses fins.

Pendant les premiers jours, il n'avait pas osé parler de l'automobile à son beau-frère. Il n'osait même pas se montrer devant lui dans son nouvel uniforme. Il avait honte. Mais avec le temps sa honte disparut.

D'autant plus qu'il savait que de toute façon, sa voiture, on allait la lui confisquer. On les confisquait à la plupart de ses semblables. Si lui, Hugo Holbek, ne le faisait pas alors qu'il était encore temps, ce serait quelqu'un d'autre, un étranger, qui le ferait. Et ça, ce serait une épouvantable injustice. De toute façon, lui, le frère de Teresa, avait plus de droit sur la chose. D'ailleurs, il n'y avait pas de quoi avoir honte. Il s'était fait assez d'argent, ce maudit Karnovski, sur le dos du peuple allemand. Même au front, il avait occupé une position sans danger, il n'avait pas respiré l'odeur de la poudre comme lui, Hugo Holbek, il n'avait été que médecin. Ensuite, en épousant une Holbek, il avait jeté l'opprobre sur toute sa famille. Il avait mêlé son vil sang juif au sang pur des Holbek. Il avait mené pendant assez longtemps une vie de porc, se gorgeant de cognac français, fumant des cigarettes de luxe, paradant dans son automobile à un moment où lui, Hugo Holbek, un lieutenant allemand, n'avait pas un pfennig en poche. À présent, les temps avaient changé. C'était au tour de Hugo Holbek de rouler dans cette voiture et il n'allait pas permettre que quelqu'un d'autre la lui souffle. C'était à lui qu'elle appartenait.

Un soir, revêtu de son uniforme, il se rendit chez son beau-frère. Marchant d'un pas rapide, il martelait de ses bottes le pavé de la rue silencieuse pour tenter de camoufler son agitation. Mais quand il fut parvenu au jardinet qui menait à la maison, son courage l'abandonna et il fut incapable de poser la main sur la poignée de la porte. Il commença par regarder vers la fenêtre de la chambre de Jegor. C'est surtout envers le garçonnet qu'il se sentait gêné. Sa fenêtre n'était pas éclairée. Hugo comprit que le garçon dormait déjà et il fut soulagé. Ensuite, il garda les yeux rivés sur la chambre de Teresa. Il n'osait pas non plus se montrer devant sa sœur avec le motif qui l'amenait. La chambre était faiblement éclairée. Pendant un long moment, Hugo Holbek, honteux de sa couardise indigne d'un S.A., fit les cent pas dans la rue en sifflotant sans toutefois parvenir à se dominer et à entrer. Finalement, la lumière de la chambre de Teresa s'éteignit à son tour. Hugo fuma plusieurs cigarettes d'affilée et attendit pour être bien sûr que sa sœur était vraiment endormie. Il s'approcha alors sans bruit de la porte et sonna discrètement. Quand son beau-frère effrayé lui ouvrit la porte avec précaution, à voix basse il le salua d'un « Heil », comme il avait pris l'habitude de le faire ces derniers temps. Pendant un moment, pour dissimuler son embarras, il toussota à plusieurs reprises en se balançant sur ses longues jambes, passant de l'une sur l'autre.

« On dirait bien que ça va s'éclaircir », marmonna-t-il à propos du temps, à seule fin de dire quelque chose et d'entamer la conversation.

Mais le docteur Karnovski ne lui répondit rien, se contentant de le scruter de son regard noir, perçant et plein d'intelligence. Hugo Holbek se mit à cligner des yeux, ses yeux clairs, sans sourcils, et en bredouillant et en exagérant son accent de soldat prussien, farcissant ses propos de « pas vrai », finit par dire qu'il était venu emprunter la voiture pour quelques jours. Lui, le docteur Karnovski, il le sait, n'en a de toute façon, plus besoin maintenant, pas vrai. Et à lui, ça lui servira vraiment parce qu'il a un voyage très important à faire, pas vrai, à cause de sa fonction importante, pas vrai.

Quand il eut fini de bafouiller, il sourit bêtement et attendit que son beau-frère dise quelque chose, n'importe quoi, qu'il laisse tomber ne serait-ce qu'un seul mot dans le silence de la nuit, ce lourd silence qui baignait la maison. Un unique mot lui aurait suffi à Hugo Holbek, n'importe quoi plutôt que de sentir sur lui le regard noir, perçant, de ce maudit Juif silencieux. Mais le Juif silencieux n'ouvrait pas la bouche, il se contentait de l'examiner depuis la pointe de ses bottes jusqu'à la brosse militaire de ses cheveux blonds coupés court. Hugo Holbek qui ne supportait plus ce regard devint cramoisi. Le docteur Karnovski sortit de sa poche la clé de la voiture et, sans un mot, la posa devant son beau-frère, sur la table.

« J'espère que vous ne le prenez pas mal, docteur, bredouilla Hugo Holbek avec un sourire niais.

— Quand un individu en bottes vient pour réquisitionner, il n'est pas question de le prendre bien ou mal mais d'exécuter des ordres, monsieur le S.A. », répondit le docteur Karnovski.

Hugo Holbek se mit à marmonner quelque chose à propos du devoir, du cours de l'histoire, de ses lois, des mots qu'il avait entendus dans la bouche des orateurs de rues. Le docteur Karnovski ne voulait pas l'écouter.

« Bonne nuit », dit-il en sortant de son bureau.

Malgré sa haute taille Hugo Holbek se sentait petit, minable. Mais aussitôt installé au volant, dès qu'il eut mis les gaz, il oublia tout le reste. L'odeur de l'essence le ragaillardit tel un délicieux parfum.

« Quel insolent, ce Juif ! » grommela-t-il à propos de son beau-frère qui avait vu clair dans son jeu et lui avait bien fait sentir qu'il savait qu'il n'était pas venu pour emprunter mais pour prendre.

Le lendemain matin, le docteur Karnovski monta dans un omnibus pour se rendre chez son père. David Karnovski fut abasourdi de revoir son fils après tant d'années. Il ne savait pas comment réagir et restait figé. Le docteur Karnovski le prit dans ses bras.

« Nous n'avons plus de raisons d'être fâchés, père, dit-il avec un petit sourire amer, à présent, nous sommes tous les mêmes Juifs. »

David Karnovski lui caressa les joues comme on fait avec un petit garçon qui a commis une faute et qui rentre à la maison demander pardon.

« Sois fort, mon fils, comme moi et comme tous les Juifs de l'ancienne génération, nous sommes habitués à cela depuis toujours et nous le supportons, comme des Juifs. »

29

De grands changements étaient intervenus dans le lycée Goethe — établissement privé que fréquentait Jegor Karnovski — depuis que le docteur Kirchenmeyer avait été nommé à sa tête en remplacement de l'ancien directeur.

Pour commencer, il avait ordonné au surveillant Hermann de décrocher de la salle des actes le portrait du poète Goethe dont l'école portait le nom et de le remplacer par un autre portrait. Au lieu du vieil homme en habit et perruque qui depuis de longues années vous regardait du haut du mur avec de grands yeux et un petit sourire malin sur ses lèvres jointes, on voyait à présent l'homme en bottes avec sa bouche vociératrice largement ouverte sous une petite moustache noire en brosse. Ensuite, le docteur Kirchenmeyer avait exigé que les enseignants, en entrant en classe, saluent leurs élèves non pas par un habituel bonjour, mais par le nouveau salut, avec un bras tendu, et que les élèves leur répondent de la même façon. Troisièmement, il veillait tout particulièrement à ce que l'élève Karnovski soit isolé des autres garçons de sa classe et reste bien à la place qui devait être la sienne en cette ère nouvelle qui s'ouvrait pour le pays renaissant. Bien qu'étant maintenant le directeur du lycée, le docteur Kirchenmeyer n'en continuait pas moins à enseigner les sciences comme auparavant. Non seulement il aimait la matière à laquelle il était habitué depuis le début de sa longue carrière d'enseignant mais surtout, il était toujours disposé à faire quelques heures supplémentaires pour augmenter son traitement de directeur. La première fois où il entra dans la classe et tendit le bras pour saluer les garçons, Jegor Karnovski leva le bras en même temps que tous les autres. Le docteur Kirchenmeyer lui ordonna de baisser son bras.

« Toi, Karnovski, tu dois te contenter de dire bonjour comme avant », déclara-t-il avec solennité en regardant l'ensemble de la classe d'un air énigmatique.

Ce jour-là, à la maison, Jegor ne toucha pas à son déjeuner. Sa mère voulut savoir ce qu'il avait mais il refusa de répondre. Il n'avait jamais aimé raconter ce qui se passait à l'école, parler de ses rapports avec les autres petits garçons. C'était ses affaires à lui. Il se mit en colère lorsque son père s'approcha pour lui prendre le pouls et lui tâter la gorge.

« Laisse-moi, cria-t-il furieux en arrachant son poignet de la main paternelle, je ne suis pas malade. »

Teresa était rouge de confusion.

« Jegor, comment parles-tu à papa ? »

Jegor se sauva dans sa chambre. Le docteur Karnovski comprenait que le garçonnet devait subir des avanies en ces jours difficiles et il aurait voulu parler avec lui. Mais il n'avait rien à dire à son fils. Il ne pouvait pas lui dire ce que son père lui avait dit à lui sur la nécessité d'être fort à présent, comme tous les Juifs l'avaient été depuis des générations.

Un peu plus chaque jour, le docteur Kirchenmeyer faisait savoir à l'élève Karnovski qui il était et où était sa place en ces temps nouveaux. Il ne le considérait pas comme un Holbek, contrairement à ce que Jegor pensait et à ce que son oncle Hugo lui avait toujours affirmé. C'était un Karnovski, le seul de la classe à porter un nom pareil. Non seulement il n'avait pas le droit de rester en classe avec les autres élèves pendant les cours de religion mais il n'avait pas non plus le droit de s'asseoir sur le même banc qu'avant, seulement au dernier rang, avec les plus mauvais élèves de la classe. Mais même les cancres s'éloignaient de lui. C'est vrai qu'ils n'étaient pas de bons élèves. Mais n'étaient-ils pas malgré tout des Aryens qui saluaient le maître le bras tendu alors que lui, Karnovski, ne devait pas saluer comme ça ? En plus, ils pouvaient porter un uniforme et défiler dans la cour sous les ordres du professeur de sport comme de vrais soldats. Seul lui, Karnovski, ne pouvait pas, il devait s'écarter un peu de côté pour ne pas être assis au même niveau que les autres.

Debout dans un coin reculé tandis que les autres garçons défilaient à travers la cour, Jegor Karnovski se sentait comme un pestiféré à qui il est interdit de s'approcher des gens sains, non contaminés. Ils le considéraient d'un air moqueur, les garçons qui défilaient. Ceux qui étaient membres des mouvements de jeunesse ne voulaient même pas le regarder. Fiers, la tête redressée, en uniforme, ils marchaient au pas, se saluaient, levaient le bras. Dans la rue, les lycéennes les suivaient du regard, les mangeaient des yeux. En outre, ils avaient entre les mains de vrais fusils lorsque le professeur de sport leur faisait l'instruction militaire. Les voir dans toute leur splendeur, c'en était trop pour Jegor Karnovski. Le pire c'est qu'il n'avait pas la moindre idée de la raison pour laquelle cette calamité, cette honte, cette humiliation, s'étaient abattues sur lui.

Le docteur Kirchenmeyer parlait souvent, il est vrai, de ceux qui avaient trahi le pays, planté un poignard dans le dos de l'armée, ce pour quoi ils devaient à présent sentir le fouet de la justice. Les garçons tournaient alors toujours la tête vers le dernier rang où lui, Karnovski, était assis. Cependant, Jegor n'arrivait absolument pas à se sentir coupable de tous ces forfaits à l'encontre de la patrie. Lui, il n'avait jamais enfoncé de poignard dans le dos de la patrie. Mais il ne pouvait pas non plus croire que tout ce que disait le docteur Kirchenmeyer, ce que tous les autres affirmaient dans les journaux, n'était que purs mensonges. Il aurait voulu parler de tout cela avec quelqu'un. Mais il ne savait pas avec qui. Sa mère ne le comprenait pas. Chaque fois qu'en sa présence il laissait tomber un mot sur les exercices militaires auxquels on ne lui permettait pas de participer, en femme qu'elle était, elle faisait un signe d'indifférence de la main et tentait de le consoler en lui expliquant qu'il ne devait pas s'en faire pour cela, que c'était même mieux pour lui parce que ça ne pourrait que nuire à sa santé et qu'il était de toute façon un garçon fragile.

« Ah ! Qu'est-ce que tu racontes comme idioties », lui disait-il grossièrement, incapable de contenir sa colère à l'évocation de sa faiblesse.

Avec son père, il lui était impossible de parler. Depuis sa petite enfance, il se sentait très éloigné de lui, comme d'ailleurs de tous les siens du côté Karnovski. Le docteur Karnovski n'avait pas besoin que son fils lui raconte tout cela. Il comprenait tout seul ce que le garçon devait endurer en cette terrible période et il essayait de minimiser les choses. Il tournait en dérision ces idiots et ces fous et leurs doctrines à dormir debout, disait à Jegor d'en rire au fond de lui-même, de s'en moquer éperdument, comme lui, son père, le faisait. Au lieu de penser à tous ces défilés et ces entraînements militaires et toutes les autres stupidités, il ferait mieux de lire de bons livres. D'étudier. Jegor ne supportait pas les discours de son père, il ne voulait pas lire ni étudier comme il lui disait de le faire. Ne serait-ce que parce que du côté des Karnovski on accordait tant de valeur aux études, pour cette seule raison que pour son père comme pour sa grand-mère Karnovski, et pour sa tante Rébecca et pour tous les leurs, il n'y avait rien de plus important au monde que les études et les bonnes notes et les livres, il ne voulait pas entendre parler de tout ça. Dans sa solitude, il ne lui restait que son oncle Hugo vers qui se tourner. Son père parlait avec dérision de l'oncle Hugo, cet imbécile botté qui avait fait main basse sur sa voiture, mais Jegor se sentait encore très attaché à lui. Ne l'ayant pas trouvé chez lui, il revint une autre fois et une autre encore. Quand un jour, finalement, tard dans la soirée, il l'aperçut dans l'appartement de grand-mère Holbek, il eut un frisson.

« Oncle Hugo ! » s'exclama-t-il avec fougue et tristesse à la fois en se précipitant sur la longue carcasse rigide sanglée dans l'uniforme.

Oncle Hugo embarrassé ne se départit pas de sa froideur. Il aimait bien le garçon mais il se demandait si lui, un S.A., pouvait encore fréquenter quelqu'un qui portait en lui, mêlé au sang des Holbek, le sang des Karnovski.

« Alors, comment ça va, mon garçon ? demanda-t-il en exagérant son accent prussien.

— Comme-ci comme-ça, mon oncle », répondit Jegor avec un sourire gêné.

Il raconta à son oncle tout ce qu'il avait sur le cœur, toutes ses humiliations, ses souffrances. Assis dans un fauteuil bas, ses longues jambes étirées devant lui, oncle Hugo, à son habitude, nettoyait son revolver.

« Ce chien, ce porc ! » marmonnait-il à propos du docteur Kirchenmeyer dont lui parlait le garçon, « ce connard ! »

Pendant un certain temps, il se sentit furieux contre le docteur Kirchenmeyer qui persécutait son neveu, un Holbek. Les autres, il n'en avait rien à faire. Il ne pensait pas plus à eux qu'on ne pense au sort des animaux ou des volailles égorgés pour les besoins quotidiens de l'homme. Mais que l'on s'en prenne à l'un de ses proches, ça lui était insupportable. Il se dit même un moment qu'il devrait se rendre en voiture chez ce vieux con et le sommer, dans la langue des S.A., de cesser de tourmenter ce garçon, sinon, il aurait affaire à lui, Hugo Holbek. Mais aussitôt, il repensa à la discipline. En bon militaire, il savait que tout soldat avait, au-dessus de lui, un supérieur auquel il devait se soumettre et dont il devait exécuter les ordres. C'est comme ça dans la vie. Il comprit que, tout S.A. qu'il était, il devait la boucler quand il était question de désirs ou d'ordres venus de plus haut. Lui, Hugo Holbek, ne devait pas venir fourrer son nez dans ce conflit entre un directeur de lycée qui exécutait avec zèle son travail pour le pays régénéré et un enfant persécuté dont le sang n'était pas vraiment pur. Il cessa donc de marmonner des injures à l'encontre du vieux directeur du lycée.

« Naturellement, c'est une absurdité de dire que lui, Jegor, a planté un poignard dans le dos de la patrie, bien sûr, c'est sacrément désagréable d'apprendre qu'on l'humilie à l'école, qu'on ne le laisse pas faire l'exercice, lui, un descendant des Holbek et un garçon bien. Mais il doit savoir, Jegor, que s'il souffre, ce n'est pas sa faute à lui mais c'est à cause de son père, à cause de son sang étranger. C'est comme ça dans la vie, pendant la guerre c'est souvent l'innocent qui paye pour le coupable. On ne peut rien y changer. »

Après avoir terminé ce discours d'une logique irréfutable qui l'avait pleinement tranquillisé, Hugo Holbek se leva de son fauteuil et se mit à fouiller dans ses papiers avec une application toute militaire, signe que la conversation était terminée parce que lui, le S.A. Hugo Holbek, avait des affaires importantes à régler. Un moment, il pensa même raccompagner Jegor en voiture. Mais il se dit aussitôt qu'il ne valait mieux pas. Il n'avait pas le courage de se montrer au garçon dans la voiture de son père. En plus, ça n'était pas bon pour lui, un S.A., de trimbaler un Karnovski dans les rues de la capitale. Il fallait malgré tout reconnaître que le garçon ne portait pas son judaïsme sur sa figure. Des yeux bleus, et un maintien impeccable, pas du tout comme un Juif. Sans ses cheveux et ses sourcils si foutrement noirs, il aurait l'air d'un vrai Holbek. Mais il vaut mieux être prudent. On ne sait jamais ce qui peut vous tomber dessus par les temps qui courent.

« Désolé, très occupé, mon gars », dit-il, et après lui avoir tendu la main il descendit précipitamment l'escalier.

Jegor repartit chez lui déçu et encore plus abattu qu'en arrivant. Il n'avait plus personne au monde pour le comprendre et prendre sa défense. Il était assis accablé, recroquevillé dans un coin de l'omnibus. Il ne se sentait plus en sécurité dans la ville et se demandait si quelqu'un n'allait pas détecter en lui la marque d'infamie, le sang paternel, et lui faire subir pour cela un affront public.

Il se sentait découragé, comme quand on est porteur d'une malformation honteuse, une vilaine bosse, dont on craint qu'elle ne provoque le rire des railleurs. En même temps que ce sentiment d'humiliation, montait en lui la colère, une colère dirigée contre son père dont le péché était la cause de ses souffrances à lui. Les propos de son oncle Hugo, comme quoi les innocents souffrent pour les coupables, ne lui sortaient pas de la tête. C'est le côté Karnovski qui est coupable de tout. Sans eux, il serait comme tous les autres garçons de l'école. Son ressentiment contre son père se tourna ensuite contre sa mère qui avait été la cause du mal. Pourquoi avait-elle eu besoin de cela ? Jegor ne comprenait pas et lui en voulait. Il savait bien que c'était stupide de penser à ça. On n'y pouvait rien changer. Il n'arrivait cependant pas à étouffer son ressentiment contre ses parents. Il lui fallait trouver un coupable responsable de son malheur. De retour à la maison, plein d'amertume, il se rendit tout droit dans sa chambre sans un mot. Sa mère entra avec un verre de lait.

« Où avais-tu disparu comme ça, Jegor chéri ? demanda-t-elle, je commençais à me faire du souci. Par les temps qui courent.

— Ah ! En quoi est-ce que ça me concerne ? » répondit-il provocateur, plein d'animosité envers sa mère qui osait imaginer que les temps qui courent pouvaient le concerner.

Il fut encore plus provocateur avec son père, venu dans sa chambre lui souhaiter une bonne nuit.

« Où étais-tu donc, mon garçon ? » demanda le père inquiet en regardant son fils de ses yeux noirs inquisiteurs.

Jegor inventa un mensonge.

« J'ai assisté à une parade, c'était très beau avec les flambeaux et les drapeaux et les troupes qui défilaient. »

Les yeux du docteur Karnovski se firent plus noirs que d'habitude et s'emplirent de colère. Il ne supportait pas d'entendre ces paroles dans la bouche de son fils. Jegor se réjouit d'avoir décoché cette flèche à son père. Sa douleur en fut apaisée pour un moment.

À l'école, le docteur Kirchenmeyer poursuivait son œuvre. Il faisait sentir que c'était lui le maître, le nouveau directeur. Il le faisait sentir aux professeurs qui étaient restés d'avant, il le faisait sentir aussi à Jegor Karnovski, l'unique brebis galeuse dans le troupeau immaculé. Il se rattrapait, le docteur Kirchenmeyer, pour tout ce temps, toutes ces années où il avait été tout en bas, objet de toutes les humiliations, de toutes les moqueries.

Cet homme fuyant, pédant, avec un visage au teint terreux évoquant le bouillon figé de la carpe farcie, avec de gros yeux de poisson et des cheveux raides, couleur de fer rouillé, n'avait jamais, de toute sa vie, été aimé de ses élèves, quelle que soit l'école dans laquelle il enseignait. Quoi qu'il fît pour s'attirer le respect de ses élèves, ceux-ci ne lui avaient jamais témoigné la moindre marque de respect. Ils lui jouaient toutes sortes de tours, les élèves, lui rendaient la vie impossible et parfois même, faisaient un tel chahut dans la salle, surtout quand il se présentait pour la première fois devant les grandes classes, qu'il devait faire appel au directeur de l'établissement pour calmer les jeunes déchaînés. Mais le directeur, au lieu d'en vouloir aux garnements, c'est à lui, au docteur Kirchenmeyer qu'il en voulait, lui reprochant de ne pas savoir tenir une classe.

« Qu'est-ce que je peux faire si ces jeunes sont indisciplinés, monsieur le directeur ? demandait le docteur Kirchenmeyer d'un ton pleurnichard.

— Pourquoi les autres enseignants savent-ils tenir leurs classes ? répondait le directeur. C'est uniquement avec vous que nous avons des problèmes, docteur. »

Le docteur Kirchenmeyer faisait l'impossible pour tenir sa classe. Il avait tout essayé, la gentillesse comme la sévérité. Il avait même tenté de faire des plaisanteries pendant le cours de biologie afin d'adoucir le goût amer de cette science ardue. Mais les jeunes effrontés n'avaient pas voulu rire de ses plaisanteries. Comme s'ils s'étaient donné le mot, tous étaient restés indifférents, figés, personne n'avait ébauché le moindre sourire. C'est au contraire quand lui était sérieux qu'eux riaient. Au lieu de rire de ses plaisanteries, ils riaient de sa personne. Le docteur Kirchenmeyer était malheureux. Il savait qu'il avait plus de connaissances que les autres enseignants, qu'il était plus cultivé, titulaire d'un doctorat. En outre, il lisait beaucoup, non seulement des ouvrages sur les sciences de la nature mais aussi sur la philosophie et surtout la théologie pour laquelle il avait un faible. Il lui arrivait même d'écrire, en cachette. Il possédait également ses classiques sur le bout des doigts, ne manquait jamais de citer les grands auteurs lors de ses cours, surtout Goethe qu'il connaissait pratiquement par cœur. Mais rien à faire pour que les élèves indisciplinés reconnaissent ses mérites, lui témoignent du respect comme ils en témoignaient aux autres professeurs qui ne lui arrivaient pas à la cheville.

Il allait d'école en école, changeait de poste. Il avait même essayé d'enseigner dans un lycée de jeunes filles, dans l'espoir que les filles soient plus douces et plus respectueuses. Mais il ne réussit pas à se faire respecter davantage par les filles que par les garçons. Tous ses efforts furent vains, y compris lorsqu'il déploya un comportement exagérément chevaleresque pour tenter de se concilier les bonnes grâces des jeunes filles. Elles riaient, elles ricanaient au milieu de ses cours. Il n'était pas plus tranquille dans la salle des professeurs où il venait pendant les pauses fumer un cigare ou manger son casse-croûte.

En salle des professeurs, ses collègues le raillaient en permanence. Ils se moquaient soit de ses cigares, soit de ses casse-croûte, soit de sa veste et de son parapluie.

Le docteur Kirchenmeyer avait des habitudes bien à lui pour s'habiller, fumer et se nourrir, habitudes très utiles pour un professeur vivant de son seul traitement. Quand il devait regagner sa classe, il ne jetait pas son cigare mais il l'éteignait avec de la salive et le gardait dans la poche de sa veste tachée pour le rallumer à la pause suivante. Quand il les remettait dans sa bouche, ces fragments de cigare à moitié brûlés et mordillés n'avaient pas un aspect très engageant. Comme il ne les payait pas cher, ils ne sentaient pas non plus particulièrement bon et ses collègues se moquaient du docteur Kirchenmeyer pour la mauvaise odeur qu'il répandait dans la salle des professeurs.

« Vous arrive-t-il parfois de fumer un cigare entier, docteur, ou bien achetez-vous toujours des morceaux ? » lui demandaient en riant des collègues, surtout ceux que les élèves adoraient.

Le docteur Kirchenmeyer, très attaché aux principes d'économie et de frugalité, ne supportait pas ces railleries et il répondait avec fierté qu'un homme instruit ne pouvait rien faire de mieux que d'être économe. Ses collègues n'étaient pas convaincus par son cours de bonne conduite et continuaient à se moquer. Ils riaient des maigres casse-croûte qu'il apportait de chez lui, enveloppés dans une serviette brodée, des casse-croûte avec une étrange garniture maison, étalée sur du pain rassis pour que ça revienne moins cher. Ils faisaient également des plaisanteries sur son veston, un veston vert démodé qu'il portait depuis des années, peut-être même depuis son mariage, et dont il avait fait reprendre les bords usés avec une bande de tissu. Mais c'est surtout son parapluie qui attirait les plaisanteries, un vieux parapluie vert avec lequel il venait toujours à l'école, hiver comme été, même par le plus beau temps, quand on ne voyait pas le moindre petit nuage dans le ciel.

« Messieurs, on ne peut jamais savoir, la pluie dépend de Dieu, et l'homme doit toujours être équipé d'un parapluie s'il ne veut pas que ses vêtements soient mouillés. Pouvez-vous dire que je n'ai pas raison, messieurs ?

— Bien sûr que non, docteur », répondaient les collègues.

Cependant, ils n'en continuaient pas moins à se moquer du parapluie vert du docteur Kirchenmeyer, à supputer sa valeur, à l'examiner et à essayer son fermoir. Tout cela n'arrangeait pas le parapluie. Mais le pire de tout, c'est que les plus jeunes des professeurs cachaient souvent le vieux parapluie dans un coin et alors, pas moyen pour le docteur Kirchenmeyer de remettre la main dessus au moment de rentrer chez lui. Cela le faisait beaucoup souffrir. Mais ce dont il souffrait le plus, c'est que ses collègues n'avaient aucun respect pour lui. De même qu'il n'arrivait pas à tenir une classe, il n'arrivait pas à tenir la salle des professeurs. Que n'avait-il pas tenté pour conquérir ses collègues ? Il avait d'abord essayé de les séduire par son savoir et ses connaissances. Constatant qu'avec cela il n'avait pas de succès auprès des jeunes enseignants qui s'intéressaient à toute autre chose, il essaya de les imiter. Pendant les interclasses, il leur arrivait souvent de tenir des propos pas très académiques. Les plus jeunes parlaient de leurs conquêtes féminines. Les hommes d'âge mûr échangeaient des conseils sur de nouvelles pilules ou des traitements pour retrouver la vigueur de leur jeunesse. Le docteur Kirchenmeyer n'avait rien à dire sur ces sujets. Réservé de nature, avare et laid, jamais il n'avait eu de succès auprès des femmes. Il n'avait dans sa vie que son épouse, une personne osseuse, laide et dominatrice. Même des enfants, il n'en avait pas eu avec elle. Malgré tout, il avait également essayé, sans y trouver aucun plaisir, de lancer quelques plaisanteries un peu lestes, à seule fin de complaire à ses collègues. Mais ils ne réagissaient pas à ses histoires. Au lieu de rire de ses blagues, c'est de lui qu'ils riaient.

« Docteur, vos blagues font transpirer votre faux col. »

Ça n'était pas vrai. Le faux col haut, bleuâtre, qu'il portait par mesure d'économie, était aussi propre et sec que le matin, quand Mme Kirchenmeyer le lavait au savon. Ce n'était qu'une mauvaise plaisanterie de ses jeunes collègues et le docteur Kirchenmeyer se sentait rabaissé, comme toujours. Personne ne voulait lui témoigner de considération. Comme tout homme humilié, il aurait au moins voulu être le maître chez lui quand il rentrait. Mais même à la maison sa femme ne lui permettait pas de jouer les tyrans comme il l'aurait souhaité. Au lieu de se laisser dominer par lui, c'est elle qui le dominait. Elle lui donnait des consignes pour les moindres petites choses, le reprenait sur chaque détail, le tenait d'une main de fer.

Quand après la guerre les hommes bottés avaient commencé à lutter contre les traîtres et les banquiers de la finance internationale qui avaient planté un poignard dans le dos de la patrie, le docteur Kirchenmeyer avait ressenti de la sympathie pour eux.

Ce n'était pas vraiment leurs théories raciales qui séduisaient le docteur Kirchenmeyer. En tant que biologiste averti il en connaissait la valeur. Pointilleux en ce qui concernait la grammaire, il n'appréciait pas du tout non plus le langage de ces nouveaux venus, pas toujours en harmonie avec les règles grammaticales. Il continuait à lire les classiques sans se lasser et connaissait pratiquement tout Goethe par cœur. Mais pendant l'inflation, le docteur Kirchenmeyer avait perdu son argent, tout l'argent qu'il avait mis de côté. Tout ce qu'il avait épargné au cours de sa vie de pingre, tout ce qu'il avait économisé en portant toujours le même veston, toujours un faux col en celluloïd, en fumant des bouts de mauvais cigares et en mangeant de maigres casse-croûte, tout fut englouti pendant la période de chaos où l'argent ne valait plus rien. Le docteur Kirchenmeyer avait pris la chose très à cœur. Il passait son temps à calculer tous les plaisirs qu'il aurait pu s'offrir dans la vie pour l'argent qu'il avait économisé. Plus il calculait, plus son amertume grandissait. Et il croyait que seuls les banquiers internationaux étaient responsables de son malheur, eux et leurs machinations, leurs escroqueries, eux, les habitants de Berlin-Ouest. Avec l'argent de ses économies à lui, ils s'étaient acheté des palaces et avaient couvert de bijoux leurs grasses et noiraudes épouses. Cela le rapprocha énormément de ceux qui combattaient ces gens. Par ailleurs, il appréciait leur colère, leur amertume et la révolte qu'ils prêchaient contre l'humiliation nationale. En cela, ils étaient proches de lui, le perpétuel humilié, l'éternelle victime.

Aussi longtemps qu'ils avaient été minoritaires, le docteur Kirchenmeyer n'avait pas osé prendre ouvertement leur parti. Il s'en tenait à ce principe : « Quand tu te retrouves au milieu des corbeaux, croasse avec eux à l'unisson ! » Il n'osait pas contredire ceux qui étaient au pouvoir. Plus les hommes bottés devenaient populaires, plus le docteur Kirchenmeyer prenait de l'assurance pour manifester ses sympathies. Quand ils eurent remporté de grandes victoires, il s'inscrivit dans leurs rangs. Il fit cela en cachette parce qu'on ne sait jamais comment les choses peuvent se terminer mais il avait misé sur la bonne carte. Quand enfin les individus bottés eurent conquis le pays, le docteur Kirchenmeyer fut récompensé. Ils le nommèrent directeur du lycée Goethe.

Ce fut le plus grand jour de la vie du docteur Kirchenmeyer. Lui, l'éternel humilié, toujours tourné en ridicule, celui que tous les directeurs, comme un seul homme, persécutaient pour la seule raison qu'il n'arrivait pas à tenir une classe, il était devenu directeur de lycée. Il trônait dans le bureau directorial et les professeurs se tenaient avec humilité devant lui, prêts à exécuter ses ordres.

Et il en donnait des ordres, le docteur Kirchenmeyer, tous les jours de nouveaux.

La première fois, quand il avait ordonné à l'appariteur Hermann de décrocher le portrait de Goethe de la salle des actes, ses mains tremblaient. Il avait l'impression de profaner un objet sacré. Il l'avait quand même fait bien que n'ayant reçu aucune instruction en ce sens, juste pour servir les nouveaux maîtres, pour leur être agréable et les remercier du grand honneur qu'ils lui avaient fait. Plus le temps passait, plus il s'habituait à prendre des initiatives et à les justifier même s'il ne leur trouvait en fait aucune justification. À force de se forcer à croire à certaines choses, il finissait par y croire.

Non, à présent on ne riait plus du docteur Kirchenmeyer. Non seulement il était le directeur mais il arborait également le nouvel insigne à la boutonnière de sa vieille redingote verdâtre. Et on ne riait pas de quiconque portait cet insigne. Reconnaissant envers les élèves qui maintenant, pour la première fois de sa vie, lui obéissaient, il les récompensait et essayait de gagner leur sympathie. Il les laissait souvent participer aux parades, leur accordait beaucoup de temps pour les exercices militaires dans la cour de l'école, organisait des troupes de jeunes, leur faisait des conférences sur les théories raciales bien qu'elles lui parussent tout à fait ridicules. Ce qui faisait particulièrement plaisir aux élèves, c'est qu'il illustrait la nouvelle théorie avec l'élève Karnovski, la brebis noire au milieu du blanc troupeau. Il savait pour l'avoir lu dans ses livres de psychologie, que rien ne rehaussait un individu à ses propres yeux comme de lui montrer quelqu'un d'inférieur à lui, que rien ne lui causait plus de satisfaction que d'assister à un sacrifice. Il leur fournissait la victime sacrificielle, le docteur Kirchenmeyer. Non seulement il avait relégué l'élève Karnovski sur le banc du fond mais il lui tombait dessus chaque fois qu'il prononçait son nom. Quoi qu'il dise, Karnovski, ça ne convenait jamais au docteur Kirchenmeyer et il le réprimandait vertement. Il cherchait chaque jour de nouvelles occasions d'évoquer dans ses cours les dernières théories raciales sur le sang, supérieur ou inférieur, et les élèves comprenaient immédiatement à qui leur professeur faisait allusion et ils tournaient la tête vers Karnovski.

Rien n'amusait tant les garçons que d'entendre le docteur Kirchenmeyer imiter le « r » juif chaque fois

qu'il interrogeait l'élève Karnovski. Il prononçait le
« r » dans ce nom étranger avec un bruit de gorge
comique, comme il avait entendu un amuseur le faire
la seule fois de sa vie où il était allé au théâtre. Les
élèves riaient du gloussement de leur professeur, de
sa façon de faire le Juif. Le docteur Kirchenmeyer
était ravi. Enfin, il réussissait à faire rire ses élèves,
enfin son humour faisait mouche, chose qui ne lui
était jamais arrivée de toute sa carrière. Pendant une
nuit pluvieuse où il ne parvenait pas à dormir tant ses
rhumatismes rendaient tous ses membres douloureux, il lui vint une idée : ce serait une bonne chose,
et des plus utiles, que de faire pour l'école une conférence portant sur les nouvelles théories raciales en
l'illustrant avec un modèle vivant. Ce serait à la fois
une innovation pédagogique, un spectacle pour les
élèves et un bon exemple pour les autorités scolaires
de la manière dont un directeur qui a des idées met
l'école au service de l'État en cette époque de renais-
sance. D'un point de vue biologique, cette pensée ne
satisfaisait pas le docteur Kirchenmeyer mais d'un
point de vue pratique, elle le remplissait d'une telle
autosatisfaction, d'une telle admiration de soi qu'il
en oublia complètement ses douleurs rhumatismales
et s'endormit d'un sommeil enfantin. Dès le matin,
il commença à se préparer pour cette grande tâche. Il
avait invité dans son école plusieurs hauts fonctionnaires du ministère de l'Éducation pour le jour où il
devait donner cette importante conférence. Il convia
également un reporter du journal du Parti à assister à
son exploit pédagogique afin qu'il en rende compte
dans son journal. La conférence se déroulait non pas
dans une salle de classe, mais dans la salle des actes,
en présence de tous les élèves. Il ordonna expressément
à tous les professeurs d'y assister. Jegor Karnovski

s'assit de lui-même à l'écart, sur le banc du fond, comme il avait pris l'habitude de le faire ces derniers temps.

Faisant étalage de son érudition, le docteur Kirchenmeyer commença son exposé sur un ton plein d'une docte importance. C'était la première fois de sa vie qu'il s'adressait à un aussi vaste auditoire et il se sentait éminemment grandi. Son visage habituellement terreux était rouge, il rayonnait d'importance au-dessus de son haut faux col en celluloïd d'un blanc bleuté. Il avait préparé cet exposé avec sa pédanterie coutumière et citait de nombreux savants. En outre, il faisait des phrases longues, terriblement compliquées, pas faciles à comprendre. Cela donnait plus de poids et d'érudition à la chose. Le reporter et les fonctionnaires invités, gens dont les mérites aux yeux du Parti étaient grands mais les connaissances réduites, étaient assis, tendus et concentrés, comme tout semi-lettré qui assiste à une conférence importante à laquelle il ne comprend rien. Tout ce qu'ils comprenaient, c'était les abondantes flatteries que le docteur Kirchenmeyer prodiguait généreusement, sans compter, à propos de la nouvelle doctrine raciale et qu'ils approuvaient en opinant du bonnet. À un moment, le docteur Kirchenmeyer essuya ses lunettes à plusieurs reprises, but un verre d'eau pour s'humecter la gorge et s'adressa au dernier rang.

« Karnovski, sur l'estrade ! »

Tous les yeux se tournèrent instantanément vers le coin où était assis celui que l'on venait d'appeler.

« Karnovski ! Karnovski ! Karnovski ! » reprirent les garçons, appelant Jegor qui, dans sa stupéfaction, transi d'effroi, n'avait pas immédiatement bougé de sa place.

Il traversa la salle dans toute sa longueur d'une démarche chancelante, comme s'il passait à travers un brasier. Arrivé près de l'estrade sur laquelle le docteur Kirchenmeyer se tenait debout, il s'arrêta. Le docteur Kirchenmeyer lui ordonna de monter et de se mettre près du tableau noir où étaient dessinés des bâtonnets, des cercles et des demi-cercles qui illustraient son exposé.

« On ne bouge pas ! » ordonna-t-il en prenant entre ses mains la tête du garçon et en la dirigeant vers le public.

Jegor sentit sur son visage en feu les mains froides et moites du docteur Kirchenmeyer et son cœur se mit à battre la chamade. Il ne savait pas ce que le directeur voulait de lui mais il présentait quelque chose de terrifiant. Ce qui le paniquait le plus, c'était de se trouver face à tous ces gens. Depuis qu'il était au monde, jamais il ne s'était trouvé face à un public. Il fut saisi d'un tremblement dans les genoux. Il avait peur de tomber. Une rumeur parcourut la salle. Le docteur Kirchenmeyer leva la main pour rétablir le calme.

« Messieurs, nous allons maintenant illustrer notre conférence à l'aide de la méthode expérimentale comparative. Je vous demande un silence absolu et vous prie de regarder avec attention l'objet de notre étude », dit le docteur Kirchenmeyer d'un ton solennel, en utilisant le « nous » comme le font généralement les savants dans leur modestie pour faire participer les auditeurs à leurs découvertes.

Le docteur Kirchenmeyer commença par mesurer, à l'aide d'un compas et d'un centimètre, la longueur et la largeur du crâne de Jegor Karnovski et inscrivit les chiffres à la craie sur le tableau. Avec une précision de cuistre, il mesura la distance d'une oreille à l'autre, du sommet de la tête au menton, l'espace entre les deux yeux, la longueur du nez, tous les éléments de la tête du garçon. Jegor sursautait chaque fois qu'il sentait le contact des mains froides et moites du docteur Kirchenmeyer. Ce dernier parla longuement, de façon très docte : les camarades et élèves ici réunis peuvent voir au tableau une différence criante dans la forme de la tête entre le type nordique supérieur et le type négro-sémitique, entre le dolichocéphale nordique, la belle tête allongée qui reflète la beauté de la race, sa grandeur, et le brachycéphale négro-sémitique, la tête arrondie et ramassée qui ressemble plus à une tête de singe et est représentative de la laideur de la race et de sa petite taille. Mais dans le cas présent, il est particulièrement intéressant de remarquer la mauvaise influence de la race négro-sémitique sur la race nordique lorsqu'elles s'unissent, comme nous pouvons le constater ici en examinant l'objet de notre exposé d'aujourd'hui qui est un échantillon exemplaire de ce mélange délétère. On pourrait croire, à première vue, que l'objet que nous avons devant nous est plus proche, par sa constitution, du type nordique. Mais ce n'est qu'une illusion. Si on le considère d'un point de vue anthropologique, en tenant compte des mesures précises, on voit que la part négro-sémitique qu'il comporte n'a fait que se dissimuler extérieurement derrière des traits nordiques, se camoufler si l'on peut dire, afin de conserver derrière le masque, tous les traits de la race négro-sémitique qui sont toujours dominants dans ce genre de regrettable mélange. On peut voir cela à la couleur des yeux du sujet qui, bien que paraissant bleus, n'ont pas au fond d'eux la pureté ni la clarté des yeux nordiques mais bien l'aspect trouble et sombre du désert asiatique et de la jungle africaine. Il en va de même des cheveux qui, bien que lisses d'apparence, recèlent cependant en eux le noir négroïde et, dans une certaine mesure, la texture laineuse. Dans la proéminence des oreilles, du nez et des lèvres, on distingue clairement l'influence négro-sémitique.

Pour illustrer ses démonstrations le docteur Kirchenmeyer inscrivait au tableau des tas de chiffres et de traits. Il citait aussi en abondance les chercheurs spécialisés dans l'étude des races et les anthropologues, et il utilisait de nombreux vocables étrangers. Les invités tout autant que les élèves étaient fascinés par l'érudition du docteur Kirchenmeyer. Après en avoir fini avec la tête de Jegor Karnovski, le docteur Kirchenmeyer se prépara à poursuivre son exposé sur le corps de son modèle.

« Que l'objet de notre étude se déshabille », dit-il à Jegor Karnovski, en ne l'appelant plus par son nom mais en le désignant par la dénomination scientifique « d'objet ».

Jegor Karnovski ne bougea pas de sa place. Le docteur Kirchenmeyer se mit en colère.

« J'ai ordonné à l'objet de notre exposé de se dévêtir afin de permettre à l'honorable assistance de mieux comprendre notre cours », reprit-il d'un ton tranchant.

Mais Jegor Karnovski ne bougeait toujours pas. Un murmure s'éleva dans la salle. Le docteur Kirchenmeyer rétablit le silence et fit venir l'appariteur du lycée qui portait un uniforme de S.A.

« Camarade Hermann, sortez le sujet et ramenez-le déshabillé, intégralement.

— À vos ordres, camarade directeur », répondit le camarade Hermann.

Pendant plusieurs minutes, dans une pièce attenante à la salle des actes, Jegor Karnovski lutta contre l'appariteur Hermann.

« Non, criait-il de sa voix de garçonnet en train de muer qui, basse comme celle d'un homme devenait soudain aiguë comme celle d'une petite fille.

« — Ne fais pas l'idiot, mon garçon, car je vais devoir utiliser la force », dit l'appariteur qui avait toujours reçu des Karnovski de gros pourboires.

Jegor se débattait de toutes ses forces. Il était déjà pubère et très gêné de sa nudité comme tous les enfants de cet âge. À l'idée de montrer ses parties intimes aux garçons de sa classe et aux invités étrangers, il éprouvait une honte insupportable. Et le pire, c'est qu'il était circoncis. Il avait toujours trouvé infamante cette marque que son père avait inscrite sur son corps. Quand il n'était encore qu'un petit garçon et se baignait nu avec les autres, ils se moquaient de lui. Ils le traitaient de « raccourci ». Depuis lors, il évitait de se déshabiller, même devant des garçons. C'est pourquoi il luttait à présent de toutes ses forces contre l'appariteur bien plus vigoureux que lui.

« Non ! hurlait-il avec ce qui lui restait d'énergie. Non ! »

Furieux, le camarade Hermann lui arracha ses vêtements. Il n'était plus l'ancien appariteur obligé de se montrer amical envers le riche élève Karnovski. À présent, il était un S.A., portait un uniforme, et le directeur en personne l'avait appelé camarade. Il était hors de lui de voir un gamin juif lui résister. Il retira un à un les vêtements du garçon récalcitrant. Quand il s'en prit au tout dernier, Jegor lui planta ses dents dans la main.

« Non ! » hurla-t-il en se cramponnant à son sous-vêtement.

À la vue du sang qui coulait de sa main le camarade Hermann devint comme fou.

« Cochon de Juif, je vais t'appendre à mordre un S.A. ! »

Il écumait de rage et lui flanqua une claque.

Ce coup violent, le premier de sa vie, étourdit Jegor au point qu'il cessa de résister. Il était épuisé. Le camarade Hermann le releva en l'attrapant par la peau du cou comme on prend un animal blessé et le mena vers l'estrade.

« On se tient droit, et on ne flanche pas ! » ordonna-t-il au garçon dont les genoux fléchissaient et qui était sur le point de s'effondrer.

Pendant un moment, on entendit un murmure et des rires enfantins. La marque juive sur le corps du garçon impressionna fortement les élèves et même les invités. Afin de complaire au public, le docteur Kirchenmeyer le laissa savourer son plaisir pendant quelques instants mais la gaieté ne devait pas se poursuivre trop longtemps pour ne pas nuire au sérieux de son discours scientifique.

Dès lors, tout se déroula sans problème. Le docteur Kirchenmeyer démontra l'effet pervers du sang négro-sémitique sur le sang nordique en passant en revue toutes les moindres caractéristiques de « l'objet », la courbure de l'épaule, la forme de la cage thoracique, et même l'articulation du coude. Puis il s'intéressa à la partie inférieure du corps où, dans la puberté précoce typiquement sémitique, on pouvait voir la dégénérescence de la race dont l'objet était un représentant. Ce point souleva le rire des enfants. Le docteur Kirchenmeyer les arrêta. Ce n'était pas un sujet de plaisanterie mais un enseignement scientifique sur les races, un des constituants les plus importants de la science nouvelle dans le pays réveillé, enseignement que les auditeurs devaient considérer avec le plus grand sérieux.

Il aurait voulu parler de toutes sortes d'autres choses encore mais les genoux de Jegor ne le portaient plus et il s'écroula sur le sol. Le docteur Kirchenmeyer dit au camarade Hermann de raccompagner l'objet dans la pièce voisine et de le laisser se rhabiller et rentrer chez lui.

Le jour même, la dernière édition du journal du Parti rendait compte sur plusieurs colonnes de l'extraordinaire exposé que le docteur et camarade Kirchenmeyer avait fait dans son école, traitant de la mauvaise influence du sang négro-sémitique sur le sang nordique en cas de mariage mixte, exposé basé sur la méthode de l'observation. Le docteur Kirchenmeyer était loué, tant pour ses démonstrations scientifiques que pour son utile travail dans le domaine scolaire, lequel devait servir d'exemple pour le travail de tous les directeurs d'école du pays. Malgré son avarice le docteur Kirchenmeyer acheta un bon nombre d'exemplaires du journal. Il relut séparément chacun des exemplaires et pour sa femme et pour lui-même.

Dans la maison du docteur Karnovski, le fils unique était couché, visage tourné vers le mur, et refusait catégoriquement de raconter à son père aussi bien qu'à sa mère ce qui lui était arrivé.

« Laissez-moi, ne m'approchez pas ! » hurla-t-il sur un ton si hystérique que ses parents effrayés se levèrent précipitamment de son lit.

Tard dans la nuit, il fut pris d'une forte fièvre et il se calma, devint plus conciliant, plus facile à approcher.

Le docteur Karnovski mit de la glace sur sa tête brûlante et surveilla son pouls et son cœur. Il demanda d'un ton suppliant :

« Que t'est-il arrivé, mon enfant ?

— Je veux mourir », répondit Jegor le visage en feu. Il ne parlait pas comme d'habitude, il bégayait.

Ce bégaiement soudainement apparu chez son fils inquiéta beaucoup le docteur Karnovski. Sa tête brûlante lui inspirait les plus grandes craintes. On pouvait lire de la folie dans les yeux du garçon.

30

Un laisser-aller chaotique, insolite et inquiétant, avait envahi la maison du docteur Karnovski, comme toujours quand il y a un grand malade dans une famille. Les portes entre les différentes pièces restaient ouvertes, les stores n'étaient pas relevés. Les tapis pas nettoyés. L'air lourd était chargé d'une écœurante odeur de médicament.

Le docteur Karnovski ne quittait pas le chevet de son fils. Teresa Karnovski quant à elle avait remis la tenue d'infirmière qu'elle portait avant son mariage et elle allait et venait autour du lit du malade, attentive au moindre mot que son fils pourrait prononcer dans son délire. Quand elle ne tenait plus sur ses jambes, c'était sa belle-sœur, Rébecca, qui la remplaçait. Dans la vaste salle à manger où on ne dressait plus que rarement le couvert parce que chacun mangeait de son côté, n'importe où, n'importe quoi, David Karnovski faisait les cent pas, désemparé, prêtant l'oreille au moindre murmure venu de l'étage supérieur où se trouvait la chambre du malade.

« Seigneur, aide-nous ! Grand Dieu, sois miséricordieux ! » implorait-il, non plus en allemand mais dans le bon vieux yiddish d'autrefois.

Il n'était plus fâché avec son fils. La dureté des temps avait effacé tous les griefs. Depuis que son petit-fils était tombé malade, il venait même dans la maison de son fils où, auparavant, il refusait de mettre les pieds. Pour combattre son émotion et meubler son oisiveté, il remontait dans les différentes pièces de la maison les horloges murales, oubliées dans la panique ambiante. Une fois cette tâche terminée, comme le fait tout Juif simple et pieux dans l'affliction, il disait pour la guérison du malade les Psaumes qu'il connaissait par cœur. Il était devenu très pieux, David Karnovski, depuis qu'avaient débuté ces temps de malheur. Il avait même oublié l'hébreu des grammairiens de Lituanie qu'il avait jusqu'alors si scrupuleusement respecté dans ses prières et récitait à présent des chapitres des Psaumes à la manière polonaise, familière, comme un Juif simple, en chantant. C'est de la même façon qu'il disait la prière pour le malade, « Yehi rotsn » — « Que ta volonté soit exaucée, Seigneur » — en désignant l'enfant par son prénom et celui de sa mère. Chaque fois qu'il prononçait « Joachim Georg fils de Teresa », il avait l'impression que ces mots lui restaient en travers de la gorge comme s'il butait sur une bouchée impure au milieu d'un plat casher, mais il redisait cependant la prière une nouvelle fois après chaque chapitre des Psaumes. Léa Karnovski montait et redescendait l'escalier. Elle passait discrètement la tête par l'entrebâillement de la porte de la chambre du garçon pour essayer de sentir où on en était, et elle s'entretenait avec Dieu comme elle le faisait à Melnitz. Elle s'adressait à lui en usant de toutes sortes de noms familiers, avec des louanges et des supplices bien féminines, elle essayait de le convaincre de venir en aide à son petit-fils dans cette épreuve, en échange de quoi elle promettait de faire une offrande, de donner des bougies à la synagogue et de respecter encore plus scrupuleusement les obligations et les interdits. Elle l'appelait Père, Dieu bon, bienveillant, chéri, et trouvait toutes sortes d'autres noms gentils afin de l'attendrir, de le rendre compatissant et miséricordieux.

« Tu peux tout, Dieu chéri, si Tu le veux, disait-elle pour le flatter en levant les yeux au ciel, que mes prières parviennent jusqu'à Toi, Père bien-aimé. »

Grand-mère Holbek s'affairait dans la cuisine. Elle préparait à manger, lavait la vaisselle et tenait le ménage.

« Sainte Mère, Seigneur Jésus », murmurait-elle en s'adressant à l'image pieuse que la bonne, en quittant la maison juive, avait laissée sur le mur de la cuisine à côté de danseuses et de lutteurs de cirque.

Elle n'arrêtait pas de mettre de l'ordre dans la maison délaissée, Mme Holbek, elle nettoyait, époussetait, astiquait et préparait du café pour tout le monde. De temps en temps elle en apportait même une tasse à David Karnovski.

« Je vous en prie, monsieur Karnovski, disait-elle gênée en serrant la tasse de café dans ses vieilles mains tremblantes, de crainte de la renverser sur la nappe.

— Merci de votre amabilité, chère madame », répondait David Karnovski également gêné, et il s'empressait de prendre la tasse des mains tremblotantes de la vieille dame.

Tous les deux avaient éprouvé une gêne réciproque lorsqu'ils s'étaient croisés dans cette maison sens dessus dessous où tout partait à vau-l'eau. Malgré les liens de proche parenté qui les unissaient, c'était la première fois qu'il leur était donné de se rencontrer. Ils n'osaient pas regarder l'autre dans les yeux après ces années de froid et de défiance. David Karnovski voyait en face de lui une bonne vieille dame respectable aux cheveux blancs, aux yeux pleins de tendresse, une vieille grand-mère bienveillante, rongée d'inquiétude pour son petit-fils, l'enfant de son fils à lui. Bien qu'elle soit moins démonstrative que Léa dans son chagrin, bien que malgré tout, elle puisse quand même se préoccuper de la maison, du ménage, faire la cuisine pour tout le monde, elle était cependant pleine de sollicitude maternelle et levait pieusement les yeux vers le plafond chaque fois qu'elle priait Dieu pour le garçonnet. Dans sa façon de lui servir le café, on devinait à la fois beaucoup de modestie féminine et de pudeur face à un homme étranger mais aussi la proximité d'une parente. Malgré toute sa répugnance à admettre que son fils se soit choisi une femme dans un peuple étranger, il ne voyait rien d'étranger ni en Teresa, sa bru, ni dans la mère de celle-ci, rien qui doive les séparer. Et il se sentait mal à l'aise, désemparé tel un petit enfant, en pensant à ces années de colère, d'amertume et d'aversion envers ces personnes bonnes et bienveillantes auxquelles le destin avait lié son sort.

« Asseyez-vous, chère madame, disait-il en lui avançant une chaise, je suis vraiment désolé que vous vous donniez tout ce mal. »

C'est tout juste s'il ne l'appelait pas chère belle-mère.

« C'est un plaisir pour moi, cher monsieur Karnovski », répondait la vieille dame en versant de la crème dans la tasse qu'elle lui avait apportée.

Ce n'était pas par simple politesse qu'elle disait cela, la vieille Mme Holbek, elle le pensait vraiment. Il lui plaisait beaucoup ce monsieur chargé d'ans qu'elle avait rencontré pour la première fois ici, dans la maison de sa fille. Grand, avec une barbiche grisonnante taillée en pointe, il était encore vigoureux et alerte, avait des yeux noirs toujours très vifs et un visage particulièrement imposant, énergique et digne. Sa tenue, sa veste, son linge blanc, sa cravate sombre, de même que le pince-nez en argent suspendu à un cordon qu'il utilisait pour lire et étudier étaient tout aussi impressionnantes et sérieux. Et puis il s'exprimait avec courtoisie, dans un langage châtié, très respectueux de la grammaire. Tel un prédicateur, il émaillait son discours de dictons pleins de sagesse, de proverbes et de citations de grands hommes. Mme Holbek se sentait honteuse d'avoir éprouvé pendant de longues années de l'antipathie et même de la haine pour cet homme digne et respectable. Elle était morte de honte quand il leur arrivait de parler des temps nouveaux qui s'étaient abattus sur le pays. Ils avaient beau tous deux éviter le sujet, comme on évite de parler d'une infamie que l'on souhaite enterrer, ce sujet revenait de lui-même dans leurs conversations. Il était incontournable. Il planait dans l'air. Mme Holbek s'enfuyait alors précipitamment dans la cuisine pour cacher la rougeur qui inondait son vieux visage.

Elle avait honte de son pays, de son peuple, de son fils Hugo qui faisait partie des hommes nouveaux et surtout d'elle-même pour avoir pendant un temps, à l'instar de tous les autres, éprouvé de la haine envers les Karnovski et leurs semblables et s'être même laissée convaincre de leur vouloir du mal.

Pendant le grand remue-ménage, quand la ville s'était retrouvée envahie de discours, de torches, d'orchestres et de proclamations, elle aussi avait suivi le courant et donné son bulletin de vote aux hommes nouveaux qui promettaient le bonheur, la victoire et un avenir radieux. Malgré l'aide généreuse que lui apportait son gendre, elle ne pouvait pas pardonner la perte de ses immeubles après la guerre, le fait que son fils Hugo en soit réduit à traîner, les bras ballants, que tout soit pire que par le passé, avant la défaite du pays. Les hommes nouveaux promettaient que tout allait redevenir comme avant et mieux encore. Son fils en personne lui avait dit que tout allait changer dès qu'on se serait débarrassé des ennemis qui avaient poignardé la patrie dans le dos, s'étaient emparés des fortunes dans les banques et des maisons des propriétaires. Et elle l'avait cru.

Bien évidemment, dans les ennemis du pays elle n'incluait pas son gendre, le docteur, qui n'avait fait de mal à personne et procurait à sa fille une vie confortable. Même elle, sa belle-mère, il la traitait avec respect, l'entretenait et accordait de temps en temps un petit prêt à Hugo. De plus, il avait passé plusieurs années au front. C'est les autres qu'elle avait en vue, tous les magouilleurs et les profiteurs, les banquiers, dont on disait dans les journaux que c'était eux tous qui s'étaient emparés des économies des gens dans les banques et leur avaient extorqué leurs immeubles pour trois fois rien. Elle n'avait jamais rencontré aucun d'entre eux mais elle avait entendu dire qu'ils étaient partout, et en grand nombre, qu'ils avaient pris possession du pays et l'avaient ruiné, c'est pourquoi il fallait se débarrasser d'eux et tout redeviendrait comme par le passé, avant cette maudite guerre. À présent, elle avait conscience de sa culpabilité et en éprouvait de la honte comme lorsque l'on commet un forfait en cachette. Elle avait en permanence l'impression que l'on voyait la faute qu'elle dissimulait, que les grands yeux noirs au regard pénétrant du respectable étranger la perçaient à jour.

Dans la capitale, elle avait assisté à de vilaines choses, la veuve Holbek, depuis que les individus bottés étaient devenus les maîtres, des choses que jamais de sa vie elle n'avait vues auparavant. Dans les rues, des jeunes agressaient des personnes honorables, pas des magouilleurs ni des profiteurs mais des citoyens sérieux, tout ce qu'il y a de plus convenable, ils les insultaient et même les frappaient, et la police laissait faire. Dans les belles boutiques, les grands magasins dont elle était elle-même cliente depuis des années, on avait barbouillé les devantures, cassé les vitres et on ne laissait personne entrer pour acheter quoi que ce soit. On avait chassé des hôpitaux et des cliniques de grands médecins, des médecins par lesquels elle se faisait soigner depuis de longues années. À son propre gendre on avait interdit de pratiquer. Son fils Hugo s'en prenait à Dieu comme aux hommes, buvait comme un trou, refusait de participer aux dépenses de la maison. En outre, il ramenait souvent chez elle des individus douteux, des voyous bottés à qui, en d'autres temps, elle n'aurait jamais permis de franchir le seuil de sa maison. Parfois, il ramenait même des femmes, des créatures pour lesquelles la veuve Holbek n'éprouvait que répulsion. Son fils lui causait bien du souci. Sa fille Teresa était cause pour elle de plus de souci encore.

Elle était bannie, Teresa, tenue à l'écart comme une lépreuse depuis que les hommes nouveaux étaient devenus les maîtres. Ses propres amies fuyaient sa maison, elles avaient peur de la fréquenter, tout cela à cause de son mari juif. Hugo, son propre frère, évitait de rencontrer son unique sœur. Il lui avait même recommandé à elle, sa mère, d'aller le moins souvent possible dans la maison du Juif parce que c'était compromettant pour lui, un S.A. Bien sûr, elle ne l'écoutait pas. Personne au monde n'aurait pu lui ordonner de renier la chair de sa chair. Mais ces visites qu'elle

438

rendait à sa fille n'étaient pas vraiment un plaisir. La maison était déboussolée, envahie par le silence, l'humiliation. Le docteur Karnovski n'allait nulle part, personne ne venait le voir. Depuis le jour où, alors qu'il marchait avec Teresa, de jeunes voyous l'avaient agressé et suivi en hurlant qu'il ne devait pas se promener avec une Allemande, il évitait même de sortir avec sa propre femme. Teresa restait à la maison et se sentait honteuse devant lui. Mme Holbek devait se donner beaucoup de mal pour obliger sa fille à sortir de chez elle.

Mme Holbek était rongée par le chagrin et le remords depuis que son petit-fils avait été victime de cette injustice, de cette iniquité. Nul n'aurait pu faire croire à la veuve Holbek que son petit Jegor n'était pas aussi bien que les autres enfants et qu'il fallait le tenir à l'écart, l'humilier, le torturer. Et qui avait fait ça ? Pas des voyous de la rue mais des gens cultivés, des docteurs, des directeurs ! Là, c'en était trop. Ça dépassait son entendement, son intelligence de vieille femme. Elle ne trouvait plus aucun plaisir dans ses vieux jours. Fallait-il vivre pour voir des choses pareilles ! Elle enviait son mari qui avait quitté ce bas monde à temps. En regardant son portrait accroché dans le salon, très digne avec son veston et son faux col amidonné, elle le suppliait de la faire venir auprès de lui le plus vite possible. Plus qu'au portrait de son défunt mari, c'est à un tableau de la Sainte Vierge qu'elle confiait son cœur, dans l'église faiblement éclairée où elle faisait une halte en se rendant chez sa fille. Agenouillée sur le dallage de pierre de l'église, la vieille dame priait pour sa fille si seule, pour son fils qui avait dévié du droit chemin, et même pour son gendre sur lequel la foudre s'était abattue, mais surtout pour son petit-fils, ce garçon innocent sur lequel des scélérats enragés avaient déversé leur méchanceté. Les mains jointes, elle suppliait :

« Sainte Mère, avec ton fils, le Seigneur Jésus, veillez sur ce malheureux enfant et protégez-le de tout le mal, de la souffrance et de l'adversité, envoyez auprès de son lit de malade de bons anges qui le guériront et le consoleront car il est jeune et innocent et pur, sans tache, aussi blanc et innocent qu'un petit agneau. »

31

Bien qu'il ne fût resté alité que quelques semaines, Jegor avait énormément changé en ce court laps de temps.

Il avait grandi, s'était allongé. Ses grands bras dépassaient tant de ses manches qu'elles semblaient avoir raccourci d'un coup. Sa voix avait fini de muer. Malgré son état de faiblesse, sa voix s'était débarrassée de ce piaillement inopiné de petit garçon qui vous surprenait au moment où vous vous y attendiez le moins. C'était à présent une voix virile, posée, qui contrastait bizarrement avec la maigreur générale du corps fluet du garçon, et ce contraste lui conférait quelque chose d'étrange, d'insolite. Pendant la maladie de Jegor, son visage émacié avait commencé à bourgeonner. Des touffes de poils sombres sortaient des boutons éparpillés çà et là sur sa peau blafarde, ce qui lui donnait un air de maturité virile mêlée à la balourdise d'un adolescent poussé en graine. Comme ses joues s'étaient creusées, son nez, le nez fort des Karnovski, prenait un relief particulier, il était plus proéminent, plus voyant. Ses épais sourcils sombres ne faisaient que souligner l'opulence de son nez. Une grosse pomme d'Adam qui remontait brusquement chaque fois qu'il remuait les lèvres ou déglutissait saillait de son long cou maigre de garçonnet. Aussitôt que la fièvre fut retombée et que Jegor eut retrouvé la mémoire, il demanda à sa mère de lui apporter un miroir dans son lit.

La glace lui renvoya une image qui ressemblait aux caricatures des Moïse juifs qu'on trouvait dans les journaux.

« Mon Dieu, je suis affreux, affreux, et comme j'ai l'air juif ! » dit-il en envoyant balader le miroir.

Teresa caressa les cheveux ébouriffés qui avaient poussé en tous sens pendant la maladie du garçon.

« Pour l'amour du ciel, Jegor chéri, quels propos absurdes, murmura-t-elle, effrayée, et si papa t'entendait. »

Jegor répéta ses paroles plus fort que la première fois, comme s'il ne souhaitait que ça, que son père l'entende.

À présent, le docteur Karnovski faisait l'impossible pour que son fils recouvre la santé. Il lui donnait des médicaments censés le fortifier et le remettre sur pied. Il essayait également de soigner l'âme du garçon. Pendant tout le temps où Jegor malade avait déliré, le docteur Karnovski avait prêté l'oreille à chacun des mots qu'il balbutiait dans ses cauchemars et noté tout ce qu'il disait. C'était des propos dénués de sens, hachés, décousus. Mais à partir de ces fragments, ces miettes, ces allusions, le docteur Karnovski avait reconstitué un tableau complet, le tableau d'une immense humiliation enfantine qui l'avait anéanti. Mais plus que par les propos prononcés normalement, c'est par ses bégaiements qu'il avait été frappé. Ces bégaiements s'atténuaient de jour en jour mais ils n'avaient pas complètement disparu, même après que la fièvre fut retombée. C'est surtout quand il était énervé qu'il bégayait, et il s'énervait souvent, pour un rien. Le docteur Karnovski savait que ce bégaiement était lié à l'état mental du garçon plus qu'à son état physique. Il voulait extirper le mal qui rongeait l'enfant et il ne négligeait aucune piste. Dans sa grande bibliothèque, au milieu des livres de médecine et de philosophie qu'il achetait régulièrement, on trouvait également les ouvrages les plus récents concernant la psychologie et la psychanalyse, domaine que le docteur Karnovski avait considéré avec une certaine réserve comme la majorité des chirurgiens, plus intéressés par l'anatomie que par le psychisme. D'ailleurs, il n'avait pas de temps à leur consacrer. Il s'était contenté de les acheter parce que c'était la mode. À présent, il s'était mis à consulter ces livres plus fréquemment et à les lire avec attention. Des idées qui autrefois lui paraissaient étrangères et saugrenues parce que son corps était en bonne santé, satisfait et fermé aux pensées maladives et embrouillées, ces idées lui étaient maintenant familières et accessibles. Il commença donc à appliquer à son fils les méthodes préconisées par ces livres afin de soigner son âme en même temps que son corps.

Il regrettait d'avoir négligé son fils pendant des années parce qu'il consacrait alors tout son temps et toute son énergie à son activité professionnelle. Maintenant, il ne lui restait rien de sa gloire et de son travail, il n'avait plus que son enfant. Il allait veiller sur son unique bien. Il allait le guérir, prendre soin de lui. Il ne le laisserait plus aller dans cette épouvantable école. C'est lui seul qui serait son professeur, son éducateur et son père, et surtout son camarade, un camarade proche, un ami.

« Allons, on ne se laisse pas abattre, jeune homme », dit-il pour lui redonner du courage, sur le ton insouciant d'un enfant malicieux, sans une ombre d'autorité paternelle et, jouant l'espiègle, il lui appliqua une pichenette sur le nez comme un galopin le ferait à l'un de ses congénères.

Jegor détourna la tête sans ébaucher le moindre sourire à l'adresse de son père.

« Laisse mon nez tranquille, maugréa-t-il, il est déjà assez long comme ça ! »

Le docteur Karnovski se sentit tout déconfit par l'insuccès du ton dégagé qu'il avait adopté dans l'espoir de plaire à son garçon et il abandonna la plaisanterie pour parler sérieusement.

« Oublie-les, mon fils, ne pense plus à eux. Ils ne méritent pas que tu penses à eux, oublie-les, méprise-les comme je le fais moi-même. »

Jegor se taisait, un silence amer, entêté, plein d'aversion tant pour les conseils de son père que pour sa personne.

Non, il n'avait pas oublié ce que son père lui recommandait d'oublier. C'était ancré dans sa tête, dans son cerveau, dans son sang. Non seulement il ne voulait pas suivre le conseil de son père et oublier mais il s'efforçait de faire resurgir de sa mémoire encore et toujours l'horrible humiliation qu'il avait subie à l'école. Aidé par une riche imagination qui lui permettait de redonner vie aux événements du passé comme s'ils étaient en train de se dérouler, il revivait tout cela en permanence dans sa tête, il perpétuait la souffrance, la honte et l'humiliation et en éprouvait de la douleur en même temps que de la satisfaction. Tel un malade qui prend plaisir à se faire mal en grattant ses plaies, ce plaisir que l'on éprouve malgré la douleur en suçant son sang quand on s'est coupé, il éprouvait un plaisir semblable à se faire lui-même souffrir. Au lieu de mépriser ceux qui l'avaient humilié, c'est lui-même qu'il méprisait pour avoir été humilié. Au lieu de détester ses bourreaux, c'est lui-même qu'il détestait, ce côté étranger et inférieur en lui, cause de l'humiliation subie. Comme il se détestait, il se vengeait de lui-même, prenait plaisir à la souffrance qu'il s'infligeait à lui-même — du persécuteur au persécuté.

Dans la haine que lui inspirait son infériorité, il en était arrivé à justifier ses bourreaux. Le docteur Kirchenmeyer avait raison lorsqu'il l'isolait des autres et voyait en lui tous les traits ignobles qu'il tenait de son père. Lui-même avait horreur de cette face honteuse. Jegor Holbek haïssait Jegor Karnovski, il haïssait sa chevelure noire, ses sourcils sombres et épais et, plus que tout, son nez, le nez proéminent et insolent des Karnovski.

Sa mère se moquait de lui lorsqu'il s'en prenait à son nez abhorré. Elle affirmait que ce nez fort et viril était au contraire ce qu'il y avait de plus beau dans son visage. Ses cheveux et ses sourcils noirs étaient eux aussi très beaux. C'est précisément cela qui lui avait tellement plu quand elle avait vu son père pour la première fois. Jegor ne pouvait pas entendre de tels propos. Quel mauvais goût elle avait, sa mère ! Il ne voyait rien de beau dans son père aux cheveux noirs, aux yeux noirs et au nez saillant. Il ne voyait de beauté que chez elle, sa mère, si pâle et si blonde, si claire, si diaphane. Le côté sombre, noir, tranchant, de son père évoquait pour lui ces choses troubles, sales, impures dont parlait le professeur Kirchenmeyer à propos des déserts d'Asie et de la jungle africaine. Dans le visage de sa mère, tout était clair, pur, transparent, lumineux. Aucune ombre, aucune courbe, tout y était droit, lisse, les cheveux, le nez, le menton, absolument tout. Aussi clair, lisse, droit et pâle était oncle Hugo, de même que tous les membres de la famille

Holbek et tous les autres dans le pays. Sans son père, lui aussi aurait été comme ça.

Tous ses malheurs lui venaient de son père et de sa race. C'était de leur faute si, depuis sa petite enfance, il n'était pas bon à la course, attrapait souvent froid et n'était pas aussi fort et résistant que les autres enfants de l'école. Oncle Hugo le lui avait dit plus d'une fois. À présent, c'était tous les journaux, tous les orateurs de rue, tous les dessinateurs de presse qui le disaient. Ils représentaient toujours les Moïse avec de grands nez comiques, des têtes crépues trop grosses, et des membres chétifs, balourds, difformes. Ils paraissaient encore plus difformes à côté des Germains que l'on dessinait droits et musclés. Ça aussi, le docteur Kirchenmeyer l'avait démontré sur lui, mesures à l'appui. Non, tout cela, ils ne l'avaient pas inventé comme son père aurait voulu le lui faire croire. C'était idiot de dire que tous s'étaient donné le mot pour ourdir une machination et faire le mal. Il lui suffisait de se regarder. Comme il se trouvait risible chaque fois qu'il se voyait dans une glace, noir, décharné, l'air louche, avec un grand nez, un vrai Moïse. Son aspect lui faisait tellement horreur qu'il lui arrivait souvent de cracher sur sa propre image dans le miroir. Il évitait de sortir dans la rue, n'osait pas se montrer. Il redoutait plus que tout d'être humilié, d'entendre des moqueries et des ricanements.

Le docteur Karnovski ne supportait pas de voir le garçon s'enfermer entre quatre murs. À force de rester constamment à la maison, il était devenu blafard et indolent. Il n'avait aucun appétit, n'avait pas envie de dormir l'heure venue. Jusqu'à tard dans la nuit, il restait plongé dans les journaux et les revues à s'abîmer les yeux. Après quoi, il se réveillait tard, parfois à midi passé, il se levait amer et aigri, désemparé, impression courante quand on se réveille à une heure avancée de la journée, comme si on avait perdu ou raté quelque chose. Il traînait une odeur de literie, de paresse et de renfermé. Le nez du docteur Karnovski en était irrité. Il aurait voulu faire sortir le garçon au grand air, le tonifier, il pensait que le soleil et le vent lui donneraient un bon coup de fouet, lui feraient retrouver l'appétit. Il le réveillait le matin en disant sur un ton mi-autoritaire, mi-badin, afin de ne pas le vexer :

« On s'habille, paresseux ! On fait sa toilette et on va se promener. Viens, mon garçon, nous allons marcher ensemble.

— Pour quoi faire ? » demandait Jegor, l'air apathique.

Le docteur Karnovski savait ce qui retenait le garçon de sortir. Lui non plus n'était jamais tranquille lorsqu'il marchait dans les rues, jamais sûr de ne pas se faire insulter. Mais c'est précisément pour cela qu'il s'obligeait à surmonter son appréhension. C'est précisément parce qu'eux, les méchants, ne souhaitaient que ça, que lui refusait de leur faire ce plaisir. Après être resté enfermé pendant les premiers mois, à l'écart de la rue, de ses parades et ses voyous, il s'était mis à parcourir la ville exprès, par bravade, le plus souvent sans aucune nécessité. Il ne mettait même pas de chapeau mais déambulait tête nue, portant fièrement, bien haut, sa chevelure noire, chose que l'on évitait alors d'exhiber dans la capitale. Affectant une grande assurance dans sa démarche, il faisait ses promenades matinales, parcourant de longues distances pour chasser la paresse, le découragement et les idées sombres qu'engendre généralement la claustration. Certains voisins détournaient le regard lorsqu'ils le rencontraient afin de ne pas avoir à le saluer, d'autres prenaient des risques et lui faisaient un signe de tête. Quelques femmes intrépides allaient même jusqu'à lui sourire et lui dire bonjour les premières. Le docteur Karnovski relevait la tête encore plus haut pour montrer qu'il ne se laissait impressionner par personne, qu'il ne lui venait pas à l'idée de se sentir déchu. Pas lui, le docteur Georg Karnovski ! Il aurait voulu que son fils l'accompagne dans ses promenades. Jegor refusait de montrer ce qui faisait sa honte, il ne voulait pas être vu à côté de son père qui, avec son allure, ne ferait que souligner ce qu'il y avait de juif en lui, Jegor. Il n'acceptait pas plus d'apprendre les leçons que son père voulait étudier avec lui pour faire à la maison le programme du lycée.

« À quoi bon étudier ? » demandait-il, apathique.

Il n'avait même pas envie de mettre le nez dans le jardinet de la maison. À présent, le docteur Karnovski faisait des tas de travaux dans son jardin. Comme autrefois Karl, le domestique, il était perpétuellement occupé à donner des coups de marteau, à faire des réparations. Il plantait des clous dans des planches, sciait du bois, bricolait, retapait, démontait, remontait. Dans ce travail, il trouvait un exutoire pour l'énergie accumulée dans son corps d'homme inoccupé. Il passait des heures dans le petit atelier installé au fond du jardin. Il aurait voulu que Jegor vienne l'aider et il l'encourageait en lui lançant des défis, ce qui généralement stimule les garçons :

« Voyons voir, jeune homme, qui de nous deux sera le premier fatigué de scier du bois.

— Je veux lire les journaux », maugréait Jegor.

Le docteur Karnovski ne voulait pas voir chez lui ces pages pleines de provocations, de calomnies et de caricatures qui les stigmatisaient lui et les siens.

« Jette-moi toutes ces saletés dehors ! » ordonnait-il.

Jegor se plongeait jusqu'au cou dans ces journaux et ces revues. Allongé sur le canapé, il lisait des histoires de parades et de défilés, de torches, de drapeaux et de victoires. Il écoutait aussi très attentivement la radio dans sa chambre. Elle n'arrêtait pas de tonitruer la radio, pendant ces journées-là. Sans cesse on entendait le martèlement d'une musique militaire, les exultations d'une foule en délire, les sonneries de clairons, le grondement des pas des gens qui défilaient. Entre deux moments de liesse populaire on décochait des flèches enflammées, vecteurs de haine, de raillerie, de mépris, de désir de vengeance à l'encontre des ennemis, ces traîtres, ces monstres, ces voleurs et ces violeurs qui portaient en eux tout le mal du monde. Jegor était tellement surexcité par les braillements des orateurs qu'il était prêt à se laisser emporter par la fureur pour exterminer lui-même ceux qui étaient l'incarnation du mal dans un monde bon.

Les voix sur les ondes, plus encore que les journaux, exaspéraient le docteur Karnovski. Pour narguer son père, des heures durant, Jegor faisait hurler ces voix dans sa chambre. Pour se narguer lui-même, il se repaissait de ces vociférations vexatoires envers sa race. Jegor Holbek prenait plaisir à faire souffrir son ennemi Jegor Karnovski.

En de rares occasions, sa mère réussissait à le faire sortir un peu avec elle. En sa compagnie, il se sentait protégé. L'aspect physique de sa mère dissimulait la part honteuse qu'il portait en lui et dont il craignait qu'elle ne le désigne à d'éventuels agresseurs. Bien que dans son amertume il lui arrivât souvent d'en vouloir à sa mère qui, en choisissant son père, avait attiré le malheur sur lui, Jegor, il ne pouvait pas nourrir de haine contre elle car on ne peut jamais en vouloir vraiment à une personne aimée. Plus il détestait son père, plus il aimait sa mère. Il avait pitié d'elle pour les souffrances qu'elle endurait à présent. Il l'enlaçait, l'embrassait, laissant des marques rouges sur son visage pâle que le sang colorait si vite. Son amour pour elle s'exprimait parfois avec tant de violence que Teresa en était inquiète.

Son visage émacié, couvert de boutons turgescents, son corps souffreteux à force de ne jamais sortir et de rester vautré sur des canapés moelleux, toute sa personne d'adolescent encombré par sa transformation physique était à la recherche de la femme, de l'autre sexe. Il ne fréquentait pas de garçon de son âge auprès de qui il aurait pu s'épancher, il ne rencontrait jamais aucune jeune fille, il n'avait d'autre échappatoire pour son amour trouble que ces embrassades dont il assaillait sa mère qui représentait à ses yeux l'idéal de la beauté féminine.

Teresa sentait cela et s'empourprait jusqu'à la racine des cheveux.

« Allons, ça suffit, espèce de sauvageon, lui disait-elle lorsqu'il essayait la force de ses bras en l'étreignant, tu ferais mieux d'aller voir papa dans la cour et de l'aider dans ses travaux. »

Jegor ne voulait pas aller retrouver son père auprès duquel il se sentait encore plus minable, plus méprisable. En le voyant alerte, tanné par l'air et le soleil, les yeux brillants, enflammés par l'énergie et la volonté, toujours occupé, affairé, il ressentait encore plus fort son propre laisser-aller et sa propre déchéance. Il lui semblait aussi que les yeux de son père se moquaient de lui, l'oisif, le paresseux, que le nez de son père, tranchant et railleur, était plein d'ironie à son encontre. Il était d'autant plus furieux et vexé qu'il sentait que les moqueries de son père étaient justifiées. En outre, il était jaloux de son père par rapport à sa mère, comme lorsqu'un autre vous enlève votre bien-aimée.

Il ne supportait pas de voir sa mère manifester de la tendresse à son père. Le soir, quand son père éteignait la lampe de la salle à manger et entrait avec sa mère dans leur chambre à coucher en refermant la porte derrière lui, Jegor le suivait d'un regard trouble. Avant de se mettre au lit, sa mère coiffait soigneusement ses longs cheveux blonds puis elle les tressait. Avec ses longues nattes, sa chemise flottante, blonde, pleine de féminité et de rondeurs, elle était aux yeux de Jegor la plus belle de toutes les femmes, elle ressemblait à la femme germanique idéale telle que la représentaient les journaux, le dos bien droit, avec des formes arrondies, blonde, le teint pâle. Il ne pouvait supporter les regards noirs que son père jetait sur la blonde féminité. Cela lui rappelait les caricatures stigmatisant les relations sexuelles entre races où l'on voyait un homme brun affublé d'un nez crochu séduire un ange blond aux longues tresses. Il lui arrivait même parfois de frapper à la porte de la chambre de ses parents et d'inventer un mensonge, qu'il avait mal quelque part, à seule fin de déranger leur intimité. Dans les rêves érotiques qu'il faisait ensuite, la bien-aimée ressemblait toujours à sa mère. Il restait couché tard dans la matinée afin de dissimuler le plus longtemps possible sa honte d'adolescent à sa mère qui faisait elle-même les lits depuis le départ de la bonne.

Une autre chose qu'il cachait à ses parents, c'était les livres qu'il lisait et les dessins qu'il faisait pendant ses heures d'oisiveté. Dans la bibliothèque de médecine de son père, il y avait des tas de livres sur la gynécologie, les relations sexuelles entre un homme et une femme, sur les maladies vénériennes et leur pathologie, sans compter toutes sortes d'histoires de mœurs, le tout illustré par des croquis et des planches en couleurs. En cachette de son père, Jegor sortait ces livres des armoires et les lisait pendant des heures, jusqu'au matin, allongé de tout son long, souvent dévêtu, sur le canapé de sa chambre à l'étage supérieur. Après ce genre de lectures, il était souvent si retourné et troublé qu'il n'entendait pas sa mère l'appeler pour le repas. Ses yeux luisaient d'un éclat maladif. Ses joues blafardes se couvraient sous les yeux de plaques rouges malsaines. Il reproduisait les images interdites qu'il trouvait dans les livres et faisait lui-même, de tête, toutes sortes de croquis de femmes nues. À côté de ça, il recopiait les dessins des journaux et des revues qui tous accentuaient dans leurs représentations la beauté et la vigueur de leur race supérieure et les difformités de la race inférieure.

C'est surtout ce type de dessins, plus que les femmes nues, que Jegor cachait à ses parents. Un jour, son père le prit la main dans le sac. Jegor était en train de recopier pour la énième fois le même dessin antisémite trouvé dans une revue, dessin représentant un ange blond aux traits féminins séduit par un banquier crépu, lippu, au nez crochu. Le docteur Karnovski prit la feuille de papier, l'examina de son regard pénétrant et demanda d'un ton sec :

« Jegor, c'est toi qui as fait ça ? »

Jegor gardait le silence.

« Je t'ai posé une question, pourquoi ne réponds-tu pas ? » Le docteur Karnovski insistait mais il n'avait pas besoin de la réponse car il savait que c'était là l'œuvre de son fils.

Toujours pas de réponse.

Le docteur Karnovski sentit le sang lui monter à la tête avec une telle violence qu'il en oublia les conséquences tant physiques que morales que peut entraîner un coup et il asséna à son fils une claque retentissante.

Jegor se mit à saigner du nez, ce qu'il faisait toujours depuis son enfance chaque fois qu'il se donnait un coup. La vue du sang le rendit fou.

« Espèce de Juif ! » cria-t-il à son père avant de fondre en larmes.

Le docteur Karnovski s'empressa de quitter la chambre du garçon par crainte de fondre lui aussi en larmes, comme son fils.

« Mon Dieu, que sommes-nous devenus ? » demanda-t-il, s'adressant dans sa détresse à celui en qui il n'avait jamais cru.

Dès le lendemain, au lieu de partir pour sa longue marche matinale, il se rendit en ville, voir s'il pouvait obtenir un visa afin d'émigrer dans un autre pays.

Devant des consulats sur lesquels flottaient des drapeaux étrangers, il y avait de longues files d'attente, des jeunes et des vieux, des hommes et des femmes, bien enracinés ou immigrés de fraîche date, de respectables habitants de Berlin-Ouest et des gens pauvrement vêtus de l'ancien Scheunenwiertel et même certaines personnes qui n'avaient plus rien à voir depuis longtemps avec la communauté mais qui portaient sur elles le péché de leurs ancêtres jusqu'à la quatrième génération. Tous étaient debout, formant une longue file, et ils attendaient près des lourdes portes d'un consulat qui tardaient à s'ouvrir. Le docteur Karnovski prit place dans la file et attendit sans rien dire, comme tous les autres qui ne disaient rien eux non plus.

Il voulait sauver Teresa, son père et sa mère, lui-même, et surtout son enfant, son fils unique, malade d'un sentiment d'infériorité et de haine de soi.

32

Jamais de sa vie, Rébecca Karnovski n'avait été aussi pleinement heureuse qu'en ces jours d'abattement et de découragement général que connaissaient ses parents, sa famille et ses coreligionnaires.

La première fois où par hasard, dans la rue, elle avait croisé Hugo Holbek en chemise brune, avec ses bottes montantes et son insigne de S.A., elle était restée pétrifiée, incapable de prendre la fuite afin de ne plus voir ce qu'elle voyait. Ses jambes étaient paralysées. Ses yeux immenses, noirs et ardents, s'étaient figés sur le grand jeune homme pâle comme s'ils refusaient de croire ce qu'ils voyaient. Hugo Holbek ne put supporter ce regard de femme si sombre et si fixe et il prit le risque de murmurer avec un sourire niais et embarrassé :

« Bonjour, mademoiselle Beka ! »

Elle ne lui répondit pas, se contentant de le fixer de son regard immobile. Soudain, sentant que ses forces revenaient, elle partit précipitamment, comme poussée par un aiguillon. Arrivée chez elle dans la Oranienburgerstrasse, sa première réaction fut de fondre en larmes. Elle pleurait, sanglotait, sans pouvoir s'arrêter. Sa mère vint la voir, puis son père. Ils essayaient de savoir ce qui lui était arrivé dans la rue où on était à présent aussi peu en sécurité que dans une jungle. Elle ne voulait rien dire. Elle gémissait lamentablement, s'arrêtait un instant avant de reprendre de plus belle avec plus de force encore.

Elle pleurait sur ces espoirs de jeune fille à présent anéantis, ces espoirs qu'elle avait placés en ce grand homme blond. Elle pleurait à cause de la duplicité de cet individu aux yeux clairs qui lui parlait si gentiment dans le jardin de la maison de son frère. Elle pleurait de lui avoir accordé sa confiance à lui, le naïf, l'innocent, le grand enfant comme elle l'appelait, confiance qu'il avait bafouée. Comme la plupart des femmes sentimentales, sa déception la rendait exagérément malheureuse. Comme la plupart de ces femmes, elle eut vite fait d'oublier son malheur après l'avoir évacué avec force larmes.

Il ne restait plus rien dans son cœur pour cet homme en qui elle avait cru pendant un moment. Elle n'éprouvait plus que de la répulsion pour lui, pour ses bottes, son brassard, tout ce qui le concernait de près ou de loin. Cette répulsion, elle l'éprouvait également pour tous les gens de son espèce, ces grands militaires blonds qui l'avaient, un temps, fascinée. Elle se mit à regarder d'un autre œil les garçons et les jeunes hommes de son milieu dans lesquels elle voyait auparavant tout ce qui se faisait de pire. À la première occasion, elle tomba amoureuse de l'un d'entre eux, d'un amour plein de fougue, comme tout ce qu'elle faisait.

Ni David Karnovski ni Léa ne comprirent leur fille lorsqu'elle ramena l'élu à la maison et déclara avec un enthousiasme d'adolescente :

« Voici Rudolf Richard Landskroner. Aimez-le autant que je l'aime. »

David et Léa Karnovski se regardèrent en se demandant pourquoi leur fille était aussi euphorique.

« Enchanté de vous connaître », dirent-ils déçus tous les deux.

Car aussi grand était le nom de l'étranger, aussi petite et insignifiante était la personne, et plus de toute première jeunesse. En outre, le nouveau venu trimbalait un violon dans un étui ce qui, à leurs yeux, lui donnait l'air d'un musicien populaire, un klezmer.

Ils savaient bien que ce n'était pas un klezmer mais un artiste, un violoniste. Rébecca affirmait même qu'il était le plus grand de tous, mais ils n'en avaient pas pour autant une plus haute opinion de lui. De façon générale, ils ne connaissaient pas grand-chose à son art, David encore moins que sa femme. Il ne voyait qu'un klezmer en cet homme de petite taille qui paraissait encore plus petit et plus insignifiant à côté de la grande et imposante Rébecca.

Ils ne dirent rien à leur fille. Elle n'était plus toute jeune, presque une vieille fille. En outre, ils n'avaient pas d'argent à lui donner. Et puis, de nombreux jeunes gens avaient quitté le pays, s'étaient éparpillés aux quatre coins du monde. Les parents n'avaient rien de mieux à lui offrir, c'est pourquoi ils ne dirent rien.

« Qu'en penses-tu, David ? demanda discrètement Léa à son mari dans l'espoir de l'entendre dire du bien de ce qui ne le méritait pas.

— Il est juif, c'est le principal », répondit David Karnovski pour se consoler.

Il était si déçu, David Karnovski, qu'il ne mit même pas son haut-de-forme ni sa redingote de fête pour assister au mariage intime qui fut célébré en présence des dix Juifs requis, pas un de plus.

Rébecca n'avait besoin ni des bonnes paroles de ses parents ni de leurs festins ou vêtements d'apparat. Elle avait son Rudy et elle resplendissait de bonheur.

C'est précisément parce qu'il était petit et insignifiant et doux comme une femme qu'elle l'aimait tant. Chez un homme, elle avait toujours recherché l'enfant, le grand enfant sans défense, pour lequel elle pourrait être une mère, dont elle pourrait s'occuper, qu'elle pourrait guider, câliner et cajoler. Autrefois, elle percevait cela chez les garçons blonds d'un autre peuple, si naïfs, si désemparés. À présent, déçue par eux, elle avait trouvé ce qu'elle cherchait chez son Rudy, ce petit Rudy doux et enfantin.

Elle s'était jetée à son cou dès le premier instant où elle l'avait vu jouer lors d'une soirée devant un public juif restreint. Lisse, avec des cheveux soyeux qui descendaient jusqu'au faux col blanc de sa veste de velours noir, des joues pleines, rebondies, d'immenses yeux enfantins très doux, d'un noir velouté, avec des mains blanches, tendres et potelées, à près de quarante ans, on aurait dit un enfant prodige avec son petit violon. Le public avait beaucoup applaudi. Rébecca avait frappé dans ses mains plus fort que tout le monde, crié plus que tous pour lui demander de jouer encore et encore. À compter de ce jour, la jeune fille avait assisté à tous ses concerts et lui avait témoigné tant d'admiration, d'attention et de sollicitude maternelle que cet homme plus tout jeune mais très puéril avait pris goût à cette soumission féminine et à cet amour maternel et s'était laissé guider par cette femme fougueuse, sentimentale, dominatrice et bien en chair.

Dès qu'ils se furent mariés, elle le prit entièrement sous son aile. Elle ne le laissait pas porter lui-même son violon, c'est elle qui le portait pour lui. Elle coiffait ses longs cheveux soyeux, l'aidait à s'habiller lorsqu'il devait aller jouer quelque part, lui retirait ses souliers quand il rentrait fatigué. Elle lui préparait toutes sortes de bons petits plats et de gourmandises comme le fait une mère pour un fils unique choyé. Elle le nourrissait comme un enfant quand il ne voulait plus manger, elle le déchargeait de toutes les tâches, faisait les démarches pour lui, discutait à sa place pour les concerts, chantait ses louanges auprès des gens et l'aidait même à retirer son manteau quand ils arrivaient quelque part et à le remettre comme le font généralement les hommes pour les dames. Elle n'arrêtait pas de parler de son Rudy, son unique sujet de conversation. Léa Karnovski, elle-même épouse dévouée, ne supportait plus d'entendre sa fille parler perpétuellement de son mari.

« Rébecca, arrête avec Rudy, disait-elle, blessée de voir sa fille se conduire en esclave consentante, toi aussi tu es un être humain.

— Non, maman, je suis si heureuse, tu ne peux pas comprendre », répondait Rébecca transportée.

Rudolf Richard Landskroner acceptait l'esclavage de sa femme comme un dû. Indolent, délicat, amoureux de lui-même et de son violon, il se laissait honorer, admirer, servir et guider tel un enfant gâté qui fait une faveur à sa mère lorsqu'il condescend à se laisser câliner.

Quand Rébecca sentit un changement dans son grand corps de femme et sut qu'elle allait avoir un enfant de son Rudy, son bonheur prit de telles proportions qu'elle faillit étouffer sa mère sous ses étreintes et ses baisers. David Karnovski ne manifesta aucune joie quand sa Léa lui annonça la nouvelle.

« De nos jours, mettre un enfant au monde ? » dit-il, préoccupé.

Le docteur Georg Karnovski sortit de ses gonds quand sa mère le mit au courant. Dans sa colère, il se laissa aller à parler à sa sœur sans mâcher ses mots.

« Rébecca, ton Rudy est un idiot ! cria-t-il. Viens me voir, je m'arrangerai pour faire ce qu'il faut... Ça vaudra mieux pour toi et pour la malheureuse créature en ces temps de détresse. »

Rébecca entra dans une telle rage qu'elle était prête à lui arracher les yeux avec ses ongles.

« Personne au monde ne pourra m'enlever mon bonheur ! hurla-t-elle. Non, personne. »

Elle refusa de déposer une demande d'émigration comme ses parents la suppliaient de le faire car son Rudy ne voulait pas partir.

Il faut dire que jamais Rudolf Richard Landskroner n'avait connu autant de succès, d'applaudissements, d'admiration que depuis le début de cette sale période dans la capitale. Jusque-là, on ne prêtait pas grande attention au violoniste Rudolf Richard Landskroner. On ne parlait que des violonistes célèbres, connus dans le monde entier et dont lui, Rudolf Richard Landskroner, considérait qu'ils ne lui arrivaient pas à la cheville. Ce n'est qu'au cours de ces dernières années, depuis que les célébrités avaient quitté le pays, que l'on avait commencé à le remarquer lui, Rudolf Richard Landskroner.

Bien sûr, il ne pouvait pas faire montre de son talent dans les grandes salles de concert comme il l'avait toujours rêvé. Mais il pouvait maintenant jouer pour ses coreligionnaires autant que le cœur lui en disait. Ils l'appréciaient beaucoup à présent, ils l'applaudissaient chaleureusement et lui réclamaient des « bis ». Des dames exaltées pleines d'admiration l'appelaient même « maestro ». Des jeunes filles lui demandaient des autographes. Être enfin reconnu emplissait Rudolf

Richard Landskroner de bonheur. Il pensait souvent à son défunt père, musicien dans un restaurant berlinois, qui était persuadé de son génie et qui, dès sa circoncision, avait accolé à son prénom, Rudolf, celui de Wagner : Richard. Si seulement il avait pu vivre jusqu'à ce jour pour me voir, se disait Rudolf Richard en pensant avec tristesse à la mort prématurée de son père. Non, il ne voulait pas quitter une ville où il remportait tant de succès pour un autre pays, un pays inconnu où avaient émigré pratiquement tous les violonistes de renommée mondiale, et où ils lui feraient de l'ombre comme ils l'avaient toujours fait.

Malgré l'insécurité qui planait sur lui comme sur tous ceux de son origine dans la capitale, Rudolf Richard Landskroner réussissait malgré tout à se sentir à l'aise dans ce nouveau mode de vie inconfortable, il s'y était habitué comme on s'habitue à tout malheur. Il s'était si bien accoutumé à cette nouvelle vie qu'il n'en sentait même plus le côté humiliant. C'était devenu pour lui une chose tout à fait naturelle d'éviter d'être dans les rues quand il n'y était pas vraiment obligé, de ne pas s'appuyer contre un banc du jardin public quand il était fatigué. Afin qu'on ne le soupçonne pas de concupiscence sacrilège, ses yeux se baissaient automatiquement vers le sol chaque fois que passait une femme blonde.

Être un artiste reconnu compensait tout. De le voir heureux, Rébecca était aussi heureuse que lui. Elle n'écouta ni ses parents ni son frère ni ses amis ou connaissances et resta là, où son Rudy voulait. Elle n'accompagna même pas les siens jusqu'au port quand, après plusieurs années d'attente, ils reçurent leurs papiers pour émigrer. Elle ne voulait pas laisser seuls, ne fût-ce que pour un jour, ses deux petits : Rudy et l'enfant qu'elle lui avait donné.

« Cette fille est devenue complètement folle — qu'un tel sort soit réservé aux antisémites ! murmura Léa Karnovski.

— Une bonne femme, rien dans la tête », lui répondit David Karnovski, et il se rendit dans la Dragonerstrasse afin de prendre congé de reb Efroïm Walder.

« Vous savez, rabbi Efroïm, annonça-t-il au vieil homme, les méchants ont arraché le monument à rabbi Moshe Mendelssohn dans la Grosse Hamburgerstrasse.

— Qu'est-ce qu'un monument, rabbi Karnovski ? répondit reb Efroïm, de la pierre, du fer. Son esprit, ils ne l'arracheront pas. »

David Karnovski se sentait mal à l'aise de partir en abandonnant reb Efroïm.

« Dès qu'avec l'aide de Dieu j'aurai traversé les mers, dit-il chaleureusement, je me débrouillerai pour vous envoyer les documents nécessaires, rabbi Efroïm, je remuerai ciel et terre pour vous.

— Je suis trop vieux, rabbi Karnovski, répondit en souriant reb Efroïm. Mais voyez-vous, si vous pouviez sauver mes livres, vous feriez une grande chose. Les livres et ma fille, n'est-ce pas, Yentl ? »

Yentl qui se faisait appeler Jeannette, leva ses yeux de myope d'un de ces romans français qu'elle lisait sans discontinuer et hocha sa tête frisée, à présent plus grise que noire.

« Quelle idée ? dit-elle, contrariée. Te laisser seul à ton âge, à Dieu ne plaise ! »

Elle ne connaissait pas exactement l'âge de son père, cent ans juste ou un peu plus, mais elle savait qu'il n'était plus qu'un fagot d'os desséchés susceptible de se délier à tout instant.

Sur ses vieux jours, tel un vieil arbre qui se désagrège, reb Efroïm Walder tombait en ruine. Sa peau brunâtre parcheminée, privée de sève, partait en lambeaux comme l'écorce d'un vieux tronc. Sa longue barbe verdâtre évoquait la mousse défraîchie. Ses sourcils, les touffes de poils dans ses oreilles, se hérissaient comme des aiguilles à tricoter. Ses mains maigres, sans forces, tremblaient tant qu'elles ne pouvaient plus servir son corps. Jeannette devait aider son père à s'habiller et se déshabiller, lui porter la cuiller à la bouche et même l'assister pour l'accomplissement de ses besoins naturels. Bien qu'ayant déjà une bonne soixantaine, la vieille demoiselle célibataire éprouvait de la gêne à accomplir son devoir filial.

Seul le cerveau du vieillard était resté aussi vif et clair que dans ses jeunes années. Au contraire, plus il vieillissait, plus il se débarrassait de toutes les faiblesses, l'envie, la passion, les ambitions et toutes les autres futilités liées au corps, plus sa mémoire était fidèle, plus son esprit était limpide car rien ne pouvait plus le troubler. Sa vue et son ouïe étaient aussi fines que son cerveau était clair. Souvent alité car ses jambes ne le portaient plus, il suivait des yeux avec tristesse chaque souris qui sortait d'un petit trou du plancher pour aller ronger ses précieux livres. Ses oreilles elles aussi réagissaient au moindre grincement de porte en provenance de son magasin, au moindre bruissement venu de là-bas.

« Yentl, qui était-ce donc ? » Il appelait sa fille pour qu'elle le tienne au courant de ce qui se passait dans le monde, au-delà des murs de sa chambre mal éclairée.

Yentl n'avait pas de bonnes nouvelles à lui rapporter. Il était rare que quelqu'un entre dans sa petite boutique, elle ne gagnait pratiquement rien avec les livres. Personne n'achetait plus de disques. Plus souvent que des clients, c'était les hommes bottés qui venaient « quêter » de l'argent ou encore des voyous qui se déchaînaient dans la rue.

« Père, les mauvais garçons ont jeté un chat dans le magasin, disait-elle en se tordant les mains.

— Qu'est-ce qu'un chat, Yentl ? Une créature de Dieu.

— Mais c'est un chat crevé qu'ils ont jeté, père.

— Un chat crevé, et alors ? »

Reb Efroïm n'était pas impressionné, pour lui, tout — pierre, homme, charogne — participait de la Divinité.

Il ne fut pas plus impressionné quand David Karnovski lui parla des exactions et des persécutions qui frappaient les Juifs dans le pays, des autodafés de livres sacrés ou profanes.

« Rien de nouveau, rabbi Karnovski, dit-il de sa voix aiguë, trop jeune pour son vieux corps, toujours la même vieille histoire. On a connu la même chose autrefois à Spire et à Prague, à Cracovie et à Paris, à Rome et à Padoue. Depuis que les Juifs sont juifs, la populace a brûlé leurs livres sacrés, marqué leurs vêtements des signes distinctifs, dispersé leurs communautés, persécuté leurs érudits. Malgré tout, les Juifs sont restés juifs. D'ailleurs, ce n'est pas exclusivement avec les Juifs que la populace agit ainsi, mais aussi avec les sages des autres nations qu'elle exècre pour leur science et leur intelligence. À Socrate on a fait avaler une coupe de poison. Galilée a été mené au bûcher. Mais ce qui est resté, ce n'est pas la populace, c'est Socrate et rabbi Akiba et Galilée parce qu'il n'est pas possible d'anéantir l'esprit, pas plus que la Divinité, rabbi Karnovski... »

David Karnovski a du mal à écouter calmement les propos du vieillard et meurt d'envie de répliquer mais reb Efroïm ne le laisse pas prendre la parole.

« Excusez-moi, rabbi Karnovski, voulez-vous monter à l'échelle et me passer mes manuscrits qui sont sur l'étagère du haut, dit-il en souriant, ça m'ennuie de vous déranger mais je ne peux plus grimper. »

David Karnovski grimpe à l'échelle et descend à reb Efroïm ses deux lourds manuscrits, l'un en hébreu pour les Juifs et l'autre en allemand pour les nations. Reb Efroïm essuie de ses mains tremblantes les toiles d'araignée qui y sont accrochées et se met à lire pour son visiteur ses dernières interprétations.

Tandis qu'il lit ses commentaires, il lui vient de nouvelles idées et, afin de ne pas les oublier, il les note immédiatement dans les marges. Ses doigts débiles, si faibles qu'ils ne lui obéissent plus, retrouvent cependant de la force au contact de la plume d'oie. Sa main tremblante maîtrise la plume, telle la main d'un vieux guerrier au contact de l'épée. David Karnovski qui n'a pas la tête aux commentaires, écoute cependant le vieil homme pour lequel il éprouve un grand respect. Jeannette ne supporte pas de voir son père s'activer et le rappelle à l'ordre.

« Père, tu vas renverser l'encre dans le lit, et puis tu ne dois pas faire d'efforts, tu dois te reposer.

— Je me reposerai dans la tombe, Yentl, tant que mes yeux peuvent voir, j'accomplirai ce que j'ai à accomplir. »

Jeannette ébauche un geste d'impuissance, comme lorsqu'on est face à une personne sénile qui ne comprend plus qu'il est absurde de faire les choses au mauvais moment.

« Oïe ! Papa, papa… » Elle soupire mais ne termine pas la phrase entamée.

Reb Efroïm qui de son lit voit tout et entend tout, rit de l'irritation de sa fille.

« Elle pense que je suis sourd et aveugle et que je ne sais pas ce qui se passe dans le monde, je sais, rabbi Karnovski, je sais et je vois tout, j'accomplis néanmoins ma tâche parce que c'est ce qu'un homme sensé doit faire. »

Jeannette qui fait bouillir un tout petit récipient sur le poêle de fonte qu'elle alimente avec de vieux livres d'histoire au lieu de bois, est incapable de garder son calme en écoutant son père. Elle voit le malheur croître sans cesse autour d'elle. La Dragonerstrasse se dépeuple un peu plus chaque jour. Les boutiques sont fermées par des planches et cadenassées. Pendant la nuit, des maisons sont condamnées, mises sous scellés et verrouillées à quatre tours. Seuls le bruit d'une automobile déboulant en trombe, des sifflotements et des rires de goyim et des gémissements de Juifs permettent de savoir qu'on est venu arrêter quelqu'un dans la nuit. La rue du ghetto, ouverte aux exactions et aux violences, l'emplit d'une inquiétude et d'une terreur perpétuelle. Elle interrompt son père dans sa lecture :

« Pourquoi avons-nous mérité tant de souffrances ? »

Reb Efroïm sourit, un sourire édenté dans sa barbe moussue.

« C'est une vieille question, ma fille, aussi vieille que la souffrance elle-même. Avec nos petites têtes, nous ne pouvons pas le concevoir mais il y a forcément un sens à cela comme à toute chose qui existe, sinon, ça ne serait pas. »

Les propos de son père ne soulagent pas la peine de Jeannette, au contraire elle se fait plus lourde, plus amère. La vieille fille s'entête :

« Pourquoi Dieu nous tourmente-t-il ? Pourquoi n'aime-t-il que tourmenter alors que, s'il le voulait, il pourrait faire le bien ? »

Reb Efroïm tente de lui expliquer la chose rationnellement : seuls les gens du commun et les sots tiennent grief à Dieu pour le mal et le louent pour le bien. L'homme sensé sait qu'il ne convient pas de considérer Dieu de cette façon parce que tout ce qui existe fait partie de la Divinité sans qu'on puisse rien en soustraire, tout : les animaux et les végétaux, les hommes et les étoiles, tout ce qui est, ce qui sera, et ce qui a disparu, ce qu'on appelle le bien ou le mal, le bonheur ou la souffrance, et ainsi de suite, sans commencement et sans fin.

Jeannette ne veut pas entendre parler d'un tel Dieu, un Dieu avec lequel on ne peut dialoguer, un Dieu qui ne rend pas le bien pour le bien et le mal pour le mal, un Dieu sans Loi et sans justice. Elle veut son bon vieux Dieu de toujours, celui à qui elle adresse ses bénédictions, la prière « Écoute, Israël », qu'elle appelle Père, à qui elle dit des choses gentilles, qu'elle glorifie, auprès de qui elle vient pleurer et avec lequel elle discute. Les paroles de son père l'emplissent de désespoir. Elle ne voit plus aucun sens à sa vie fanée, aucune récompense dans l'autre monde pour ses actes, ses vertus, sa vie pure, exempte de tout péché. Elle fond en larmes malgré la présence de David Karnovski.

« Ne pleure pas, Yentl, lui lance depuis son lit reb Efroïm, ça ne rime à rien de pleurer. »

Ses pleurs redoublent.

David Karnovski s'éloigne du lit et s'approche du poêle pour caresser paternellement la tête grisonnante de Jeannette, comme il le ferait pour une petite fille.

« Ne pleurez pas, fille de reb Efroïm, dit-il pour la consoler, laissez-moi seulement traverser les mers sans encombre, je me débrouillerai pour vous envoyer les papiers nécessaires. Nous ferons tous la traversée, votre père, vous, les livres. »

Jeannette s'essuie les yeux avec un pan de son tablier. Elle a beau savoir que ces bonnes paroles ne changeront rien parce que son père est trop vieux pour partir, qu'elle non plus n'est plus assez jeune pour entamer une nouvelle vie dans un nouveau monde, ça lui fait quand même du bien d'entendre ces paroles d'homme, de sentir cette main sur sa tête que personne n'a jamais caressée. Ses yeux de myope lui sourient à travers les larmes. Elle remarque soudain que son père est allongé, immobile, les yeux fermés, et inquiète, elle l'appelle « Papa, papa ! » et se précipite vers lui, terrorisée à l'idée qu'à son âge, il peut à chaque instant s'endormir pour l'éternité.

Reb Efroïm se réveille et sourit de l'inquiétude de sa fille.

« Tu croyais déjà, ma petite Yentl, que Satan était venu me chercher. » Il rit d'un rire édenté. « Non, ma fille, je vais l'obliger à attendre encore un peu, le vieux diable. »

David Karnovski fait ses adieux à reb Efroïm en serrant ses mains froides et sans forces dans les siennes.

« Portez-vous bien, reb Efroïm, et qu'il nous soit donné, pour notre plus grande joie, de nous revoir de l'autre côté de l'océan et de reprendre nos conversations érudites…

— Vous allez me manquer, rabbi Karnovski, dit le vieil homme avec son petit sourire plein d'intelligence, je n'aurai plus personne ici à qui lire mes interprétations inédites. »

Quelques heures avant de quitter le pays, Teresa Karnovski retourna encore voir sa vieille mère chez elle afin de contempler une dernière fois la maison où elle était née et où elle avait grandi. Elle entra dans sa chambre de jeune fille pour regarder le lit, toujours à la même place, chaque meuble, chaque napperon brodé, chaque bibelot. Elle jeta un ultime coup d'œil au portrait de son père, accroché dans le salon, lissé par les retouches, majestueux. Mère et fille pleurèrent. Hugo Holbek, assis dans un fauteuil bas, ses longues jambes bottées étendues devant lui, se sentait mal à l'aise face à ces femmes en larmes. Contrairement à son habitude, il essaya de se conduire en frère envers sa sœur unique qu'il voyait pour la dernière fois. Avec des paroles ternes, grises, un accent exagéré de soldat prussien et de fréquents « pas vrai » chaque fois qu'un mot lui manquait, il exprima son opinion fraternelle au sujet du départ de sa sœur.

C'était stupide de la part d'une Holbek, de quitter sa patrie à cause d'un maudit Karnovski. Elle pouvait obtenir le divorce et bon débarras ! Elle redeviendrait une personne comme toutes les autres, retrouverait ses amis, ses proches. Personne n'aurait plus besoin de la fuir. Mme Holbek l'interrompit :

« Tu sais bien que Teresa aime Georg, et puis il ne faut pas oublier Jegor. »

Là aussi, Hugo Holbek avait une solution. Sa mère n'avait pas de souci à se faire. Elle pouvait s'en remettre à lui, Hugo Holbek. Il connaissait des gens importants et des gens importants le connaissaient. Tout serait réglé en moins de deux. Et pour ce qui est du garçon, pas de souci non plus. Beaucoup de femmes allemandes se sont débarrassées de leur mari au nez crochu et ont récupéré leurs enfants. Elles n'ont eu qu'une formalité sans importance à accomplir, une bagatelle. Eh bien, disons, déclarer que les enfants sont d'un autre, d'un amant aryen, pas vrai, et tout se passe bien, pas de problème. Elle peut lui faire confiance, à lui, Hugo Holbek, il va tout arranger, il présentera un témoin, le présumé père aryen, pas vrai, et tout sera parfait, pas vrai ?

Pendant tout le temps où Hugo avait parlé, Teresa avait senti le sang lui monter au visage. En même temps que le sang montait la colère, jusqu'au moment où, n'y tenant plus, elle explosa.

Jamais de sa vie Teresa n'avait prononcé des flots d'injures et de malédictions comme ceux qu'elle proféra alors :

« Sale chien, tu oses me faire des propositions pareilles ? Espèce de cochon, de morveux, connard, merdeux... »

Mme Holbek était debout, pétrifiée, les deux mains sous son opulente poitrine, on aurait dit qu'elle craignait de s'effondrer sous le coup de la stupéfaction et de l'effroi. Jamais de sa vie elle n'avait entendu de tels propos dans la bouche de Teresa, sa fille si calme et si docile.

« Teresa, balbutia-t-elle, ma petite fille, comment peux-tu ? »

Outragée dans sa fierté de femme, Teresa ne se laissait pas interrompre. Elle était déchaînée tel un animal blessé.

Elle l'agonissait d'injures dont elle ne savait pas elle-même d'où elles lui venaient. Sa bouche prononçait des mots qui, si elle les avait entendus chez d'autres, l'auraient fait rougir. Elle injuriait en même temps que lui tous ses pareils, ces sales chiens, ces voyous, ces bandits, ces bêtes sanguinaires, ces cochons galeux.

Mme Holbek était figée de terreur.

« Teresa, suppliait-elle en se tordant les mains, Jésus Marie. »

Teresa ne pouvait plus s'arrêter. L'amertume si longtemps contenue, jaillissait de ses lèvres, pour son mari, pour son enfant, pour sa famille et ses proches, pour tous et pour tout.

« Je crache sur eux et sur lui, cria-t-elle, et elle se précipita sur Hugo, et sur toi, tiens ! »

Elle cracha sur lui et sur son uniforme.

Hugo Holbek resta un moment immobile, blême, plus blême que toujours, et ses mâchoires se mirent à danser, vers le haut, vers le bas. En tant que militaire, il savait qu'on pouvait lui cracher à la figure mais pas sur son uniforme. Son courroux de soldat le poussait à défendre l'honneur de son uniforme, et advienne que pourra. Mais Teresa devina ses pensées.

« Eh bien, appelle la police, hurla-t-elle, remets-moi entre les mains de tes gens, dénonce-moi donc, eh bien, qu'est-ce que tu attends ? »

Hugo se contenta de sortir un mouchoir de la poche de son pantalon et il nettoya consciencieusement son uniforme pour qu'il n'y reste pas la moindre trace.

« Putain à Juifs », lui dit-il, mots qu'il avait entendus, criés dans la rue par des jeunes à l'adresse de femmes blondes qui se promenaient avec des hommes aux cheveux noirs.

Mme Holbek tordait ses doigts à demi paralysés en gémissant :

« Sainte Mère, Seigneur Jésus, vieillir pour voir des choses pareilles. »

Teresa exsangue, épuisée, tomba inanimée dans les bras de sa mère.

TROISIÈME PARTIE

33

La synagogue « Shaare-Tsedek », à l'ouest de Manhattan, non loin de l'Hudson, est à nouveau pleine de Juifs, pas seulement pour le shabbat mais également en semaine.

Depuis sa construction qui remonte à quelques décennies, la grande synagogue dont l'architecture évoque une mosquée a connu diverses périodes : fastes, médiocres et franchement mauvaises. Pendant les premières années, alors qu'elle sortait tout juste de terre, venaient y prier des Juifs séfarades, de riches « Espagnols » immigrés de longue date, installés dans des maisons spacieuses et confortables au bord de l'Hudson. Le teint mat, soignés et embaumant autant que les tapis orientaux, le tabac et les épices dont ils faisaient négoce ; nonchalants et fiers, aussi dignes que des grands d'Espagne, ils se tenaient debout à leurs places et écoutaient les prières dites en hébreu et en espagnol par des récitants qui vocalisaient sur de monotones mélodies séfarades. Leurs épouses, parées de velours et de soies multicolores, couvertes d'or et de brillants, enveloppées dans de coûteux châles espagnols, murmuraient à voix basse, en même temps qu'eux, les paroles en espagnol qu'elles suivaient dans des recueils de prières imprimés en caractères Rachi. Avec la même pondération et le même air d'importance, elles écoutaient les sermons en espagnol de leur « Haham », leur rabbin, le docteur Ezial de Alfassi qui avec sa « mantille », sa haute toque et sa barbe bouclée d'un noir de jais, faisait penser à un roi d'Assyrie tel qu'on les représente dans les tableaux. Quand avant la lecture, le bedeau tournait en rond à l'intérieur de la synagogue et, sur une mélopée arabe, dans un mélange d'espagnol et d'hébreu, mettait aux enchères les *aliyès*[1], chaque chef de famille surenchérissait sur les autres et proposait de grosses sommes pour en « acheter » une.

Pendant les fructueuses années de guerre, quand les Juifs ashkénazes, polonais, lituaniens ou roumains, qui avaient réussi se mirent à déserter la partie basse de la ville pour un endroit plus noble et grimpèrent très haut vers l'ouest, jusqu'à atteindre la rive de l'Hudson, l'aristocratie espagnole abandonna le quartier en même temps que sa synagogue « Shaare-Tsedek ». Au lieu des prières et mélodies séfarades, ce furent des prières et mélodies ashkénazes qui se répercutèrent sur les arcades de la synagogue en forme de mosquée. Le « Haham » à la barbe noire et au physique de roi assyrien fut remplacé par un jeune rabbin ashkénaze, non orthodoxe, sans barbe mais avec une petite moustache rousse taillée, qui dans ses sermons en anglais parlait des livres à la mode, de la psychanalyse, des pièces de théâtre, de la charité et du contrôle des naissances. Quand après les années de vaches grasses survinrent les années de vaches maigres et que toutes

1. *Aliyès* : certains passages des textes sacrés lus à la synagogue par une seule personne appelée à la lecture. Ces passages à lire, dont certains sont plus prestigieux que d'autres, sont traditionnellement mis aux enchères.

sortes d'habitants de Harlem, des Hispaniques, des Irlandais, des petits businessmen juifs et même des Noirs montèrent un peu plus vers le nord, la synagogue « Shaare-Tsedek » se dévalorisa à l'instar de tout le quartier. Les riches parvenus cédèrent la place à des petits commerçants et à des artisans surmenés, mal rasés, tombant de sommeil, misérablement vêtus et toujours pressés qui ne venaient que le shabbat dans la belle synagogue semblable à une mosquée.

À l'heure de la prière le public se faisait plus clairsemé d'un shabbat à l'autre. La synagogue ne se remplissait que pendant les Jours redoutables, ou bien à l'occasion d'une fête, pour la prière à la mémoire des défunts. Non seulement en milieu de semaine on arrivait à peine à réunir les dix Juifs nécessaires pour dire un kaddish mais même le vendredi soir et le samedi, on avait le plus grand mal à rassembler quelques personnes dans la synagogue. Le bedeau hongrois, mister Pitseles, passait des heures près du portail ouvert à scruter les alentours de ses yeux noirs avant de parvenir à faire entrer quelques fidèles. Il était généralement aidé par Walter, le gardien allemand qui, pour avoir servi de nombreuses années dans des synagogues, avait acquis une connaissance approfondie de toutes les coutumes juives et parlait un yiddish germanisé, pas plus mauvais que celui du bedeau. Hérissé de marteaux, tournevis et bouts de fils électriques qui dépassaient de toutes les poches de sa salopette tachée et déchirée, une pipe à la bouche, il aidait à arrêter au passage les Juifs affairés et pressés pour les inciter à entrer prier.

« Eh, mister ! disait-il en les apostrophant, venez compléter le *minyen*[1], c'est shabbat aujourd'hui.

1. Quorum de dix hommes adultes, minimum requis pour les offices.

— Qui a du temps pour ça ? » répondaient brièvement les Juifs débordés en tirant sur leur cigare ou leur cigarette et ils repartaient en courant.

Walter devait également se bagarrer avec les enfants de la rue qui avaient choisi la synagogue « Shaare-Tsedek » comme terrain de jeu. Hispaniques au teint mat, Irlandais aux yeux clairs, Juifs à la tignasse brune et petits nègres à la peau noire, ils s'agglutinaient tous autour du bâtiment en criant et en chahutant. Les adolescentes aimaient s'asseoir sur les larges marches de la synagogue et ricaner des secrets qu'elles se confiaient les unes aux autres ou pousser des cris perçants quand les garçons en sweaters troués venaient les embêter. Les petites filles sautaient à la corde en énumérant à haute voix les noms de leurs proches qui commençaient par une même lettre. Avec les garçons, c'était encore pire. Ils n'arrêtaient pas d'envoyer leurs ballons contre le mur en poussant des hurlements sauvages. Le soir, ils aimaient allumer des feux autour de l'édifice, faire brûler des ordures et des papiers que les vents charriaient de la berge. Walter le gardien avait beau essayer de les chasser, leur dire d'aller jouer ailleurs, ils refusaient de s'éloigner de la synagogue. Ils étaient attirés par les hauts murs et les larges marches de « Shaare-Tsedek ».

Les injures s'échappaient de la bouche de Walter en même temps que la fumée :

« Maudits *bastards, get out von here !* »

Plus que pendant la semaine, c'est le shabbat et les jours de fête qu'il fulminait contre les « bâtards » qui s'agitaient autour de la synagogue et barraient l'accès à la porte grande ouverte. Il était impossible de franchir les marches. Les deux bedeaux, le juif comme le goy, devaient se donner un mal de chien pour attirer à l'intérieur de la synagogue un public réduit de fidèles qui dans l'immensité du lieu paraissaient encore plus perdus et moins nombreux qu'ils ne l'étaient en réalité.

Mais depuis quelques années, la synagogue « Shaare-Tsedek » était à nouveau pleine pour la prière, non seulement pendant les Jours redoutables et pour le rappel de la mémoire des défunts les jours de fête mais également pour les shabbats ordinaires et pas seulement le samedi matin mais aussi le vendredi soir.

C'était comme ça depuis que les Juifs chassés d'Allemagne avaient décidé de s'installer dans ce quartier à l'ouest de l'île de Manhattan, juste sur le bord de l'Hudson, et avaient choisi la synagogue « Shaare-Tsedek » pour y prier.

Au début, quand les nouveaux venus arrivaient à la synagogue, le bedeau hongrois, mister Pitseles, les accueillait à bras ouverts.

« *Kommen Sie hierhin, liebe Leute, willkommen*[1] », disait-il dans son allemand de Hongrie en roulant les « r ».

Walter le gardien était aux anges, il voyait des gens de son ancien pays, des gens « d'en face », et pouvait se délier la langue en parlant comme à la maison. Debout sur son échelle à assembler des caractères latins pour transposer tant bien que mal les mots hébreux qui annonçaient les heures des prières du matin, de l'après-midi et du soir et le moment de la prière pour les morts, il déversait avec la fumée de sa pipe des flots de bonnes paroles à l'adresse des nouveaux venus pour les inviter à entrer :

1. Entrez, chers messieurs, soyez les bienvenus (allemand).

477

« *Bitte schoen, meine Hersaftn, sofort fangen wir an "Schahres", hurry up, gentlemen*[1]... »

Mister Pitseles, le bedeau hongrois, conduisait ces gens vers les places d'honneur, aux meilleurs bancs. Il leur réservait les aliyès les plus prestigieuses pour la lecture de la Torah. Plus que par les hommes qui respectaient scrupuleusement les prières, il était ébahi par leurs épouses qui priaient dans la galerie supérieure, la synagogue des femmes. Elles venaient, ces étrangères, non seulement le matin mais même le vendredi soir, chose qu'il avait rarement vue auparavant dans la synagogue « Shaare-Tsedek ». Mais mister Pitseles appréciait plus encore les petits garçons qui accompagnaient leurs pères. Avec leurs pantalons jusqu'aux genoux et leurs chaussettes montantes, bien coiffés, les cheveux soigneusement lavés, ils contrastaient violemment avec les garçons de la rue déchaînés et braillards, en sweaters déchirés, qui ne pensaient qu'à s'amuser. Ils se tenaient très convenablement, ces enfants étrangers, regardaient toujours leurs parents droit dans les yeux et demandaient la permission pour tout : où s'installer, où aller ? La bonne éducation de ces garçons ravissait mister Pitseles qui les récompensait en leur apportant des recueils de prières. Les petites filles qui accompagnaient leurs mamans à l'étage des femmes étaient encore plus sages que les petits garçons.

En peu de temps, la synagogue « Shaare-Tsedek » connut une telle affluence que mister Pitseles fut à court, non seulement d'« aliyès » pour les nouveaux arrivants mais même de recueils de prières pour les garçons.

---

1. Je vous en prie, mesdames et messieurs, nous allons commencer la prière du matin (all.), dépêchez-vous, messieurs (angl.)

Le quartier à proximité de l'Hudson River se trouva très rapidement peuplé par ces nouveaux émigrants. Il en arrivait avec chaque transatlantique qui accostait dans le port et ils se rendaient directement de la mer au fleuve. Dans les premiers temps, les habitants juifs du quartier sortaient leur souhaiter la bienvenue dans la rue comme mister Pitseles le bedeau hongrois le faisait à la synagogue. On reconnaissait immédiatement les nouveaux débarqués aux énormes caisses avec lesquelles ils avaient fait la traversée, caisses où l'on pouvait lire, inscrits en gros caractères, les noms des ports, Hambourg, Brême, et dans lesquelles ils transportaient des meubles lourds, massifs, sculptés, comme on en voyait rarement ici. Chargés de ces arches de bois dans lesquelles les réfugiés avaient sauvé leurs biens du déluge qui s'était abattu sur eux de l'autre côté de la mer, les gros camions arrivaient tout juste à s'enfiler dans les rues. Les porteurs noirs, des costauds, suaient sang et eau pour extraire des caisses les gigantesques commodes, tables, lits, fauteuils et penderies qui refusaient obstinément de franchir les étroites portes des maisons new-yorkaises. Les concierges de ces immeubles, des Allemands pour la plupart, hochaient la tête à la vue de ces meubles coûteux et expliquaient aux nouveaux locataires qu'il leur faudrait abandonner leurs armoires-penderies dans la rue parce que, non seulement elles ne passeraient pas par les portes américaines trop étroites mais qu'en outre on n'en avait pas besoin ici où les appartements avaient des penderies intégrées aux murs. Les habitants du quartier, Irlandais, Espagnols, Italiens ou Allemands, examinaient dans le plus grand silence et avec une non moins grande hostilité, les arrivants qui croulaient sous leur bric-à-brac. Mais avant que les étrangers n'aient le temps de décider ce qu'ils allaient faire de ces choses dont le sauvetage leur avait coûté tant de peine et qui n'étaient ici d'aucune utilité et ne valaient strictement rien, les gamins de la rue avaient déjà pris possession des meubles abandonnés pour y envoyer leurs ballons ou y gratter des allumettes. D'autres mettaient le feu aux caisses cassées et parfois même à un meuble. Les habitants juifs commençaient à aider les nouveaux désemparés, à leur prodiguer des conseils sur la façon de se comporter dans leur nouveau pays et les interrogeaient familièrement sur leur vie de l'autre côté. Mais les nouveaux répondaient aux anciens avec réticence et gardaient leurs distances. Ils évitaient de répondre surtout quand on les interrogeait sur les mauvais traitements dont les leurs étaient victimes. Les femmes originaires de Lituanie ou de Pologne essayaient de placer une injure bien sentie, une malédiction yiddish particulièrement imagée à l'adresse des méchants de là-bas qui maltraitaient leurs frères et leurs sœurs. Mais les nouveaux ne prononçaient pas le moindre mot de reproche à l'encontre de leurs bourreaux. Motus et bouche cousue. Certains faisaient même la grimace et répondaient dans un anglais d'étranger, beaucoup trop grammatical, qu'ils ne comprenaient pas ce qu'on leur disait car ils ne connaissaient pas le jargon yiddish. C'est pourquoi les Juifs déjà installés, hommes ou femmes, se firent très réservés vis-à-vis de ces étrangers hautains avec leurs grands airs. Eux aussi anciens émigrants, ils se rappelaient comment ils avaient débarqué dans leur nouveau pays après avoir quitté leur shtetl de Russie ou de Pologne. Une arrivée de pauvres avec sacs et ballots, sans caisses et sans meubles, seulement leur literie et les chandeliers du shabbat, la vaisselle de Pessah, les récipients pour les aliments lactés et les aliments carnés. Ils ne s'étaient pas non plus installés si haut dans la ville, mais dans l'East Side, dans des greniers ou des sous-sols. C'est seulement après des années d'un travail harassant, après s'être américanisés, qu'ils avaient migré plus haut, vers l'ouest de la ville. En outre, ils éprouvaient de la reconnaissance pour leurs voisins juifs qui les avaient accueillis gentiment et leur avaient dit quelques mots. À présent, ils regardaient les nouveaux venus avec antipathie, soit en raison de leur allure trop comme il faut, soit parce qu'ils avaient débarqué droit du bateau dans les beaux quartiers, soit à cause de l'anglais qu'ils parlaient déjà en arrivant, et plus que tout, pour leur façon de se taire et de le prendre de haut avec les autres Juifs et leur yiddish.

Les épiciers juifs perdaient patience avec ces nouvelles clientes qui marchandaient pour le moindre penny et surveillaient la balance de crainte d'être lésées sur le poids. Dans les boucheries casher, les bouchers étaient indignés parce que ces étrangères mettaient en doute la pureté de leur viande.

« Regardez-moi ça, nous ne sommes pas assez casher pour ces Allemandes ! » disaient-ils furieux en affûtant leurs couteaux à la meule.

Les nouveaux habitants ne répondaient pas un mot aux reproches des anciens et ne voulaient pas avoir la moindre relation avec eux, de même que là-bas, « en face », ils n'avaient pas de relations avec les Juifs de l'Est. Ils se tenaient à l'écart, restaient entre eux, dans leur propre « Reich ».

Herr Gotlib Reicher, un riche marchand de bétail de Munich, fut le premier à ouvrir une boucherie casher dans le quartier, une boutique aussi rutilante et reluisante qu'une pharmacie. Autrefois patron de nombreuses charcuteries dans les plus grandes villes d'Allemagne, réputé pour son jambon, le meilleur au monde, à tel point que les Allemandes n'hésitaient pas à parcourir de grandes distances pour s'en procurer ; ici, à New York il avait fait peindre « casher » en grosses lettres dorées sur la vitrine de sa boucherie, à côté de son illustre nom. Avec lui, pour débiter la viande, il avait son fils, un ancien pharmacien qui gardait sa blouse même dans la boucherie ; c'était la seule chose qui lui soit restée de sa précédente dignité officinale.

Les femmes oubliaient temporairement leurs soucis quand elles venaient acheter leurs petites portions de viande dans la boutique étincelante de propreté et qu'elles étaient servies par monsieur le docteur. De même qu'elles l'appelaient docteur, lui leur donnait tous les titres auxquels elles pouvaient prétendre. Il savait très exactement qui, « en face », était femme de docteur et femme de directeur, femme de professeur et femme de conseiller au Commerce. Celles qui n'avaient aucun titre, il les appelait « très chère madame », pas moins. De même que l'on pouvait être sûr de la casherout de la boucherie casher de M. Reicher parce que c'était l'ancien rabbin de la Nouvelle Synagogue de Berlin, le docteur Spayer en personne, qui avait signé l'approbation rabbinique rédigée en allemand, de même on pouvait être sûr du poids qui vous était annoncé. Le pharmacien Reicher pesait les pauvres petits morceaux de viande avec une précision toute pharmaceutique.

Après Herr Reicher, ce fut un comédien du théâtre de Berlin, la coqueluche des dames, Leonard Lesauer, qui ouvrit un café-restaurant, le Vieux Berlin, où on servait du café avec de la crème fouettée, du gâteau aux pommes, de la bière, des saucisses et les revues et journaux allemands du monde entier. Le soir, lorsque M. Lesauer enfilait un frac et du linge blanc amidonné et déclamait des poèmes ou bien jouait des scènes de son répertoire, le Vieux Berlin faisait cabaret. Mais durant la journée, on pouvait passer des heures devant une tasse de café et s'entendre appeler docteur, que ce titre soit justifié ou non. Après lui, c'est un maître de conférences, le docteur Friedrich Kohn, qui ouvrit une teinturerie pressing où on repassait sur place les costumes, rafraîchissait les chapeaux, remplaçait les semelles et talons de chaussures. Célèbre de l'autre côté parmi ses compatriotes pour ses conférences de philosophie et encore plus pour être le fils du conseiller au Commerce Kohn, lequel avait été décoré par l'empereur en personne pour sa grande activité philanthropique, le maître de conférences et docteur Friedrich Kohn attirait une grosse clientèle dans son modeste atelier. Tout le monde venait dans sa cave faire réparer ses souliers ou repasser ses vêtements. À l'instar de son vénérable défunt père, le conseiller au Commerce qui, tout en distribuant ses aides aux étudiants juifs venus de Russie, avait l'habitude de faire si consciencieusement la morale aux « nihilistes » pour leur négligence vestimentaire et leur absence de religion qui portaient atteinte à l'honneur juif, le maître de conférences et docteur Friedrich Kohn, était lui aussi une personne respectable et bien élevée et portait même des favoris blancs qui en faisaient une copie conforme de son père. Avec beaucoup de dignité, il repassait lui-même les vêtements dans son petit atelier et, entre un ressemelage et la pose d'une paire de demi-semelles, il lisait et relisait de ses yeux de myope des livres en latin ou en grec qu'il avait posés sur une étagère, à côté des vieilles chaussures. C'est avec la même application et la même myopie qu'il nettoyait les souliers des « honorables dames » et qu'il les rapiéçait, travail que les cordonniers installés refusaient généralement de faire parce que trop fastidieux et mal payé. Mme Klein, la veuve du docteur Siegfried Klein qui n'avait pu sauver de son mari, le célèbre directeur du plus grand journal satirique, qu'un peu de cendres dans un coffret, ouvrit dans son appartement un atelier de couture pour dames où non seulement elle faisait des vêtements neufs mais où elle transformait et retournait aussi des vêtements usagés. Devant elle, ses clientes n'avaient pas à rougir de compter leurs sous et de les dépenser avec parcimonie. La veuve du docteur les avait connues au bon vieux temps et réciproquement. On reparlait des bonnes années « en face », on se transmettait le bonjour d'un proche, et on versait une larme sur l'urne que Mme Klein conservait chez elle, à la place d'honneur, sur la commode sculptée.

Ludwig Kadisch, le voisin de Salomon Bourak dans l'avenue Landsberger, ne pouvait pas ouvrir de commerce parce que, à part la croix de fer que lui avait valu la perte d'un œil, il n'avait rien pu sauver de là-bas. Il faisait le tour des petits restaurants juifs pour placer des cravates. Mais ses filles, autrefois propriétaires d'un laboratoire de chimie, là-bas sur l'autre rive, avaient ouvert chez elles un petit salon de beauté où, pour un prix modique, elles faisaient les ongles et frisaient ou teignaient les cheveux. Des hommes mûrs à la recherche d'un emploi faisaient teindre leurs cheveux gris pour camoufler leur âge. Des jeunes filles juives aux cheveux noirs se faisaient teindre en blond ou en roux pour trouver grâce dans les bureaux de placement où on ne voulait pas de gens de leur origine.

Après des journées passées à courir à travers les rues empierrées de la grande ville humide, les étrangers faisaient un saut au Vieux Berlin où ils pouvaient, pour quelques pennies, boire un café à la crème et, entre eux, à l'écart des autres, vider leur cœur et parler « d'en face », du temps révolu. C'est là aussi qu'ils pouvaient rencontrer les derniers arrivés et apprendre d'eux tout ce qui se passait là-bas. À voix basse, comme s'ils avaient peur des murs de ce bâtiment pourtant situé dans leur nouveau pays à des milliers de milles de l'autre rive, ils échangeaient dans un murmure des nouvelles de connaissances, d'amis, cherchant à savoir qui se préparait à partir et qui était déjà parti, qui avait été arrêté au milieu de la nuit et qui était revenu de là-bas. Qui était mort, qui mourant et qui avait complètement disparu de ce monde ne laissant comme seule trace qu'un peu de cendres dans un coffret.

Les jeunes et les non-croyants restaient entre eux, coupés du monde, au Vieux Berlin, cependant que les gens plus âgés et les croyants restaient entre eux, coupés du monde, dans la synagogue « Shaare-Tsedek ». Peu à peu, ils prirent possession des lieux. Tout d'abord, ils dressèrent un mur entre eux et les autres fidèles. Ils étaient avares de mots lorsque les anciens les interrogeaient familièrement, en yiddish, sur leur vie et leur situation. Ils devenaient complètement muets quand on commençait à dire du mal des despotes au pouvoir, les brigands de l'autre rive. Ce n'est qu'entre eux et à voix basse qu'ils parlaient « d'en face ». Les anciens fidèles se sentaient blessés, étrangers dans leur propre synagogue, et ils se mirent à éviter les nouveaux arrivés en même temps que la synagogue. Avant que mister Pitseles, le bedeau hongrois, n'ait le temps de se retourner, il ne lui restait même pas assez d'anciens fidèles pour constituer un minyen. Aussi vite que les anciens partaient, les nouveaux prenaient la haute main sur le lieu saint. Quand le dernier des anciens fut parti, les nouveaux y instituèrent l'ordre qu'ils avaient connu de l'autre côté de l'océan.

Tout d'abord, ils élurent leur propre conseil d'administration et le premier à en faire partie fut Herr Reicher, le célèbre marchand de porcs qui avait ouvert ici une boucherie casher et était par là même devenu un proche des fonctionnaires du culte. Ensuite, on modifia l'horaire des prières pour retrouver celui auquel on était habitué « en face ». À présent, Walter le gardien, affichait les annonces concernant les prières pour les défunts, non seulement en anglais comme avant, mais aussi en allemand afin que tout le monde comprenne. Un peu plus tard, on invita le chanteur d'opéra Anton Karoli qui avait été chassé « d'en face » parce que Juif, et on le nomma chantre de la synagogue « Shaare-Tsedek ». Cet Anton Karoli, lui-même fils de chantre, qui continuait ici encore à porter les cheveux longs et teints, un chapeau à large bord, un monocle à l'œil, et une serviette bourrée de coupures de presse jaunies dans lesquelles on l'appelait Maestro, sans compter des centaines de lettres d'anciennes admiratrices accompagnées de leurs photographies et de mèches de cheveux de toutes les couleurs, ce chanteur d'opéra institua un chœur, un vrai chœur avec des altos, des basses et des sopranos, et lui-même priait à son pupitre avec des gestes théâtraux et des débordements romantiques et lyriques tels que le public de la synagogue fondait de ravissement. On finit par faire venir le docteur Spayer de la Nouvelle Synagogue de Berlin pour le nommer rabbin de la synagogue « Shaare-Tsedek ».

Froid, austère, avec une petite barbiche taillée comme un crayon, blanchie par l'âge et les soucis, le docteur Spayer n'avait rien changé aux sermons qu'il prononçait à présent dans sa synagogue du Nouveau Monde. Comme autrefois, au bon vieux temps de Berlin dans sa Nouvelle Synagogue, il parlait en termes recherchés d'Israël, de la mission des enfants d'Abraham, d'Isaac et de Jacob, chargés de répandre les commandements et l'éthique de la Torah qui fut donnée par Dieu dans le ciel et transmise par l'intermédiaire du législateur Moïse. Comme autrefois, il citait les poètes et les philosophes allemands et ne faisait pas la moindre allusion aux événements de l'autre côté, à croire qu'il ne se passait rien de par le monde. Les hommes se délectaient à l'entendre. Dans la galerie des femmes, on disait de lui qu'il était divin.

Même l'œil de verre de Ludwig Kadisch étincelait lors des prêches du docteur Spayer. Après une longue semaine d'humiliations, de tracas, de misère et de privations dans un monde étranger, on se sentait comme chez soi autrefois, au bon temps, quand dans le bon vieux Berlin, en haut-de-forme et à pas mesurés, on se rendait à la Nouvelle Synagogue.

Dans la synagogue « Shaare-Tsedek », il n'était resté que deux personnes étrangères à cette communauté fermée. L'une était mister Pitseles, le bedeau. Malgré ses efforts pour parler avec les nouveaux maîtres leur allemand à eux que ses « r » particulièrement sonores continuaient à faire sonner très hongrois, il restait pour les gens « d'en face » un étranger. Jamais, même au bon temps de l'empereur, ils n'avaient éprouvé de très grande sympathie pour les Juifs hongrois vivant en Allemagne qu'ils considéraient comme inférieurs à eux. Et qui plus est, le bedeau Pitseles n'était même pas un véritable Hongrois mais un Galicien qui avait vécu en Hongrie et ils le méprisaient comme ils avaient toujours méprisé ses semblables « en face ». Ils étaient en fait plus proches du gardien Walter, le bedeau goy, qu'ils considéraient comme un des leurs. Après toutes ces années d'humiliations de l'autre côté, ils se sentaient grandis du fait qu'un véritable Allemand, un Aryen, soit à leur service dans leur synagogue.

Le deuxième étranger qu'il leur fallait tolérer était Salomon Bourak, l'ancien propriétaire du magasin berlinois Aux bonnes affaires dans l'avenue Landsberger, qui était non seulement membre du Conseil d'administration mais aussi président de la synagogue « Shaare-Tsedek ».

Il fallait le supporter premièrement parce que ici aussi il avait superbement réussi et donnait beaucoup d'argent à la synagogue, plus que tous les autres ; deuxièmement, parce que de nombreux membres de la communauté étaient obligés de faire appel à lui pour qu'il leur confie, à crédit, des marchandises de son magasin qu'ils iraient vendre au porte à porte.

Comme leurs arrière-grands-pères, « en face », quand ils étaient arrivés en Allemagne et qu'ils s'étaient faits colporteurs, traînant des ballots sur leur dos, eux aussi, leurs arrière-petits-fils, devaient gagner leur vie en allant de maison en maison chargés de marchandises. Après avoir été riches « en face » pendant plusieurs générations, avoir possédé de grosses affaires et cherché à oublier la honte de leurs grands-pères et arrière-grands-pères les colporteurs, ces gens en étaient maintenant réduits à revenir au gagne-pain de leurs aïeux, à reprendre l'éternelle besace du colporteur juif, provoquant rires et quolibets de la part des goyim. À présent, dans leur nouveau pays, ils allaient de maison en maison et bien que les ballots de leurs ancêtres eussent été remplacés par des valises, on leur claquait quand même la porte au nez et on les chassait tout comme on l'avait fait autrefois avec leurs arrière-grands-pères au dos voûté. Après des années de fierté, de grandeur et de mépris envers les Bourak et consorts de l'ancien Scheunenviertel de Berlin qui, avec leur colportage et leur judaïsme affiché, avaient dévoilé la vieille tare, fait resurgir des profondeurs le côté juif qu'ils avaient si bien dissimulé, ils étaient obligés, dans leur nouveau pays, d'avoir recours à ce Salomon Bourak, de lui faire des courbettes et même de l'élire à la tête de leur communauté.

Il avait été parmi les premiers à entreprendre la traversée, Salomon Bourak, une des toutes premières hirondelles. Dès le début, quand les hommes bottés avaient commencé à lui faire de fréquentes visites, lui rendre la vie impossible, lui envoyer chaque fois quelqu'un d'autre pour l'obliger à donner chaque fois de nouveaux pots-de-vin, Salomon Bourak avait vu qu'il n'avait plus rien à faire dans ce pays où lui et ses semblables étaient ainsi maltraités et il s'en était sorti à temps, avant qu'il ne soit trop tard. Ses voisins les Yekes, les Juifs allemands, et plus que tous les autres, Ludwig Kadisch, continuaient à croire qu'avec le temps, les choses allaient s'arranger parce qu'il faudrait bien que la patrie recouvre ses esprits et se comporte comme le reste du monde, c'est pourquoi ils n'étaient pas pressés de fuir. Mais Salomon Bourak n'était pas homme à prendre des vessies pour des lanternes. Il avait senti le bon moment pour partir, tout comme il avait senti par le passé quel était le bon moment pour arriver. En graissant généreusement les pattes, un mark de plus, un mark de moins, il avait obtenu les papiers pour lui et sa famille, avait réussi à sauver un peu de marchandise et, avec femme et enfants, gendre et petits-enfants, avait fait ses bagages et traversé la mer, destination l'Amérique.

Au début, il avait repris son vieux gagne-pain, le porte à porte, ce par quoi il avait autrefois débuté « en face », en débarquant de son shtetl, Melnitz. Comme autrefois, il avait bourré deux valises de toutes sortes de colifichets à bon marché auxquels les femmes ne savent pas résister. Mais au lieu de courir les grands chemins, il arpentait les rues juives autour de l'East River, quartier où il s'était installé à sa descente de bateau. Comme dans sa jeunesse, il partait à la conquête d'un pays étranger, de personnes étrangères, pour nourrir femme et enfants.

Ita sa femme se mit à pleurer quand elle le vit sortir de l'appartement avec ses valises remplies de marchandises.

« En être réduit à ça, Shloïme ! dit-elle en gémissant. Alors qu'on était des rois !

— Ce que j'ai investi en arrivant de Melnitz, je l'ai de toute façon récupéré, répondit Salomon en souriant. Souhaitons-nous bonne chance et démarrons du bon pied ! »

Comme autrefois dans sa jeunesse, de l'autre côté, et contrairement aux autres colporteurs, il n'essayait pas d'apitoyer les femmes chez qui il entrait avec ses valises. Salomon Bourak avait horreur de se plaindre. Il préférait plaisanter et amuser les ménagères. Dans un mélange d'allemand, de yiddish, de polonais et des premiers mots de l'anglais des rues que ses oreilles glanaient au passage, il éveillait chez les femmes un désir si impérieux de posséder ses marchandises qu'elles étaient incapables de résister bien longtemps.

« Un dollar de plus, un dollar de moins, ma p'tite dame, vivre et laisser vivre », disait-il en tapant une main dans l'autre, ce qui signifiait que c'était ainsi et que l'affaire était conclue.

Les femmes étaient ravies, et des bonnes affaires qu'elles avaient réalisées, et de la gaieté, des bons mots, des plaisanteries du colporteur, et plus encore, des compliments savoureux qu'il leur débitait : avec leurs nouvelles acquisitions elles seraient aussi belles et pleines de charme que la reine de Saba, les hommes se jetteraient à leurs pieds comme les mouches sur le miel. Dès le premier soir, Salomon Bourak était rentré chez lui avec des valises plus légères et une poche plus lourde. Sur le chemin du retour, il avait acheté quantité de mets juifs de toutes sortes bien épicés, des cornichons à la saumure, des petits pains aux oignons faits comme à la maison, du saucisson à l'ail, des poivrons et des harengs fumés et avait tout déversé sur la table de son nouveau logement exigu, bourré de marchandise. Malgré ses membres endoloris, ses mains engourdies à force d'avoir traîné des valises, et ses jambes qu'il n'arrivait plus à soulever tant il avait grimpé d'escaliers — toutes choses inconnues dans sa jeunesse — il ne laissa pas échapper un seul gémissement face à Ita et aux enfants. En étalant ses bonnes choses sur la table, il plaisanta avec sa femme :

« Ils peuvent toujours courir, les antisémites de là-bas pour avoir des petits pains aux oignons et du saucisson à l'ail aussi succulents que ceux que Salomon Bourak a dénichés ici. Ne fais pas cette tête, Iteche, parce que je vais tomber amoureux pour de vrai d'une de ces misses, mes clientes, et tu vas te retrouver le bec dans l'eau et sans mari. »

Ita soupira en lui faisant la leçon :

« Tu as encore la tête à ces bêtises, Shloïmele, moi, je n'ai pas le cœur à rire.

— Les antisémites ne connaîtront jamais ce plaisir de voir Salomon Bourak s'effondrer en larmes, et toi, crois-moi, tu tiendras à nouveau la caisse et tu feras tomber l'argent à pleines poignées dans le tiroir, comme autrefois. Aussi vrai que je suis un Juif. »

Il ne l'avait pas trompée, Salomon Bourak.

Après avoir traîné ses valises pendant seulement quelques semaines, il savait tout des femmes de son nouveau pays, il avait tout compris : leurs goûts, la manière de vendre, la langue, les coutumes, et au lieu de trimbaler ses valises, il se mit à étaler ses « bonnes affaires » sur un *pushcart*, une voiture à bras.

« Les p'tites femmes, les p'tites dames, misses, les p'tites demoiselles, des occasions, *bargains*, moins cher que le bortch, profitez-en avant qu'il soit trop tard et on n'en parle plus, dépêchez-vous, *hurry up, hurry up !* » Il faisait résonner Orchard Street de ses cris où se mêlaient le yiddish de Melnitz et l'allemand de Berlin, assaisonnés de quelques mots d'anglais de l'East Side.

Les autres vendeurs du coin avec leurs chariots à bras essayaient de lui faire la vie dure pour le déloger. Salomon Bourak ne se laissait pas marcher sur les pieds. Avec des petites plaisanteries, des bons mots, des grimaces et, au besoin, en s'aidant de ses mains, il se débarrassait des importuns et se démenait devant son étalage bariolé d'articles bon marché et tape-à-l'œil.

Quand le commerce ralentissait, il entreprenait de régler leur compte aux antisémites « d'en face » et les bombardait de malédictions si imagées et si savoureuses que les Juifs, hommes ou femmes, ne se sentaient plus de joie. Même les autres camelots autour de lui ne pouvaient s'empêcher de rire devant la faconde du « bleu ». Mais le plus content de tous était Salomon Bourak lui-même, heureux de pouvoir dire leur fait aux suppôts d'Haman de là-bas.

« Hey, ma p'tite dame, mad'moiselle, misses, que toutes les misses[1] s'abattent sur les ennemis d'Israël, faites des affaires, *bargains*, beau et pas cher, que le diable emporte tous les Haman, ainsi soit-il, *amen*[2] », concluait-il sur une mélodie religieuse traditionnelle.

Une fois qu'il eut bien saisi la façon de commercer dans son nouveau pays et assimilé quelques centaines de mots de la langue des rues de Manhattan, il abandonna sa voiture à bras sur deux roues et s'acheta une vieille Ford, un vrai tas de ferraille, mais qui roulait encore joliment bien en marquant la cadence soit avec ses ailes brinquebalantes, soit avec les vitres mal ajustées des portières. En passant son permis de conduire, il commit quelques grosses fautes mais il fit un clin d'œil au bon moment à l'inspecteur en veste de cuir, lui laissant entendre que, un dollar de plus, un dollar de moins, vivre et laisser vivre, et il décrocha son permis. Dans cette vieille Ford décolorée qu'il avait lui-même repeinte en vert clair bien criard avant d'y faire inscrire en caractères d'un rouge sang : « Grand magasin Aux bonnes affaires de Salomon Bourak de Berlin », il entassa une montagne de marchandises, un magasin entier, et partit cahincaha, par monts et par vaux, faire la tournée des lieux de villégiature. Avec un enthousiasme de jeune garçon qui étonnait pour son âge, mis sur son trente et un avec ses vêtements clairs, rapportés de Berlin, une épingle dans sa cravate de couleur vive, et une chevalière à l'index, il conduisait le long des routes et

1. Jeu de mots intraduisible jouant sur la similitude de prononciation entre le mot anglais « misses », mesdemoiselles, et le mot hébreu « misses », les morts.
2. Autre jeu de mots sur la prononciation très proche de « Haman » (Homeyn), personnage qui symbolise l'antisémite, et « amen » (omeyn).

des chemins, poussant son tas de ferraille jusqu'à soixante, voire soixante-dix milles à l'heure. Avec la même ardeur qu'il mettait à faire avancer sa voiture, il vendait ses marchandises aux femmes dans les hôtels de villégiature estivale.

« Un dollar de plus, un dollar de moins, vivre et laisser vivre », disait-il, pressé, et il se dépêchait d'emballer, se dépêchait de compter avant de repartir à toute allure vers un autre lieu.

Peu de temps après, il échangea son tas de ferraille contre une voiture plus correcte et fonda un entrepôt de marchandises à bas prix, comme autrefois dans la Linienstrasse à Berlin. Comme là-bas, il eut vite fait de flairer tous les endroits où l'on vendait pour trois fois rien des lots récupérés après des incendies ou des faillites, des invendus, toutes sortes de marchandises mises au rebut, détériorées dans les usines. Comme là-bas, en moins de deux, il faisait copain-copain avec les gens, tapait dans le dos des commerçants, acceptait des cigares, offrait des cigares et détectait la bonne petite affaire à cent lieues à la ronde. Comme là-bas, il commença à donner de la marchandise à crédit, à vendre à tempérament, tout ce qui se présentait. Il avait promis à Ita, sa femme, qu'elle retrouverait sa place à la caisse, qu'elle pourrait à nouveau compter l'argent, et il tint parole. Et comme là-bas, de l'autre côté où, dès qu'il avait gagné ses premières centaines de marks, il avait fait venir de Melnitz à Berlin, des parents soit à lui, soit à Ita, de même ici, il se mit à faire venir « d'en face », par tous les moyens, des parents auxquels il confiait de la marchandise à vendre au porte à porte ou qu'il envoyait collecter les mensualités. Plus il s'enrichissait, plus il expédiait de billets de bateau à des proches, plus il faisait faire des papiers pour sa famille et celle d'Ita. En moins de temps qu'il ne faut pour le dire, il avait déménagé et était monté très haut, jusqu'au quartier Ouest de la ville où il avait pris un appartement vaste et confortable comme dans les bonnes années de l'avenue Landsberger.

À nouveau, sa maison était ouverte à tous, parents et amis, personnes connues ou inconnues, à tous ceux qui avaient besoin de quelque chose en ces temps difficiles. À nouveau, il y avait des gens installés dans toutes les pièces, sur des sièges tapissés ou des canapés, sur un bord de table, par terre, n'importe où. À nouveau, on s'activait en permanence dans la cuisine, des parentes fraîchement débarquées préparaient le thé, farcissaient le poisson, faisaient des confitures, enfournaient des petits gâteaux au pavot comme on les faisait à Melnitz, des petits croissants, des biscuits et du strudel, faisaient cuire des pâtes dans du jus de poisson. À nouveau, le gramophone égrenait des prières interprétées par un chantre ou de joyeux airs d'opérettes. Il y avait des allées et venues incessantes. De nouveaux immigrés s'installaient pour une journée et restaient des semaines. On dormait sur les tables, les bancs. Comme autrefois, Salomon Bourak appelait son appartement l'« hôtel des Cancrelats », non pas parce qu'il était contrarié mais juste pour s'amuser et, comme autrefois, il dépensait sans compter, rendait service aux gens, un dollar de plus, un dollar de moins, vivre et laisser vivre.

Le temps passant, ce n'était plus seulement les émigrés de l'ancien Scheunenviertel qui venaient lui demander un service mais aussi ceux de Berlin-Ouest, les anciens « nobles » qui là-bas ne daignaient pas même lever les yeux sur lui, le Polonais. Ludwig Kadisch fut le premier à venir le voir afin qu'il lui donne de la marchandise à crédit pour faire le colporteur et qu'il lui vende des articles à bon marché. Après Ludwig Kadisch, il en vint d'autres du même genre. Salomon Bourak leur faisait crédit, leur procurait de bonnes affaires, leur consentait des petits prêts sans intérêts, signait des traites, remplissait des papiers pour qu'ils puissent faire venir leurs proches restés de l'autre côté. Pour sa générosité, sa charité et les dons importants qu'il faisait à la synagogue « Shaare-Tsedek », on le fit entrer au conseil d'administration tout d'abord au même titre que le boucher casher, Herr Reicher, mais il grimpa rapidement jusqu'à devenir président de la synagogue. Le shabbat, il se tenait plein de fierté près de l'arche quand on sortait un rouleau de la Torah et qu'on le remettait en place. Il arborait un air tout aussi important lorsqu'à l'aide d'un iad d'argent, il suivait le texte sur le parchemin tandis que le chantre Anton Karoli lisait la Torah. Son plaisir était immense quand les fidèles appelés à la lecture lui serraient la main en lui souhaitant le « bon shabbat », selon la tradition qui veut que l'on rende cet honneur aux membres du Conseil.

Il savait qu'il aurait pu économiser et du temps et de l'argent en changeant de communauté, mais être président des aristocrates « d'en face », s'entendre souhaiter un bon shabbat par l'ancien chanteur d'opéra Anton Karoli et par le si fier rabbin, le docteur Spayer, valait bien pour Salomon Bourak tout le temps et tout l'argent du monde.

Par ailleurs, il était le seul à soutenir le bedeau hongrois, mister Pitseles, traité par tous les membres de la communauté avec froideur et arrogance. Il ne laissait pas le bedeau se torturer la langue à parler allemand lorsqu'il venait le voir chez lui pour discuter des affaires de la synagogue.

« Mister Pitseles, parlez comme à la synagogue de Lemberg, Juif de Pologne et Juif de Galicie se comprennent », affirmait Salomon Bourak en lui versant un petit verre de la sliwowitz de Pessah qu'il buvait chez lui toute l'année.

Mister Pitseles regardait avec de grands yeux reconnaissants son patron si peu formaliste mais continuait de s'exprimer dans un allemand à la sauce hongroise, langue qu'il s'était habitué à parler depuis que les nouveaux venus avaient pris la synagogue en main. Il tremblait pour son emploi de bedeau. Ils étaient plusieurs, parmi les nouveaux arrivants, à lorgner sur son gagne-pain. Celui qu'il redoutait entre tous, c'était le docteur Lipman, le célèbre marieur, qui souhaitait l'évincer de sa place de bedeau.

Ici aussi, dans son nouveau pays, le marieur avait conservé des cheveux longs qui descendaient jusqu'au col de velours de son manteau, il portait toujours, comme pour assister à une cérémonie, du linge blanc, repassé et amidonné mais dont la propreté laissait quelque peu à désirer. Les jours de fête, il ressortait même son haut-de-forme verdâtre, ce qui faisait bien rire les gamins dans la rue. Mais avec son métier de marieur, il ne pouvait rien faire dans ce pays étranger et il reprochait perpétuellement aux Juifs de la communauté de permettre à un Galicien d'occuper un emploi alors que lui, le docteur Lipman, ils le laissaient mourir de faim.

« C'est un scandale, disait-il, véhément, c'est une honte, une infamie ! »

En attendant, il se conduisait déjà comme s'il était fonctionnaire de la synagogue, venait fourrer son nez dans le travail de bedeau de mister Pitseles, faire la mouche du coche dans les affaires communautaires, et avait même déjà fait imprimer des cartes de visite où il avait accolé le nouveau titre de révérend à son précédent titre de docteur. Il suivait Salomon Bourak comme un toutou, lui époussetait son veston, l'aidait à enfiler son manteau et le flattait de façon éhontée.

« Vous êtes notre protecteur et notre père, honorable président. D'abord Dieu, et ensuite, vous, docteur... »

Salomon Bourak riait.

« Je ne suis pas docteur, monsieur Lipman.

— Mais si, vous l'êtes, et docteur et noble, soutenait le docteur Lipman, un ange du ciel, vous êtes... »

Mister Pitseles avait bien peur que le docteur Lipman avec sa belle allure et ses flatteries ne parvienne au bout du compte à convaincre tout le monde et à le déposséder de son emploi. Salomon Bourak tapait amicalement dans le dos voûté du bedeau hongrois très inquiet et lui affirmait qu'il n'avait pas à se faire de mauvais sang à cause de cet envieux de Lipman.

« Envoyez-les au diable, tous ces Yekes, je ne permettrai pas qu'on s'en prenne à vous, mister Pitseles. Vous avez ma parole, la parole de Salomon Bourak. »

34

Un implacable soleil de plomb écrasait le port de New York d'où montaient de puissantes odeurs de poisson, de goudron fondu et de fruits pourris.

Les pointes des gratte-ciel rayonnaient dans un ciel d'argent en fusion. Les torses nus des dockers noirs reluisaient. Chacun des muscles de leur poitrine et de leurs bras dénudés jouait dans le soleil et la sueur. L'asphalte ramolli par la chaleur tremblotait sous les énormes engins tonitruants qui, poussifs et ahanants, pétaradaient dans un vacarme assourdissant, répandant fumée et relents d'essence. On entendait le grondement sourd des métros aériens qui passaient au loin. Les vibrations des ponts se répercutaient jusqu'au fin fond des oreilles. Porteurs, passagers, marins, employés du port, policiers, télégraphistes, chauffeurs de taxi, s'affairaient, se bousculaient, transpiraient, discutaient, criaient, lançaient paquets et valises. Soudain, venue de la berge sale, une petite brise tout à fait inattendue tourbillonna dans la touffeur, expédiant poussière et papiers sur les visages mouillés, puis disparut aussi inopinément qu'elle était apparue. Tel un drap de bain mouillé, l'humidité enveloppait les gens, s'infiltrait sous leurs aisselles, dans chaque repli et chaque ride de leurs corps fatigués. Un air humide et poisseux, brûlant, étouffant, s'abattit sur la famille Karnovski qui, après dix jours de traversée sur une mer fraîche, accostait dans le bruyant port de New York, agité et grouillant de monde. Les cartes vertes de débarquement se mirent immédiatement à transpirer dans leurs mains.

La première chose que fit David Karnovski, le doyen de la famille, en débarquant sur cette terre incandescente, fut de se laver les mains à une fontaine de pierre et de dire la bénédiction « sheheyonu » pour saluer son arrivée dans ce pays où Dieu l'avait conduit.

Le docteur Georg Karnovski retira son chapeau et avec des yeux noirs étincelants, se mit à examiner la ville depuis les tours resplendissantes jusqu'à l'asphalte fondu puis, du bout de sa chaussure, frappa le sol à plusieurs reprises comme pour en vérifier la solidité et la résistance et s'assurer qu'il se trouvait bien là pour de vrai. Soudain, sans savoir pourquoi, il saisit sa femme Teresa par le bras et se mit à marcher de long en large avec elle, ce que, toutes ces dernières années, il évitait de faire de l'autre côté de l'océan. Personne ne fit attention à lui, l'homme à la tête brune découverte qui tenait par le bras une femme très blonde au teint très clair. Il fut envahi d'une joie immense à l'idée qu'ici, contrairement à ce qui lui était si souvent arrivé « en face », il n'avait pas à craindre d'être importuné par des voyous simplement parce qu'il se promenait avec sa femme.

« Teresa, c'est ça l'Amérique ! » Il lui montra le pavé, pas vraiment impeccable. « Tu n'es pas heureuse, Teresa ? »

Il l'enlaça et l'embrassa.

« Si, Georg », répondit-elle, gênée que son mari l'embrasse en public.

Après sa femme, le docteur Karnovski essaya de faire partager sa joie à son fils.

« Alors, mon garçon, cette fois, ça y est, on est arrivés ! » dit-il d'un air enjoué en relevant de la main le menton baissé de son fils.

Devant l'exultation de son père, Jegor fit la grimace et détourna la tête.

« Pouah, quelle chaleur ! » marmonna-t-il en essuyant son front dégoulinant de sueur.

Il n'avait jamais apprécié les espiègleries de son père. Comme tous les garçons, il considérait les hommes d'âge moyen comme des vieux, de véritables vieillards, et il pensait que son père était quelqu'un d'âgé à qui les enfantillages ne convenaient plus, qu'ils le rendaient ridicule. De plus, il était très contrarié de voir son père faire le jeune homme avec sa mère, la serrer contre son bras et l'embrasser aux yeux de tous. Il n'aimait déjà pas ça à la maison, à plus forte raison en public. Il ne supportait pas plus de le voir s'enthousiasmer pour ce nouveau pays qui à lui, Jegor, ne plaisait pas du tout.

Dès leur arrivée sur la côte, avant même d'accoster, il avait ressenti de l'aversion pour ce nouveau pays. Pourtant, au début, quand il avait aperçu la terre de loin, sa première impression avait été bonne. Les tours des gratte-ciel, comme faites d'argent, se découpaient haut dans le ciel et scintillaient d'un éclat si fantastique qu'on aurait cru approcher d'un lieu magique. Des mouettes argentées planaient dans les airs et le bras tendu de la statue de la Liberté diffusait des gerbes de soleil. Mais la terre sur laquelle on abordait n'avait rien à voir avec les cimes qui brillaient dans le lointain. Elle était ramollie par la chaleur, saturée d'humidité. Tel un chiffon mouillé, elle vous plaquait sa transpiration au visage. De plus, elle était jonchée de toutes sortes de détritus, des peaux de bananes, des mégots. Des papiers, des journaux volaient et venaient se coller sous les pieds, chose que l'on ne voyait jamais « en face ». Quant aux gens, ils lui paraissaient encore pires que la terre. À moitié nus, des dockers noirs ou blancs, criaient, s'injuriaient, crachaient leurs chiques, spectacle à vous retourner le cœur. Les conducteurs d'engins se débarrassaient sauvagement de leur chargement et, ignorant le respect dû aux gens correctement vêtus dont faisaient preuve leurs semblables « d'en face », bousculaient quiconque avait le malheur de se trouver dans leurs jambes. Les employés du port en uniforme vert n'étaient pas, eux non plus, aussi élégants que ceux qui portaient l'uniforme de l'autre côté. De plus, ils étaient très pressés, faisaient tout très vite. Dès l'enregistrement, Jegor avait eu maille à partir avec l'un d'entre eux. Quand l'inspecteur en veste verte qu'il avait d'ailleurs déboutonnée au col en raison de la chaleur, négligence très inconvenante pour une personne en uniforme, quand cet inspecteur lui demanda ses âge, pays d'origine, nom et religion, Jegor voulut se démarquer de son père et donner la religion de sa mère. Avec l'anglais recherché qu'il avait appris au lycée et étudié ensuite par ses propres moyens dans les livres, il essaya de faire comprendre à l'inspecteur qu'il était un Holbek, et qu'il se considérait personnellement comme aryen et protestant. Mais l'inspecteur aux cheveux bruns et aux yeux noirs, débraillé et pressé, ne prit même pas la peine de l'écouter jusqu'au bout et, au lieu de lui répondre en anglais, lui répondit en allemand, un allemand qui ressemblait plutôt à du yiddish, que d'après ses papiers, il était un Karnovski, de religion juive, et avant que Jegor n'ait eu le temps de se retourner, le fonctionnaire avait déjà apposé son tampon et dit qu'il pouvait y aller.

« *Next*, au suivant ! » appela-t-il sans perdre de temps.

Les porteurs qui descendaient leurs bagages ne comprenaient rien, eux non plus, à l'anglais que Jegor leur parlait, pas plus que lui ne comprenait le leur. Pour couronner le tout, un vieux chewing-gum vint se coller à l'une de ses semelles et il eut beau frotter le pied sur le sol, pas moyen de s'en débarrasser. Il se mit à maudire cette terre étrangère.

« Foutu pays de crasse ! » dit-il avec mépris, comme il avait souvent entendu son oncle Hugo le faire en parlant des différents pays dans lesquels il s'était retrouvé pendant la guerre.

Ce mépris ne le quitta plus, mépris pour les rues et les maisons, les beaux quartiers, les belles places et aussi pour les gens venus les accueillir dans ce pays étranger.

Le premier à venir au-devant des Karnovski lorsqu'ils en eurent terminé avec les papiers et les contrôles fut l'oncle Milner, le frère de Léa Karnovski. Petit, légèrement voûté mais d'une extrême vivacité, du vif-argent, il se précipita directement sur sa sœur qu'il n'avait pas revue depuis qu'elle s'était mariée, la scruta puis la prit dans ses bras pour l'embrasser. Il jubilait :

« Laïeche, ma petite Léa, tu me reconnais ? »

Avant que Léa n'ait le temps de manifester sa joie de le revoir et de lui expliquer qui était qui, il courut de l'un à l'autre, tendant les bras et distribuant des baisers, d'abord à David Karnovski, ensuite au docteur Karnovski et enfin, même à Teresa.

« C'est qui, ta fille, Laïeche ? demanda-t-il après avoir embrassé l'inconnue.

« — Non, Hatskl, c'est notre belle-fille, et voici notre petit-fils.

— Ma foi, une belle-fille c'est aussi une fille », répondit oncle Milner, et il tendit la joue à Jegor pour qu'il l'embrasse.

« Comment t'appelles-tu, *boyele* ? s'empressa-t-il de demander. Moi, on m'appelle Harry. À Melnitz, j'étais Hatskl, ici je suis Harry, oncle Harry. »

Jegor n'embrassa pas la joue que lui tendait le petit bonhomme si prompt. Non seulement il ne comprenait pas mais il ne voulait pas comprendre son yiddish précipité, la langue ridicule de l'individu ridicule qui devait être son oncle. Après l'oncle Hugo, de l'autre côté, avoir un tel équivalent de ce côté-ci lui paraissait particulièrement humiliant, un déshonneur épouvantable.

« Je ne comprends rien, répondit-il froidement en allemand sans prononcer le mot oncle.

— Oh, il faut lui parler allemand, se rappela oncle Harry et il continua avec un rire amusé : Eh bien, s'il le faut, nous parlerons allemand, comment t'appelles-tu, Mister l'Allemand ? »

Jegor énuméra fièrement ses deux prénoms.

« Georg Joachim.

— Trop long pour l'Amérique, répondit oncle Harry, ici, tout doit être court, rapide, on n'a pas le temps. »

Aussi précipitamment qu'il parlait, il pila avec sa Chevrolet noyée sous une tonne de poussière et encouragea tout le monde à s'entasser à l'intérieur.

« Allez, la compagnie, on se serre, comme ça. »

De même que l'extérieur de la voiture était recouvert de poussière, l'intérieur était bourré de divers instruments de mesure et d'outils, de tournevis, de clés et de pots de peinture. Jegor n'était pas pressé de mettre les pieds dans ce fouillis. Il ne voulait pas se donner la moindre peine pour faciliter les choses à cet homme grotesque censé être son oncle, se serrer dans sa minable voiture crottée. Oncle Harry le poussa à l'intérieur avec la même énergie que celle dont faisaient preuve les employés du métro pour le pousser dans les wagons bondés quand à l'aube, dans sa jeunesse, il partait travailler.

« Ce sont mes instruments de travail, dit-il en désignant les choses qui encombraient la voiture. Ici, il faut que je te dise, Léa, je suis un *builder*, un maçon dans la langue de Melnitz. Je construis des maisons, je démolis des maisons. Il arrive que les maisons me démolissent, ça dépend des fois. »

À partir du moment où oncle Harry eut démarré, il ne cessa de parler, il parlait vite, dans un mélange du yiddish de Melnitz et d'anglais, agrémenté de divers mots polonais, russes et allemands. Léa lui fit des remontrances. Pendant plusieurs dizaines d'années, non seulement elle ne l'avait pas vu mais elle n'avait même jamais reçu la moindre lettre de lui. Elle n'arrivait pas à comprendre comment un frère pouvait se couper ainsi d'une sœur. Elle n'arrivait pas non plus à comprendre ce qu'était devenue sa prestance. Dans son souvenir, au moment où il avait quitté la maison, c'était quelqu'un de grand. Maintenant il était tout petit, ratatiné. En le voyant vieux, elle prenait conscience de sa propre vieillesse. Elle continuait à le sermonner :

« Hélas, Hatskl, Hatskl, je ne te reconnais pas. Tu n'as jamais envoyé de photos, jamais répondu à aucune lettre.

— Pas le temps, Laïeche, jamais eu le temps », expliqua Hatskl alias Harry, et il lança à toute allure sa voiture pleine à craquer.

Il parlait aussi vite qu'il conduisait, se dépêchait de raconter quelques bonnes dizaines d'années de sa vie, comment, depuis le jour où il avait quitté Melnitz afin de ne pas servir dans la maudite armée du tsar, il avait fait la traversée jusqu'ici, s'était marié, avait élevé ses enfants, les avait mariés, avait vu naître des petits-enfants. Qu'est-ce qu'il n'avait pas fait durant tout ce temps ? Les premières années, alors qu'il n'était qu'un bleu tout juste débarqué, il avait peint des murs pour des patrons, ensuite il s'était mis à son compte et avait pris des ouvriers qui avaient peint pour lui. Avec le temps, après avoir peint des maisons, il en avait construit et démoli. Plus tard, il s'était mis à acheter des terrains, était devenu riche. Pendant la guerre, il avait déjà grimpé si haut qu'on n'aurait pas pu le racheter pour des centaines de milliers de dollars. Au moment du krach, il avait tout perdu jusqu'au dernier penny et s'apprêtait à retourner peindre des murs. Mais grâce à Dieu, la roue avait tourné, à présent, on s'était remis à construire, à démolir, à se faire démolir et à gagner sa vie. Après avoir parlé de lui, il passa à ses enfants, ses petits-enfants. Puis il bombarda sa sœur de questions sur sa vie à elle. Mais avant qu'elle n'ait vraiment le temps de répondre à la première, il en avait déjà posé une deuxième, une troisième. Avec la même précipitation joyeuse qu'il mettait dans tous ses propos, il déclara que rien n'avait d'importance, qu'il ne fallait pas se faire de souci parce que dans la vie, c'est comme ça, il y a des hauts et des bas, des hauts et des bas. Il suffit de le regarder lui. Il avait déjà été pauvre et riche, avait marché à pied, conduit des voitures de prix, les avait revendues, en avait acheté d'autres et mainte-nant, si on conduit une vieille guimbarde, ce n'est pas un malheur, pourvu qu'on vive. Entre deux histoires, il n'oubliait pas de nommer les rues traversées, de vanter les grands immeubles, les magasins, les ponts, les monu-ments et les places de son New York.

« Vous croyez peut-être que tout ce que vous voyez là a toujours existé ? demandait-il aux passagers entassés dans sa voiture. Non, mes enfants. Quand j'ai débarqué, la moitié de ça n'existait pas. Tout a été construit après. Une sacrée ville, New York, hein ? »

La joie faisait pétiller le regard de l'oncle Harry tandis qu'il regardait l'immense ville, son New York, qu'il avait vu pousser sous ses yeux. Il était heureux de voir non seulement les maisons qu'il avait lui-même construites autrefois mais aussi toutes les autres.

« Tu vois ce pont, *boyele*, dit-il en pointant une main du côté de Jegor tandis qu'il tenait le volant de l'autre, il a été terminé au moment où j'arrivais. Regarde-moi ça, c'est ce qui s'appelle un pont ! »

Jegor ne voulait pas tourner la tête vers le pont, pas plus qu'il ne voulait s'extasier sur les grands bâtiments et les rues. Bien qu'ils fussent à présent dans un quartier propre, bien dégagé et non plus sale et fouillis comme aux environs du port, il ne pouvait pas se défaire de son premier sentiment de mépris pour cette nouvelle ville. C'était une habitude chez lui, quand il éprouvait de l'aversion pour quelque chose, de renforcer en lui cette aversion, de la cultiver de plus en plus, au grand dam des autres et de lui-même. Le seul fait que cet oncle Harry comique et volubile, qu'il ne voulait à aucun prix avoir comme oncle, vante tant la ville dont il n'arrêtait pas de parler et qu'il lui enfonce un doigt dans les côtes pour le pousser à l'admirer, suffisait amplement pour qu'il ne l'aime pas et qu'il refuse de la regarder.

« Allons, allons », marmonna-t-il en claquant la langue face à l'enthousiasme du vieux monsieur, comme le fait un adulte pour se moquer d'un gamin qui se glorifie d'enfantillages futiles.

Le docteur Karnovski remarqua que le gentil oncle commençait à s'inquiéter des piques de Jegor et il tira discrètement son fils par la manche, signe qu'il devait se conduire autrement. Jegor se rebiffa.

« Qu'est-ce qu'il a ? » demanda-t-il à haute voix tout en sachant pertinemment que son père aurait souhaité que son geste passât inaperçu.

Quand l'oncle Harry pénétra dans le quartier juif, Jegor se mit à faire ouvertement la grimace, à éternuer et à tousser sans aucune nécessité. Les rues inondées de soleil étaient envahies de boucheries portant, peinte sur leurs vitrines, l'inscription « casher » en gros caractères ainsi que des coqs représentés tout joyeux avant d'être égorgés. Des synagogues, des restaurants casher, des cinémas, des salles de purification funéraire ornées de guirlandes devant les portes, des magasins de fruits avec leurs marchandises étalées à l'extérieur, des écoles religieuses surmontées de grands écriteaux en yiddish, des boulangeries artisanales, des stations d'essence, des coiffeurs pour hommes, des marbreries funéraires, des grands magasins, des petits magasins, de minuscules échoppes, tous enchevêtrés, collés les uns aux autres. Des enseignes d'hommes de loi, de marieurs, rabbins, dentistes, médecins, circonciseurs, de répétiteurs pour préparer à la bar-mitsva, tout cela criait du haut de chaque porte, chaque vitre. On entendait hurler la radio par les fenêtres ouvertes. Sur les trottoirs, encombrés des deux côtés par des automobiles de toutes les couleurs et de toutes les formes, des vieilles guimbardes déglinguées et des voitures flambant neuves, tout juste sorties de l'usine, de jeunes mères à la tête brune, étaient arrêtées avec enfants et poussettes, parlaient fort, riaient et berçaient leurs *babies*. Sur les marches, devant les maisons, étaient assises, bien installées, des femmes brunes, grasses, qui bavardaient, mâchouillaient, respiraient péniblement à cause de la chaleur et criaient en s'adressant aux enfants en train de jouer dans la rue. On entendait chaque fois une voix différente.

« Temele ! Betty ! Jack ! Silvia ! Maurice ! »

Sur les balcons, les escaliers de secours, les perrons, les fenêtres, partout du linge flottait sur des cordes. Un petit vent venu de la mer qui allait disparaître aussi rapidement et inopinément qu'il était apparu, jouait avec des culottes colorées de femmes dont il remplissait les jambes d'air, balançait les manches des chemises d'hommes qui pendouillaient bêtement, chahutait les soutiens-gorge et les caleçons de bain. Sur les toits des maisons, des citernes à eau brûlaient sous le soleil. Aux carrefours, près des tabacs et des drugstores, se tenaient des jeunes gens et des jeunes filles aux cheveux noirs et aux yeux noirs qui dégustaient des crèmes glacées, fumaient, riaient, s'amusaient et papotaient. Dans les rues, des garçons en chemise, en sweater de teinte vive avec un nom brodé dans le dos ou même sans chemise du tout, couraient en tous sens avec leurs ballons. Ils étaient partout, se précipitaient sous les voitures et les tramways, se bousculaient, criaient, s'égosillaient. Tout endroit était bon pour y lancer leurs ballons. Le policier au coin de la rue jouait avec son bâton et bâillait, indifférent. Le vacarme, la touffeur, les cris, les marchandages, le linge sur les fils, les voitures, les fruits colorés, les enseignes, les klaxons, les papiers qui volaient, tout s'agitait, tournoyait, se mêlait dans un tourbillon de mouvement, de vie et de soleil ardent. Quand oncle Harry arrêta sa voiture un moment pour prendre de l'essence, les yeux noirs de David Karnovski rayonnaient. Cette vie juive, grouillante, joyeuse qui s'exhibait partout, librement et ouvertement sous le soleil radieux lui donnait l'impression d'être chez lui, emplissait son cœur de nouvelles espérances.

« Regarde, Léa, des Juifs, une multitude de Juifs ! dit-il heureux comme celui qui après une longue errance aperçoit soudain sa terre natale.

— Que le mauvais œil les épargne ! » répondit Léa pour conjurer le sort.

Le docteur Karnovski, à la différence de son père, ne se sentait pas chez lui. Comme tout Allemand, il éprouvait face à la décontraction, à l'anarchie, au désordre et surtout au laisser-aller, un sentiment d'étrangeté et même une légère répulsion. Mais après des années à se méfier du moindre mot, à dissimuler son physique comme une tare, à avoir peur de son ombre, c'était délicieux de voir combien, ici, les gens portaient librement, avec naturel, leurs têtes brunes, et avec quelle gaieté ils parlaient, riaient, se promenaient et bougeaient leurs corps sans peur et sans honte. Pour la première fois depuis des années, il gonfla la poitrine et inspira l'air chaud à pleins poumons.

« Teresa, tu vois ? demanda-t-il en serrant sa main dans la sienne.

— Oui, mon chéri », fit Teresa qui regardait avec les grands yeux étonnés d'un étranger son nouveau pays, la vie, les gens.

Comme avant, au moment de leur arrivée dans le port, le docteur Karnovski voulut faire sentir à son fils le goût de la liberté et de la joie dans leur nouveau pays. Plus encore que pour lui-même, c'est pour son fils qu'il s'était arraché « d'en face », pour purger ce corps d'adolescent de tout le poison qu'on y avait instillé. Il lui demanda gaiement :

« Eh bien, qu'en dis-tu, mon garçon ?

« — Une grande Dragonerstrasse », répondit Jegor, l'air méprisant.

Tel un prisonnier qui pour être resté trop longtemps enfermé ne supporte plus la liberté du dehors et aspire à retrouver les murs de sa cellule et l'esclavage, Jegor ne pouvait supporter la liberté ni l'assurance de ceux qui auraient dû, comme lui-même, se montrer silencieux et réservés et avoir honte de leurs faits et gestes et de leur existence même. Au lieu d'être fier de ces gens comme l'était son père, il éprouvait de l'aversion pour eux parce qu'ils affichaient leur judéité avec tant de liberté et de décontraction. Il voyait dans cette insolence qui blessait le regard, l'indécence d'un infirme qui promène ouvertement aux yeux de tous sa difformité dénudée. Il était particulièrement irrité par leur façon de parler fort, par le rire des adultes et les cris des garçons dans la rue. « En face », jamais les gens n'étaient aussi bruyants, aussi agités, aussi joyeux, et non seulement les bruns aux yeux noirs mais même les blonds aux yeux clairs. Tout en se sentant d'une part complètement étranger à eux parce qu'il n'avait et ne voulait rien avoir de commun avec tous ces gens remuants dont lui, Georg Joachim, un Holbek du côté de sa mère, ne faisait aucunement partie, il se sentait d'autre part mal à l'aise face à leur apparence et à leur comportement comme face à la mauvaise conduite d'un proche qui vous fait honte. Il s'efforçait d'être indifférent à leur égard, indifférent et méprisant tel un étranger, un supérieur, à l'égard de ceux qui lui sont inférieurs, mais il n'y parvenait pas. Ils l'irritaient, ils l'énervaient comme quelqu'un que met en colère le comportement indigne de proches parents dont la honte devient sa honte, la tare devient sa tare. Le seul fait que ces gens qui auraient dû le laisser indifférent ne le laissent pas indifférent ne faisait qu'accroître la haine qu'il leur vouait et partant, qu'il se vouait à lui-même.

Le découragement le saisit lorsque l'oncle Harry stoppa sa voiture devant chez lui, une maison à deux étages, située à proximité de la plage, entourée d'un jardin, ornée sur le devant de balcons et de colonnes avec, à l'arrière, des garages et une cour encombrée d'échelles, échafaudages, vieux matériaux, ferraille, pots de peinture, outils et instruments divers. La belle maison au décor de bois sculpté, tout au bord de l'eau, n'avait rien de commun avec les rues bruyantes du voisinage, elle semblait étrangère au lieu, elle détonnait, paraissait déplacée, rien à voir avec le quartier alentour pas plus qu'avec l'oncle Harry aux manches de chemise retroussées sur des bras poilus et à la voiture crottée.

« Voici ma petite maisonnette, un reste de mes bonnes années », dit l'oncle Harry avec fierté, et il klaxonna pour prévenir la famille de son arrivée.

Bien que l'ordre ne fût pas aussi rigoureux, la maison, de même que le jardinet et le garage, rappelaient énormément à Jegor leur propre maison « d'en face », du temps où ils avaient encore leur automobile, où Karl le domestique restait au garage avec lui à lui raconter des histoires et où oncle Hugo venait le voir et l'emmenait faire un tour en voiture avec des pointes à plus de cent kilomètres à l'heure.

En constatant que ce n'était plus lui, Georg Joachim, qui possédait une telle maison, mais une espèce de petit Juif ridicule qui se faisait appeler oncle Harry, il éprouva un grand découragement, il fut pris d'une immense nostalgie, et regretta cette époque où tout allait encore bien.

Avant d'arriver, tandis qu'il roulait dans la voiture pourrie de l'oncle Harry le long des rues encombrées, il s'attendait à trouver une maison qui serait une grande poubelle pleine de relents d'ail et d'oignon, comme il convenait à un oncle de cet acabit. Et bien qu'ayant horreur de la misère, de la promiscuité et du désordre, c'est ce qu'il aurait voulu découvrir dans la maison de cet oncle Harry afin de pouvoir ronchonner et trouver à redire et se moquer et empoisonner l'existence de ses parents qui avaient une telle famille et qui l'avaient traîné dans leur Dragonerstrasse. Cela aurait été une compensation à son amertume, sa déception et son dégoût. En le conduisant dans une maison aussi belle et aussi confortable, le petit oncle comique l'avait déçu, lui avait coupé l'herbe sous le pied. À présent il n'avait plus rien à dire, nul exutoire à son mépris. Au contraire, au lieu du mépris qu'il aurait voulu ressentir, c'est de l'envie et du découragement qu'il éprouvait, le découragement d'un étranger ruiné face au bonheur de celui qui est bien implanté.

Il se sentit encore plus abattu lorsque l'oncle Harry présenta ses fils, sortis de la maison pour saluer les arrivants. Autant l'oncle Harry était petit, voûté et remuant, autant ses fils étaient grands et bien bâtis. À côté de leur père si petit, ils paraissaient plus grands encore. L'oncle Harry se sentait toujours à la fois gêné et fier de ses gaillards de fils lorsqu'il les présentait à des nouveaux venus. Son sentiment paternel était un peu blessé quand les gens le regardaient étonnés, se demandant comment lui, un si petit bonhomme, avait pu avoir une telle progéniture, mais il était très fier de ces fils si réussis avec leur grande taille et leur belle allure. C'est pourquoi, tout en se moquant lui-même de sa petite taille, il faisait preuve d'une autorité paternelle excessive pour faire voir que, bien que le plus faible d'entre eux eût pu ne faire de lui qu'une bouchée, c'était cependant lui le père, le patron et le maître de ces gars.

« De la marchandise américaine, dit-il moqueur en désignant les jeunes et, sans savoir lui-même pourquoi, il se mit à les houspiller : Eh bien, qu'est-ce que vous avez à rester plantés comme des golems ? Dites hello à la famille d'Europe ! »

L'un après l'autre, les jeunes gens aux cheveux noirs, à la peau brune tannée par le soleil et le vent, regardèrent de leurs yeux brillants leurs parents européens et avec un sourire qui découvrait des dents blanches et solides, dirent dans un mauvais yiddish américain, en tutoyant les personnes âgées :

« Hello oncle, hello tante, comment tu vas ? »

Jegor, déprimé par la belle prestance des jeunes gens qui soulignait son allure de maigrichon poussé en graine essaya de faire impression par ses manières d'étranger et se présenta selon toutes les règles du pays d'où il venait. Il se redressa, s'étira et claqua des talons conformément aux meilleures traditions, comme le faisait oncle Hugo, et il déclina ses deux prénoms, Georg Joachim. Les solides gaillards ne furent pas le moins du monde impressionnés par ce pompeux salut qui leur parut comique et cette cérémonie solennelle les fit rire de bon cœur. Ils le saluèrent dans le yiddish de Brooklyn :

« Hello, Georgie, comment tu vas ? »

Jegor tenta sur-le-champ de les faire renoncer au parler ridicule qu'ils utilisaient pour s'adresser à lui comme aux autres membres de la famille et répondit à leur salut dans son anglais recherché pour montrer que, bien qu'étranger, il connaissait la langue du pays. Mais les garçons qui ne comprenaient pas son anglais laborieux aux consonances germaniques, très drôle à leurs oreilles, et ne voulaient pas faire d'efforts pour le

comprendre, poursuivirent dans leur yiddish de Brooklyn, celui dans lequel on s'adresse généralement aux
bleus.

« Qu'est-ce que tu dis de l'Amérique ? demandèrent-
ils mais en étant si sûrs de la réponse qu'ils ajoutèrent :
Chouette country, hein ? »

Là, c'en était trop pour Jegor. C'était déjà la
troisième fois que les gens d'ici refusaient de comprendre son anglais. Au lieu de l'admirer, lui, l'étranger qui connaissait la nouvelle langue, ils lui parlaient
dans leur jargon ridicule comme s'il débarquait de
la Dragonerstrasse. Il rougit en pensant au culot de
ces jeunes qui le prenaient pour un de ceux qui
étaient censés comprendre cette langue et furieux, il
leur répondit, en anglais, que non, le pays ne lui
plaisait pas.

« Trop sale et trop bruyant. »

Ses yeux bleus noyés de colère fixaient les jeunes
gens aux yeux noirs pour voir l'effet que son camou-
flet produisait sur eux.

Mais les jeunes ne se sentaient pas du tout offensés.
Ils étaient trop costauds, trop contents et sûrs de leurs
propres forces pour être offensés par ce gamin longi-
ligne et fluet avec ses vêtements étrangers bien repas-
sés et son drôle d'anglais. En outre, comme la plupart
des gens nés dans ce pays, ils étaient persuadés
qu'aucun pays au monde n'était meilleur ni plus beau
que le leur, et ils n'éprouvaient rien d'autre que de la
compassion pour ce bleu qui tenait des propos aussi
insensés. Leurs yeux noirs étaient aussi rayonnants et
satisfaits qu'avant. Leur indifférence ne fit qu'accroître
la fureur de Jegor. Il avait l'impression qu'ils se
moquaient de lui. Un sentiment d'infériorité le saisit
en même temps qu'il était inondé de sueur par cette
journée torride. Il se sentit complètement désemparé

lorsque l'oncle Harry fit entrer ses hôtes dans la maison et le laissa seul avec ses fils.

« Nous, les vieux, on va aller se reposer à l'intérieur et vous, les gars, prenez du good time avec le bleu.

— On va l'emmener nager, pap », répondirent les jeunes, et ils passèrent dans le garage pour se changer.

Tandis qu'ils se débarrassaient de leurs vêtements, les fils de l'oncle Harry paraissaient encore plus vigoureux qu'avant. Bruns, musclés, recouverts des pieds à la tête d'une épaisse toison noire, ils tournaient en tous sens, exhibant leur nudité, fiers de leur énergie virile, faisant toutes sortes d'exercices physiques, chahutant, riant et mesurant leurs forces. Jegor était très mal à l'aise au milieu des garçons nus. Il se déshabilla rapidement dans un coin et enfila encore plus rapidement le caleçon de bain court et plein de sable que ses cousins lui avaient donné. Il avait toujours eu honte de sa nudité depuis que dans son enfance des petits gamins s'étaient moqués de sa particularité. Du jour où il avait été tellement humilié au lycée, il s'était mis à avoir peur de son propre corps. Même chez lui, à la maison, il évitait de regarder son corps nu comme un infirme refuse de regarder sa propre malformation. Et bien qu'ici il n'eût rien à craindre à laisser voir qu'il était circoncis, Jegor éprouvait la même peur que toujours. Les jeunes gens s'amusaient de le voir se dissimuler dans un petit coin.

« Quoi, tu as honte avec des boys ? » dirent-ils en riant.

Jegor évitait de regarder leurs corps robustes qu'il leur enviait, de même que leur nudité dont ils n'étaient nullement gênés. Lui ne voyait là que de la vulgarité. Les poils qui recouvraient leurs épaules et leurs jambes étaient épais et noirs. Non seulement ils n'en avaient pas honte mais ils se moquèrent même de l'absence de pilosité et de la blancheur de Jegor, l'extrême blancheur des Holbek qu'il avait héritée de sa mère et dont il avait toujours été si fier. Leurs rires et leur joie insouciante l'exaspéraient. Tout comme l'exaspéraient les autres hommes et femmes à la peau brune et aux cheveux noirs étalés sur le sable de la plage, qui riaient, criaient et chahutaient.

Le bord de mer, couvert de monde, était encore plus agité que les rues qu'ils avaient traversées. Les hommes bronzés, les femmes à la peau brune en costumes de bain de toutes les couleurs, les parasols bariolés, tout brillait, rayonnait sous le soleil ardent. Des mouettes planaient au-dessus de la mer paisible. Des bateaux se découpaient à l'horizon. Des voiliers blancs s'inclinaient, montaient, descendaient. Des rires, des chants, de la musique de jazz diffusée par des postes de radio que des gens trimbalaient à la main, des plaisanteries, les cris perçants des filles en train de se baigner, des pleurs d'enfants, tout se mêlait dans un bourdonnement sonore, un brouhaha. Des jeunes jouaient au ballon, faisaient le poirier, boxaient, sautaient, tapaient dans des punching-balls, criaient, hurlaient, s'égosillaient.

Sur la rive opposée, sur des milles et des milles, des manèges tournaient, des montagnes russes montaient et redescendaient à toute allure dans un fracas épouvantable. Les cris aigus des filles perçaient l'air. Devant les terrasses des restaurants, les tentes des marchands de crèmes glacées, les étals de fruits et de sucreries, les cabanes des Gitanes diseuses de bonne aventure, les stands de tir et de jeu, devant chaque porte petite ou grande, des crieurs s'époumonaient, vantant leurs marchandises. Des radios vous vrillaient les tympans. Les enseignes bariolées, les personnages comiques peints en couleurs criardes sur les murs, le claquement des carabines dans les stands de tir, le vacarme des multiples attractions pour casse-cou, les pulsations lancinantes de la musique de jazz, tout hurlait, grondait, tonitruait. Des hommes jeunes et costauds en shorts, des filles sautillantes qui se suspendaient au cou des garçons, des femmes bouffies aux jambes et aux bras gros comme des rondins, des femmes maigres avec des jambes bleues de varices, des hommes obèses, ventrus, poilus comme des singes, des enfants qui pleuraient, des enfants qui riaient, des gens de toutes couleurs et de toutes carnations, des grands et des petits, des maigres et des gros, en peignoirs de bain, en sweaters déchirés, accoutrés de chiffons, mangeant, parlant, riant — tous faisaient du bruit, s'agitaient, gesticulaient, tourbillonnaient, se déplaçaient, sous les rayons d'un soleil de plomb. Des odeurs de poisson, de moules, de goudron, de toits chauffés à blanc, de cacahuètes grillées, de saucisses fumantes, saturaient l'air, excitaient l'appétit, vous irritaient et vous écœuraient. Les fils de l'oncle Harry débordaient d'énergie comme tous les êtres jeunes et vigoureux qui ressentent toujours le besoin de se défouler lorsqu'ils se trouvent près de l'eau ou se débarrassent de leurs vêtements. Ils se bagarraient, couraient, se jetaient dans le sable, souriaient aux filles, parlaient à des inconnus, sautaient dans la mer, nageaient, criaient, se livraient à toutes sortes d'acrobaties dans l'eau. Ils appelèrent Jegor :

« Eh, le bleu, viens ! On va voir qui nage le plus loin, l'Amérique ou l'Allemagne ? »

Avec son corps blanc d'adolescent poussé en graine, Jegor se sentait perdu dans la cohue, sous ce soleil écrasant, parmi les clameurs, il n'avait pas sa place au milieu de cette foule compacte. Il ne s'assit pas sur le sable, il n'entra pas dans l'eau. Cela faisait déjà un bon bout de temps, depuis l'arrivée des hommes bottés au pouvoir, qu'il n'était plus allé nager, ni sur le Wannsee où lui comme ses semblables avaient interdiction de se rendre, ni même dans les piscines où l'on risquait à tout moment de subir un affront. C'est pourquoi il avait perdu l'habitude de nager, l'habitude de la foule.

Les garçons de l'oncle Harry riaient à le voir. Ils l'appelèrent :

« Eh, Sissi ! Jette-toi à l'eau, viens te baigner ! »

Jegor ne savait pas exactement ce qu'ils voulaient dire par ce nom. Il comprenait toutefois que ce n'était pas vraiment flatteur, qu'ils se moquaient de lui, et il les détestait pour cela. Il détestait pareillement toute la foule alentour, tous ces gens qui criaient et riaient, allongés, vautrés sur le sable. Il voyait de la vulgarité, de l'insolence, dans chacun de leurs gestes, chacun de leurs mouvements. Il ne supportait pas leurs corps couverts de poils noirs, leur vivacité, leurs cris, leur existence même qui était un défi, une provocation. Ils lui rappelaient les caricatures que l'on dessinait « en face » de ces gens, noirs, avec un grand nez, culottés et dégénérés. Mais le pire, c'est qu'ils n'avaient plus du tout l'air dégénérés. Au contraire, ils étaient sains, robustes, des lutteurs, des nageurs, des boxeurs. Qu'ils ne correspondent pas à l'opinion qu'il se faisait d'eux attisait sa hargne. Comme tout faible qui ne peut se servir de ses mains, il se servit de sa langue :

« Pouah ! Quelle saleté ! dit-il aux fils dégoulinants d'eau de l'oncle Harry en leur montrant les papiers, les peaux de bananes et tous les détritus qui traînaient sur les sol. Et l'eau aussi est sale. C'est à vous dégoûter d'y entrer. »

Les jeunes gens secouèrent leurs têtes comme des chiens tout contents qui s'ébrouent après leur bain et ne répondirent même pas à ses paroles. Rien ne pouvait entamer leur joie et leur bonne humeur.

Ensuite, une fois rentrés à la maison pour le repas, quand tout le monde fut installé autour de la longue table, ils firent preuve de la même énergie trépidante qu'ils avaient manifestée sur la plage. Ils croquaient à belles dents les fruits et les crudités, le délicieux pain au cumin, les cornichons marinés, les radis frais, tout ce qui se trouvait devant eux. Tante Milner, une belle femme brune bien en chair avec une poitrine généreuse et des bras rebondis, apportait sans arrêt sur la table de nouveaux plats que les jeunes avaient vidés avant même qu'elle n'ait eu le temps de les poser devant eux. Oncle Harry taquinait ses garçons :

« Qu'est-ce que vous en dites ? Regardez-les s'empiffrer, les boys ! Ce n'est pas étonnant si leur père est si petit. Ses fistons se nourrissent à ses dépens. Ah ! Ah ! Ah !

— Tant que ça ne leur fait pas de mal ! dit pieusement tante Milner, ravie de voir ses fils dévorer sa cuisine. C'est un vrai plaisir de voir les enfants manger. »

Tout en s'affairant à préparer les plats, à les apporter sur la table, à servir chacun, elle chantait les louanges de ses fils auprès des invités et rayonnait de bonheur d'avoir des enfants aussi réussis. Tous autant qu'ils sont, Dieu les garde. La journée, ils aident leur père dans son travail, conduisent les camions, surveillent les ouvriers sur les chantiers, peignent les murs si besoin est. Le soir, ils étudient, ils vont à l'université, se préparent à être des gens bien. À la maison aussi, ils donnent un coup de main, s'occupent de la chaudière à la cave, nettoient la cour, arrosent la pelouse. Et pour ce qui est de manger, on n'a pas de souci à se faire, ce n'est pas comme certains enfants. Tout ce que vous préparez, tout ce que vous mettez

sur la table, c'est bon, c'est parfait et ils en rede-
mandent.

De même qu'elle était aux petits soins avec ses fils,
elle l'était avec Jegor Karnovski. Elle l'encourageait :

« Mange, mon enfant. Ne sois pas timide. Regarde
mes garçons, Dieu merci, ils ne se font pas prier. »

Jegor éprouvait de la sympathie pour cette femme
ronde et affable qui insistait tant pour qu'il mange.
Mais il voulait faire voir à tous qu'il n'était pas amateur de ces plats gras qu'on lui présentait, de toutes
ces nouilles au bouillon, ces poulets, ces cornichons,
ces radis, ces oignons hachés et ces cous farcis. C'était
bon pour eux, les gars aux yeux noirs, les croqueurs
d'oignons, les bouffeurs d'ail, qui engloutissaient
bruyamment ces nourritures, pas pour lui, Georg Joachim. Et bien qu'il fût tenté par ces mets, il les repoussait d'un air dégoûté, ostensiblement, afin que tout le
monde autour de lui le remarque et en soit contrarié.
Mais ni l'oncle Harry ni ses fils ne faisaient attention
à lui et n'étaient contrariés. Les garçons dévoraient
comme des loups. Oncle Harry n'arrêtait pas de parler, de raconter les bonnes et les mauvaises années qu'il
avait vécues, les hauts et les bas, les sommets qu'il avait
atteints, très, très loin il était arrivé, avait côtoyé les
plus grands, puis était retombé avant de remonter. Au
milieu de son récit, il se rappela qu'il était père de
famille.

« Eh bien, les boys ! Assez mangé ! À la cuisine,
allez aider maman à servir et à faire la vaisselle. »

Oncle Harry rayonnait de plaisir à constater que
lui, un petit bonhomme, donnait des ordres à ses
robustes gaillards qui lui obéissaient.

Tout le monde autour de la table, David Karnovski, Léa, le docteur Karnovski et même Teresa qui ne
comprenait qu'un mot sur dix de ce que racontait

l'oncle Harry, tous étaient abasourdis de voir que des jeunes qui travaillaient la journée et étudiaient le soir, aidaient à laver la vaisselle, chose inimaginable « en face ». Ils s'extasiaient, et à haute voix, sur les enfants si parfaits de l'oncle Harry.

Jegor enrageait sur son siège, il était déprimé, mortifié. Les garçons riaient aux éclats dans la cuisine. Il était persuadé que c'était de lui qu'ils riaient. Il perdit définitivement contenance lorsque la fille de l'oncle Harry, l'unique fille parmi tous les gars de la famille, se précipita dans la pièce, en retard, essoufflée et rieuse.

Les yeux noirs, le teint mat comme ses frères mais sans leur lourdeur, mince et vive comme du vif-argent, avec des boucles noires, des bouclettes, des accroche-cœurs et des frisettes qui se mettaient à danser au moindre de ses mouvements, elle apportait dans son sillage de la gaieté, de la malice et des rires à profusion. Oncle Harry eut beau prendre la mine d'un père courroucé quand elle arriva en retard à table, elle n'accorda pas trop d'importance à ses remontrances paternelles, l'embrassa sur les deux joues en y laissant des marques de rouge et l'appela de différents petits noms comiques : Pititpap, mon cœur, Pupuce, et des tas d'autres encore. Oncle Harry prit l'air furieux.

« Tu as de la chance qu'il y ait des gens, dit-il, sinon, je t'aurais passé un bon savon, espèce de shikse. »

La jeune coquine lui montra un petit bout de langue et éclata de rire. Seule fille au milieu de ses nombreux frères, c'était une enfant gâtée, l'idole de la famille, la chouchoute de son papa, et elle en profitait. Elle ne faisait rien à la maison, laissait toutes les tâches à ses frères. Elle ne lavait jamais la vaisselle, se levait la dernière, n'arrivait pas à l'heure aux repas et de façon générale, se permettait des espiègleries qu'aucun de ses frères ne se serait permises. Il lui suffisait de grimper sur les genoux de son père, de l'embrasser sur les deux joues et de lui donner ces petits noms drôles pour qu'il lui pardonne tout. C'est avec le même comportement de fille unique gâtée qu'elle fit du charme aux étrangers. Avec ses beaux yeux noirs coquins, elle regarda bien en face son cousin inconnu et lui tendit une petite main blanche et douce. Jegor qui n'était pas habitué aux filles se sentit immédiatement mal à l'aise, sa main devint froide et moite, plus froide et plus moite dans la main chaude et sèche que lui tendait la jeune fille. Cela le rendit plus nerveux encore. Il voulut camoufler son premier échec avec élégance. Comme l'oncle Hugo qui autrefois, à la table de son père, jouait les chevaliers servants auprès de tante Rébecca et lui faisait la cour, il essaya de faire impression par une politesse exagérée. Tendu telle une corde, il se tint debout près de la jeune fille jusqu'à ce qu'elle se fût assise. Il lui approcha sa chaise avec beaucoup d'obséquiosité. Les fils de l'oncle Harry éclatèrent de rire en le voyant traiter leur sœur avec de tels égards. Mais le plus affreux, c'est que celle à qui il manifestait ces égards se mit, elle aussi, à rire avec ses frères.

« Appelle-moi Etel », dit-elle, amusée, et elle coupa court au cérémonial.

Le rire de sa cousine déconcerta Jegor. Il se montra très maladroit en lui versant de l'eau et en lui remplissant son assiette. Voulant bien faire, il ne parvenait qu'à envenimer les choses, il renversa l'eau, tacha la nappe. Les jeunes étaient morts de rire. Sûre de sa beauté et du fait que c'était elle qui par son apparence avait ainsi troublé ce cousin inconnu tout en longueur et rougissant, la jeune fille prenait plaisir à le voir désemparé, et comme toujours quand elle était contente d'elle, elle riait et tout au monde la réjouissait. Jegor était persuadé que tous se moquaient de lui et qu'elle aussi riait de sa balourdise et de sa gaucherie ce qui lui fit définitivement perdre tous ses moyens.

Plus il voulait se montrer à son avantage, faire preuve d'habileté pour effacer ses maladresses, plus il s'empêtrait dans son impuissance. Il ne savait plus où se mettre. Son siège rembourré lui semblait dur et inconfortable. À croire qu'il était hérissé de clous pointus. Ses mains démesurément longues qui dépassaient trop de ses manches avaient un air lourdaud et l'énervement les faisait transpirer. Il avait peur de toucher quoi que ce soit, il appréhendait particulièrement le poulet rôti que tante Milner lui avait servi. Il allait à coup sûr se ridiculiser en essayant de détacher la chair des os et faire des bêtises avec la sauce brune dans laquelle baignait la viande. Il ne savait pas où diriger le regard. Partout où se portaient ses yeux, ils se heurtaient aux fils de l'oncle qui s'empiffraient et riaient. Comme toujours en de telles circonstances, quand il était mal à l'aise avec les gens, il essaya de dissimuler son embarras par de l'insolence en se montrant grossier envers ceux qui lui témoignaient de l'amitié. C'est justement parce que tante Milner attachait tant d'importance à le voir manger qu'il ne voulut goûter à rien, ce qu'elle prit très à cœur. Etel, tout en mangeant d'excellent appétit, vint au secours de sa mère.

« Pourquoi toi rien manger ? demanda-t-elle. C'est bon.

— Trop épicé et trop gras, et puis, il fait trop chaud dans ce maudit pays, répondit-il en faisant la grimace.

— Moi, je n'ai pas trop chaud », dit Etel en passant sur ses lèvres un petit bout de langue rose, et il eut l'impression qu'elle lui tirait la langue.

Voyant que Jegor disait des grossièretés, ses proches décidèrent d'intervenir. Ce fut d'abord Léa Karnovski qui le supplia de manger, puis David Karnovski, puis son propre père, sa mère. Plus on insistait, plus il s'entêtait. Oncle Harry fut le premier à oser appeler un chat un chat. En fixant ses yeux amusés sur l'étrange garçon, il exprima à haute voix et devant tout le monde ce qu'il en pensait :

« J'ai bien peur que nous ne plaisions pas à votre boy, dit-il aux Karnovski, ni notre pays, ni notre façon de vivre, ni nous-même. Pas vrai, Mister l'Allemand ? »

Les paroles du petit bonhomme et surtout la moquerie perceptible dans son rire qui semblait dire : « Que tu nous aimes ou pas, ça ne nous fait ni chaud ni froid », achevèrent de déstabiliser Jegor. Il était tellement hors de lui qu'il fut même grossier avec sa cavalière, qu'il avait précédemment traitée avec tant d'égards. Elle voulut plaisanter.

« Il a beau n'aimer personne, moi, il m'aime, dit-elle à son père, n'est-ce pas, cousin ?

— Non, lâcha-t-il.

— Pourquoi non ? demanda Etel surprise.

— Trop noire », répondit Jegor fielleux.

Là, il dépassait les bornes mais tante Milner essaya de calmer le jeu.

« Apparemment, c'est un garçon fragile, dit-elle sur un ton maternel, et pas un gros mangeur. »

Elle lui tendit un verre d'eau et essuya à l'aide d'une serviette les gouttes de sueur qui perlaient à son front. Elle pensait qu'avec cela elle avait tout réparé, tout effacé, et que la bonne humeur et la paix allaient à nouveau régner autour de la table. Mais plus que tout le reste, ces paroles mirent Jegor hors de lui. Rien ne l'irritait tant que de s'entendre dire qu'il était un garçon fragile. Déjà quand il était petit, il ne supportait pas que sa mère répète cela. Le fait que cette femme étrangère ait repéré ce trait au premier coup d'œil, c'en était trop pour lui. Et le pire, c'est qu'elle avait dit ça en présence des gaillards rigolards et devant la jeune fille. Il sortit de ses gonds.

« Je me porte bien, sacrément bien, dit-il en quittant la table, et je vous prie de me laisser tranquille. Je n'en demande pas plus, qu'on me laisse tranquille... »

À l'exception des jeunes qui restèrent paisiblement à table à mastiquer, tout le monde, Léa, David Karnovski, Teresa, oncle Harry, tante Milner, Etel, tous tentèrent de calmer le garçon surexcité qui s'était si brusquement levé de table. Le visage de Teresa était congestionné au point qu'on avait l'impression que le sang allait d'un instant à l'autre transpercer sa peau et inonder la pièce. Elle l'appela :

« Jegor, mon petit Jegor. »

Le docteur Karnovski prit son fils par le bras et sortit avec lui.

« J-je ne veux plus f-franchir le seuil de cette m-maison, bredouilla-t-il à voix basse derrière la porte, ils m-m'énervent... »

À présent qu'il était énervé, il s'était remis à bégayer, chose qu'il ne le faisait plus depuis des mois. Le docteur Karnovski fut très inquiet du retour de ce bégaiement.

« Bon, d'accord, nous ne reviendrons plus, dit-il pour le calmer, mais contrôle-toi, mon garçon, fais un effort. »

Malgré le soleil qui brillait dehors, le docteur Karnovski vit soudain tout en noir. Leur séjour dans le pays où il avait tant désiré venir pour le bien de son fils ne débutait pas sous de bons auspices. Si incroyant qu'il fût, il pensa que c'était là un mauvais présage.

35

Salomon Bourak ne tint pas la parole qu'il avait donnée à mister Pitseles en lui promettant qu'il resterait bedeau de la synagogue « Shaare-Tsedek » aussi longtemps que lui, Salomon Bourak, en serait le président.

Tant que les Yekes avaient comploté contre le bedeau hongrois, Salomon Bourak avait pris sa défense. Dans le mépris des Yekes pour mister Pitseles, il percevait le mépris que ces gens éprouvaient pour lui, Salomon Bourak. Mais ce fut une autre histoire lorsqu'un beau matin de shabbat, David Karnovski de la Oranienburgerstrasse à Berlin fit brusquement son apparition dans la synagogue « Shaare-Tsedek ». Quand Salomon Bourak aperçut David Karnovski avec, sous le bras, son châle de prière dans une pochette, la vieille pochette de velours qui datait de son mariage et sur laquelle Léa avait brodé une étoile de David, le prénom de son fiancé et celui de son père ainsi que l'année selon le calendrier juif, il sentit poindre au fond de lui une certaine inquiétude.

Pendant un moment, il fut mal à l'aise, comme il l'était de l'autre côté chaque fois qu'il rencontrait le vaniteux érudit David Karnovski. Il se souvenait fort bien de lui là-bas, ce dindon qui se rengorgeait et refusait d'avoir la moindre relation avec un Bourak. Ce qu'il se rappelait mieux que tout, c'était la honte, la grande honte que lui, Salomon Bourak, avait dû surmonter quand il s'était abaissé à demander à Karnovski son fils pour sa fille et que l'autre, l'insolent, le vaniteux, l'avait humilié en lui disant sans détour que ce parti n'était pas assez glorieux pour lui. Bien que l'affaire fût déjà ancienne, il n'avait pas oublié sa honte, Salomon Bourak, et elle lui revint telle quelle à la vue de celui qui en avait été la cause. Il fit semblant d'être très absorbé par les problèmes de la synagogue, donnant au bedeau mister Pitseles des ordres parfaitement inutiles, à seule fin d'éviter de se retrouver nez à nez avec le nouveau venu dont la vue lui rappelait cette humiliation passée.

Cette impression de malaise s'estompa vite et laissa place à un sentiment de supériorité. Non, Salomon Bourak n'avait pas à rougir devant quiconque, pas même devant les vrais Yekes, et évidemment pas devant un Karnovski, ce pseudo-Juif allemand tout droit sorti de Melnitz. Si quelqu'un devait se cacher, ce n'était certainement pas lui. En regardant discrètement Karnovski perdu dans cette synagogue inconnue, un peu voûté, les cheveux tout gris, Salomon Bourak se sentit plus important mais aussi plus vigoureux et plus jeune que son âge. Ça ne fait rien, il y a quand même un Dieu en ce monde, se dit-il finalement bien qu'à aucun moment il ne lui fût venu à l'esprit d'en douter, il y a un Dieu qui voit et qui entend, qui note tout dans un livre et qui vous traite selon vos mérites.

Passant la main sur son visage soigneusement rasé qui, malgré son âge, était toujours frais et resplendissant de santé, bombant le torse, Salomon Bourak suivi du bedeau entreprit de traverser la synagogue du pas mesuré d'un bon bourgeois. Tout en marchant ainsi, il se dit un moment qu'il n'allait pas tourner les yeux vers Karnovski. Si là-bas, l'autre ne l'avait pas jugé digne de lui, ici, à présent, les rôles pouvaient être inversés. Mais il se ravisa aussitôt et décida qu'au contraire, il allait se monter meilleur que lui. Il allait lui faire voir que, bien qu'étant maintenant au sommet, lui, Salomon Bourak, ne faisait pas le fanfaron et savait accueillir un étranger dans la synagogue dont il était le patron. Pas de problème, compte tenu de sa situation actuelle, il pouvait se permettre ça.

« *Shalom Alehem*, salut à vous, pays, claironna-t-il en tendant la main au nouveau venu, comment va votre Laïele ? »

Bien que de l'autre côté il n'eût jamais parlé qu'allemand avec Karnovski qui refusait d'utiliser la langue de Melnitz, Salomon Bourak, ici, s'adressa à lui dans son yiddish familier, intentionnellement, pour lui montrer qu'il le considérait comme un ancien de Melnitz, un compatriote, que cela lui plaise ou non. De même qu'il avait commencé par demander des nouvelles de Léa pour bien lui faire voir à cet érudit imbu de sa grandeur que si lui, Salomon Bourak, renouait avec Karnovski, ce n'était pas parce qu'il recherchait sa glorieuse personne mais pour la simple raison qu'il était le mari de Laïele. Parce que, tout ce qui s'était passé entre eux deux n'avait rien à voir avec Laïele que les Bourak avaient toujours aimée et qu'ils considéraient comme une vraie fille de Melnitz. Salomon Bourak avait également autre chose en tête : si ce Karnovski, comme autrefois, voulait jouer à ne pas le reconnaître, il n'en aurait pas la possibilité, il allait lui rappeler qu'il sortait de Melnitz, qu'il était le mari de Léa et que Salomon Bourak n'était plus à présent quelqu'un qu'on ne reconnaissait pas. Mais non seulement David Karnovski reconnut son concitoyen de Melnitz mais il se rappelait même son nom et son prénom. De ses deux mains il saisit la main tendue de Salomon Bourak et s'exclama ravi :

« Monsieur Bourak ! *Alehem shalom*, salut à vous, reb Shloïme. »

S'entendre appeler Shloïme comme à la maison, et qui plus est avec un « reb », cela lui fit chaud au cœur. L'espace d'un instant il eut encore une mauvaise pensée et se dit que ce Karnovski devait traverser une bien mauvaise passe pour le reconnaître aussi vite. Mais on distinguait une joie et une chaleur authentiques non seulement dans les paroles de Karnovski mais également dans ses yeux noirs toujours aussi ardents et brillants que dans sa jeunesse. Ses mains brunes étaient chaleureuses. Salomon Bourak sentit que son compatriote était sincère et toutes ses mauvaises pensées s'envolèrent. Dans son cœur, la glace se mit aussitôt à fondre. David Karnovski baissa les yeux.

« "Les montagnes ne se rencontrent pas, les hommes sont faits pour se rencontrer" », dit-il en citant un aphorisme de la Guemara, ce qu'il n'aurait jamais jugé utile de faire dans une conversation avec un ignorant, « j'espère que vous ne me gardez pas rancune, reb Shloïme. »

C'en était assez pour que la froideur et le mépris d'autrefois, de même que toutes les mauvaises pensées se volatilisent, pour que Salomon Bourak oublie instantanément toutes les avanies qu'il avait eu à subir de la part de Karnovski et qu'il se sente envers lui dans la même disposition amicale qu'envers tous les autres hommes. Il n'avait jamais pu en vouloir à quelqu'un bien longtemps. En outre, il voyait au visage abattu de Karnovski, à son vieillissement prématuré, qu'il avait déjà certainement payé de l'autre côté pour tous ses péchés, qu'il avait tout expié. Il lui tendit une nouvelle fois la main, signe que le passé était le passé et que tout était oublié.

« Quelle idée, reb David ! fit-il avec un sourire. Dites-moi plutôt comment il faut vous appeler à la Torah, le prénom de votre père. »

Karnovski ne comprit pas ce que cela venait faire. Salomon Bourak lui expliqua non sans fierté :

« Je suis le président de la synagogue et je veux vous faire l'honneur de la lecture de la sixième aliye, comme il sied à un hôte tel que vous. »

Il ne restait plus dans son cœur la moindre trace de ressentiment pour cet homme qui lui avait autrefois témoigné tant de mépris. Fidèle en affaires au principe : « un dollar de plus, un dollar de moins, l'important est de se mettre d'accord », il l'était tout autant, en société, à celui de « vivre et laisser vivre ». Avec une seule bonne parole Karnovski l'avait totalement conquis. Mais ce dernier trouva définitivement grâce à ses yeux quand, à peine arrivé, il eut un accrochage avec les Yekes de la synagogue.

Dès le premier shabbat où David Karnovski vint prier à « Shaare-Tsedek », il se comporta différemment de tous les autres immigrés de là-bas. Tout d'abord, il dit la bénédiction « goymel » auprès de la Torah pour remercier Dieu de l'avoir laissé en vie et de l'avoir sauvé, lui et aussi les siens, des mains des assassins. Ensuite, après l'office, il raconta à haute voix, avec flamme, les cruautés auxquelles, de l'autre côté, se livraient les goyim, les Amalek, ces antisémites qui voulaient exterminer Israël. Le visage froid du docteur Spayer se fit encore plus glacial lorsque son ancien ami prononça haut et fort des discours aussi crus car jusqu'à présent, on n'avait jamais rien entendu de tel en ce lieu. C'était après le sermon qu'il venait de faire avec beaucoup de pathos, un sermon bourré de belles et nobles paroles, et il n'avait aucune envie d'entendre des propos tristes et triviaux. De plus, il évitait généralement d'aborder ces sujets comme chacun évite de parler d'une plaie qui lui ronge le corps. Personne à la synagogue n'en parlait ouvertement.

« "Les paroles des sages doivent rester sereines", mon cher monsieur Karnovski, dit-il en hébreu en passant la main sur sa barbiche en pointe, à quoi bon remuer tout cela, et surtout pendant le shabbat ?

— Je ne parle pas de commerce, rabbi Spayer, je parle d'un danger de mort, et ce genre de choses, on peut en parler même quand Yom Kippour coïncide avec un shabbat. »

Et avec plus de fougue encore, il se remit à parler du Commandement fait aux Juifs de racheter tout coreligionnaire prisonnier, et de l'urgence qu'il y avait à sauver de là-bas le vieux reb Efroïm Walder et ses précieux livres.

« Vous savez bien qui est rabbi Walder, il faut faire l'impossible pour arracher ce vieil homme, ce grand talmudiste, des mains des scélérats. »

Le docteur Spayer ne pouvait souffrir la fougue et l'emportement de Karnovski.

« C'est très beau de votre part, monsieur Karnovski, très louable, mais le vieux Walder n'est pas le seul "en face". Nous avons des tas de savants là-bas, et plus éminents que lui, nous ne pouvons pas les faire venir tous. »

David Karnovski ne supportait pas de l'entendre faire aussi peu de cas de reb Efroïm Walder. Il s'énerva.

« C'est faux, nous n'avons qu'un seul reb Efroïm Walder, je ne lui vois pas d'égal. »

Le rabbin se sentit blessé par les paroles de Karnovski qui jetaient une ombre sur son érudition à lui, le docteur Spayer, et ce, en présence des membres de la communauté. Mais comme il était dans sa nature de se contrôler, il ne répondit pas à une goujaterie par une autre, il préféra s'en tirer par une pirouette.

« Mon cher Karnovski, à quoi bon s'enflammer comme cela, c'est shabbat aujourd'hui et le shabbat, on ne doit pas faire de feu. N'est-ce pas, messieurs ? »

Le public sourit de la plaisanterie du rabbin. David Karnovski ne se laissa pas amadouer.

« Vous plaisantez, rabbi Spayer, et là-bas, un vieillard, un grand talmudiste, est persécuté par les méchants », s'écria-t-il avec une ardeur juvénile.

Voyant qu'avec des plaisanteries il ne prendrait pas le dessus sur cet entêté de David Karnovski, le docteur Spayer tenta de le calmer en faisant appel aux textes sacrés.

« "La parole est d'argent mais le silence est d'or", lui rappela-t-il en citant le Talmud, « un érudit doit savoir quand se taire. Qui plus est, dans la maison de Dieu. »

Mais aucune citation ne pouvait faire lâcher prise à David Karnovski. À chaque aphorisme du docteur Spayer, il trouvait dans la Torah dix preuves à opposer qui lui donnaient raison.

« L'Ecclésiaste a dit qu'il est un temps pour se taire et un temps pour parler, déclara-t-il d'une voix forte. Le temps est venu de parler, et même de crier, rabbi Spayer. »

Le docteur Spayer commençait à se sentir mal à l'aise sous la pluie de réponses vives et enflammées que David Karnovski lui décochait devant les fidèles.

Constatant que pas plus à l'aide de la Torah qu'à l'aide de la raison il ne pouvait venir à bout de l'obstiné Karnovski, il essaya de le faire céder par des arguments politiques.

« Quoi qu'il en soit, très cher monsieur Karnovski, dit-il à mi-voix, cela doit rester entre nous, il ne faut pas le divulguer à l'extérieur. En aucun cas devant des gens qui ne sont pas des nôtres, des étrangers. »

Avec cela, le docteur Spayer espérait faire d'une pierre deux coups, tout d'abord, montrer à ses fidèles que, quoi qu'il leur arrivât, c'était un malheur personnel, un problème domestique qui ne devait pas être exposé devant des étrangers comme le bedeau hongrois et ses semblables ; ensuite, il espérait par cela gagner à sa cause le bouillant Karnovski, lui faire comprendre que, bien qu'il ne soit pas tout à fait des leurs, il était cependant considéré par lui comme l'un d'entre eux, en raison de son érudition, du bon allemand qu'il parlait et de toutes les années qu'il avait passées « en face », c'est pourquoi il devait respecter la tradition du lieu de ne pas parler de ce qui se passait de l'autre côté mais enfouir cela au fond de lui, comme on cache une tare au sein de la famille.

David Karnovski ne se laissa pas circonvenir. Il explosa.

« Nous sommes tous des Juifs ici, de Francfort, de Taraspol, mais tous juifs, et il n'y a pas de quoi avoir honte, rabbi Spayer. »

Il fulminait contre le rabbin de la synagogue « Shaare-Tsedek » avec la même fougue juvénile qu'autrefois, à Melnitz, contre le rabbin de la maison de prière qui s'en était pris à Moïse Mendelssohn. Le docteur Spayer comprit qu'il ne sortirait pas grandi de cette joute et sans plus attendre, il quitta la synagogue en compagnie des fidèles qui partageaient son opinion. Salomon Bourak était tellement ravi des propos de David Karnovski qu'il le prit dans ses bras au milieu du lieu saint.

« Bravo, Dieu vous garde très cher reb David, lui dit-il aux anges, comme vous les avez remis à leur place, ces Yekes... »

À partir de ce moment Salomon Bourak ne le lâcha plus. Bien qu'ayant à faire en ville, il laissa tout tomber et insista auprès de Karnovski pour qu'il l'accompagne chez lui pour le repas du shabbat. David Karnovski refusa l'invitation. Se rappelant comment il avait autrefois, de l'autre côté, vertement éconduit ce Salomon Bourak, il se sentait très mal à l'aise et honteux face à la gentillesse de cet homme au pardon si facile. Lui, David Karnovski, n'oubliait pas facilement, ni les fautes des autres ni ses propres péchés. Il n'avait pas le courage de suivre Salomon Bourak chez lui. Il n'osait pas se montrer devant sa femme à laquelle, là-bas, il ne daignait pas même jeter un regard quand elle venait rendre visite à sa Léa. Il avait encore plus honte devant sa fille, celle qu'il avait catégoriquement refusé d'avoir comme bru.

« Reb Shloïme, pas aujourd'hui, le supplia-t-il, je n'ai pas le courage de me présenter devant les vôtres. »

Salomon Bourak refusa de l'écouter.

« Reb David, fiez-vous à moi, Salomon Bourak, mon Ita sera heureuse de vous voir. »

David Karnovski essaya un autre argument.

« Si je ne rentre pas à l'heure, ma Léa va se poser des questions. Ma première sortie dans un nouveau pays. »

Là aussi, Salomon Bourak avait une réponse toute prête. Il allait immédiatement envoyer le bedeau pour lui dire que reb David était parti avec lui. Qu'est-ce que je raconte ? Envoyer le bedeau chez Laïele ? Ça ne tient pas debout ! C'est moi qui vais y aller. Karnovski n'a qu'à lui dire où il s'est installé, il va l'accompagner. Il va les ramener tous les deux, et à l'instant même. Sous le coup de l'émotion, il faillit un instant oublier que c'était shabbat et se dirigea en courant vers le coin de la rue où il s'était garé afin de faire monter David Karnovski dans sa nouvelle automobile. Mais il se ravisa à temps et laissa sa voiture dans la rue.

Comme autrefois de l'autre côté, Léa Karnovski et Ita Bourak commencèrent par tomber dans les bras l'une de l'autre à plusieurs reprises, après quoi toutes deux pleurèrent, puis elles éclatèrent de rire comme des jeunes mariées, s'enlacèrent à nouveau et s'embrassèrent sans cesser de parler. Les mots jaillissaient comme d'une source intarissable. De même qu'autrefois, Ita mit sur la table des tas de bonnes choses. Toutes sortes de biscuits, et de confitures préparées comme à Melnitz, du strudel et des petits gâteaux au pavot. Salomon remplissait sans arrêt les verres de sliwowitz, cette sliwowitz de Pessah qu'il aimait boire toute l'année.

« Reb David, à la vôtre, puissent les Juifs trouver de l'aide et les antisémites être anéantis ! »

Réjoui, il portait des toasts, tendant la main à Karnovski à chaque nouveau verre.

« Buvez, reb David, faites comme chez vous. »

Malgré tous ses efforts, David Karnovski ne parvenait pas à se sentir comme chez lui. Chaque visage dans cette maison lui rappelait l'affront qu'il avait autrefois fait subir à ces gens. Il évitait plus particulièrement la fille de Salomon Bourak mais elle lui présentait les plats, lui posait des questions. Elle l'interrogea même sur son fils. David Karnovski ne savait pas où se mettre.

« Ne vous donnez pas ce mal, chère madame, murmurait-il embarrassé, comme s'il espérait ainsi se racheter de tous ses péchés, je vous en prie, ne prenez pas cette peine. »

Alors qu'elles trempaient un morceau de génoise dans leur liqueur, comme à l'occasion d'une fête, les deux amies de Melnitz se regardèrent brusquement et fondirent en larmes car les fêtes donnent toujours aux femmes des idées tristes et l'envie de pleurer.

« J'ai bien vieilli, ma petite Laïele, laissa échapper Ita en regardant son amie et voyant à travers l'âge de l'autre son âge à elle.

— Qu'est-ce que je devrais dire, Itele ? » répondit Léa en s'essuyant les yeux.

Salomon Bourak ne pouvait supporter les pleurs des femmes. Il se fâcha.

« Qu'est-ce que c'est que ça, femmes, le deuil de Tishebov[1] en plein shabbat[2] ? Reprenons plutôt un peu d'alcool et puissent les Juifs se réjouir, se réjouir toujours. »

Ita était malade de voir son mari vider la bouteille. Elle le rappela à l'ordre.

« Shloïmele, tu n'es plus un petit jeune homme, tu es un vieux, monsieur mon mari, ne te laisse pas aller, ça va te faire du mal.

— Je n'ai jamais été aussi jeune que ces dernières années, se flatta-t-il, plus je vieillis, plus je me sens jeune... Encore aujourd'hui, je pourrais trimbaler mes valises tant je me sens de forces dans les bras. »

Ita se tordit les mains et le sermonna.

« Mords-toi plutôt la langue ! Les ennemis d'Israël peuvent bien aller faire du porte à porte. Toi, tu t'es déjà assez usé à faire le colporteur.

---

1. Deuil en souvenir de la destruction du Temple de Jérusalem.
2. Il est interdit à un Juif d'être triste pendant le shabbat.

— Que t'es bête, ça n'était pas sérieux, juste une façon de parler, dit Salomon pour l'apaiser.

— Ne dis rien, tu ferais mieux de te taire », le reprit Ita, tentant de le faire tenir tranquille.

Salomon Bourak ne voulait pas se taire. Plus la bouteille de sliwowitz se vidait, plus le flot de paroles enflait dans sa bouche, un flot intarissable. Une fois bien éméché, il sortit tout ce qu'il avait sur le cœur.

« Reb David, c'est fête chez moi aujourd'hui, dit-il avec chaleur, si M. David Karnovski a daigné accepter l'invitation de Shloïme Bourak, c'est fête chez moi. La plus grande des fêtes, Simrat-Tora. »

Ita vit immédiatement que son Shloïme s'apprêtait à faire des siennes et elle essaya de l'arrêter avant qu'il ne soit trop tard.

« Shloïmele, ne t'excite pas comme ça, va plutôt t'allonger un peu.

— Ita, laisse-moi parler, il faut que je parle. »

Toutes les années de vexations, de ressentiment à l'encontre de l'arrogant David Karnovski, tout ce qu'il avait sur le cœur, il le débita. Lorsqu'il arriva à l'humiliation la plus profonde, le jour où il était allé supplier pour sa fille et que Karnovski lui avait fait un tel affront, Ruth sortit en courant de la pièce et Ita posa ses deux mains sur la bouche de son mari pour le faire taire.

« Shloïmele, je t'interdis de dire un mot de plus, cria-t-elle. Reb David, ne l'écoutez pas, il ne sait pas ce qu'il dit.

— Laissez-le, madame Bourak, c'est mieux comme ça », dit Karnovski.

Il voulait entendre ce qu'il avait à dire, entendre tous ses griefs contre lui, sa vanité, son arrogance. Plus Salomon Bourak parlait, plus David Karnovski

538

se sentait soulagé comme si on lui avait retiré un poids de la poitrine. Il l'encourageait :

« C'est vrai, c'est tout à fait vrai, reb Shloïme, c'est bien la vérité. »

Quand Salomon eut tout dit, il redevint joyeux.

« Je suis un grossier personnage, dès que j'ai quelque chose sur le cœur, je l'ai sur la langue, mais il fallait que ça sorte, sinon, ça m'aurait étouffé. Maintenant, je me sens plus léger, reb David.

— Moi aussi, reb Shloïme, dit David Karnovski, à présent je peux vous regarder droit dans les yeux. »

Le soir même, Salomon Bourak s'en alla trouver le boucher casher, Herr Reicher, puis tous les autres membres du Conseil d'administration et il œuvra pour parvenir à ses fins, à savoir que David Karnovski devienne bedeau principal de la synagogue « Shaare-Tsedek » tandis que le bedeau hongrois, mister Pitseles, reprendrait le travail de Walter, le gardien. Les membres du Conseil bougonnèrent, mécontents. Comme s'il ne suffisait pas d'un bedeau hongrois avec son allemand de Galicie, il leur fallait avoir par-dessus le marché un autre étranger qui s'était montré irrespectueux envers le docteur Spayer et les fidèles les plus honorables. Ils avaient suffisamment de personnes éminentes de chez eux candidates à cet emploi de bedeau, des gens bien enracinés de l'autre côté, et même avec des titres honorifiques. Ils discutèrent :

« Cher monsieur Bourak, vous en demandez trop, cela n'est pas sain. Toujours la règle d'or du juste milieu. »

Mais Salomon Bourak ne se laissait pas fléchir.

« Faites-moi confiance, disait-il aux Yekes, et pour ce qui est des frais supplémentaires, j'en fais mon affaire : un dollar de plus, un dollar de moins, vivre et laisser vivre. »

Personne n'avait rien à opposer à cet argument et David Karnovski devint le bedeau principal de la synagogue « Shaare-Tsedek. »

Léa essuya une larme lorsque David lui raconta qu'il était nommé bedeau de la synagogue dont Shloïmele Bourak était le président. Il n'en allait pas de son honneur à elle car elle n'avait jamais rien eu contre ce Shloïmele et avait même souhaité s'allier à sa famille. Mais son cœur saignait pour son David, David l'érudit dans les domaines tant laïque que religieux, qui devait sur ses vieux jours travailler comme bedeau dans une synagogue, et qui plus est, sous l'autorité de Salomon Bourak. Elle pleura.

« En est-on vraiment arrivé là, David ? »

Il ne voulait pas la voir pleurer.

« Nous devons au contraire nous réjouir, dit-il, rendre grâce à Dieu à chaque instant de nous avoir sauvés des mains des méchants et conduits jusqu'ici.

— Ce dont je me soucie, ce n'est pas de mon honneur mais du tien, David, se justifia-t-elle.

— Que ce soit là le prix à payer pour mes péchés, répondit humblement David Karnovski, pour l'affront que j'ai fait subir à reb Shloïmele, pour mon arrogance envers les gens, pour le culte de la vanité auquel j'ai sottement sacrifié pendant tant d'années. »

Léa ne reconnaissait pas son mari. Jamais de sa vie elle ne l'avait entendu exprimer des remords avec tant de piété et d'humilité.

36

Telle une chaussure neuve qui, pour l'un, est un vrai plaisir car son pied apprécie fort d'être chaussé de neuf dans un beau soulier, sera pour l'autre une torture parce qu'elle le serre, le comprime, le gêne, et qu'il éprouve un grand soulagement à la retirer et à remettre le pied dans son vieux godillot percé mais tellement confortable — ainsi se présentait pour les membres de la famille Karnovski le nouveau pays dans lequel il leur fallait trouver leur place.

Les plus âgés de la famille s'adaptèrent rapidement à leur nouvelle vie. Bien que David Karnovski eût dû, sur ses vieux jours, devenir bedeau et qu'il ne rapportât que quelques maigres dollars pour faire vivre sa famille, Léa ne s'était jamais sentie aussi heureuse que dans sa nouvelle patrie, même pas à la meilleure époque de la Oranienburgerstrasse, quand elle vivait dans les honneurs et l'opulence. Après de longues années d'isolement et de solitude dans la capitale allemande à laquelle, après son Melnitz natal, elle n'avait jamais réussi à s'habituer, ici, elle vivait à nouveau une vie chaleureuse qui la comblait. Très vite, elle fit la connaissance des femmes juives de sa rue, surtout celles originaires de Grande Pologne qu'elle reconnaissait à leur yiddish un peu chantant. Elle ne prenait pas l'air offusqué comme les autres « d'en face » quand ses voisines l'interrogeaient sur ce qui se passait de l'autre côté où l'on persécutait les Juifs. Au contraire, elle parlait sans détour du sort des Juifs, était reconnaissante envers les femmes qui lui témoignaient de l'amitié et écoutait volontiers leurs conseils sur la meilleure façon de s'américaniser. Les femmes identifiaient sur-le-champ Léa comme l'une des leurs, quelqu'un de proche, et elles l'aimaient tout autant que Léa les aimait. À nouveau, elle pouvait parler librement son yiddish de Melnitz. À nouveau elle pouvait discuter avec des femmes comme elle sans crainte de faire des fautes ou de dire des sottises, crainte qui l'avait fait trembler pendant des années dans la capitale allemande, à chacune de ses rencontres avec les dames de la Nouvelle Synagogue. À nouveau, elle pouvait prendre le premier enfant venu sur ses genoux, le couvrir de baisers et le cajoler autant que le cœur lui en disait. Les jeunes mamans n'en étaient que ravies. Elle eut vite fait de saisir les nouveaux mots étrangers dont les femmes parsemaient leur langue maternelle. Elle s'habitua aussi rapidement aux bouchers, poissonniers, épiciers et aux boulangers juifs, tous lui étaient familiers, elle connaissait leur façon de parler et de commercer, de proposer un prix et de le rabattre et chacun de leurs faits et gestes. Elle les comprenait aussi bien qu'eux la comprenaient. Il ne lui fallut pas longtemps pour retrouver ses compatriotes de Melnitz. Ils étaient plus nombreux ici, dans cette nouvelle patrie, qu'à Melnitz même. Ils étaient dispersés partout, à Bronxville et dans le Bronx, à proximité de l'East River et de l'Hudson. Léa était ravie de rencontrer des gens de sa ville. Ils savaient qu'elle était la fille de Leib Milner. Elle aussi savait qui ils étaient. Sans un mot d'anglais, au moyen de sa seule langue de Melnitz, elle se faisait expliquer comment se rendre chez eux, à quel arrêt descendre. À nouveau, elle vivait avec ceux de chez elle, demandait des nouvelles des gens de connaissance, certains lui passaient le bonjour, elle en saluait d'autres. De temps en temps, elle faisait un petit saut chez son frère Hatskl qu'on appelait ici Harry. Bien que débordé, perpétuellement occupé à construire ou à démolir des bâtiments, à acheter et à revendre des terrains, il était toujours content de voir sa sœur et l'emmenait faire un tour dans sa vieille voiture encombrée de toutes sortes d'instruments de mesure, de boulons et de pots de peinture. Comme toujours, il se montrait fier de sa ville de New York et des maisons qu'il avait bâties.

« Une sacrée petite ville, New York, hein, Laïeche ! »

De temps à autre, Salomon Bourak et Ita venaient chercher Léa dans leur voiture neuve pour la ramener chez eux : c'était quand Ita avait préparé des pâtes au bouillon de poisson, une spécialité de Melnitz que Léa appréciait tout particulièrement. Une seule chose manquait à son bonheur, avoir sa fille auprès d'elle. Quand elle pensait à Rébecca, cette jeune idiote qui n'avait pas voulu partir avec ses parents à cause de son violoneux, les délicieuses nouilles au bouillon de poisson servies à la table de Ita Bourak n'avaient plus aucun goût.

Autant Léa était à l'aise pour toutes ses activités féminines dans son nouveau pays, autant David Karnovski se sentait chez lui pour s'adonner à ses occupations d'érudit. Dans le temps libre que lui laissait sa fonction de bedeau de la synagogue « allemande », il fréquentait assidûment les synagogues traditionnelles, les académies talmudiques où l'on étudiait conjointement la Torah et la sagesse. De même que Léa avait trouvé une langue commune avec les femmes, David Karnovski avait trouvé un langage commun avec les talmudistes et les savants, les rabbins et les professeurs des séminaires, avec lesquels il menait des discussions, truffant ses propos de citations des Textes et des grands auteurs. Et de même que Léa n'avait qu'une envie, faire venir Rébecca et ses enfants, David Karnovski brûlait d'envie de faire venir reb Efroïm Walder avec ses vieux livres et ses manuscrits.

« Juifs, des trésors sont en train de disparaître, répétait-il avec fougue chaque fois qu'il rencontrait des érudits, des maskilim, un talmudiste de génie se meurt au milieu des méchants. »

Pour les jeunes Karnovski, s'intégrer dans leur nouveau pays ne fut pas aussi facile.

Après les premiers jours passés à faire des visites, rencontrer des parents, se rendre à des invitations et voir des connaissances « d'en face », des journées pesantes, interminables se succédaient dans l'appartement du docteur Karnovski, à l'ouest de la ville, des journées grises, monotones et d'autant plus pénibles qu'elles venaient après des jours de réjouissance. La ville leur était étrangère, elle le leur criait du haut de tous ses murs, le leur susurrait à travers toutes les portes et fenêtres de leur appartement exigu et encombré. La première chose à laquelle les Karnovski n'arrivaient pas à s'accoutumer, c'était le bruit. Leurs oreilles, habituées depuis des années au calme de la maison de Grünewald, étaient particulièrement sensibles au vrombissement des automobiles, à chaque coup de klaxon, chaque crissement de freins brusquement sollicités. Mais le pire, c'était le martèlement incessant des patins à roulettes des enfants filant le long des trottoirs. Ils n'arrêtaient pas de patiner, de jouer au ballon, de se poursuivre et de crier à tue-tête.

Le soir, quand enfin ils se taisaient, les radios se mettaient à hurler derrière chaque fenêtre. Les discours pleins de pathos des politiciens, les paroles doucereuses des annonceurs publicitaires vantant leurs bonnes affaires, la musique de jazz, les rires des comiques et de leur claque, les voix de prophètes religieux appelant à Dieu et au respect de ses commandements, les comptes rendus bruyants et chaotiques des combats de boxe et des matchs du jour, tout cela s'entremêlait dans un brouhaha qui traversait portes et fenêtres. Teresa avait perpétuellement mal à la tête. Elle ne savait pas comment échapper à ce vacarme permanent. Elle ne savait pas plus comment échapper à l'exiguïté de son nouvel appartement.

Pourtant, avant leur départ, son mari l'avait prévenue de ne pas emporter tant de choses. Elle ne l'avait pas écouté. Accoutumée depuis son enfance à tout garder, élevée par une mère, bonne maîtresse de maison, dans l'idée que n'importe quel bout de chiffon pouvait un jour ou l'autre s'avérer utile dans un ménage, ayant pris l'habitude dans ses années de prospérité d'acheter plus que nécessaire, d'avoir des armoires et des commodes pleines de vêtements, de linge et de colifichets, elle ne pouvait à aucun prix se séparer de ses affaires. La moindre bricole était chère à son cœur, elle y était très attachée. Elle n'avait pas non plus trouvé le courage d'abandonner son mobilier, ses précieux meubles sculptés dont chacun avait coûté une fortune. Pour une fois, elle, toujours si soumise à son mari n'avait pas écouté ses recommandations de laisser ce qu'il appelait son « bric-à-brac ». Ses mains se refusaient à jeter quoi que ce fût. En cachette, elle en emballait sans cesse un peu plus. Elle avait emporté des porcelaines, des cristaux, des tapis, du linge, des meubles, des vieux vêtements depuis longtemps démodés, tout ce qui s'était accumulé depuis son mariage, tout au long de ces années de prospérité. Le transport, les droits de douane et autres leur avaient coûté les yeux de la tête. À présent, tout cela n'avait aucune valeur. Et le pire, c'est que ça prenait tant de place qu'ils n'avaient plus où se mettre. En outre, Teresa devait tout nettoyer, astiquer, épousseter, ça lui demandait des journées de travail.

De plus, les instruments et les machines du docteur Karnovski occupaient la moitié de l'appartement. Quand il avait vendu sa clinique, il avait gardé pour lui pas mal de matériel, toutes sortes d'appareils électriques, pour la radiographie, la radiothérapie, et une multitude d'instruments chirurgicaux. Bien qu'ils fussent dans cette maison le seul espoir, pour le jour où, le temps venu, le docteur Karnovski pourrait recommencer à les utiliser, en attendant, leur inutilité et le passé qu'ils évoquaient faisaient planer dans l'appartement une impression de vide et de tristesse, comme des objets ayant appartenu à un défunt. On avait beau les nettoyer, une légère couche de poussière ternissait leur brillant. Teresa éprouvait une nostalgie lancinante chaque fois qu'ils dardaient sur elle leur éclat glacé.

La rue aussi l'oppressait, la langue étrangère, les moindres petites choses. Elle était persuadée qu'elle ne se retrouverait jamais dans ces rues, qu'elle ne comprendrait jamais cette langue étrange, précipitée et nasillarde. Même l'église dans laquelle, en allant faire ses courses, elle s'arrêtait un moment pour s'agenouiller et prier dans sa solitude lui était étrangère, elle ne s'y sentait pas à l'aise. Les services religieux dans une autre langue n'avaient aucune saveur. Se pouvait-il que Dieu agréât des prières aussi incompréhensibles ? C'est le cœur lourd qu'elle sortait de l'église, reprenait le panier qu'elle avait laissé dans un coin et partait acheter de quoi nourrir les siens. C'est le cœur encore plus lourd qu'elle sortait les billets verts de son sac à main. La famille vivait sur ses réserves, le peu d'argent qui était resté de l'ancienne fortune. C'est avec des mains tremblantes que Teresa sortait les dollars de son sac, ses doigts palpaient à plusieurs reprises chaque billet un à un avant de les remettre aux commerçants expéditifs et indifférents. Elle n'arrivait pas à s'habituer aux mains négligentes des commerçants qui comptaient l'argent vite fait, jetaient vite fait la marchandise sur la balance et la retiraient tout aussi prestement. Elle ne supportait pas non plus la négligence et le gaspillage des femmes qui achetaient sans hésiter des quantités énormes de produits alimentaires ou autres et qui mettaient à la poubelle avec autant de facilité des objets qui avaient encore de la valeur, de la nourriture, des vieilles chaussures et même des meubles. Sans cesse elle économisait, elle réparait. Elle ne laissait pas une lampe allumée inutilement ne fût-ce qu'un instant. Elle lavait elle-même le linge pour gagner un dollar. Elle ne se permettait pas de porter ses bas à la maison. Elle passait son temps à repriser, à coudre et à faire le ménage. Mais elle avait beau épargner, nourrir sa famille avec très peu, les dollars filaient quand même. L'air humble, la tête baissée, elle s'approchait de son mari et lui demandait l'argent de la semaine comme si elle se sentait coupable devant lui d'écorner leurs économies.

« J'ai honte de l'avouer mais j'ai encore besoin d'argent pour la maison, disait-elle en soupirant, tu n'es pas fâché contre moi, Georg ?

— Quelle idée, fillette », répondait en souriant le docteur Karnovski, et elle recevait en même temps que l'argent, des marques de tendresse.

Lui aussi, comme Teresa, se sentait oppressé par l'exiguïté de l'appartement, le vacarme de la rue, et plus que tout, par la vue de ses instruments médicaux qui reposaient superflus, tels des corps morts. En les nettoyant, les astiquant, les affûtant, surtout le bistouri qui lui avait valu tant de gloire et de prospérité, il était pris d'un regret si lancinant, d'une telle envie d'inciser et de soigner qu'il s'en fallait de peu que son cœur n'éclatât de chagrin. Le désœuvrement faisait naître en lui un sentiment d'abattement. Mais le docteur Karnovski luttait contre ce sentiment, chassait comme à coups de fouet la mélancolie qui l'envahissait. Parmi le peu qu'il avait sauvé de là-bas, il avait rapporté un principe : perdre de l'argent, c'est ne rien perdre, perdre courage, c'est tout perdre. Il faisait donc l'impossible pour ne pas perdre courage. Il fuyait la maison pour éviter de respirer l'odeur de naphtaline et de friperie et pour ne pas avoir sous les yeux ses instruments obsolètes.

Lui qui de l'autre côté avait toujours fréquenté les cafés en habitué qui depuis de longues années, même surchargé de travail, passait un moment chaque jour dans un café, fumer, bavarder avec des connaissances, il n'avait pas envie, ici, d'aller au Vieux Berlin. Pourtant il y était bien connu, chacun savait qui il était de l'autre côté et l'accueillait avec un grand « Bonjour docteur » et tous les honneurs, mais il évitait cependant l'endroit. C'est que là, au Vieux Berlin, on vivait toujours à l'heure « d'en face », on se rappelait le bon vieux temps, on se lamentait d'être si perdu dans ce nouveau pays, on ressassait pour la millième fois le passé : la richesse, le bien-être, la gloire et les distractions que l'on avait là-bas, quand tout allait encore bien, que tout encore était beau et en ordre.

« Rappelez-vous, Herr Doctor », disaient les nostalgiques au docteur Karnovski.

Le docteur Karnovski ne voulait pas se rappeler le passé. Il avait immédiatement compris la grande ville dans laquelle il venait de débarquer, cette ville libre mais dure comme la pierre où on avait besoin de beaucoup de force pour tracer son chemin, de force et de courage. Il faisait donc tout ce qu'il pouvait afin d'accumuler les forces nécessaires pour la saisir et la dominer.

Le matin, aussitôt levé, il avalait quelque chose et partait marcher. Longeant à grands pas fermes la berge de l'Hudson, fendant le vent qui soufflait de la rive opposée couverte de collines et de forêts, il s'aérait, se débarrassait des odeurs de la maison, relents de literie, de naphtaline et de vieilleries, de mélancolie et de doutes. Il se promenait désormais tous les jours, mais il restait sensible à la bonté de cette terre où l'on pouvait redresser bien haut sa tête brune. La plage où il se rendait souvent lui procurait encore plus de satisfaction que ses promenades. Ces derniers temps, le plus dur pour lui de l'autre côté avait été de ne plus pouvoir nager à Wannsee. Depuis des années, c'était son grand plaisir, ce qui le revigorait et le rafraîchissait. À présent, il rattrapait le temps perdu. Il n'était jamais fatigué de se bronzer au soleil, d'exercer son corps à la culture physique, de nager et de faire des fantaisies dans l'eau. Allongé sur le sable de la plage, s'imprégnant des odeurs de soleil, d'eau, de poissons et d'algues qui s'enroulaient autour des rochers, déterrant des moules, des coques, il percevait en lui une légèreté, une vigueur extraordinaires, il se sentait rajeunir. Avec une régularité de métronome, les vagues frappaient le rivage, rejetant des débris de bois chevelus, des détritus et des ordures en provenance des bateaux. Elles recrachaient en même temps que des petits poissons argentés, toutes sortes de crabes et de méduses. Avec un plaisir de gamin, Karnovski retirait les petits bêtes de leurs coquilles nacrées, écrasait entre ses doigts une petite méduse blanche, froide et lisse qui, bien que n'ayant ni couleur ni forme et ne bougeant même pas, vivait cependant sa vie froide et visqueuse. Une formidable envie de vivre le saisissait tandis qu'il s'affairait avec la bestiole gélatineuse, ancêtre de tout ce qui est vivant et a réussi à survivre. Plein de forces neuves et d'appétit, il débarquait parfois chez oncle Harry et dévorait tout ce que tante Rosa mettait sur la table. Le bel appétit du docteur la ravissait, elle aimait les gens qui mangeaient sans se faire prier. Tout comme sa mère se réjouissait de le voir manger, sa cousine Etel se réjouissait de le voir si frais, bronzé et exhalant les senteurs de soleil, de vent et d'eau dont il était imprégné. Ils allaient souvent ensemble à la mer, rivalisaient à la nage, à la course. Dans ces jeux de plage, il n'était pas en reste sur sa jeune et robuste cousine.

Avec le même enthousiasme juvénile qu'il déployait pour la marche et la natation, il préparait ses examens et étudiait la langue du pays dans lequel il lui faudrait pratiquer.

Comme dans son enfance au lycée Princesse-Sophie mais avec plus de motivation, il était assis sur son banc d'école et ses yeux noirs grands ouverts suivaient chacun des mots que la maîtresse, Miss Doolittle, écrivait à la craie sur le tableau. Tel un jeune écolier, il levait la main chaque fois que Miss Doolittle posait une question à la classe et qu'il connaissait la réponse.

Ça l'amusait de constater qu'il était le meilleur, le « premier » de la classe, au milieu de grosses femmes somnolentes, que Miss Doolittle était enchantée de sa bonne tête, et de voir le sérieux extraordinaire avec lequel elle inscrivait ses bonnes notes d'une écriture pleine de fioritures. Mais ce qu'il trouvait le plus drôle, c'était que Miss Doolittle rougissait chaque fois qu'elle notait ses appréciations flatteuses dans son cahier.

C'était une vieille fille montée en graine, osseuse, desséchée, avec un cou étiré dont la peau laissait transparaître de grosses veines bleues très mobiles, un échalas à la poitrine plate, sans aucun signe de féminité. Avec une bouche qui découvrait les dents du haut, longues et inclinées, et aussi les gencives, et des cheveux raides, couleur sable, sévèrement tirés et resserrés en un petit chignon tels que les femmes n'en portaient plus guère, Miss Doolittle faisait tout son possible afin d'être dans sa classe pour adultes uniquement une enseignante et en aucun cas une femme. Mais ça ne lui était plus possible depuis l'arrivée du docteur Karnovski, ce grand et bel homme au teint mat.

Habituellement raide, tirée à quatre épingles et affublée d'une coiffure stricte, dénuée de toute coquetterie féminine, elle s'était mise à se faire belle depuis que le docteur étranger était devenu son élève. Elle changeait souvent de chemisier, se vernissait les ongles, mettait même une broche à l'échancrure de son corsage dont elle laissait à présent un bouton de plus ouvert et maquillait discrètement ses lèvres minces. Ses longues joues, tendues sur des pommettes saillantes, rougissaient comme autrefois, quand elle était toute jeune. Malgré ses efforts pour cacher son trouble, il n'échappait pas aux yeux noirs et perçants du docteur Karnovski. Sa fréquentation des femmes et sa longue pratique médicale avaient fait de lui un connaisseur du sexe féminin. Miss Doolittle voyait à ses yeux moqueurs qu'on ne pouvait pas le tromper, qu'il la perçait à jour, et c'est pourquoi être près de lui la rendait encore plus mal à l'aise. Sa poitrine aussi plate que celle d'un homme maigre se mettait à haleter chaque fois qu'il la regardait. Mais en même temps que son malaise, elle ressentait au fond du cœur un doux tiraillement qu'elle n'avait plus ressenti depuis des années dans sa solitude de vieille fille. Elle le faisait venir au tableau à seule fin d'être près de lui. Elle lui demandait de lire ses compositions d'écolier devant la classe pour le seul plaisir d'entendre sa voix.

L'institutrice vieillie et desséchée, dotée de longues dents, n'intéressait pas le moins du monde le docteur Karnovski, lui qui, pour avoir tant de fois rencontré ce type de femmes hommasses au cours de sa carrière, devinait dans les moindres détails son corps fané de vieille fille sous ses robes et corsages dont elle changeait maintenant si souvent, et pourtant ça l'amusait de la voir amoureuse, il trouvait cela drôle.

Souvent, tandis qu'il était assis sur son banc d'écolier à rabâcher les mots étrangers, il sentait la tristesse l'envahir. Après avoir passé des années au front, réussi une carrière médicale, après les succès et la gloire, se retrouver assis comme un petit garçon sur un banc d'école à répéter ses leçons avait quelque chose de douloureux, d'absurde, d'humiliant.

Mais il chassait ces idées sombres aussi vite qu'elles lui venaient. Il partait en guerre contre lui-même : surtout ne pas céder, ne pas se laisser aller. C'est précisément ce qu'ils auraient souhaité, ses ennemis, l'écraser, le briser, le pousser au désespoir, au renoncement. Mais il ne leur ferait pas ce plaisir.

« Ne fais pas cette tête, ma petite Teresa, disait-il pour consoler sa femme en lui relevant le menton, le bon temps reviendra. Attends seulement que je passe mes examens et que je me remette à pratiquer. »

Comme lorsqu'ils étaient jeunes, il l'asseyait sur ses genoux et passait un doigt sur sa tête.

« C'est à cause de moi que tu souffres, fillette », lui disait-il.

Teresa devenait écarlate jusqu'à la racine des cheveux et répondait indignée :

« Ciel, comment peux-tu dire une chose pareille ? »

Bien qu'heureuse d'être câlinée, elle ne se permettait pas de rester assise à se prélasser sur les genoux de son mari. Le travail à faire l'empêchait de tenir en place. C'est de force que le docteur Karnovski l'arrachait au ménage pour l'emmener se promener ou voir un film.

« Fais ce que je te dis, tête de goy », ordonnait-il en la prenant par le bras.

C'était assez pour qu'elle oublie tous ses soucis, sa solitude et son isolement. C'est ainsi qu'il l'appelait dans les premiers temps de leur amour et elle était heureuse de s'entendre à nouveau appeler comme cela après tant d'années. Malgré toute sa solitude, son isolement, perdue qu'elle était en pays d'étranger, malgré le travail, la nécessité de compter chaque sou, elle avait regagné ici une chose qu'elle n'avait plus « en face » : l'amour de Georg. Même si elle ne s'en était pas plainte, elle avait souffert de l'autre côté de l'océan depuis que son mari était devenu un grand médecin, une célébrité. Dès qu'il s'en allait, elle était inquiète. Elle était jalouse de toutes les femmes qu'il rencontrait, de toutes les patientes qui venaient le consulter. Ses nuits étaient sans sommeil, une interminable souffrance. Elle se sentait humiliée, certaine d'être la risée de toutes les femmes que son mari fréquentait, de toutes les infirmières de la clinique. Maintenant à nouveau, après des années, elle était tranquille. À nouveau, son mari allait se promener avec elle, lui tenait la main lorsqu'ils étaient au théâtre, l'appelait ma petite Teresa, femme stupide, tête de goy. C'était une compensation à ses soucis, sa solitude et son isolement et même à ses incessantes migraines. Le travail ne lui pesait pas quand elle savait Georg assis dans la pièce voisine à réviser ses cours.

Le docteur Karnovski avait parfois tenté de l'aider dans les tâches ménagères comme cela se faisait dans ce pays. Teresa ne le laissait pas lever le petit doigt. Elle était restée cette Berlinoise pour laquelle le mari est le seigneur et maître et ne doit pas s'abaisser à accomplir des besognes de femme. Elle lui nettoyait ses chaussures, brossait ses vêtements, l'aidait à mettre et à retirer son manteau lorsqu'il partait ou revenait. À présent, elle chantait même quand son mari quittait la maison, ce qu'elle n'avait plus fait depuis des années, tout heureuse du baiser qu'il lui avait donné, non par devoir comme avant, mais par pure tendresse.

Progressivement, un peu plus chaque jour, elle s'habituait à la ville, reconnaissait les rues, se familiarisait avec la langue, saisissait les mots prononcés, s'accoutumait au mode de vie et commençait même à voir le bon côté des choses dont elle n'avait vu, durant les premières semaines, que les défauts.

Quant au plus jeune de la famille Karnovski, Georg Joachim — Jegor pour les proches — il ne pouvait en aucune façon s'adapter à son nouveau pays.

37

Tout comme l'individu qui après avoir été mordu par un chien enragé meurt de soif mais, paralysé par sa phobie de l'eau, redoute d'en avaler une gorgée et se laisse dépérir, Jegor mourait d'envie de rencontrer des gens, mais tous lui faisaient peur ; depuis le jour où on lui avait infligé un tel affront, il s'abîmait dans la solitude et l'isolement.

Conscient de cette peur, le docteur Karnovski faisait tout ce qu'il pouvait pour mettre le garçon en contact avec les autres. En médecin expérimenté, il savait que l'on peut souvent guérir des malades gravement atteints en leur injectant dans le corps les bacilles qui ont infecté leur sang, et il tentait de soigner son fils précisément au moyen de ce qui lui faisait peur. Avec l'entêtement des Karnovski, il essayait de le plonger de force dans sa nouvelle vie. Avec l'entêtement des Karnovski, Jegor résistait à son père et se cachait dans son coin, telle une taupe sous la terre.

Durant les premiers jours, le docteur Karnovski avait usé de la méthode douce. Comme on administre un médicament à un petit malade têtu pour qu'il se rétablisse, il s'était donné un mal fou pour que le garçon se sente à l'aise dans son nouveau pays, prenne goût à sa nouvelle vie. Il lui proposait toutes sortes de distractions, l'emmenait se promener dans les parcs, voir les belles avenues et les rivages pittoresques, afin de lui montrer les beaux côtés de la ville et lui faire adopter sa nouvelle patrie. Dès le matin, il le réveillait dans l'espoir de le sortir du lit pour lequel Jegor avait un faible et lui proposait de l'accompagner dans ses promenades, de partir avec lui au bord de la mer. Jegor se retournait vers le mur et remontait la couverture par-dessus sa tête.

« Espèce de marmotte, le soleil brille dehors, disait le docteur Karnovski pour stimuler son fils.

— Qu'est-ce que j'en ai à faire du soleil ? J'ai envie de dormir, répondait Jegor caché sous sa couverture.

— On louera une barque, Jegor, on va canoter. »

Ça le faisait réfléchir un instant. Il avait toujours adoré faire du bateau. Mais le plaisir de s'opposer à son père, le responsable de tous ses malheurs, était plus fort que l'envie de canoter et il repoussait la proposition.

« Je n'ai pas fermé l'œil de la nuit à cause du vacarme de cette maudite ville, marmonnait-il, laisse-moi dormir. »

C'est justement parce que son père se donnait tant de mal pour lui chanter les louanges de la ville, en passer en revue tous les bons côtés, son immensité, sa beauté, la liberté qui y régnait, que Jegor ne l'appelait pas autrement que maudite et en disait pis que pendre.

Il supportait moins bien encore que ses parents le bruit et l'agitation de la ville, l'inconfort et l'exiguïté de leur nouvel appartement, la pauvreté. Au lieu d'essayer de s'habituer à cette nouvelle vie, il n'avait que colère et mépris pour elle. Plus il se laissait aller à la colère, plus la vie lui semblait insupportable, fastidieuse. Sa tête surexcitée était sensible au moindre bruit dans la nuit, au moindre murmure ou mouvement. Une voiture qui passait l'arrachait du plus profond sommeil. Cherchant à qui s'en prendre, il faisait irruption au milieu de la nuit dans la chambre de ses parents et déchargeait sa bile contre la ville dans laquelle ils l'avaient traîné.

« Enfer et damnation, maudite ville ! Je vais devenir fou dans cette sacrée ville ! »

Le docteur Karnovski tentait de le calmer en faisant appel à la raison.

« Écoute, mon garçon, la ville ne va pas s'adapter à toi, c'est toi qui dois t'adapter à elle. Tâche de comprendre, d'être logique. »

Jegor ne voulait pas être logique. Rien ne l'exaspérait comme de voir son père en référer à la logique. C'est précisément parce qu'il n'avait rien à répondre aux discours logiques de son père qu'il en était si irrité.

« Toi, avec ta sempiternelle logique », bougonnait-il.

Constatant que la logique paternelle n'était d'aucune utilité, Teresa tentait de prendre son fils par la douceur. Elle le suppliait :

« Allons, sois raisonnable, mon enfant, ce n'est pas de gaieté de cœur que nous sommes venus ici. Tu le sais très bien.

— Je ne veux pas être raisonnable », répondait Jegor furibond.

Il ne s'endormait que tard dans la nuit et dormait ensuite une bonne partie de la matinée, souvent jusqu'à midi. Non seulement il se levait à des heures impossibles, mais il traînait ensuite des journées entières en pyjama, les cheveux en bataille, et de mauvaise humeur, comme toujours quand on se lève tard. Comme il l'avait fait de l'autre côté, il passait son temps collé au poste de radio et essayait de capter des nouvelles « d'en face ». Il ne comprenait rien à la nouvelle langue qu'il avait si consciencieusement étudiée avant de venir et qu'il croyait connaître, aussi ne voulait-il pas entendre un seul mot de ce que racontaient les speakers, les chanteurs, les comiques et les journalistes qui tous autant qu'ils étaient n'avaient qu'un seul but, l'énerver avec leurs cris et leurs rires incompréhensibles. Il restait des heures entières à bricoler et tourner les boutons jusqu'à ce qu'il tombe sur quelque chose « d'en face ». Ça au moins, c'était familier, compréhensible, ça lui parlait. Tout comme à la nouvelle langue, il essayait d'échapper à la rue et aux garçons et filles qui l'emplissaient de leurs jeux et de leurs braillements. Il pouvait passer des heures près de la fenêtre à les regarder jouer, courir, se poursuivre, mais il avait peur de descendre les rejoindre. Sa mère ne supportait pas de le voir assis seul à la fenêtre et elle le suppliait d'aller jouer avec les autres. Il ne l'écoutait pas. Son père lui démontrait qu'il n'avait pas à avoir peur des garçons de la rue, parce qu'ici, les garçons n'étaient pas comme ceux « en face ». Ça l'exaspérait.

« Peur ? Qui a peur ? hurlait-il pour étouffer les paroles de son père qui avait deviné juste. Je n'ai peur de personne. »

En vérité il avait peur. Il n'arrivait pas à déraciner cette ancienne terreur de se retrouver au milieu d'autres garçons, cette angoisse d'être ridiculisé et humilié. Chaque fois que quelqu'un riait, il se demandait si ce n'était pas de lui qu'on riait. La crainte d'une possible humiliation le remplissait par avance d'animosité vis-à-vis des gens susceptibles de l'humilier. Il voyait en chacun un ennemi, un persécuteur en puissance.

Constatant que par la douceur il ne parvenait pas à arracher Jegor au nid dans lequel il se barricadait, le docteur Karnovski tenta la fermeté. Il le contraignit à sortir de la maison pour aller se frotter à la rue. Jegor fut obligé de se soumettre. Mais il le fit à contrecœur, à pas retenus, tel un patineur débutant sur la glace. C'est précisément parce qu'il faisait très attention à son anglais pour trouver grâce auprès des garçons que sa langue fourcha dès les premiers mots qu'il essaya de prononcer. Les gamins de la rue comprenaient encore moins bien que les fils de l'oncle Harry son anglais à consonances germaniques, si respectueux de la grammaire et de plus, déformé par le bégaiement. Courant en tous sens, vêtus qui d'un sweater déchiré brodé d'un numéro dans le dos, qui d'une chemise sortie du pantalon, qui d'une blouse, parfois même à moitié nus, se pourchassant, criant, se jetant par terre et se bagarrant comme des sauvages, ils n'avaient ni le temps ni la patience d'écouter ce garçon hautain, tiré à quatre épingles qui tournicotait maladroitement autour d'eux. Ils lui crièrent d'attraper le ballon qui passait justement à sa portée.

« *Hell, catch the ball, cut it !* Zut, attrape le ballon, arrête-le ! »

Jegor n'aurait eu qu'une chose à faire : se jeter au sol, attraper le ballon et le renvoyer, cela aurait suffi pour qu'il fasse partie de la bande, mais il ne comprit pas les paroles rauques qu'il n'avait jamais rencontrées dans ses manuels d'anglais et il les pria de répéter à l'aide d'une formule toute faite que les manuels recommandent d'utiliser en de telles circonstances :

« *Beg your pardon, sir ?* » demanda-t-il avec un accent allemand très prononcé.

Ce « Je vous demande pardon », suivi d'un « sir » par-dessus le marché, provoqua chez les jeunes déchaînés un tel éclat de rire qu'ils en oublièrent leur ballon.

« Espèce de Katzenjammer[1], lui cria un plaisantin, l'affublant du nom d'un héros de bande dessinée, choucrrrroute... »

Jegor repartit chez lui à toutes jambes, complètement paniqué.

Ce qu'il redoutait tant venait d'arriver. On s'était moqué de lui, on l'avait ridiculisé aux yeux de tous, il évita dès lors de s'approcher des jeunes braillards agités aux sweaters numérotés. C'est avec envie qu'il observait leurs jeux, leurs rires, leur gaieté et leur rapidité à la course. Comme toujours, il travestissait son envie et sa peur en haine et en mépris. Il jubilait de voir l'un d'entre eux glisser et tomber ou bien rater le ballon.

Quand la rentrée scolaire fut proche et que le docteur Karnovski se mit à parler d'école, Jegor fut complètement terrorisé. Il redoutait plus que tout les murs d'école, les salles de classe, lieu où il avait été si cruellement humilié. Au seul mot d'école il tremblait de frayeur. Il perdait l'appétit un peu plus chaque jour. La nuit il dormait mal, criait dans son sommeil. Le matin de la rentrée, il eut une très forte fièvre. Teresa effrayée appela son mari. Le docteur Karnovski examina Jegor et vit qu'il ne jouait pas la comédie, il avait effectivement de la température. Mais il savait que ce n'était pas dû à une maladie mais à l'appréhension, à la peur, et il lui ordonna de s'habiller et d'y aller. Jegor regarda son père avec haine.

« Ça m'est égal, murmura-t-il, mais si je tombe malade, ce sera ta faute. »

Teresa inquiète des paroles de son fils leva sur son mari un regard suppliant. Le docteur Karnovski resta inflexible.

1. « The Katzenjammer Kids » : bande dessinée dont les héros sont des sales gosses.

Il faisait ingurgiter de force à son fils la potion amère, persuadé que cela lui apporterait la guérison et l'apaisement.

« Il s'habituera aux garçons, prédisait-il à Teresa, c'est ça qui le guérira. »

Comme l'avait prédit le docteur Karnovski la fièvre tomba, cependant Jegor ne s'habitua pas à l'école. On le mit dans une petite classe à cause des quelques années où il n'avait pas été scolarisé et parce qu'il maîtrisait mal la langue. Tout en longueur, bien plus grand que son âge, plus vieux que tous les autres qu'il dépassait d'une bonne tête, il avait honte de sa grande taille, de son retard et des regards stupéfaits des petits garçons qui le fixaient incrédules, lui, l'unique élève plus âgé et plus grand qu'eux. La première fois où le maître l'interrogea, il était si préoccupé par son accent qu'il s'appliqua à prononcer les mots le mieux et le plus distinctement possible. Mais plus il les prononçait distinctement, plus ils sonnaient de façon cocasse. On aurait vraiment dit la langue des acteurs comiques lorsqu'ils parlent anglais en imitant l'accent allemand. Incapable de se retenir, un premier élève éclata de rire. Puis tous les autres, garçons et filles, firent de même. Jegor devint si nerveux qu'il se mit à bégayer. Cela ne fit que renforcer le rire de la classe.

M. Barnett Levy, le professeur d'anglais, rétablit immédiatement le calme. Il tapa sur le bureau à plusieurs reprises avec son crayon, essuya ses verres de lunettes jusqu'à ce qu'ils soient d'une transparence étincelante et arrêta son cours d'anglais pour sermonner la classe de sa douce voix de baryton. Cette voix, c'était l'arme dont M. Barnett Levy usait en toutes circonstances. De petite taille, rondouillard, avec d'épais verres de lunettes sur des yeux très noirs, des cheveux bruns et frisés et un nez juif trop gros et trop recourbé, il n'avait pas beaucoup d'atouts pour plaire à une classe dans ce méli-mélo d'élèves irlandais, juifs, allemands, italiens et noirs. Mais il lui suffisait d'ouvrir la bouche et de laisser filtrer quelques mots entre ses lèvres charnues pour que tous se mettent à l'écouter avec intérêt et attention. Sa voix caressante, douce comme le velours, était tout à fait inattendue chez ce petit bonhomme grassouillet et insignifiant. Grâce à cette voix, il paraissait même plus grand aux yeux des gens, plus important, plus beau. Au seul son de sa voix, les petites filles tombaient amoureuses de lui. M. Barnett Levy connaissait le pouvoir de sa voix dont il utilisa tous les charmes pour faire cesser les rires des garçons et des filles. Il les caressa de sa voix de velours.

« Du calme, du calme, du calme ! »

Le professeur Levy ne grondait pas, il lui suffisait de caresser. Au lieu de se fâcher contre les enfants qui s'étaient moqués d'un nouveau condisciple, il trouva préférable de décrire les causes qui avaient contraint le nouvel élève à quitter sa patrie dans laquelle il n'avait pas de difficultés avec une langue qui lui était familière, pour émigrer dans un pays inconnu, apprendre une nouvelle langue et se retrouver dans une classe de niveau inférieur. Les filles, plus encore que les garçons, furent touchées par le discours de leur professeur.

Satisfait d'avoir si bien calmé la classe, emporté par son propre discours, M. Barnett Levy regarda Jegor Karnovski bien en face à travers ses verres immaculés, fixant sur lui ses yeux noirs souriants afin de lui témoigner sa sympathie et sa compassion. Pour clore l'affaire sur un ton plus léger qui compenserait le sérieux de ses précédents propos, il dit à la classe en plaisantant que le nouvel élève, bien que son accent ne soit pas encore tout à fait américain, pourrait cependant avec le temps le perfectionner au point de devenir professeur d'anglais, comme lui-même, Barnett Levy, fils d'un tailleur juif immigré.

Il fit un clin d'œil à Jegor en signe de sympathie et de compréhension réciproque. Mais au lieu de lui répondre par le sourire reconnaissant que M. Barnett Levy attendait de lui pour l'avoir aussi bien défendu, le nouvel élève le regarda froidement du haut de sa grande taille.

« Je ne suis pas juif, sir », dit-il avec animosité au professeur qui voulait le faire passer pour un de ses coreligionnaires. Pendant tout le temps où le professeur avait parlé de lui devant la classe avec tant de compassion, Jegor Karnovski avait éprouvé pour lui, son défenseur, non pas de la reconnaissance mais du mépris mêlé à de la colère. Il n'avait jamais aimé ces individus bruns, crépus, courtauds, affublés de lunettes, qui portaient aussi ostensiblement leur appartenance raciale sur le visage et qui lui rappelaient qu'il était, lui aussi, un des leurs. Le professeur l'avait tout de suite fait penser aux caricatures « d'en face » qui représentaient ses pareils, des intellectuels à lunettes, frisés et dotés d'un grand nez. Lui, Georg Joachim, un Holbek du côté maternel, cela l'humiliait, le rabaissait, d'avoir ici, comme défenseur, ce frisé à lunettes portant le nom compromettant de Levy, nom dont « en face » on avait honte, et à juste titre. Le pire était que ce M. Levy l'avait présenté à la classe comme un Juif, un de ses semblables. Jegor ne voulait pas être un coreligionnaire de ce Levy crépu et binoclard. Il le lui avait donc déclaré publiquement afin qu'on le sache une bonne fois pour toutes.

Pendant un moment, M. Barnett Levy se sentit gêné d'avoir été ainsi ridiculisé devant la classe par ce grand élève plus âgé que ses camarades dont il avait pris la défense. Comme tout Juif qui flaire un autre Juif si loin qu'il se cache, il avait reconnu le Juif dans ce garçon. Mais sachant que la classe n'était pas un lieu propice à ce genre de discussion, il tourna le tout à la plaisanterie afin de faire oublier cette désagréable affaire.

« Nous laisserons cela aux spécialistes des problèmes raciaux d'outre-Atlantique, dit-il, ici, nous ne nous intéressons pas à ce genre de sciences. Reprenons notre cours. »

C'est alors que prit naissance une antipathie réciproque feutrée entre l'élève Jegor Karnovski et le professeur Barnett Levy.

Jegor reporta sur le professeur Levy, qui avait voulu prendre sa défense, toute la haine qu'il éprouvait pour les enseignants depuis que l'un d'entre eux l'avait si profondément humilié. Ce faisant, il espérait s'attirer les bonnes grâces de ses condisciples blonds aux yeux clairs dont il avait tant envie de se rapprocher mais qui, en même temps, lui faisaient peur. Jegor Karnovski divisait les élèves de l'école en deux catégories : la première à laquelle il aurait voulu appartenir comprenait les blonds aux yeux clairs dont il redoutait qu'ils ne l'humilient pour la part de judéité qu'il portait en lui, tout comme leurs semblables « d'en face » s'étaient moqués de lui et l'avaient humilié. La deuxième était composée des bruns aux yeux sombres dont il n'avait absolument pas peur mais qu'il méprisait, groupe auquel il refusait d'appartenir précisément parce qu'il sentait au fond de lui qu'il en était proche. Vis-à-vis des premiers, il éprouvait un grand sentiment d'infériorité, vis-à-vis des autres, il était plein de morgue. Les écoliers sentaient en lui ces deux choses, et la peur et la morgue. Absorbés par leurs jeux pendant les récréations, joyeux, agiles et bruyants, décontractés, tous mélangés, ils s'envoyaient souvent leur nationalité à la figure, se traitaient de « rital », « youpin », « négro », mais ils oubliaient tout cela dès qu'ils attrapaient le ballon, couraient, se poursuivaient et ils ne s'en voulaient pas le moins du monde après coup. L'assurance et la réserve qu'affichait le nouvel élève, son sentiment d'infériorité mêlé d'orgueil, sa timidité et sa fierté, son mépris de soi mais aussi des autres, introduisaient de l'amertume, de la gêne, de l'embarras dans leur insouciance coutumière, et ils fuyaient ce grand élève plus malin que les autres à l'accent si comique.

Voyant les réticences de ses camarades de classe à son égard, Jegor tentait de se venger d'eux en dénigrant leur pays et en glorifiant celui d'où il venait. Tout en sachant qu'il mentait, il portait aux nues tous les gens de là-bas, les soldats et les policiers, les marins et les champions de sport auxquels ceux d'ici ne pouvaient même pas se comparer. Comme il avait peur de participer aux jeux et aux courses, domaines dans lesquels, depuis son enfance, il n'avait jamais brillé, il disait ne pas vouloir jouer parce que les jeux d'ici ne valaient pas un maudit pfennig et qu'il ne tenait pas à se ridiculiser. Les garçons blessés par ces remarques lui proposaient de se battre, histoire de voir qui cognait le mieux, l'Amérique ou l'Europe. Jegor ne relevait pas le défi et les autres le traitaient de trouillard et de vantard. Alors, il feignait souvent d'être malade, arrivait en retard pour ne pas voir le professeur Barnett Levy et éviter les joyeux garçons et filles qui ne pensaient qu'à s'amuser. Pour faire enrager le professeur Levy, il ne s'appliquait pas le moins du monde à ses cours et ne faisait pas ses devoirs à la maison. Le docteur Karnovski n'était pas dupe des prétendues indispositions de son fils et le lui faisait savoir. Jegor lui en voulait à mort de si bien lire dans son jeu. Il ne pouvait rien cacher à son père dont le regard noir et aigu le transperçait de part en part. Jegor redoutait les yeux noirs des Karnovski et les détestait. Moins encore que ceux de son père, il ne pouvait supporter les yeux noirs et perçants de son grand-père, David Karnovski, quand il venait leur rendre visite.

Ici bien plus que de l'autre côté, David Karnovski s'était plongé dans le judaïsme. Le petit bouc en pointe qu'il portait là-bas s'était transformé en une barbe impressionnante. À présent, il s'exprimait plus souvent en yiddish qu'en allemand et truffait ses discours de mots hébreux. Il évoquait à tout propos la religion, les synagogues, le respect du shabbat et autres choses du même genre. En plus, il s'était mis tout à coup à parler en psalmodiant « à la juive » et à ressembler à un Juif de la Dragonerstrasse, ce qui faisait bouillir Jegor de colère et d'indignation. Plus encore que son grand-père, sa grand-mère Karnovski apportait la Dragonerstrasse avec elle dans la maison. Elle mettait son nez dans les casseroles, parlait de viande casher et se laissait aller à utiliser si naturellement la langue de Melnitz qu'on n'y comprenait plus rien. Le pire, c'est qu'ils n'arrêtaient pas de l'interroger sur ses résultats scolaires.

« Eh bien, mon garçon, tu étudies ? demandait David Karnovski.

— Non », répondait Jegor cassant.

David Karnovski en restait figé sur son siège.

« C'est très mal ! Comme l'a dit le grand savant et penseur Rabbi Elisha ben Abouya, étudier dans sa jeunesse, c'est écrire à l'encre sur du papier neuf. Étudier dans sa vieillesse, c'est écrire à l'encre sur du papier poreux, ça ne reste pas.

« — Je n'en ai fichtrement rien à faire de ce qu'a dit ce rabbin », rétorquait Jegor encore plus sèchement afin que le vieil homme en soit mortifié et ne vienne plus l'embêter avec ses rabbis.

David Karnovski était hors de lui et prédisait à son petit-fils que s'il continuait dans cette voie, s'il refusait d'étudier et de se conduire correctement, il n'irait pas loin dans la vie. Il devait se ressaisir avant qu'il ne soit trop tard pour devenir quelqu'un de bien, un homme respectable comme son père et comme tous les Karnovski.

« Ça ne m'intéresse pas », répondait Jegor, affichant son dédain pour la famille Karnovski qu'on lui donnait en exemple.

Léa faisait sortir son mari de la chambre de Jegor avant qu'il ne perde patience. Par la douceur, avec la tendresse et les cajoleries d'une grand-mère, elle essayait de calmer son petit-fils surexcité. Tout en le menaçant d'un doigt parce qu'il ne se conduisait pas bien avec son grand-père, elle lui donnait les bons petits gâteaux au pavot bien sucrés qu'elle avait elle-même préparés.

« Mange, mon enfant, et que Dieu te bénisse », lui disait-elle.

Jegor ne voulait ni de ses sucreries ni de ses câlineries. Il ne voulait pas plus des camarades qu'elle lui dénichait pour qu'il ne soit plus aussi seul dans son nouveau pays.

Tout autant que Georg et Teresa, Léa Karnovski se faisait du souci pour Jegor qu'elle voyait si solitaire et renfermé, et elle s'efforçait de lui trouver des camarades, des garçons de son âge, venus eux aussi de là-bas qui lui seraient proches et avec lesquels il se sentirait à l'aise. Elle avait trouvé ce qui se faisait de mieux en la personne de Markus Zielonek, le fils de Jonas et Ruth Zielonek et petit-fils de Salomon Bourak.

Doux, affable et sentimental à l'image de sa mère, ce Markus qui faisait la fierté de sa famille, était à dix-sept ans un élève zélé, le meilleur de sa classe. Il n'était là, dans son nouveau pays, que depuis quelques années mais il s'était jeté dans les études avec tant d'ardeur qu'il avait rapidement sauté d'une classe à l'autre et qu'il raflait année après année, toutes les médailles et toutes les mentions de l'école. Ses professeurs fondaient sur lui de grands espoirs. Une fois, il avait même eu son portrait dans le journal. C'est pourquoi Léa avait fait des pieds et des mains pour que son petit-fils rencontre ce Markus modèle, originaire de là-bas comme lui. Elle souhaitait que le zèle et les succès de ce brillant garçon éveillent chez son petit-fils apathique une ambition virile, qu'ils provoquent l'envie et le poussent à suivre la même voie.

Se rappelant la façon pénible dont les choses avaient autrefois tourné entre son Georg et Ruth, la fille de Salomon Bourak, Léa n'était pas vraiment sûre que Ruth Zielonek permettrait à son fils modèle de venir chez Georg et elle tâta le terrain avec beaucoup de précautions. Mais Ruth Zielonek se contenta d'embrasser Léa Karnovski et lui avoua, gênée, qu'au contraire, ça lui serait très agréable de se lier d'amitié avec les jeunes Karnovski. Avec une habileté toute féminine, Léa s'arrangea pour que les deux familles se rencontrent chez elle. En se revoyant après tant d'années, le docteur Karnovski comme Ruth Zielonek se sentirent tous deux mal à l'aise pendant un certain temps. Le docteur Karnovski voulait savoir si Ruth jouait encore du piano et l'interrogeait plus longue-ment que nécessaire sur cette activité dans laquelle elle se distinguait autrefois, quant à Ruth Zielonek, elle écrasait Teresa sous des démonstrations d'amitié plus abondantes que nécessaire et ne lui lâchait plus les mains. Mais en même temps que gênés, tous deux se sentaient agréablement émus et auraient voulu faire durer plus longtemps et connaître plus souvent ce trouble agréable et excitant.

Après leur première visite chez Ruth Zielonek, les Karnovski invitèrent les Zielonek chez eux avec Markus, leur fils modèle.

S'inquiétant de l'attitude de Jegor face aux inconnus et n'étant même pas sûr qu'il accepte de sortir de sa chambre pour faire la connaissance de son hôte, le docteur Karnovski prit les devants et emmena l'étranger dans la chambre de son fils.

« Voici Markus et voici Jegor, dit-il avec le sourire amusé qu'affichent toujours les adultes en s'adressant à des garçons de cet âge qui se prennent déjà pour des grands. Je pense que vous allez vous entendre. »

Il referma immédiatement la porte derrière lui, que ce soit une affaire conclue, un fait accompli.

Markus Zielonek tendit une main douce et chaleureuse, débordante de bonté et de dispositions amicales envers les gens. Extérieurement, il n'avait rien de commun avec son grand-père, Salomon Bourak, il était doux comme sa mère, avec des yeux typiquement juifs, noirs et tendres, et d'épais cheveux noirs, mais on retrouvait cependant la bonté de Salomon Bourak dans chaque pli de son gentil visage, chaque mouvement de son corps un peu mou d'adolescent.

« Hello, Jegor, dit-il en anglais, content de te connaître.

— Georg Joachim », reprit Jegor en déclinant ses deux prénoms, et il claqua des talons en braquant le bleu glacial de ses yeux sur le gentil et délicat jeune homme.

Tout lui déplaisait dans ce garçon qu'on lui avait amené pour qu'il ait un camarade dans cette ville étrangère. Son nom tout d'abord, Markus Zielonek. Markus, ça sonnait juif et comique à l'oreille de Jegor. Il avait souvent vu ce prénom « en face », sur les enseignes des commerçants juifs immigrés et plus souvent encore dans les feuilles humoristiques où ces mêmes commerçants étaient ridiculisés. Ça ne valait guère mieux que Moritz. C'était déjà assez pour que Jegor n'ait pas envie d'avoir la moindre relation avec cet individu affublé d'un nom aussi ridicule. Quant au physique de cet inconnu, il lui semblait aussi repoussant que son nom. De taille moyenne, avec des yeux sombres pleins de douceur et une chevelure d'un noir de jais, Markus Zielonek évoquait pour lui un mouton, un agneau tendre et gras. À force de passer son temps à lire et à fouiner dans les manuels, il devait porter des lunettes, ce qui le faisait paraître plus vieux que son âge et lui donnait l'air d'un véritable intellectuel. Le comble, c'est que ce Markus Zielonek se mit immédiatement à parler de livres, d'études, de mentions, de médailles et de récompenses.

Dès le début Jegor avait regardé ce nouveau venu avec animosité parce qu'il représentait tout ce que lui, Jegor, détestait en lui-même, mais Markus Zielonek n'en avait rien remarqué. Comme tout individu gentil et sans malice pour qui tout va bien dans la vie et que chacun porte au pinacle, il ne voyait que lui et ses propres succès. Par ailleurs, il aimait tout le monde et était sûr que tout le monde l'aimait.

Jegor était irrité par la béatitude de Markus. Le plus affreux était que malgré tout le mépris qu'il éprouvait pour lui, pour son nom et pour son physique, il le jalousait, lui enviait sa gaieté, son auto-satisfaction, ses succès. Les parents de Markus le portaient aux nues, parlaient sans cesse de ses réussites scolaires, tandis que ses parents à lui, Jegor, exprimaient à haute voix leur admiration, et pas seulement son père mais aussi sa mère. En entendant chanter les louanges de ce Markus, Jegor se trouvait minable. Plus on glorifiait l'autre, plus il était déprimé. Conscient de se sentir inférieur, il était encore plus découragé de constater que la cause de ce sentiment d'infériorité était ce Markus Zielonek.

Comme toujours dans ce genre de situation, il voulut cacher ce sentiment d'infériorité par de la morgue et de la dérision. Prenant un air des plus sérieux, il demanda au délicat jeune homme s'il avait sur lui toutes ses médailles ou bien s'il les avait laissées à la maison. Rayonnant de plaisir à voir Jegor s'intéresser à ses récompenses, Markus répondit gentiment qu'il les avait dans sa poche et qu'il pouvait les lui montrer, toutes sans exception. Jegor claqua bruyamment la langue, exagérément fort, comme quand on fait semblant d'être en admiration devant les jouets d'un enfant.

« C'est tout ? demanda-t-il en se moquant ouvertement de lui.

— J'en aurai d'autres », répondit Markus en toute naïveté.

Constatant que les flèches cachées qu'il envoyait au garçon ne le blessaient pas mais le caressaient juste au passage, il se mit à montrer clairement son mépris pour ce Markus et ses pareils qui se délectent d'études, de livres, de médailles. Justement parce que, comme tout bon Juif, ils étaient tous en extase devant ces choses, il entreprit de se moquer franchement des professeurs, des maîtres et des rats de bibliothèque qui, tous autant qu'ils sont, ne valent pas tripette et ne méritent pas qu'on gaspille sa salive pour parler d'eux. Markus, son père Jonas Zielonek, le bon commerçant de Poznan en admiration devant l'instruction, Ruth sa femme, l'heureuse mère de ce fils modèle, tous ouvraient de grands yeux en entendant ces discours sacrilèges. Voyant que ça risquait de mal tourner, le docteur Karnovski tenta de minimiser l'affaire avant qu'il ne soit trop tard.

« Ne le prenez pas au sérieux, mes amis, dit-il avec un sourire contrit, des bavardages de gamin. »

Jegor se fit aussi tranchant qu'une lame. Qu'on ne le prenne pas au sérieux et que l'on considère ses propos comme des bavardages d'enfants, cela le piquait au vif. Étant intimement persuadé que son père le détestait autant que lui détestait son père, il était certain que ce dernier en disant cela, et en public qui plus est, voulait l'écraser, le rabaisser, le diminuer, le réduire à néant. C'est dans ce but qu'il lui avait fait rencontrer ce Markus binoclard, pour montrer la grandeur de l'autre et sa petitesse à lui. C'est pour cela qu'il s'était mis à chanter à haute voix, avec les Zielonek, les louanges de leur fils prodige et lui, Jegor, le rabaisser et dire que ses paroles n'étaient que des bavardages de gamin. C'en était trop pour lui.

« Je suis diablement assez vieux pour savoir ce que je dis, déclara-t-il, cassant, et je ne veux pas qu'on me cloue le bec… »

Pour narguer son père, pour narguer le monde entier, il se mit à traîner dans la boue tout ce qui était cher à ces gens. Emporté par la colère, l'énervement, il reprenait tous les propos tenus de l'autre côté par les orateurs, propos dont il s'était rassasié pendant des années et qui étaient restés bloqués dans sa gorge. Il crachait feu et flammes sur tous les rats de bibliothèque, les coupeurs de cheveux en quatre, les presseurs de cervelle, sur tout le fatras de l'intellectualisme juif, dont il leur est impossible de se débarrasser et qu'ils traînent comme une bosse au milieu du dos.

Les convives autour de la table étaient comme pétrifiés. Teresa Karnovski plus que tous les autres. Précisément parce qu'elle était la seule non-juive, elle était encore plus profondément blessée par le coup porté, dans sa maison, à des gens d'une autre origine.

« Oh, Dieu bien-aimé », murmura-t-elle en se tordant les mains.

Le docteur Karnovski espérait encore sauver la situation par une boutade selon son habitude. Faisant comme si de rien n'était, comme s'il considérait ces propos comme des enfantillages sans queue ni tête, il prit les deux garçons par les épaules et les chassa de la pièce en plaisantant :

« Pas de politique, chenapans, allez plutôt faire un tour », ordonna-t-il.

Markus Zielonek brûlait littéralement d'envie de se lancer dans une grande discussion à propos de ce que Jegor venait de dire, une discussion dans laquelle il pourrait faire montre de son érudition et de sa culture, mais par gentillesse, il s'apprêta à obéir à l'injonction du docteur Karnovski d'aller se promener avec son nouveau camarade. Jegor, quant à lui, repoussa catégoriquement cette idée comme quelque chose de répugnant. Il n'avait aucune envie de s'exhiber dans les rues avec ce Markus mollasson et binoclard à l'allure si typiquement juive dont la proximité ferait encore plus clairement ressortir sa judéité à lui qu'il essayait par tous les moyens de dissimuler parce qu'elle lui faisait honte. Markus qui avait la tête ailleurs et ne pensait pas à mal n'avait pas remarqué le mépris qu'affichait Jegor à son égard, mais sa mère, toujours très attentive à son fils, l'avait bien senti. L'ancienne humiliation qu'elle avait subie autrefois dans la maison des Karnovski se réveilla d'un coup et elle ne put se dominer.

« Viens, Markus, dit-elle en prenant son fils par la main, tu n'es pas le bienvenu ici. »

Teresa Karnovski se cramponna au bras de Ruth.

« Pour l'amour de Dieu, ne partez pas », la suppliait-elle.

Ruth Zielonek ne voulut rien entendre. Elle se tourna vers son mari :

« Viens Jonas, donne-moi mon manteau. »

Le docteur Karnovski savait bien qu'il devait se contrôler, ne pas faire de bêtise car la colère est mauvaise conseillère, mais il ne parvint pas à dominer son courroux et explosa en présence des invités.

« Excuse-toi, ordonna-t-il, demande pardon à nos invités, à l'instant même !

— Nn-nn-no-on ! »

Jegor s'était mis à bégayer, comme chaque fois qu'il devenait hystérique, et il quitta la pièce en courant afin de cacher sa honte.

La peur de bégayer en public le poussait encore plus à se renfermer sur lui-même. Il tremblait à l'idée d'ouvrir la bouche. Tant qu'il était à la maison avec sa mère, il parlait normalement, sans accroc. Mais quand il devait rencontrer un inconnu, il commençait à s'angoisser. Plus il était angoissé, plus sa langue butait. Il redoutait plus encore que les hommes, la gent féminine vers laquelle il était cependant tellement attiré. Sa cousine Etel était de tous les membres de la famille de l'oncle Harry la personne qui venait le plus souvent les voir. Unique fille au milieu de garçons, gâtée pourrie, gaie, heureuse de vivre, paresseuse parce que tout le travail de la maison, même les tâches féminines, était pris en charge par ses grands gaillards de frères, elle disposait de beaucoup de temps pour courir à droite, à gauche, et elle faisait parfois un saut chez les Karnovski, déboulant bruyante et rieuse, et repartant aussi vite qu'elle était venue. Un de ses plaisirs était de flirter avec Jegor. Justement parce que le jeune homme timide prenait un air suffisant et lui parlait grossièrement, ça l'amusait de l'asticoter, de lui déclarer son amour et même de l'embrasser sur les yeux, rien de moins.

« Alors, je ne te plais toujours pas, Jegor ? » demandait-elle, moitié sérieuse, moitié pour plaisanter, se rappelant que le garçon lui avait dit qu'il ne l'aimait pas parce qu'elle était trop noire.

Il sentait le sang bouillonner en lui à chaque frôlement de sa joyeuse cousine dont le délicieux corps de jeune fille à la peau brune exhalait des flots de chaleur féminine et de vie, mais il ne lui témoignait que froideur et aversion. Dans ses yeux noirs amusés, il lisait ce qu'il appréhendait : de la raillerie à son égard. Mais il appréhendait plus encore sa propre langue. Plus il la redoutait, sa langue, plus il la ressentait comme un corps étranger dans sa bouche. Sa gorge devenait sèche, empêchant les mots de sortir librement. Il avait beau être hanté des semaines durant par le contact du corps de sa cousine, penser à elle pendant la nuit, l'embrasser et l'enlacer dans ses rêves, il éprouvait de l'inquiétude chaque fois qu'il se trouvait à côté d'elle pour de vrai et qu'elle essayait de se serrer contre lui et de jouer avec ses mains. Il était si nerveux que ses mains se mettaient immédiatement à transpirer et qu'il les cachait dans ses poches comme on cache une malformation. Etel se moquait de lui. Tout en le complimentant pour ses yeux bleus qui lui plaisaient pour la bonne raison que les siens étaient si noirs, elle le traitait d'idiot de Yeke pataud et gonflé d'orgueil, de bêta, d'abruti de golem, mots qu'elle avait entendus dans la bouche de sa mère. Tandis qu'elle l'invectivait ainsi, elle le prenait brusquement par les mains et se mettait à danser avec lui. Jegor devait se débattre pour

lui échapper. Il n'avait aucune confiance en lui à côté
de cette Etel vive et agile dont les petits pieds menus
survolaient le plancher tels des esprits malins. Il avait
l'impression qu'il allait lui marcher sur les pieds et
même tomber. En proie à la peur constante de se ridiculiser, il sentait son corps se couvrir de sueurs froides.

« Aucun intérêt », disait-il grossièrement pour camoufler son manque d'assurance.

Etel abandonnait Jegor et se précipitait vers le docteur Karnovski.

« Vous n'allez quand même pas me refuser une
danse, docteur.

— Quelle idée, ma petite fille ? » Il se mettait à danser avec elle à travers la pièce avec la même aisance
qu'autrefois, dans le salon de Mme Moser.

Etel qui devait lever le bras très haut pour arriver
jusqu'à l'épaule du docteur, suivait tous ses pas avec
la docilité d'une esclave. Elle faisait la leçon à Jegor :

« Regarde bien ton père et tâche d'apprendre ce
que doit faire un cavalier. »

Jegor était rongé d'envie en voyant son père, à son
âge, encore si agile et si sûr de lui dans ses relations
avec les femmes. Mais plus encore que l'envie, c'est la
jalousie qui le tenaillait. Il courait s'enfermer dans sa
chambre afin de ne plus voir ni celle pour laquelle il
se consumait mais qu'il ne pouvait pas approcher, ni
son père qui, par sa seule apparence, sa serviabilité,
son assurance et son aisance, le rabaissait, lui son
fils, le faisait paraître petit, insignifiant. En réfléchissant à son comportement, à ses sorties maladroites, Jegor enrageait contre lui-même, se faisait des
reproches, repensait à sa conduite ridicule qui le faisait passer pour un idiot, et il en souffrait, s'en tourmentait et prenait plaisir à ses propres tourments
comme s'il infligeait à un coupable un châtiment bien

mérité. Il ne voyait aucun espoir pour lui dans la vie, cette vie nouvelle dans laquelle il ne parvenait absolument pas à prendre pied et qu'il ne pouvait accepter.

Il savait bien que nul autre que lui n'était responsable, c'est donc lui-même qu'il détestait et méprisait et considérait comme le pire des individus, celui qui tourmente autant son entourage que lui-même. Lorsqu'il se regardait dans la glace, tout en lui lui répugnait : sa grande taille, son aspect négligé, tout sans exception. Il se tirait la langue et s'adressait les pires injures. Sa mère entrait, lui caressait le visage, enroulait les cheveux de son fils autour de ses doigts, mais il repoussait ses câlineries dont il était cependant assoiffé.

« Ne fais pas ça ! » se défendait-il.

Elle ne comprenait pas.

« Pourquoi donc, Jegor ? Tu ne m'aimes plus ?

— Si, mais je ne le mérite pas », disait-il contrit, et il s'accusait de tous les maux, avouait son découragement et son sentiment d'infériorité, son manque absolu de perspectives, son désespoir et sa haine de lui-même. Teresa sentait les larmes lui monter aux yeux en entendant les sombres propos de son fils.

« Petit garçon stupide, disait-elle en se moquant de lui, le monde entier s'ouvre à toi, tu devrais être heureux, tu es jeune. »

Jegor ne supportait pas de tels discours.

« Vous, les vieux, vous dites tous cela, mais être jeune, ce n'est pas drôle, c'est un supplice, répondait-il amer, mais vous ne me comprenez pas, personne ne me comprend. Je me débats comme une souris prise au piège et personne ne voit mon tourment. Personne.

— Eh bien, dis-moi, qu'est-ce que je peux faire pour toi, mon chéri ? demandait Teresa d'un ton suppliant.

— Personne ne peut rien pour moi, répondait Jegor désespéré. Il ne me reste plus qu'une issue, mettre fin à mes jours. Je ne serai plus une charge pour personne, ni pour les autres ni pour moi. »

Les larmes que Teresa ne pouvait plus retenir coulaient le long de ses joues. Jegor voyait ces larmes mais n'arrêtait pas de parler, ses propos devenaient au contraire plus véhéments. Dans sa grande détresse il voulait voir sa mère souffrir à cause de lui. Ça lui prouvait qu'il n'était pas seul dans sa douleur, qu'il était cher à quelqu'un pour qui il avait de l'importance. Il était brusquement pris de pitié pour lui-même. Au lieu de chercher à se tourmenter tout seul comme avant, il était saisi d'une profonde compassion pour lui et sa triste jeunesse. Au lieu de s'en prendre à lui-même, il commençait à se justifier, se blanchir de toute responsabilité et rejeter la faute sur les autres. Bien sûr, le principal coupable était son père avec sa parenté. C'est de là que venait tout le mal. C'est ce qu'affirmaient oncle Hugo, les professeurs « d'en face », les journaux, les livres, les orateurs à la radio. Même des Juifs le disaient, l'écrivaient.

Jegor prenait un plaisir masochiste tout particulier à lire ce que de haineux détracteurs juifs écrivaient sur eux-mêmes, tous les défauts, les méfaits, les bassesses, les infamies dont ils s'accusaient. C'est ainsi qu'il se vengeait de cette part de lui qu'il détestait. Ce faisant, il se lavait de toute responsabilité, il rejetait tout sur son père. Tout venait de lui, son père. C'est lui qui l'avait traîné ici, l'obligeait à fréquenter les gens de son espèce que lui, Jegor, ne pouvait supporter, avec lesquels il n'arrivait pas à s'entendre, qu'il ne pouvait voir parce qu'ils l'irritaient tous avec leur physique, leur façon de parler, leur comportement et leurs moindres faits et gestes.

Sentir que le responsable du fiasco de sa vie, de ses échecs, ça n'était pas lui mais son père, une race entière, cela atténuait sa souffrance. Au lieu de se détester, il éprouvait pour lui-même de la compassion, une profonde pitié. S'il avait pitié de lui-même en raison du grand préjudice que son père lui avait fait subir, il avait également pitié de sa mère qui souffrait injustement. C'était lui, son père, qui avait fait irruption dans sa vie, la vie de la famille Holbek, une famille pure et sans taches, qui l'avait arrachée aux siens et à ses amis, à son pays et à sa langue et l'avait traînée au milieu d'étrangers, de gens hostiles, d'exclus.

« Maman, pourquoi as-tu fait ça ? lui demandait-il pour la énième fois. Pourquoi l'as-tu suivi ? »

Teresa ne pouvait entendre de tels propos.

« Jegor, tu ne dois pas parler ainsi de ton père.

— Oh, comme je le hais ! disait-il furieux. D'ailleurs lui aussi me hait. »

Teresa se bouchait les oreilles.

« Tu dis des absurdités, papa t'aime plus que tout au monde. »

Mais il ne voulait pas en démordre.

« Non, il me déteste tout autant que je le déteste et il en sera toujours ainsi, parce que c'est dans le sang, on n'y peut rien. »

Il s'accroupissait aux pieds de sa mère et se mettait à lui embrasser les mains.

« Maman chérie, suppliait-il, rentrons chez nous. »

Teresa essayait de le calmer comme un petit enfant.

« Nous n'avons plus de chez nous, disait-elle tristement.

— Je ne peux pas vivre ici, jamais je ne pourrai », se récriait-il.

Elle n'avait aucune envie de rappeler à Jegor l'affront qu'il avait subi de l'autre côté, mais elle était obligée de l'évoquer pour le raisonner.

« Comment peux-tu même en parler après tout le mal qu'ils t'ont fait là-bas ?

— On partira tout seuls, seulement toi et moi, disait Jegor persuasif. On retrouvera grand-mère Holbek, on sera juste entre Holbek, et oncle Hugo s'arrangera pour que tout soit oublié... »

Dans son désir de fuir le monde nouveau auquel il ne pouvait s'adapter, effrayé par la vie, par la réalité, il s'échappait dans les rêves et l'imaginaire ; cherchant une justification à son existence, il essayait de se convaincre de choses impossibles et fumeuses. Plus il se réfugiait dans ses mondes fantastiques, plus il croyait en leur possibilité et se persuadait qu'il y croyait vraiment. Si seulement sa mère était de son côté, si seulement elle acceptait de quitter son père, de renoncer à lui, de rompre tout lien avec lui et ses semblables et de repartir à la maison avec lui, Jegor, pour retrouver ses racines, son sang, son pays et sa famille, tout guérirait, il en était sûr, tout s'effacerait comme un mauvais rêve. Oncle Hugo lui avait répété plus d'une fois que lui, Jegor, était un Holbek, et il s'occuperait de lui, le défendrait, et tout s'arrangerait de telle sorte qu'il serait l'un des leurs, un égal parmi les égaux. Il était tellement obsédé par cette idée qu'il ne pensait qu'à ça, de jour comme de nuit. Dans ses rêves, il se voyait de retour « en face », dans la maison de grand-mère Holbek. Dans les rues familières, des hommes bottés défilaient sans discontinuer, il y avait de la musique, les drapeaux flottaient. Oncle Hugo défilait à côté lui, Georg Joachim Holbek, au milieu de tous les autres. Et les femmes applaudissaient, tapaient des mains, et les filles, des jeunes filles blondes, jetaient des fleurs sous leurs pas tandis qu'eux défilaient, défilaient, défilaient...

Il se réveillait effrayé quand sa mère l'arrachait à ses rêves et lui rappelait qu'il devait aller à l'école, cette nouvelle école qui lui faisait peur et qu'il détestait pour cela.

« Maman, murmurait-il en se cramponnant à ses bras, ma petite maman, tu vas repartir avec moi, n'est-ce pas ? Maman, dis-moi oui. »

Teresa rougissait en entendant ces paroles.

« Tu dis des bêtises, mon garçon, tu sais bien que cela ne se fera jamais. Et je t'interdis de répéter des choses pareilles.

— Oh, je sais bien que je ne suis rien pour toi, répliquait Jegor plein d'amertume, je sais que pour toi ma vie ne compte pas. Pour toi, il n'y a que lui qui compte ! »

Voyant que rien ne pouvait détacher sa mère de son père tant son dévouement et son amour pour lui étaient grands, il n'aspirait plus qu'à une chose, la mort de ce père.

38

Malgré le mal de chien que s'étaient donné les hommes bottés de Neukölln, ils n'avaient pas réussi à convaincre la vieille Johana, la bonne du docteur Landau, de quitter la maison de son patron juif. Ils avaient tenté de la raisonner, puis l'avaient injuriée et même menacée parce qu'elle, une Aryenne, restait au service d'un Juif suceur de sang et violeur de femmes. La vieille Johana n'avait tenu aucun compte de ce que disaient ces jeunes. Elle les avait traités de galopins et de morveux et d'autres choses encore. D'après la loi, elle était trop âgée pour qu'on puisse la faire partir de force. Et bien qu'à présent le docteur Landau fût dans l'impossibilité de lui donner la viande qu'elle aimait et avait coutume de manger, et qu'il lui fallait se nourrir « d'herbe » comme lui, elle refusait de le quitter. C'est vrai qu'elle n'avait jamais vraiment apprécié ni sa soucoupe pour les honoraires ni son régime d'herbivore ni surtout sa manie de se laver dans sa cuisine nu comme un ver, mais le laisser à l'abandon à présent, pas question.

Le docteur Landau cherchait des arguments pour la faire partir.

« Vieille femme stupide, à quoi ça rime de rester chez moi à crever de faim. Tu ferais mieux d'aller chez les tiens, tu aurais ta viande et ton café.

— Qu'est-ce que vous pouvez raconter comme bêtises, disait la vieille femme en se fâchant contre lui comme à l'accoutumée. Vous feriez mieux d'enlever les miettes de votre barbe. Depuis que Mlle Elsa a été arrêtée et qu'elle n'est plus là pour vous nettoyer la barbe, vous vous trimbalez tout le temps avec une barbe pleine de légumes. »

Un jour que la vieille Johana, contrairement à son habitude, ne s'était pas levée dès le matin, le docteur Landau entra dans la cuisine où se trouvait le lit métallique dans lequel elle dormait.

« Qu'est-ce qu'il y a, Johana ? demanda-t-il.

— Je vais mourir », répondit tranquillement la vieille.

Le docteur Landau repoussa sa barbe de côté pour qu'elle ne lui fasse pas obstacle et pencha la tête sur la poitrine de Johana afin d'écouter son cœur. Il se moqua de la vieille femme qui essayait de cacher sa poitrine de ses mains :

« Pas de honte à avoir, oie stupide, je vais seulement regarder ce que c'est et te donner un médicament. Pas d'interdit ni de race qui tienne. Et on respire.

— Qu'est-ce que vous racontez encore, dit Johana qui refusait de respirer plus fort, je suis vieille, j'ai l'âge de mourir, et c'est pas un docteur qu'il me faut, c'est un pasteur. »

Le docteur Landau prit sa main pour lui tâter le pouls. Il était si faible qu'il le sentait à peine. Constatant que la vieille ne se trompait pas, il reposa sa main sous la couverture rapiécée.

« C'est bon, Johana, je vais te chercher un pasteur », lui dit-il.

Toutes les rides du vieux visage, toutes jusqu'à la dernière, se fondirent en un sourire bienheureux.

« Faites vite, docteur, murmura-t-elle, bientôt ça sera trop tard. »

Tout mécréant et pourfendeur de religion et de cérémonial qu'il était, le docteur Landau n'en ramena pas moins un pasteur chez lui afin qu'il donne à Johana mourante une dernière bénédiction. Par l'intermédiaire de la gardienne, Mme Krupa, il fit appeler les quelques vieilles femmes de l'immeuble qui avaient le droit de franchir le seuil d'une maison juive afin qu'elles procèdent à la toilette mortuaire dans le respect des rites. Avec les derniers marks qui lui restaient, il paya l'enterrement de la défunte. Il fut le seul à suivre le corbillard jusqu'au cimetière et donna même un pourboire aux fossoyeurs. Le nez baissé, il regagna son domicile où il n'y avait plus âme qui vive, se préparant à remettre un peu d'ordre dans l'appartement délaissé et, pour la première fois de sa vie, préparer seul son maigre repas. Mais il trouva la maison propre et rangée. Les lits étaient faits, les planchers encore humides d'avoir été lavés, la table débarrassée, chaque chose à sa place. Le docteur Landau passa à plusieurs reprises la main dans sa barbe, sidéré par le miracle qui venait de se produire chez lui. Mais sa stupéfaction fut encore plus grande lorsqu'il trouva dans le cabas de Johana, le vieux cabas rapiécé avec lequel elle faisait ses courses depuis des années, tous les légumes qu'il avait coutume de manger, des carottes, des betteraves, des pommes de terre, et même une bouteille de lait.

Le docteur Landau commença par se mettre en colère à cause de cette nourriture qu'on lui avait apportée en douce. C'était la première fois de sa vie que quelqu'un lui donnait quelque chose. Généralement, celui qui donnait, c'était lui. Mais il eut bientôt honte de son orgueil et il se reprocha de s'être mis en colère contre des gens qui lui manifestaient de la gentillesse. Il s'installa à la table bien lavée et se mit à manger ses légumes en les accompagnant d'un verre d'eau. À partir de ce jour, en rentrant de ses longues promenades, il trouva souvent son appartement nettoyé. Souvent aussi, il découvrait des paquets abandonnés derrière sa porte, c'était parfois des petits pois, parfois un fromage, une bouteille de lait. Le docteur Landau ne se sentait plus aussi seul dans son appartement sinistre en s'attablant devant son frugal repas. En ces temps difficiles, sentir que Neukölln n'avait pas oublié ses longues années de pratique dans le quartier, que les gens prenaient des risques et faisaient pour lui des choses interdites lui redonnait espoir.

« Bonjour, jour, jour… » Il s'était remis à répondre chaleureusement aux habitants de Neukölln qui se risquaient à le saluer dans la rue quand ils le rencontraient au petit matin, lors de ses promenades.

Celui qui le saluait le plus souvent était Herr Kohleman, le vieux facteur du quartier qui avait parfois une lettre pour le docteur, une lettre portant le tampon d'une prison. M. Kohleman qui connaissait tout le monde dans son secteur savait bien de qui venaient les lettres portant ces tampons et bien qu'il n'eût que rarement de telles missives, il s'arrêtait cependant chaque fois qu'il croisait le docteur dans la rue et faisait semblant de chercher dans sa sacoche, ce qui lui permettait de le saluer discrètement.

« Une lettre, Herr Kohleman ? demandait le docteur Landau impatient.

— Pas aujourd'hui, malheureusement, docteur, mais ça viendra, disait M. Kohleman pour consoler le vieil homme, peut-être même qu'au lieu d'une lettre, c'est mademoiselle le docteur en personne qui va venir. »

Le docteur Landau faisait un geste de découragement.

« Je n'ai plus aucun espoir, Herr Kohleman.

— Bonne journée, docteur, et il ne faut pas se décourager », disait M. Kohleman à voix basse en rejetant son sac derrière son dos.

Il avait vu juste, le facteur Kohleman. Un soir, alors que le docteur Landau se tenait près de sa cuisinière en métal noircie à préparer des légumes pour son dîner, la porte que personne ne poussait plus depuis longtemps à une heure aussi tardive s'ouvrit et Elsa entra. Le docteur Landau, son couteau de cuisine à la main, resta pétrifié d'étonnement en voyant devant lui sa fille ratatinée, avec des mèches grises dans sa chevelure couleur de cuivre. Aussi ratatinés, fripés, usés que son corps étaient son manteau et le petit baluchon qu'elle portait à la main. Il se jeta sur elle toujours armé de son couteau. Elsa était posée et raisonnable, comme toujours. Elle le rappela à l'ordre.

« Pour l'amour du ciel, papa, pas avec un couteau à la main. »

Avec d'infinies précautions, comme pour retirer une arme extrêmement dangereuse de la menotte d'un enfant, elle retira le couteau de sa main tremblante avant de se laisser tomber contre lui et rechercher ses lèvres dans le taillis de la barbe et des moustaches.

« Petit papa chéri, mon bon vieux papa... » Elle répétait inlassablement ces quelques mots.

« Ma pauvre petite fille, mon enfant », disait le vieil homme en la câlinant et en caressant ses cheveux cuivrés entremêlés de mèches grises.

Bien qu'Elsa se fût glissée très discrètement dans l'appartement de son père la veille au soir, ce n'est pas une bouteille de lait mais deux que le docteur Landau trouva dès le matin devant sa porte, ainsi qu'un petit bouquet de fleurs. Elsa sentit les larmes lui monter aux yeux quand son père lui tendit le pauvre bouquet auquel était fixé un bout de papier portant l'inscription « Bienvenue, Neukölln » mais elle mobilisa toutes ses forces pour empêcher ses larmes de franchir ses paupières. À présent, après plusieurs années de captivité, elle était plus froide, plus prudente et dotée de plus de sens pratique qu'auparavant. Avec beaucoup d'énergie elle brada le peu de choses qui se trouvaient encore dans la maison, se débarrassa de tous les vêtements inutiles qui lui restaient d'avant, de la moindre bricole, pour tout transformer en argent. Avec non moins d'énergie, elle courut les consulats et les administrations et finit par obtenir des visas pour elle et son père. Le docteur Landau qui ne voulait pas être une gêne pour sa fille lui conseilla de commencer par se sauver seule. Lui était vieux et pourrait bien se débrouiller ici pour les dernières années qui lui restaient à vivre. Neukölln lui donnerait les quelques légumes dont il avait besoin. Elsa lui ordonna de faire ce qu'elle disait et de ne se mêler de rien. Elle agissait avec son père comme on le fait avec un enfant, mêlant autorité et mansuétude. Avec de maigres ballots de vêtements et de linge, quelques instruments du vieux docteur dans une mallette, la soucoupe pour les honoraires et un bouquet de fleurs plus gros que le premier que Neukölln avait déposé au dernier moment devant leur porte, le père et la fille quittèrent leur quartier ouvrier de Berlin et partirent pour Hambourg prendre un transatlantique. Durant tout le voyage, Elsa ne cessa pas un instant de vérifier que les deux passeports avec les visas pour l'étranger marqués de la lettre « J », signe qu'ils avaient été accordés à des Juifs, se trouvaient bien à l'intérieur de son sac à main. Elle veillait tout aussi soigneusement sur les quelques marks papier qui lui étaient restés après qu'elle eut payé les billets de bateau, les visas, et acquitté les diverses taxes. En tout et pour tout quarante marks, soit vingt marks par personne, c'est ce que les hommes bottés l'avaient autorisée à sortir du pays.

De même qu'à Berlin ils vivaient dans la partie pauvre de la ville, c'est dans un quartier pauvre de Manhattan, tout près de Harlem, qu'ils se rendirent en quittant le port de New York et qu'ils prirent une petite chambre dans un hôtel très bon marché. Ils dénichèrent également une misérable gargote végétarienne où ils pouvaient manger des légumes nourrissants pour très peu cher. Le docteur Landau se baguenaudait comme un enfant dans la ville étrangère, immense, bruyante. En un rien de temps, Elsa sut se repérer dans les rues, l'agitation, le système nerveux et sanguin de la ville arborescente. Elle n'était pas restée les bras croisés pendant ses quelques années de captivité, Elsa Landau. Elle s'était préparée à ce nouveau pays, elle avait lu des livres sur l'histoire et le mode de vie, l'organisation, les coutumes, la géographie et l'économie et avait également étudié la langue du pays dans lequel elle espérait un jour se rendre. Elle avait appris des dictionnaires par cœur, page après page. Tous les livres en anglais que contenait la bibliothèque de la prison, depuis la Bible jusqu'aux romans, elle avait tout lu. Le docteur Landau restait bouche bée en constatant que sa fille conversait sans problème avec les habitants du nouveau pays et se repérait en un rien de temps dans les rues, les avenues, les venelles et les places. Il fut absolument stupéfait lorsque, une semaine à peine après leur arrivée, elle l'emmena dans une grande salle pleine à craquer, bourrée de gens devant lesquels elle, Elsa Landau, ancien député au Reichstag, fit un exposé.

À nouveau, il y avait de la lumière, des applaudissements, des appareils photographiques qui mitraillaient mademoiselle le docteur, des messages de sympathie et de la musique. Le docteur Landau se frottait les yeux comme pour s'assurer que ce qu'il voyait était bien la réalité. Elsa se sentait parfaitement à l'aise et bien à sa place, comme lors d'une de ses marches triomphales d'autrefois, pendant l'immédiat après-guerre, à croire qu'il ne lui était rien arrivé durant ces dernières années. D'une voix sonore, ferme et claire, elle appelait à ne pas abandonner la lutte, à poursuivre le combat jusqu'à la victoire finale. Le public exultait, ne voulait pas la laisser descendre de l'estrade. Le lendemain, son portrait était dans les journaux. Des reporters vinrent l'interviewer dans son petit hôtel. Elsa leur parlait couramment dans leur langue. Des appels téléphoniques pour le docteur Elsa Landau arrivèrent en abondance dans le petit hôtel misérable. C'était des comités de femmes ou des associations qui appelaient. Elsa se mit à commander pour elle et son père, non seulement des soupes aux légumes comme jusqu'alors, mais des œufs, des gâteaux et toutes sortes de savoureux laitages. Elle trouva également un hôtel plus convenable où elle loua deux petites chambres, une pour elle et une autre pour son père. C'est en riant qu'elle faisait tomber de sa barbe les miettes de tous les bons plats bien riches des restaurants végétariens. Elle le grondait :

« Ne fais donc pas cette tête, mon vieux papa, mon bon petit papa si comique, fais un sourire à ta petite Elsa. »

Le docteur Landau refusait de sourire.

Pas plus que de l'autre côté de l'océan, il ne pouvait souffrir le bruit que l'on faisait autour de sa fille. Il ne supportait pas les discours, les applaudissements, tout ce battage autour d'elle. Elle n'était jamais là, passait son temps à courir, rentrait tard dans la nuit, elle avait sans arrêt des conférences, des réunions, des rendez-vous. De temps en temps, elle quittait la ville et restait absente des jours, voire des semaines. Le docteur Landau se sentait très isolé dans cette ville étrangère dont il ne comprenait pas la langue et où il se perdait régulièrement chaque fois qu'il voulait faire une grande promenade matinale. Il aurait voulu être avec sa fille comme avant. Il espérait qu'elle allait se remettre à la médecine et travailler avec lui. En se baladant à travers les rues misérables et surpeuplées qui grouillaient de Noirs, d'Espagnols, de Porto-ricains, d'enfants dépenaillés, il éprouvait une irrésistible envie de prendre là un petit appartement, d'étaler ses instruments sur la table, de poser la coupelle pour les honoraires dans un coin et d'examiner les gorges des enfants comme il l'avait fait toute sa vie de l'autre côté. Il essayait de convaincre sa fille.

« Elsa, tu n'es toujours pas plus intelligente, écoute-moi, envoie balader la politique et remets-toi à la médecine. C'est là ta vocation. »

Elsa campait sur ses positions.

« Non, mon petit papa. Des médecins, il y en a beaucoup sans moi. Les combattants, on peut les compter. »

Comprenant qu'il n'arriverait à rien avec Elsa, il se mit tout seul à voir comment il pourrait à nouveau exercer. Avec une grande feuille roulée à la main, son vieux diplôme de médecin, il allait d'institution en institution et parlait en allemand de la longue pratique qu'il avait eue outre-Atlantique et qu'il souhaitait poursuivre ici, dans son nouveau pays. Mais on exigeait qu'il repasse des examens et en anglais qui plus est. Le docteur Landau était désespéré. La nouvelle langue lui était si étrangère qu'il était même incapable de se commander quoi que ce soit dans un restaurant végétarien quand Elsa n'était pas avec lui.

Elsa tenta de le dissuader. Travailler, il n'avait pas même besoin d'y penser parce que c'est elle désormais qui veillerait à ce qu'il ne manque de rien. Il n'avait qu'à faire ses promenades matinales et se reposer, il avait travaillé assez dur pendant de longues années. S'il s'ennuyait tout seul, elle allait lui louer une chambre dans une famille « d'en face », où il pourrait parler sa langue, où on prendrait soin de lui et lui préparerait ce qu'il avait l'habitude de manger. Le docteur Landau piqua une colère.

« Je ne veux pas me reposer, cria-t-il, je ne suis pas encore un vieux gaga pour me contenter de manger et de somnoler.

— Mon petit papa, pas de colère, le sermonna Elsa, ce n'est pas bon pour ta santé.

— Ce n'est pas aux œufs de faire la leçon aux poules, cria-t-il en frappant le sol de sa canne, et je n'ai pas besoin qu'on me dise ce qui est bon pour ma santé. »

Il tournait en rond et se perdait dans les rues auxquelles il n'arrivait toujours pas à s'habituer, demandait son chemin dans son allemand de Neukölln aux jeunes et aux vieux, mais finissait par arriver jusqu'à toutes sortes d'institutions, de comités, de responsables communautaires, et déroulait son vieux diplôme. Il suppliait :

« Donnez-moi n'importe quel travail, pour n'importe quel salaire, mais que je fasse quelque chose. »

Dans l'un des comités, on prit le temps de l'écouter.

« Est-ce que vous vous y connaissez un peu en poulets, docteur ? » lui demanda-t-on.

Le docteur Landau passa la main dans sa barbe.

« Pas spécialement, mais je me suis toujours intéressé aux animaux. Souvent, à Neukölln, j'ai soigné non seulement des hommes mais aussi leurs bêtes. On m'apportait des chiens malades, des chats, des lapins, des pigeons. »

Les gens du comité se regardèrent.

« Il nous faut quelqu'un pour un élevage de poules, mais nous ne savons pas si, à votre âge, vous pouvez faire ça. »

Le docteur Landau se fâcha comme toujours lorsqu'on évoquait son âge.

« Donnez-moi votre main, mon cher monsieur, demanda-t-il à l'homme le plus âgé du comité.

— Ma main, répondit l'autre étonné, pourquoi voulez-vous ma main ?

— N'ayez pas peur, je ne vais pas vous prendre le pouls, donnez-moi simplement la main. »

L'homme lui tendit une main hésitante comme s'il se trouvait face à un magicien s'apprêtant à faire un tour à sa façon.

Le docteur Landau prit la main qu'on lui tendait et la serra si fort que l'homme poussa un cri de douleur. Le docteur Landau relâcha la main.

« Alors, je suis vieux ? demanda-t-il l'air triomphant.

— Je pense que nous allons essayer de vous prendre, docteur », dit en souriant l'homme du comité, et il lui donna une tape dans le dos.

Elsa ne put s'opposer. Elle fut bien obligée d'empaqueter les affaires de son père et de le laisser partir s'occuper des poules. Le docteur Landau enfila son pantalon de velours, celui qu'il traînait depuis des années lors de ses randonnées, ses lourdes chaussures de marche, une chemise à col ouvert en grosse toile, et aussi joyeux qu'un gamin qui part en voyage, se dirigea vers la vieille voiture à deux places que l'élevage de poules avait envoyée pour le prendre.

« Grand-père, donne-moi la main, je vais t'aider à grimper sur le siège, lui dit le chauffeur en veste de cuir.

— Je n'ai pas besoin qu'on me donne la main, jeune homme », répondit le docteur Landau contrarié, et il monta prestement dans la voiture.

Le chauffeur le complimenta :

« Pour un vieux, tu as encore du "peps". »

Le docteur Landau fut ravi du compliment. Dès qu'ils eurent quitté la ville et que le vent de la plaine se mit à jouer avec sa barbe et ses cheveux gris, il se sentit aussi frais et vigoureux qu'un jeune homme. Les premières vaches qu'il aperçut en train de paître dans les prés le comblèrent de joie. Plus rien dans son nouveau pays ne lui semblait étranger. Chaque meuglement de vache, chaque bêlement de mouton, chaque hennissement de cheval lui était connu, familier. Les collines bossues et les rochers respiraient l'éternité depuis la création du monde. Le docteur Landau était sensible à leur force muette, à leur secret éternellement gardé, et il se mit à fredonner une vieille chanson de montagnard qui lui était restée en mémoire depuis ses années d'étudiant. Dès le lendemain, au point du jour, il s'immergea dans son travail. Vif, doté d'une adresse juvénile, le vieil homme à la barbe et aux cheveux blancs ondoyait au milieu des poules, toutes, sans exception, blanches comme lui. En un rien de temps, il sut faire la différence entre un volatile malade et un autre en bonne santé.

Son travail terminé, c'est d'excellent appétit qu'il mangeait ses légumes et ses œufs arrosés de beaucoup d'eau de source. Il passait ses soirées allongé sur son lit dans sa petite chambre près du garage à lire des livres sur l'élevage des poules qu'Elsa lui procurait. Avec l'enthousiasme d'un étudiant zélé qui commencerait tout juste à vivre, il se plongeait jusqu'au cou dans la science avicole. Chaque jour, il en savait un peu plus sur les habitudes et les caprices des poules, les maladies et leurs remèdes. Comme autrefois pour ses patients, il avait beaucoup de tendresse pour ses poules, il savait distinguer au premier coup d'œil une faiblarde au milieu des bien-portantes et c'est avec un grand dévouement qu'il soignait les volailles malades dans la clinique où on les gardait à l'écart des autres. Il invectivait les bêtes bagarreuses :

« Pas de coups de bec, espèces d'idiotes, il y a assez de graines pour tout le monde. »

Il était l'ennemi juré des marchands de volailles qui venaient avec leurs automobiles chercher des quantités de bêtes à égorger pour nourrir les estivants dans les hôtels alentour. Le caquètement affolé des jeunes poulettes blanches lui fendait le cœur. Par contre, il était à la fête quand le dimanche, Elsa venait lui rendre visite dans sa ferme. Comme autrefois lorsqu'elle était étudiante et qu'il courait le pays avec elle tous les dimanches, ils partaient maintenant ensemble en randonnée dans les montagnes. Elsa devait freiner son père lorsqu'il grimpait les pentes.

« Doucement, mon petit papa.

— Que les œufs ne s'avisent pas de faire la leçon aux poules, oie stupide, lui disait-il furieux, et on ne respire pas par la bouche, toujours par le nez, le nez, le nez... »

Elsa se rappelait comment, il y avait des années de cela, Georg Karnovski les accompagnait dans leurs randonnées à travers le pays et un soupir s'échappait de sa poitrine.

« Qu'y a-t-il, Elsa ? lui demandait son père.

— Rien, rien du tout, mon petit papa », disait Elsa éludant la question, et afin de changer le cours de ses pensées, elle se mettait à parler de ses voyages dans les villes grandes ou petites, de ses exposés et conférences.

Le docteur Landau ne voulait pas en entendre parler.

« Si seulement tu m'écoutais, tu ferais mieux de t'installer avec moi à la ferme.

— M'occuper des poules ? demandait Elsa sur un ton badin.

— Oui, des poules, disait le vieux docteur. Les poules, ce n'est pas aussi simple que l'on croit. Elles sont beaucoup plus intéressantes à fréquenter que les hommes... »

Elsa faisait tomber les miettes de la barbe de son père et le sermonnait :

« Tu n'apprendras donc jamais à avoir une barbe propre. »

39

L'animosité entre l'élève Jegor Karnovski et le professeur Barnett Levy croissait de jour en jour.

En pédagogue chevronné, M. Barnett Levy faisait l'impossible pour ne pas laisser paraître l'antipathie que lui inspirait cet élève tout en longueur qui le détestait. Jegor Karnovski quant à lui affichait au grand jour son aversion pour M. Levy chaque fois que l'occasion s'en présentait. Afin de le faire enrager, il ne répondait jamais à ses questions normalement mais toujours avec ironie. De plus, quand il lui parlait, il ne le regardait pas en face mais tournait la tête de côté. Il bâclait ses devoirs. Quand Jegor se mit à manifester trop ouvertement sa haine à l'école, M. Barnett Levy perdit sa patience professorale et le conflit éclata.

C'était pendant un cours sur les combats dans les bois de l'Argonne, alors que M. Levy racontait avec beaucoup de pathos un assaut des bataillons d'attaquants américains contre des soldats du Kaiser en déroute. M. Levy éprouvait un plaisir particulier à raconter cette bataille parce que lui-même y avait participé, ce dont il était très fier. À chaque réunion d'anciens combattants où il paradait avec son petit calot sur la tête, sanglé dans son uniforme tendu à craquer sur son petit corps grassouillet, il parlait inlassablement de ce combat avec ses camarades de guerre, rappelant toutes sortes de détails et relatant des choses miraculeuses. À la maison aussi ou lors de rencontres entre amis, il en parlait souvent. Plus il prenait d'âge et d'embonpoint, moins son allure évoquait l'héroïsme guerrier, plus il accordait d'importance à ces histoires de front. Retracer cette bataille à l'école devant les élèves était pour lui un vrai plaisir. De sa voix la plus douce, sa voix de velours, il dépeignait la célèbre bataille, glorifiant la vaillance des bataillons dont lui, Barnett Levy faisait partie et soulignant l'échec des troupes ennemies en fuite. La voix veloutée de M. Levy était pour Jegor Karnovski aussi irritante que le grincement d'une scie émoussée. De son oncle Hugo, il avait entendu des choses bien différentes à propos de cette bataille. Ladite bataille à laquelle le lieutenant Hugo Holbek avait participé et au cours de laquelle il avait dû s'enfuir, lui était restée en travers de la gorge tel un os que l'on ne peut ni avaler ni recracher, mais il avait une explication, et une seule : le poignard que l'arrière avait planté dans le dos des troupes héroïques sur le champ de bataille. Jegor voulait donner son point de vue à ce nabot crépu de Levy qui noircissait à ce point les troupes allemandes. Il l'interrompit et dit dans son anglais d'étranger :

« Sir, s'il n'y avait pas eu les traîtres civils pour enfoncer un poignard dans le dos de l'armée, les troupes allemandes n'auraient jamais reculé devant personne. »

M. Barnett Levy qui, aimant la discussion, ne se fâchait généralement pas lorsqu'un élève l'interrompait, fut cette fois incapable d'écouter calmement celui qui essayait de semer le doute sur le récit qu'il faisait de cette bataille dans la forêt de l'Argonne, sa bataille. Il supportait moins que tout cette histoire de couteau dans le dos.

« Qui sont donc les traîtres civils qui ont planté ce couteau dans le dos, Karnovski ? demanda-t-il d'un ton moqueur.

— Oh, toutes sortes d'ennemis de l'armée, répondit Jegor, sans eux, les troupes héroïques n'auraient pas perdu.

— Si le bouc avait un pis, il donnerait du lait », plaisanta M. Levy.

La classe qui d'habitude prenait plaisir à voir un élève s'accrocher avec un professeur était cette fois entièrement du côté de M. Levy parce qu'il défendait ses propres bataillons et son histoire de bouc les fit tous rire. Aussitôt Jegor se sentit perdu, comme toujours quand on riait de lui, et il s'empourpra.

« Sir, moi, je parle sérieusement et vous, vous plaisantez ! » reprocha-t-il à son professeur en fixant sur lui des yeux bleus pleins de haine.

M. Levy fit taire les rires de la classe et s'efforça d'être sérieux. Sachant que les histoires de sport étaient toujours parlantes pour les élèves, il se mit à raconter à la classe un combat entre un bon boxeur et un nullard. Le bon boxeur frappe fort, le nullard battu proteste : on lui a fait un croche-pied, on lui a donné des coups bas, les juges l'ont désavantagé, c'est une conspiration de ses ennemis. Mais l'important, c'est le résultat, pas les « si ». Pas vrai ?

« *Yes, sir !* » tonnait la classe en jetant un regard moqueur au défenseur désarçonné des vaincus.

M. Levy frappa un coup sur son bureau avec son crayon pour rétablir le calme et reprit son cours. Tout le monde écoutait tranquillement, excepté Jegor Karnovski.

Tout en sachant pertinemment qu'il n'avait pas la possibilité de soutenir une guerre contre le professeur, tant à cause de son anglais germanique qui provoquait le rire de la classe, qu'à cause de sa voix et aussi de son émotivité qui le privait instantanément de ses moyens et le faisait bégayer, il ne pouvait malgré tout accepter de se soumettre au professeur Levy. Il était conscient de ce que ces affrontements n'étaient dommageables qu'à lui seul, mais ça le démangeait cependant comme un malade qui ne peut s'empêcher de s'acharner sur ses propres plaies. Il était en permanence tenaillé par le désir masochiste de se torturer lui-même, de se refuser tout ce qui pourrait lui faire du bien et de courir après toute chose susceptible de lui causer tourments et souffrances.

Au cours suivant, M. Levy parla non seulement de la retraite des soldats allemands mais aussi des hommes nouveaux de l'autre côté des mers, de leurs législateurs et de leurs lois, de leurs gouvernants et de leurs despotes. Jegor savait que M. Levy disait la vérité. Plus que les autres, il avait ressenti dans sa chair la férule des gens « d'en face », mais le fait que ces choses sortent de la bouche de M. Levy suffisait à lui faire perdre la raison. Il l'interrompit une nouvelle fois.

« Monsieur, vous ne devez pas parler comme ça de mon pays. »

M. Levy se fâcha et répondit, véhément :

« Karnovski, vous êtes en Amérique, vous êtes donc un Américain ! »

Jegor Karnovski savait qu'il devait désormais se taire, se taire et rien d'autre, mais il ne pouvait pas. Le sang lui montait à la tête, le précipitait vers l'abîme. Il redit ce qu'il avait si souvent entendu « en face » :

« "Allemand un jour, Allemand toujours." »

M. Barnett Levy, qui comme tous les Juifs flairait un autre Juif aussi loin qu'il puisse se terrer, ne se laissa pas impressionné par le slogan de Jegor.

« Je crois que les hommes au pouvoir de l'autre côté avaient de vous une idée différente, Karnovski…, dit-il en se moquant pour la plus grande joie de la classe, sinon, ils ne vous auraient pas chassé.

— Moi, je ne suis pas juif, monsieur Levy ! répondit Jegor furieux, soulignant par ces mots la judéité de Levy dans l'intention de le blesser.

— Cela ne nous intéresse pas, l'interrompit M. Levy, tout ce qui nous intéresse chez un élève, c'est son travail et sa conduite. Asseyez-vous. »

Jegor se mit à bégayer des impertinences. M. Levy ne lui laissa pas le temps de s'exprimer.

« Quittez la classe ! ordonna-t-il, et demain matin vous passerez voir le principal. »

D'un côté, la perspective de cette entrevue avec le principal le rendait nerveux mais d'un autre côté, il en attendait beaucoup. Il n'avait jusqu'à présent jamais eu affaire à lui, il l'avait juste aperçu quelquefois, mais il avait pour lui un profond respect, de la sympathie et de l'admiration. Grand, imposant, un visage un peu rougeaud, tanné par le soleil et le vent, avec des cheveux clairs, de couleur paille, trop clairs et trop jeunes pour un homme dans la cinquantaine, des yeux d'un bleu pâle délavé, le principal, Mr Van Loben, ressemblait plus à un capitaine de bateau, un loup de mer, qu'à un chef d'établissement. Tout en lui, aussi bien son physique que son nom ou même la pipe qui ne quittait jamais sa bouche au point qu'elle semblait soudée à sa lèvre inférieure, tout suscitait l'admiration de Jegor Karnovski. Après M. Levy noir et crépu, la silhouette blonde et imposante de Mr Van Loben avait pour Jegor mille charmes. C'était des gens comme lui qu'on dessinait généralement « en face » quand on voulait représenter les authentiques Germains, les Nordiques au sang le plus pur. Il était sûr à l'avance que, de même que lui, Jegor, avait de la sympathie pour le principal, celui-ci aurait de la sympathie pour lui et le comprendrait. Il voulut lui faire bonne impression, la meilleure impression possible.

Au seuil de son bureau, il joignit les pieds pour le plus beau claquement de talons qui soit et se tendit comme une corde. Par ce geste, il voulait faire voir à ce Mr Van Loben que s'il ne se montrait pas suffisamment respectueux à l'école, c'était parce qu'il avait affaire à des Levy et autres individus du même acabit. Mais quand deux hommes comme eux se rencontraient, des semblables que tout rapprochait, ils se comprenaient et se traitaient avec le respect dû à des gens bien.

« Georg Joachim Holbek-Karnovski. » Il se présenta avec tous ses noms en y incorporant le Holbek maternel pour estomper le nom de son père. « Mes respects, sir ! »

Mais Mr Van Loben l'arrêta d'un revers de main.

« *Well, well*, bien, s'empressa-t-il de dire avec un sourire moqueur, chez nous, ça n'a pas cours, toutes ces choses, jeune homme. Assieds-toi et redis-moi ton nom, un seul, que je m'en souvienne. »

Jegor fut si troublé par son premier insuccès qu'il ne s'assit pas. Mr Van Loben posa ses mains sur ses étroites épaules et le fit asseoir comme on le fait pour un petit garçon.

« Voilà, comme ça », dit-il en se moquant gentiment, et il s'empressa de se laisser tomber dans son fauteuil qui grinça sous la charge. Allongeant confortablement les jambes de telle sorte qu'au-dessus des chaussettes négligemment affaissées on pouvait voir ses tibias dénudés, il jeta un coup d'œil sur un papier posé sur sa table et ralluma sa pipe.

« Qu'est-ce que c'est que cette grande idée de partir en guerre contre M. Levy, jeune homme ? » demandat-il en affectant un sérieux qui dissimulait mal la moquerie.

Jegor toussota pour éclaircir sa gorge desséchée et se mit à parler. Avec des hésitations, de longues phrases embrouillées traduites de l'allemand dans lequel il pensait, dans un anglais livresque et ampoulé, intercalant des « sir » à la moindre occasion, il commença à raconter par le menu à l'homme à la silhouette imposante tout ce qui lui pesait sur le cœur, toutes ses souffrances intérieures que personne ne comprenait et ne pouvait comprendre, parce que c'était des choses personnelles, profondes, que le premier venu ne pouvait saisir. Mr Van Loben tirait désespérément sur sa pipe afin de réprimer un bâillement d'ennui. Bien qu'étant depuis de longues années enseignant et principal d'établissements réputés, il avait horreur des élèves à problèmes. Avec les garçons dissipés, il savait s'y prendre. Étant lui-même une personne joviale, il trouvait immédiatement la manière de s'expliquer avec un gamin qui avait envoyé une fléchette en papier sur un professeur ou fait une bêtise, une chose interdite. Au lieu de se mettre en colère contre ce genre de coupable, il rigolait avec lui, lui tordait l'oreille, lui donnait une pichenette sur le nez, lui chatouillait les côtes et devenait tellement copain avec lui que le gamin turbulent avait soudain honte de ses espiègleries et promettait de bien se conduire. Même avec les jeunes voleurs ou bagarreurs, Mr Van Loben savait se faire comprendre. Athlétique, taillé comme un colosse, partisan d'un langage savoureux, souvent emprunté à la rue et pas toujours très grammatical qui surprenait chez un principal, il avait beaucoup de succès auprès des garçons de l'école qui s'efforçaient d'être grossiers pour choquer les gens comme il faut. Mais avoir affaire à des garçons à problèmes était pour lui une véritable corvée.

Mr Van Loben, fils d'un pauvre fermier dont la maison débordait d'enfants de plusieurs épouses décédées, avait dû, dès son enfance, faire son chemin tout seul. Il avait livré des commandes à des ménagères pour des épiciers, fait le « bellboy », le groom, sur un bateau qui traversait le pays d'est en ouest, avait couru les campagnes en été pour aider des fermiers à ramasser le foin dans les prés et reproduit, au moyen d'un « hectographe », des documents pour un syndicat de dockers. Il avait gagné seul son pain, et étudié le soir, quand il avait du temps libre. Il parvint à entrer à l'université, puis commença à enseigner, métier le moins en accord avec son physique et son éducation, et fit tant et si bien qu'il réussit à devenir directeur de lycée. D'un caractère enjoué, fin connaisseur des hommes, des races et des peuples les plus variés qu'il avait eu l'occasion de rencontrer au cours de sa vie, habitué depuis l'enfance à passer par toutes sortes de phases, des hauts et des bas, par toutes sortes de conditions, à se débrouiller seul, à recevoir des coups et à en donner, à se battre et se réconcilier avec les gens, à tout obtenir à la seule force de ses poignets, il savait, Mr Van Loben, qu'il ne fallait pas s'en prendre à qui que ce soit dans la vie, que l'on devait s'en sortir seul, que chaque chose s'obtenait de haute lutte, et il était hors de lui quand des garçons pleurnichards venaient se lamenter, se plaindre, récriminer, parce que le monde ne les comprenait pas.

« Bon, poursuivez, poursuivez. »

Sa bouche laissait échapper les mots en même temps que la fumée.

Mais au lieu de poursuivre, Jegor ne faisait que tourner en rond, il ressassait les mêmes reproches, les mêmes récriminations, les mêmes griefs à l'encontre de tout et de tous. Il reportait toute son amertume sur son professeur, M. Levy, ce petit bonhomme gras, noir et crépu. Ce n'est pas l'enseignant en ce M. Levy qui lui est antipathique, c'est l'homme. Rien que son allure, sa façon de se tenir, son attitude, ça l'énerve, ça le fait bouillir, ça le rend méfiant, lui donne envie de rire, ça le dégoûte, si bien que son enseignement est parfaitement inutile parce qu'il ne pourra jamais l'accepter, le comprendre, l'assimiler, parce que ce M. Levy lui rend les études insupportables, odieuses, détestables.

Il s'arrêta un instant pour regarder Mr Van Loben dans les yeux, ses yeux clairs de marin, s'attendant à y trouver de la sympathie et de la compréhension. Les yeux de Mr Van Loben étaient clairs, délavés mais étrangers. Jegor sentit que ses paroles n'avaient pas été suffisamment convaincantes et il y mit plus d'ardeur. Ça ne peut pas s'expliquer, dit-il en regardant d'un air suppliant le grand homme blond, ce sont des choses de l'âme, profondément enracinées, accumulées depuis des générations, en un mot, des choses que quelqu'un comme M. Levy ne peut pas concevoir mais un homme comme lui, Mr Van Loben, le comprend certainement, partage ses sentiments, en tant que personnes d'une même trempe, d'une même origine et d'un même sang.

« *Yes, sir*, oui monsieur, c'est une question de sang, conclut-il d'une voix aiguë et criarde de garçonnet, comme à l'époque où il muait, j'espère que vous m'avez compris comme un homme, un homme. »

Mr Van Loben vida sa pipe en la cognant contre la table à coups précipités et répondit à son long discours par un seul mot :

« Cinglé ! »

Jegor se figea sur sa chaise.

Il se serait attendu à n'importe quoi sauf à ce mot de la part de cet homme grand et blond qu'il vénérait.

Mr Van Loben s'empressa de bourrer sa pipe et se remit à fumer.

« *Yes, sir*, il se mit à donner du "sir" à Jegor, non en signe de respect mais au contraire de dérision, rien d'autre que des histoires de cinglé, des énormes fadaises, et qui ne veulent rien dire pour moi, ça non, rien de rien. »

En parlant, il attira vers lui avec ses pieds la poubelle qui était sous son bureau, en sortit tout un tas de papiers et les éparpilla devant Jegor.

« Tu vois, jeune homme, ce genre de stupidités, on m'en envoie tous les jours, probablement à cause de mon nom, et j'en fais une seule chose, je les jette à la poubelle. »

Jegor baissa la tête. Mr Van Loben se dépêcha de remettre les papiers dans la corbeille.

« Oui, sir, voici ce que j'en fais, parce que je déteste qu'on soit toujours à se plaindre, à harceler et à mordre, à récriminer et à gémir, à provoquer et à en vouloir au monde entier. »

Jegor commença à bégayer quelque chose mais Mr Van Loben ne le laissa pas prendre la parole.

« J'ai horreur de cela chez les gens et j'ai horreur de cela chez les peuples, dit-il hors de lui, on t'a fait du tort, défends-toi avec tes mains, pas avec ta bouche ! Harceler et asticoter, c'est une arme de femme hystérique, c'est pas pour les hommes ! »

Jegor n'essayait plus de parler, il se contentait de baisser la tête de plus en plus bas sous les coups inattendus que lui portait le grand homme blond. Tout à coup, Mr Van Loben chassa la colère de son visage et se mit à sourire comme un enfant.

« Écoute-moi, fiston », il s'adressait à présent sur un ton paternel à l'élève contre lequel il était à l'instant même furieux, « je veux te parler mais j'aime qu'on me regarde dans les yeux quand je parle à quelqu'un, relève la tête. »

Jegor crut que le principal allait entamer avec lui une grande discussion mais Mr Van Loben se mit à l'interroger non comme un enseignant mais comme un médecin.

« Dis-moi, fiston, quel âge as-tu ? demanda-t-il.

— Dix-huit ans, monsieur.

— Fais-moi voir ton bras », ordonna-t-il.

Jegor qui ne savait pas quelles étaient les intentions du principal ne leva pas le bras. Mr Van Loben saisit lui-même son bras et le palpa.

« Ça, c'est un bras de jeune fille, pas un bras d'homme, dit-il, regarde à quoi ça doit ressembler un bras d'homme. »

Il releva sa manche et découvrit un bras musclé sur lequel était tatoué un aigle, souvenir de ses jeunes années, du temps où il travaillait sur un bateau. Il se pencha soudain vers l'oreille de Jegor et lui demanda à mi-voix :

« Dis-moi, fiston, tu fais souvent des bêtises de jeune homme ? »

Jegor piqua un fard et se mit à nier. Mr Van Loben frappa sa pipe contre la table.

« Ça ne tient pas debout, tout le monde fait ça. Moi aussi je l'ai fait et il n'y a pas de quoi avoir honte. »

Jegor baissa la tête. Mr Van Loben, mettant un doigt sous son menton, l'obligea à relever la tête.

« Écoute-moi, fiston, je pourrais t'envoyer dans une autre école où tu aurais un autre professeur que le petit M. Levy, mais je ne le ferai pas.

— Pourquoi, monsieur ? demanda Jegor déçu.

— Premièrement, parce que M. Levy est un bon enseignant, un sacré bon enseignant, dit Mr Van Loben, deuxièmement, et c'est là le plus important, c'est justement parce que tu le détestes tant, fiston, que je veux que tu restes avec lui jusqu'à ce que tu te guérisses de tous ces stupides préjugés dont on t'a bourré le crâne. »

Jegor aurait voulu entamer une discussion à propos de ce que le principal venait de lui dire, mais Mr Van Loben regarda sa montre et prit l'air pressé.

« C'est bon, fiston, je vais en parler avec M. Levy et tout sera classé, dit-il, je vais également écrire un mot à ton père parce que je veux discuter avec lui. »

En bégayant, Jegor supplia Mr Van Loben de ne pas convoquer son père.

« Sir, ça n'a rien à voir avec mon père, argua-t-il, absolument rien.

— Bien sûr que si, dit Mr Van Loben sans se laisser fléchir, j'aime toujours discuter avec les parents. »

En le reconduisant jusqu'à la porte, signe qu'il n'avait plus de temps à lui accorder, Mr Van Loben donna une tape dans le dos du jeune homme et lui ordonna d'être gai.

« Souris, mon garçon, et demain tu reviens en classe... »

Jegor sortit du bureau anéanti. Le grand homme blond aux yeux de marin ne l'avait pas compris, il l'avait traité comme un petit garçon, l'avait même humilié avec ses secrets de gamin. Les choses en étaient toujours au même point. Il allait retrouver l'école, retrouver M. Levy. Son père serait mis au courant de tout. Il descendit l'escalier du métro d'un pas hésitant.

Des écoliers footballeurs en sweaters numérotés firent bruyamment irruption dans le wagon, chahutant et riant. Ils se suspendaient aux courroies de cuir, s'allongeaient sur les banquettes, laissaient dépasser leurs pieds par les portières de la voiture. Des voyageurs somnolaient sur leurs sièges en mâchant leur éternel chewing-gum. Un revendeur de vieux journaux déjà lus criait sa marchandise à bas prix d'une voix éraillée. Des beautés souriantes peintes sur les murs et les plafonds invitaient à acheter du savon, des cigarettes, de l'essence, de la poudre dentifrice, des gâteaux, des lames de rasoir. Jegor ne voyait rien d'autre que sa misérable solitude. La rame était arrivée à proximité de sa rue mais il ne sortit pas. Il n'avait pas envie de rentrer chez lui par ce triste jour. Il continua. D'après les passagers qui montaient et descendaient, il reconnaissait les quartiers traversés. Là, c'était des Juifs, hommes et femmes, yeux noirs et cheveux noirs. Bientôt arrivèrent des passagers blonds, des hommes en bleus de travail, des femmes chargées de paquets. Puis le wagon se remplit de Noirs. Des négresses grasses, des négresses maigres aux jambes fines, des nègres noirs comme du charbon, des nègres chocolat, des métis, des quarterons, des mulâtres, des noirs à lunettes, des gamins noirs portant les chaussures de leur mère trop grandes pour eux, des petites filles noires aux grands yeux tristes avec des rubans rouges dans leurs petites nattes rigides, les uns après les autres ils remplissaient le wagon. Un nègre saoul, bleu à force d'être noir, vêtu d'une chemise rouge déchirée qui laissait apercevoir sa peau ténébreuse, riboulait des yeux, riait à tout le monde, chantait et s'adressait aux Blancs. Un religieux noir à la chevelure grisonnante, son cou noir enserré par un col blanc d'ecclésiastique, essayait de calmer l'ivrogne afin qu'il ne jette pas l'opprobre sur ses frères de race. Le joyeux ivrogne ne se laissait pas raisonner et continuait de parler aux Blancs.

« Donnons-nous la main, mon jeune ami blanc »,
dit-il en tendant une main noire et charnue à Jegor
qui le regardait.

Jegor s'écarta du répugnant homme noir. Le fait
que le Noir l'ait choisi, lui, pour lui tendre la main,
emplissait Jegor de crainte : on reconnaissait en lui le
côté qu'il ne voulait pas qu'on reconnût. Bientôt
apparurent à nouveau des blonds aux yeux clairs. Des
femmes portant un panier à la main, des garçons lon-
gilignes avec des cheveux de lin coupés très court au-
dessus des oreilles, des hommes grassouillets portant
des caisses à outils. L'allemand se mêlait à l'anglais.
Une femme en train de tricoter attrapa sa gamine agitée en la tirant par ses petites tresses blondes et la
gronda avec le plus pur accent des faubourgs de Berlin :

« Trudel, reste donc tranquille ! »

Jegor se sentit immédiatement chez lui, revigoré,
c'était comme l'eau fraîche d'un ruisseau sur un corps
échauffé en sueur. Bien que n'ayant rien à faire dans
ce quartier, il descendit en même temps que les voyageurs au teint clair et au parler familier.

Dans les rues de Yorkville, des femmes assises sur
les marches des vieilles maisons discutaient de leurs
préoccupations féminines dans un allemand entremêlé
de mots anglais. À chaque instant une femme ou une
autre appelait les enfants qui jouaient au milieu de la
rue :

« Hans ! Lieschen ! Fritz ! Karl ! Klara ! Hubert !
Fritz ! Fritz ! »

Les brasseries, les pâtisseries, les restaurants, exposaient des pains, de la bière et des mets familiers. Sur
les vitrines étaient accrochées des petites annonces en
allemand concernant des chambres à louer. Au milieu
des restaurants, des confiseries et des boucheries, un

fossoyeur sur son trente et un faisait de la publicité pour son entreprise qui existait depuis cent ans et était réputée pour ses prestations honnêtes et ses prix modérés. Sur les murs vides et les vitrines poussiéreuses d'un commerce en liquidation, sur la moindre surface disponible, étaient dessinées à la craie des croix gammées parmi lesquelles venaient s'immiscer quelques rares faucilles et marteaux. Près d'un club démocratique dont la porte ouverte laissait voir plusieurs individus aux manches retroussées jouant au billard, étaient installées toutes sortes d'institutions portant de longs noms allemands : des bureaux de change qui se chargeaient aussi d'envoyer de l'argent et des colis en Allemagne ; des bureaux de placement ; des commissionnaires de tous ordres. Du haut des fenêtres du premier étage on voyait briller en lettres gothiques dorées des noms de médecins, dentistes, avocats, agents de commerce, agents d'assurances, agents immobiliers proposant des terrains en banlieue. Les librairies exposaient toutes sortes de livres « d'en face » avec des couvertures multicolores, des affiches de voyage, des tableaux et des portraits. Par une fenêtre ouverte on entendait un saxophone jouer une marche militaire allemande.

Jegor se sentit à l'aise et plein d'entrain dans la ville inconnue. Une forte envie de vivre s'éveilla en lui qui chassa sa mélancolie. Il plongeait le regard partout, tendait l'oreille au moindre bruit. Au coin d'une rue se dressait une église dont les larges portes étaient ouvertes et qui portait gravé en caractères gothiques sur son fronton : « Notre Dieu est une forteresse invincible. » Ça lui rappela grand-mère Holbek qui l'emmenait de temps en temps avec elle à l'église et il ressortit aussitôt. Sur le trottoir opposé, une salle de cinéma annonçait un nouveau film venu « d'en face ».

Jegor saisit son portefeuille et recompta l'argent que sa mère lui avait remis pour qu'il passe régler le gaz et l'électricité. Il y avait un billet de cinq dollars sans compter la menue monnaie. Il s'approcha de la caisse devant la salle et sourit à la caissière qui était aussi rose et blonde que les filles peintes sur les affiches. Dans son allemand le plus courtois, il lui demanda si ce ne serait pas lui causer trop de tracas que de la prier de lui rendre la monnaie sur cinq dollars pour l'achat d'un billet à quinze cents.

« Désolé, mademoiselle, mais je n'ai pas de monnaie, dit-il, prenant l'air bravache de celui qui n'a rien de plus petit qu'un billet de cinq dollars.

— Oh, mon Dieu, cela sera un plaisir pour moi, monsieur », répondit en allemand la jeune fille rose et blonde, touchée par les paroles polies auxquelles elle n'était pas habituée.

Tout en comptant la monnaie, elle le complimenta sur son allemand si pur, tel qu'on l'entendait rarement parler dans ce pays.

« Il n'y a pas longtemps que je suis arrivé "d'en face", répondit Jegor, je suis là en touriste.

— Je l'avais tout de suite deviné », dit la blonde caissière en souriant comme les belles sur les affiches.

D'un pas fier et la tête haute Jegor pénétra dans le bâtiment brillamment éclairé. Puisque la caissière blonde l'avait pris pour un touriste venu « d'en face », il pouvait être certain que, contrairement à ce qu'il pensait, il n'avait rien de son père. Dans la salle obscure étaient projetées des images « d'en face » bien connues : des parades, des formations aériennes, des entraînements militaires, des défilés, des défilés, des défilés… Les bottes cloutées, levées bien haut, n'arrêtaient pas un instant de frapper le pavé et l'asphalte. Jegor reconnut des rues familières, des places, des monuments. Le public applaudit très fort. Jegor applaudit plus longtemps que les autres.

Lorsqu'il sortit de la salle de projection, il faisait déjà sombre. Il savait qu'il était terriblement en retard pour rentrer à la maison, que ses parents étaient déjà sûrement en train de se faire du souci. Il n'était cependant pas pressé de rentrer. D'un restaurant qui exhibait en vitrine un petit bonhomme gras chevauchant un tonneau de bière, s'échappaient des odeurs de viande rôtie. Jegor qui n'avait rien mangé de la journée ressentit un tiraillement à l'estomac et il entra. Il était venu là dans l'idée de prendre juste quelque chose au buffet avant de rentrer chez lui. Sur les cinq dollars de sa mère, il ne manquait jusqu'à présent que quinze cents. Mais une belle blonde vêtue du costume traditionnel bavarois s'approcha de lui avec toute l'amabilité qu'une femme peut manifester à un homme dont elle attend quelque chose, et lui demanda s'il voulait lui confier son manteau. Jegor fut si surpris par la blondeur et la gentillesse de la jeune fille qu'il lui remit l'imperméable maintenant trop petit qu'il avait rapporté « d'en face » et en même temps, d'avance, une pièce de vingt-cinq cents.

« Merci, cher monsieur, dit la beauté blonde, c'est très aimable à vous.

— Ah ! Je vous en prie, ce n'est rien », dit-il fanfaron, comme si distribuer des pièces de vingt-cinq cents était pour lui la chose la plus naturelle du monde.

Après la demoiselle du vestiaire, c'est une dame respectable, très grosse, très digne, qui vint vers lui et, sans rien lui demander, le conduisit à une table déjà prête, décorée de fleurs.

« J'espère que vous serez bien ici, mon jeune monsieur, dit-elle l'air très digne, comme il convenait à son âge et à son embonpoint. Dois-je envoyer de suite le maître d'hôtel ou monsieur attend-il quelqu'un ?

— Non, je suis tout seul aujourd'hui, répondit Jegor sur le ton d'un homme habitué à dîner avec une dame mais qui cette fois souhaite être seul.

— Johan, un couvert pour monsieur », commanda l'imposante dame à un robuste serveur dégarni portant la culotte de cuir courte des Bavarois et un gilet brodé.

Jegor savait qu'il faisait des choses qu'il n'aurait pas dû faire, qu'il gaspillait l'argent que sa mère lui avait remis pour payer l'électricité, qu'il s'attardait trop et que chez lui on allait se faire un sang d'encre. Mais il ne pouvait plus faire marche arrière. En même temps que de l'inquiétude, il éprouvait de la satisfaction, le plaisir intérieur de faire des choses interdites, de savoir qu'on allait s'inquiéter pour lui.

« Une bière, une grande, n'est-ce pas, monsieur ? demanda ou plutôt conseilla le garçon.

— Évidemment », répondit Jegor, tel un buveur de bière invétéré qui ne se ridiculise pas avec une petite chope mais commence directement par une grande.

Avec toute la dignité de sa fonction, le garçon lui apporta une grande chope de porcelaine qu'il maintenait bien en équilibre. Avec plus de dignité et d'équilibre encore, il apporta les assiettes pleines de la nourriture que Jegor avait commandée pour la seule raison que le serveur l'avait incité à le faire.

C'est de la même façon qu'il acheta un cigare à la vendeuse de cigarettes bien que la fumée le fît tousser. Il refusa de reprendre sa monnaie.

La demoiselle lui sourit gentiment.

« Pourquoi êtes-vous seul, monsieur ?

— Tu veux me tenir compagnie, chérie ? répondit Jegor en la tutoyant comme il sied à quelqu'un qui boit de grandes chopes de bière et fume des cigares.

— Pendant les heures de service, c'est interdit, s'excusa la demoiselle.

— Mais tu peux boire une bière avec moi, pas vrai ?

— Dans ce cas, j'aimerais mieux prendre un cognac », minauda la petite qui savait qu'elle toucherait du restaurant un plus gros pourcentage pour un cognac.

Aussitôt, un violoniste se détacha de l'orchestre, s'approcha de la table de Jegor et se mit à jouer pour lui et la demoiselle des cigarettes une douce chanson d'amour. Jegor en eut les larmes aux yeux tant il se sentait ému et honoré pour la première fois de sa vie.

L'espace d'un instant, il repensa à l'argent gaspillé, à l'heure tardive, à ses parents qui allaient s'inquiéter. Mais il était trop tard pour reculer et à présent ça lui était égal. Sans qu'il sache lui-même comment, sa table se retrouva soudain entourée de gens avec lesquels il buvait de la bière et trinquait chope contre chope. Les hommes faisaient du vacarme, criaient « longue vie », réclamaient à l'orchestre des airs connus qu'ils reprenaient en chœur. Jegor les accompagnait.

Il sortit le dernier du restaurant, alors que l'on fermait déjà les portes. Il continua un moment à chanter dans la rue. Mais il mit bientôt la main dans sa poche et rassembla de ses doigts incertains le peu de monnaie qui lui restait. Trois « nickels » et un « penny », seize cents, en tout et pour tout. Cela le dégrisa. Il avait la tête lourde, étrange, on aurait dit du plomb. Ses pensées étaient tout aussi lourdes. Il descendit dans le métro. Près d'une grande affiche représentant une gigantesque beauté qui ventait une poudre dentifrice, se tenait un clochard armé d'un crayon, occupé à noircir une dent au beau milieu de la bouche rieuse.

« *Nice job*, du beau boulot, hein ? demanda-t-il réjoui à Jegor.

— Hm, hm…, marmonna Jegor plein d'aigreur.

— Donne-moi dix cents pour l'asile de nuit », dit le clochard en tendant la main.

Jegor lui donna les deux derniers « nickels » qui lui restaient et l'envia de pouvoir à présent passer la nuit où il voulait, de n'avoir de compte à rendre à personne. Il entra d'une démarche pesante dans la rame qui arrivait. Les pendules des stations indiquaient une heure de plus en plus tardive. Il sortit lentement du train et monta les marches en se traînant. Plus il approchait de chez lui, plus il ralentissait le pas. Il s'arrêtait devant les magasins, observait le travail nocturne des égoutiers qui perçaient le sol, examinait dans les vitrines les mannequins nus que l'on avait déshabillés pour la nuit. Il passa devant sa maison et leva les yeux sur les fenêtres de chez lui. Elles étaient éclairées dans toutes les pièces. Il comprit combien sa mère devait être inquiète si elle avait oublié d'éteindre les lampes, chose à laquelle elle faisait toujours tellement attention dans son souci permanent d'économie. Pendant un moment, il hésita : allait-il monter oui ou non ? Mais au même instant une fenêtre s'ouvrit et sa mère appela dans la rue déserte :

« Jegor ! Jegor ! »

Il monta. Sa mère se tenait dans l'embrasure de la porte, le large manteau de son père passé sur sa chemise de nuit. Elle était très pâle à cette heure avancée de la nuit, perdue dans le manteau d'homme trop grand pour elle.

« Jegor, tu es sain et sauf ? » demanda-t-elle à voix basse bien qu'elle pût le constater par elle-même.

Jegor fut pris de pitié pour sa mère mais il se sentait trop abattu et trop fautif pour le laisser voir, c'est pourquoi il répondit avec insolence, pour camoufler son désarroi.

« Foutaises, marmonna-t-il, pourquoi tu n'es pas allée dormir ? »

Teresa remit ses cheveux en ordre.

« Papa est à la police, murmura-t-elle, nous pensions que tu avais été renversé par une voiture ou pire encore. »

Soudain, elle remarqua qu'il sentait l'alcool et elle se tordit les mains.

« Où es-tu allé, mon enfant ? » demanda-t-elle en mère inquiète.

Jegor ne répondit pas et se glissa immédiatement dans sa chambre en verrouillant la porte derrière lui. Il espérait ainsi se mettre à l'abri de son père qui risquait d'arriver d'un instant à l'autre. Il le détestait à l'avance pour son regard perçant, ses remontrances et ses reproches justifiés. Il se jeta sur son lit tout habillé, s'endormit, se réveilla, replongea dans le sommeil. Habitué qu'il était à entendre chaque matin son père frapper à sa porte, signe qu'il devait aller à l'école, il se réveilla à l'heure et attendit avec crainte les coups à la porte. Mais son père ne vint pas le réveiller.

Ce jour-là, au lieu de réveiller son fils pour qu'il aille à l'école, le docteur Karnovski se rendit lui-même à l'école comme le lui demandait une lettre apportée par le premier courrier. Bien qu'il n'eût dormi que quelques heures la nuit précédente où Jegor était rentré si tard, il se leva comme toujours de bon matin, prit une douche froide dans la salle de bains, fit sa gymnastique et partit à pied pour l'école qui se trouvait à une distance considérable de chez lui. Ce serait l'occasion de faire sa grande promenade matinale. Il marchait à vive allure et comme chaque jour, avait plaisir à marcher. Contrairement à Teresa, il ne prenait pas trop à cœur le retour tardif de son fils. Il se rappelait ses propres années de jeune homme quand il lui était arrivé à lui aussi de rentrer tard dans la nuit et il pouvait comprendre l'attirance du garçon pour la débauche et son rejet de l'autorité. Il ne prenait pas trop au sérieux non plus l'odeur d'alcool dégagée par « l'enfant », odeur qui avait effrayé Teresa, pas plus que ses craintes de mère à l'idée qu'il avait pu se rendre dans une maison louche. Il savait bien que lui, à l'âge de Jegor, avait de plus gros péchés sur la conscience. En tant que médecin, il considérait même que cela aurait été une bonne chose pour le garçon, ça l'aurait sorti de son enfermement solitaire et de ses tourments d'adolescent, ça lui aurait donné du courage et de l'assurance et fait de lui un homme.

Il ne s'en faisait pas trop non plus à propos de la lettre de l'école concernant la mauvaise conduite de son fils. Il se souvenait comment, des années auparavant, son père avait été convoqué au lycée par le professeur Kneitel. Ça le faisait même sourire quand il pensait à la différence entre le comportement de son père à son égard et son propre comportement vis-à-vis de Jegor. Comme cela arrive souvent aux personnes entre deux âges, il se dit que les années passaient vite, il n'y a pas si longtemps, il était lui-même un jeune garçon en conflit avec son père pour des histoires de mauvaise conduite et aujourd'hui c'était son tour d'être père d'un grand garçon qui faisait des fredaines. Avec un sourire plein de philosophie, il se dit que tout était éphémère.

Mais à l'école, sa bonne humeur fondit pour céder la place à de pénibles préoccupations.

Mr Van Loben accueillit très cordialement le docteur Karnovski. Dès la première poignée de main chaleureuse, ils ressentirent l'un pour l'autre une sympathie immédiate, comme toujours lorsque des personnes aimant la vie se retrouvent face à face. Après avoir subi l'élève plein de rancœur, Mr Van Loben fut agréablement surpris en découvrant la cordialité et la virilité de son père. L'aspect ouvert et pas du tout allemand du docteur Karnovski, aspect qui contredisait fortement les discours alambiqués de son fils tourmenté, fut pour lui une surprise plus grande encore. Mr Van Loben alluma sa pipe afin que la fumée l'aide à résoudre cette énigme et il offrit un cigare au docteur. En tirant avec avidité sur sa pipe, il essaya de contourner la difficulté avec diplomatie, de se faire comprendre par allusions, d'éviter de parler ouvertement de la chose comme le font généralement les non-juifs pour parler avec un Juif de sa judéité. Mais il en eut bientôt assez de la diplomatie qui n'était pas dans sa nature et il se mit à parler sans détour, comme un homme qui s'adresse à un homme dont il se sent proche.

« Excusez ma question, docteur, dit-il avec un sourire, il n'est pas dans mes habitudes d'interroger les gens sur leurs origines parce que toutes ces choses me répugnent fichtrement. Mais dans le cas précis, cela m'intéresse. Si je ne me trompe, vous êtes juif, docteur.

— Bien sûr, et vous n'avez pas à vous excuser », répondit le docteur Karnovski avec un sourire gêné, comme en arborent généralement les Juifs à qui on pose cette question, même s'ils s'efforcent de porter leur judéité ouvertement et même avec fierté.

Mr Van Loben tira encore plus fort sur sa pipe.

« Encore une chose, docteur, dit-il, êtes-vous le père ou le beau-père de votre fils ?

— Quelle idée, monsieur Van Loben », répondit d'un ton légèrement irrité le docteur Karnovski, et il eut un mauvais pressentiment.

Le visage affable de Mr Van Loben afficha un sourire coupable.

« Parce que... parce que votre fils a des idées très particulières, dit Mr Van Loben en riant, des idées très particulières, tout à fait déplacées dans nos écoles américaines. C'est précisément pour cela que je vous ai prié de venir, et je suis content de vous voir ici, docteur, très content. »

Il ralluma le cigare du docteur Karnovski que le fumeur, dans sa confusion, avait laissé s'éteindre et, tout en tirant vigoureusement lui-même sur sa pipe, il commença à parler des conflits entre Jegor et le professeur Levy, de la confession qu'il lui avait faite à lui personnellement, de toute sa rancœur et de son anxiété. Plus Mr Van Loben parlait, plus le docteur Karnovski baissait la tête. Il avait honte de regarder dans les yeux l'homme assis en face de lui.

« Incroyable », murmura-t-il désemparé.

Mr Van Loben se rendit compte que ses propos avaient porté un coup trop violent au docteur et il tenta de minimiser la chose, de la réduire à des broutilles sans conséquences. Avec un rire sonore, utilisant un vocabulaire quelque peu déplacé dans la bouche d'un enseignant, il tapa dans le dos du père abattu et lui ralluma une nouvelle fois son cigare. Le docteur ne doit pas prendre tout cela au sérieux parce que ce n'est rien d'autre que de ridicules idées de gamin, des idioties dont des imbéciles ont farci sa cervelle de gosse. Le docteur doit en rire comme lui-même en a ri parce que tout ça, c'est des idioties, des foutaises, des stupidités, des cochonneries comme les torchons qu'il jette chaque jour à la poubelle. Puis passant à l'état physique du garçon, il se mit à parler de son laisser-aller, de sa mollesse, et il conseilla au père de veiller un peu plus, en tant que médecin, à la santé de son fils et tout ira à nouveau bien, les difficultés s'aplaniront d'elles-mêmes.

« Allons, docteur, il ne faut pas vous en faire, moi aussi j'ai des enfants et j'ai des soucis avec eux, dit en riant Mr Van Loben. Je suis vraiment très content de vous avoir rencontré, et renvoyez votre fils à l'école. Il faut garder le moral. »

Mais malgré ce conseil, quand le docteur Karnovski sortit, il n'avait pas le moral. Il était miné par un sentiment de culpabilité. Ses jambes toujours vigoureuses, habituées à une démarche ample et assurée, le portaient à peine à présent le long du large escalier de l'école. Durant le voyage de retour, il ne pensa qu'à une chose : il devait se contrôler, garder son sang-froid, rester calme, comme le principal le lui avait conseillé. Dès qu'il eut passé le seuil de sa maison, le sang lui monta à la tête.

De sa chambre, Jegor entendit le pas de son père et fut saisi d'inquiétude. Ils ne présageaient rien de bon, ces pas tranquilles. Comme toujours, il tenta de parer à la peur par de l'insolence.

« J'ai dépensé les cinq dollars que maman m'avait donnés pour payer le gaz et l'électricité », dit-il d'un air provocateur.

Le docteur Karnovski ne réagit pas. Étonné de voir que son père restait calme, Jegor continua à énumérer ses fautes.

« Cet argent, je l'ai bu, dit-il encore plus provocateur, entièrement. »

À cela non plus le docteur Karnovski ne répondit rien. Jegor le regarda avec encore plus de crainte et de haine. Teresa qui avait redouté une explosion éprouva un soulagement, convaincue à présent que l'orage était passé. Mais elle aperçut soudain des taches de sang dans le blanc des yeux de son mari et resta pétrifiée. Elle savait que la colère montait.

« J'ai été à l'école », dit le docteur Karnovski avec un calme contrôlé, le calme qui précède la tempête.

Maintenant Jegor se taisait. Ce silence fit bondir son père.

« Tu as osé prendre la défense de nos ennemis ? » demanda-t-il tout en sachant fort bien qu'il en était ainsi.

Jegor se taisait.

« Tu as osé t'en prendre à ton professeur qui disait la vérité ? » poursuivit-il.

Jegor se taisait.

« Tu as osé parler devant le principal de races et de sang ? » continua-t-il en faisant un pas en direction de son fils.

Jegor se taisait.

Le docteur Karnovski était tellement exaspéré par le silence de son fils qui ne marquait aucun regret mais seulement de l'effronterie qu'il le saisit par les revers de sa veste et se mit à le secouer d'avant en arrière.

« Mais enfin, je te parle ! » hurla le père offensé.

Jegor ne répondait toujours pas, se contentant de regarder son père avec haine. Incapable de supporter plus longtemps d'être ainsi humilié par son fils, le docteur Karnovski lui assena une gifle, la deuxième de sa vie.

Un bon bout de temps encore Jegor garda le silence, sonné par la claque à laquelle, à son âge, il ne s'attendait pas. Mais il retrouva vite ses esprits et vomit sa colère.

« Sale Juif ! hurla-t-il en bégayant d'une voix criarde, sale Juif, sale Juif, sale Juif ! »

Teresa était si épouvantée par cet affrontement entre son mari et son fils qu'elle n'osa même pas s'interposer.

« Mon Dieu », implorait-elle, pétrifiée de terreur.

Jegor se précipita dans sa chambre, ferma la porte à clé et se jeta sur le lit d'où il s'était levé peu de temps auparavant. Le soir tomba. Il n'alluma pas. Sa mère frappa, le supplia d'ouvrir parce qu'elle lui apportait à manger. Il n'ouvrit pas. Pendant les premières heures, il avait pensé se venger de son père qui l'avait offensé. Jamais de sa vie il n'avait détesté son père aussi violemment qu'alors. Allongé, le visage enfoui sous les couvertures, il éprouvait une envie furieuse de faire des choses horribles à celui qui était la cause de tous ses malheurs et qui avait levé la main sur lui. La conscience d'être impuissant, de ne pas pouvoir agir, ne faisait que renforcer son envie de vengeance. La fureur et le désir de tuer son père lui enfiévraient les mains. Quand sa fureur contre son père s'émoussa dans l'impuissance, il commença à envisager de retourner sa violence contre lui-même. Mettre fin à ses jours, cette idée lui vrillait le cerveau avec entêtement. Il ne voyait plus aucun espoir pour lui en ce monde. Personne ne le comprenait, il était rejeté, humilié, faible, il bégayait. Il ne supportait pas plus son entourage que son entourage ne le supportait. Dès sa naissance, il était condamné à souffrir parce qu'il était un malheureux mélange de deux races opposées, de deux sangs qui se combattaient mutuellement. C'est à cause de cela qu'il avait souffert de l'autre côté, à cause de cela qu'il souffrait ici et à cause de cela qu'il souffrirait toute sa vie. Un être aussi marqué n'avait pas le droit de vivre, ne pouvait rien attendre de la vie que des souffrances, des conflits éternels, des insatisfactions éternelles, des échecs éternels. Le mieux serait de mettre fin à ses jours comme le font généralement les gens courageux quand une calamité imparable les frappe. Il voyait là aussi une façon de se venger de son père. Toute sa vie il se rappellerait que c'était lui qui avait causé la mort de son fils et il en souffrirait.

En fermant les yeux, il se représentait son père qui entrait le matin dans sa chambre et le découvrait pendu à sa ceinture, la langue pendante. C'est avec plaisir qu'il projetait l'effroi de son père. Il s'imaginait aussi son enterrement, son père qui suivait, l'air coupable... Dans l'obscurité, il s'assit à sa table et, à la faible lumière de la rue, il se mit à écrire les lettres qu'il devait laisser avant d'accomplir sa grande action. Il écrivait billet sur billet, les déchirait, en écrivait d'autres qu'il déchirait à leur tour. Plus il écrivait de lettres, plus son envie de se faire du mal faiblissait. Il commença à être pris de pitié pour lui-même, à se voir la langue pendante, voir son propre enterrement. Il fut saisi d'effroi, un frisson d'épouvante le parcourut. Il repoussa avec dégoût la ceinture qu'il avait pris tant de plaisir à regarder. Il tourna la tête vers le mur afin de ne plus avoir devant les yeux le crochet de la fenêtre qui l'attirait tant auparavant. Non, tout mais pas ça. Il ressentit soudain la chaleur de son propre corps, la douceur du lit, et même de l'appétit ainsi qu'une irrépressible envie de voir, d'entendre, de bouger et de vivre. Dans son désir de vivre, il pensa même un moment ouvrir la porte, allumer la lumière et demander à sa mère de lui apporter à manger. Mais il eut aussitôt honte de lui, de son manque de caractère, de sa pusillanimité et se mit à se mépriser. Un poltron, voilà ce que je suis, un petit garçon lâche qui n'a même pas le courage de mettre fin à ses jours. Il ne peut pas vivre, il ne peut pas mourir, il ne peut s'entendre avec les gens au milieu desquels le destin l'a jeté, il ne peut s'éloigner d'eux parce que c'est un bon à rien, une plaie, une calamité pour les autres et lui-même, une pierre qui vient se mettre sous les pieds des gens. C'est justement pour cela que personne ne le respecte. Pour cela que tout le monde le déteste, pour cela qu'on l'humilie. Même le principal du lycée s'est moqué de lui, il lui a parlé non comme à un garçon de son âge mais comme à un petit morveux. C'est pour cela que son père a tant de toupet, qu'il a même levé la main sur lui.

Sa mère frappa à nouveau à la porte et l'appela :

« Jegor ! Jegor ! Ouvre la porte, juste un moment, je voudrais te donner un verre de lait et refaire ton lit. »

Jegor ne répondit pas. Recroquevillé sous sa couverture, il tendit l'oreille et entendit son père et sa mère qui parlaient de lui à voix basse derrière la porte.

« Georg, j'ai peur pour le garçon ! dit sa mère, il ne répond pas.

— Absurde ! répondit son père sans baisser la voix. Il peut rester une journée sans manger, il reviendra à de meilleurs sentiments. Il ne faut surtout pas le supplier. »

Jegor sentit remonter sa haine pour son père. C'est parce qu'il savait pertinemment que son père disait vrai, précisément parce que son père lisait toutes ses pensées, voyait son impuissance et sa poltronnerie qu'il le détestait. La haine lui mit le feu au sang. Il allait lui montrer que du courage, il en avait bien, qu'il n'était pas un gamin qu'on peut piétiner, sur lequel on lève la main. Il allait lui faire payer ça. Mais pas en se faisant du mal à lui-même. Ce serait absurde ! Son père est son ennemi, il ne prendra pas la chose très à cœur si Jegor fait une bêtise. Ça lui fera même plaisir. Non, il va plutôt quitter la maison, la quitter pour toujours, ne plus revoir cet appartement où il a connu tant de malheurs. Il va rompre avec la maison, avec la famille et même avec son nom. Il n'a rien à voir avec la famille Karnovski, pas plus avec ces gens qu'avec leur nom. Il va extirper de lui jusqu'à la racine tout ce qui le relie à son père et à la famille paternelle.

Avec des forces neuves, il se leva du lit et étira les bras bien haut pour chasser toute trace de fatigue et d'apathie. Il jeta un coup d'œil au réveil. La nuit était déjà bien avancée. Il ouvrit la porte avec précaution et tendit l'oreille. Pas le moindre bruit dans l'appartement. Ses parents avaient fini par s'endormir. Il entra sans bruit dans la salle de bains et fit sa toilette à l'eau froide. Cette eau froide le revigora et sa faim se fit plus pressante. Il pénétra à pas silencieux dans la cuisine et sortit de la nourriture de la glacière. Une fois rassasié, il se lança dans les préparatifs de la première action osée de sa vie.

Il sortit tout d'abord un peu de linge de la commode et le mit dans sa valise. En plus du costume qu'il portait, il en prit juste un de rechange. Il prit ensuite son appareil photo, un Leica de prix dont son père lui avait fait cadeau de l'autre côté, à la belle époque. Il emporta aussi toutes les photographies faites de l'autre côté y compris les portraits de l'oncle Hugo en uniforme de lieutenant, et il enfila son imperméable, celui avec les pattes d'épaules qui lui donnaient un air un peu militaire. Dans sa poche, il ne trouva que la moitié d'un ticket de cinéma, un bouton et un penny, pas même de quoi prendre le métro. Il entra à pas de loup dans le bureau de son père pour prendre quelques pennies dans le tiroir de la table où il rangeait généralement son argent. Il ne voulait qu'une pièce de cinq cents. Mais dans le tiroir, à côté de la petite monnaie, il y avait une enveloppe contenant quelques billets. Jegor les compta. Dix dollars. Pendant un instant, la seule idée de prendre l'enveloppe dans sa main le fit rougir. Mais aussitôt, sa haine pour son père l'aiguillonna, cette haine de toujours pour le mal qu'il lui avait causé, et il mit l'enveloppe dans sa poche en même temps que la menue monnaie qui se trouvait là. Ensuite, il sortit de son cadre le portrait de sa mère qui était posé sur le bureau de son père et le glissa dans sa poche de poitrine. Au lieu de la lettre d'adieu d'un suicidé qu'il avait essayé de rédiger, il écrivit un petit mot pour dire au revoir, uniquement à sa mère, sans même mentionner son père, comme s'il n'en avait pas.

Bien que son petit billet eût été plein de paroles dures contre lui-même pour le chagrin qu'il causait à sa mère, pour l'argent qu'il emportait, il ne se sentait pas du tout abattu ou malheureux comme il l'écrivait. Au contraire, il était surexcité, fier de son acte audacieux, le premier de sa vie. Il signa son petit mot non pas de son nom usuel mais de ses deux prénoms accolés, Georg Joachim, avec un Holbek pour couronner le tout, pour lui montrer, à son père, qu'il n'avait plus rien de commun avec lui.

Après quoi, il ouvrit la porte sans bruit, descendit non par l'ascenseur mais par l'escalier, et au premier coin de rue, il réveilla un chauffeur de taxi pour se faire conduire. Avec sa valise légère il aurait pu prendre le métro mais enivré par sa liberté débridée, il préféra prendre un taxi.

« *Yes*, *sir*, oui, monsieur, où va-t-on ? demanda le chauffeur arraché à son sommeil.

— À Yorkville, à l'hôtel », répondit Jegor, fier du « sir » dont on l'avait gratifié.

Par la fenêtre ouverte, un petit vent frais pénétrait dans l'automobile. Jegor sortit la clé de l'appartement qu'il avait retrouvée dans la poche de sa veste et la jeta dans la rue par la fenêtre ouverte. Il sentit qu'avec ce geste, il avait rompu les derniers liens qui le rattachaient à sa maison.

Dans la petite chambre d'hôtel pour laquelle il avait payé un dollar d'avance, le lit était fait avec un bord de couverture rabattu comme pour inviter au sommeil. Mais Jegor ne se coucha pas. Il était trop excité par cette journée pour pouvoir dormir. Il examina les quelques photographies jaunies d'empereurs allemands et de scènes de combat accrochées aux murs, ainsi que le règlement de l'hôtel. Soudain, il aperçut une annonce du consulat disant que les personnes intéressées ne pouvaient être reçues qu'entre dix heures et quatorze heures. Le texte était écrit en allemand, en caractères gothiques qui plus est. Les lettres pointues pénétrèrent telles des lances dans l'esprit de Jegor où jaillit une idée percutante.

Bien que ce fût déjà presque le matin, il s'installa devant la table-bureau et à la lumière parcimonieuse d'une petite lampe rouge sombre, se mit à écrire une lettre à l'adresse indiquée sur l'annonce en allemand.

Il écrivit les premières lignes en lettres gothiques très bien formées, claires et artistiquement calligraphiées. C'était, avec la politesse allemande et les grands titres, comme on lui avait appris au lycée « en face », l'introduction de sa lettre à Son Excellence, le représentant de son pays. Avec des compliments exagérés adressés à « Sa Grâce », il s'excusait humblement de prendre la liberté de déranger « Son Éminence » et de lui dérober de son précieux temps.

Passant, après de longues excuses, à l'espoir que Son Excellence voudrait bien lui accorder la grâce de trouver le temps de lire la lettre de son très humble serviteur, il arriva au fond de sa supplique, à ce qui lui tenait tellement à cœur. À présent, l'écriture n'était plus aussi travaillée qu'auparavant. Ce n'était plus une lettre mais une confession. Tout ce qu'il avait sur le cœur, il le mit dans ces pages qu'il écrivit les unes après les autres, toute sa souffrance, sa nostalgie, ses accrochages avec le professeur Levy alors qu'il défendait son pays, son existence tourmentée qui ne parvenait pas à trouver la paix sur cette terre étrangère. En rappelant les mérites de la famille Holbek, les états de service du lieutenant Hugo Holbek et de tous les autres parents, il suppliait son Excellence de lui faire la grâce de l'autoriser à rentrer chez lui où il était prêt à accomplir les besognes les plus ingrates, prêt à mettre son sang et son ardeur au service du pays de ses ancêtres, tout, pourvu qu'il puisse rentrer chez lui, retrouver les siens, la terre à laquelle il appartenait. Après avoir écrit et réécrit la lettre un grand nombre de fois, il finit par la recopier au propre, signa de ses trois noms, Georg Joachim Holbek, et donna l'adresse de son hôtel de Yorkville. Ensuite, de sa plus belle écriture, il écrivit l'adresse et sortit mettre la lettre à la boîte.

Il referma le couvercle de la boîte aux lettres puis le souleva à nouveau et jeta un coup d'œil à l'intérieur pour s'assurer que la lettre y était bien. Au petit matin, dans la rue déserte, il sentit que de grandes choses l'attendaient désormais dans la vie.

40

On n'était encore qu'en tout début de matinée mais le docteur Siegfried Zerbe, attaché de presse en chef des services diplomatiques, était assis à son bureau, fatigué et apathique. Ses grands yeux délavés, toujours troubles et humides comme s'ils venaient de pleurer, étaient rougis par le manque de sommeil. Les rides de son visage blafard et glabre étaient profondes et ombreuses, de véritables fosses, surtout celles qui allaient du nez au menton. Sur ses tempes, des veines bleues et saillantes battaient sans discontinuer, comme chaque fois qu'il avait une forte migraine. Elle ne faiblissait pas, cette horrible migraine, même après les deux aspirines qu'il avait prises d'un coup. En comprimant ses tempes sous ses doigts comme s'il espérait ainsi y écraser la douleur, il regardait de ses yeux mornes par l'immense fenêtre de son bureau dans laquelle il voyait tout l'enchevêtrement de Manhattan, depuis les gratte-ciel jusqu'aux clochers des églises, les cheminées d'usines, les toits et les fils électriques. Comme toute ville que l'on regarde d'en haut, elle avait l'air pétrifiée, on aurait dit un grand, un gigantesque cimetière bourré de tombes. Il n'en montait qu'un léger bruissement semblable à un bourdonnement d'abeilles.

Le docteur Zerbe éprouvait un soulagement au niveau des tempes à contempler le calme qui émanait des pierres et il aurait souhaité que cela dure toujours. Mais on ne le laissait pas poursuivre sa contemplation oisive. Le téléphone sonnait souvent. La sonnerie précipitée lui perçait les oreilles, ses oreilles décollées, plantées sur une grosse tête surmontant un tout petit corps. Ce qui l'irritait plus encore que la sonnerie, c'était les claquements de talons de ses subordonnés chaque fois qu'ils entraient dans son bureau et en ressortaient. Chaque fois, il avait l'impression qu'on lui enfonçait un foret dans le crâne. Quand ils le saluaient, leurs « Heil » retentissants lui vrillaient les tympans.

« *Heil !* » répondait-il sans conviction, juste pour donner le change, plein de répulsion pour ce mot qui lui restait en travers de la gorge.

Non pas que le docteur Zerbe eût quoi que ce soit contre le nouveau salut et les nouveaux individus au pouvoir, ce n'était pas cela qui l'exaspérait. Au contraire, le docteur Zerbe avait été parmi les premiers au côté de ces gens, avant même qu'ils n'arrivent aux commandes. Si le docteur Zerbe était amer et furieux, c'était parce que ces nouveaux venus qu'il avait tellement soutenus ne l'avaient pas récompensé comme ils l'auraient dû, ne l'avaient pas porté au sommet comme il le méritait.

À vrai dire, au début, dans la liesse des premiers jours de l'ère nouvelle, le docteur Zerbe avait été bien récompensé par les nouveaux maîtres. Non seulement il était installé dans le riche bureau de Rudolf Moser en tant que patron du plus grand journal de la capitale, mais il éditait aussi généreusement ses propres articles affectés et pompeux et ses poèmes d'un mysticisme brumeux. Il montait également ses pièces, des drames qu'il avait dans ses tiroirs depuis des années mais que les directeurs de théâtre et les metteurs en scène n'avaient jamais voulu lui acheter parce qu'ils n'étaient tous qu'une bande de Juifs imperméables à la profondeur des caractères de ses personnages authentiquement allemands, insensibles à l'esprit national de ses œuvres.

Cela avait été une période heureuse pour le docteur Siegfried Zerbe. Les critiques parlaient de lui dans les journaux. Les actrices lui souriaient, lui faisaient des compliments, lui à qui les femmes n'avaient jamais vraiment prêté attention. Il est vrai qu'il ne profitait pas de leurs risettes parce qu'en fidèle disciple des philosophes grecs, se sentant Grec de la tête aux pieds, il considérait comme incompatible avec sa dignité de s'embarquer dans des aventures avec des femmes et était plutôt porté sur le sexe masculin. Mais malgré tout, il aimait être entouré de femmes, être admiré par elles pour son érudition, ses pensées philosophiques et surtout, pour ses œuvres poétiques. Nageant dans le bonheur, le docteur Zerbe exprimait sa gratitude aux hommes nouveaux qui l'avaient propulsé au faîte de la gloire.

Ce rat de bibliothèque, cet ennemi des ignorants et des gens vulgaires qu'il plaçait au même rang que les animaux, écrivait des poèmes inspirés sur les chefs des hommes nouveaux, les comparant à des montagnes, des rocs, des géants, des dieux. Lui-même faible, insignifiant, craintif, il célébrait les épées et les lances, s'enthousiasmait pour les souverains et les dominateurs, il glorifiait la violence, la vengeance et la sauvagerie. Dans les termes les plus raffinés de son trésor poétique, termes qu'il empruntait à la mythologie grecque, aux Nibelungen germaniques, il chantait ses odes aux nouveaux dieux bottés. Il présentait aussi les temps nouveaux dans ses drames épiques et fantastiques où des Germains à moitié nus, dotés d'une barbe blonde, une peau de bête autour des reins, une épée à la main, déambulaient à travers montagnes et rochers, débitant leurs discours héroïco-symboliques en vers, allusion aux temps nouveaux. Comme dans les tragédies grecques sur lesquelles il prenait modèle pour construire ses drames, des chœurs chantaient ses vers avec emphase. Les nouveaux critiques de théâtre voyaient en lui l'étoile montante du drame national. Mais aussi rapidement qu'il avait atteint les hauteurs, le docteur Siegfried Zerbe fut rejeté des sommets de la gloire.

Bien qu'aucun des spectateurs n'eût osé s'en aller avant la fin lorsqu'on jouait les drames héroïques du docteur Zerbe, le public bâillait et toussait beaucoup tandis que les héros à moitié nus récitaient leurs discours symboliques en vieil allemand si difficile à comprendre. Au beau milieu, alors que les chœurs chantaient les drames du docteur Zerbe d'une voix solennelle, on entendait même ici et là, le ronflement d'un spectateur endormi. À peine montés, ces drames, il fallait les retirer de l'affiche. Les lecteurs du journal du docteur Zerbe ne voulaient pas non plus lire ni ses longs articles truffés de mots latins et d'expressions en vieil allemand ni ses poèmes symboliques ampoulés. On obligea donc le docteur Zerbe à quitter le riche bureau de Rudolf Moser avant même qu'il n'ait vraiment le temps de s'y installer. On mit à sa place, à la table directoriale, un ancien reporter, un jeune, qui non seulement n'était pas docteur en philosophie mais qui n'avait même jamais vraiment vu de ses yeux une école supérieure.

Dans les théâtres, on montait aussi les œuvres de nouveaux dramaturges dont le docteur Zerbe voyait bien qu'ils n'avaient non seulement jamais étudié la moindre tragédie grecque mais qu'ils ne connaissaient même pas vraiment les règles élémentaires de la construction dramatique, n'avaient pas la moindre idée du rythme, le moindre sens de la langue. De plus, ils introduisaient des obscénités et le parler vulgaire de la rue. Le pire était que le public se réjouissait de ces vulgarités, hennissait de plaisir. Les mêmes critiques de théâtre qui faisaient auparavant le panégyrique du docteur Zerbe pour avoir libéré l'art national de l'emprise de la juiverie orientale, n'avaient pas à présent assez de mots pour chanter les louanges des nouveaux dramaturges, ces gens vulgaires, ces ignorants.

Le docteur Zerbe se démena pour se hisser à nouveau sur l'échelle où il avait si vite grimpé et d'où on l'avait fait dégringoler plus vite encore.

Malgré sa haine et son dégoût pour tout ce qui était vulgaire, ordinaire et populaire, il se mit à écrire des choses destinées à la populace, dans le seul but de trouver grâce à ses yeux. Dans son ardeur, il dépassa même les nouveaux écrivains sur le terrain de la vulgarité. Parce que, bien que poète et philosophe et mystique dans ses œuvres, le docteur Zerbe, dès qu'il s'éloignait de son écritoire, était un homme pratique, tout ce qu'il y a de plus pragmatique, qui avait toujours mis sa plume au service de ceux qui le payaient pour cela en s'adaptant à leurs exigences. Disciple des Grecs, admirateur de Socrate et de l'enseignement audacieux pour lequel il avait accepté de mourir, idolâtre des grandes pensées sur la vie et la mort que le philosophe avait exposées à ses disciples avant de boire la coupe de ciguë, le docteur Zerbe prenait plaisir à la lecture de ses discours philosophiques en raison de leur beauté, de leur sagesse et de leur style, mais il ne lui serait jamais venu à l'idée de les prendre comme modèle dans sa vie.

Le docteur Zerbe n'avait ni la force ni la volonté de partir en guerre contre le monde. Il regardait la populace avec mépris comme on regarde un gros animal sauvage en furie pour lequel on éprouve du dégoût mais que l'on s'efforce de satisfaire parce qu'il fait peur.

S'il lui était arrivé de combattre les puissants de la juiverie, ce n'était pas lui qui avait ouvert les hostilités. Il avait fait tout son possible pour se parer de leurs plumes et croasser à leur manière. Ce n'est que devant leur refus absolu de l'accepter dans leur confrérie parce qu'il ne sortait pas du shtetl qu'il était parti en guerre contre eux. Mais contre les nouveaux maîtres, pas question de partir en guerre. On ne pouvait que lécher la poussière de leurs bottes si on ne voulait pas être piétiné par elles. Le docteur Zerbe avait donc léché les bottes des hommes nouveaux, avait satisfait toutes leurs exigences. Il avait cru pendant un moment qu'eux, les hommes nouveaux, allaient le comprendre et le laisser s'épanouir dans sa gloire. S'ils ne le comprenaient pas, s'ils préféraient des cochonneries et de la vulgarité et de l'ignorance, il allait leur en donner à pleines poignées, et qu'ils en crèvent d'indigestion. Si la plèbe, ce gros porc répugnant, préfère bouffer de la saloperie plutôt que des mets délicats, lui, le docteur Zerbe, leur servira de la saloperie. Avec autant de zèle que de répulsion, il se mit à écrire des pièces triviales, des poèmes à trois sous, à parler la langue de l'époque, à utiliser le style de l'époque, à s'abaisser pour la populace plus bas que terre. Mais il eut beau faire des pieds et des mains pour devenir l'un des leurs, pas moyen de séduire les hommes bottés pour lesquels il resta un étranger, un individu de second plan.

Gringalet, chétif, avec une grosse tête sur un petit corps, pétri de littérature, intellectuel de la tête aux pieds, conservant ancré au fond de lui l'héritage de son père le pasteur, il n'arrivait absolument pas à se faire aimer de ces gens. Il ne pouvait pas les suivre au cours de leurs joyeuses agapes, ne pouvait pas s'empiffrer comme eux ni engloutir autant de chopes de bière ni inspirer autant de fumée de cigare, n'avait rien à raconter à propos de combats ou d'armes, aucune histoire de femmes, aucune aventure amoureuse dont il aurait pu se vanter. Ils s'ennuyaient vite avec lui, il les ennuyait avec son érudition, sa lourdeur, son allure et son comportement. Voyant que les individus bottés détestaient les intellectuels et les gens d'esprit, le docteur Zerbe tenta de se moquer de ces derniers, de les traîner dans la boue afin de leur complaire. Mais en dévidant toutes ces vilenies sur les intellectuels, il n'en restait pas moins lui-même un intellectuel jusqu'au bout des ongles. Il ne pouvait en aucune façon rivaliser avec les nouveaux hommes de plume pour la vulgarité et le mauvais goût. Les gens au pouvoir l'évitaient, les dames dans les salons n'avaient plus un regard pour lui. Dans son amertume, il repensait souvent au salon de Rudolf Moser où il avait ses habitudes et aux personnes qu'il y rencontrait. Il se rappelait avec regret les prophéties du docteur Klein concernant les temps nouveaux. Mais il ne pouvait plus revenir en arrière.

Dès sa première chute de la montagne sur laquelle il s'était hissé, il avait glissé plus bas, toujours plus bas, sans rien à quoi se raccrocher. D'abord, on l'avait nommé secrétaire du journal dont il était le directeur. Le nouveau directeur, l'ancien reporter, était son supérieur, lui donnait des ordres et rejetait parfois ses articles. Par la suite, on lui avait même retiré ce poste humiliant pour lui donner un travail pire encore : rendre compte des manifestations, des défilés, des fêtes. De proche en proche, il s'était retrouvé dans les services secrets à l'étranger.

Le docteur Zerbe ne s'illusionnait pas. Bien que portant le titre d'attaché de presse en chef des services diplomatiques, il savait qu'il n'était en vérité rien de plus qu'un agent des services d'espionnage. Le docteur Siegfried Zerbe, le poète et le penseur, un agent secret ! Et le pire, c'est que même dans ce service, il n'était pas le patron mais un subalterne, il avait un supérieur qui lui donnait des ordres, lui parlait de haut et le tenait à l'œil comme quelqu'un à qui on ne peut faire confiance.

Pas plus ici, à l'étranger, que de l'autre côté, dans son pays, il ne parvenait à se faire aimer de ses collaborateurs des services diplomatiques. C'était, pour la plupart, des nouveaux venus, des parvenus sans aucune expérience de la diplomatie du temps de l'empereur, qui avaient obtenu ces postes en récompense de services rendus au Parti et n'entendaient rien à l'érudition du docteur Zerbe, ses idées philosophiques, sa profondeur et ses conceptions poétiques. Ils ne voyaient en lui qu'un petit bonhomme risible et démodé, un étranger, un pot de colle. Lui de son côté détestait leurs manières. Leurs « Heil ! » lui vrillaient les oreilles, leurs claquements de talons lui écorchaient le cerveau, leurs bras tendus et leurs rugissements lui donnaient des haut-le-cœur. Il était amer, déçu, irrité, fatigué. Ses grands yeux délavés, inexpressifs et humides comme s'ils venaient de pleurer étaient rougis par le manque de sommeil. Ses maux de tête ne lui laissaient pas de répit quel que soit le nombre d'aspirines ingurgitées.

Le docteur Zerbe était plus fatigué et plus amer que toujours en début de matinée, quand il devait regarder le courrier, l'abondant courrier qui arrivait de tous les coins du pays. Il apportait rarement quelque chose d'intéressant, cet abondant courrier. Le plus souvent, c'était des lettres de médisants et d'importuns, des chants de louanges à l'adresse des nouveaux maîtres d'outre-Atlantique écrits par des aigris, des épanchements poétiques de vieilles filles, des lettres pour dénoncer des ennemis, des nouvelles confidentielles qui n'avaient rien de nouveau, sans compter les innombrables conseils et indications et bénédictions et les panégyriques en prose et même en vers. Le docteur Zerbe sentait son cœur se révulser face à ce déluge de sentimentalisme à bon marché, de vulgarité, d'effusions patriotiques et de jargon de propagande qui le submergeait chaque matin lorsque sa secrétaire déposait sur son bureau une montagne de courrier. Vite fait, ne lisant qu'un mot sur dix, il examinait de ses yeux glauques les nombreuses lettres et, furieux, les jetait pour la plupart à la poubelle les unes après les autres. Il en connaissait le contenu avant même de les avoir vraiment regardées. Elles se ressemblaient toutes.

Avec le même dégoût et la même aversion, il se mit à feuilleter la lourde lettre d'un individu qui avait signé Georg Joachim Holbek, une lettre épaisse de plusieurs feuillets écrits en caractères gothiques, dans l'intention de la jeter au plus vite à la corbeille. Mais dès qu'il eut parcouru les premières lignes de banalités qui débordaient de politesse, d'excuses et de justifications, son œil exercé fut arrêté par des phrases étranges telles qu'il n'en avait jamais lues de semblables. Plus il avançait dans la lecture de ces lignes gothiques, plus il était fasciné. Ce n'était plus à proprement parler une lettre mais une confession, le cri du cœur de quelqu'un qui écrivait non pas avec de l'encre mais avec son sang. Malgré l'abondance dans cette lettre de traits enfantins, d'aveux d'impuissance, malgré les phrases hachées, pas toujours logiquement reliées, on y trouvait cependant de profondes effusions de l'âme, un vécu douloureux, des souffrances, du désespoir et de la nostalgie. À présent, le docteur Zerbe ne sautait pas une ligne de cette lettre, contrairement à ce qu'il faisait d'habitude dans sa hâte d'en finir avec sa lecture. Il lisait chaque mot, s'arrêtait souvent sur une ligne et la relisait. Après avoir lu chacune des feuilles jusqu'à la dernière, il les parcourut une nouvelle fois.

Ce qui fascinait le docteur Zerbe, ce n'était pas l'auteur de la lettre. Le docteur Siegfried Zerbe ne s'intéressait pas aux gens, ni à leurs peines ni à leurs joies. La seule personne au monde à laquelle il s'intéressait c'était lui-même, le docteur Zerbe en personne. Tous les autres ne présentaient d'intérêt que dans la mesure où ils étaient pour lui source de plaisir ou de désagrément. S'il appréciait les gens d'esprit, les artistes et les penseurs, ce n'était pas pour leurs qualités ou valeur intrinsèque mais parce qu'ils lui procuraient la satisfaction de les fréquenter et de les écouter. S'il éprouvait de la répulsion face aux gens mauvais et vulgaires, ce n'était pas à cause de leurs défauts et de leurs actions indignes mais parce qu'ils l'ennuyaient et le dégoûtaient. Le docteur Zerbe n'essayait pas de cacher son point de vue sur les gens et les choses. Au contraire, il en était fier. Philosophe de vocation, ayant étudié l'histoire et la physique, il savait que les massacres, les souffrances, le pillage et la cruauté étaient aussi vieux que le monde et dureraient aussi longtemps que le monde. Toujours le plus fort tourmenterait le plus faible, toujours le loup dévorerait l'agneau. Le docteur Zerbe ne croyait pas à la prophétie des moralistes juifs annonçant que le lion et l'agneau pourraient paître côte à côte. À l'instar des Romains, il considérait que l'homme est un loup pour l'homme. Bien sûr que l'agneau criera et bêlera et hurlera toujours lorsque le loup se jettera sur lui, toutes griffes et tous crocs dehors. Mais il est stupide de la part d'un philosophe de vouloir modifier la nature du loup. Le monde appartient au plus fort. La nature a sa loi, la loi de la sélection naturelle, et c'est juste bon pour les moralistes et les prêcheurs naïfs de verser des larmes sur cette histoire-là. Le philosophe ne peut que réfléchir à la chose, non la déplorer.

Mesurant les autres à son aune, le docteur Zerbe était tout à fait persuadé que, de même que le monde entier lui était indifférent, son sort à lui était indifférent aux autres. Il est seul au monde. Lorsqu'il se débat la nuit sur sa couche sans pouvoir fermer l'œil, ce n'est la souffrance de personne sinon la sienne propre. Quand il vieillit, il est le seul à en souffrir. Personne n'en a rien à faire de ses maux, de ses douleurs, de sa solitude. De même que personne n'en aura rien à faire lorsqu'il mourra. Non, ce n'était pas l'individu portant le nom de Georg Joachim Holbek pas plus que ses souffrances qui intéressaient le docteur Zerbe. Ce n'était certainement pas la race de cet individu qui rendait le docteur Zerbe indifférent à ses peines. En tant que philosophe et physicien, il trouvait ridicules tous ces discours sur les races supérieures. Il avait envie de rire quand les jeunes gars bottés, ces rustres, ces grossiers personnages, voulaient lui faire croire qu'ils étaient élus, qu'ils étaient supérieurs aux intellectuels juifs du salon de Rudolf Moser qu'il avait eu tant de plaisir à fréquenter. Le docteur Zerbe partageait les gens selon d'autres critères, les forts et les faibles, ceux qui pouvaient lui être utiles, ceux qui pouvaient lui nuire. La seule chose qui l'intéressait dans la lettre d'un individu du nom de Georg Joachim Holbek était de savoir ce que lui, le docteur Zerbe, pouvait en tirer pour son service à l'étranger.

L'œil exercé du docteur Zerbe avait immédiatement remarqué que celui qui lui avait envoyé cette longue lettre n'était pas un personnage ordinaire. C'était soit le fanatique d'une idée pour laquelle il était prêt à affronter tous les dangers, et lui, le docteur Zerbe pouvait tirer profit d'un tel individu pour son service, soit un habile coquin travaillant pour une autre puissance qui voulait par la ruse, en jouant les fanatiques, s'introduire chez lui, le docteur Zerbe, dans ses services, afin de l'espionner. Dans un cas comme dans l'autre, ça l'intéressait de le rencontrer. Après avoir relu la lettre, il repoussa le soupçon de sournoiserie qui l'avait d'abord effleuré et fut sûr de n'avoir affaire qu'à un fanatique, une tête brûlée et un rêveur, un de ces nombreux jeunes Juifs expulsés, rêveurs et fanatiques que l'époque avait déboussolés, qui pouvait se révéler pour lui, le docteur Zerbe, très utile.

Depuis un certain temps déjà, le docteur Zerbe recherchait désespérément une personne du camp adverse, un Juif précisément, qu'il puisse enrôler dans son service.

Premièrement, cela faisait partie de ses attributions à l'étranger que de suivre ce qui se passait dans le petit monde des immigrés expulsés, d'être au courant des moindres faits et gestes de ces gens dans leur nouveau pays. Bien qu'ils soient pour la plupart muets et terrorisés et ne disent rien de ceux qui les avaient chassés comme ils s'y étaient engagés avant qu'on les laisse sortir de leur patrie, il était important de les avoir à l'œil pour s'assurer qu'ils ne trahissaient pas leur parole et, le cas échéant, se venger sur leurs parents et leurs proches restés de l'autre côté. Le docteur Zerbe avait ses hommes à lui pour cela, mais il recherchait aussi pour ce travail un expulsé, et de plus un Juif, quelqu'un qui aurait accès à leur milieu et dont on ne se méfierait pas. Deuxièmement, tous les expulsés et les immigrants n'étaient pas silencieux et terrorisés, certains menaient au grand jour une guerre ouverte contre les maîtres « d'en face », tant par la parole qu'avec la plume. La plus épouvantable d'entre eux était la rouquine, le docteur Elsa Landau.

Elle lui en faisait voir de toutes les couleurs au docteur Zerbe, Elsa Landau. Si pour pouvoir partir, elle avait donné sa parole de ne pas dire un seul mot pouvant nuire au pays d'où on la chassait, elle n'avait pas tenu parole, ce dont elle se vantait d'ailleurs publiquement. À peine avait-elle posé un pied sur le sol étranger, qu'elle s'était mise à noircir la réputation des maîtres de son pays et à répandre sa propagande mensongère en usant de la plume aussi bien que de la parole. Tout comme dans sa patrie pendant les années précédentes, à l'époque où elle était députée au Reichstag, ici aussi, dans son nouveau pays, elle allait de ville en ville, d'une côte à l'autre, et partout elle parlait, divulguait des secrets, tirait à boulets rouges sur les nouvelles têtes au pouvoir « en face ». Elle organisait également des groupes de combat parmi la population allemande du pays. Avec le temps, elle avait aussi commencé à publier un hebdomadaire, un petit hebdomadaire qui, malgré sa taille modeste, n'en était pas moins bourré de nouvelles en provenance d'outre-Atlantique, de toutes sortes de secrets venus du camp ennemi, d'informations confidentielles les plus variées dont le docteur Zerbe et ses acolytes n'arrivaient pas à comprendre par quels moyens la peste rousse se les était procurés. Et non contente de diffuser son hebdomadaire auprès de tous les journaux du pays qui en faisaient leurs choux gras, elle en expédiait également des centaines d'exemplaires de l'autre côté par toutes sortes de circuits clandestins.

Mais le pire c'est que dans son hebdomadaire, elle noircissait aussi l'image personnelle du docteur Zerbe, le traînait dans la boue et lui faisait une réputation exécrable parmi les habitants de son nouveau pays.

Le docteur Zerbe ne ménageait pas sa peine pour rallier l'opinion publique à son pays, nouer des relations avec le monde intellectuel et pénétrer dans les cercles de ses pairs. Avec une virtuosité toute diplomatique, il réussissait, l'air de rien, à faire passer ses communiqués de presse dans les journaux du pays pourtant très méfiants vis-à-vis de ce genre d'informations. Grâce à sa grande habileté, il avait noué des relations avec des ecclésiastiques et des enseignants, des écrivains et des gens du monde. Avec une infinie patience, il cherchait à gagner la sympathie, la compréhension et l'estime pour les siens qui ne lui inspiraient personnellement que haine et dégoût. À l'aide de la philosophie, d'effusions poétiques, de phrases en latin, d'exemples tirés de l'histoire, de citations de poètes, de versets de la Bible, de métaphysique, il blanchissait les péchés des hommes bottés dans les meilleures maisons où il avait réussi à s'introduire. Grand connaisseur de tous les systèmes philosophiques, au fait des toutes dernières nouveautés dans le monde des idées, sachant mener une discussion avec maestria, passé maître dans l'art de la dialectique depuis l'époque où son père, le pasteur, l'avait envoyé étudier la théologie, il savait toujours envelopper les choses pour les voiler, justifier toute injustice, démontrer, preuves à l'appui, que le noir est blanc et qu'il fait jour la nuit. Le docteur Zerbe en était venu à aimer les cercles dans lesquels il s'était infiltré. Bien qu'il dût faire face, de temps à autre, à de sévères attaques en raison des agissements des siens, il prenait plaisir à fréquenter des gens de sa trempe. À nouveau, il pouvait parler de philosophie et de religion, des derniers livres parus, de tous les événements dans le monde des idées. À nouveau, comme autrefois dans le salon de Rudolf Moser, il pouvait s'affûter la langue dans des discussions, faire montre de sa grande mémoire en citant penseurs et savants, briller par son érudition dans tous les domaines. Après la fréquentation des gens de son bord, les écluseurs de bière et claqueurs de talons, c'était pour lui un plaisir spirituel qu'il appréciait particulièrement. Mais il était régulièrement brûlé dans ces cercles par le docteur Elsa Landau. Elle lui faisait une réputation exécrable dans la presse où il avait tant de mal à distiller ses informations. Aux journaux qui avaient malgré tout imprimé ses informations, elle envoyait des lettres qu'ils publiaient et dans lesquelles elle démontrait que lesdites informations étaient fausses et mensongères. Elle mettait l'intelligentsia en garde contre lui en le traitant d'espion et de délateur. Chaque semaine, le docteur Zerbe enrageait lorsqu'il voyait son nom dans l'hebdomadaire du docteur Elsa Landau. Elle l'exposait face au monde dans toute sa nudité et sa vilenie. De plus, elle le faisait d'une plume acérée, avec énormément de logique et d'humour, choses que lui, le docteur Zerbe, n'aurait jamais attendues du sexe féminin dont il n'avait pas une opinion très flatteuse. Il devenait vert de rage quand parfois il lui arrivait même de se moquer de son apparence physique. Elle le traitait de gnome contrefait en parlant non seulement de son esprit mais de son corps. Cette humiliation qu'il ressentait d'autant plus profondément qu'elle visait juste, empêchait le docteur Zerbe de dormir pendant des nuits entières. Ses propres collègues des services diplomatiques se réjouissaient d'une telle humiliation et le lui faisaient savoir. Il se consumait de colère contre elle et ses acolytes. Il suivait ses moindres faits et gestes, lui envoyait discrètement ses gens afin qu'ils passent au crible chacun de ses mouvements. Mais ses sbires revenaient généralement bredouilles. Elle les flairait à une lieue à la ronde. Le docteur Zerbe avait absolument besoin d'un homme à lui, un réfugié et un Juif, qui puisse avoir accès au camp adverse qui lui ferait toute confiance. Son œil exercé avait tout de suite repéré que celui qui signait Georg Joachim Holbek était l'homme de la situation, l'homme providentiel.

Par précaution, il commença par faire rechercher dans les archives s'il n'y avait pas quelque chose concernant l'auteur de la lettre et demanda par ailleurs à ses subordonnés de se renseigner sur lui. Il n'y avait absolument rien contre lui et le docteur Zerbe lui écrivit de venir le voir.

C'est avec des mains tremblantes que Jegor Karnovski déchira l'enveloppe de la lettre qui lui parvint dans son petit hôtel de Yorkville. Bien que cette lettre fût courte et formelle, quelques lignes en tout et pour tout, il la lut et la relut à multiples reprises au point de pouvoir la réciter par cœur. Il ne dormit pratiquement pas de la nuit tant il était agité et impatient. Au petit matin, avec plus de soin que toujours, il se lava, s'astiqua et s'examina longuement dans le mauvais miroir de sa chambre d'hôtel. Cette fois-là, plus que toujours, il était désespéré par son aspect physique. Pendant un moment, il lui sembla qu'il n'avait rien de la famille de son père, qu'il était un Holbek de la tête aux pieds. Mais bientôt cette certitude vacilla et il se mit à trouver en lui des traits de ce côté qu'il détestait.

Plus il recherchait ces traits, plus ils prenaient d'importance à ses yeux. Ce qui plus que tout lui écorchait le regard, c'était ses cheveux, sa chevelure noire. Il entra chez un coiffeur et demanda une coupe très courte, les tempes et la nuque rasées à la mode allemande. Il faisait ainsi d'une pierre deux coups : ça lui donnait l'air plus allemand et ça faisait disparaître une bonne partie du noir. Satisfait de l'image que lui renvoyait à présent le grand miroir, il partit avec beaucoup d'avance pour être sûr d'être sur place à l'heure dite. En entrant dans le bureau du docteur Zerbe il ne savait pas quoi faire de ses bras : devait-il tendre le bras en saluant comme le voulait la coutume ou bien lui était-il interdit de le faire de même que cela lui était interdit « en face » en raison de son appartenance raciale ? Alors, dans le but de couvrir une éventuelle erreur, il claqua les talons l'un contre l'autre avec beaucoup d'énergie.

« Georg Joachim Holbek, mes respects, Excellence », dit-il à pleine voix en se présentant à la manière militaire.

Le claquement de talons exagérément sonore qu'il avait en horreur et le rugissement militaire firent tressaillir le docteur Zerbe mais il ne laissa pas paraître sa répugnance au jeune homme qui lui faisait face, se contentant de fixer sur lui ses grands yeux inexpressifs et humides qui donnaient l'impression qu'il venait de pleurer.

« Enchanté, Herr Holbek, dit-il très solennel en lui tendant la main, asseyez-vous, je vous prie. »

Jegor ne s'assit pas mais resta debout au garde-à-vous.

« C'est moi qui ai écrit une lettre à Son Excellence, continua-t-il comme au rapport. Son Excellence m'a fait la grâce de me convoquer. »

Le visage ridé du docteur Zerbe exprima une bienveillante gratitude pour ce titre, Excellence, dont personne jusqu'à présent ne l'avait encore gratifié et il désigna de la main une chaise au jeune homme dans un geste de général autorisant un officier, après les cérémonies d'usage, à laisser tomber la raideur et se mettre à l'aise.

« Asseyez-vous, Herr Holbek, lui répéta-t-il, et ne m'appelez pas Excellence, seulement docteur.

— *Jawohl*, à vos ordres, Herr Doktor », répondit Jegor, et il s'assit, mais seulement sur le rebord de sa chaise afin de marquer son profond respect pour son interlocuteur et la solennité des lieux.

Tous deux gardèrent le silence un bon moment. Jegor n'osait pas parler. Ce n'était plus la salle de classe de M. Barnett Levy ni le bureau du principal Van Loben où on l'avait traité comme un petit garçon, appelé fiston, attrapé par le menton pour lui poser des questions embarrassantes sur des secrets de collégien. Ici il y avait du respect, de la discipline, du sérieux. Le docteur Zerbe ne souhaitait pas parler, seulement regarder, examiner le jeune homme inquiet assis en face de lui. À voir son embarras et sa façon de rougir, il ne pouvait plus soupçonner ce garçon de sournoiserie. Le docteur Zerbe voyait devant lui un jeune perdu, timide et surtout blessé dans sa dignité. Il lui manifesta de la bienveillance afin de gagner sa confiance.

« Vous me paraissez encore très jeune, monsieur Holbek, remarqua-t-il en pensant bien à l'appeler par son nom avec un "monsieur" par-dessus le marché.

— Oh, je suis déjà assez vieux, dix-huit ans, docteur », répondit Jegor.

Le docteur Zerbe eut un sourire paternel.

« Mon Dieu, dix-huit ans, dit-il avec l'envie du vieux pour le jeune. D'après le sérieux de votre lettre, je vous avais imaginé plus âgé. Votre lettre, monsieur Holbek, m'a profondément touché, profondément. »

À nouveau Jegor rougit, à cause du compliment du docteur cette fois, et il trouva le courage de parler avant d'y être invité.

« Oserai-je importuner le docteur, lui dérober de son précieux temps pour ma modeste personne ? demanda-t-il sur un ton solennel.

— J'apprécie la confiance que vous me manifestez, cher monsieur Holbek, répondit tout aussi courtoisement le docteur Zerbe, je vous en prie, je vous écoute. »

Jegor se mit à parler, un discours haché, désordonné. Il parla de ses souffrances, de sa détresse, de la malédiction qui pesait sur lui en raison du péché de ses parents. Plus il parlait, plus il s'embrouillait dans ses discours, plus il se répétait, sautant sans aucun ordre d'un événement à un autre. Son front se couvrit de sueur mais il ne s'arrêta pas. Il en avait trop gros sur le cœur pour parvenir à endiguer ses propos. Le docteur Zerbe ne l'interrompit pas. Ennuyé par l'histoire du garçon qu'il connaissait déjà d'après sa lettre, gêné par ses confusions, ses redites et sa façon de tourner en rond, il maintenait un air profondément intéressé sur son visage fatigué qu'il appuyait sur ses deux paumes sans manifester le moindre signe d'impatience.

« Continuez, je vous en prie, monsieur Holbek », disait-il pour l'encourager chaque fois que le garçon posait sur lui ses yeux bleus en se demandant s'il devait s'arrêter.

Il savait bien, le docteur Zerbe, que pour découvrir un trésor, il fallait fouiller longtemps dans la fange, que pour faire sortir d'un individu ce qu'on en attendait, il fallait le laisser débiter toutes sortes d'âneries, d'absurdités pour, de ce déluge de paroles, extraire le noyau. Quand Jegor en vint à dire que son nom, Hol-bek, était celui de la famille de sa mère mais que du côté de son père il était un Karnovski, le docteur Zerbe tendit ses deux oreilles décollées. Ce nom lui était connu, depuis l'époque où il fréquentait le salon de Rudolf Moser.

« Karnovski, Karnovski, murmura-t-il, votre père est-il médecin ?

— Oui, répondit Jegor, il avait une clinique d'accouchement sur la Kaiser Allee, nous habitions à Grünewald. »

Le docteur Zerbe n'avait à présent plus aucun doute : ce fils de médecin pourrait lui être très utile dans son activité, et il était content de lui pour avoir immédiatement flairé cela à la lecture de la lettre qu'il avait d'abord eu envie de jeter au panier. Jegor conti-nuait à parler, parler... Quand, épuisé d'avoir tant parlé, il s'immobilisa à bout de forces, regardant d'un regard suppliant les yeux inexpressifs et larmoyants du docteur Zerbe, ce dernier lissa à plusieurs reprises ses cheveux couleur de cendres, les quelques rares che-veux qui restaient sur son gros crâne, et se plongea dans une profonde réflexion. Il réfléchissait avec la concentration d'un grand professeur qui après avoir écouté un malade gravement atteint se demande comment le sauver. Après mûre réflexion, il se mit à parler prudemment, lentement, pesant et mesurant chaque mot.

Comme toujours, son discours était construit avec beaucoup d'ordre et de méthode. Il commença par s'apitoyer sur le jeune homme assis en face de lui. Pauvre garçon ! Lui, le docteur Zerbe, sait ce que c'est que les souffrances de la jeunesse, les tourments de l'âme, la nostalgie et le mal du pays. Il connaît ces choses qui sont si caractéristiques de la jeunesse allemande, il se souvient avoir ressenti cela dans son jeune temps bien que de nombreuses années se soient écoulées depuis lors. Il connaît cela aussi à travers la littérature qui abonde en sentiments de ce genre. Il les connaît d'autre part personnellement en tant que poète qui a plus d'une fois chanté ces tourments de l'âme juvénile dans différents poèmes. Il compatit de tout son cœur avec l'âme affligée d'un jeune homme blessé, il conçoit la tragédie d'une fleur arrachée à la terre dans laquelle elle a poussé et transplantée dans un sol étranger où elle s'étiole et fane. Jegor sentit les larmes lui monter aux yeux en entendant les propos du docteur Zerbe, surtout la parabole de la fleur.

« C'est bien cela, exactement, comme le docteur l'a si poétiquement exprimé », dit-il, revigoré.

Le docteur Zerbe hocha légèrement la tête en signe de gratitude pour le compliment, et son visage reprit immédiatement son sérieux, le sérieux du professeur qui fait face à un grand malade et n'a pas de temps à perdre en sourires inutiles. Après en avoir terminé avec le côté poétique, le docteur Zerbe passa au côté historique.

Bien sûr, en tant que poète, il peut comprendre les souffrances d'une plante arrachée à sa terre, mais en tant que scientifique, il sait qu'il y a des périodes dans l'histoire des peuples où certaines plantes doivent être arrachées pour le bien du jardin, des plantes qui nuisent au jardin, y introduisent le désordre, en détruisent l'harmonie et font même pourrir les fruits. Bien sûr qu'il ne doute pas le moins du monde de la vertu et de la sincérité du noble jeune homme venu se confesser à lui. Bien sûr qu'il est de tout cœur avec lui. Mais il est une chose appelée déterminisme historique qui dit que les péchés des parents se reportent sur les enfants et qu'il faut arracher les mauvaises herbes du jardin. En tant que fils de chirurgien le jeune homme sait certainement qu'il faut tailler dans le vif pour éradiquer une tumeur si on veut sauver le corps.

De même que précédemment Jegor avait été touché lorsqu'on l'avait comparé à une fleur, il baissait la tête à présent qu'on le comparait à une tumeur.

« Docteur », murmura-t-il.

Le docteur Zerbe lui caressa l'épaule. Le jeune homme ne doit pas voir dans ces propos une offense personnelle parce qu'il utilise ces mots non pas au sens propre mais comme des symboles. Il y a bien sûr des gens ordinaires, des sots, des gens du peuple qui prennent les choses au sens premier mais lui, le docteur Zerbe, est loin d'envisager aussi vulgairement ce problème complexe. Lui, voit dans cela un sens élevé, une nécessité historique, le réveil de l'esprit du peuple, du génie du peuple, qui dicte l'autoconservation nationale et la pureté de la race. Mais le déterminisme historique ne peut pas prendre en compte chaque cas particulier, il doit élaborer des règles générales. C'est bien là que réside la tragédie pour l'individu innocent, il devient victime d'une nécessité historique supérieure. Mais dans la vie, c'est comme ça, l'individu est sacrifié à la collectivité et les enfants souffrent en raison des péchés de leurs parents. Si encore il s'agissait d'un cas plus bénin, mais là, hélas, on a affaire à autre chose. Le jeune homme est indéniablement le descendant d'un père juif et dans ce cas, ce qui domine, ce n'est pas le sang de la mère mais celui du père. En d'autres termes, il entre dans la catégorie des Juifs à cent pour cent. Et il sait assurément que les lois qui régissent le statut d'un tel individu dans le pays renaissant sont extrêmement rigoureuses.

Jegor était si abattu qu'il se mit à bégayer et demanda désespéré :

« Est-ce à dire, docteur, qu'il ne me reste aucune issue ? »

Le docteur Zerbe appuya ses deux coudes sur la table et son visage afficha le sérieux d'un professeur qui a effectivement un grand malade en face de lui mais ne lui refuse pas tout espoir parce qu'il cherche un moyen de le sauver.

« Cher jeune homme, si c'était le cas, je ne vous aurais pas convoqué, dit-il, si je vous ai convoqué, c'est parce que votre lettre m'a intéressé. Vous avoir rencontré personnellement a encore renforcé mon intérêt pour vous. Je vous le dis franchement. Vous me donnez l'impression d'un jeune homme profondément malheureux, plein d'intelligence et d'une âme sensible. »

Le visage de Jegor se couvrit de taches rouges car il avait rarement entendu des paroles aussi flatteuses. Le docteur Zerbe l'enveloppa d'un regard vide et larmoyant. Non, le jeune homme ne doit pas désespérer ni considérer qu'il n'y a pas d'issue pour lui. Il y a une solution, une très bonne solution, mais elle exige de l'abnégation, des efforts, du travail, de la patience et une discipline absolue.

« Oh, rien ne sera trop difficile pour moi, docteur », dit Jegor tout content.

Le docteur Zerbe lui fit signe de ne pas l'interrompre et parla d'une voix lasse mais empreinte de chaleur et aussi de solennité. La patrie renaissante est dure dans ses lois envers ses ennemis, dure comme le roc, mais elle est également tendre comme le sein d'une mère envers ceux qui se sacrifient pour elle, ceux qui la servent avec leur ardeur et leur sang. Qui plus est, la patrie renaissante offre la possibilité de se racheter de ses péchés par le sacrifice. La patrie renaissante sait que le sang est plus fort que l'encre et trouve toujours un moyen pour effacer l'encre ayant servi à rédiger les lois, avec le sang de celui qui se sacrifie sur l'autel de la patrie.

Jegor se leva de sa chaise.

« Docteur, je suis prêt à tout instant à défendre ma patrie au péril de ma vie, à verser mon sang en combattant contre l'ennemi. Pourvu que je puisse rentrer chez moi. »

Le docteur Zerbe coupa court à son élan enthousiaste. C'est bien évidemment très beau et louable de sa part de se dire prêt à combattre pour sa patrie. Mais combattre pour la patrie dans le pays renaissant, ce n'est pas un sacrifice mais un privilège qui n'est pas accordé à n'importe qui. Par contre, il existe d'autres champs de bataille, non contre l'ennemi visible mais contre l'ennemi caché. Il y a des soldats qui se battent sur d'autres fronts que sur le champ de bataille. Bien sûr, leurs combats ne sont pas aussi spectaculaires, pas de casque sur la tête, pas d'épée à la main, mais ces combats silencieux sont souvent plus décisifs et héroïques et requièrent plus d'esprit de sacrifice que les combats des soldats sur le front. La patrie sait comment récompenser ces soldats prêts au sacrifice.

Jegor ne comprenait pas et regardait de ses grands yeux bleus le visage du docteur Zerbe. Celui-ci lui expliqua les choses clairement.

La patrie doit mener des guerres difficiles dans un monde plein d'ennemis. Ils sont partout, ces ennemis, dans les rédactions des journaux, dans les salons des libéraux, des intellectuels, dans les cercles ouvriers et dans les églises, dans les associations d'immigrants et dans les synagogues, dans les banques, les restaurants, les clubs, dans les maisons privées. Et c'est la mission des soldats héroïques de débusquer ce type d'ennemis, de surveiller chacun de leurs faits et gestes, de découvrir leurs projets, leurs activités. Des milliers d'héroïques soldats de ce type servent la patrie sur ces champs de bataille, les meilleurs fils du pays. Veut-il avoir l'honneur d'être l'un d'entre eux ?

Jegor restait muet sur sa chaise. Les propos du docteur Zerbe avaient beau être nimbés des expressions brumeuses de son langage ronflant et fleuri — héroïque service d'honneur, bravoure des soldats —, il ne voyait rien là de l'héroïsme et de la grandeur militaire auxquels son cœur aspirait depuis l'enfance. Pour lui, un soldat, c'était oncle Hugo et ses semblables. En outre, cette façon de rapporter des secrets, de dénoncer quelqu'un, lui avait toujours été étrangère. Même lorsque le docteur Kirchenmeyer l'avait si cruellement humilié au lycée aux yeux de tous, il n'avait rien raconté à la maison. C'est pourquoi, en réponse aux discours du docteur Zerbe, il se contenta de baisser la tête en silence. Le docteur Zerbe affecta un air offensé. Certes, il est plus romantique, plus beau et plus glorieux de parader en uniforme, de faire cliqueter ses éperons pour susciter l'admiration des jeunes dames. Certes, il est plus agréable d'être dans son propre pays, de vivre une vie parfaitement normale. Mais ne pense-t-il pas que lui aussi, le docteur Zerbe, aurait pu mener dans son pays une vie plus confortable à laquelle il a pleinement droit en tant qu'aryen et patriote, plutôt que de servir sa patrie à l'étranger ? M. Karnovski pense-t-il être meilleur que lui, le docteur Zerbe ?

Il avait pris la voix d'un homme contrarié, vexé même, et intentionnellement appelé le jeune homme Karnovski afin de lui rappeler qui il était.

Jegor était épouvanté par la colère du docteur Zerbe.

« Je vous demande mille fois pardon, docteur, mais je n'ai rien dit de tel, se justifia-t-il, comment aurais-je osé ? »

Le docteur Zerbe constata avec satisfaction combien sa méthode était efficace et conserva son ton offensé. Le jeune homme doit prendre en considération que ce n'est pas pour passer le temps que lui, le docteur Zerbe lui a demandé de venir, parce que son temps est précieux, très précieux. S'il lui a consacré autant de son précieux temps, c'est simplement parce qu'il voulait l'aider. Il voulait lui donner la possibilité de servir avec dévouement pour racheter la faute de sa mère qui avait introduit du sang étranger dans ses veines. Il avait voulu l'aider à regagner la grâce de la patrie qui l'aurait déclaré aryen d'honneur en remerciement de ses loyaux services, ce qui, avec le temps, lui aurait valu le privilège de retourner dans le pays de ses ancêtres. C'est là un privilège qui n'est pas donné à n'importe qui. Il ne dépend que de lui d'entamer un nouveau chapitre dans sa vie ou de continuer comme par le passé.

Après avoir dit cela, pour montrer combien son temps était précieux, le docteur Zerbe se mit à fouiller dans les papiers posés sur sa table.

« Quoi qu'il en soit, j'ai été ravi de faire votre connaissance, dit-il, l'air affairé, j'espère que vous êtes assez raisonnable pour comprendre que tout ce dont nous avons parlé doit absolument rester entre nous. »

Il regarda de ses yeux perçants le jeune homme désemparé afin de voir comment il réagissait à ses dures paroles et le retenir avant qu'il ne soit trop tard s'il voulait vraiment s'en aller. Mais Jegor ne bougeait pas de sa place. Ses jambes étaient coulées dans le plomb, telles celles d'un grand malade à qui le médecin vient d'annoncer qu'il n'y a plus d'espoir et qui après cette condamnation sans appel ne peut pas quitter immédiatement le cabinet médical. Bien que son temps fût si précieux, le docteur Zerbe se départit de son air offensé et de sa raideur et se fit à nouveau bienveillant et volubile. Dans sa voix, l'importance et le sérieux avaient fait place à la légèreté et à une moquerie bienveillante.

« Vous prenez les choses trop au sérieux, monsieur Holbek, dit-il sur un ton paternel en l'appelant à nouveau par le nom de sa mère, un peu trop au sérieux, mon cher jeune ami. »

Jegor se justifia.

« Le docteur ne doit pas m'en vouloir. Le docteur doit être assez clément pour comprendre qu'il n'est pas facile de se décider à une telle chose que... »

Il avait peur de nommer la chose de crainte de blesser le docteur Zerbe. Ce dernier appela lui-même la chose par son nom.

« Vous voulez dire, les services secrets ? »

Jegor rougit.

Le docteur Zerbe se mit à rire, un rire sonore.

« Pourquoi appeler cela d'un nom aussi pompeux ? demanda-t-il en riant. Nous appelons cela plus modestement : le renseignement. »

Mettant brusquement fin à son rire comme d'un coup de hache, le docteur Zerbe entreprit de minimiser l'affaire. Le jeune homme ne l'avait pas bien compris. C'est lui qui avec son imagination juvénile en avait fait une montagne alors qu'il ne s'agissait que d'une souris, une innocente petite souris. Le jeune homme commet une erreur, une grosse erreur, s'il croit que lui, le docteur Zerbe, s'occupe de ce genre de choses. Il doit savoir que lui, le docteur Zerbe, est un poète et un savant dont la tâche ici consiste à diffuser la culture de son pays, à gagner des amis pour la patrie renaissante. Mais il est, hélas, entouré d'ennemis qui propagent des bobards, des calomnies, de la propagande mensongère. La pire de cette détestable bande, c'est la peste rousse, le docteur Elsa Landau. Tel un démon, cette bonne femme diabolique parcourt le pays de l'Atlantique au Pacifique, prononçant partout des discours vénéneux, faisant partout de l'agitation, fondant partout des cercles contre la patrie, déversant partout ses calomnies, ses provocations et sa propagande mensongère. Elle répand partout des ragots sur son compte. C'est elle qui le qualifie d'agent, d'espion et autres horreurs. C'est justement pour cela que lui, le docteur Zerbe, aimerait tellement savoir ce qui se trame dans le camp adverse, toutes ses activités et ses plans maléfiques. Comme on dit : « qui veut le poète comprendre doit dans son pays se rendre ». Il n'a pas de mauvaises intentions, il ne recherche que des renseignements, des petits renseignements inoffensifs et faciles à obtenir pour un jeune homme comme lui qui a accès à ces milieux, et très importants pour lui, le docteur Zerbe, dans son travail patriotique.

Jegor tenta de réfuter les propos du docteur Zerbe.

« Mais je n'ai rien à faire dans ces milieux ! dit-il d'un air dégoûté, je ne les connais pas et ne veux pas les connaître parce qu'ils me sont étrangers et me répugnent, c'est justement pour cela que je suis venu voir le docteur, lui demander qu'il m'arrache à eux... »

Le docteur Zerbe se moqua de lui.

« C'est absurde, jeune homme, complètement absurde. »

C'est précisément parce qu'il veut s'arracher à ce milieu qu'il doit y rester un certain temps. Un soldat valeureux ne fuit pas devant l'ennemi mais s'infiltre à l'intérieur de ses positions et rapporte des renseignements du camp adverse. Un soldat valeureux revêt même l'uniforme de l'ennemi afin de s'introduire dans son camp. La patrie sait comment récompenser ses valeureux soldats.

Jegor se taisait toujours, un silence lourd, pénible. Le docteur Zerbe le laissa se taire. Au lieu de continuer à parler, il fit retomber précipitamment l'abattant de son bureau et lissa de la main les quelques rares cheveux qui lui restaient sur la tête.

« Cher monsieur Holbek, puis-je vous inviter à déjeuner avec moi à la maison ? » demanda-t-il inopinément tandis que son visage fripé arborait un sourire encourageant.

Ce revirement inattendu sidéra Jegor.

« Oh ! C'est... C'est trop d'honneur que vous me faites, docteur... », murmura-t-il indécis.

Le docteur Zerbe rangea posément un paquet de papiers dans sa serviette, une serviette de cuir jaune munie de courroies et de serrures ; il mit un élégant chapeau melon qui semblait en déséquilibre sur son gros crâne de forme bizarre. Il croisa un foulard de soie blanche autour de son cou et tenta maladroitement d'introduire les bras dans les manches d'un élégant manteau noir. Jegor l'aida à passer ses bras dans les manches.

« C'est très aimable à vous, vraiment », dit le docteur Zerbe rayonnant, et il prit sa serviette d'une main et sa canne d'ébène de l'autre. Son petit corps ratatiné paraissait encore plus pitoyable avec ce manteau à col de velours et ces guêtres blanches passées sur ses chaussures vernies. Sa pâleur évoquait un cadavre que l'on aurait trop bien arrangé pour son enterrement. Un taxi attendait dehors. Le docteur Zerbe y monta et ordonna au jeune homme muet de s'asseoir auprès de lui. Il ne fit pas la moindre allusion à leur précédente conversation. Il parla du temps, du soleil qui brillait si délicieusement.

Il savait d'expérience que ce que l'on ne peut obtenir de quelqu'un, surtout d'une personne jeune et sensible, entre les murs austères et inhospitaliers d'une chancellerie, on l'obtient facilement dans la confortable intimité d'un appartement, devant une table bien garnie, avec un petit verre de vin. Le docteur Zerbe se fit arrêter devant chez un fleuriste pour acheter des roses.

« Ma vieille bonne ne pense jamais à me mettre des fleurs sur la table, se plaignit-il à Jegor comme à un proche, il faut que ce soit moi qui y pense. »

Après avoir roulé un bon bout de temps, ils arrivèrent dans des rues tranquilles bordées de petites maisons basses et espacées ornées d'un jardinet sur le devant. D'après les inscriptions sur les stations-service et les épiceries dispersées ici et là, Jegor comprit qu'il était à Long Island qui lui rappela Grünewald. À une extrémité de la rue, à l'écart de toutes les maisons environnantes, il y avait une maison aux stores baissés sur des fenêtres vénitiennes, entourée d'un petit jardin et d'une clôture métallique. Le taxi s'arrêta. Le docteur Zerbe demanda à Jegor de lui tenir sa serviette jaune et sa canne et ouvrit la porte d'entrée à l'aide d'une petite clé.

« Non, vous êtes mon hôte, c'est vous qui devez entrer le premier. » Il essayait de convaincre Jegor qui refusait cette marque d'honneur.

La première chose qui frappa Jegor ce fut l'obscurité. Après la lumière du soleil à l'extérieur, l'obscurité de la maison était aveuglante. Brusquement, une voix grinçante perça le sombre silence.

« À table, Herrr Doktorr, à table... »

Jegor se retourna et aperçut un perroquet dont la verdeur se découpait dans le noir. Après le vert de l'oiseau, d'autres couleurs commencèrent à se détacher dans l'obscurité, le rouge d'un tapis, le noir d'un piano, les taches des tableaux sur les murs. Plongé en plein jour dans l'obscurité de la pièce où le docteur Zerbe le laissa seul un bon moment, il fut saisi d'une inquiétude mêlée de curiosité. Le perroquet n'arrêtait pas de s'égosiller avec son « À table, Herrr Doktorr » qu'il répétait interminablement. Puis une vieille femme entra à pas silencieux et ouvrit les stores de l'une des fenêtres.

« Bonjour, dit Jegor en s'inclinant légèrement.

— 'jour », répondit la vieille dans un bougonnement mécontent et elle ressortit tout aussi silencieusement qu'elle était entrée. La première chose qui s'illumina dans la lumière de la fenêtre ouverte fut un tableau en couleurs représentant une femme nue dont la vue fit rougir Jegor. Le tableau semblait peint par un artiste, mais il ressemblait plus à une toile illicite qu'à un tableau conventionnel. Comme personne n'entrait, Jegor se mit à examiner les différents objets disposés dans la pièce. C'était une grande pièce encombrée de toutes sortes de meubles sculptés, décorée d'une multitude de cruches, d'assiettes en bronze fixées aux murs, de paravents japonais, de vases, de gravures sur cuivre. Dans des armoires sculptées étaient rangés des livres aux reliures dorées, des livres en différentes langues. À côté des ouvrages philosophiques et de la littérature classique, on trouvait toutes sortes d'histoires de mœurs, des livres illustrés au contenu douteux. Le coin où était suspendu le perroquet vert dans sa cage regorgeait de figurines de bois noir, représentations primitives de divinités africaines et d'hommes et de femmes nus aux attributs sexuels hypertrophiés.

Jegor rougit comme d'habitude. Soudain, il ressentit une main sur son épaule.

« Comment trouvez-vous cela, jeune homme ? » demanda la voix du docteur Zerbe.

Il avait enfilé des chaussons et une robe de chambre en soie qui faisaient paraître son petit corps ratatiné encore plus disgracieux qu'auparavant. Mais d'un autre côté, il était moins raide, plus décontracté. Il prit aussitôt Jegor par la taille à la manière allemande et le conduisit jusqu'à la table sur laquelle étaient disposées des bouteilles de vin, de cognac et de liqueurs.

« Que préférez-vous boire, du vin ou de l'alcool ?

— Cela m'est égal, docteur, répondit Jegor gêné.

— Dans ce cas, nous boirons du vin », dit le docteur Zerbe, et il attaqua les plats que la vieille femme avait apportés, des crabes et toutes sortes de viandes. De ses doigts écorchés, il extrayait la chair des carapaces et il mastiquait laborieusement la nourriture en produisant avec les lèvres un bruit de succion, comme les personnes âgées qui n'ont pas de bonnes dents. On aurait dit un animal affaibli et désarmé en train de ronger des créatures encore plus faibles que lui. Jegor n'osait pas manger. Le docteur Zerbe l'encourageait. Le docteur Zerbe était aussi malhabile pour manger qu'il était habile pour parler, ce qu'il faisait sans un instant de répit.

« Ferme donc ton bec, stupide sac à paroles », disait-il furieux au perroquet qui ne cessait de pousser son cri "À table, Herrr Doktorr", laisse le docteur parler. »

Après avoir versé deux nouveaux verres de vin pour lui et Jegor, il se mit à contempler la belle couleur rouge du breuvage qui se reflétait dans le cristal et sourit de toutes ses rides.

« Puis-je vous appeler par votre prénom, mon jeune ami, demanda-t-il.

— Oh ! C'est un honneur pour moi, docteur, répondit Jegor, mon prénom est Georg.

— Pourquoi ne buvez-vous pas votre vin, Georg ? s'enquit le docteur Zerbe.

— C'est que je n'ai pas l'habitude de boire, docteur, s'excusa Jegor.

— Le vin est un breuvage raffiné, une boisson pour les penseurs, dit le docteur Zerbe en choquant son verre contre celui de Jegor, alors que la bière est un breuvage vulgaire. N'est-ce pas votre avis, Georg ?

— Je ne sais pas mais, si le docteur le dit, c'est certainement vrai », répondit Jegor à voix basse.

Le docteur Zerbe entreprit de démontrer que ce n'était pas des paroles en l'air mais que cette pensée s'appuyait sur des faits historiques. Il suffit d'observer les cultures dans le monde et l'on peut se persuader que toutes les anciennes cultures se sont épanouies dans des pays où les peuples buvaient du vin. Ainsi en était-il en Grèce, à Rome, en Égypte, à Babylone, en terre d'Israël. Les anciens Hébreux disaient déjà que le vin réjouit le cœur de l'homme. N'est-ce pas vrai ?

« Je ne sais pas, répondit Jegor, mécontent qu'on en soit venu à parler des Hébreux dont il ne voulait rien savoir, je ne m'intéresse pas à ces choses.

— Dommage, mon cher Georg, dommage, le tança le docteur Zerbe, c'est une grande culture, la culture hébraïque, et bien que je sois un fervent d'Athènes et de Rome, on ne peut quand même pas évacuer Jérusalem d'un revers de main comme de vulgaires ignoramus voudraient le faire dans leur inculture. »

Le vin dont le docteur Zerbe remplissait régulièrement le verre de son invité revigorait Jegor mais lui montait à la tête au lieu de lui descendre dans l'estomac. En même temps qu'une lourdeur dans le crâne provoquée par l'alcool, il éprouvait un sentiment de légèreté, comme si tous ses soucis avaient été balayés d'un coup. Le docteur Zerbe n'arrêtait pas de parler, de faire étalage de ses connaissances et de son érudition dans tous les domaines. Lorsque la vieille servante apporta le café noir, il lui dit de le poser non pas sur la grande table mais sur la table basse près du canapé sur lequel il s'assit et invita Jegor à prendre place à son côté. Bien installé dans le moelleux du canapé, il se mit à réciter des poèmes de sa composition qu'il connaissait par cœur, poèmes de ses jeunes années que les éditeurs lui avaient retournés.

« Qu'en pensez-vous, mon cher Georg ? demandait-il après chaque poème.

— Ce n'est pas à moi d'en juger, répondait Jegor touché de l'honneur qu'on lui faisait, mais je les trouve magnifiques. »

Le visage blafard du docteur Zerbe avait pris des couleurs, ses yeux inexpressifs se mirent à pétiller.

« Je vous remercie, mon jeune ami », murmura-t-il, et il se pencha brusquement vers le jeune homme assis près de lui et lui déposa un baiser sur la joue.

La première réaction de Jegor fut de frotter sa main sur sa joue pour effacer la trace du contact répugnant de deux vieilles lèvres visqueuses. Le docteur Zerbe remarqua le dégoût du garçon et la couleur disparut de son visage.

« C'était le geste d'un père envers son fils, dit-il humblement, le sentiment paternel d'un homme solitaire que le destin a privé de vie familiale et de paternité. J'espère que vous ne prendrez pas mal cette familiarité, mon cher ami. »

Jegor laissa retomber sa main.

Sans une parole pour rappeler le travail qu'il lui avait précédemment proposé, il lui glissa quelques billets de banque, non pas dans la main mais dans la poche de sa veste. Jegor devint cramoisi.

« Docteur, non ! se défendit-il.

— Pas un mot, ordonna le docteur Zerbe, je vois bien que vous êtes sans argent et vous me froisseriez en refusant ce petit prêt, mon jeune ami. »

Jegor savait que c'était vrai. Il n'avait que quelques cents et il accepta. Le docteur Zerbe le raccompagna jusqu'à la porte et le pria de revenir le voir dès qu'il se sentirait seul ou en difficulté et il serait heureux de l'aider moralement et matériellement.

Il ne s'écoula pas longtemps avant que Jegor se sente seul et en difficulté tant moralement que matériellement. Il vint voir le docteur Zerbe. Sans comprendre vraiment lui-même comment cela était arrivé, il se retrouva au service du docteur Zerbe.

41

Pendant tout le temps où le docteur Karnovski avait préparé les examens qui devaient lui permettre d'exercer dans son nouveau pays, il ne s'était fait de souci que pour un seul, l'examen de langue. Il n'était pas le moins du monde préoccupé par l'examen de médecine. Simplement, ça lui semblait comique que lui, un médecin de sa réputation et de son âge, dût se présenter à un examen au même titre qu'un étudiant. Outre le côté risible de la chose, c'était un peu vexant. Comme la plupart des médecins européens, il n'avait pas une très haute opinion de la médecine de ce pays. Il se sentait affecté : lui, une célébrité de l'autre côté, être obligé de tout reprendre de zéro ! Sans connaître un seul des médecins qui auraient à se prononcer sur ses connaissances médicales, il était intimement persuadé qu'aucun d'entre eux ne lui arrivait à la cheville et il les détestait à l'avance parce qu'il se trouvait entre leurs mains et que c'étaient eux qui allaient décider du sort d'un médecin de son envergure.

Les examinateurs nourrissaient à l'égard du docteur Karnovski et de ses semblables venus passer leurs examens dans leur pays plus d'aversion encore que le docteur Karnovski n'en avait pour eux.

Depuis que, quelques années plus tôt, les trans-atlantiques avaient commencé à débarquer des immigrants en provenance d'Europe, les médecins étaient parmi eux particulièrement nombreux. Au début, ceux d'ici avaient accueilli leurs nouveaux confrères à bras ouverts, surtout les célébrités dont la présence était un honneur pour la profession. Mais quand les navires avaient déchargé trop de médecins, trop de spécialistes et de célébrités, les médecins d'ici s'étaient mis à considérer les nouveaux arrivants d'un mauvais œil. Avec le temps, le ressentiment s'était fait de plus en plus profond jusqu'à parfois se transformer en haine.

Certains des immigrants affichaient trop leur notoriété et le prenaient de haut avec les sommités locales qu'ils ne voulaient pas reconnaître comme telles. Cette attitude provoquait beaucoup d'animosité. En outre, les nouveaux prenaient des patients à leurs collègues du cru. Bon nombre de médecins étrangers profitaient aussi de ce qu'on ne les connaissait pas pour se faire passer pour des praticiens illustres, alors qu'ils n'étaient de l'autre côté rien de plus que des médecins médiocres. Le ressentiment croissait de jour en jour. Dans les clubs, aux tables de bridge, au golf, partout où se retrouvaient les médecins du pays, ils parlaient avec colère de l'arrogance des nouveaux venus. En même temps que des faits avérés, on racontait des bobards, des tas d'histoires inventées de toutes pièces, plus extravagantes les unes que les autres. Les ragots les plus éhontés étaient colportés par le docteur Alberti. Et bien que ce docteur Alberti fût connu dans le milieu médical comme un menteur et un calomniateur, on prêtait cependant l'oreille à ses propos parce que l'on était désireux de croire tout ce qu'il racontait.

Le docteur Alberti menait une guerre acharnée contre ses nouveaux concurrents. Il les persécutait impitoyablement.

Grand, les veines saillantes, un visage usé auquel il était impossible de donner un âge parce qu'il paraissait un jour très âgé et le lendemain, beaucoup, infiniment plus jeune ; des cheveux clairsemés d'une teinte indéterminée, ni noirs ni blonds, ni roux ni gris, mais un mélange de toutes ces couleurs prises ensemble ; des traits du visage eux aussi indéterminés qui ne permettaient pas de savoir à quelle race il appartenait parce qu'il pouvait aussi bien passer pour slave qu'allemand, pour latin que sémite, mais évoquait surtout un mélange de toutes ces races — le docteur Alberti était un personnage très connu dans le monde médical de Manhattan même si personne n'aurait pu dire qui il était, qu'est-ce qu'il était, quand il était arrivé et d'où il venait. Seules les personnes âgées se rappelaient comment il était apparu à la fin des années quatre-vingt-dix en plein cœur du Bowery et avait immédiatement fait parler de lui. Dans toutes les pissotières crasseuses des restaurants et des saloons, il avait fait apposer des affichettes agrémentées de son portrait avec barbiche à l'espagnole et pince-nez suspendu à un cordon, annonçant qu'il guérissait les maladies vénériennes en quelques semaines pour trois fois rien et qui plus est, avec possibilité de règlement échelonné. On trouvait également son portrait dans les toilettes publiques du métro souterrain ou aérien. Les ivrognes et les clochards qui fréquentaient les saloons avaient beau ne pas épargner le portrait du docteur Alberti qu'ils décoraient, comme les murs, de dessins obscènes et de propos orduriers, ça ne les empêchait pas d'aller se faire soigner chez le médecin à barbiche et lunettes qui les guérissait en quelques semaines et acceptait qu'on lui règle ses honoraires en plusieurs fois. Des vagabonds, des prostituées, des marins, des Italiens, des Juifs, des Allemands, des Irlandais, des Chinois venus en voisins de Chinatown, tout ce beau monde remplissait le cabinet crasseux du docteur Alberti. Ce dernier dans sa hâte, ne prenait pas le temps de stériliser les instruments entre deux malades ni de se laver les mains. De ses doigts ensanglantés et barbouillés d'iode, il saisissait prestement les dollars des mains de ses patients et les fourrait dans toutes les poches de sa blouse sale.

Quand il se sentit trop à l'étroit dans le Bowery, il alla s'installer plus haut, dans un appartement plus correct, et au lieu de faire sa publicité dans les toilettes des saloons, il la fit dans les journaux, toujours avec son portrait, toujours avec barbiche et pince-nez au bout d'un cordon. Il soignait tout, toutes les maladies du monde, avec une garantie, mais il soignait surtout les maladies de femme. Dans la rue, on murmurait de vilaines choses à son propos : il débarrassait les femmes enceintes, il s'en prenait à celles qui venaient lui raconter leurs secrets. Mais on ne l'avait jamais pris la main dans le sac parce qu'il savait couvrir ses arrières. De plus, il passait ses soirées dans les saloons à boire avec les politiciens du quartier qui faisaient disparaître toutes les dénonciations le concernant.

Une fois, alors qu'une patiente venait de succomber dans son cabinet à la suite d'un avortement, il avait été arrêté. Ses amis des saloons et des clubs ne purent rien faire pour effacer l'affaire. Pour la première fois, les journaux publièrent gratuitement le portrait du docteur Alberti, non plus au milieu des petites annonces mais en toute première page. Après quoi, son portrait disparut des journaux. Mais le docteur, lui, ne disparut pas. Aussi vite il avait été emprisonné, aussi vite il fut relâché, bien avant la fin de sa peine, et il se remit à pratiquer. Il fut pendant un certain temps médecin sur des cargos qui transportaient des clandestins chinois depuis la Chine jusqu'aux côtes américaines. Ensuite, ses amis des saloons lui dénichèrent un poste de médecin du port. Après quelques années, une fois que la ville avait oublié le scandale de son procès, le docteur Alberti abandonna la médecine publique qui ne permettait pas de se remplir les poches, et il ouvrit un cabinet dans le quartier le plus aristocratique de la ville. Il avait rasé sa barbiche devenue trop compromettante depuis le procès. En revanche, il se mit à porter des cols très raides et très hauts tels que personne n'en portait plus. Il s'habillait en milieu de semaine comme pour aller à la noce, toujours avec un pantalon à rayures, une jaquette fendue, à pans, avec une cravate blanche et une rose rouge sang à la boutonnière. Il se laissait pousser les cheveux bien longs dans la nuque comme les musiciens à l'ancienne mode. Au lieu de soigner des femmes jeunes qui peuvent vous causer des ennuis, il recevait exclusivement des femmes âgées, de riches vieilles filles qui souffraient non plus des suites de grossesses et d'accouchements mais de l'absence de grossesses et d'accouchements. Il cessa également de se montrer dans les saloons et se mit à fréquenter les maisons riches, à collaborer avec des comités de femmes, à faire devant des dames triées sur le volet des conférences sur la médecine moderne et à soigner les hystériques, sans suivre de méthodes reconnues, mais en usant de massages, de pilules et potions originales qu'il élaborait lui-même. Il avait impressionné jadis les couturières et les petits commerçants avec sa barbiche à l'espagnole et son pince-nez au bout d'un ruban, mais désormais c'était les riches veuves d'un certain âge et les vieilles demoiselles que séduisaient son élégance outrancière, ses méthodes de soins bien à lui et surtout l'anglais très british qu'il avait brusquement adopté depuis son entrée dans la haute société.

Après la guerre, quand les méthodes psychanalytiques commencèrent à faire grand bruit dans la médecine européenne, le docteur Alberti fut le premier à se rendre en Europe pour voir de quoi il retournait. Après plusieurs semaines passées dans tous les lupanars les plus discrets et les plus coûteux, il fut le premier à revenir avec la nouvelle science qu'il mit aussitôt en pratique sur les riches veuves et les vieilles filles. Sa salle d'attente cossue était bondée de femmes hystériques. Il demandait des honoraires fantastiques. En raison de sa notoriété et de sa richesse, ses collègues oublièrent ses pratiques passées, ses péchés de jeunesse, et ils l'admirent dans leurs cercles les plus en vue. C'est comme cela qu'il devint lui aussi un personnage en vue dans ce milieu. On l'invitait à des expertises judiciaires, à des consultations sur des sujets de santé publique de la ville. Des dames distinguées se mirent à l'appeler professeur, ce contre quoi le docteur Alberti se défendit très mollement. Même de vieux médecins qui refusaient autrefois de le fréquenter parce qu'ils le tenaient pour un charlatan qui faisait honte à la profession, le supportaient à présent et lui témoignaient même de l'amitié. On avait peur de s'en prendre à lui, on redoutait sa grande gueule, ses calomnies, ses ragots et sa langue de vipère.

C'est à l'encontre des médecins étrangers qui débarquaient de chaque nouveau bateau, et surtout de leur célébrité, que la langue acérée du docteur Alberti répandait les calomnies, les bobards et les perfidies les plus énormes. Quand parfois on le convoquait comme examinateur aux examens de médecine, il leur faisait passer un mauvais quart d'heure.

De nombreux autres médecins qui avaient une dent contre leurs concurrents étrangers agissaient comme lui.

Sans se donner le mot, ils se mirent à recaler aux examens les nouveaux venus qui leur retiraient le pain de la bouche, n'en admettant qu'un par-ci, par-là. Même s'ils ne voyaient pas les candidats, ils reconnaissaient tout de suite ceux qui venaient d'outre-Atlantique. Leurs réponses écrites les trahissaient, soit à cause de leur façon de former les lettres, différente de celle d'ici, soit par leur anglais d'étranger car même lorsqu'ils se donnaient beaucoup de mal pour le maîtriser, on percevait malgré tout que ce n'était pas leur langue maternelle. On les recalait pour la faute la plus minime, pour la négligence la plus insignifiante. C'était non seulement des médecins inconnus qui échouaient mais aussi des sommités, des professeurs. Au contraire, les sommités échouaient même en plus grand nombre parce qu'elles ne se préparaient pas vraiment. Le docteur Alberti se sentait plus important quand ses questions avaient fait échouer un vieux professeur. Il s'en vantait même devant ses collègues. D'autres qui avaient honte de l'avouer, en éprouvaient au fond d'eux-mêmes du plaisir. Il y avait là le doux sentiment de se défendre, mais surtout de se venger sur quelqu'un de plus haut placé que soi.

Elles fulminaient, les sommités recalées, enrageaient, traînaient plus bas que terre les examinateurs qui avaient osé les refuser, eux, des célébrités et des spécialistes. Mais ça ne changeait rien à rien. Il leur fallait soit abandonner la médecine et entreprendre autre chose, soit recommencer leurs études depuis le début, comme lorsqu'ils étaient étudiants, période depuis longtemps oubliée.

Il en fut de même pour le docteur Karnovski à qui ni la colère ni l'énervement ne furent d'aucun secours quand, venu se présenter à l'examen, il lut les douze questions sur la feuille qu'on lui remit.

Non pas que les matières aient été étrangères au docteur Karnovski. Il n'avait plus pratiqué depuis plusieurs années, mais connaissait cependant aussi bien que les doigts de sa main toutes ces matières élémentaires sur lesquelles on interroge un étudiant en médecine. Même en dormant, il aurait pu répondre sur n'importe quel sujet d'anatomie, de pathologie, chimie, biochimie, hygiène, sans parler de la chirurgie. Ce qui le mettait hors de lui, c'était les questions posées dans ces différentes matières. Des questions tout à fait ridicules, le docteur Karnovski le voyait bien, des questions sans aucun rapport avec la compétence d'un médecin. Et le pire, c'est qu'il ne pouvait pas répondre à toutes ces questions ridicules. Il eut beau se triturer les méninges pour se rappeler le pourcentage de protéine et de glucides dans le liquide céphalo-rachidien, question qui figurait sur sa feuille, sa mémoire ne put lui fournir la réponse avec certitude.

Le docteur Karnovski était fou de rage. Lui qui au front avait pratiqué des centaines d'opérations sur la colonne vertébrale, lui, le chirurgien le plus réputé de la clinique du professeur Halévy, incapable de répondre à une question de médecine à un examen ! Ce n'est pas contre lui qu'il était en colère. Il savait bien que cela n'avait rien à voir avec la qualité d'un médecin, juste avec la mémoire, c'était une chose que souvent un jeune étudiant se rappelait mais pas un vieux praticien. Il était certain que même le professeur Halévy aurait ri si on lui avait posé à brûle-pourpoint une question de ce type et il aurait demandé qu'on lui apporte un manuel pour y chercher la réponse, ou bien il aurait posé la question à un jeune collègue qui, tout juste sorti de l'université, se souvient encore de ce genre de choses. Le problème c'était qu'ici, on ne pouvait pas jeter un coup d'œil dans un livre quel qu'il soit ou demander à un collègue dans la salle. Ici, il était absolument interdit de vérifier quelque chose ou de s'adresser à quiconque, on ne pouvait que répondre aux questions sur la feuille.

Le docteur Karnovski était furieux contre le médecin qui avait imaginé cette question. Il lui aurait craché au visage pour sa stupidité ou sa malveillance qui le mettait dans une telle situation. Le plus rageant, c'est qu'il n'avait personne à qui s'en prendre, personne à haïr, avec qui discuter, qu'il ne savait même pas le nom de l'auteur de la question et ne voyait rien d'autre en face de lui qu'un papier, une feuille stupide et malveillante qui allait décider de son sort.

Les minutes passaient. Chacune d'elles voyait croître l'inquiétude du docteur Karnovski. Sa nervosité le déconcentrait et il commença à hésiter sur des choses qui étaient jusqu'alors claires pour lui. Il faisait des fautes de grammaire, s'en rendait compte et en voulant les corriger, en faisait de nouvelles. Il faisait même des fautes d'orthographe, domaine dans lequel il était si bon d'habitude. Il était aussi nerveux et inquiet que pendant ses années d'étudiant, quand il passait un examen avec le conseiller privé Lenzbach. Ses mains habituellement sèches et chaudes étaient devenues moites tant il était inquiet. La plume tremblait dans sa main. Il était certain à l'avance qu'il allait faire des erreurs et cette certitude achevait de l'anéantir. Les aiguilles de sa montre qu'il avait posée sur la table avançaient inexorablement. Les deux heures dont il disposait pour remplir ses feuilles approchaient de leur terme. Comme celui qui n'a plus rien à perdre, il s'abandonna au destin et écrivit ce qui lui passait par la tête dans le seul but d'en finir au plus vite avec les feuilles d'examen et de les rendre en temps voulu. Il s'en remit au hasard, certain qu'il avait échoué.

Il ne s'était pas trompé. Il avait échoué et devait recommencer à se préparer encore une fois pour un nouvel examen.

Tout en sachant que ce n'était pas de sa faute s'il avait échoué, il se sentait néanmoins honteux de cet échec. Il avait honte face à Teresa, face à son institutrice Miss Doolittle qui s'était donné tant de mal pour lui dans ses cours d'anglais, face à ses relations et ses amis et face à lui-même. L'humiliation était d'autant plus grande que d'autres médecins, des jeunes, sans aucun renom, auxquels il ne prêtait pas vraiment attention de l'autre côté, avaient bel et bien réussi et ouvraient des cabinets. Il avait honte quand il racontait cela à Teresa et souriait l'air désemparé face à cette absurdité. Teresa l'écoutait et essayait de le consoler mais il était inconsolable.

Tout son travail, tout ce temps passé, à son âge, à retourner à l'école, à rabâcher du vocabulaire, toutes ces préparations et ces efforts et ces humiliations n'avaient servi à rien. Il devait encore une fois tout reprendre depuis le début, encore une fois le b.a.-ba. En outre, il n'était pas sûr que la deuxième fois se passe mieux que la première parce que ce n'était pas un problème de connaissances auquel on peut se préparer, mais un jeu de hasard, une question de chance.

Et pour couronner le tout, il ne restait plus rien de toutes les économies qu'il avait pu sauver au moment de son départ. Teresa avait beau y regarder à deux fois, compter chaque cent pour les dépenses du ménage, il n'y avait plus rien sur quoi économiser. D'abord, le docteur Karnovski mit quelques objets en gage. Il commença par sa montre en or, puis ce fut une bague ornée d'un petit diamant, cadeau de sa femme. Teresa à son tour, mit en gage ses bagues. Après ses bijoux, elle apporta chez les antiquaires ses cristaux et ses vases, ses céramiques et ses verres de couleur, ses dentelles de Bruxelles et ses porcelaines de Dresde. Les antiquaires lui en donnèrent très peu.

Quand il ne resta plus rien à vendre et que l'argent vint à manquer pour les dépenses journalières, le docteur Karnovski amena des clients pour ses appareils radiographiques. Le visage blanc de Teresa se couvrit de taches rouges.

« Non, Georg, se rebella-t-elle, j'irai travailler, je peux être bonne à tout faire, laver du linge, mais je ne te laisserai pas toucher à tes machines. »

Le docteur Karnovski lui jeta un regard tel, que le lait de sa mère se serait figé sur ses lèvres. On dira ce qu'on voudra, mais il n'était pas encore tombé si bas qu'il doive se faire entretenir par une femme ! Quand on sortit les appareils de l'appartement, il ressentit un vide au fond du cœur, le même que l'on ressent quand on emporte un mort. Teresa pleura. Le docteur Karnovski la réprimanda afin de combattre l'envie de pleurer qui lui serrait lui aussi la gorge.

« On ne pleure pas, tête de goy, lui ordonna-t-il, interdit de pleurer ! »

Pendant un temps, ils vécurent sur l'argent de la vente des appareils ; ils vivaient chichement dans leur petit appartement, dépensaient avec une extrême parcimonie. Comme avant, le docteur Karnovski rabâchait les mots du dictionnaire, lisait à haute voix afin de s'accoutumer à la langue, se préparait à passer son examen une deuxième fois. Il continuait également à se promener et à faire de la gymnastique afin de ne pas se laisser aller. Quand ils commencèrent à voir le bout de leurs derniers dollars et qu'ils furent sur le point de se retrouver sans ressources dans la ville étrangère, il perçut soudain toute l'ineptie de son oisiveté de gamin et envoya balader livres et cahiers. Pour la première fois depuis son arrivée il ne fit pas sa gymnastique, pas plus que sa promenade matinale, mais il se rendit en métro chez l'oncle Harry de très bon matin afin d'être sûr de le trouver chez lui pour parler affaires. Étouffant dans le wagon bondé, plein de passagers endormis, pressés d'arriver à leur travail, se cramponnant d'une main à la courroie du train bringuebalant, il était prêt à faire n'importe quoi, le premier travail venu, pourvu qu'il gagne son pain et l'argent du ménage.

Oncle Harry, qui prenait son petit déjeuner à la hâte comme tout ce qu'il faisait, éclata de rire lorsque son neveu lui demanda de lui donner un travail sur un de ses chantiers de construction ou de démolition. Il savait que le docteur Karnovski était un joyeux drille, un insouciant qui, malgré son âge avait encore en tête des futilités comme nager dans la mer, courir sur le sable, faire le poirier. Il était persuadé que s'il était venu si tôt, c'était pour voir sa fille et aller faire l'idiot avec elle, pour occuper son temps libre et que, pour s'amuser, il plaisantait avec son oncle à propos des maisons qu'il bâtissait et démolissait. N'ayant pas la tête aux plaisanteries de son neveu parce qu'il était pressé de partir travailler, il réveilla sa fille afin qu'elle se charge de distraire le joyeux docteur, parce qu'elle avait le temps et la tête à ça.

« Etel, saute dans ton pantalon, ton cousin est venu pour le bain rituel avant le premier office du matin... »

Il éclata d'un petit rire saccadé, riant de sa blague, et du fait que ni sa fille ni son neveu ne comprenaient son astuce. Mais le docteur Karnovski n'avait pas envie de rire. Fixant son oncle de ses grands yeux noirs pénétrants, il lui dit avec sérieux qu'il était prêt à peindre des murs ou à charrier des poutres pour gagner sa vie. L'oncle Harry resta bouche bée avec son morceau de « beigl » à moitié avalé, regardant son parent de ses yeux vifs et mobiles. Il ne saisissait pas.

« Toi ? Un médecin ? Tu fais l'idiot... »

Le docteur Karnovski eut beaucoup de mal à lui faire admettre qu'il parlait sérieusement. Oncle Harry fronça toutes les rides de son front.

« Peindre des murs, c'est facile à dire, encore faut-il qu'on t'autorise, marmonna-t-il embarrassé, on va me tordre le cou si j'embauche un étranger. »

Le docteur Karnovski ne saisissait pas.

« Je ne suis pas un étranger, mon oncle, rétorqua-t-il.

— Même si mon père, qu'il repose en paix, ressuscitait et voulait peindre des murs chez moi, ils le flanqueraient dehors comme un malpropre ! » dit oncle Harry en colère, ce qui n'était pas dans ses habitudes.

Pour se faire pardonner par son neveu, il lui proposa un café et du gâteau. Le docteur Karnovski refusa de manger et quitta la pièce d'un pas rapide. Il était tellement découragé qu'il se rendit chez qui il ne lui serait même pas venu à l'idée d'aller, chez Salomon Bourak de l'avenue Landsberger, et lui dit qu'il voulait faire du porte à porte. Bien que Salomon Bourak fût habitué à ce que d'anciens grands seigneurs « d'en face » viennent frapper à sa porte pour ce genre de service, bien qu'il n'eût pas oublié que ce même docteur Karnovski avait autrefois regardé sa fille de haut et lui avait causé bien du chagrin, il se sentait gêné pour ce médecin célèbre, ce bel homme athlétique qui venait chercher chez lui une besace de colporteur.

« Docteur, ce n'est pas pour vous, dit-il en tentant de le décourager, c'est un métier avilissant. Vous ne pourrez pas.

— Il faudra bien que j'y arrive, monsieur Bourak », répondit le docteur Karnovski avec un petit sourire désemparé.

Salomon Bourak insistait.

« Docteur, je vais vous prêter de l'argent jusqu'à ce que vous commenciez à exercer, je ne vous laisserai pas prendre la valise.

— Non, monsieur Bourak, ce n'est pas de l'argent que je veux mais de la marchandise », répondit le docteur Karnovski qui campait sur ses positions.

Salomon Bourak descendit de l'étagère du haut une grande valise, une des valises avec lesquelles il avait commencé à gagner sa vie ici, dans son nouveau pays, et qui lui avait tellement porté chance. Il la bourra de bas de femme, de cravates, de chemises et de corsages et enseigna au docteur Karnovski les ficelles du métier, comment vendre et comment s'y prendre avec les femmes.

« L'essentiel dans le commerce, mon ami, est de ne jamais se laisser décourager, dit-il, c'est justement parce que l'autre ne veut pas acheter qu'on va lui vendre. Et quand une porte s'ouvre, passe vite un pied qu'on ne puisse pas te refermer la porte au nez. »

Il jeta un coup d'œil sur son élève afin de voir s'il saisissait et s'interrompit au milieu de son discours. Malgré le désarroi du docteur, il y avait dans sa haute stature quelque chose d'imposant, de fier et de supérieur qui ne collait absolument pas avec la leçon de servilité. Salomon Bourak sentit toute l'absurdité de ses propos.

« Docteur, faites-moi plaisir et ne vous lancez pas là-dedans, dit-il, essayant une dernière fois de le décourager, vous n'êtes pas homme à faire ce métier. Je sais de quoi je parle.

— C'est notre profession nationale depuis des générations, notre destin, répondit avec amertume le docteur Karnovski, et à son destin nul ne peut échapper. »

42

Une vie nouvelle, libre, sans Dieu ni maître, débuta pour Jegor Karnovski qui se faisait à présent appeler du seul nom de sa mère, Holbek.

Après avoir passé quelques jours dans le petit hôtel où il payait chaque nuit d'avance, il se loua une chambre pour dix dollars par mois. La pièce était exiguë et sombre et il fallait pour y accéder descendre plusieurs marches, presque autant que pour aller à la cave, mais Jegor s'y sentait très heureux parce qu'il y était chez lui.

Le matin, il dormait aussi longtemps qu'il en avait envie, jusqu'à tard dans la matinée, se rattrapant pour tous les jours où il avait dû se lever de bonne heure pour aller en classe. Personne ne le réveillait, ne lui disait de se presser pour ne pas être en retard aux cours, ne lui demandait s'il avait fait ses devoirs. Mme Kaiser, la concierge de l'immeuble, qui lui sous-louait une pièce dans son logement, lui témoignait beaucoup de respect, le saluait avec empressement, lui demandait s'il avait bien dormi et lui disait même « à vos souhaits » chaque fois qu'il éternuait.

Les serveuses blondes du restaurant bavarois où il prenait ses repas n'étaient pas moins empressées à le saluer. Leurs « merci infiniment, monsieur » quand il leur laissait une pièce de cinq cents en pourboire étaient aussi délicieux que les gâteaux qu'elles lui servaient avec le café. Mais le plus délicieux était de n'avoir aucune contrainte, pas de professeurs, pas de principal, pas de donneurs de conseils.

Jegor avait beaucoup de temps libre et il le savourait à chaque instant de la journée. Au lieu de s'escrimer sur l'histoire, le droit civil et les sciences naturelles, il allait tous les jours voir des films allemands. Il se rendait aussi discrètement dans un music-hall où des filles se déshabillaient aux yeux de tous et chantaient d'une voix éraillée des chansons grivoises. La première fois, très gêné d'entrer dans un tel lieu, il se faufila à l'intérieur comme on se glisse dans une maison close. Mais dans le vacarme, au milieu de la musique, des cris des marchands de glaces et de cacahuètes et des vendeurs de photos, des rires des matelots, dans la chaleur suffocante de la chair humaine moite de transpiration, sa honte disparut et il se mit à taper des mains en même temps que tout le monde pendant que les filles sur la scène se débarrassaient de leurs vêtements jusqu'au tout dernier. Il n'osait pas, comme les marins, crier « Baby », « Chérie », aux filles sur l'estrade ni leur faire signe qu'il allait les rejoindre plus tard. Il se contentait de les désirer en pensées. Mais il riait à gorge déployée de leurs obscénités, comme il n'avait pas ri depuis des années.

C'était encore plus gai au club de la Jeune Allemagne où il se rendait le soir en compagnie de son nouvel ami, le fils de sa logeuse.

Dès le premier jour, alors qu'il s'installait tout juste dans la pièce en sous-sol de Mme Kaiser, une main énergique avait frappé et avant qu'il n'ait le temps de dire « entrez ! », la porte s'était ouverte d'un coup pour livrer passage à un jeune débraillé avec un toupet de cheveux couleur de lin au-dessus des yeux.

« Ernst Kaiser ! » avait-il dit d'une voix retentissante en tendant une main solide, trop dure et trop virile pour son visage enfantin et poupin.

Si ses immenses mains semblaient si mal assorties à son jeune visage, il en allait de même de sa cage thoracique large et musclée, sanglée dans une chemise élimée d'une teinte indéfinissable que l'on pouvait prendre indifféremment soit pour une chemise de scout, soit pour une vareuse militaire, soit pour une chemise brune. Jegor claqua des talons et se présenta avec ses trois noms :

« Georg Joachim Holbek. Ravi de vous connaître, monsieur Kaiser, dit-il en allemand.

— Appelle-moi camarade Ernst, répondit le jeune homme à la chemise décolorée, faut-il t'appeler camarade Georg ?

— Bien sûr, dit Jegor en rougissant de son mensonge.

— C'est bien ce que je pensais, fit remarquer le jeune homme, soyons amis. »

Comme pour sceller leur amitié, il sortit d'une poche de pantalon bourrée un paquet de cigarettes, les plus mauvaises qui soient, et en proposa une à Jegor. Celui-ci souffla l'infecte fumée par les deux narines afin de passer pour un fumeur expérimenté alors qu'il n'était pas encore vraiment maître en la matière et posa un regard heureux sur son nouvel ami, le premier après tant d'années de solitude. Tout lui plaisait dans ce garçon, depuis la mèche de lin qui lui retombait dans les yeux, jusqu'à ses grandes mains, sa large cage thoracique et surtout sa chemise usée jusqu'à la corde qui malgré sa teinte et sa forme indéterminées avait une allure très militaire, on aurait presque dit un uniforme.

« On va prendre une bière ? proposa-t-il à la manière d'un adulte et d'un buveur de bière.

— Volontiers, acquiesça le garçon à la chemise en se pourléchant à l'avance. *Come on, pal* — allons-y, camarade. » Son allemand était mâtiné d'anglais.

Dehors, devant la porte, Mme Kaiser traînait un volumineux sac d'ordures qu'elle s'efforçait d'accrocher à une pointe de la grille métallique qui entourait son logement en sous-sol.

« Ernst, sors les ordures ! lui dit-elle.

— Ah, laisse-moi tranquille, je vais prendre une bière avec mon ami », lui répondit son fils.

Mme Kaiser croisa les deux mains sur son ventre proéminent et mit son locataire en garde.

« Monsieur Holbek, ne suivez pas ce fainéant. Ce n'est qu'un vagabond et il fera de vous aussi un vagabond.

— Oh, la ferme ! » répliqua le garçon, et il cracha son mégot.

Dans la brasserie ornée d'affiches représentant des buveurs de bière gras et hilares, et d'un grand panneau prévenant que la maison ne faisait pas crédit, on entendait à travers la fumée des conversations, des bruits de verres qui s'entrechoquaient et des rires.

« Prosit, à la vôtre ! marmonnaient sans arrêt les hommes en trinquant.

— Prosit ! disait le gars à la chemise en choquant chaque fois son verre contre celui de Jegor.

— Prosit ! » répondait Jegor fier et ravi, et il commandait de nouvelles chopes de bière bien que le breuvage lui ressortît par les oreilles.

Toujours pour ne pas être en reste sur son nouvel ami, il fumait cigarette sur cigarette et il payait d'avance pour la bière et pour les cigarettes comme invitait à le faire l'inscription qui dominait la brasserie. En sortant du bistrot, Ernst l'emmena avec lui au club de la Jeune Allemagne.

Après avoir descendu des marches, longé des couloirs tortueux aux murs recouverts de croix gammées, de dessins obscènes, de grossièretés, de dates de rendez-vous entre garçons et filles, de cœurs percés de flèches de Cupidon et de toutes sortes de graffitis sur des Fritz et des Karl qui aimaient des Mitzi et des Gretchen, après avoir contourné des tuyauteries, des chaudières, des installations électriques, des caisses de cendres et toutes sortes d'objets entreposés ou mis au rebut, on arrivait à une porte au-dessus de laquelle était écrit en caractères gothiques inclinés : « Ici, club de la Jeune Allemagne ». Dans la grande cave, il y avait de vieux sièges déglingués abandonnés par leurs propriétaires et que l'on avait traînés là depuis la rue, un billard graisseux dont le drap vert partait en lambeaux, une table de ping-pong bancale. Dans les coins étaient disposés des canapés de toutes les couleurs et de tous les styles, pour la plupart défoncés et avec des ressorts qui dépassaient. Des lanternes et des guirlandes multicolores en papier, vestiges d'une fête, étaient restées accrochées aux ampoules électriques. Sur les murs, on pouvait voir des slogans, des photographies de généraux en casque à pointe, de soldats et de S.A. en train de défiler, des coupures de journaux représentant des boxeurs, des footballeurs, des actrices et des danseuses. Assise devant un piano qui tombait en ruine, une jeune fille martelait une valse avec beaucoup d'énergie. Ernst Kaiser posa sa main sur son épaule ronde.

« Le camarade Georg », rugit-il en désignant Jegor.

La jeune fille se leva et sourit en ouvrant une bouche pleine de dents blanches et solides. Son nez mutin, court et retroussé, était criblé de taches de rousseur. À travers un sweater jaune canari extrêmement ajusté, pointaient les deux mamelons de sa poitrine ferme et saillante. Elle palpitait, cette poitrine de jeune fille, s'agitait comme sa tête blonde et bouclée. Jegor claqua des talons et énonça ses trois noms d'une voix tonitruante pour camoufler sa gêne. La fille en sweater jaune était l'assurance personnifiée. Elle se présenta en découvrant encore plus de dents dans sa bouche rieuse :

« Lotte. »

Ce fut au tour de Ernst Kaiser de marteler une valse sur le vieux piano déglingué. Les hanches de Lotte se mirent d'elles-mêmes à se balancer en cadence.

« Pourquoi vous dansez pas ? » demanda le garçon au piano.

Avant que Jegor n'ait eu le temps d'inviter la jeune fille, elle avait déjà posé sa main sur son épaule. Il sentit aussitôt sa poitrine contre lui. Il avait chaud. Le gars tapait de toutes ses forces sur les touches.

« Heï, heï, heï ! » chantait-il d'une voix éraillée.

La jeune fille dansait avec ardeur. Sa bouche rieuse découvrait jusqu'aux dents du fond. Tout en elle riait : ses dents, ses boucles blondes, ses hanches, sa poitrine palpitante, chaque sein séparément. Bientôt arrivèrent d'autres garçons et filles. Autant les filles étaient frisées, poudrées et maquillées, autant les garçons étaient négligés, en bras de chemise, vêtus de vieux sweaters et même de salopettes. Ernst Kaiser, tout en fumant sans discontinuer ses mauvaises cigarettes, présentait le camarade Georg à chacun en particulier. Jegor n'arrêtait pas de claquer des talons. Les conversations, les rires, la fumée, les chants, tout se fondait en un joyeux brouhaha. Les filles n'arrêtaient pas de rire du moindre mot prononcé par un garçon, de chaque bourrade échangée. Plus le temps passait, plus il y avait de monde. Certains jouaient au billard, faisant rouler les boules sur le tapis vert déchiré, d'autres battaient les cartes, d'autres encore mesuraient leurs forces pour la plus grande joie des filles admiratives. Le plus fort de tous était Ernst Kaiser. Lotte, béate d'admiration devant lui, exhibait toutes ses dents. Puis quelqu'un se mit à jouer sur le vieux piano et les couples se formèrent pour danser. Lotte s'approcha de Jegor en dansant et posa sa main sur son épaule. À travers ses vêtements, il sentait son corps, chacune des parties de son corps. Elle riait sans savoir elle-même pourquoi. Son rire était communicatif. Jegor riait avec elle, chose qui lui était rarement arrivée. Après la danse, les garçons commencèrent à tirer à la carabine. Il fallait viser la bouche d'une silhouette découpée dans une planche, un personnage comique avec des frisettes noires, un grand nez et de grosses lèvres, que l'on appelait oncle Mo. À chaque coup réussi, le public hurlait de joie.

« Réglez-lui son compte, à l'oncle Mo ! En plein dans la bouche ! »

Lotte riait de toutes ses dents en tenant la main de Jegor qui transpirait dans la sienne.

« C'est drôle, tu trouves pas ? lui demanda-t-elle.

— Très drôle », répondit Jegor qui sentait son cœur défaillir chaque fois que la silhouette de l'oncle Mo était ébranlée par une balle. Il éprouvait une espèce de sentiment de parenté avec la ridicule effigie de bois qui lui rappelait son oncle Harry. C'est précisément ce sentiment de parenté avec ce dont il ne voulait pas être proche qui l'angoissait au milieu de l'allégresse générale. Il s'inquiétait à l'idée qu'on pourrait découvrir son angoisse, ce qui le rendait plus inquiet encore. Afin de camoufler cette inquiétude, il riait de l'oncle en bois plus fort que les autres, d'un rire forcé et hystérique. Il se calma lorsque les gars abandonnèrent leur cible de bois pour s'en prendre aux bouteilles de schnaps qu'ils sortirent de leurs poches de pantalon. Ernst Kaiser tendit une bouteille à Jegor et Lotte. Celle-ci en avala une bonne gorgée, on n'aurait vraiment pas dit une fille. Jegor s'efforça de faire mieux qu'elle. Soudain, quelqu'un éteignit la lumière, ne laissant qu'une petite ampoule voilée de papier rouge. Les couples se dispersèrent dans les coins, s'installant sur des fauteuils ou des canapés percés et même par terre. On entendit des rires de filles, des chuchotements et des baisers. Sans savoir lui-même comment, Jegor se retrouva assis dans un coin avec Lotte. N'ayant aucune expérience des filles, gêné et heureux, il se contentait de tenir sa main dans la sienne. Lotte se serra contre lui.

« Chéri, trésor », lui dit-elle.

Jegor qui n'avait vu ce genre de choses que dans les films, les livres ou dans ses rêves, ne pouvait pas croire que cela lui arrivait pour de vrai, lui que personne n'avait jamais pris au sérieux, que tout le monde humiliait. Malgré son désir refoulé pour la gent féminine, sa profonde soif d'amour, il n'osait pas profiter de celle qu'il tenait entre ses bras, tel un individu mourant de faim qui ne parvient pas à manger quand on lui donne de la nourriture. Lotte était hardie, expérimentée et dominatrice. Elle riait à pleines dents.

« Embrasse-moi », l'encouragea-t-elle en blottissant son corps chaud contre le sien.

À chaque nouvelle caresse, à chaque nouveau baiser, Jegor se sentait grandir, sentait ses forces croître en lui. Pour la première fois de sa vie, il éprouvait de l'assurance, il était fier de lui. Lotte l'appelait de tous les noms les plus gentils et les plus insensés. C'est ça l'amour, pensait-il en regardant le bras de la jeune fille qui dessinait un angle aigu au coude lorsqu'elle l'enlaçait. Soudain, le piano se remit à jouer et on ralluma la lumière dans la cave. Jegor s'éloigna de Lotte d'un bond. Il était déjà si amoureux d'elle qu'il ne put supporter de la voir poser sa main sur l'épaule d'un garçon qui la faisait danser. À dater de ce jour, Jegor ne quitta plus d'une semelle le garçon à la chemise élimée. Il faisait avec lui la tournée des brasseries, des salles de billard et des cinémas et l'accompagnait aux réunions dans la cave de la Jeune Allemagne. Lotte les suivait. Jegor payait pour tous.

Du côté de son travail pour le docteur, tout n'était pas aussi rose. Le docteur Zerbe lui avait bien expliqué comment s'introduire dans les cercles d'immigrés, s'immiscer dans leurs réunions, fourrer son nez dans un comité, mettre un pied à la synagogue, subodorer un secret et flairer tout ce qui se présentait, mais Jegor n'aimait pas son travail. Tout comme l'infirme évite de rencontrer un individu affligé du même handicap que lui afin de ne pas se voir en l'autre, Jegor ne voulait pas fréquenter ces gens du bord détesté qui lui rappelaient sa propre infirmité. Aussi longtemps qu'il était au restaurant bavarois ou dans la cave de la Jeune Allemagne, il se sentait Holbek de la tête aux pieds. Quand on le présentait, il arrivait, mais c'était rare que quelqu'un pose un instant sur lui un regard étonné, comme face à un corps étranger. La plupart du temps, on l'acceptait sans le moindre soupçon, surtout lorsqu'il était sous le parrainage à cent pour cent goy de Ernst Kaiser et de Lotte. Mais au milieu des individus aux yeux noirs et aux cheveux noirs, il ressentait immédiatement sa propre bosse. Et de plus, ils lui demandaient qui il était, ce qu'il était, d'où il venait, ce qu'il faisait et avait l'intention de faire. Il devait leur raconter des tas de mensonges, peser ses mots, inventer toutes sortes d'histoires, ce pour quoi il n'était pas très doué. Pas plus qu'il n'était doué pour questionner les autres, fureter autour d'eux et leur tirer les vers du nez. Quand il devait faire son compte rendu au docteur, il n'avait aucune information importante à lui rapporter, ce dont il avait honte. Mais le docteur ne lui faisait pas de reproches. Il l'encourageait même, lui disait de poursuivre son travail et le consolait en lui affirmant qu'il s'habituerait. À chacune de ses visites il lui remettait quelques billets.

Jegor ne refusait plus l'argent du docteur comme il l'avait fait lors de leur première rencontre. Il connaissait à présent la valeur de l'argent, savait ce qu'il pouvait apporter, et il lui en fallait de plus en plus. Quand il n'avait pas de véritables informations, il en inventait. La première fois qu'il raconta des choses de son invention, il rougit, tremblant d'être pris en flagrant délit de mensonge. Mais le docteur ne remarqua rien. Au contraire, il accorda plus d'intérêt au mensonge qu'aux informations authentiques. Constatant que ça marchait, Jegor se mit à lui rapporter fréquemment des histoires qu'il imaginait pour lui de toutes pièces. Bientôt, raconter des mensonges lui procura même du plaisir. Pas menteur de nature, il prit cependant goût aux tromperies et trouva un parfum d'aventure à faire des choses défendues. Malgré sa crainte d'être pris la main dans le sac, de se couper, de se prendre les pieds dans ses propres élucubrations, cet état d'inquiétude, de vigilance et de tension lui procurait une véritable jouissance. Il se mit à mentir aux autres sur lui-même et ses occupations comme il mentait au docteur. Il racontait des histoires à Mme Kaiser qui voulait savoir ce qu'il faisait et d'où il venait, il en racontait à Ernst et aussi à Lotte. Mais plus qu'à tout autre, c'est à sa propre mère qu'il mentait.

Son père, il ne le voyait plus et refusait de le voir depuis qu'il avait levé la main sur lui. Mais à sa mère, il écrivait des petites lettres et il lui avait même fixé rendez-vous dans la rue à plusieurs reprises. Teresa arrivait à ces entrevues essoufflée, rougissante, comme une jeune fille qui vient retrouver son amoureux qu'on lui interdit de rencontrer. Dans la rue, elle lui caressait le visage, prenait ses mains dans les siennes et lui palpait même les bras pour voir s'il n'avait pas maigri.

« Mon petit, mon enfant stupide, murmurait-elle.

— Maman, pour l'amour du ciel, essaie de comprendre. Je ne suis plus un enfant », la reprenait Jegor, et il lui racontait des tas d'histoires les plus invraisemblables sur sa vie. Un jour, il prétendait être traducteur d'allemand dans un magasin, un autre, attaché à une compagnie maritime ou bien il lui parlait de tout autre travail. Teresa ne relevait pas ses contradictions afin de ne pas lui faire honte. Mais elle sentait bien que quelque chose ne collait pas et elle tentait inlassablement de le persuader de revenir à la maison. Il pourrait abandonner l'école. Il pourrait continuer à travailler. Elle ne lui dirait rien, ne se mêlerait de rien. Elle s'arrangerait même pour que son père le laisse décider lui-même de son sort, pourvu qu'il revienne à la maison.

« Jegor chéri, fais ça pour ta maman », lui disait-elle.

Jegor ne voulait rien entendre et en rajoutait toujours un peu plus sur ses exploits professionnels et sur ses gains.

Dans son désir de lui démontrer combien les choses allaient bien pour lui, il sortit même quelques dollars de sa poche et les lui fourra dans la main.

« Prends, maman, achète-toi quelque chose », dit-il, fier de pouvoir lui faire un cadeau.

Teresa ne voulut pas accepter d'argent de son enfant et s'en retourna chez elle terriblement inquiète et préoccupée.

Elle arrivait à peine à l'épaule de ce fils adulte qui marchait à si grandes enjambées qu'elle ne parvenait pas à le suivre, et pourtant elle voyait toujours en lui un enfant, son petit Jegor, celui qu'elle avait élevé selon toutes les recommandations des spécialistes de l'éducation, tous les préceptes des manuels de médecine. Et son cœur de mère tremblait pour lui. Le soir, lorsqu'elle préparait les lits, elle se demandait si le lit de son fils était aussi confortable que celui qu'elle lui faisait avant. En mangeant, elle se demandait s'il prenait ses repas à l'heure, si les aliments qu'on lui donnait étaient assez frais, nourrissants et sains. Quand il pleuvait, elle craignait qu'il soit sorti sans ses caoutchoucs, qu'il se mouille les pieds, qu'il oublie son imperméable. Lors de ses nuits d'insomnie, elle se demandait inquiète s'il n'allait pas dans de mauvais lieux, s'il ne risquait pas d'attraper quelque vilaine maladie.

Plus que pendant la journée, c'est surtout le soir, au moment de préparer deux couchages au lieu de trois, qu'il lui manquait. Allongée dans son lit à côté de celui de son mari sans pouvoir dormir, elle était prise d'une grande tristesse, comme cela arrive toujours dans un couple sans enfants quand aucun des deux n'a plus rien à dire à l'autre et que s'installe un silence pesant.

« Ciel », soupirait-elle à voix basse pour ne pas être entendue de son mari.

Comme Teresa, le docteur Karnovski était couché tout éveillé dans son lit et inquiet, ne disait mot.

Ce qui tourmentait le docteur Karnovski, ce n'était pas de savoir comment le garçon mangeait ou dormait ou traînait dans des rues étrangères. En tant que médecin, il ne voyait pas là de grand péril. Ce qui le préoccupait, c'était l'avenir du garçon car, bien que n'étant pas du tout enclin aux superstitions, aux fantasmes et aux pressentiments, le docteur Karnovski avait toujours ressenti de l'inquiétude, une crainte et une angoisse cachées au sujet du destin de son enfant. Tout cela, il le ressentait déjà quand Jegor, petit, souffrait de terreurs nocturnes. Il l'avait ressenti plus tard aussi quand il était devenu un grand garçonnet trop mince, introverti et rêveur. Il l'avait ressenti encore plus fortement quand, pendant les jours de déchaînement et de folie de l'autre côté, Jegor avait reçu pour la première fois de sa vie d'adolescent un terrible coup sur la tête. Il voyait que le malheur poursuivait le garçon, le menaçait comme une lourde nuée. Il voyait son fils aller au-devant du malheur, se précipiter vers lui comme on se précipite entre les bras d'une promise.

L'expérience lui avait appris, au docteur Karnovski, qu'à côté de l'instinct de vie et de plaisir, il y a chez l'homme un instinct masochiste et autodestructeur. Il avait constaté cela sur les champs de bataille, quand les hommes couraient au-devant de la mort, non pas mus par le patriotisme et le courage comme le prétendaient les généraux et les pasteurs, mais par un instinct d'autodestruction. Il avait également rencontré cela chez des patientes qui refusaient de se laisser guérir et couraient à la mort, comme poussées par une violente pulsion. Ses collègues médecins avaient généralement un nom pour désigner ces gens, ils les appelaient déments ou disaient qu'ils souffraient d'un déficit de l'instinct de conservation. Le docteur Karnovski savait bien que ces mots n'expliquaient rien. Une espèce de force frénétique poussait ces gens à leur perte. Avec le temps, il en était même arrivé à les reconnaître. Il sentait cela à leur regard, à leur comportement, à chacun de leurs faits et gestes, au point qu'il pouvait prédire que tous ses efforts de médecin pour les soigner seraient vains parce qu'ils se précipitaient au-devant de la catastrophe. En Jegor aussi il voyait tout cela, et il tremblait sans cesse pour lui, vivait dans une angoisse permanente. Chaque fois qu'il rentrait à la maison, il s'arrêtait un moment devant la porte plein d'inquiétude, il avait peur de rentrer, redoutant que quelque chose ne soit arrivé.

Il se reprochait lui-même ce genre de pressentiments contraires à toute logique et à tout bon sens, mais il ne pouvait pas s'en défaire et vivait dans la crainte perpétuelle d'une mauvaise nouvelle que l'on devait immanquablement lui annoncer. Depuis que le garçon avait quitté la maison, son inquiétude n'avait fait que croître. La nuit, chaque fois qu'il entendait dans la rue, devant chez lui, un pas précipité, il tremblait à l'idée qu'on venait lui annoncer une nouvelle fatidique. Cependant, malgré toute son inquiétude et sa crainte, il ne pouvait céder à Teresa, faire preuve de plus d'intelligence, de hauteur de vue et d'indulgence, et se réconcilier avec celui pour lequel il se rongeait les sangs. Conscient de l'absurdité de son entêtement, il ne parvenait à le briser pas plus qu'aucun Karnovski. Pour contrer les justes arguments de Teresa, il prononçait des paroles auxquelles il ne croyait pas lui-même :

« Il n'y a rien d'autre à faire que de le laisser courir, surtout ne pas le supplier, et il reviendra, arguait-il, qu'il tâte un peu de la faim et de la misère, il reviendra vite fait ! »

Jegor ne revint pas, au contraire. Un peu plus chaque jour il prenait goût à sa nouvelle vie, à la liberté. Il oublia rapidement non seulement son père mais aussi sa mère. Il avait à présent une autre femme, Lotte.

Un soir où dans la cave de la Jeune Allemagne il faisait une chaleur particulièrement étouffante au point que même Lotte n'avait pas envie de danser parce que, par cette soirée new-yorkaise humide, sans un souffle d'air, tout collait à la peau, Ernst Kaiser eut une idée : si seulement on avait quelques dollars, ce serait sacrément bien de partir en groupe faire une petite virée à travers le pays. Lotte se mit à taper des mains tant elle était emballée.

« Tu viendras avec nous, hein, trésor ? minauda-t-elle à l'adresse de Jegor.

— J'emmènerai ma Rosaline, dit Ernst, à nous quatre, pendant quelques jours, on va sacrément bien s'amuser. On dormira dans un camp de vacances. »

Lotte, heureuse, rit de toutes ses dents. Pour le rire de cette fille Jegor était prêt à aller au bout du monde. Le lendemain, dès le matin, ils quittèrent la ville tous les quatre. Ernst dans sa chemise élimée marchait à grands pas. Près de lui, sa Rosaline, une jeune fille mince, toute en longueur, très pâle et très osseuse, avait du mal à le suivre.

« Mais ne cours pas comme ça, Ernst, lui reprochait-elle de sa voix perçante, je n'arrive pas à te rattraper.

— Allonge le pas », répondait Ernst en continuant à la même allure.

Sous le coup de la colère, le visage pointu de Rosaline se faisait plus pointu encore mais elle n'abandonnait pas et continuait à courir derrière les grandes enjambées du garçon. Lotte à son habitude n'arrêtait pas de rire. Pendant toute la journée ils se traînèrent sur les routes, un peu à pied, un peu en voiture lorsqu'on les prenait en stop. Quand ils avaient faim, ils faisaient une pause en chemin dans un petit restaurant pour manger des saucisses chaudes à la moutarde arrosées d'une bière. Jegor payait pour tout le monde. Le soir, ils arrivèrent au camp.

Plus que dans la cave de la Jeune Allemagne, un vent venu « d'en face » semblait souffler sur l'immense terrain entouré de barbelés. Sur les bâtiments, les tentes, sur chaque garage ou clôture, on pouvait lire des inscriptions en allemand, en caractères gothiques, toutes concernant des interdictions. À côté des allées, rues, places, portant les noms classiques des anciens rois, généraux et amiraux, il y avait également des allées et des rues dédiées aux nouveaux maîtres, les nouveaux hommes au pouvoir. Autour des tentes disposées dans un ordonnancement militaire, des jeunes S.A. s'activaient, s'empressant d'accomplir leurs tâches, tendant le bras lorsqu'ils se croisaient, se saluant et marchant d'un pas résolu. Près de certaines tentes étaient même postées des sentinelles au garde-à-vous, comme pour surveiller un lieu d'une grande importance stratégique. De gras bourgeois, un cigare aux lèvres, l'air imposant, sortaient des bungalows pour aller faire une petite promenade avec leurs épouses bien en chair. Devant la « Hofbräuhaus », la brasserie munichoise, des buveurs de bière étaient assis qui buvaient placidement leur breuvage dans de grandes chopes apportées par des serveuses en costume bavarois. Les hommes riaient d'un rire gras. Les femmes tricotaient leur éternel tricot. Des crieurs de journaux circulaient en proposant des revues et des journaux venus « d'en face ». Ernst Kaiser passait son temps à saluer des connaissances et à présenter Jegor. Ce dernier répétait sans arrêt ses trois noms en claquant des talons. Malgré la bannière étoilée qui flottait au sommet d'un grand mât au milieu de la cour, Jegor se sentait tout à fait chez lui dans ce grand camp entouré de barbelés.

Quand un petit garçon en uniforme entonna solennellement au clairon la sonnerie du soir et qu'un S.A. plus âgé hissa sur le mât un autre drapeau, un drapeau avec une croix gammée, Jegor éprouva comme toujours une légère inquiétude à cause de cette partie de sa personne qui n'avait pas le droit d'avoir le moindre contact avec cet emblème. Mais il tendit le bras comme tout le monde quand le drapeau atteignit le sommet du mât. Il chanta également avec tous les autres qui faisaient cercle autour du drapeau. Arrivé à la strophe où il était question du sang juif qui allait couler le long des couteaux, sa langue bloqua un instant, les mots lui restèrent en travers de la gorge et il eut l'impression de suffoquer comme lorsqu'on découvre une mouche morte dans sa boisson. Mais il réussit à les avaler. Le fait que, dans ce milieu-là, personne n'eût reconnu en lui un étranger, qu'on l'eût pris pour quelqu'un du groupe, faisait disparaître tout ce qui le rattachait au côté opposé. Il se sentit Holbek de la tête aux pieds. Après s'être langui pendant des années de ce monde d'où il avait été chassé comme un pestiféré, à nouveau il en faisait partie. Avec crainte et exaltation à la fois, il participa en même temps que tous au cérémonial. En même temps que tous, il respira plus librement quand, le cérémonial terminé, on put passer à table pour un copieux dîner annoncé par une deuxième sonnerie. La viande était bien grasse, le chou aigre à souhait, la bière fraîche, les sourires des blondes serveuses particulièrement engageants. Jamais de sa vie Jegor n'avait si bien mangé, bu et ri que lors de cette soirée, en si bonne compagnie, avec Ernst Kaiser et Lotte surexcitée. Elle rit tant, Lotte, qu'elle réussit même à communiquer sa joie à la cassante Rosaline. En dansant, après le repas, elle posa sa main non seulement sur l'épaule de Jegor mais bien sur sa nuque comme la plupart des danseuses.

« Mon beau, mon gentil gosse », lui susurrait-elle tout bas. Jegor n'en croyait pas ses oreilles : que de telles paroles puissent s'adresser à lui, lui qui avait toujours détesté sa propre apparence, qui s'était toujours considéré comme l'être le plus laid et le plus repoussant qui soit ! À présent, sa vie avait un sens. Le sens le plus profond de la vie, il le perçut plus tard, quand tout le monde se fut dispersé pour la nuit à travers le vaste camp.

Noire et douce comme le velours était la nuit dans les montagnes, tout juste éclairée de temps à autre par la lueur vacillante d'un ver luisant. Les maisons, les cabanes, les tentes et les sommets se découpaient dans l'obscurité en taches grasses. Les chants, les rires, les cris perçants des filles, la stridulation des grillons, les aboiements des chiens, tout se répercutait dans les montagnes alentour, éveillant de multiples échos. Où que l'on aille, on se heurtait à des couples invisibles en quête d'amour dans la nuit. Des bungalows, des tentes, des mansardes, des buissons, du sol herbu, de partout surgissaient des murmures amoureux. Ernst Kaiser hennissait dans le noir en conduisant Jegor et les filles.

« Ne cours pas comme ça, Ernst, suppliait Rosaline, je ne vois pas où tu vas.

— Allonge le pas et marche pas sur les couples », répondait Ernst.

Suspendue au bras de Jegor, Lotte était pliée de rire. Tout pour elle était sujet à rigolade : buter contre

un couple, s'accrocher aux ronces d'un buisson, tré-
bucher contre une pierre, et même ne pas savoir où on
allait pouvoir s'installer pour la nuit. Dans l'immense
camp, il n'y avait pas le moindre petit coin de libre,
non seulement dans les bungalows et les tentes, mais
même dans les granges et les garages. En échange des
quelques dollars que Jegor avait payés pour eux tous,
on ne leur avait donné qu'un morceau de toile déchirée
et quelques piquets afin qu'ils se montent une tente où
ils pourraient, ainsi que plusieurs couvertures de soldats. Chargé de la toile et des couvertures, Ernst Kaiser s'enfonçait de plus en plus dans l'obscurité.

« Où est-ce qu'on va, demanda Rosaline inquiète.

— Qu'est-ce que ça change ? » répondit Ernst tout
en continuant à avancer.

Soudain, il s'arrêta et se déchargea de son fardeau.

« Je crois qu'ici on sera bien pour passer la nuit »,
déclara-t-il, plus comme un ordre que comme une
interrogation.

Avec une dextérité toute militaire, il tendit la toile
et monta une tente dans le noir. Après quoi, il étendit
les couvertures par terre.

« Rosaline, retire les cailloux, et file sous la couverture », ordonna-t-il à sa copine.

Elle s'exécuta en silence. Lotte se glissa sous la
deuxième couverture et éclata d'un rire sauvage au
milieu de la nuit.

« Pourquoi ris-tu ? demanda Jegor inquiet.

— Pour rien, retire-moi mes chaussures, chéri »,
répondit-elle en éclatant à nouveau de rire.

Elle se calma d'un coup et cessa de rire pour chu-
choter tout doucement à l'oreille de Jegor.

« Couvre-moi, j'ai froid. »

Alentour, perdus dans un monde de pierres et de
montagnes, les grillons poursuivaient leur éternel chant

nocturne. Une chouette lançait sa plainte au milieu de la nuit, s'interrompait puis reprenait.

« Pourquoi tu ne dis rien, trésor, tu n'es pas heureux ? » chuchota Lotte d'une voix étouffée.

Jegor découvrait la valeur la plus précieuse de la vie, son sens le plus fort. Le bonheur qui l'envahissait était si grand qu'il l'empêchait de parler.

De grosses étoiles brillantes les regardaient du haut du ciel à travers les déchirures de la toile.

43

Le docteur Siegfried Zerbe n'avait pas récompensé Jegor Karnovski pour ses services comme il avait solennellement promis de le faire.

Non seulement il n'en avait pas fait un Aryen d'honneur, ce qui lui aurait permis de réintégrer la souche des Holbek, mais il ne s'engageait même plus sur le moment où il pourrait obtenir pour lui ce magnifique cadeau. Il cessa également de lui verser des billets de banque sans compter comme il l'avait fait dans les premiers temps et ne le paya plus que pour des informations précises et ce, avec parcimonie.

Premièrement, c'était là la méthode habituelle du docteur Zerbe dans son activité à l'étranger : ne pas faire trop de cérémonies avec ses informateurs, surtout avec le menu fretin qu'il avait pris dans ses filets. Il le savait, les agents des services secrets sont comme des femmes séduites. Il est difficile de les entraîner sur la voie du péché uniquement la première fois. Cela exige beaucoup de beaux discours, d'efforts et d'argent. Dès qu'elles sont dans la profession et ne peuvent plus faire marche arrière, elles s'enfoncent de plus en plus bas pour gagner de moins en moins. D'ailleurs, plus leur séducteur est brutal, exigeant et sévère, plus elles lui sont soumises. De même qu'il avait appliqué cette méthode avec succès sur d'autres de ses indicateurs, il l'appliqua sur Jegor Karnovski. Pendant leur lune de miel, il se montra très bienveillant envers lui, lui fit des sourires, lui promit monts et merveilles, le dédommagea généreusement à chacune de ses visites. Aussitôt la lune de miel terminée, le docteur Zerbe devint dur, exigeant, sévère et regardant.

Deuxièmement, il n'était pas satisfait de sa nouvelle recrue, le docteur Zerbe, pas satisfait du tout, d'autant plus qu'il avait tant attendu de ce garçon, précisément en raison de ses origines juives.

De tout temps, le docteur Zerbe s'était fait une haute idée des individus de cette race qu'il n'avait pas toujours aimés mais toujours admirés. Pendant ses études déjà, il avait peu de relations avec les étudiants des corporations, ces écluseurs de bière, tireurs de sabre et coureurs de jupons, mais recherchait la compagnie des étudiants juifs, plus particulièrement parmi eux, des rats de bibliothèque, étudiants zélés ou hommes de plume. Par la suite, il avait assidûment fréquenté les salons juifs. À vrai dire, il enviait les gens de cette race même s'il lui était arrivé de les détester, surtout après que les plus en vue d'entre eux eurent refusé de reconnaître à leur juste valeur ses poèmes et ses drames. Mais malgré toute cette jalousie et cette haine, il n'avait jamais cessé de les admirer, eux et leur habileté, leur vivacité, leur ambition et leur énergie. Au contraire, plus sa jalousie et partant, sa haine envers eux étaient grandes, plus ils prenaient d'importance à ses yeux. Cela le poussait à exagérer leur puissance, à les croire capables des exploits et des tours de force les plus invraisemblables, comme on croit aux pouvoirs surnaturels d'un sorcier. Parce que, en dépit de sa grande érudition, le docteur Zerbe n'avait jamais été insensible aux superstitions, aux terreurs secrètes dont les racines profondes remontaient à ses années d'enfance, à son éducation de fils de pasteur d'une petite église de campagne. L'une de ces superstitions se manifestait par une peur secrète face à ces êtres aux cheveux noirs et aux yeux noirs, les enfants d'Israël, auxquels il attribuait des pouvoirs cachés. Hellène jusqu'au bout des ongles, ne reconnaissant de penseurs et de philosophes que parmi les Grecs anciens tandis que chez les Hébreux il voyait exclusivement des prophètes et des prédicateurs moralistes qui n'avaient rien apporté au monde de la pensée pure, il les redoutait cependant secrètement, ces gens, parce que c'était bien eux et non pas les Grecs, dont la religion avait conquis tous les peuples de la terre, eux qui avaient embrasé le monde entier avec leurs doctrines incendiaires nées du désert. En chaque Juif il voyait un héritier des Patriarches, un successeur des prophètes, Ahasvérus le Juif errant, transportant dans sa besace la ruse et la sagesse juives de toujours, de l'or, des prophéties et une force magique importés des déserts ainsi qu'un trésor de faculté d'adaptation forgée au cours de générations de vie errante. Le docteur Zerbe avait beau fréquenter régulièrement des Juifs modernes qui n'avaient plus rien de commun avec leurs ancêtres, qui rejetaient même ces ancêtres et s'efforçaient d'être des Germains à cent pour cent, il voyait malgré tout en chacun d'eux un héritier des anciens Hébreux. En chaque professeur et banquier juif, chaque directeur de théâtre et comédien, même le docteur Klein, l'écrivain satirique, et jusqu'à Rudolf Moser, l'éditeur baptisé, ce modèle d'européanité. Plus il était loin d'eux, plus il leur faisait la guerre dans le cadre de ses services, plus il les admirait, les craignait et se languissait de leur compagnie. Ils lui manquaient, ces gens d'Orient qu'il redoutait mais qui l'attiraient.

C'est pour cela qu'il se raccrochait aussi fortement à ce petit jeune homme juif poussé en graine qui lui avait écrit une confession si fougueuse. Ce qui ne figurait pas dans les lignes, il l'avait lu entre les lignes. Il était dans sa nature de prêter ses propres idées aux autres, que ce soit en lisant un livre, un manuscrit ou même une lettre. Plus que toujours, il avait interprété à sa façon chaque mot écrit par celui qui signait Georg Joachim Holbek. Il était suffisant pour lui que cette personne soit partiellement d'origine juive.

Il savait, le docteur Zerbe, que de tout temps, ces gens avaient fait du bon travail pour les maîtres qu'ils avaient accepté de servir. Que ce soit un Isaac portant barbe et lévite, un Juif sous protection princière, un Moritz rasé et en habit, un conseiller commercial à la cour du roi, un directeur de théâtre baptisé, un avocat ou un administrateur, ils avaient toujours apporté de l'habileté, de l'énergie, de l'initiative à tout ce qu'ils touchaient. Les plus zélés de tous étaient ceux qui avaient renié leurs propres frères. Lui aussi voulait avoir son Juif dans son service pour combattre ceux de sa race.

Mais sa déception fut à la mesure des grands espoirs qu'il avait placés dans le jeune Jegor Karnovski.

Le garçon ne faisait preuve d'aucune initiative dans son travail pour le docteur. Comme son oncle Hugo, il n'était qu'un soldat et ne pouvait qu'exécuter des ordres. Le docteur Zerbe exigeait de lui du bon sens, de l'inventivité. Des soldats obéissants, il en avait suffisamment parmi ses gens.

« Non, jeune homme, marmonna-t-il froidement, je m'attendais à mieux. »

Jegor ne reconnaissait plus le visage du docteur dont la douceur et la bonté étaient devenues glace et pierre.

« Mais jusqu'à présent, le docteur n'a-t-il pas toujours été satisfait de moi ! » demanda-t-il étonné en regardant de ses grands yeux bleus le visage chiffonné, glacial et blême du docteur Zerbe. « Le docteur me faisait même des compliments. »

Le docteur Zerbe ne pouvait entendre ces propos imbéciles sans dire ce qu'il pensait de la chose.

« Trop naïf, jeune homme, ou plutôt, trop bête », murmura-t-il avec mépris.

Jegor n'en croyait pas ses oreilles : que de tels reproches s'adressent à lui, lui qui jusqu'à présent n'avait rien entendu d'autre de cet homme que les louanges les plus flatteuses. Il était profondément humilié et aurait voulu dire quelque chose mais le docteur ne lui laissa pas la possibilité de discuter, il lui ordonna d'écouter et de se taire. Il est vraiment trop naïf ou trop bête s'il croit que le docteur Zerbe a pris ses histoires pour argent comptant. S'il s'est montré amical et paternel à son égard, s'il lui a versé de l'argent, ce n'est pas parce qu'il se laissait berner mais parce qu'il voulait lui donner du courage, de l'assurance. Mais il n'a pas l'intention de se faire fourguer de fausses informations. Il ne lui viendrait pas à l'idée de gaspiller l'argent de la patrie pour rien, de rétribuer grassement un jeune homme à seule fin de le voir faire la tournée des tavernes et traîner avec des filles.

Jegor Karnovski rouge de honte essaya de balbutier quelque chose. Le docteur Zerbe ne le laissa pas prendre la parole.

« Non, jeune homme, inutile de nier, parce que je sais tout et qu'on ne peut pas me mener en bateau », dit-il d'un ton sans appel en le regardant de ses yeux inexpressifs et humides comme s'ils venaient tout juste de pleurer.

Jegor se contenta de baisser la tête sans rien répondre. Il se rendit soudain compte qu'il était entre les mains de ce petit homme fripé et blafard qui savait tout, voyait parfaitement clair dans son jeu, et qu'il ne pouvait plus revenir en arrière, qu'il n'avait plus d'échappatoire. L'angoisse le saisit. Le fait de ne pas même pouvoir répondre, seulement écouter et se taire, brisa définitivement sa fierté et son entêtement. Il se sentait minable, était conscient de sa propre soumission et se détestait pour cela. Découragé, il s'abaissa plus encore, comme quelqu'un qui n'a plus rien à perdre. En promettant au docteur qu'il serait désormais irréprochable et ferait de son mieux, il le supplia de se montrer miséricordieux envers lui ne serait-ce qu'une fois encore et de lui donner en attendant un peu d'argent d'avance, en échange de quoi il s'engageait à fournir un excellent travail.

« Je suis complètement fauché, docteur », murmura-t-il, honteux.

Le docteur Zerbe resta impassible. Au lieu de donner au jeune garçon humilié de l'argent comme il le lui demandait, il lui raconta en blaguant une anecdote de sa propre vie à l'époque où il était encore jeune et naïf. Il avait écrit des poèmes et désirait obtenir une avance de la rédaction. Mais un directeur de journal intelligent, un Juif bien sûr, lui avait dit que la meilleure façon d'aider un artiste était de ne pas lui verser d'avance. Ce principe est tout aussi valable pour n'importe quel travail.

Voyant que l'entêtement et les supplications étaient sans effet sur le docteur, Jegor se mit à lui fournir fréquemment des informations. Il retrouva aussi son ancienne habitude d'inventer des histoires. Si la vérité ne satisfaisait pas le docteur parce qu'elle était trop grise, sans intérêt, il pouvait dans ses mensonges ajouter de la couleur. Mais le docteur ne se laissait pas rouler dans la farine.

« Non, mon garçon, ton truc des premiers jours, ça ne marche plus, fit-il d'un ton moqueur, fini les mensonges. »

Jegor rougit jusqu'à la racine des cheveux.

« Je n'ai jamais rapporté de fausses informations, docteur, murmura-t-il.

— Voici le plus gros de tous les mensonges, jeune homme », dit en riant le docteur Zerbe.

Jegor Karnovski était anéanti.

« Alors, qu'est-ce que je peux faire, docteur ? demanda-t-il désespéré. Le docteur n'a qu'à ordonner, j'exécuterai tous ses ordres.

— C'est justement là le problème, jeune homme, et ce qui ne me satisfait pas du tout. Dans ce travail, il ne s'agit pas d'exécuter des ordres mais de faire preuve de créativité comme par exemple en poésie, c'est clair, jeune homme ?

— Oui, *Jawohl*, Herr Doktor », répondit Jegor en se mettant au garde-à-vous dans l'espoir de rentrer en grâce auprès de son chef exaspéré. Mais ces paroles, loin de radoucir le docteur Zerbe, ne firent que l'assombrir plus encore. Il n'avait jamais aimé la raideur militaire ni les claquements de talons. Il les trouvait encore plus insupportables chez ce jeune Juif.

« Laisse cela, mon garçon, ce que je veux, c'est de la cervelle, de la tête... une tête juive. »

Jegor se sentit humilié comme chaque fois qu'on lui rappelait ce qu'il aurait voulu oublier.

« Je ne suis pas juif, docteur, se défendit-il, et je ne veux pas l'être.

— Il aurait pourtant mieux valu que tu le sois, mon garçon », répondit le docteur Zerbe avec un sourire ironique.

Jegor ne savait plus quoi faire pour que le docteur redevienne compréhensif et bien disposé à son égard. Comme tout individu pour qui les choses vont mal, au lieu d'admettre que son mauvais travail était la cause de ses malheurs, il accusa les circonstances, la malchance, et surtout la mauvaise humeur du patron dont il était victime. Le docteur lui cherchait querelle et lui en voulait, il en était persuadé, et il essayait de comprendre pourquoi. Mais il ne parvenait pas à comprendre. Nuit et jour il ne pensait qu'à ça. Plus il pensait au docteur qui l'avait pris en grippe, plus ce dernier occupait de place dans ses pensées, c'était devenu une obsession. Il ne voyait plus rien d'autre que le visage du docteur, ses yeux vides, son petit rire moqueur. Et le plus affreux est qu'il ne pouvait parler à personne de ses problèmes. Dans son impuissance, il lui vint l'idée de jouer les martyrs auprès du docteur. Au cours de son travail, il avait plus d'une fois redouté d'être arrêté, emprisonné. Avec le temps, cette inquiétude persistante se mit à l'obséder tant et si bien qu'il avait en permanence l'impression que des yeux le fixaient, des pas le suivaient. Il décida donc en son for intérieur qu'il serait bon que le docteur soit au courant. Le docteur lui avait répété à maintes reprises qu'il devait se sacrifier dans sa mission pour la patrie renaissante. Quand il lui racontera qu'il a été poursuivi, arrêté même, qu'on lui a fait subir un interrogatoire, ce sera une preuve de son abnégation, son premier sacrifice. S'il raconte au docteur qu'il a résisté jusqu'au bout pour ne pas le trahir, ce sera une preuve de courage, de dévouement et de caractère qui lui permettra de rentrer en grâce auprès du docteur radouci. Cette idée lui plaisait tellement qu'il la conforta de plus en plus en l'enjolivant par de nouveaux détails. Il s'était si bien fait à ce mensonge qu'il se mit à y croire lui-même. La tête haute, il s'en alla faire au docteur le récit de son martyre. Mais au lieu de le féliciter pour son esprit de sacrifice, de lui témoigner de la reconnaissance, de la compassion et de la gratitude, le docteur, sans se départir de son petit sourire moqueur qui voulait dire qu'il ne croyait pas un traître mot de ce qu'il lui racontait, le soumit à un interrogatoire serré, afin de connaître chaque détail jusqu'au plus insignifiant. Et le pire, c'était que bien que laissant voir qu'il ne gobait pas les histoires de Jegor, il en prit cependant prétexte pour conclure qu'il ne pourrait plus, pendant un certain temps, avoir recours à ses services parce que c'était contraire à ses principes de faire travailler des gens suspects auprès des autorités et de ce fait, compromis.

Jegor s'aperçut immédiatement qu'avec ce gros mensonge il creusait lui-même sa tombe et il voulut battre en retraite. Mais le docteur ne le laissa pas reculer et persista.

« Je suis désolé mon garçon, mais mon principe, c'est la prudence, une prudence absolue. »

Voyant qu'il n'avait plus rien à attendre, Jegor souleva la question de son départ. Si le docteur ne peut plus l'utiliser ici dans ses services, il peut, comme il l'a promis, le renvoyer chez lui où il se mettra corps et âme au service de la patrie régénérée. Il est prêt à offrir sa vaillance et son sang pour le pays de ses ancêtres, pourvu qu'on le reconnaisse comme Aryen d'honneur. Le docteur Zerbe bâilla d'un air las en entendant ces propos absurdes sur l'aryanité d'honneur. Non seulement il n'était pas en son pouvoir d'obtenir un tel cadeau mais même s'il en avait eu la possibilité, il n'aurait pas fait le moindre effort en ce sens. Toutefois, comme il ne voulait pas pousser à bout ce drôle de garçon, il résolut de le faire lanterner, comme chaque fois qu'il n'avait pas l'intention de bouger le petit doigt pour quelqu'un.

« On verra, répondit-il évasif, il faut s'armer de patience, jeune homme. »

Mais Jegor ne le laissa pas remettre à plus tard. Il exigeait ce qu'on lui avait promis, exigeait avec entêtement, opiniâtreté. Le docteur Zerbe en avait maintenant assez de ce garçon qui prenait si diablement au sérieux le moindre mot, qui insistait aussi obstinément pour obtenir ce qu'on lui avait promis. En tant que philosophe, il savait qu'aucune chose au monde n'était intangible. Tout, absolument tout change, se transforme, est éphémère, même ce qu'on appelle les matières solides, à plus forte raison la parole humaine qui est flexible et élastique et que seuls les sots tiennent pour permanente et fiable.

« Tu prends les choses trop au sérieux, mon garçon, lui dit-il. Il faut prendre la vie plus à la légère. »

Jegor ne voulait pas prendre les choses à la légère. À présent, il ne lui restait rien d'autre que la promesse du docteur concernant la possibilité de devenir Aryen d'honneur. Il exigeait son dû. Il réclamait avec force, opiniâtreté, acharnement. Il repoussa même les quelques billets que le docteur lui tendit afin de se débarrasser de lui une bonne fois pour toutes. Le docteur Zerbe commençait à éprouver de l'inquiétude face à ce gamin entêté qui avait l'amertume et le fanatisme chevillés au corps, et il essayait de l'éviter, de ne plus avoir du tout affaire à lui. Mais Jegor ne cessait de venir et de réclamer et d'écrire des lettres, de longues lettres pleines de griefs et de ressentiment. Le docteur Zerbe ne répondait pas à ses lettres, refusait de le recevoir dans son bureau et il ordonna même à sa secrétaire d'interdire à ce pot de colle de franchir le seuil.

Jegor se retrouvait seul, absolument seul dans la grande ville étrangère de ce grand pays étranger. Pas de foyer, pas d'argent, pas le moindre espoir de démarrer la vie nouvelle à laquelle il aspirait tant. Les projets qu'il avait si joliment dépeints à Lotte concernant leur retour ensemble « en face » s'étaient envolés en fumée. Il ne lui restait rien que sa honte, sa solitude et sa haine pour le docteur qui l'avait trompé. Comme tous les malheureux désespérés, il arpentait les rues de la ville sans but. Comme tous les malheureux, il prenait son tour dans les files d'attente près des bureaux de placement.

« Georg Joachim Holbek, protestant », répondait-il plus fort que nécessaire.

Il avait appris des gens dans la queue que, bien que ça ne soit pas dit, on se montrait très suspicieux et méfiant dans les bureaux de placement avant d'embaucher. Ça se voyait soit au regard des jeunes filles blondes qui toisaient chacun de leurs yeux perçants, soit à l'air gêné des demandeurs d'emploi aux yeux noirs et aux cheveux noirs qui hésitaient à dire leur nom juif, sachant à l'avance qu'il n'allait rien en sortir. Les jeunes filles dirent à Jegor qu'il pouvait repartir et que si quelque chose se présentait, on le préviendrait. Mais personne ne le rappela. Désespéré, il évitait les gens, ne voulait plus voir ni sa propre mère ni les garçons et les filles du club ni Ernst Kaiser, ni même Lotte. Un jour où il avait dormi jusqu'à très tard dans la matinée, Ernst vint le sortir du lit.

« On va boire une bière ? »

Jegor lui montra sa bourse vide.

Ernst rit comme à son habitude. Puis il se mit à fumer une de ses mauvaises cigarettes en inspirant profondément la fumée pestilentielle et arriva à la conclusion que le mieux pour eux deux serait de partir chercher du travail à l'intérieur du pays parce que dans cette foutue ville on ne pouvait rien trouver. Jegor sauta sur cette idée. Les larges épaules de Ernst et ses mains énormes dégageaient une force et une assurance qui le faisaient se sentir lui-même plus fort à son côté, comme sous la protection d'une mère. Ernst rejeta en arrière, comme si elle l'empêchait de réfléchir, la mèche de lin qui lui retombait sur le front.

« Si seulement on pouvait se trouver une petite bagnole et prendre la route, on n'aurait pas de souci de travail, dit-il, à la campagne, on trouve toujours quelque chose à faire. »

Jegor secoua son porte-monnaie, ce porte-monnaie vide dans lequel ne restaient que quelques malheureux pennies. Ernst ne se découragea pas.

« Et ton appareil photo ? demanda-t-il.

— Oh, c'est que ça, je ne voudrais pas le vendre, dit Jegor réticent.

— Tu n'es pas obligé de le vendre, tu peux le mettre en gage, suggéra Ernst. Dès qu'on aura gagné de l'argent, tu pourras le récupérer. »

Jegor se taisait. Ernst Kaiser n'arrêtait pas de parler.

« Pour quinze dollars, on peut trouver une voiture, peut-être même pour moins, dit-il enthousiaste, on s'arrêtera une semaine pour travailler, on gagnera quelques dollars pour l'essence et la nourriture et on repartira, on dormira chez des fermiers ou bien on fera un feu dans un champ et on passera la nuit là. On emmènera aussi les filles, moi, Rosaline et toi, Lotte.

— Tu crois qu'elle voudra venir ? demanda Jegor déprimé.

— Quelle fille ne serait pas d'accord pour ça ? répondit Ernst sûr de lui. Les filles trouvent toujours facilement des travaux de ménage. »

Jegor ne se souciait plus de son appareil photo. Il était prêt à mettre au clou jusqu'à sa dernière chemise.

Déployant une énergie étonnante pour un traîne-savates de son acabit, Ernst Kaiser entreprit les préparatifs pour le futur voyage. L'appareil à l'épaule comme s'il lui appartenait déjà, il entra avec Jegor au mont-de-piété du quartier pour voir combien il pourrait en tirer. Le préposé, un vieux monsieur un peu sourd avec un sonotone à l'oreille et des coudes en cuir sur ses manches évalua l'appareil à vingt dollars. Au moment de ressortir, Ernst lui décocha en réponse un mot des plus orduriers que le vieux n'entendit qu'à moitié. À un autre endroit, l'employé chargé de l'évaluation était un jeune homme avec une loupe d'horloger à l'œil.

« C'est un Leica, dit fièrement Jegor.

— Je sais, lui répondit le jeune homme à la loupe, trente dollars.

— Quarante, marchanda Ernst comme si c'était lui le propriétaire.

— Non, trente », répéta le jeune homme.

Puis il jeta un rapide regard sur Ernst et cligna de l'œil à travers sa loupe.

« Tu es sûr, *boy*, qu'il est à toi ? demanda-t-il, nous n'acceptons pas les objets volés.

— Il est à moi », répondit Jegor vexé.

Le jeune homme examina Jegor et lui donna l'argent.

Aussitôt sorti du mont-de-piété, Ernst emmena Jegor dans des endroits où on vendait des voitures d'occasion. Il y en avait des milliers de ces voitures, nettoyées, lavées, astiquées, avec des chiffres blancs sur les vitres, des véhicules de toutes les sortes, tous les modèles, tous les âges.

Au-dessus de l'un des dépôts, un grand calicot flottant annonçait allégrement en grosses lettres rouges que celui qui voulait faire ce jour des affaires extraordinaires n'avait qu'à entrer chez le joyeux Jimmy, et il en ressortirait heureux au volant de sa nouvelle voiture. À côté de l'inscription, on avait peint le joyeux Jimmy rayonnant, sur son trente et un, en train de vendre une automobile rouge sang à un heureux jeune couple. Ernst Kaiser éprouva sur-le-champ de la sympathie pour le joyeux Jimmy du calicot et il pénétra dans son dépôt.

« Que puis-je faire pour vous rendre heureux, mes jeunes amis ? » demanda un type endimanché avec un visage et une tenue d'amuseur de cabaret qui ressemblait vaguement au joyeux Jimmy de l'affiche mais en moins rayonnant et moins joyeux.

Ernst Kaiser cherchait les voitures les moins chères et les essayait toutes les unes après les autres.

« Ça fait un sale boucan et une ignoble puanteur, disait-il des moteurs qu'il mettait en marche.

— Quand toi, mon gars, tu auras parcouru comme eux soixante-dix ou quatre-vingt mille milles, tu feras la même chose », répondit le joyeux Jimmy.

Mais aussitôt, il donna une tape amicale dans le dos musclé du garçon et dit sérieusement pour faire oublier son persiflage trop impertinent pour un client :

« Je sais qu'une Cadillac neuve est plus silencieuse et tourne plus rond, mais pour le prix, chacune d'elles peut encore parcourir pas mal de milliers de milles. Parole de Jimmy. »

Après de longs marchandages et des bons mots, des dictons populaires et des rires, Ernst acquit pour vingt dollars une petite Ford découverte. Par-dessus le marché, le joyeux Jimmy fit cadeau à ses clients d'une queue de renard suspendue à l'avant de la voiture en guise de porte-bonheur.

Le lendemain de bon matin, ils passèrent le tunnel et prirent la route. C'était une journée ensoleillée, le ciel était limpide, sans le moindre petit nuage, comme si on l'avait balayé. Ernst dans son éternelle chemise décolorée était assis à l'avant avec Jegor. À l'arrière, Lotte et Rosaline bringuebalaient sur les ressorts défoncés du vieux siège disloqué à force d'avoir servi. Le vent jouait avec les chevelures découvertes des garçons, les foulards colorés des filles et la queue de renard à l'avant de la voiture. Lotte riait sans cesse, chaque fois qu'elle rebondissait sur le siège arrière désarticulé. Son rire se communiqua à la maigre et anguleuse Rosaline qui, bien qu'étant plus sensible que sa compagne rembourrée à l'inconfort du vieux siège, se mit elle aussi à rire. Elles n'arrêtaient pas de rire et de s'exclamer devant la belle journée, le plaisir de voyager, la conduite rapide de Ernst.

Elles exprimaient leur enthousiasme en répétant les quelques mêmes « mots » allemands ou anglais :

« *Ach ! Gott ! Gee ! Himmel ! Gosh !* Ah ! Bon dieu ! Dis donc ! Ciel ! Sapristi ! »

Quand ils se furent éloignés de la ville, les filles s'installèrent à l'avant. Ernst conduisait de la main gauche et tenait sa maigre copine du bras droit. Lotte était assise sur les genoux de Jegor. Une seule main sur le volant, Ernst conduisait comme un fou, au point que toutes les voitures s'écartaient de son chemin. Il s'en fallait chaque fois d'un cheveu qu'il n'accroche quelqu'un mais il évitait de justesse l'accrochage. Les filles effrayées riaient autant du danger que de la conduite chaotique.

Quand la faim les prenait, ils s'arrêtaient au bord de la route dans des restaurants semblables à des wagons et dévoraient quantité de petits pains avec des saucisses chaudes généreusement badigeonnées de moutarde. Jegor payait pour tout le monde. Ensuite, Ernst lui passa le volant. Il avait peur de conduire mais aurait eu honte de l'avouer devant les filles.

« Je n'ai pas mon permis, dit-il, essayant de se défiler.

— Moi non plus, dit Ernst en riant. Vas-y, vieux frère. »

Il était complètement déchaîné. Les filles accompagnaient d'un éclat de rire chaque geste maladroit de Jegor. Ensuite, Ernst reprit le volant et se mit à conduire comme s'il avait dix diables à ses trousses.

« Où va-t-on comme ça ? demanda Jegor en regardant avec inquiétude la jauge à essence qui approchait de plus en plus du zéro.

— Quelle différence ? » demanda Ernst en poursuivant toujours plus loin.

Jegor ne comprenait pas.

« On ne s'arrête pas pour chercher du travail ?

— Du travail ? répéta Ernst en prenant l'air étonné. Bien sûr, bien sûr, mais ça sera pour demain, pas vrai, les filles ? »

Les filles rirent sans savoir pourquoi. Jegor ne posa plus de questions. Dans la soirée, Ernst arrêta la voiture tout au bord d'un ravin et, une main en visière au-dessus de ses yeux pâles, scruta les environs. Le soleil couchant incendiait les cimes des montagnes. Des rochers étaient suspendus à la limite de l'équilibre. Des petits cailloux et des aiguilles de pin jonchaient le sol. Un écureuil effrayé regarda du haut d'un arbre de ses petits yeux curieux. Ernst flaira les environs à la manière d'un chien et dénicha une sorte d'abri bien dissimulé sous un rocher en surplomb qui le recouvrait comme un toit. Des gens qui avaient bivouaqué là avaient laissé des traces de leur passage, des boîtes de conserve, des vieux mégots de cigarettes. Sur deux pierres traînaient des morceaux de bois à moitié calcinés, du charbon et les cendres du feu qu'on y avait allumé. L'eau écumeuse d'une source dévalait bruyamment la pente pour aller se jeter dans un ruisseau qui serpentait entre les rochers. Ernst descendit jusqu'au ruisseau et puisa l'eau à deux mains pour se désaltérer.

« On va passer la nuit ici, déclara-t-il. Les filles, préparez à manger. Je vais faire du feu. »

Assises de part et d'autre des deux pierres recouvertes de braises, les filles passaient sans arrêt des boîtes de conserve qui étaient dévorées aussi vite que déballées. La nuit venue, les filles débarrassèrent le sol des petits cailloux et étendirent les couvertures déchirées qu'elles avaient emportées dans la voiture. Lotte n'arrêtait pas de rire.

« Pourquoi tu ris pas, ours grognon ? demanda-t-elle à Jegor silencieux. Tu trouves pas que tout ça c'est sacrément super et rigolo ? »

Autant le voyage avait commencé dans l'insouciance et la joie, autant tout se mit à aller de travers et à devenir sinistre le lendemain, quand ils partirent en quête de travail.

Ernst s'arrêtait en pétaradant dans toutes les stations d'essence. Devant tant d'assurance, les pompistes se précipitaient vers lui, s'attendant à lui remplir son réservoir à ras bord. Mais le sourire chaleureux avec lequel ils l'avaient accueilli faisait place à de la froideur quand ils le voyaient prendre de l'eau et rien de plus, et demander en riant s'il n'y aurait pas dans le coin du travail pour lui et les autres passagers.

« Peut-être plus loin, marmonnaient-ils de mauvais gré. Ici, on n'a entendu parler de rien.

715

« — *So long !* À la prochaine ! » disait gaiement Ernst, et il repartait avec autant de fracas qu'il était arrivé.

« *So long !* » bougonnaient en retour les pompistes, pressés de voir s'éloigner ces individus qui ne leur inspiraient aucune confiance, surtout le grand gars à la chemise décolorée.

Les fermiers regardaient avec encore plus de méfiance ces jeunes délurés qui s'arrêtaient près de leurs fermes pour s'enquérir d'un travail.

« Peut-être dans les hôtels, suggéraient-ils, ici, il n'y a rien.

— *So long !* » disait Ernst gaiement et il repartait.

Jegor ouvrait souvent son porte-monnaie pour payer l'essence que la vieille voiture ingurgitait avec un appétit glouton. Tout aussi souvent, il payait les paquets de cigarettes à bon marché que Ernst fumait sans discontinuer de même que les saucisses chaudes et les boîtes de conserve que la compagnie dévorait à belles dents. À mesure que sa bourse s'aplatissait, sa confiance dans les belles promesses de Ernst se dégonflait. Ce dernier, quant à lui, ne se départait pas un instant de sa bonne humeur. Lotte riait avec lui.

« C'est comique », répétait-elle sans arrêt en s'étouffant de joie.

Au troisième jour de leur errance le long des routes survint la gueule de bois.

Tout débuta avec la voiture. Aussi vite elle avait galopé, aussi subitement elle s'arrêta un soir, refusant obstinément de continuer, s'obstinant à ne pas vouloir grimper la côte pour gagner un cours d'eau auprès duquel Ernst avait déniché un abri pour la nuit. Ernst commença par se glisser sous la voiture, puis il ouvrit le moteur, se barbouilla d'huile et de cambouis, tenta de pousser le véhicule en y mettant toutes ses forces, demanda aux autres de l'aider à pous-

ser. La voiture refusait de bouger. Ernst l'abandonna
sur le bas-côté de la route et, avec le reste de la compagnie, se hissa jusqu'à l'abri sous le rocher. La soirée
était humide, il faisait lourd. Ernst se débarrassa de
ses vêtements et se jeta dans la rivière pour se laver
de la poussière, la moiteur et la graisse de voiture.

« Hé ! les filles, venez nager », ordonna-t-il.

Rosaline était gênée mais Lotte se moqua d'elle.

« Il n'y a personne d'autre que nous », dit-elle en se
déshabillant, et elle sauta toute nue dans l'eau.

Rosaline, comme toujours, l'imita. Jegor ne voulait
à aucun prix se déshabiller. Lotte l'appela, Rosaline
l'appela, Ernst l'appela, il refusait de venir. Ernst se
moqua de lui.

« Mademoiselle Gretel, tu as tes règles ? » lui cria-
t-il de la rivière.

Rosaline éclata de son rire pointu. Lotte rit elle
aussi. Le rire de Lotte enflamma les sens de Jegor.
Mais il ne retira pas ses vêtements. Assis en silence sur
une pierre, il regardait alentour, l'air désemparé et
mortifié. Soudain, Ernst et Lotte partirent à la nage,
abandonnant derrière eux Rosaline qui avait peur de
s'éloigner.

« Ernst, je n'arrive pas à vous suivre, criait-elle,
Ernst ! »

Ernst ne répondait pas et faisait de grands mouvements à la surface de l'eau. Lotte nageait dans son
sillage. On n'entendait que le bruit de leurs bras qui
fendaient l'eau et leurs rires. Rosaline sortit de la
rivière, verte de rage.

« Ne me regarde pas ! » hurla-t-elle à Jegor d'une
voix perçante en s'enfuyant vers l'abri.

Jegor était toujours assis sur sa pierre, amer et
silencieux. On ne voyait plus ni Ernst ni Lotte. Parfois
seulement, on entendait encore un clapotis sur l'eau et

un rire lointain. Un moment plus tard, on les vit revenir à la nage, Ernst d'abord, suivi de Lotte. Jegor s'éloigna. Il erra pendant un certain temps sur les sentiers cailouteux. Il entendait au loin Lotte qui l'appelait. Il ne répondait pas. Quand il revint, Rosaline était assise, les cheveux en bataille, et pleurait dans la nuit.

« Allez, oie stupide, assez bêlé, dit Ernst, on n'a rien fait d'autre que de nager jusqu'aux buissons. »

Rosaline n'arrêtait pas de pleurer, elle pleurait d'une voix aiguë, perçante. Puis elle se leva d'un bond et se dirigea vers Lotte en se balançant.

« Putain », lui cria-t-elle, hystérique.

L'insulte fit rire Lotte. Son rire écorcha le corps de Jegor telle une scie rouillée.

Ce n'est que lorsque Rosaline eut pointé sur elle ses ongles acérés que Lotte, craignant pour son visage rond et lisse, l'attrapa par les cheveux. Ernst, pour lequel cette guerre avait été déclenchée, prenait plaisir à regarder le combat féminin. Il encourageait les filles ébouriffées qui se volaient dans les plumes tels des coqs de combat :

« Oui, comme ça ! C'est mieux ! Plus fort ! »

Jegor le détestait.

Le lendemain matin, le soleil ne se montra pas. Puis la pluie se mit à tomber, s'arrêta et repartit. Il n'y avait plus de café pour se réchauffer, plus de conserves, même plus de pain. L'air maussade, Ernst ramassa par terre les mégots mouillés qu'il avait jetés la veille au soir et les fit sécher pour se rouler une cigarette. Rosaline le regardait dans les yeux et le suivait avec l'humilité d'un toutou qui a fait une bêtise et a été corrigé en conséquence. Séparément, sans un mot, chacun sortit sur la route où se trouvait la voiture dégoulinante. Une fois encore, Ernst se glissa sous la voiture sur la terre détrempée, bricola le moteur, donna des coups, fit pleuvoir sur le joyeux Jimmy toutes les malédictions du monde, mais la voiture ne donna pas le moindre signe de vie. Soudain, il cracha énergiquement dans le moteur ouvert.

« Je m'en vais en ville chercher un stop, dit-il en essuyant sur l'herbe mouillée ses mains barbouillées de cambouis. Ici, dans ces foutues montagnes, il n'y a strictement rien à faire. Rosaline, sors les couvertures.

— Oui, Ernst », répondit Rosaline, soumise, en regardant le jeune homme avec des yeux de chien battu.

Pendant un moment Lotte resta indécise, examinant les deux garçons. Brusquement, elle éclata de rire.

« Laisse tomber cette vieille charogne et viens aussi, dit-elle à Jegor, ensemble, ce sera plus gai.

— Va-t'en ! » lui ordonna Jegor.

Elle obéit.

Jegor les voyait s'éloigner, devenir de plus en plus petits. Il aperçut encore l'éclat d'un bout du fichu coloré de Lotte et plus rien. Il n'arrivait pas à croire que seulement deux nuits auparavant, l'étrangère qui disparaissait était sa maîtresse et partageait sa couche sous le rocher en surplomb. Près de lui il y avait sa voiture, sans vie, trempée, inutile, un tas de ruines comme lui-même. Toute mouillée, la queue de renard porte-bonheur pendait lamentablement telle la queue d'un chien malade. De temps à autre, des voitures passaient à vive allure. Jegor était si déprimé qu'il n'avait pas le courage d'arrêter quelqu'un pour demander de l'aide. Un camionneur dégingandé et tout en os s'arrêta de lui-même.

« *What's the trouble, sonny ?* Qu'est-ce qui ne va pas, fiston ? » demanda-t-il d'une voix sourde, étouffée par la pipe qu'il avait à la bouche, et sans attendre de réponse, il fourra sa tête sous le capot. La pluie redoubla. Le grand type n'y prêta pas attention. Il ne se mit pas en colère, ne jura pas, ne cracha pas. Il se contenta d'examiner patiemment chacune des pièces, les essuya pour les sécher, les nettoya, dévissa, revissa. Soudain, le moteur eut un hoquet, gémit et chuinta. Le visage trempé de l'homme rayonna.

« *Good luck !* Bonne chance ! » cria-t-il du haut de son camion.

Jegor désemparé s'assit au volant et le tint d'une main. Il était seul, sans amis, sans argent, sans permis de conduire, sans adresse, sans but. Ne sachant lui-même où il allait, il se mit à rouler droit devant, le long de la route mouillée qui serpentait entre les montagnes.

44

Tel un chien de compagnie égaré qui, les oreilles dressées, le nez au vent, trotte, inquiet, le long des routes et des sentiers et, privé de maître et de maison, ne parvient pas dans sa dure vie d'errance à trouver sa place au milieu des chiens de rue aguerris par une longue expérience, Jegor Karnovski traînait de-ci delà, misérable et perdu, brusquement confronté aux difficultés d'une vie à laquelle il n'était pas préparé.

La première fois où il se retrouva avec son réservoir à sec et pas un sou pour acheter ne fût-ce qu'un gallon de l'essence la moins chère, il demanda au pompiste de lui en avancer quelques gallons et, dès qu'il aurait trouvé du travail dans les environs, il rembourserait ce petit prêt avec reconnaissance. Le pompiste vêtu d'une élégante veste de cuir noir sur laquelle il était écrit qu'il fallait l'appeler Johnny ne prit même pas la peine de répondre d'un mot à la proposition du garçon. Il se contenta d'examiner en silence, d'un air ironique, comme on examine un détraqué, ce gamin tout en longueur qui voulait de l'essence à crédit, et il se remit à astiquer une voiture que le mauvais temps avait recouverte de boue. Le fait que l'homme ne lui ait pas même répondu piqua Jegor au vif. Il devint sur-le-champ l'ennemi juré non seulement du pompiste mais aussi de sa cravate de cuir, du « Johnny » brodé sur sa veste, de ses petites moustaches bien taillées, enroulées comme un serpent, qui recouvraient sa lèvre supérieure étirée et silencieuse. Une envie de lui cracher à la figure avant de quitter l'endroit au plus vite lui chatouilla la gorge. Mais il n'avait pas d'essence pour repartir. Il lui fallut donc ravaler son envie de cracher en même temps que sa honte.

« Je peux nettoyer cette voiture pour vous, sir », dit-il abattu.

Le pompiste à la cravate de cuir garda le silence et poursuivit son travail. Voyant qu'il ne tirerait rien de cet homme que des humiliations, Jegor sortit le stylo que sa mère lui avait offert et le proposa contre quelques gallons d'essence. Mais l'élégant pompiste ne lui répondit pas plus. Ce n'est que lorsque Jegor proposa de lui laisser sa roue de secours, la roue cabossée et usée, fixée à l'arrière de la voiture, qu'il prononça deux mots, pas un de plus :

« Deux gallons. »

La proposition était si misérable que Jegor découragé ne lui demanda même pas de remplir son réservoir comme il en avait eu l'intention.

« Donnez-m'en au moins cinq, sir », suggéra-t-il dans un murmure. Le pompiste ne répondit plus rien et retourna à sa voiture. Jegor accepta les deux gallons.

« Décroche ta saleté et mets-la dans un coin ! » lui ordonna le pompiste.

Le compteur de la pompe sonna les deux coups, en cadence.

Dès lors, les humiliations se succédèrent à chaque pas. Aussi longtemps que durèrent les deux gallons d'essence, Jegor s'arrêta souvent dans des fermes pour demander très délicatement aux fermiers, dans son anglais d'étranger agrémenté de « sir », s'il n'y aurait pas du travail, n'importe lequel. Mais les fermiers étaient tout aussi avares de paroles que le pompiste et refusaient tout simplement de lui parler. La pipe à la bouche, ils examinaient en silence ce grand échalas qui n'avait pas l'air d'un travailleur, puis faisaient non de la tête. Un seul fermier s'avéra plus loquace et lui demanda de lui faire voir ses mains. Jegor ne les bougea pas. L'homme les prit lui-même dans sa main de fermier et les reposa, comme on repose un objet de verre que l'on craint de briser.

« Ce dont j'ai besoin, c'est un garçon de ferme, pas un étudiant d'université, dit-il.

— Je ne suis pas à l'université, sir, répondit Jegor.

— C'est pourtant là que tu devrais aller, mon garçon », lui conseilla le fermier.

Jegor continua sa route. Le stylo que le pompiste n'avait pas voulu prendre s'avéra utile à la Case de l'oncle Tom, un petit restaurant infesté de mouches, dont le patron, un Grec aux manches retroussées sur des bras couverts de poils noirs, lui donna en échange deux hamburgers et du café. Rassasié, Jegor recommença à s'arrêter à chaque maison. Mais le long des routes, impossible de trouver du travail. À la pompe suivante jusqu'à laquelle il se traîna avec la dernière goutte de son réservoir, il n'essaya pas de parler d'essence à crédit. Il connaissait à présent la valeur de ce liquide. Comme il n'y avait plus rien à revendre dans le véhicule, Jegor proposa la voiture elle-même. Tout d'abord, le patron ne voulut rien entendre. Son commerce, c'est la vente de carburant, pas l'achat de vieilles carcasses. Pour ça, il faut s'adresser à des ferrailleurs. Par la suite, il se radoucit et dit à Jegor qu'il pouvait lui laisser son tas de ferraille pour cinq dollars. Jegor lui avoua, l'air gêné, qu'il venait de l'acheter pour vingt dollars. Le pompiste se moqua de lui.

« Bonne affaire pour le vendeur ! » lui dit-il.

Jegor n'avait pas d'autre choix que de laisser la voiture avec la queue de renard porte-bonheur et, son sac dans une main, son imperméable trop court dans l'autre, et cinq dollars en poche, il partit faire du stop au bord des routes.

« Réfugié ? lui demandaient les chauffeurs qui lui faisaient faire un bout de chemin.

— *No, sir !* » répondait Jegor avec un accent allemand très prononcé, vexé qu'on reconnaisse en lui un exilé.

Il ne dévoila pas non plus ses origines dans les lieux de villégiature fréquentés par les Juifs où, lorsqu'il s'enquérait d'un travail, les gens repéraient en lui le côté que lui-même fuyait. Il continua, allant toujours plus loin, là où les voitures le déposaient. Peu lui importait l'endroit. Partout l'accompagnaient sa solitude, son sentiment d'infériorité et de dignité offensée, sentiment de celui qui n'a ni argent en poche ni forces dans les poings.

Aussi longtemps qu'il fit chaud, il se débrouilla tant bien que mal de cette vie errante, trouvant ici et là nourriture et humiliations. Parfois, il lavait la vaisselle dans un lieu de vacances où il restait debout depuis l'aube jusqu'à tard dans la nuit, plongé dans la graisse, la saleté et la puanteur, jusqu'à ce qu'on découvre qu'il était trop lent et cassait trop, et on le mettait à la porte. Il avait malgré tout été nourri une journée et avait un dollar ou deux en poche, de quoi tenir quelques jours de plus. Parfois, il était embauché dans une ferme pour les foins jusqu'à ce que le fermier s'aperçoive qu'il ne savait pas tenir une fourche et lui dise de repartir d'où il venait. Mais entre-temps, il avait dormi dans une grange et mangé trois repas par jour. Une fois même, on l'avait embauché pour ramasser des pommes tombées dans un verger et il avait travaillé toute une semaine d'affilée. Malgré des douleurs dans les reins à force de se pencher alors qu'il n'y était pas habitué, et bien qu'il n'ait pas fait preuve d'une grande rapidité dans son travail, on l'avait gardé en échange d'un peu de nourriture, de un dollar par jour et de l'hébergement dans une grange. Mais les autres ouvriers l'embêtaient, se moquaient de son accent étranger, de son allure de citadin et de ses formules de politesse qui n'en finissaient pas. Celui qui lui empoisonnait plus particulièrement l'existence était un vagabond, ivrogne et joueur, qui lui extorquait de l'argent pour son whisky et le traitait comme son domestique. Voulant se mettre bien avec lui, Jegor joua aux cartes comme l'autre l'exigeait. Il perdit la moitié de son salaire de la semaine. Le vagabond n'en devint pas meilleur pour autant et continua à lui chercher des noises. Il le provoqua même en combat singulier, prétextant qu'il l'avait offensé. Rayonnants de plaisir, les journaliers formèrent cercle pour assister au combat. Jegor ne fit même pas mine de s'approcher du vieil escogriffe bagarreur et il quitta les lieux sous les rires et les quolibets. Avec les quelques dollars qui lui restaient en poche, il traîna ensuite toute une semaine le long des routes, se nourrissant des saucisses les moins chères dans les petits cafés qu'il trouvait sur son chemin et dormant où il pouvait. Allongé solitaire et misérable, il avait plus d'une fois sorti de sa poche de veste la photographie de sa mère, seule chose qui lui restait d'autrefois, et une pensée douloureuse l'obsédait : elle allait se faire un sang d'encre, le chercher partout, il devrait lui écrire quelques mots. Mais ces quelques mots, il ne les écrivit pas. Plus le temps passait sans qu'il ait donné de ses nouvelles et plus la chose devenait difficile à faire. Au fond de sa triste solitude, une indifférence à tout et à tous et plus particulièrement à lui-même l'envahit. Il se laissa aller, se négligea et bien qu'il souffrît de cette négligence, elle lui était devenue si familière qu'il ne pouvait plus s'en défaire. Il se déplaçait sans cesse, traînait, vivait dans une errance perpétuelle. Son toit était le ciel, les montagnes, ses murs.

Dans les Green Mountains qui se paraient à présent de multiples couleurs, des rouges, des jaunes, de l'or, les jours commençaient à raccourcir et les nuits à rallonger et à devenir plus froides. Les gens quittaient leur résidence d'été pour regagner les villes. Les maisons se fermaient les unes après les autres. Des fils de la Vierge flottaient dans l'air, s'accrochant à tout. Dans les modestes fermes de cette région montagneuse, au milieu des rochers, les maisons et les granges noyées dans la brume étaient silencieuses, à croire que personne ne les occupait. Des barbelés rouillés les entouraient. Bientôt les pluies arrivèrent. Le vent arrachait les feuilles des branches, courbait les arbres. Jegor Karnovski était aussi effrayant que le vent de la montagne. Ses chaussures s'étaient déchirées et percées à force de courir les chemins empierrés. Il avait sur le dos une chemise sale. Ses joues n'étaient pas rasées. Ses cheveux pas coupés. Le bas de son pantalon effiloché. Quand il s'arrêtait pour demander à travailler une journée, les fermiers ne le laissaient pas entrer. Sa vue faisait peur aux fermières. Les chiens, ennemis de toujours des pauvres et des loqueteux, aboyaient sur son passage. Des plaisantins se moquaient de sa dégaine. En le voyant se traîner dans son imperméable trop court, visiblement fabriqué à l'étranger, son bagage à la main, ils lui faisaient un clin d'œil et sifflaient.

« Eh ! Gabardine ! Achète-toi une limousine, ça sera plus confortable pour voyager. »

Les conducteurs de belles voitures avaient peur de le prendre en stop quand il levait un doigt pour indiquer qu'il voulait retourner dans la direction de New York. Seuls parfois des camionneurs lui faisaient faire un bout de chemin et allaient jusqu'à lui offrir une cigarette. L'un d'eux le conduisit même jusque dans la ville et le déposa au port, près du marché au poisson où il s'arrêta.

Pendant les quelques jours et nuits où Jegor traîna dans le port, il passa son temps à se dépouiller, à se défaire de toutes les marques, tous les vestiges de sa vie d'avant. Tout d'abord, il vendit sa montre pour vingt-cinq cents et, mourant de faim, dépensa tout cet argent d'un coup dans un petit restaurant italien bourré de dockers, de matelots et d'ivrognes. Ensuite, il négocia les quelques chemises sales qui lui restaient encore dans sa valise. Un fripier lui en donna cinq cents l'une. Jegor n'avait plus besoin de sa valise usée et la laissa avec les chemises, en échange de quoi le fripier lui donna dix cents supplémentaires. Sans rien d'autre que son imperméable trop petit ramené de l'étranger, il traînait au milieu de la multitude des débardeurs, des matelots, des vagabonds et des camionneurs, s'imprégnant des odeurs de poisson pas frais, de fruits pourris, de fumée, de mazout. Le sifflement des cargos l'appelait.

« Peut-être auriez-vous du travail pour moi sur un bateau, sir ? » demandait-il aux marins sur les quais.

Les marins tiraient sur leurs pipes en silence sans même lui jeter un regard. Il allait d'un endroit à un autre, porté par sa misérable solitude. La nuit, il louait un lit dans un de ces hôtels pour vagabonds et matelots désargentés où on pouvait dormir pour dix cents.

Quand il n'eut plus rien sur lui dont il aurait pu se défaire et se retrouva avec son seul corps décharné et sa détresse, il quitta le port et se mit à rôder dans d'autres quartiers de la ville.

En ce début d'automne, la ville grouillait d'une foule bruyante. Le long des rues commerçantes, à proximité des grands magasins, des flots de passants se frayaient un chemin, surtout des femmes, chargées de leurs emplettes pour la nouvelle saison, rien que de bonnes affaires. Des blondes, des brunes, des noires, des jeunes, des vieilles, vêtues de fourrures de prix ou de petites vestes de demi-saison, dans des automobiles de luxe conduites par des chauffeurs, dans des bus bondés, des vieilles voitures, à pied, tout le monde se pressait dans les rues encombrées, assiégeait les boutiques, regardait les vitrines, dévorait des yeux les splendeurs exposées, les robes et les bijoux, les chapeaux et les sacs, la lingerie de soie et les corsets, tout ce que l'on avait fabriqué pour la saison d'automne à l'intention de la gent féminine. Des hommes sortaient en rangs serrés des banques, des usines, des bureaux et des maisons de commerce pour se précipiter vers les restaurants, les cafés, les cafétérias. Les mannequins des vitrines souriaient de leur éternel sourire figé dans le bois. Au-dessus des salles de cinéma, de gigantesques portraits de stars en couleurs riaient de toutes leurs dents. Derrière chaque porte on entendait hurler une radio. Des hommes-sandwichs tournaient en rond avec leurs panneaux publicitaires. Des policiers dégageaient la rue pour laisser passer une caravane d'automobiles hurlantes et pétaradantes qui annonçaient à grand renfort de banderoles et de haut-parleurs qu'il fallait voter Patrick Taylor, Charly Goldberg et Antony Rosso, les pères de la ville les plus dignes de confiance. Leurs trois portraits, bien coiffés, souriants et mielleux, aussi ressemblants que s'ils étaient nés de la même mère, vous apostrophaient du haut des véhicules et des fenêtres, des affiches et des banderoles tendues sur toute la largeur des rues. Les vendeurs de journaux annonçaient d'une voix chantante les dernières nouvelles concernant les sempiternels conflits entre les peuples et les pays d'outre-Atlantique. Les pages financières des journaux affichées aux fenêtres des rédactions parlaient de la hausse des actions, des bons résultats de la saison d'automne, de la diminution du chômage, de l'augmentation du revenu national par habitant, supérieur de cent dollars à celui des années passées. Jegor n'avait pas un cent dans la poche de son imperméable trop court. Les mannequins qui exhibaient dans les vitrines leurs vêtements, chapeaux et chaussures flambant neufs, se moquaient de lui, la bouche béante. Des odeurs de mets appétissants venues des cafétérias aux portes ouvertes excitaient son estomac vide au point qu'il se sentait défaillir. Il marchait sans s'arrêter, d'une rue à une autre, sans but aucun. Il était porté à travers la grande ville qui lui paraissait curieusement étrangère, plus étrangère que jamais. Les maisons, les gens pressés, les voitures filant à toute allure, les policiers en train de régler la circulation, tout à ses yeux paraissait étrange, irréel, autant que les mannequins pomponnés dans les vitrines. Ce sentiment d'étrangeté, cette impression d'errer dans un monde chaotique de fantômes, se renforçait d'heure en heure pour culminer dans la soirée, quand les rues s'éclairèrent de lumières multicolores.

Ce soir-là, les gens se dépêchaient encore plus que d'habitude, pressés et surexcités comme à la veille du déclenchement d'une guerre. Après les longs mois d'été, mois de chaleur écrasante et de paresse, on attendait pour le soir un grand combat, le premier combat de boxe de l'automne, entre les deux favoris du pays qui se disputaient le titre de champion. Autour de Madison Square Garden, les voitures étaient si serrées qu'elles ne pouvaient plus avancer, figées dans les embouteillages. Les piétons arrivaient par vagues, se poussaient, se bousculaient, formaient des files, envahissaient les trottoirs, s'agitaient, s'excitaient. Toutes sortes de policiers, à pied ou à cheval, maintenaient l'ordre, repoussaient la foule qui tentait d'avancer. Pleins d'ardeur, des marchands ambulants qui vendaient les portraits des combattants vous perçaient les oreilles de leurs cris. Les automobilistes conduisaient plus vite que d'habitude afin d'arriver à temps chez eux, près de leur poste de radio, pour suivre le combat. Les conducteurs qui n'avaient pas de radio dans leur voiture restaient à proximité des voitures qui en possédaient une afin de ne pas perdre un mot des hurlements des commentateurs. Près des cafés, des restaurants, des cafétérias, des kiosques des marchands de glace, à chaque coin de rue, se tenaient des petits groupes de gens qui pariaient, agitaient les mains, discutaient, se disputaient et tendaient l'oreille vers les haut-parleurs des magasins ouverts. Lorsque d'une voix emportée par l'enthousiasme, les commentateurs annoncèrent bruyamment le premier round, les policiers eux-mêmes négligèrent leurs rues pour suivre attentivement le déroulement du match. Des jeunes criaient, sautaient, dansaient au rythme des comptes rendus tonitruants. Bien que débordants de vie, bruyants et agités, ces gens semblaient irréels à Jegor, une foule de marionnettes mues par un réseau de fils invisibles, poussées par une grande main invisible. Il n'avait rien de commun avec la grande ville de pierre, étrangère, tumultueuse, de même que celle-ci n'avait rien de commun avec lui.

Autant la ville avait été bruyante pendant la durée du combat, autant elle se fit soudain silencieuse lorsqu'il eut cessé. Les rues se vidèrent rapidement. Il ne resta plus que des débris de cacahuètes, des papiers de bonbons et des journaux abandonnés. La pluie qui se mit à tomber effaça les dernières traces. Les gens se hâtaient de rentrer chez eux. Les policiers luisaient dans les imperméables de caoutchouc au capuchon relevé qu'ils avaient enfilés. Même les chiens se dépêchaient de rentrer. Jegor continuait à errer à travers les rues mouillées. L'eau pénétrait dans ses souliers percés et ses pieds étaient trempés. La pluie lavait sa tête nue aux cheveux trop longs, s'infiltrait par son col et dégoulinait sur son corps qui, en raison de la faim, de la fatigue, de la saleté et de son extrême maigreur frissonnait et transpirait en même temps. Mais alors qu'il aurait pu se mettre à l'abri dans une bouche de métro, il continuait à marcher, à patauger sous la pluie. Le fait de marcher, de se précipiter quelque part, bien que ne sachant pas lui-même où il allait, le soutenait dans son malheur. Toute l'étendue de sa détresse, il la ressentit lorsque ses jambes refusèrent de le porter et qu'il fut contraint de s'arrêter. La nuit venait tout juste de tomber et se préparait à durer douze longues heures. Le ciel était suspendu au-dessus de la tête de Jegor tel un immense chiffon noir et mouillé, gorgé d'eau pour plusieurs jours, le temps que tout s'écoule. Elle ne promettait rien de bon cette pluvieuse et longue nuit d'automne. Son silence lugubre était déchiré par les sirènes grinçantes des ambulances qui filaient vers des accidents de voitures ou d'autres catastrophes que la nuit et la pluie traînent dans leur sillage.

Un moment, Jegor pensa qu'il pourrait capituler et rentrer chez lui. Il lui avait suffi de s'arrêter pour prendre pleinement conscience de sa fatigue, de sa solitude et de sa situation désespérée. Son sang criait famine. Ses vêtements trempés lui collaient à la peau et le glaçaient. L'humidité le transperçait si complètement qu'elle refroidit en lui l'espace d'un instant son entêtement et sa fierté et effaça même sa haine. Il ne restait plus rien dans ce corps transi d'adolescent que le désir de se débarrasser de ses vêtements collés à sa peau, de retirer ses chaussures trempées, humecter d'un verre de quelque chose de chaud sa gorge enrouée et desséchée, se jeter sur un lit, étendre les jambes, ces jambes fatiguées et mouillées, et s'endormir. Ce désir se fit si impérieux que Jegor était même prêt à tendre la main et mendier cinq cents, de quoi rentrer à la maison. La tête basse, il s'approcha du caissier du métro et le pria de lui prêter une pièce de cinq cents.

« Sir, j'ai perdu mon argent, quémanda-t-il, j'habite loin.

— Je n'y peux rien », dit le caissier en comptant les pièces, des tas de pièces de cinq cents.

« Je vous les rendrai, sir, parole d'honneur, continuat-il à le supplier toute honte bue.

— C'est ce que disent tous les vagabonds mais personne ne rapporte rien », répondit le caissier et il se mit à vider son sac de pièces avec plus de rapidité encore.

Jegor ressentit une brûlure dans le corps, une flamme de honte et de colère. Cela réchauffa son sang sur le point de se figer. Un nouvel élan, une nouvelle force le poussèrent à reprendre son errance. Il était furieux contre lui-même pour avoir eu cette idée saugrenue de renoncer. Tout, plutôt que de rentrer, se dit-il buté, tout plutôt que de se montrer dans sa déchéance, sa misère et son humiliation. Il s'engagea dans le long couloir du métro. En marchant, il se sentit redevenir lui-même. Soudain, alors que le caissier était tout absorbé à compter ses pièces, Jegor se faufila par le portillon où il était écrit « exclusivement réservé à la sortie, entrée interdite ». Peu lui importait à présent qu'on l'attrape. Personne ne le vit. Ce petit pas osé pour braver une interdiction fit disparaître son sentiment d'humiliation et une hardiesse l'envahit qui le remplaça. Il entra dans la rame qui arrivait, pas celle qui menait chez lui, mais celle qui allait dans la direction opposée, du côté de Long Island.

Dans son lugubre isolement, une dernière étincelle avait jailli, le docteur Zerbe.

C'était lui le responsable de sa misère et de sa solitude, lui qui l'avait trompé, utilisé, avant de s'en débarrasser comme on jette un balai usé, un chiffon. Il ne voulait même plus le recevoir, il avait ordonné aux employés du bureau de ne plus le laisser entrer. C'est à cause de lui qu'il avait rompu avec sa famille. À cause de lui qu'il était à présent si seul et misérable et n'avait pas de place en ce monde. À cause de lui, il avait fait des choses qui lui répugnaient, parce qu'il lui avait fait confiance, s'en était remis à lui. À cause de lui il était banni. Maintenant, dans sa détresse, il s'était mis à croire à ses propres mensonges, qu'il avait été arrêté et soumis à un interrogatoire. C'est chez lui qu'il allait se rendre sur l'heure pour réclamer son dû, exiger ce qu'on lui avait promis. Puisqu'il n'avait plus personne vers qui se tourner, il avait bien le droit d'aller voir celui qu'il avait servi sans en être remercié. Il avait cru, le petit homme rusé, pouvoir se débarrasser de lui comme on se débarrasse d'un vieux chiffon et ensuite, le tenir à l'écart, mais il s'était trompé. Il allait lui faire voir que Georg Joachim Holbek n'était pas de ceux que l'on prend quand bon vous chante et que l'on rejette quand bon vous chante. Il allait se rendre chez lui sur-le-champ, exiger ce qui lui revenait, réclamer son dû.

Les pendules des stations indiquaient une heure tardive. Jegor ne les voyait pas. À présent, ses yeux bleus et mornes ne voyaient plus qu'un point, le dernier dans sa vie. À mesure que le métro avançait, l'étincelle enflammait son corps raidi.

Dans les rues silencieuses et faiblement éclairées de Long Island où il était sorti, la forte pluie le calma à nouveau pour un moment. À travers les fenêtres voilées des maisons basses et espacées, filtrait une lumière tamisée qui parlait de chaleur et de bonheur. Une voiture lancée à toute allure coupa la rue déserte et éclaboussa l'unique passant. Dans le bruissement monotone du vent et des branches on entendait les douces notes d'un piano. Brusquement, une domestique noire sortit d'une porte avec un chien et le houspilla pour qu'il fasse ses besoins au plus vite.

« Oh ! Dépêche-toi donc, saloperie », cria-t-elle, furieuse contre le chien qui sous la pluie, n'avait qu'une envie, rentrer à la maison. « Fais ce que t'as à faire, je suis complètement trempée. »

Soudain, elle aperçut Jegor et, effrayée, fixa sur lui des yeux exorbités.

« Jésus-Christ ! » s'exclama-t-elle avant d'éclater de rire.

Devant la frayeur et le rire de la fille noire, Jegor se sentit à nouveau plus bas que terre : il était dans un tel état que son allure faisait peur même aux Noirs. Mais cela ne dura qu'un instant. Il se mit à siffloter afin de faire disparaître son manque d'assurance. D'un pas rapide, pour surmonter toute faiblesse, il allait de l'avant vers la maison isolée qu'il avait reconnue bien qu'elle soit plongée dans l'obscurité et perdue parmi les buissons et les arbres dégoulinants.

Jegor monta les quelques marches du perron, tendit un doigt vers la sonnette, le retira et le tendit à nouveau. Du toit tombait un filet d'eau qui se glissa dans le col de son imperméable et le glaça si bien qu'il fut sur le point de repartir. Mais il se ressaisit et appuya vigoureusement sur la sonnette, déclenchant de l'autre côté de la porte un bruit de sonnerie qui l'effraya. Il attendit, figé, tendu. Après de longs instants qui lui parurent interminables, il entendit des pas mal assurés et un toussotement de vieillard. Aussitôt, la porte gonflée par l'humidité s'ouvrit avec difficulté, et le docteur Zerbe en robe de chambre et chaussons passa un bras vers l'extérieur.

« Qu'est-ce que c'est, mon garçon, un télégramme, une lettre recommandée ? » demanda-t-il à l'imperméable luisant en lui parlant anglais avec un fort accent étranger.

« Non, c'est moi, c'est moi docteur », répondit Jegor en allemand.

Le docteur Zerbe scruta l'obscurité de ses yeux inexpressifs. Il ne reconnut pas tout de suite l'individu à sa porte. Il ne voyait qu'un bloc d'humidité luisante. Bientôt il le reconnut mais, sous le coup de la fureur qu'exprima son visage blafard à la vue de cet importun qui osait venir dans sa maison à l'improviste à une heure aussi tardive, il fut incapable de prononcer la moindre parole. Les deux hommes s'examinèrent en silence. L'un, dans son imperméable trempé, l'autre, en peignoir de soie et pantoufles. L'homme en peignoir de soie retrouva rapidement la parole.

« C'est vous ? demanda-t-il, furibond, bien qu'il l'ait reconnu. Vous ? »

Jegor se mit à bégayer.

« Il fallait que je voie le docteur… C'est urgent. »
Les yeux fixes du docteur n'étaient que colère.

« Pour cela il y a mon bureau, répondit-il, ma maison, c'est ma citadelle. »

Dans sa fureur, il était prêt à claquer la porte au nez de celui qui avait osé pénétrer dans sa maison. Mais Jegor se tenait déjà dans l'entrebâillement de la porte, immobile, figé sous son imperméable dans lequel il avait l'air d'un bloc de pluie condensée, indélogeable. Il exhalait le froid, l'humidité, la pluie et l'obstination. Le docteur Zerbe sentit ses os se glacer et la peur l'envahir face à ce jeune trempé et silencieux dont les yeux le fixaient avec haine, et il manquait de force et de courage pour le déloger de la porte entrouverte.

« Eh bien, fermez donc la porte, murmura-t-il, ça souffle. »

Jegor s'extirpa de son imperméable et le laissa dehors sur le seuil. Après quoi, il se mit à essuyer ses pieds mouillés sur le paillasson qui portait une inscription en caractères gothiques : « *Willkommen* » — « Bienvenue ». Plus il frottait ses chaussures, plus l'eau en dégoulinait par tous les trous. Ça dégoulinait pareillement de son pantalon, ce pantalon qui, jusqu'aux genoux, était chiffonné mais sec, car protégé par l'imperméable mais, à partir des genoux, trempé, crotté et collant. Gêné de salir ainsi les dalles du carrelage rouge de la véranda, il tenta de sourire au docteur.

« J'ai été tout le temps dehors, dit-il pour se justifier, et la pluie m'a transpercé. »

Il sortit de sa veste un journal froissé qu'il avait récupéré quelque part dans la rue, dans une poubelle, et essaya d'essuyer le filet d'eau sale qui commençait à serpenter sur le carrelage rouge. Mais il n'avait pas eu le temps d'essuyer le premier filet qu'un deuxième se forma. L'air fautif, il regarda le docteur dans les yeux avec un sourire embarrassé, espérant lire dans les yeux de l'autre qu'il lui pardonnait sa misère et sa saleté. Mais les yeux fixes du docteur étaient furibonds et remplis de dégoût, comme on en éprouve quand un chien mouillé se faufile dans la maison. Non seulement ils ne répondaient pas au sourire de celui qui implorait son indulgence mais ils ne laissaient pas échapper une seule des taches sur le sol carrelé de la véranda. À travers cet homme muet, propre et sec, Jegor voyait encore plus nettement sa propre misère, et sa haine envers lui ne fit que s'accroître. Il cessa de s'essuyer les pieds et se figea dans un silence glacial, obstiné. Le docteur Zerbe entra dans son bureau. Jegor le suivit bien qu'il n'en ait pas été prié. Dans la cheminée de la vaste pièce, un feu était allumé. On avait disposé sur une petite table une coupe de fruits et plusieurs bouteilles. Sur le mur, le tableau représentant une femme nue était moitié éclairé, moitié dans l'ombre. Le perroquet dans son coin se mit à crier d'une voix de gorge :

« À table, Herrr Doktorr, à table… »

Le docteur Zerbe le fit taire.

« Ferme donc ton bec, moulin à paroles. »

Puis il s'installa dans un fauteuil bas et, en silence, examina depuis ses cheveux hirsutes jusqu'à la pointe de ses souliers percés le jeune homme qui se tenait près de la porte, trempé et repoussant.

« Qu'est-ce qui t'amène à une heure aussi tardive ? demanda-t-il cassant, en passant du "vous" au "tu".

— Je suis venu réclamer au docteur ce qu'il m'a promis », dit Jegor d'une voix altérée par le froid et la faim.

Le docteur Zerbe commença par se montrer menaçant face à celui qui venait si tard le soir avec des exigences aussi absurdes. Mis à part le fait qu'il était vraiment fou de rage contre cet enquiquineur qui avait osé s'introduire dans sa citadelle, il voulait aussi par sa colère faire peur à celui face auquel il n'était pas très rassuré par cette nuit pluvieuse. Il percevait quelque chose d'inquiétant dans les yeux de cet individu à l'allure repoussante. Conscient de sa faiblesse, il voulait terroriser celui qui lui faisait peur, l'anéantir par la rage et la fureur. Il s'en était toujours tenu à ce principe que la meilleure façon de se défendre contre un assaillant est de l'attaquer en premier. Surtout quand on a affaire à une partie adverse plus forte physiquement mais plus faible de caractère.

« Pour les problèmes administratifs, il y a mon bureau, pas ma maison, cria-t-il, pas ma maison, pas ma maison !

— J'y suis allé de nombreuses fois mais je n'ai pas été reçu par le docteur, répondit Jegor en passant, fatigué, d'une jambe sur l'autre.

— Ce n'est pas une raison pour s'introduire de force la nuit dans ma maison, tonna le docteur Zerbe, je refuse d'être dérangé. Je désire être seul, absolument seul. »

Il attendait que l'individu s'en aille. Mais Jegor ne s'en allait pas et répétait les mêmes doléances au sujet des promesses qui lui avaient été faites, et il réclamait son dû. D'une voix enrouée, sur un ton sec, avec des phrases hachées, décousues, il répétait encore et toujours le même discours, parlant des services qu'il avait rendus, des assurances qu'on lui avait données, d'une parole qu'on n'avait pas tenue, et exigeait ce à quoi il avait droit pour son travail et son sacrifice. Le docteur Zerbe perdit patience.

« Balivernes, cria-t-il, je ne me suis engagé à rien et ne veux plus entendre parler de rien, rien du tout.

— Si, docteur, vous avez bel et bien promis et je réclame mon dû », répondit Jegor obstiné.

Le docteur Zerbe le prit un ton plus haut.

« Écoute-moi bien, toi, fit-il hors de lui, si tu n'as pas de quoi te payer un gîte pour la nuit, je peux te donner quelques cents et tu me fiches le camp. Chez moi, ce n'est pas un refuge pour clochards mais ma maison, ma maison... »

Il frappa du poing sur la table afin de déstabiliser l'individu trempé près de la porte. Non seulement Jegor ne recula pas mais il s'approcha, fit un pas en avant et resta là, buté, regardant droit devant lui de ses yeux bleus inquiétants. Le docteur Zerbe prit peur pour de bon, et en raison du mutisme entêté du gar-çon, et en raison de l'intensité de son regard. Il se ren-dait compte à présent que ses hurlements ne le mèneraient à rien avec ce jeune repoussant qu'il avait eu l'imprudence de laisser pénétrer chez lui et il essaya de le prendre par la douceur. Cessant de crier, il alla vers la fenêtre, jeta un coup d'œil à l'extérieur et, d'une voix radoucie, commença à parler du temps.

« Maudite nuit, dit-il en enfonçant les bras dans les manches de sa robe de chambre de soie. Il pleut des cordes et ça n'a pas l'air de vouloir s'arrêter. »

Jegor ne répondit pas. Le docteur Zerbe s'approcha de la cheminée, s'installa près du feu et d'un doigt, fit signe au jeune homme muet de s'approcher lui aussi.

« Pourquoi restes-tu debout ? » demanda-t-il brus-quement bien qu'à aucun moment il ne l'ait prié de s'asseoir, « installe-toi près de la cheminée, tu vas te réchauffer. »

Jegor s'approcha en silence de la cheminée et resta debout. Immédiatement, de la vapeur commença à se dégager de ses vêtements mouillés. Le docteur Zerbe regarda la vapeur et hocha la tête.

« Qui aurait l'idée de sortir par un temps aussi pourri ? Même pas un chien. »

Jegor se taisait. À proximité du feu, la vapeur dégagée par ses vêtements devenait de plus en plus dense. Le docteur Zerbe se leva, se dirigea vers une petite table dans un coin et rapporta deux bouteilles et des verres.

« Que veux-tu, mon garçon, du vin ou de l'alcool ? » demanda-t-il en souriant.

Jegor se taisait. D'une main hésitante, le docteur Zerbe remplit les verres.

« Moi, je prendrai du vin, comme d'habitude, dit-il, mais je pense que pour toi, il vaut mieux un schnaps, ça te réchauffera. »

Il lui fourra le verre dans la main.

« Eh bien, buvons à présent, buvons ! » ordonnat-il, et il regarda Jegor de ses yeux perçants et inquiets en se demandant s'il allait ou non prendre le verre, comme on regarde un chien furieux que l'on tente de flatter et d'amadouer en lui donnant quelque chose à manger.

Finalement, Jegor prit le verre de schnaps et le vida d'un coup. Le docteur Zerbe se sentit soulagé.

« Tu as faim ? demanda-t-il.

— Non », répondit Jegor cependant que ses entrailles criaient famine.

« Oh ! Mais si », dit le docteur Zerbe en approchant de lui une assiette de gâteaux.

Jegor ne put résister à l'odeur de la nourriture. L'alcool avalé sur un estomac vide commençait à lui monter à la tête, à lui embrumer l'esprit, et de sa main sale, il prit un morceau de gâteau dont il ne fit qu'une bouchée. Immédiatement, il se resservit dans l'assiette et sentit qu'il était en train de s'abaisser aux yeux de celui devant qui il ne devait pas s'abaisser, mais il continua malgré tout à vider l'assiette jusqu'au dernier morceau. Le docteur Zerbe le regardait avec un soulagement croissant et un dégoût lui aussi croissant, ce dégoût que l'on éprouve face à un chien errant tout crotté auquel on jette un os. Il était persuadé que l'individu était maintenant totalement entre ses mains. Cependant, par précaution, il décida de le désarmer définitivement. Mais au lieu d'agir comme au début, en le menaçant de ses foudres, il entreprit de le désarmer en l'humiliant.

« Dieu, dans quel état tu es, dit-il en faisant la grimace.

— J'ai vagabondé tout le temps, se justifia Jegor, des semaines durant.

— Pourquoi n'es-tu pas rentré chez toi, espèce d'idiot ?

— Je ne pouvais pas rentrer à la maison après avoir travaillé pour le docteur.

— Tu prends les choses trop au sérieux, vraiment trop », lui répondit le docteur Zerbe.

Jegor recommença à parler de ce qui l'obsédait, cette promesse que le docteur lui avait faite, car il ne lui restait plus rien à présent, plus de maison, plus d'amis, si ce n'est l'espoir de retourner chez lui, « en face ». Le docteur Zerbe l'interrompit au beau milieu.

« Remets du bois dans la cheminée, le feu s'éteint. »

Jegor remit du bois dans la cheminée. Le docteur Zerbe écoutait avec plaisir le crépitement du bois tout en sirotant son verre de vin. Soudain il se leva, partit vers sa chambre et en revint avec une paire de vieux souliers vernis, brillants mais racornis.

« Ma vieille bonne va beugler comme un veau, demain, quand elle verra la boue que tu as déposée sur les tapis avec tes chaussures mouillées, dit-il en riant. Enfile mes vieux souliers, si tu entres dedans. »

Il ne les posa pas mais les jeta par terre d'un air dégoûté. À nouveau, Jegor sentit qu'il s'humiliait mais à nouveau, il accepta l'humiliation, retira près de la cheminée ses chaussures détrempées et enfila celles qu'on lui offrait sur ses pieds mouillés et sales.

« Ça ne te serre pas ? demanda le docteur Zerbe.

— Non », répondit Jegor alors que ça le serrait et le comprimait de partout.

Le docteur Zerbe se mira dans son verre de vin étincelant et ajouta du schnaps dans celui de Jegor.

« Je n'en veux plus, dit celui-ci.

— Allez, bois donc, c'est bon pour toi », ordonna le docteur Zerbe.

Jegor but, il but cette fois encore tout en sachant qu'il ne devrait pas.

Le feu dans la cheminée continuait à réchauffer ses vêtements humides, les baignait de vapeur en même temps que son corps négligé. Soudain, le docteur Zerbe fronça le nez.

« Serais-tu sale, mon garçon ? » demanda-t-il.

Jegor se sentit transpercé de honte et se remit à bafouiller, toujours à propos de sa vie errante de vagabond, des misères qu'il avait endurées, et tout cela, parce que le docteur l'avait rejeté. Le docteur Zerbe refusa de l'écouter.

« Monte à l'étage, dans la salle de bains, et lave-toi correctement, de la tête aux pieds, lui dit-il. Je vais te trouver des vieux vêtements, que tu puisses te changer. »

Une fois de plus, Jegor sentit qu'il allait faire ce qu'il ne devrait pas faire, qu'il n'était pas venu pour demander l'aumône mais pour réclamer et exiger, mais une fois de plus il fit ce qu'on lui ordonnait, conscient du caractère dégradant de la chose.

De son bureau, le docteur Zerbe lui décocha à l'étage un dernier affront :

« Quand tu auras fini, nettoie bien la baignoire, lui cria-t-il, et n'économise pas l'eau. »

742

Quand Jegor redescendit, le docteur Zerbe ne prit même pas la peine de dissimuler son mépris.

Il n'éprouvait plus le moindre reste de crainte face au jeune homme qui s'était introduit dans sa maison de façon aussi fracassante. Son visage débarbouillé était fatigué et rougi, ses yeux bleus, doux et innocents. Les vêtements d'emprunt qu'il portait sur le dos, étriqués et visiblement pas faits pour lui, lui conféraient un air comique. La chemise blanche, bien repassée, le pantalon rayé trop court, les souliers vernis racornis, étroits et brillants paraissaient ridicules sur le garçon maigre et long comme un jour sans pain. À le voir, le docteur Zerbe eut envie de rire et il ne se retint pas.

« C'est de moi que le docteur rit ? » demanda Jegor bien qu'il n'ait pas le moindre doute à ce sujet.

Le docteur Zerbe ne jugea pas utile de nier.

« Remets du bois dans la cheminée », ordonna-t-il.

Jegor remit du bois.

« À présent, verse-moi un verre de vin, et pour toi aussi.

— Je ne veux plus boire », se défendit Jegor après avoir versé du vin dans les verres.

« Bois quand je te dis de boire, ordonna le docteur Zerbe, c'est bon. »

Jegor but.

Soudain, le docteur Zerbe se pencha vers Jegor et lui pinça la joue.

« Tu es un garçon gentil, lui dit-il, mais bête. »

Jegor se sentit dégoûté tant par le contact de ces doigts osseux et glissants que par cette façon de le traiter comme un gamin, un morveux, et il retrouva pour un instant ses esprits.

« Je suis fichtrement assez âgé et j'exige ce qu'on m'a promis », dit-il en reprenant ce qu'il avait déjà rabâché de nombreuses fois.

Le docteur Zerbe ne le laissa pas poursuivre et lui répéta ce qu'il pensait de lui. C'est bien ça, gentil mais bête. Il avait cru, le docteur Zerbe, qu'il pourrait travailler avec lui parce qu'il avait confiance en lui et en sa race, c'est pourquoi il s'était engagé à le récompenser généreusement. Mais il s'était trompé, grossièrement trompé, et à présent, tout cela était terminé.

« Tu comprends, mon garçon, tu ne fais pas l'affaire, je te le dis franchement. Le docteur Zerbe lui envoya l'affront en pleine figure en le regardant de ses yeux moqueurs, l'air victorieux, alors, qu'as-tu à dire à cela ? »

Jegor n'avait rien à dire et se contenta de fixer avec étonnement celui qui le mortifiait de la sorte. Le docteur Zerbe fit disparaître d'un coup l'expression de mécontentement qu'affichait son visage blême et fripé, déplaça son siège pour être plus près de Jegor et se mit à parler à voix basse, avec douceur, comme un père qui parle à son enfant après l'avoir vertement corrigé.

Jegor ne doit pas penser que lui, le docteur Zerbe, s'est montré sévère envers lui parce qu'il lui veut du mal. Absurde ! Il l'a toujours considéré comme un gentil garçon, a éprouvé de la sympathie pour lui, pauvre diable. S'il l'a éloigné, c'est simplement parce qu'il tenait des propos insensés, exigeait l'impossible, et que cela lui a fait perdre patience. Mais il est prêt à tout oublier, à pardonner et même à lui proposer un emploi. Évidemment, il ne pourra plus l'employer comme avant dans ses services parce que pour cela, il faut de l'initiative, de l'énergie et même de l'imagination, en un mot, des facultés dont lui, Jegor Karnovski est malheureusement dépourvu et qu'il n'est pas possible d'acquérir. Mais par contre, il peut lui trouver un autre travail plus facile qui convienne à un gentil garçon comme lui. Ça fait déjà un bout de temps que lui, le docteur Zerbe, voudrait se débarrasser de sa vieille bonne parce que c'est une sacrée ronchonneuse qui fourre son nez partout, donne son avis sur tout, et n'est qu'une enquiquineuse comme la majorité des femmes avec lesquelles un homme doué de raison est incapable de s'entendre. C'est une chose à laquelle il a souvent pensé. Si lui, Jegor, se conduit comme un garçon raisonnable, obéissant, gentil et docile, il le prendra volontiers à son service comme valet de chambre, en échange de quoi il aura le gîte et le couvert, sera habillé et touchera même un peu d'argent de poche, comme il convient à un garçon de son âge.

« Alors, qu'en penses-tu, jeune homme ? » demanda le docteur Zerbe.

Jegor ne répondait toujours rien, se contentant de le fixer de ses yeux bleus, perdus dans le vague, inexpressifs. Le docteur Zerbe se remit à parler d'une voix plus basse et plus douce encore.

Jegor ne doit pas croire qu'avec cette proposition, il cherche à l'humilier. Il doit prendre les choses avec philosophie, comme lui, le docteur Zerbe, les prend. Ne pas se révolter contre le destin mais s'y soumettre. Jegor doit savoir que depuis que le monde est monde, l'humanité se divise en deux catégories, les seigneurs et les serviteurs. Seuls les moralistes sans cervelle croient que cela peut changer, mais les penseurs et les gens de tête savent que c'est la loi, le destin inéluctable. Lui, Jegor, n'a pas la nature d'un dominateur parce que le sort ne l'a pas gratifié de ce don. Il semblerait que les dieux n'aient pas été suffisamment bien disposés à son égard. Il lui faut accepter son destin. Non pas se rebeller mais être soumis et obéissant, et il sera heureux dans la vie.

« Alors, qu'en penses-tu, jeune homme ? » redemanda le docteur Zerbe.

Jegor ne répondait toujours pas. Le docteur Zerbe poursuivit son discours : il avait toujours considéré comme une faute de goût d'avoir des domestiques femmes, une habitude courante chez les maris soumis et les prêtres catholiques, mais qui répugne à un homme sensé et raffiné. Les Grecs anciens, les sages et les philosophes, comprenaient mieux la vie. Ils ne s'entouraient jamais de représentants du sexe féminin, ils préféraient avoir comme domestiques de jeunes garçons, leurs esclaves. Ils recherchaient ces esclaves au sein des familles les plus distinguées des peuples vaincus, des fils de la noblesse, des princes. De Jérusalem vaincue on avait pareillement ramené de jeunes princes juifs qui avaient été vendus comme compagnons de plaisir et esclaves à de riches patriciens et à des philosophes. Et lui aussi, le docteur Zerbe, un Grec dans l'âme, philosophe et homme de goût, apprécierait d'avoir chez lui un garçon vraiment gentil, raisonnable et obéissant.

« Alors, qu'en penses-tu ? » demanda-t-il à Jegor pour la troisième fois.

Jegor ne répondait toujours pas et regardait de ses yeux bleus inexpressifs celui qui s'adressait à lui. Le docteur Zerbe considéra que l'affaire était dans le sac et remplit les verres.

« Alors, buvons à l'amitié », dit-il et il vida son verre, se pencha vers Jegor et l'embrassa sur la bouche.

Au contact de ces lèvres visqueuses, Jegor fut pris d'un tel dégoût qu'il recula précipitamment vers le mur. Le docteur Zerbe le poursuivit.

« Joli gosse », murmura-t-il en se serrant contre lui.

Son visage ridé et blafard était apoplectique, ses yeux injectés de sang et troubles comme des vitres sales. Ses mains chétives se dégagèrent nerveusement des manches de soie et, tels des doigts de singe, entreprirent d'arracher les vêtements de Jegor.

Les yeux embrumés du garçon s'écarquillèrent, devinrent plus bleus et il se mit à voir double, deux images d'un coup, un instant c'était le docteur Zerbe et, aussitôt, le docteur Kirchenmeyer, le directeur du lycée Goethe qui l'avait humilié, avait exhibé sa nudité aux yeux de tous. Non seulement l'âge, le teint apoplectique, les yeux congestionnés et le crâne chauve étaient semblables mais également la voix trouble. Il ressentit une formidable répugnance, une rage et une force dans les mains comme lorsque l'on aperçoit un horrible reptile ou un rat qui rampe vers soi, menaçant. Du haut de l'étagère à livres contre laquelle il était appuyé le regardait une statue en bois d'ébène, une déesse africaine primitive aux attributs sexuels hypertrophiés. Il la prit dans sa main et, de toutes ses forces, en frappa le crâne chauve et moite du petit homme en soie.

Le premier à pousser des hurlements fut le perroquet.

« À table, Herrr Doktorr, cria-t-il en s'égosillant, à table. »

En même temps, l'oiseau se mit à rire, d'un rire grinçant, hystérique, comme une femme qui a perdu la raison. Le rire du volatile décupla la colère, le dégoût et la force de Jegor. La statue d'ébène s'abattait sans discontinuer sur le crâne dégarni. Le crâne s'affaissa. Jegor se pencha au-dessus de lui jusqu'au sol et continua à frapper. Quand l'oiseau cessa de rire, Jegor cessa de frapper. Les yeux figés du corps ratatiné à terre le fixaient, grands ouverts, immobiles. Bien que Jegor n'ait jamais vu de mort, il sut qu'il était mort. Il replia un pan du peignoir de soie et en recouvrit le visage du cadavre pour qu'il cesse de le regarder. Soudain, il réalisa qu'il portait des vêtements du mort. Ils lui firent peur et il s'empressa de s'en débarrasser, le pantalon à rayures trop court, la chemise empesée, les souliers vernis trop étroits. À la hâte, il enfila ses propres vêtements, humides et usés jusqu'à la corde, remit ses pieds nus dans ses chaussures trempées et déchirées, sortit et jeta sur son dos l'imperméable mouillé qu'il avait laissé devant la porte. Il ne pleuvait plus mais il y avait du brouillard, un brouillard lourd et épais. On entendait, venus du bord de la mer, les hurlements sinistres des bateaux qui mettaient en garde contre les dangers de cette nuit de brouillard. Il était si épais ce brouillard qu'on ne voyait ni les maisons ni les arbres ni les fourrés ni les lumières. Une unique lumière, estompée et jaune, se découpait dans une des fenêtres de la maison près de laquelle se tenait Jegor. Sans savoir ce qu'il faisait, il repassa la porte entrouverte afin d'éteindre la lumière qui était restée allumée. Une fois encore, le perroquet éclata de rire. Jegor éteignit les lampes les unes après les autres. Quand il arriva à la lampe verte au-dessus du bureau, il vit que le tiroir était tiré. Il regarda à l'intérieur comme s'il y avait oublié quelque chose. Il y avait là, pêle-mêle, des lettres, des papiers, des timbres-poste, quelques photos coquines, un bridge dentaire, des boutons de manchette en or, de l'argent et un revolver, un petit revolver à crosse de nacre. De l'argent, Jegor ne prit qu'une pièce de cinq cents qu'il fourra dans sa poche. Dans son autre poche, il mit le revolver à crosse de nacre, genre d'objet dont il avait toujours rêvé depuis sa petite enfance, quand son oncle Hugo le laissait jouer avec son revolver. Après avoir éteint la dernière lumière, il sortit à pas de loup et referma avec précaution la lourde porte gonflée comme s'il craignait de réveiller quelqu'un dans la maison. Dans la rue déserte plongée dans le brouillard il fut rattrapé par un dernier éclat de rire du perroquet.

« À table, Herrr Doktorr, criait le perroquet hilare, à table... »

Jegor se dépêchait, avançait à grandes enjambées afin de ne plus entendre la voix grinçante. L'écho de ses propres pas l'effrayait, il lui semblait être suivi. Il se mit à courir. Sa frayeur ne le lâchait pas d'une semelle.

45

Bien qu'il fût très tard dans la nuit, à l'heure où le sommeil est le plus agréable et le plus profond, les oreilles du docteur Karnovski perçurent immédiatement le claquement sourd d'un coup de feu tiré derrière la porte de son appartement.

Depuis des mois, il était aux aguets, dans l'attente d'une mauvaise nouvelle qui devait arriver, qui allait nécessairement arriver. Il s'y attendait à chaque heure du jour, à chaque instant de la nuit. Au moindre signe, il était prêt, éveillé, l'esprit clair.

La main de Jegor se cramponnait encore à la crosse de nacre du petit revolver quand son père sortit vers lui en sous-vêtements. Adossé au mur, à moitié allongé, Jegor regardait de ses grands yeux bleus, avec un sourire fautif, la haute silhouette sombre de l'homme penché au-dessus de lui.

Le docteur Karnovski desserra de force sa main crispée pour en arracher le revolver.

« Ouvre la main mon fils, dit-il doucement, oui, comme ça. »

Jegor ne se départait pas de son sourire coupable.

« C'est moi, père », murmura-t-il avec l'air gêné et contrit du mauvais fils qui, après s'être enfui de la maison, rentre au bercail.

Il avait du mal à parler, hachait ses mots, râlait, mais cependant ses paroles étaient douces et chaleureuses, pleines d'amour, telles que le père n'en avait pas entendues de son fils depuis des années.

À son souffle court, sa façon de chercher l'air avec avidité, le docteur Karnovski devina immédiatement que la balle avait touché le cœur. D'une main, il arracha les vêtements qui recouvraient la poitrine du garçon et de l'autre, lui tâta le pouls. Le pouls était très rapide.

« Respire, mon enfant, dit-il doucement.

— Je ne peux pas, père, ça fait mal », répondit Jegor en s'interrompant à chaque mot et en cherchant désespérément l'air de tous les côtés.

Le docteur Karnovski n'avait plus aucun doute. Des cas comme celui-ci, il en avait souvent rencontré pendant les quelques années où il avait exercé sur le front. Il dégagea immédiatement la poitrine amaigrie de son fils. Un point sombre, petit et légèrement roussi, faisait une tache noire près du mamelon rose du jeune homme. En voyant comment la balle avait pénétré, le docteur Karnovski sut dans quelle direction elle était allée.

« Accroche-toi à mon cou, mon enfant, dit-il en mettant son fils sur son épaule pour le porter jusqu'au lit. Oui, comme ça. »

Alors qu'il serrait de ses deux bras la nuque chaude et robuste de son père, Jegor se mit à trembler.

« Je l'ai frappé, père, dit-il, s'exprimant avec difficulté et s'arrêtant à chaque mot, frappé à mort... Il m'avait humilié... Terriblement humilié... J'ai peur...

« — Il ne faut pas trembler, mon enfant, le prévint le docteur Karnovski, du calme, mon fils, du calme. »

Il était si bien préparé aux mauvaises nouvelles que rien n'aurait pu le surprendre.

Jegor se cramponnait des deux mains à la nuque de son père, comme quand il était petit et qu'il avait fait des cauchemars, la nuit, dans le noir de sa chambre d'enfant.

« J'ai tellement peur, père », dit-il, hachant ses mots.

Le docteur Karnovski essayait de le tranquilliser, comme autrefois, lorsqu'il calmait ses terreurs enfantines :

« Je suis près de toi, mon fils. »

Quand Teresa Karnovski s'était réveillée de son lourd sommeil et avait vu son mari porter Jegor dans ses bras et l'allonger sur son lit, elle était restée assise, figée, en chemise de nuit. Le souffle court et irrégulier du garçon la sortit de sa torpeur.

« Mon petit Jegor ! » s'écria-t-elle, et elle se précipita en chemise de nuit vers la porte pour l'ouvrir en grand et appeler à l'aide.

Le docteur Karnovski l'arrêta net.

« Pas de cris ! ordonna-t-il. Déshabille-le, vite ! »

Ses paroles calmes et autoritaires la ramenèrent à la raison, comme au temps où elle était infirmière à la clinique du professeur Halévy et que lui, le docteur Karnovski, venait là-bas pour opérer.

« Enfant, qu'as-tu fait ? » murmura-t-elle en retirant les vêtements humides de son petit garçon.

Bien que parler lui fasse mal et qu'il lui faille désespérément chercher un air introuvable, Jegor parlait et souriait, un sourire gêné, contrit.

« J'ai été obligé, maman, dit-il dans son débit haché, on m'avait humilié, maman, terriblement humilié. »

Le docteur Karnovski alluma toutes les lampes de la pièce, autant qu'il put en trouver, repoussa les tables et donna des ordres.

« Eau et savon ! ordonna-t-il, tranchant. Étends un drap sur la table, prépare l'alcool, l'iode, l'éther. »

Teresa exécutait les ordres de son mari avec précision. Alors qu'elle étendait le drap sur la table, sa peur la reprit.

« Georg, je vais aller appeler une ambulance, dit-elle désemparée, se rappelant que son mari n'avait pas le droit d'exercer dans leur nouveau pays.

— Fais ce que je te dis, l'interrompit le docteur Karnovski, il n'y a pas un instant à perdre. »

Elle ne dit plus rien et se mit à exécuter les ordres de son mari avec une telle minutie qu'on aurait pu croire qu'elle n'était ni l'épouse ni la mère, simplement l'infirmière d'autrefois, Mlle Teresa, en train d'assister le méticuleux et sévère docteur Karnovski dans son travail hospitalier à la clinique du professeur Halévy. Dans l'armoire où le docteur gardait ses instruments et son matériel, chaque chose était à sa place, rangée dans le même ordre que là-bas, de l'autre côté, à l'époque où il avait une grosse clientèle. Même ses gants de caoutchouc et sa blouse de médecin bien blanche et bien repassée étaient là, prêts à être enfilés dès qu'on en aurait besoin. Le docteur Karnovski ne demanda à Teresa que le strict nécessaire. Il ne la laissa même pas sortir la blouse ni les gants. Il n'avait pas de temps pour cela.

Vite et bien, avec la même rapidité et la même adresse dont il faisait preuve en opérant sur les champs de bataille en toutes circonstances, en tous temps et en tous lieux, dans une grange ou dans une étable, à même le sol et parfois dans une tranchée humide, il accomplissait à présent son travail salvateur au milieu de la nuit. Il n'avait pas de temps pour les parades opératoires, pour les blouses blanches et les masques de protection. Il ne laissa même pas Teresa perdre une minute de plus à stériliser les instruments et les pansements, faire bouillir de l'eau. Il redoutait une hémorragie. Il lava rapidement à l'eau froide et au savon la poitrine maigre de son fils, l'aspergea d'alcool et tamponna avec de l'iode.

« Courage, fils », dit-il à Jegor qui le regardait de ses yeux bleus grands ouverts.

Jegor prit la main de son père et l'embrassa. Le docteur Karnovski sentit une telle chaleur envahir son cœur de père après le baiser de son fils, le premier depuis des années, qu'il sacrifia un instant pour le lui rendre en l'embrassant sur la bouche. Puis immédiatement, il retrouva son calme, sa célérité et son esprit de décision, un chirurgien de la tête aux pieds. Recouvrant d'un linge le visage en sueur du malade qui peinait à respirer, il y déversa de l'éther, goutte à goutte.

« Dors, mon enfant », dit-il tendrement, comme on endort un nourrisson dans son berceau.

En un rien de temps, il se lava les mains, dit à Teresa de les arroser d'alcool et jeta un dernier coup d'œil à son fils en train de s'endormir, souriant de son sourire coupable, le sourire du fils prodigue qui, à son retour, implore compréhension et pardon. Teresa se tenait là, livide, dans la lumière rouge de la pièce violemment éclairée et, de toutes ses forces, tentait de réprimer les borborygmes de ses intestins sens dessus dessous. Ses mains blanches étaient agitées de tremblements. Les manches retroussées du docteur Karnovski dégageaient des bras vigoureux et couverts de poils, des mains fermes, sûres et tranquilles. Son cœur de père était aussi tranquille que ses mains. Il jeta un dernier regard sur son fils en grand danger mais guéri de son sentiment d'infériorité. Il était fier de lui, ce fils regagné qui revenait.

« On reste calme et concentré », ordonna-t-il à Teresa qui se tenait prête à exécuter chacun de ses ordres, et il prit le bistouri du professeur Halévy que celui-ci lui avait offert lorsqu'il avait cessé d'exercer et qui lui avait tellement porté chance durant sa longue carrière.

Dans le silence de la nuit, on entendait, assourdis, les sabots ferrés d'un cheval qui frappaient le pavé. La voix enrouée et familière du laitier lui criait de s'arrêter :

« Ho ! Mary. Ho !... »

Les premiers rayons de l'aube transperçaient l'épais brouillard, ils éclairaient les fenêtres de la lumière verte du jour naissant.

DU MÊME AUTEUR

Aux Éditions Denoël

LES FRÈRES ASHKENAZI, 1993. Coll. Des heures durant…, 2005.

YOSHE LE FOU, 1994. Coll. Des heures durant…, 2005.

D'UN MONDE QUI N'EST PLUS, 2006.

LA FAMILLE KARNOVSKI, 2010 (Folio n° 6017).

AU BORD DE LA MER NOIRE ET AUTRES HISTOIRES, 2012.

DE FER ET D'ACIER, 2015.

Chez d'autres éditeurs

CAMARADE NACHMAN, Stock, 1985.

ARGILE, Liana Levi, 1995.

COLLECTION FOLIO

Dernières parutions

Composition Nord Compo.
Impression ✾ Grafica Veneta
à Trebaseleghe, le 6 octobre 2020
Dépôt légal : octobre 2020
1er dépôt légal dans la collection: septembre 2015

ISBN : 978-2-07-046580-4./Imprimé en Italie